Knaur.

W0338843

Knaur.

Im Knaur Verlag sind bereits folgende Bücher der Autorin erschienen:
Hexenlicht
Vampirdämmerung
Seelenkuss
Höllenherz

Über die Autorin:
Sharon Ashwood lebt in der kanadischen Provinz British Columbia und arbeitet seit ihrem Universitätsabschluss in Englischer Literatur als freie Schriftstellerin und Journalistin. Schon als Kind war sie an Mythen und Märchen interessiert. Heute setzt die Autorin ihre Faszination für alles Seltsame, Unheimliche und Phantastische in erfolgreichen Romantic-Fantasy-Romanen um.
Mehr Informationen im Internet unter: www.sharonashwood.com

Sharon
Ashwood

HEXEN LICHT

ROMAN

Aus dem Amerikanischen
von Sabine Schilasky

KNAUR TASCHENBUCH VERLAG

Die amerikanische Originalausgabe dieses Buchs erschien 2009
unter dem Titel *Ravenous* bei Signet Eclipse, New York.

Gerne empfehlen wir Ihnen weiteren spannenden Lesestoff
aus unserem Programm – schreiben Sie einfach eine E-Mail
mit dem Stichwort »Hexenlicht« an: fantasy@droemer-knaur.de

Besuchen Sie uns im Internet:
www.knaur.de

FSC
www.fsc.org
MIX
Papier aus verantwortungsvollen Quellen
FSC® C014496

Vollständige Taschenbuchausgabe September 2012
© 2009 Naomi Lester.
Für die deutschsprachige Ausgabe: © 2010 bei Knaur Verlag.
Ein Unternehmen der Droemerschen Verlagsanstalt
Th. Knaur Nachf. GmbH & Co. KG, München.
Published by arrangement with NAL Signet,
a member of Penguin Group (USA) Inc.
Alle Rechte vorbehalten. Das Werk darf – auch teilweise –
nur mit Genehmigung des Verlags wiedergegeben werden.
Redaktion: Kathrin Stachora
Umschlaggestaltung: ZERO Werbeagentur, München
Umschlagabbildungen: © Sylwia Makris Photography;
FinePic®, München
Druck und Bindung: GGP Media GmbH, Pößneck
Printed in Germany
ISBN 978-3-426-50727-8

2 4 5 3 1

Band 1

*Für alle, die mich immer wieder fragten,
was aus der Geschichte mit dem Vampir, dem Dämon
und der Maus geworden ist. Hier erfahrt ihr es.*

Prolog

Zu den Untoten zu gehören machte einfach keinen Spaß mehr. Zum Beispiel wurde es zunehmend schwieriger, einen Büchereiausweis zu bekommen.

Sogar um ein Buch auszuleihen, musste man seine persönlichen Daten vorlegen. Dasselbe galt, wollte man eine Wohnung finden, einen Film ausleihen oder einen Wagen mieten. Klar, früher gab es diese Geschichte mit der Gedankenkontrolle durch Vampire, aber heute war die Welt ein einziger Barcode. Und versuche mal einer, einen Computer zu hypnotisieren!

Am Ende war es leichter, aufzugeben, statt eine ganze Bevölkerungsschicht vor dem elektronischen Zeitalter zu verbergen. Und so begaben sich die Vampire im Verein mit den Werwölfen, den Kobolden und den allzeit unbeliebten Ghulen zum Jahrhundertwechsel in die Öffentlichkeit. Zwar hatten die üblichen Unkenrufer eine Umwälzung zum Millennium prophezeit, aber dies hatten sie ganz sicher nicht kommen sehen.

Und dabei ahnten sie noch nicht einmal, was ihnen blühte.

DIE DREI SCHWESTERN

Spezialisiert auf das Entfernen von
*Geistern * Poltergeistern * unerwünschten Wichteln*

Damit Ihr Heim glücklich,
gesund und menschenfreundlich bleibt!
Die beste Agentur im Nordwesten!

Holly Carver, staatl. gepr. Hexe

1

Warum haben Sie nicht gleich gesagt, dass es um das alte Flanders-Haus geht?« Hollys Worte wurden von der leeren Dunkelheit auf der Straße verschluckt.

Steve Raglan, ihr Kunde, nahm seine Mütze ab und kratzte sich am Hinterkopf – gleichermaßen eine Geste der Unsicherheit wie des Trotzes. »Hätte das denn etwas geändert?«

»Ich hätte mir mein Angebot noch einmal überlegt.«

»Ja, dachte ich mir.«

»Aha. Einen verbindlichen Kostenvoranschlag gebe ich Ihnen erst, wenn ich es mir von innen angesehen habe.« Absichtlich verlieh sie ihrem Ton einen Anflug von Furcht. »Wieso haben Sie das Haus gekauft?«

Er antwortete nicht.

Von ihrer Warte aus fiel gerade genügend Licht von den Straßenlaternen auf das Grundstück, um es reichlich furchteinflößend erscheinen zu lassen. Drei Stockwerke viktorianischer Eleganz waren zu einem Gruselromanklischee verfallen.

Eigentlich hätte das Haus sich gut in das geschäftige Viertel am Rande des Fairview-Campus einfügen sollen, waren hier doch viele sehr alte Villen zu Büros, Cafés oder Ateliers umgebaut worden. Aber diese eine stand leer. Tagsüber strahlte die Gegend einen gewissen Bohemien-Charme aus, der diesem Haus allerdings fehlte, und das sowohl bei Tag als auch, und ganz besonders, bei Nacht.

Die Giebel und Gaubenfenster standen in merkwürdigen Winkeln vom Dach ab, schwarz vor den mondfahlen Wolken. Säulen hielten das schattige große Vordach über der Haustür, und eines der oberen Fenster war mit einer Spanplatte vernagelt, was an eine Augenklappe erinnerte. Keine Frage, dieses Haus hatte Charakter.

»Also«, begann Raglan hörbar nervös, »können Sie dem Geisterhaus kräftig in den Arsch treten?«

Holly bemühte sich, nicht verärgert zu reagieren. Sie war eine Hexe, kein mobiles Einsatzkommando. »Ich muss hineingehen und mich umsehen.« Das meiste an ihrem Job mochte sie sehr, aber sie hasste Hausarbeit, und damit meinte sie nicht etwa Staubwischen. Manche alten Gemäuer waren klug, und sie zu neutralisieren konnte heikel bis gefährlich sein. Sie tischten einem alles erdenklich Eklige auf. Raglan konnte von Glück reden, dass sie das Geld dringend brauchte, denn morgen waren die Studiengebühren fällig.

Die kühle Septemberluft war von Meergeruch geschwängert. Wind raschelte in den Kastanien zu beiden Seiten der Straße, von denen bereits die ersten Blätter abgefallen waren und nun knisternd am Bordstein entlangwehten. Bei dem Geräusch zuckte Holly zusammen; ihre Nerven spielten verrückt. Hätte sie mehr Zeit gehabt, wäre sie bei Tag wiedergekommen, wenn es hell und sonnig war.

»Drehen Sie dem bloß den Saft ab! Ich werde den Schuppen nicht los, solange der Spuk da drin andauert und jeder Käufer denkt, er ist in Amityville!«, schimpfte Raglan. Der Mann war in den Vierzigern, trug ein schlichtes kariertes Flanellhemd zu einer Jogginghose mit einem Riss an einem Schenkel und schaute verdrossen drein. Die Arme vor der

Brust verschränkt, lehnte er wie eine wabbelige Selleriestange an seinem weißen Geländewagen.

Holly musste noch einmal fragen: »Also, warum in aller Welt haben Sie das Haus gekauft?«

Nun stemmte er sich von seiner Autotür ab und ging einen zögerlichen Schritt auf das Grundstück zu. »Es wurde richtig billig angeboten. Eine von den Superstudentenverbindungen suchte was, und ich dachte, ich möble es für schmales Geld auf und mach noch einen guten Schnitt. Den Kids ist schnurz, wie es aussieht. Die wollen bloß genug Platz haben, um Party zu machen.«

Er griff in seine Tasche und reichte Holly ein Bündel Scheine. »Hier ist Ihre Anzahlung.«

Prompte Bezahlung, nein, Vorauszahlung war ungewöhnlich bei solchen Typen wie Raglan. Normalerweise musste sie diesen Schlag Kunden anbetteln. Holly blickte auf das Geld und wusste nicht, was sie sagen sollte. Aber sie nahm es. *Er hat Schiss. Sonst hat er nie Schiss.* Andererseits war dies hier sein erstes übles Haus. Bisher hatte er sie nur gerufen, wenn es simple alte Geister zu verscheuchen galt.

Er musterte sie von oben bis unten. »Und, haben Sie irgendwelches, ähm, Gerät? Eine Ausrüstung?«

»Für so einen Job brauche ich nicht viel.« Sie stellte sich vor, wie er sie sah: eine kleine Frau Mitte zwanzig in Jeans und Turnschuhen, die einen rostigen alten Hyundai fuhr. Kein Zauberstab, keine Strahlenpistole, keine *Men-in-Black*-Garderobe. Nun ja, Hausräumung, Hauszähmung oder wie immer man das nennen wollte, lief eben nicht so ab wie in den Filmen. Technische Spielereien halfen da nicht.

Holly führte exakt *ein* Hilfsmittel bei sich: ein Haarband, das sie aus ihrer Jackentasche zog. Damit band sie ihr langes braunes Haar zu einem Pferdeschwanz, und schon war sie im Dienst. Das Haargummi bildete ihre Uniform. Wenn sie einen Zopf trug, arbeitete sie.

»Sicher wissen Sie, dass es im Flanders-Haus schon einige Vorkommnisse gab«, sagte sie. »Die Immobilienfirmen müssen es melden, wenn bei einem Haus oder Grundstück gewisse … Probleme auftauchen.« Holly schaute zu dem Haus und war sich auf unheimliche Weise bewusst, dass es sie ebenfalls anblickte.

Soweit sie wusste, war Raglan der Erste, der jemanden engagierte, um dieses Haus zu entspuken. Keiner der Vorbesitzer war lange genug geblieben, um das Geld dafür aufzubringen.

Kein gutes Zeichen.

Vielleicht probiere ich nächsten Sommer mal, mir die Studiengebühren mit Abwaschen zu verdienen.

Raglan blähte seufzend seine Wangen auf und zupfte an einem losen Faden an seiner Manschette. »Ich dachte, die ganze Spukgeschichte würde nichts machen. Und die Typen fanden das cool. Dämliches Jungvolk! Der Verkauf war so gut wie abgeschlossen – bis gestern.«

Holly ging an den Zaun und legte eine Hand auf einen der geschnitzten Pfosten. Die abblätternde Farbe machte die Oberfläche rauh, und das Holz darunter war morsch. Dieses Haus hatte sich in der Vergangenheit oft schlecht benommen; dennoch tat Holly leid, wie es verfiel. Ursprünglich hatte ein Hexenclan es mittels Zaubern errichtet, genau wie Hollys Vorfahren ihr Haus gebaut hatten.

Häuser wie dies hier waren Teil der Familie, fühlende Wesen. Sie lebten von der frei fließenden Energie, die jeden Hexenhaushalt umgab, dem Leben, der Geschäftigkeit und vor allem der Magie. Jene Energie war es, die ihnen ein Bewusstsein verlieh. Entzog man sie ihnen, setzte ein langsamer Verfall ein, bis nichts mehr außer dem Gerüst aus Holz und Ziegelsteinen existierte.

Alle paar Jahre hörte man von verlassenen fühlenden Häusern. Jahrhundertelange Verfolgung sowie eine niedrige Geburtenrate hatten ihren Preis gefordert. In ganz Nordamerika waren nur noch ein Dutzend Hexenclans übrig, und diese bestanden zumeist nur aus einer knappen Handvoll Überlebender. Die schwindende Population zog die Häuser in Mitleidenschaft. Zumeist reagierten sie schlicht ruhelos, aber einige wenige wurden in ihrem Überlebenskampf auch böse.

Wie dieses. Einzig der Denkmalschutz hatte verhindert, dass es schon vor Jahren abgerissen wurde.

Hollys Mitleid mischte sich mit einer kleinen Portion Angst, denn ein sanftes Ziehen wollte sie durch die Pforte locken. Ein kribbelndes Wispern umfing sie wie ein unsichtbarer Schal. Eine Art Streicheln. Das verrückte alte Haus lud sie ein, hieß sie willkommen.

Komm herein, kleines Mädchen! Du bist so lebendig, so süß!

Ein ausgehungertes Haus entzog jedem Lebenden Kraft, machte ihn müde und laugte ihn aus. Wer Magie benutzte, insbesondere eine Hexe, war erst recht verwundbar, besaß er doch umso mehr Energie.

Eine Hitzewelle überrollte Holly, während ihr Herz schneller schlug und sie kupfrige Furcht schmeckte. Sie strengte sich so sehr an, ruhig zu bleiben und dem Wispern zu widerstehen, dass ihre Zähne weh taten.

Komm herein, kleines Mädchen! Der Weg zur Tür bestand aus moos- und unkrautüberwucherten Steinplatten. Für Holly glühte er. Es war der eine Weg, der einzig wichtige Pfad, den sie jemals gehen würde. *Folge ihm, und alles wird besser! Endlich kommst du heim! Holly, meine Liebe, komm zu mir!*

Holly zog ihre Hand von dem Pfosten und trat ein paar Schritte zurück, um Abstand zwischen ihren Füßen und der Grundstücksgrenze zu schaffen. Schweiß klebte ihr das T-Shirt an den Rücken.

Als sie eine Hand an ihrem Ärmel spürte, zuckte sie nicht zusammen. Dieser besondere Druck, diese Finger waren vertraut, erwartet. Stattdessen vollführte ihr Herz ein Achterbahnlooping vor lauter Freude – ungesunder Freude, wohlgemerkt.

»Ich habe dich nicht kommen gehört«, sagte sie, drehte sich um und sah auf.

Alessandro Caravelli maß ungefähr einsachtundachtzig. Das meiste davon machten lange schlanke Beine aus. Sein lockiges, weizenblondes Haar fiel ihm über die Schultern und umrahmte ein längliches kantiges Gesicht, bei dem Holly immer an einen gefallenen Engel denken musste. Sein Ledermantel hatte den abgegriffen knautschigen Look eines alten Lieblingsstücks.

»Ich glaube, das Haus hatte dich gepackt.« Wenn er sprach, schwang immer noch eine Spur seines italienischen Akzents mit, der die Vokale ein bisschen wärmer klingen ließ. »Ich habe dich gerufen, aber du hast mich nicht gehört. Das hat mich tief getroffen.«

»Dein Ego wird's verkraften.«

»Hältst du mich etwa für eingebildet?«

»Du bist ein Vampir. Ihr spielt in einer eigenen Liga.«

»Stimmt, wie unsere Egos ebenfalls.« Alessandro schenkte ihr ein mattes Lächeln, das gleichzeitig vielsagend und harmlos war.

Holly drückte sanft seine Hand auf ihrem Arm. Seine kalte Haut zu fühlen ließ ihren Puls schneller gehen. Es war, als würde man einen Tiger oder einen Wolf streicheln: faszinierend, aber auch beängstigend, voller tödlicher Geheimnisse.

Manches Kribbeln war gar nicht gut. Mit einem Vampir zu arbeiten dürfte schon riskant genug sein. Alles, was darüber hinausging, wäre glatter Wahnsinn. Außerdem hatte sie schon einen festen Freund – einen, der nicht biss. Was sie allerdings nicht von gelegentlichen Phantasien über Alessandro abhielt, in denen für gewöhnlich Satinlaken und Schlagsahne vorkamen.

»Okay, dies hier ist das große böse Haus auf der Speisekarte«, erklärte sie. *Und wieder sind wir beim Essen!*

Obwohl es dunkel war, trug Alessandro eine Sonnenbrille. Nun nahm er sie ab und klappte sie mit einer lässigen Handbewegung zusammen. Katzenhaft geschmeidig entblößte er Augen von demselben Goldbraun wie Bernstein. Eine Weile betrachtete er das Flanders-Haus mit ernster Miene. Selbst nach Jahren konnte Holly ihm nicht ansehen, was in ihm vorging.

»Wird es schwierig?«, fragte er schließlich.

»Kein Kinderspiel jedenfalls. Raglan hat mir schon einen Vorschuss gezahlt, was bedeutet, dass er Angst hat.«

Das Geräusch einer sich öffnenden Autotür bewirkte, dass sie sich beide umdrehten. Raglan stand neben Alessandros Wagen und lugte zur Fahrertür des amerikanischen Sechzigerjahre-Traumgefährts hinein, ein roter zweitüriger T-Bird mit viel Chrom und getönten Scheiben. Holly fühlte, wie der Vampir sich anspannte. Was seinen Wagen anging, teilte er höchst ungern.

Die runden Scheinwerfer blinzelten keck, als Raglan sich am Armaturenbrett zu schaffen machte. Alessandro schloss seinen Wagen nie ab; oft ließ er sogar die Schlüssel stecken. Gemäß Vampirlogik war es sein Wagen, den niemand anzurühren wagte. Und bisher hatte diese Logik sich auch bestätigt.

Raglan zog den Kopf wieder aus dem Wagen und schlug die Tür zu. »Netter Schlitten!« Sichtlich unsicher, ging er mit einem idiotischen Grinsen auf Abstand zu dem Auto. Er verhielt sich wie ein ertappter kleiner Junge.

Derweil gab Alessandro einen Laut von sich, der nur knapp jenseits eines Knurrens angesiedelt war.

Holly legte rasch eine Hand auf seinen Arm. »Nicht jetzt – ich brauche den Job!«

»Aber nur, weil du es bist«, entgegnete er, wobei der Klang jeder Silbe sie an kalte tote Orte erinnerte. »Fasst er ihn noch einmal an, ist er tot!«

Raglan räusperte sich. »Ist das Ihr Partner? N'Abend auch!« Zwar kam er näher, sorgte jedoch dafür, dass Holly als Puffer zwischen ihm und dem Vampir blieb.

Alessandro lächelte bedrohlich, weshalb Holly ihm sicherheitshalber einen Knuff versetzte, ehe er etwas sagen konnte.

Raglans Blick wanderte zum Haus, und sein Gesichtsausdruck wechselte von angespannt zu kurz vor der Explosion. »Und, was ist? Legen Sie jetzt los?«

»Ich möchte vorher noch eine Sache überprüfen. Sie erwähnten, dass gestern etwas passiert ist. Können Sie uns erzählen, was genau das war? Wir brauchen Einzelheiten.«

»Tja, na ja, wie gesagt, gestern ist alles schiefgelaufen.« Raglans Stimme zitterte.

Sofort kribbelte es unangenehm in Hollys Nackenhaaren.

Nach kurzem Zögern schloss Raglan die Augen und fuhr fort: »Soweit ich gehört habe, gingen vier von den Jungs aus der Studentenverbindung am späten Nachmittag ins Haus, um eine Party zum Ferienende zu feiern. Das durften die eigentlich gar nicht, weil die Verträge ja noch nicht unterschrieben waren, aber sie sind durch ein Fenster rein. Schätze, die wollten das Haus schon mal einweihen. Tja, jedenfalls kamen sie nicht wieder raus.«

»Vielleicht sind sie noch drinnen und schlafen ihren Rausch aus«, gab Holly hoffnungsvoll zu bedenken. Sie wusste, dass Leugnen zwecklos war, aber bei ihr hatte es Tradition. Jemand musste es ja tun.

Raglan schüttelte den Kopf. »Nee, da muss mehr dahinterstecken. Die Polizei war schon hier und hat Fragen gestellt.«

»Die Polizei?«, wiederholte Holly erschrocken.

»Sie sind heute Nachmittag durch das ganze Haus und haben nichts gefunden. Hatten einen Heidenbammel, die Cops, aber keine Spur von den Kids. Und dann habe ich Sie angerufen.«

»Ich kann Ihnen nicht helfen, wenn die Polizei in dem Fall ermittelt – nicht ohne deren Erlaubnis!«

»Bitte, Miss Carver!« Raglan wischte sich mit dem Ärmel über den Mund, als wäre ihm übel. »Sonst kriege ich den Schuppen nie verkauft. Ich trau mich ja nicht mal selbst rein!«

Vor Wut blieb Holly für einen Moment die Luft weg, und ihr Ton wurde eisig. »Davon haben Sie bei Ihrem Anruf kein Wort erwähnt.«

Und offenbar war das nicht alles, denn Raglan erzählte weiter: »Heute Morgen gingen wieder zwei rein – Professoren, die angeblich, ähm, akademische Förderer von der Verbindung sind. Sie sind auch nicht wieder rausgekommen. Die Fakultät hat sich beim Dekan beschwert.«

»Sechs Leute sind in dem Haus verschwunden? Seit gestern? *Und das konnten Sie mir nicht am Telefon sagen?*« Holly fühlte Alessandros Hand auf ihrem Rücken, die sie stützte.

Raglan holte tief Luft, als hätte er eine Weile vergessen zu atmen. »Miss Carver, Sie müssen die Leute rausholen!«

»Stimmt.« Hollys Stimme klang belegt. *Das Haus hat Hunger.*

»Zwei Fragen, Raglan«, mischte sich erstmals Alessandro sehr ruhig und kühl ein. »Woher wussten die Leute von der Fakultät, was passiert war? Und wer rief die Polizei?«

»Zeugen«, antwortete Raglan. »Nachbarn haben gesehen, wie die Jungs durch das Fenster eingestiegen sind. Und dann haben sie Schreie gehört.«

2

Schreie.

Das verhieß in ihrer Branche nichts Gutes.

Im Geiste ging Holly mögliche Angriffspläne durch. Sie durfte nicht den kleinsten Fehler machen. *Sechs Leute sind in dem Haus gefangen.*

Raglan saß in seinem Geländewagen, rauchte eine Zigarette und richtete sich auf eine längere Wartezeit ein. Alessandro lehnte am Zaun und gab Holly Raum, um in Ruhe zu überlegen. So etwas wie eine Hotlinenummer für Probleme mit Hausgeistern existierte leider nicht, denn die einzige Hilfe in solchen Fällen war Holly selbst.

Manchmal nervte es gewaltig, besonders zu sein.

»Hast du jemals einen der Flanders kennengelernt?«, unterbrach Alessandro ihre finsteren Gedanken. Er stand wieder nahe genug bei ihr, dass die weichen Falten seines Mantels ihre Finger streiften. Das Leder hatte etwas Sinnliches, das sie ablenkte.

»Ich war noch auf der Highschool, als der letzte Flanders starb«, antwortete Holly. »Meine Grandma sagte, neben dieser Familie nahm das House of Usher sich wie die Teletubbies aus. Kein Wunder, dass ihr altes Heim solche Sperenzchen macht!«

»Aha. Wieso war ich noch mal bereit, dir dabei zu helfen?«

»Weiß ich nicht mehr. Weil du vielleicht irgendetwas zusammenschlagen darfst?« Sie lächelte süßlich. »Das gefällt dir doch. Außerdem kriegst du einen Anteil von meinem Honorar ab.«

»Ich will mehr als Bargeld.«

»Ach ja?« Holly bedachte ihn mit einem strengen Blick.

Alessandro hingegen sah amüsiert aus. Das matte Licht betonte die Konturen seines Gesichts: die gerade Nase und die langen Linien rechts und links von seinem Mund. Es war ein ausgesprochen individuelles Gesicht. Und entschieden zu schön.

»Nichts, was einer von uns bereuen könnte«, versicherte er. »Nur ein bisschen Hilfe bei einer meiner Ermittlungen. Ich könnte deine besonderen Talente gut gebrauchen.«

Holly wurde neugierig. Alessandro betrieb eine eigene Inkasso-Agentur, in der er seine natürliche Vampiraggressivität sinnvoll ausleben konnte, nahm hin und wieder aber auch weniger gewöhnliche Aufträge an. »Was soll ich für dich tun?«

Er blickte zu Raglans Wagen. »Was weißt du über das Wirken von Rufzaubern?«, begann er und senkte seine Stimme zu einem Flüstern. »Oder, um genauer zu sein, wie kann man zurückverfolgen, wer einen bestimmten Zauber gewirkt hat?«

»Warum?«

»Damit ich demjenigen auf die Finger klopfen kann. Jemand hat das Lager eines Kunden in Schutt und Asche gelegt. Er vermutet, dass es Sabotage war. Und ich fand die Überreste eines rituellen Kreises.«

Holly verschränkte die Arme. »Warte mal! Sachbeschädigung – mit einem Rufzauber?«

»Kommt darauf an, was man ruft.«

»Ah, ja klar.« Holly überlegte. »Ich kann dir helfen, vorausgesetzt, dass niemand versucht hat, die Spuren zu überdecken. Abschirmzauber sind ein Thema für sich.«

»Zu schwierig?«

»Ich betreibe Magie für den Hausgebrauch, Kinderzauber quasi. Ich verscheuche Geister und finde Verlorenes. Magie für Große, also Geisterbeschwörung und dergleichen, ist nicht meine Spielwiese.«

Alessandro schien zuversichtlich. »Dann siehst du es dir an? Aus reiner Gefälligkeit, versteht sich.«

»Natürlich. Was soll ich sagen? Magie ist ein Riesenspaß, bis einem der Kopf wegfliegt.« Das war nur halb im Scherz gesprochen. Ihr letzter Ausflug in die Welt der Magie für Große hatte ihre Energie nachhaltig beeinträchtigt – ungefähr so wie bei einem Quarterback, der sich das Knie ruinierte.

»Danke, das weiß ich sehr zu schätzen.«

»Ist mir ein Vergnügen. Übrigens, ich wäre jetzt so weit.« Holly rieb sich die verschwitzten Hände an ihrer Jeans ab. Wie immer hatte sie Lampenfieber.

Alessandro stieß die Pforte mit seinem Fuß auf. Die alten Eisenangeln quietschten. Beide blieben stehen und warteten ab, ob etwas geschah. Aber das Haus war still.

Vampire brauchten keine Einladung, um ein verfallenes Anwesen zu betreten. Holly beobachtete ihn. Sein Haar wippte bei jedem seiner fließenden Schritte mit. Dann folgte sie ihm langsam und konzentrierte sich auf ihren sechsten Sinn. Alessandro konnte sich um die greifbaren Feinde kümmern, sie sich um die anderen.

Holly fühlte die Präsenz des Hauses vor ihnen, die wie ein Raubtier lauerte, nicht geduldig im eigentlichen Sinne, aber willens, sie näher kommen zu lassen. »Dieses Haus ist nicht bloß *fast* fühlend«, stellte sie leise fest. »Es ist bei vollem Bewusstsein.«

Alessandro drehte sich nicht zu ihr um. »Also dürfte es ein fairer Kampf werden.«

»Es geht doch nichts über positives Denken«, murmelte Holly. »Ich für meinen Teil ziehe es vor, wenn meine Bösen blöd sind.«

Halb vergrabene Pflastersteine führten im Zickzack auf die Vorderveranda zu. Grasbüschel streiften Hollys Knöchel, und auf dem moosig-schmutzigen Untergrund verursachten ihre Sohlen knirschende Rutschgeräusche, die nicht unbedingt dazu taugten, ihre Nerven zu beruhigen. Sie konnte verfallendes Obst unter den Apfel- und Birnbäumen riechen, die in den Gartenecken standen. Niemand hatte das Fallobst eingesammelt.

Sie waren beinahe an der Veranda, als das Haus sich regte. Ein Flüstern ging durch das Gras und die Blätter. *Warum bringst du den Toten zu mir? Schick den Vampir fort! Ich habe keine Verwendung für ihn.*

»Ganz genau«, erwiderte Holly murmelnd. Vampire waren die ideale Verstärkung. Nichts wollte sie jemals auffressen.

Der Boden erbebte, ein kurzes verärgertes Vibrieren.

Alessandro war sofort an Hollys Seite. »Was war das?«

»Es weiß, dass wir kommen.« Holly reckte ihren Kopf und betrachtete das Verandageländer. Symbole von Talismanen waren in das morsche Holz geschnitzt, aber ihre Magie war schon seit langem verebbt.

Alessandro sah Holly erwartungsvoll an.

»Es ist sicher«, erklärte sie. »Na ja, ziemlich sicher jedenfalls.«

Leder raschelte, als Alessandro die Verandastufen hinaufstieg. Er bildete einen großen breiten Schatten in der Dunkelheit. Oben angekommen, zog er eine schwarze Taschenlampe aus der Manteltasche. Für ihn war sie überflüssig, aber Holly konnte ein bisschen mehr Licht nicht schaden. »Hast du die Schlüssel?«

»Die brauchen wir nicht. Es will, dass ich hereinkomme.« Ihre Schritte auf den Verandadielen waren ungleich lauter als seine – menschlich laut eben.

Ja, komm herein, nur herein! Sie fühlte ein ungeduldiges Ziehen, als hätte jemand sie am Jackenkragen gepackt. Holly stemmte sich dagegen, doch ein plötzliches Reißen ließ sie nach vorn stolpern.

Alessandro fing sie ab und zog sie mit starken Händen an seine Seite. Ihre Schulter kollidierte mit harten Muskeln, und das kalte Metall seiner Mantelknöpfe kratzte an ihrer Wange. Einen Moment lang hielt er sie fest, bis sie wieder sicher stand.

»Es glaubt offenbar, es könnte mich herumschubsen!«, flüsterte sie angesäuert.

»Nun, es hat dich noch nicht zurückschubsen gesehen.«

Komm rein, komm nur, komm! Die Lockrufe kamen von allen Seiten, innerhalb und außerhalb ihres Kopfes, denn aus der einen Stimme wurden unzählige, so dass das chaotische Flüstern an Hollys Konzentration zehrte. Bedeutungen zerbröselten, und jede Logik fiel in sich zusammen.

Holly hielt sich an Alessandros Arm fest, damit er ihr Halt gab, atmete tief ein und biss die Zähne zusammen. Währenddessen beschwor sie den Zorn, der gleich unter ihren Gedanken brodelte. Die Scherben ihrer Willenskraft bündelten sich und drängten den Chor der eindringenden Stimmen fort.

Zurück! Ich muss sechs Leute finden. Sechs Seelen. Sechs Verlorene.

Nein, sie gehören mir.

Willst du das wirklich? Ich sage nur: Abrissbirne. Du kriegst nicht einmal mehr die Zeit, um deine Spielzeuge zu verschlingen.

Dann komm herein, Kleine, und halte mich auf! Ich lade dich ein, nein, ich fordere dich heraus. Wag es nur!

Die Tür rüttelte. Das unvermittelte Geräusch bescherte Holly eine Gänsehaut. Widerwillig trat sie ein Stück von Alessandro weg, der seine Taschenlampe auf das Schloss richtete. Vor ihrer beider Augen drehte sich der schnörkelige Knauf, bevor die Kassettentür weit aufschwang. Der muffige Geruch von verrottendem Holz und Nitroverdünnung schlug ihnen aus der leeren düsteren Diele entgegen.

Flüsterlaute wirbelten in der Dunkelheit, als wollten sie den Tanz der Staubflocken nachäffen, die sich im Lampenkegel zeigten. Mit einem Eisklumpen im Bauch schritt Holly über die Schwelle. Die Energie des Hauses peitschte ihr entgegen, ein Gefühl wie finstere Flügelschläge auf ihrem Gesicht und ihren Händen.

Sie stellte ihre eigene Taschenlampe an. Der Strahl traf auf Alessandros Augen, die in dem strahlenden Gelbbraun einer Wildkatze aufleuchteten. *Raubtier.*

Beim Anblick dieser Augen zuckte Holly unwillkürlich zusammen. Ihr Fluchtinstinkt brachte ihr Herz zum Rasen. Alessandro hob das Kinn. Seine Nasenflügel bebten. Konnte er ihren beschleunigten Puls oder die säuerliche Note ihrer Angst riechen?

Immer wieder interessant, wenn man für Kollegen ein Nahrungsmittel darstellt, dachte Holly. In der Zeit, seit sie zusammenarbeiteten, hatte er ihr niemals Anlass zur Sorge gegeben, doch das letzte bisschen Zweifel wollte einfach nicht verschwinden.

»Wo möchtest du anfangen?«, fragte Alessandro wohltuend beiläufig.

Er betätigte den Lichtschalter einige Male, um sich zu vergewissern, dass es keinen Strom gab. Im Haus war es komisch still. Dieselbe Magie, die den Strom gekappt hatte, musste auch sämtliche Außengeräusche dämpfen.

Holly schwenkte ihr Licht nach links. Der Strahl zeigte ihr ein Zimmer, bei dem es sich wahrscheinlich um den Salon handelte. Die Decke war hoch, und Risse zogen sich durch den alten Putz. Es war die Art Zimmer, in der sich plüschige, überweiche viktorianische Möbel gut gemacht hätten. Jetzt war der Raum leer bis auf ein paar Farbdosen und schmutzige Lumpen, die für den durchdringenden Chemiegestank verantwortlich sein mussten.

Holly verlangsamte ihre Schritte und fügte die Brocken ihres Plans zusammen. »So, wie es sich anfühlt, wird es sich nicht kampflos ergeben. Wenn wir die sechs Opfer gefunden und nach draußen geschafft haben, versuche ich, das Haus zu neutralisieren, indem ich die ursprünglichen Belebungszauber breche. Falls das nicht klappt, könnte ich die Feuerwehr rufen. Das wäre allerdings meine letzte Wahl.«

Etwas im Bewusstsein des Hauses bewegte sich – fast, als würde es zusammenfahren.

Alessandro nickte. »Suchen wir Zimmer für Zimmer nach den verlorenen Studenten ab?«

»Ja, machen wir erst mal einen Rundgang.« Sie blickte sich um und ermahnte sich, auf schwebende oder fallende Gegenstände zu achten. Das Haus konnte mit allem kämpfen, was es gewiss auch würde, ehe die Nacht vorüber war. Den Taschenlampenstrahl hin und her schwenkend, ging Holly durch den Salon. Alessandro war direkt neben ihr.

Jemand hatte einen Bagel in einer Campus-Joe's-Serviette

sowie eine Zeitung liegen gelassen. Alessandro hob den Hauptteil der Zeitung hoch. »Die ist von heute.«

»Dann muss sie einem der Profs gehört haben, die heute Morgen herkamen.« Holly überflog die Schlagzeile, angezogen von den fetten schwarzen Lettern.

Pitbull frisst Zombie: Mord oder Müllbeseitigung?

Schaffen die Kanadier zwei Siege in Folge gegen die Oilers?

Neues Gesetz gegen Vagabundieren auf Dächern sorgt für Obdachlosigkeit bei Kobolden in Richmond.

Holly erinnerte sich, dass ihr Freund Ben beim Frühstück ohne Ende über das Gesetz gegen Vagabundieren und die Mietkontrollen geredet hatte. Bedauerlicherweise war er sowohl ein Morgenmensch als auch ein Nachrichtenjunkie. Ihn hatte bereits das Semesteranfangsfieber gepackt, und er konnte es gar nicht erwarten, seine Wirtschaftsstudenten wieder zu unterrichten. Am Morgen des ersten Semestertages lief er faktisch im Flummimodus, der sich über eine ganze Weile aufgebaut hatte.

Alessandro hielt die Zeitung ins Licht und richtete den gelben Strahl auf den Hockey-Artikel, bevor er sie fallen ließ. »Was ist nebenan?«

Vor ihnen klaffte eine breite Öffnung, die ehedem mit Schiebetüren ausgestattet gewesen sein dürfte. Dahinter lag ein längliches Esszimmer, indem sich nichts außer mottenzerfressenen Vorhängen befand, die an einer dicken Eichengardinenstange hingen. Als Alessandro einen Schritt vortreten wollte, hielt Holly ihn am Arm zurück. »Warte! Hier ist etwas.«

Er stellte seinen Fuß so vorsichtig wieder ab, dass man hätte glauben können, er würde sich durch ein Minenfeld bewegen.

Aus dem Augenwinkel nahm Holly ein glitzerndes schwarzes Fließen in der Dunkelheit wahr. »Das ist neu.« Sollte sie es direkt ansehen, wäre es fort. »Es ist genau vor uns.«

»Was?« Er blickte von einer Seite zur anderen, doch obwohl er nachts exzellent sah, entging ihm, was ihre Hexenaugen wahrnahmen.

»So etwas habe ich noch nie gesehen. Es sieht aus, als würde jemand den Nachthimmel ausgießen.«

»Wie bitte?«

Der Fluss brach durch die Zimmerdecke und rann wie schwarzer Sirup die Wand rechts von Holly hinab. Lichtpunkte fielen – oder stiegen vielleicht auch auf –, mal schneller, mal langsamer in der trägen Flüssigkeit kreiselnd, die sich an der Fußleiste wellte und sammelte. Von dort kroch sie über den Boden, Zentimeter von ihren Füßen entfernt, und floss in die Dielenritzen. Es war unmöglich, zu sagen, in welche Richtung der Fluss strömte: vom Keller zur Decke oder umgekehrt. Irgendwie sah es aus, als verliefe er in beide Richtungen zugleich.

Was Holly allerdings erkennen konnte, war, dass eine deutliche Aura von Furcht um die funkelnde Schwärze waberte. Ein Prickeln stieg ihr die Schienbeine hinauf, als wäre der Fluss von elektrischer Ladung umgeben, und das stellte nur einen Teil seiner verstörenden Präsenz dar. Es war leicht warm, noch frisch von der Quelle, der es entzogen worden war. Holly hatte keine Ahnung, was passierte, wenn sie da hineintraten, aber gut wäre es ganz sicher nicht.

»Blut – oder etwas sehr Ähnliches«, raunte Alessandro ihr zu. »Ich kann es riechen.«

Hollys Magen drehte sich um, denn sein Tonfall war mindestens so unangenehm wie ihre Gedanken. »Es ist kein Blut.«

»Was dann?«

»Ich habe von solchen Sachen gehört, die in bösen Hexenhäusern passieren, sie allerdings noch nie gesehen. Ein wirklich übles Haus absorbiert nicht bloß Energie, es greift auch an. Die schwarze Schmiere ist seine ... ich weiß nicht ... sein Verdauungssystem, tippe ich. Es jagt. Es saugt sechs Leute hier drinnen aus. Was du riechst, ist ... ähm ... ihr Leben.« Ihre Stimme verlor sich in einem Flüstern.

»Wo kommt das her?«

»Von da oben.« Holly zeigte hin. »Oder von unten. Ich weiß nicht, in welche Richtung es verläuft. Da, wo es anfängt, finden wir jedenfalls unsere Opfer.«

Auf ihre Worte hin versiegte der schwarze Fluss. Sie hatte gesehen, was das Haus sie sehen lassen wollte. Es lutschte seine Opfer leer.

Wenn es das schon mit gewöhnlichen Menschen tat, was hatte es dann erst mit einer Hexe wie ihr vor?

Der Energiepegel in der Luft fiel und brachte die Temperatur dem Gefrierpunkt nahe. Die wispernden Stimmen in ihrem Kopf wurden schwächer, als würde das Haus sich zurückziehen, um seinen nächsten Schritt vorzubereiten.

Das hier war anders als alle bisherigen unkontrollierbaren Häuser, mit denen Holly zu tun gehabt hatte. Normalerweise war das Böse vorhersehbar, hungrig und doof. Hier jedoch handelte es sich um eine Intelligenz mit einem Uniabschluss in Bösartigkeit, die noch dazu ein Vordiplom in ernsthafter Gruseligkeit absolviert hatte, und wie es sich anfühlte, machte sie sich gerade erst warm.

Wenn diese Präsenz richtig in Fahrt kam, wurde es spannend.

3

Die breite Eichentreppe nach oben war noch von einem festgetackerten Läufer bedeckt, der einen Hauch der Eleganz wahrte, die das Haus früher einmal besessen haben musste. Holly richtete ihre Taschenlampe auf die Stufen. Dort standen ein paar Kartons und Malerzubehör, aber ansonsten schien der Weg frei.

Die Stimmen waren so gut wie weg, tuschelten nur noch untereinander. Das ignorierte Holly und konzentrierte sich darauf, über eine Rolle Abdeckfolie zu steigen. Dann traf ihr Lampenstrahl etwas. Ein vollgepackter Rucksack lag auf dem kleinen Treppenabsatz, wo der Aufgang eine Biegung nach rechts machte. Komisch, dass die Polizei ihn nicht mitgenommen hatte. Waren sie so sehr von dem Haus irritiert gewesen, dass sie ihn übersehen hatten?

»Mindestens einer der Studenten ist hier hinaufgegangen«, folgerte sie, stieg die Stufen hinauf und kniete sich hin, um besser sehen zu können. Der Rucksack war von einer gängigen Marke, dunkelblau mit dem Wappen der Fairview-University auf der Vordertasche. Ein Kaffeebecher aus rostfreiem Edelstahl hing an einem der Schultergurte. Holly besaß einen ganz ähnlichen Rucksack, genau wie Ben. Er hatte sie zum Semesterbeginn für sie beide gekauft – eine seiner vielen netten Gesten. Und dass Holly an der School of Business, seinem Institut, angenommen wurde, war sozusagen das Sahnehäubchen gewesen.

»Wie es aussieht, hat ihn jemand in Eile abgeworfen«, bemerkte Alessandro, der etwas von dem Treppenabsatz aufhob. »Guck mal! Das Handy muss herausgefallen sein.«

Er klappte es auf, aber hier hatte es keinen Empfang, was in Spukhäusern nicht ungewöhnlich war. Etwas an den Geisterschwingungen störte die Funksignale.

Der obere Reißverschluss des Rucksacks stand offen. Holly spreizte die Öffnung, um kurz hineinzusehen. Eine gründlichere Durchsuchung des Inhalts wäre Zeitverschwendung, denn der Besitzer tat nichts zur Sache. Wichtig war einzig, dass er in einem schrecklichen flüsternden Haus verlorengegangen war. Dann aber sah sie, was der Rucksack enthielt, und erkannte den Sticker auf dem Laptop: *Wirtschaftswissenschaftler bieten das Angebot für die Nachfrage.*

Holly senkte den Kopf. Ihr Schrecken raubte ihr kostbare Kraft. »Oh, mein Gott, das ist Bens!«

»Merda!« Alessandro kniete sich neben sie. »Er muss einer der Professoren gewesen sein, von denen Raglan meinte, dass sie hergekommen wären, um nach den Studenten zu suchen.«

»Er hat mir nie gesagt, dass er eine Studentenverbindung unterstützt. Verdammt, wo steckt er?« Holly richtete sich auf und lief die restlichen Stufen hinauf. Hatte Ben heute Morgen gesagt, dass er hierherwollte, und sie seinen Frühstücksmonolog einfach ausgeblendet? Vor lauter Angst und schlechtem Gewissen hämmerte ihr das Herz gegen die Rippen.

»Holly!« Alessandro sprang ihr nach, zwei Stufen auf einmal nehmend.

Oben befand sich ein breiter Flur, von dem zwei Korridore abgingen. Ein großer Kleiderhaufen türmte sich unheimlich neben dem Treppengeländer. Holly blickte von einer Seite zur anderen, ob sich irgendwo eine Spur des schwarzen Flusses erkennen ließ, den sie im Esszimmer gesehen hatte. Auf einmal war ihr Verstand vollkommen klar, tickten ihre Gedanken mit digitaler Präzision.

Alessandro blieb stehen und hob den Kopf. Dann holte er hörbar Atem, bevor er das Gesicht verzog. »Hier ist Tod.«

»Wo?«, fragte Holly tonlos. *Oh, Ben!*

Alessandro zeigte geradeaus.

Das Knarzen des Hauses verwandelte sich erst in ein kehliges Frauenlachen, dann in ein leiseres Kichern. *Das Haus ist eine Frau.* Die Tatsache, dass es ein Geschlecht besaß, machte alles noch schlimmer. Damit wurde die Angelegenheit persönlicher, zu etwas Besonderem. Und das Haus hatte Ben. Ben, der Holly Kaffee und Bagels mitbrachte. Ben, der gern Thailändisch aß, klassische Cartoons mochte und großartig Füße massieren konnte. Hollys Magen krampfte sich zusammen.

Gib ihn mir zurück, Haus! Sie schlich den Flur entlang, wobei sie die Taschenlampe wie einen Knüppel hielt. *Zehn Sekunden, oder du bist nichts als Bauschutt!*

Das letzte Kichern schwand, so dass nur noch leere Stille blieb. Holly ging weiter. Ihre Turnschuhsohlen schlugen zu laut auf die Dielen. Sie öffnete eine Tür nach der nächsten und hielt sich nur lange genug auf, um die leeren Zimmer abzuleuchten. Doch sie entdeckte nichts als kleine schlichte Räume mit Dachschrägen – Schlafzimmer offenbar.

Frustriert boxte sie mit ihrer Faust gegen die Wand. Das Zentrum des Hauses war ganz in der Nähe. Sie konnte es fühlen, auch wenn sie nicht erkannte, wo genau es lag. »Gib's auf, Misthaufen!«, schrie sie. »Wo hast du deine Spielkameraden versteckt?«

Alessandro glitt an ihr vorbei, öffnete die letzte Tür, stieß sie weit auf und wich sofort zurück, um die typische Kampfhaltung einzunehmen. Holly eilte zu ihm und blieb erst stehen, als er eine Hand hob. »Warte! Hier ist die Quelle des schwarzen Flusses«, informierte er sie. »Jetzt sehe ich sie auch. Unten muss ein Blendzauber darübergelegen haben. Das erklärt, wieso die Polizei nichts bemerkt hat.«

Holly stand inzwischen neben ihm. Er hatte recht. Da war es, entsetzlich klar und deutlich; kein Nur-aus-dem-Augenwinkel-sichtbar-Quatsch mehr. Sie schluckte, um nicht zu würgen. Die schwache Hitze, die sie vorher gespürt hatte, mischte sich mit einem beißenden Geruch, der an vergammeltes Hackfleisch erinnerte.

Der schwarze Sirup floss über den leicht abschüssigen Dielenboden zur Außenwand, von wo er hinab ins Esszimmer darunter lief. Sechs Körper lagen auf dem Boden, bedeckt von der funkelnden Masse. Ein Opfer hatte anscheinend versucht, aus dem Fenster zu fliehen, der Position seines reglosen Körpers nach zu urteilen. Holly blickte panisch von einem zum anderen, konnte aber nicht erkennen, welcher Ben war.

Ihm darf nichts passiert sein! Bitte, lass mich nicht zu spät kommen!

Das Haus seufzte wonnig, während ein Kribbeln Hollys Nacken hinaufwanderte.

»Ich weiß nicht, ob sie noch leben«, sagte Alessandro leise. »Alles riecht verwest. Was wollten sie hier oben?«

»Wahrscheinlich haben sie versucht, sich gegenseitig zu retten, und wurden wie die Fliegen am Klebestreifen gefangen.« Hollys Stimme klang hoch und erstickt. Vorsichtig machte sie einen Schritt nach vorn, achtete aber darauf, dass ihre Schuhspitze die schwarze Schmiere nicht berührte. Es hätte auch funktioniert, wäre der Sirup nicht mit einem quatschenden, glibbernden Schlürfen auf sie zugekommen.

»Kannst du das beherrschen?«, fragte Alessandro.

Holly streckte ihre Finger aus und gab einen Energieschwall ab. Immerhin wich das Zeug dem dunklen Funkenstrahl aus. Mit heißen klirrenden Energiewellen jagte sie es ein Stück weiter zurück und näherte sich dem ersten Körper, der unweit der Tür lag. Um die Batterie zu schonen, schaltete sie ihre Taschenlampe aus. Das schwache Licht ihrer Magie reichte ihr, um alles zu sehen.

Ein raschelnder Luftzug ging durch den Raum, als Alessandro zur anderen Seite flog, wobei sein Mantel sich um ihn aufbauschte. Erschrocken duckte Holly sich, aber zum Glück setzten seine Stiefel auf trockenem Boden auf. Die Schmiere hatte die gegenüberliegende Wand noch nicht erreicht.

Sie fühlte, wie die dunkle Flüssigkeit sich der Stelle zuwandte, an der Alessandro nun stand. Er stupste sie mit dem Ende seiner Taschenlampe an. Prompt schlug der Schleim nach ihm aus, doch Alessandro wich wie ein Matador zur Seite.

»Pass auf!«, rief Holly. »Was machst du denn?«

Alessandro tänzelte von dem Zeug weg. Seine Augen glühten gelb. »Es will kämpfen, also beschäftige ich es. Sieh du inzwischen nach, ob es Überlebende gibt!«

Er beugte sich halb vor und bleckte lächelnd seine Reißzähne. Normalerweise schüttelte es Holly bei diesem Anblick, aber momentan hatte sie andere Sorgen. Sollte der Vampir ruhig mit dem Schleimmonster spielen – sie musste Zivilisten retten!

Der Gestank von totem Fleisch bildete einen Belag in ihrer Kehle, der sie ebenso zu ersticken drohte wie die Angst, dass ihre Kraft nachließ und sie in dem schwarzen Sirup versank. Die Angst schlug in Panik um, kaum dass sie die Masse von dem ersten Körper gedrängt hatte und sah, was darunter zum Vorschein kam.

Die Gestalt trug eine Team-Jacke, also wusste Holly, dass es sich nicht um Ben handelte. Das Opfer musste vorher ein kräftiger dunkelhaariger Mann gewesen sein, dessen Knochen nun jedoch von schlaffer Haut umhangen waren, vollständig ausgesaugt. Sein Gesicht war auf dem Eichenboden zerlaufen wie geschmolzenes Wachs.

Holly gab einen Laut von sich, in dem sie sich selbst gar nicht wiedererkannte, und schrak zurück. Einen Moment lang stand sie schwer atmend da und versuchte, sich zusammenzunehmen, bevor sie sich auf die zweite Gestalt ein Stück weiter zubewegte. War das Ben? Vor lauter Furcht konnte sie nicht klar denken. Was, wenn er nicht hier war? Was dann?

Ein Schraubenschlüssel segelte durch die Luft und knallte gegen ihre Schulter. Hollys Arm wurde taub, so dass ihr ein Energiestrom aus den Fingern entwich, ähnlich Wasser aus einem kaputten Schlauch.

»Autsch!« Holly sah sich um.

»Dort drüben«, sagte Alessandro und zeigte hin.

In der Ecke stand ein Werkzeugkasten, dessen Inhalt in der Luft schwebte. Der fungierte nun als Waffenarsenal des Hauses. So etwas hatte sie schon gesehen: dämlicher Poltergeist-Unfug, der allerdings schmerzhaft sein konnte.

Ein Hammer trudelte auf Alessandro zu, der ihn mit einer solch blitzschnellen Bewegung abfing, dass Holly seinen Arm nur verschwommen wahrnahm. Der Vampir benutzte ihn, um eines der Schleimfüßchen wegzuschlagen, die auf ihn zuflossen. Er amüsierte sich eindeutig, auf eine Conan-der-Barbar-Art.

Holly wehrte eine fliegende Dichtkittpistole mit ihrer Taschenlampe ab und huschte so schnell sie konnte zu dem nächsten Körper, wobei sie sich duckte, um dem Werkzeugregen auszuweichen. Auch der zweite war nicht Ben. Der junge Mann sah blass aus, hatte blaue Lippen und eine schrumpelige Haut, als hätte er zu lange in der Badewanne gelegen, aber er lebte, sehr zur Freude Hollys.

»Hey. Hey!« Sie packte ihn bei den Schultern und schüttelte ihn, doch er rührte sich nicht, lag einfach nur mit halboffenem Mund da.

In kurzen flachen Stößen rang er nach Sauerstoff. Holly berührte seinen Hals, wo sie einen schwachen Puls fühlte. Er war viel zu kalt. Noch lebte er, aber er brauchte dringend einen Arzt.

Die Feuchtigkeit, die der Schleim hinterließ, trocknete fast sofort, und das kastanienbraune Haar des Mannes wirkte stachelig verklebt. So musste jemand aussehen, über den eine ganze Horde irrer Friseure mit Geltuben hergefallen war.

»Keine Angst, wir bringen Sie hier raus!«, flüsterte Holly ihm ins Ohr. Dann packte sie seine Handgelenke und zog ihn zur Tür, weiter weg von dem Schleim. Als Nächstes wandte sie sich der Gestalt unter dem Fenster zu. Wie es aussah, hatte sie versucht herauszukommen, aber das Fenster klemmte. Der Schleim über dem Körper wurde dicker. Glänzend schwarze Wellen rollten auf ihn zu. Anscheinend begriff das Haus, was Holly tat, und beeilte sich, sie aufzuhalten.

Etwas knallte hart in ihren Rücken und fiel polternd herunter. Der Hieb warf Holly auf die Knie, während ihr Tränen in die Augen schossen. Sie blickte sich um und sah die rote Werkzeugkiste leer auf dem Boden hinter sich. *Verflucht!*

»Holly, alles okay?«

Als sie zu Alessandro aufschaute, kapierte sie, wieso das Haus die Kiste geworfen hatte. Es waren keine Werkzeuge mehr übrig, denn Alessandro hatte sie alle gefangen und in seine riesigen Manteltaschen gesteckt.

»Ja.« *Wenigstens war es keine Bohrmaschine.* Morgen dürfte sie einen dicken blauen Flecken haben.

Holly holte tief Luft und vergaß alles bis auf den Körper unter dem Fenster. Im Moment glich er einer unförmigen Masse, sämtliche Konturen im dunklen Brei vergraben. Holly bündelte abermals ihre Kräfte, tauchte ganz tief in sich hinein und hielt ihre Hand über die Schwärze zwischen sich und dem Fenster. Dann ließ sie die Energie fließen. Der Schleim zog sich zurück, so dass sie zwei Schritte vorwärtsgehen konnte. Dort wiederholte sie die Prozedur. Ihre Fingerspitzen brannten von der Hitze ihrer freigesetzten Energie.

Rollend und wabernd wich die Masse von dem zusammengesunkenen Leib. Seine Haut war totenblass, aber noch unberührt, erkennbar. Es war Ben.

»Gütige Hekate!« Holly machte einen Satz nach vorn und umfasste sein Gesicht. Ihr Herz wummerte so heftig, dass sie es auf ihren Lippen fühlte. *Sei bitte nicht verletzt! Ich tue alles, wenn du nur okay bist!* Er zitterte und war klebrig. Das braune Haar haftete ihm dicht am Kopf. »Ben!«

Flatternd öffnete er die Lider. Seine Augen waren nicht leuchtend grün wie Hollys, sondern grünbraun wie eine Steppenlandschaft im Frühling. Anscheinend konnte er sie nicht richtig erkennen. Vor Erschöpfung wirkte er älter, nicht wie ein Mann in den Dreißigern. Seine Jeans und die Jeansjacke waren durchnässt von fauliger Brühe.

»Holly?«, hauchte er schwach. Dann verschränkte er seine Arme, als wollte er festhalten, was ihm noch an Körperwärme geblieben war.

Sie küsste ihn auf die Schläfe, wo sie seinen seifigen, sauberen Eigenduft unter dem Gammelgestank des Hauses roch. Was sie nun sagte, kam aus tiefstem Herzen. »Ich bin hier, Ben. Ich bin gekommen, um dich nach Hause zu holen. Ich lasse dich doch nicht im Stich!«

»Oh Gott, danke!«, flüsterte er.

»Holly!«, brüllte Alessandro, der auf sie zugeflogen kam.

Der kurze Moment der Ablenkung hatte gereicht, dass der schwarze Fluss um sie herumkroch und hinter ihr aufblubberte. Als Holly sich umdrehte, streckten sich Schleimfinger nach ihr und packten ihr Bein. Eisige Kälte umfing ihren Knöchel. Vor Schreck schrie sie auf und zuckte zurück, konnte sich jedoch nicht dem betäubenden Griff entwinden.

Alessandro landete hinter ihr, hob Ben mit einer Hand hoch und schwang ihn in eine sichere, trockene Ecke des Bodens. Als Nächstes packte er Hollys Arm, aber sie war in dem Schleim gefangen. Das Haus hatte, was es wollte, und war nicht willens, sie wieder freizugeben.

Die Kälte drang fühlergleich in Holly ein – suchende Fühler, die sich in ihr Fleisch gruben. Sie glitten an ihren Nervenbahnen entlang, schossen ihre Beine hinauf und tauchten tief in ihre Eingeweide.

Die Strategie des Hauses war wohldurchdacht. Hollys Versuch, die anderen aus dem schwarzen Schleim zu retten, hatte sie viel Energie gekostet, und sie glich nun einer flackernden Glühbirne, deren Laufzeit zu Ende ging.

Entsetzen blockierte Hollys Denken, machte sie blind vor Angst. Sie musste … musste … *Oh, mein Gott!* Vor lauter Panik drohte sie zu zerbrechen.

Okay. Okay. Denk nach! Die erste Kältewelle war bereits in ihr.

Schutzschilde! Im Geiste beschwor sie das Bild von Ziegelmauern herauf. *Hart, solide, stark.* Doch es war zu wenig und zu spät. Die Energie des Hauses schlängelte sich unzähligen Krakenarmen gleich durch ihren Schutz und machte ihre Schilde zunichte.

Sie steckte in ernsten Schwierigkeiten.

Schwerelosigkeit übernahm, während ihr Herz langsamer zu schlagen schien und ihr Blut zu träge wurde, um es bis in ihr Gehirn zu schaffen. Sie fühlte, dass ihre Knie nachgaben, nur kamen sie ihr vor, als gehörten sie jemand anders. Holly trieb davon, aus ihrem Körper heraus, auf dass er kopfüber in die tödliche Schwärze fiel.

Sie konnte weder atmen noch sich bewegen. Sie war ein Eisblock, der mit dem Gesicht nach unten auf dem Fußboden lag. Jemand zerrte hinten an ihrer Jacke und wollte sie nach oben reißen. Aus weiter Ferne glaubte sie Alessandro auf Italienisch fluchen zu hören. Aber sie war sich nicht sicher, denn sie erkannte die Worte nicht. Er packte ihre Arme und wollte sie befreien. Seine Finger streiften ihr Handgelenk, Haut auf Haut. Die Berührung wirkte wie ein Funke an trockenem Zunder. Hollys Sinne öffneten sich und wurden von seinem Raubtierhunger geflutet, von einem durchdringenden primitiven Überlebenswillen.

Sie schaffte es, ihre Augen aufzumachen, konnte jedoch keinen Laut von sich geben. Und der Funke, stark wie er war, flackerte bedenklich. Das Haus fraß sie schneller auf, als sie es abwehren konnte.

»Verdammt, Holly! Kämpfe!« Alessandros Stimme klang schroff, ja, regelrecht aufgebracht.

Als würde ich mich nicht schon mit aller Kraft wehren!

»Holly! Hörst du mich? Kämpfe!«

Vampire! Dauernd brauchen sie das ganz große Drama. Was für Hysteriker!

Hollys Furcht wurde dunkler und von kochender Wut überlagert. Sie musste alle Kraft, die sie noch besaß, zu einem dichten Strahl bündeln. Nur weniges überlebte die volle Energieladung einer zornigen Hexe.

Sie konzentrierte sich auf ihre größten Kräfte, kollidierte aber prompt mit dem Hindernis ihrer alten Verletzung, einem undurchsichtigen, undurchdringbaren Narbengewebe, an dem sie nicht vorbeikam. Jedenfalls nicht, ohne sich mit ihm zusammen in Stücke zu reißen.

Super! Magie für Große war schwierig. Holly hätte sie beschwören können, doch es hätte teuflisch weh getan. Das machte keinen Spaß, nur lautete die Alternative Tod durch Schleim, und das wäre schlicht peinlich.

Wie wär's mit ein bisschen Rock'n'Roll, Bruchbude? Ich rocke, und du rollst im Lastwagen gen Sondermüll?

Du hast keine Kraft mehr, flüsterte das Haus. *Du bist vollkommen ausgelaugt.*

Kälte legte sich über ihr verwundbares Inneres. War es das Haus oder einfach nur Angst?

Dann pass mal gut auf! Holly begann, ihre große schwarze Magie anzurufen. Der Zauber fügte sich zusammen, baute sich auf und schwoll an wie Dampf in einem Drucktopf. Holly spürte die Kraft, die sich in ihr bewegte, gleich einer Schlange, die an ihren Knochen entlangschlich.

Alessandro ließ sie los, so dass sie seine muskulösen Arme nicht mehr fühlte. Sicher hatte der Vampir gemerkt, dass sie jetzt endlich etwas unternehmen wollte.

Die Kraft kam schnell, rauschte lodernd einen Tunnel hinunter. Es war, als würden ihre Eingeweide sich langsam von innen nach außen stülpen, und der Schmerz tobte so grell wie neues Kupfer. Hitze rauschte ihren Rücken hinauf, entflammte Stellen, die eben noch eiskalt gewesen waren, und brachte ihre Haut zum Kochen. Lichtbögen wanden sich in parallelen Linien über ihre Arme. Sie glühte, bis die zarten Knochen in ihrer Hand lediglich Schatten in einer pinkfarbenen Hülle bildeten.

Holly zerriss mit ihrer Energie die Magie des Hauses, was bedeutete, dass ein Feuertornado über ihre Nerven hinwegfegte. Plötzlich strahlte Licht auf, dem ein Knall folgte und dann der Duft eines Sommergewitters.

Die schwarze Masse zischte und blubberte, wo Holly sie berührte, zuckte zurück und bewegte sich sogar noch von ihr weg, als sie sich bereits in Nichts auflöste. Holly drückte ihre Stirn auf die harten Bodendielen und streckte sich flach auf ihnen aus, um eine möglichst enge Verbindung zu dem physischen Haus einzugehen. Sie musste die Kraft an irgendetwas abgeben. Energie tobte durch ihren Leib, viel zu viel, als dass die Magie des Hauses ihrer hätte Herr werden können. Verstohlen blickte Holly auf und sah, dass der schwarze Bach zu einer verdampfenden Pfütze zusammengeschrumpft war.

Nun steckte das Glühen in den Wänden, ein schwaches Summen, das durch die Luft wehte. Holly spürte, wie das Gebäude erbebte, als die Wucht seine Grundmauern erreichte. Das Vibrieren hallte in ihrem Körper wider, was sich befremdlich vertraut anfühlte. Holly konzentrierte sich auf ihre Sinne. Ja, die Stimmen im Haus waren totenstill. Nichts als Ruhe. Sie waren fort, erloschen.

Trotzdem ließ Holly ihre Energie weiterfließen, um sicherzugehen. Sie hatte schon einige Horrorfilme gesehen, und dieses Haus sollte keine Fortsetzung bekommen.

Als das Schwindelgefühl einsetzte, war sie froh, dass sie

bereits lag. Die Tränen der Erleichterung trockneten, sowie sie ihre heißen Wangen erreichten. Sie hob eine Hand und betrachtete fasziniert das Licht unter ihrer Haut. *Gütige Göttin, ich glühe immer noch!*

Es war nicht vorbei. Ihre gebrochene Kraft anzuzapfen, forderte seinen Preis. Hollys Leib spannte sich an. Ihr Herz stotterte wie eine Trommel, die einen Hügel hinabkullerte. Sie zog ihre Knie an, rang nach Atem, doch ihre Lunge war wie versteinert. *Keine Luft, keine Luft!*

Schweiß rann ihr übers Gesicht. Kaum verblasste das Glühen, setzte das große Zittern ein. Keuchend japste sie nach Luft, während ihr Überlebensinstinkt die Energie niederrang und wieder in ihr einschloss.

Gerade als sie dachte, das Gröbste wäre überstanden, holten die Nachwirkungen sie in Form einer solch profunden Angst ein, dass sie durch ihre sämtlichen Glieder peitschte. Holly schrie ein tonloses Wort – welches, wusste sie nicht – und rollte sich zusammen.

Ich habe gewonnen. Mir ist hundeelend.

Holly schluchzte vor Schmerz.

Das war der Grund, weshalb sie sich sonst nur Pipifaxgeister vornahm.

4

Jedes Zeitgefühl war Holly abhandengekommen. Sie konnte nicht sagen, ob seit dem Entschleimen des Höllenhauses ein, zwei oder mehr Stunden vergangen waren.

Stumm hockte sie auf der Bordsteinkante vor dem Haus und beobachtete, wie die Krankenwagen die Straße füllten und die ganze Aufregung noch um eine Light-Show sowie den Chor der Sirenen erweiterten. Polizisten standen in einer Traube auf dem Rasen zusammen und übernahmen nun, was sie mittlerweile als Tatort ansahen. Ein paar Wagenlängen rechts von Holly luden Sanitäter das letzte bewusstlose Opfer in einen Krankenwagen.

Sie war allein. Ben wurde von Rettungskräften versorgt, und Raglan, der den Notruf gewählt hatte, wurde von der Polizei befragt. Wo Alessandro steckte, ob er womöglich schon gegangen war, wusste Holly nicht. Sie musste mit allen dreien reden – nicht zuletzt mit Raglan, von dem sie den Rest ihres Honorars kassieren wollte –, aber wo immer sie hinging, schien sie im Weg zu sein. Also war es das Beste, sie harrte einfach wie ein Stück Sperrmüll am Gehwegrand aus und wartete, bis die Lage sich ein bisschen beruhigt hatte.

Schmerzmittel kursierten munter durch ihre Adern und dämpften die Nachwirkungen des Adrenalinschubs. Die Sanitäter hatten sie sich angesehen, doch was konnten sie schon gegen metaphysische Verletzungen ausrichten? Die Medizin war schlicht noch nicht auf übernatürliche Patienten eingestellt. Folglich bestand die Lösung der Rettungskräfte in zwei kleinen grünen Gelkapseln – die gleichen, die Holly auch bei Migräne nahm – und einer Flasche Wasser. Aber immerhin hatte das Bistro ein Stück weiter heißen Kaffee für alle gebracht. Wenn dies hier vorbei war, würde sie zurückkommen und die dortige Nachtschicht mit einem Glückszauber versehen.

Holly versuchte, sich mit der Hand durch ihr Haar zu fahren, doch das war steif von getrocknetem Schleim und Schweiß. Sie stank bestialisch. Wäre sie eine Socke, würde sie sich in den Müll schmeißen.

»Miss Carver?«

Als sich eine Hand auf ihre Schulter legte, schrak sie zusammen. »Was? Entschuldigung. Ja?«

»Detective Macmillan.« Der Mann streckte ihr ein Klemmbrett hin. »Sie müssten hier unterschreiben.«

»Noch mehr Papierkram?«, fragte sie im Tonfall einer Sterbenden. Die Polizei hatte ihr bereits Tausende Fragen gestellt. Offenbar weckte es die Behördenneugier, wenn man in einem Haus voller lebloser Körper entdeckt wurde.

»Ja, Ma'am.« Er bedachte sie mit einem reumütigen Grinsen. Detective Macmillan sah gut aus, hatte welliges dunkles Haar und einen leichten Bartschatten, der wohl eher seinem überlangen Arbeitstag geschuldet sein dürfte als dem Bemühen um einen Bad-Boy-Look. »Die Wege des Gesetzes führen über Dreifachdurchschläge.«

Vorsichtig nahm sie das Klemmbrett. Das Formular durchzulesen war zwecklos, denn dank der Pillen und ihrer Erschöpfung vollführten die Buchstaben auf dem Blatt ohnehin einen Can-Can.

Dann kam die Feuerwehr mit schnaufendem Motorenlärm. Langsam und sehr geübt manövrierten die langen Wagen sich durch die enge zugeparkte Straße. Die Schaulustigen mussten ihnen aus dem Weg springen.

»Wo kommen die vielen Leute her?«, fragte Holly sich laut.

»Mord bringt immer sein eigenes Publikum mit. Und übernatürlicher Mord steht ganz oben auf der Hitliste.« Macmillan zuckte mit den Schultern. »Wenn Sie das Formular unterschreiben, kriegen Sie noch einen Kaffee. Sie sehen, was Verhaltenskorrektur betrifft, wenden wir nur die nettesten Methoden an.«

Sein Mikrogrinsen dauerte keine Sekunde, was es erstaunlicherweise umso charmanter machte. Unweigerlich registrierte Holly, dass dieser Mann sich anzuziehen verstand, auch wenn sein Anzug nach dem langen harten Tag etwas zerknautscht war.

Sie seufzte das Klemmbrett an. »Was unterschreibe ich hier?«

»Den Abbrennbefehl für das Haus. Wie man mir sagte, waren Sie die offizielle Ermittlerin vor Ort. Denkmalschutz hin oder her: Nach so vielen Toten können wir es nicht stehen lassen.«

Holly nickte. Das Gesetz zum Schutz physischer Wesen sah vor, dass nur solche Wesen, die der anerkannten Definition von physischem Leben entsprachen, ein Anrecht auf einen Prozess hatten. Fühlende Häuser wie auch Geister, Gespenster und manche Dämonenformen gehörten nicht dazu und konnten ohne Gerichtsbeschluss zerstört werden. Es brauchte lediglich ihre Unterschrift, und das große böse Haus ging in Flammen auf.

Nach diesem lustigen Spieleabend unterschrieb Holly

sehr erfreut. Sie kritzelte etwas, das entfernt ihrem Namen ähnelte, in das vorgesehene Feld und reichte Macmillan das Klemmbrett, wobei sie ihn mit einem Lächeln ihrerseits belohnte.

Mit einem Anflug von Erleichterung wurde ihr klar, dass ihr Job im Flanders-Haus nun endgültig erledigt war. *Brenn, Baby, brenn!*

Alessandro schritt allein durch das Haus. Die Sanitäter waren gekommen, hatten die noch Lebenden nach draußen gebracht und nur die Toten und ihn, den Untoten, zurückgelassen. Folglich war es hier drinnen wohltuend ruhig – im Gegensatz zu dem zunehmenden Chaos vor dem Haus.

Er hatte darauf bestanden, dass die Rettungskräfte sich als Erstes Hollys annahmen. Als er sie vom Schlafzimmerboden aufgehoben hatte, war sie ohnmächtig geworden. In dem kurzen Moment der Panik hatte Alessandros Herz zum ersten Mal seit einem Jahrhundert wieder zu schlagen begonnen.

Es war die Vampir-Variante einer Herzattacke bei Sterblichen. Einzig sehr starke Emotionen konnten ein untotes Herz wiederbeleben. In diesem Fall war es Angst um die Frau in seinen Armen gewesen.

Etwas stimmte nicht mit Holly. Nach außergewöhnlicher Anstrengung – sei es ein Marathonlauf oder das Wirken eines Zaubers – war Erschöpfung normal. Die matten Schmerzensschreie hingegen waren es nicht. Es hatte einen Fehler in Hollys Energie gegeben, eine bedeutsame Schwäche.

Sie hatte Alessandro nie davon erzählt. Wie viele andere war sie freundlich zu ihm, was ihn jedoch nicht zu ihrem Freund machte – nicht richtig.

Du wärst ein Narr, mehr zu erwarten.

Dennoch nagte etwas in seiner Brust, ein dumpfer, einsamer Schmerz. Alessandro neigte nicht zu finsteren Grübeleien über seine verlorene Menschlichkeit: Nach sechshundert Jahren hatte man sich entweder gepfählt oder damit abgefunden. Nichtsdestoweniger brachte das Dasein als Untoter gewisse Nachteile mit sich.

Beispielsweise machte es ihn zum Mörder, und das wiederum führte zu sozialen Enttäuschungen.

Zum Glück hatten die Sanitäter versichert, dass Holly sich wieder erholen würde. Und zum Glück bot das Haus, eines der übelsten, die er je gesehen hatte, eine gute Ablenkung von seinen unangenehmen Gedanken.

Instinktiv lief er die Zimmer ab, die er noch nicht erkundet hatte, öffnete jeden Schrank und jede Kammer, um sich zu überzeugen, dass das Haus wirklich tot war. Er würde nicht eher zufrieden sein, als bis er alles überprüft hatte. Das lag nun einmal in der Natur seiner Art.

Aber Holly hatte gute Arbeit geleistet. Das Erdgeschoss fühlte sich jetzt leer an, wie der Panzer eines längst eingegangenen Käfers. Selbst der Staub, der die Wände in schmierig grauen Streifen bedeckte, wirkte trockener. Alessandro suchte sämtliche Abseiten und Zimmer ab, bis nur noch eine letzte Ecke oben übrig war.

Dort war nicht viel zu sehen. Er ging den Flur hinunter und öffnete Türen. Die Zimmer waren leer, Spiegelbilder von jenen, in denen er bereits gewesen war. Deshalb glaubte er, drinnen fertig zu sein.

Bis er bemerkte, dass vor einer der Zimmertüren ein zarter Schimmer waberte. *Noch ein Blendzauber.* Es war ein recht simpler Zauber, der Dinge vor Neugierigen verbarg, etwa der Polizei oder einem Makler – oder Raglan und seinen Arbeitern. Spuren ähnlicher Zauber hatte Alessandro auch an anderen Stellen gefunden, einschließlich des Zimmers, in dem sie den Schleim entdeckten. Aber der vor dieser Tür war der einzige noch aktive.

Bei Vampiren funktionierte derlei Zauber nicht, zumindest nicht bei so alten wie Alessandro, und wenn doch, dann nicht lange.

Dass der Zauber hier noch existent war, hieß, dass sie es mit mehr als einem böse gewordenen Haus zu tun hatten. Er drehte den Türknauf und brach den Zauber.

Mit viel mehr.

Eine Leiche lag auf dem nackten Holzfußboden. Alessandro stand starr da, die Hand noch auf dem Knauf. Die Gestalt lag auf dem Bauch, den Kopf zu ihm gewandt und die Augen offen, eindeutig tot.

Behutsam trat er in das Zimmer. Der Tod schockierte ihn nicht, aber er war überrascht. Gewöhnlich roch ein Vampir Tote sofort. Entweder hatte der Zauber den Gestank überdeckt, oder er hatte sich mit all den anderen Totengerüchen im Haus vermischt.

Alessandro schaltete das Licht ein. Zwar brauchte er es nicht, doch es fühlte sich ein wenig besser an.

Zentimeter von seinen Füßen entfernt, erzählte ihm der stille, stumme Körper seine Geschichte. Dem Fairview-University-Kapuzenshirt nach zu urteilen, war sie eine Studentin gewesen. Blond. Schlank. Nackte Füße in leuchtend weißen Leinenschuhen mit zartrosa Schnürsenkeln. Wahrscheinlich war sie hübsch gewesen, doch die morbide Teintverfärbung machte das zunichte. Er schätzte sie auf ungefähr neunzehn.

Die Polizei muss es erfahren. Doch der Anblick bannte ihn derart, dass er sich nicht rühren konnte.

Ihre Knöchel waren mit gelbem Nylonseil gefesselt, und ein Stoffklumpen steckte in ihrem Mund. Die blassrosa Risse in ihrer Haut deuteten auf brutale Misshandlung hin. Letzteres stieß Alessandro besonders ab, weil es so unnötig war. Es bestand ein gewaltiger Unterschied zwischen einem Jäger und einer Bestie.

Er beugte sich ein wenig vor und schnupperte. Kalt. Sie war mindestens einen Tag tot. Keine Drogen, die er feststellen konnte, nur der saure Geruch von Furcht. In ihren Adern war bloß ein winziger Rest Blut übrig, aber auf dem Boden oder ihren Kleidern war keines zu sehen. Ihr war die Kehle aufgebissen und alles Blut ausgesaugt worden.

Eine Nachrichtenmeldung, die er nebenbei gehört und schon wieder halb vergessen hatte, fiel ihm wieder ein: Morde auf dem Campus. Er hatte es für eine Menschenangelegenheit gehalten, denn von Kehlwunden war nichts erwähnt worden. Vielleicht hatte die Polizei dieses Detail bewusst verschwiegen.

Kein Mensch tat so etwas. Hinter dem Todes- und dem Angstgeruch lag noch der Gestank von etwas *anderem*. Einem magisch begabten Wesen.

Konnte das ein Vampir gewesen sein? Keiner, den er kannte, wäre zu solch einer Tat fähig, und Alessandro war der Repräsentant der Vampirkönigin in Fairview. Ein Neuankömmling hätte ihm seinen Respekt erweisen müssen, sowie er oder sie in die Stadt kam. In jüngster Zeit waren keine Neuen hergezogen.

Außerdem stimmte die Verletzung nicht. Ein Vampirbiss war scharf und sauber, die Eckzähne oben größer und unten weniger deutlich. Die Wunde bei diesem Mädchen hingegen wies keine klaren Ränder auf und sah eher zerkaut aus, nicht nach einem Biss.

Werwolf? Nein. Ein Tier hätte sich nicht auf den Hals beschränkt. Sie stürzten sich auf die Eingeweide.

Ein Ghul? Auch für ihn galt, dass er weit größere Wunden riss. Ein Ghul fraß seine Opfer vollständig.

Ein Dämon? Diese Art wies zahlreiche Unterarten auf, von denen jede ihre eigenen Fressgewohnheiten hatte, und diese wiederum waren eine scheußlicher als die andere.

Alessandro schüttelte sich, und er bekam eine Gänsehaut unter seiner Woll- und Lederkleidung. Keine Macht auf Erden, und weder darüber noch darunter, hätte ihn dazu bringen können, einen Dämon in seiner Stadt zu dulden! Es hätte die Gefahr bestanden, dass er den Campus in eine tote Einöde verwandelt – ja, ganz Fairview. Alessandro hatte Dämonen in Aktion gesehen. Das war Stoff für Albträume, selbst für Vampire.

Jag ihn! Töte ihn!

Alessandros Herz fing erneut zu schlagen an, ein sicheres Zeichen für Stress. Der Geruch in diesem Zimmer war widerlich, so dass er sich räuspern musste.

Hör auf, mit deinen Reißzähnen zu denken!

Die Zeit wurde knapp. Er hörte, wie das geschäftige Treiben draußen zunahm. Bald wäre die Polizei im Haus, die alles mit Lärm und Menschengerüchen verschmutzte. Er bückte sich und suchte nach weiteren Hinweisen. Da war er wieder, der Gestank. Er wippte auf seine Fersen zurück und strengte sich so sehr an, den Geruch zuzuordnen, dass sein Schädel brummte. Er nahm Vampir wahr mit einer Beinote von … was?

Wer ist das? Wer wagt es, in meinem Hoheitsgebiet zu jagen?

Das Mädchen auf dem Boden sah im schmutzigen Lichtschein beklemmend hilflos und einsam aus. Es war keinen guten Tod gestorben. Der Körperlage nach war sie anscheinend hingeworfen worden. Sie hatte eine Hand erhoben, als hätte sie versucht, ihr Gesicht im Sturz zu schützen.

Vampire waren nicht sanft, aber dieses Ausmaß an Gewalt war untypisch für sie. Das Mädchen hätte schon gestorben sein können, bevor es ausgesaugt wurde. Menschen waren so zerbrechlich.

Alessandro neigte seinen Kopf und sah etwas Glitzerndes in der erhobenen Hand des Mädchens. Er wagte nicht, sie anzufassen, denn Vampire hinterließen genauso Fingerabdrücke wie Menschen. Also zog er einen Stift aus seiner Tasche und löste damit das Objekt aus den starren Fingern. Klimpernd fiel es zu Boden. Alessandro schob es mit dem Stift näher zu sich, bis er erkennen konnte, was es war.

Und ihn eiskalte Furcht überkam. Dieser runde flache Metallgegenstand war ihm allzu vertraut, besaß er doch selbst einen identischen. Sein Vorfahr hatte ihn ihm vor Jahrhunderten geschenkt.

Die Kupferscheibe war ungefähr so groß wie ein Vierteldollar, alt und abgerieben an den zerkratzten Rändern. Auch die Prägung war abgewetzt, aber Alessandro konnte immer noch Orpheus erkennen, den Helden der griechischen Mythologie. In einer Hand hielt er eine Lyra, die andere ruhte auf dem Kopf eines Löwen.

Der Sage nach sang Orpheus so lieblich, dass wilde Tiere weinten, und sein Gesang war so mächtig, dass er sicher durch die Unterwelt wandern konnte, weil er sogar den Totengott bezauberte.

Vampire ließen das Orpheuszeichen als Segen zurück, als Gabe, die ihrer Beute eine friedliche, sichere Reise bescheren sollte. Es handelte sich um ein Ritual, das Alessandro allerdings seit Jahrhunderten nicht mehr gesehen hatte. Die Münzen waren eine Rarität, und die in der Hand des Mädchens stammte aus dem Mittelalter.

Ich suche also jemanden, der schon sehr alt ist.

Vor Sorge kribbelte seine Haut. Vor Sorge und dem Drang, die Herausforderung anzunehmen. Er hob die Münze auf und steckte sie mit seinem Stift zusammen ein.

Dann stand er auf und blickte aus dem kleinen schmutzigen Fenster. Die Nacht draußen raschelte und glitzerte. Eine Windböe trieb trockenes Laub und kleine Zweige über die Lichter des Campus. Gleich nebenan befand sich die Universität, ein Stück weiter, auf demselben Gelände, das Community College. Er konnte den Uhrturm und die Neonlichter der Studentenvereinigung sehen. Und überall leuchteten die kleinen Pünktchen, die Tausende menschlicher Körper aussandten.

Warum kommt ein Ewiger in meine Stadt und fordert mich heraus?

Ein neues Geräusch unterbrach seine Gedanken. Schwere Männer in schweren Stiefeln trampelten die Treppe hinauf. Die Polizei war da. Der Blendzauber war gebrochen.

Ich bin ein Vampir neben einer ausgebluteten Leiche. Das kann gar nicht gut ausgehen.

Alessandro machte das Licht aus und schloss die Tür. Auf diese Weise gewann er ein bisschen Zeit, mehr nicht. Er kehrte an das Fenster zurück und zog an dem alten Schieberahmen. Er war mit Farbe zugeklebt. An den Schrittgeräuschen war deutlich zu erkennen, dass der erste Polizist im oberen Stock angekommen war.

Eine Welle von Verärgerung machte Alessandro rücksichtslos. Er schob den Rahmen nach oben, so dass Holz und Farbe abplatzten. Feuchte kühle Nachtluft drang in das Zimmer, eine Wohltat nach dem Gestank alten Todes.

Natürlich bewirkte der Lärm, dass einer der Cops im Flur die anderen herbeirief. Die Fensteröffnung war eng, doch Alessandro tauchte hindurch, wobei Fragmente des zerbrochenen Rahmens an seinem Haar und seiner Kleidung zurrten.

Der Nachtwind fing seinen Sturz ab und trieb ihn durch die Dunkelheit. Einem flüchtigen Schatten gleich glitt er durch das Lichtermeer des Campus, für die Schaulustigen kaum wahrnehmbar. Der Flug war kurz. Dennoch genügte er, um die Angst zu vertreiben, die an seiner Seele nagte.

In einer Seitenstraße landete er, duckte sich und lauschte. Nichts. Er war in Sicherheit. Ein träges Lächeln huschte über seine Lippen.

Auf ihn wartete eine Jagd. Ein Revierkampf gegen einen würdigen, gefährlichen Gegner, der es eindeutig auf ein Duell abgesehen hatte.

Ich finde dich, Ewiger! Die Welt der Handys, Kreditkarten und Steuerbescheide schrumpfte zu vollkommener Bedeutungslosigkeit zusammen. Alessandro war eine Kreatur der wispernden Nacht, bereit zu schützen, was sein war.

Bereit für die Jagd.

Er hoffte inständig, dass die Krankenwagen ihn nicht eingeparkt hatten.

5

Macmillan ging mit dem unterschriebenen Befehl weg, das Haus zu verbrennen, und Holly blieb auf dem Bordstein hocken. Ihr Hintern war taub von dem kalten Beton, aber die Glückspillen wirkten noch und unterdrückten jedwedes Verlangen, etwas anderes zu tun, als hier zu sitzen und vor sich hinzugrübeln.

Hätte man sie an guten Tagen gefragt, was sie sich von ihrem Leben wünschte, hätte sie geantwortet: Erfolg, einen College-Abschluss und einen netten Freund, der als Ehemann in Frage kam. Im Moment hätte sie sich mit einem Kissen und einem warmen Mantel zufriedengegeben.

Wenige Minuten später trafen noch mehr Streifenwagen mit blinkenden Lichtern ein. War wieder etwas passiert?

»Miss Carver.« Einer der Sanitäter, ein dünner Mann mit schütterem Haar, ging auf sie zu. »Mr. Elliot fragt nach Ihnen.«

»Dr. Elliot«, korrigierte sie automatisch. »Ben ist Professor.« Sein Fachgebiet war Fünfte-Welt-Makroökonomie, was sich für Holly nach Sojafrühstücksflocken oder einer Grunge-Band mit intellektuellen Ambitionen anhörte. Dennoch war Ben anscheinend brillant.

Der Sanitäter indessen schien nicht beeindruckt. »Kommen Sie bitte mit mir?«

Langsam und steifgliedrig erhob Holly sich. Die Temperatur fiel, und ein kalter feuchter Wind kam auf. Noch vor dem Morgen würde es Regen geben.

Der Mann drehte sich um. »Mr., äh, Dr. Elliot will sich nicht ins Krankenhaus bringen lassen. Wir hoffen, dass Sie ihn überreden können. Es wäre wirklich gut, wenn wir ihn über Nacht zur Beobachtung mitnehmen, wie es allgemein üblich ist.«

»Ich versuch's, aber ich sage Ihnen gleich, dass er ziemlich stur sein kann.«

Ben saß auf einer Rolltrage, die Füße seitlich herunterbaumelnd. Die Trage stand auf dem Gehweg neben dem Krankenwagen, wo sie den anderen Helfern, die immer noch hin- und herliefen, nicht im Weg war. Sie hatten Ben eine dünne graue Erste-Hilfe-Decke um die Schultern gehängt und eine Flasche Wasser gegeben, die er in einer Hand hielt. Ein Schlauch verlief von seinem Arm zu einem Infusionsständer. Sein längliches Gesicht war blass, seine Miene jedoch fast wie immer. Er saß nicht mehr wie das Kaninchen vor der Schlange beziehungsweise vor dem Schleimmonster.

Holly blieb vor ihm stehen und rang sich eine Herzlichkeit ab, die sie nicht empfand. »Machst du den netten Rettungssanitätern das Leben schwer?«

Bens Augenwinkel kräuselten sich unter einem angedeuteten Lächeln. »Du siehst furchtbar aus. Und du stinkst.« Er schnupperte an seinem Ärmel. »Genau wie ich.«

Die milde Empörung, die sich in Holly regte, bestätigte ihr immerhin, dass sie noch lebte. »Da rettet man einen Kerl vor dem klebrigen Tod, und er meckert! Was ist aus dem sensiblen New-Age-Ben geworden? Seine DVD-Sammlung war unterirdisch, aber wenigstens hatte er Manieren!«

»Tut mir leid, den hat das Blubbermonster gefressen.« Ben

strich sich mit einer Hand über das Gesicht. »Nein, ehrlich, entschuldige. Das war blöd von mir!«

Holly stemmte die Hände in ihre Hüften. »Na gut, vielleicht bin ich dir gnädig, weil du schließlich fast tot warst und so. Findest du nicht, du solltest ins Krankenhaus mitfahren?«

»Ich bin nicht verletzt, bloß dehydriert. Ich glaube, was immer das war, kam nicht mehr dazu, mich zu verspeisen. Gott sei Dank!« Er nahm ihre Hand. »So jämmerlich unangemessen es mir auch erscheint, danke zu sagen, dass du mir das Leben gerettet hast: Ich danke dir, Holly. Du hast mich heute Nacht gerettet. Eine Stunde später, und alles wäre vielleicht ganz anders ausgegangen.«

Dann zog er sich fröstelnd tiefer in die Wolldecke zurück. Die Geste erinnerte Holly an eine Schildkröte. »Ich will einfach nur nach Hause, meine Musik laut aufdrehen und bei voller Beleuchtung schlafen.«

Weil ihre Beine vor Erschöpfung zitterten, setzte Holly sich neben Ben. Die dünne Auflage schützte kaum vor dem harten Metallgestell der Trage. Sie nahm Bens Hand, die kalt und staubtrocken war.

»Würdest du dich denn nicht wohler fühlen, wenn Leute um dich herum sind?«, fragte sie.

Seine Finger zuckten und umfassten ihre schmerzlich fest. »Nein. Weißt du, oberflächlich scheint alles okay. Aber darunter … Es hilft mir nicht, wenn ich vernünftig sein muss. Ich würde bloß auf der Stelle treten. Ich brauche Ruhe, um alles zu verarbeiten.«

»Manchmal hat es sein Gutes, auf der Stelle zu treten. Es schont unsere Kräfte, bis wir stark genug sind, wieder vorwärtszuschreiten. Was hältst du von einem Kompromiss? Komm mit zu mir, wo ich auf dich aufpassen kann.«

Er riss die Augen weit auf und seine Hand zurück. »Machst du Witze? Dein Haus ... dein Haus ist genauso wie das hier!«

»Nein, ist es nicht!«, konterte Holly entrüstet, fing sich aber gleich wieder, indem sie sich ermahnte, dass Ben gerade einiges durchgemacht hatte. »Mein Haus ist nett, freundlich, und es spricht nicht.«

Er vergrub das Gesicht in seinen Händen. »Es ist unheimlich.«

»Es ist das Haus meiner Familie«, sagte sie noch leiser. »Es ähnelt dem Flanders-Haus kein bisschen.«

Nun sah er wieder zu ihr. »Meine Wohnung gehört mir, und sie ist normal, simple alte Trockenwände und Beton. Im Augenblick habe ich eine Menge für normalen, nichtmagischen Kram übrig, Holly. Was nicht menschlich oder menschengemacht ist, will ich nicht in meiner Nähe haben.«

Die Worte wären unnötig gewesen, denn allein sein Tonfall kam einem Hieb gegen Hollys Brust gleich. Sie fuhr zusammen.

»Entschuldige!«, ergänzte er rasch. »Das war schroff.«

»Und ehrlich.« Sie brachte ein Lächeln zustande und berührte sanft seine Schulter. »Für eine Nacht hattest du eben genug Außergewöhnliches.«

»Das kann man wohl sagen.«

Für einen kurzen Moment schloss sie die Augen, doch ihre drogenvernebelte Welt verschob sich. »Ich fände es trotzdem besser, wenn du mit ins Krankenhaus fährst, nur für heute Nacht, damit wir sicher sein können, dass alles okay ist.«

»Was soll schon sein? Verwandle ich mich in ein Schleimmonster, wenn ich die nächsten Stunden nicht unter Beobachtung stehe?«

»Nein, nein, so funktioniert das nicht!«, versicherte Holly ihm hastig.

»Oh Gott!« Ben hob kopfschüttelnd beide Hände. »Das wüsstest du, oder?«

Ja, weil ich eine von den Gruseligen bin. Ihre Magie war stets ein heikles Thema zwischen ihnen gewesen – heikel genug, dass sie die meisten ihrer Hexeninstrumente vor ihm versteckte. Ursprünglich hatte sie vorgehabt, sie nach und nach hervorzuholen, um Ben schrittweise damit vertraut zu machen. Sie wollte, dass er diese Seite von ihr annahm. Doch irgendwie hatte sie bis heute nicht einmal eine der Göttinnenfiguren aufgestellt.

Ich bin feige. Bald mussten sie sich mit dem ganzen Hexenproblem befassen, aber nicht unbedingt jetzt – jedenfalls nicht heute Nacht.

»Willst du, dass ich mit zu dir komme?«, bot sie ihm an, weil der Krankenhausaufenthalt wohl endgültig vom Tisch war.

»Nein.« Er wühlte sich noch tiefer in die Decke. »Wie gesagt, ich will am liebsten allein sein.«

Es mochte egoistisch sein, und sie spräche es auch niemals aus, doch sie war nicht einmal unfroh, dass ihr seine miese Stimmung erspart blieb. »Dann pass auf dich auf!«, ermahnte sie ihn und gab ihm einen Kuss auf die Wange. »Ruf mich an, wenn du zu Hause bist – das heißt, natürlich nur, wenn du willst. Ich melde mich später bei dir.«

»Danke«, murmelte er, ohne aufzusehen.

Holly rutschte von der Trage, musste einen Augenblick warten, bis sie ihr Gleichgewicht fand, und ging.

Ben brauchte Ruhe. Etwas anderes konnte sie ihm nicht geben, egal, wie falsch es sich anfühlte, ihn allein zu lassen. Alles schien aus dem Gleichgewicht. Ihre Wiedervereinigung hatte etwas irritierend Schales gehabt, wie ein süßes Brötchen, in das man hineinbiss und feststellte, dass es in der Mitte noch nicht durch war. *Mist!*

Bei dem Vergleich fiel ihr ein, dass ihr Abendessen schon eine ganze Weile zurücklag. Hungrig und innerlich leer schlurfte sie den Gehweg entlang. In der Menge um das Haus herum war neue Unruhe ausgebrochen, doch Holly war egal, worum es ging.

Sie bemerkte, dass Alessandros Wagen nicht mehr dort stand. Als sie zu Ben gegangen war, hatte sie ihn noch gesehen, also musste Alessandro in der Zwischenzeit weggefahren sein. *Er hätte sich gern verabschieden dürfen!* Sein sang- und klangloses Verschwinden machte sie mürrisch. Schließlich waren Ben und Alessandro die beiden Gründe, weshalb sie noch hier war. Was offenbar keinen von ihnen interessierte. Ebenso gut hätte sie sich längst klammheimlich verziehen können.

Und es wurde Zeit, zu einem Abschluss zu kommen und nach Hause zu fahren. Sie suchte Raglan und bekam ihr restliches Geld. Teils war ihr nicht wohl dabei, es anzunehmen. Nicht dass sie sich ihren Lohn nicht doppelt verdient hätte, aber ihr Schuldomat kreischte, sie hätte weder mehr als die Hälfte der Opfer noch Raglans Investition gerettet.

Als sie Raglan stehen ließ, telefonierte dieser mit seinem Handy und schimpfte auf seinen Versicherungsvertreter ein. Wie es sich anhörte, würden sie sich zoffen, bis Raglans Akku leer war. Seine polternden, panischen Beschimpfungen zerrten an Hollys Nerven, also eilte sie lieber davon. Raglans Wut richtete sich gar nicht gegen sie, aber ihr Gefühl, versagt zu haben, reichte aus, dass sich ihr jeder Kraftausdruck mitten ins Herz bohrte.

Gierig atmete sie die klamme Nachtluft ein und ging ein Stück, um einen klaren Kopf zu bekommen.

Dann sah sie Alessandro, der an der Seitenwand des Nachbarhauses lehnte und im Schatten beinahe unsichtbar war. Er hob eine Hand zum stummen Gruß. Das schwache Licht der Straßenlaternen gelangte bis zu seinem langen lockigen Haar und verlieh ihm einen zynisch anmutenden Heiligenschein.

Sein Anblick sorgte dafür, dass ihre verebbende Energie einen kleinen Schub bekam. Als sie ihn erreicht hatte, stemmte er sich von der Hausmauer ab.

»Was tust du hier?«, fragte Holly. »Ich dachte, du wärst schon weg. Wo ist dein Auto?«

»Ich habe es umgeparkt, in die Seitenstraße«, antwortete er. »Ich muss auch los, aber ich wollte vorher sehen, ob es dir gut geht.« Er trat einen Schritt auf sie zu und sah sie prüfend an.

Das war das erste Nette, was irgendjemand seit der entsetzlichen Geschichte in dem Haus zu ihr gesagt hatte. Und so bescheuert es war – sie wollte auf der Stelle losheulen.

»Du hast mir Angst eingejagt«, gab Alessandro zu und umfing ihr Gesicht mit beiden Händen.

Es war eine ziemlich altmodische Geste, vertraut und höflich zugleich. Prompt zog sich Hollys Bauch zusammen, in dem es wohlig warm wurde, denn sie erinnerte sich vage, wie er sie hochgehoben und an sich gedrückt hatte. Alessandro hatte sie in seinen Armen zum Krankenwagen getragen.

Seine Hände an ihren Wangen zu fühlen, tat gut. Vampirhaut war weich wie Seide, kühl wie Satin, und Alessandros Berührung war empfindsam, geübt. Sie wünschte sich seine Hände überall auf ihr, wo immer Haut war, die gestreichelt werden konnte, weil ein bisschen Kontakt nicht genügte. Das war das Schöne und Gefährliche an seiner Spezies: Vampire bewirkten stets, dass ihre Opfer ein kleines bisschen mehr wollten.

Holly holte tief Luft. »Ich bin okay.« *Im Moment sogar ganz besonders okay.*

»Gut.«

»Danke, dass du mich rausgebracht hast.«

»Jederzeit wieder.« Plötzlich beugte er sich vor und küsste sie mit seinen kühlen weichen Lippen auf die Stirn. Es war ein scheuer, ja, beinahe ein brüderlicher Kuss. Dennoch wich Holly zurück, denn das harmlose Streifen seiner Lippen hatte dieselbe Wirkung auf sie wie brennendes Verlangen.

Sofort ließ Alessandro sie los, senkte den Blick, fing sich jedoch gleich wieder und lächelte sie an. »Ein Glück, dass du da warst, Holly! Du solltest jetzt auch verschwinden. Fahr nach Hause, und ruh dich aus! Ist heute Nacht jemand bei dir? Ben vielleicht?«

Holly kniff die Augen zu. Sie wollte wahrlich nicht an Ben denken. »Nein, ich bin allein. Aber das ist in Ordnung«, versicherte sie und bemühte sich, gelassen zu klingen.

»Dann fahr jetzt, und sci vorsichtig! Lass niemanden rein! Du hast doch von den Campus-Morden gehört, nicht?«

»Wovon redest du? Ach, egal! Ich bin zu müde.«

»Holly, ich möchte, dass du mir zuhörst …«

Das war alles verkehrt. Ben hatte sie weggestoßen, und nun sagte Alessandro zu ihr, sie sollte verschwinden. Und sie fror, war müde und wollte nicht über den Tod nachdenken. Außerdem fühlte sie sich schon bei der Aussicht, allein nach Hause zu kommen, schrecklich einsam.

Wenigstens begriff Alessandro, dass sie Trost brauchte, und das war wohl das Beste, was sie heute Nacht von irgendjemandem erwarten durfte. Also schritt sie wieder in seine Arme und lehnte sich an seine feste Brust. Sie hatte wirklich gewollt, dass ihre Umarmung schwesterlich ausfiel, so wie seine Geste brüderlich gewesen war. Doch sie hörte, wie er überrascht Atem holte.

»Halt mich einfach einen Moment!«, bat sie ihn traurig. »Nur einen Moment, dann fahre ich nach Hause.«

Seine Finger tauchten in ihr Haar und stützten ihren Kopf im Nacken, als hielten sie etwas besonders Zerbrechliches und Kostbares. »Holly, bist du sicher, dass es dir gut geht? Soll ich dich nach Hause bringen?«

Sie antwortete nicht. Die Erlebnisse heute Nacht hatten ihr eine Wunde zugefügt, und erst jetzt, als ihr erstmals Mitgefühl angeboten wurde, ließ sie den Schmerz zu.

Alessandros Hand strich über ihren Hinterkopf, ihren Nacken und stark und sanft zugleich über ihre Schultern. Ihre angespannten Muskeln zitterten, wollten sich nicht entspannen. Sie hatte gedacht, dass sie Trost wollte, aber nun wollte Holly nur noch heulen. Alessandros Freundlichkeit verschlimmerte ihren Schmerz.

Er küsste sie auf den Kopf.

Hier und jetzt bot sich die Wärme, die er ihr gab, als der einzige Balsam für ihr Leiden an. Sie hob den Kopf und küsste ihn auf den Mund. Schnell und vorsichtig presste sie ihre Lippen auf seine. Sie fühlte, wie er erschauerte und sein Herz unvermittelt zu schlagen begann. Die Vibration ging ihr durch und durch und erhitzte Dinge, die sie tief in sich verbarg. Sein Mund war erstaunlich warm, fast menschlich heiß. Ihre Gesichter, Millimeter voneinander entfernt, verharrten beide.

Hollys Blut raste dem Sog seiner Männlichkeit entgegen. Sie zog sie an wie eine physische Kraft, als könnte sie in seine tödliche Kraft eintauchen und sich wohlig in sie hineinschmiegen. Eine köstliche Spannung verdrängte ihre Erschöpfung und weckte warme, ungekannte Neugier in ihr.

Sie lehnte sich ein wenig weiter an ihn und nahm nochmals seine Lippen ein. Zögernd bewegte er sich zurück, ehe er ihren sanften, verhaltenen Kuss erwiderte, ihm allerdings eine neue Note beifügte, die weit fordernder und verlockender war.

Alessandro schmeckte nach Lakritze, nein, nach Fenchelsamen. Manche Vampire kauten diesen ältesten aller Atemerfrischer gern. Der kühle, scharfe Geschmack kribbelte auf Hollys Zunge, und sie leckte sich die Lippen, um mehr davon zu bekommen. Dann schlang sie ihre Arme um Alessandros Nacken, so dass ihre Hände sich in seinem üppigen Haar verfingen. Er duftete nach Leder, Tabak und etwas Einzigartigem, das sie nicht zuordnen konnte: *seinem* Duft nach dem, was er war. Holly ertrank darin.

Seine Hände hielten sie fest, während sie den Kuss vertiefte. Ihre Zunge streifte die langen scharfen Kanten seiner Eckzähne. Mit bebenden Lippen erkundete sie die Konturen mit derselben Faszination, die Urmenschen empfunden haben mussten, als sie erstmals Feuer sahen.

Wieder umfingen seine Hände ihr Gesicht, und sein breiter starker Oberkörper presste sich an sie. Sie konnte die Muskeln fühlen, die sich im Rhythmus mit seiner Zunge und seinen Lippen bewegten. Sein ganzer Körper schien zu dem Kuss zu tanzen.

Alessandros Hand glitt ihre Rippen hinauf und über ihre Brust, bis er den Reißverschluss ihrer Jacke gefunden hatte. Langsam zog er ihn hinunter, was dem Geräusch der kleinen Metallzähnchen ein explosives, erotisches Gewicht verlieh. Ungefähr auf halbem Wege hielt er inne, und seine Hand schnellte zurück, als wäre er bei etwas Unerlaubtem ertappt worden.

Er hätte nicht aufhören dürfen! Holly lehnte sich gegen

ihn. Ihre Brüste schmerzten. Mit dem Handrücken strich er sanft von ihrem Schlüsselbein über ihren Hals.

»Das ist es nicht, was ich mir für dich wünsche«, sagte er. Leider lagen seine Augen im Schatten.

Hollys Herz hämmerte. Hitze brodelte in ihr. Unsicher wich sie zurück, obwohl das bebende Verlangen tief in ihrem Bauch sich sträubte. Sie wollte diesen Todesengel, wie sie noch nie etwas gewollt hatte. All ihre Vorsicht hatte sie komplett vergessen, wie auch sämtliche Gründe, weshalb sie eine Grenze zwischen ihnen beiden ziehen musste.

Manchmal war sie schlicht zu blöd zum Leben. *Aber ich will ihn!*

Holly sog die kalte Pazifikluft ein und spürte den Wind auf ihren Wangen. *Ich kann ihn nicht haben.*

Der Kuss war weit über alles hinausgegangen, was sie geplant hatte. Sie hatte nicht erwartet, dass er mit solchem Elan reagierte, noch dazu war da mehr als Blutdurst in seinen Augen. Sie erkannte die verwirrte Hitze und Hoffnung eines ganz normalen Liebhabers darin. *Wer weiß?*

Er strich ihr das Haar aus dem Gesicht. »So gern ich das hier auch täte, Holly, ich bin gefährlich. Und du hast ein gutes Leben. Du brauchst mich nicht – nicht so.«

»Ich …«, begann sie, verstummte jedoch gleich wieder, weil sie die Resignation in ihrer Stimme erkannte und nicht wusste, was sie damit anfangen sollte. Sie legte eine Hand auf seinen Arm. »Es tut mir leid.«

»Muss es nicht.« Plötzlich war er unruhig und trat von einem Fuß auf den anderen. Sie blickte sich um, was dort los war, aber alles schien wie vorher. Was auch immer ihn beunruhigte, kam aus seinem Kopf. Zweifel? Bedauern? Verlegenheit?

Typisch Mann! Erst angestürmt kommen und dann flie-

hen! Anscheinend änderte Unsterblichkeit nichts an grundlegenden Geschlechtereigenarten. *Was wiederum ein zweischneidiges Schwert wäre.*

»Ich muss wirklich los«, erklärte er rasch und senkte den Blick. »Ehrlich! Es tut mir leid.«

»Kannst du mich vielleicht nach Hause fahren? Ich weiß nicht, ob ich fahren sollte.«

Was über sein Gesicht huschte, sah nach Panik aus, gefolgt von ... Verlangen? »Mir ist klar, dass ich es dir selbst angeboten habe, aber frag bitte einen der Polizisten, ob er dich fährt. Das wäre sehr viel besser.«

»Warum? Warum kannst du mich nicht fahren?«

»Ich muss hier weg. Ich ... ich bin ein Vampir, Holly! Du solltest nicht mit mir fahren. Nicht nachdem ... Wir sehen uns!«

Das weiche Leder seines Ärmels glitt unter Hollys Hand hindurch. Reflexartig krümmten sich ihre Finger, konnten ihn aber nicht halten, als er zurücktrat und mit dem Schatten verschmolz. Einmal kurz sah Alessandro sich über die Schulter zu ihr um. Seine Augen fingen einen verirrten Lichtstrahl ein, der sie bernsteinbraun aufleuchten ließ, doch seine Miene war nicht zu lesen.

»Fahr nach Hause«, bat er, »jetzt!«

»Ja, okay. Ruf mich an!«, antwortete sie und klang total verloren.

Es war allerhöchste Zeit, dass dieser unterirdische Abend endete. Holly ging zu dem Haus, wo sie noch kurz den Polizisten – wie hieß er noch gleich ... Macmillan? – fragen wollte, ob sie nicht mehr gebraucht würde. Flutlicht strahlte auf die Vorderveranda, so dass sie noch unheimlicher wirkte. Gelbes Absperrband verriegelte den Weg zur Veranda. Als sie sich der Absperrung näherte, kamen Sanitäter mit drei Bahren die Stufen hinunter, auf denen die vollständig abgedeckten Opfer lagen.

Tränen traten in Hollys Augen. Sie hatte gehört, dass der andere Professor Bill Gamble gewesen war. Er hatte es nicht geschafft. Er war einer von Bens besten Freunden und ein wirklich netter Kerl gewesen. Sechs Menschen waren hineingegangen, und Holly hatte nur drei gerettet. Sie machte sich entsetzliche Vorwürfe.

Überall wimmelte es von Polizisten, und sie sahen alle sehr gespannt aus. Merkwürdig. Es war ja nicht so, als gäbe es hier irgendetwas zu verhaften. Nachdem der Schleim sich aufgelöst hatte, gab es nicht einmal mehr viel zu gucken.

Macmillan kam gerade aus dem Haus und auf sie zu.

»Was ist hier los?«, fragte sie.

Er blieb stehen und wandte sich ihr sichtlich vorsichtig zu. »Das ist ein Tatort.«

Holly verschränkte die Arme vor ihrer Brust. »Ja, aber wen wollen Sie verhaften? Das Haus?«

Macmillan betrachtete sie. Er überlegte eindeutig, wie viel er ihr sagen durfte. »Sie müssen mir ein paar Fragen beantworten.«

»Okay.«

So, wie er sie ansah, wollte er offenbar jede noch so kleine Regung mitbekommen. »Wir haben noch eine Leiche gefunden, und diese starb nicht wie die anderen.«

»*Was?!*«

»Sie kam anders zu Tode. Ermordet, aber nicht von einer Immobilie.«

Holly packte Macmillans Jackenärmel. »Wie kann es sein, dass ich sie nicht gesehen habe? Wo war sie?«

Er trat einen Schritt zurück und bedachte sie weiter mit

seinem Röntgenblick. »Wo ist Ihr Freund – Alessandro Caravelli? Ich muss mit ihm sprechen.«

»Er ist weg.« Hollys Magen machte einen Satz. Alessandro hatte eine merkwürdige Andeutung wegen der Campus-Morde gemacht und sie beschworen, nach Hause zu fahren und ihre Türen zu verriegeln. *Wusste er von der vierten Leiche?*

Macmillan sah aus, als würde er vor lauter Autorität altern. »Wissen Sie, wohin er wollte?«

Holly schluckte ihren Schrecken hinunter. »Nein.«

Nicht nur hatte er die Leiche nicht erwähnt. Alessandro war auch noch vom Tatort geflüchtet, so dass sie nun seine Abwesenheit erklären durfte. Sie wollte ihm in den Hintern treten!

Stattdessen verschränkte sie wieder einmal ihre Arme und strengte sich an, Macmillan ins Gesicht zu sehen. »Das Gesetz räumt der übernatürlichen Bevölkerung nicht dieselben Rechte ein wie den Menschen. Die Verfahren sind ein schlechter Scherz. Selbst wenn ich wüsste, wohin er wollte, warum sollte ich ihn an Sie ausliefern?«

Er sah angewidert aus. »Weil, auch wenn wir die gesetzlichen Vorgaben außer Acht lassen, das letzte Opfer von einem Vampir getötet wurde.«

Diese Information traf sie wie ein Schlag in die Magengrube. »Was soll das heißen?«

Seine Augen weiteten sich, und Holly erkannte einen Anflug von Wut. »Loyalität ist etwas sehr Schönes, aber wie viel wissen Sie eigentlich über Ihren reißzahnigen Show-Partner? Wo – was – isst er? Wo hält er sich normalerweise nachts auf? Wer sind seine anderen Freunde? Nur weil er wie ein aufrechter Vampir daherkommt, muss er noch lange nicht ungefährlich sein. Oder unschuldig.«

Macmillan trat näher, die Hände an seinen Hüften, sein Schlips Zentimeter vor Hollys Brust baumelnd. In dieser Haltung wurde seine Jacke an den Schultern gelüpft, so dass Holly die Riemen seines Waffenhalfters sah. Darin befand sich eine der neuesten Polizeiwaffen, die mit genug silberummantelter Munition bestückt war, um einen tobsüchtigen Werwolf zu stoppen. Leider klemmten die neuen Modelle häufig noch. Deshalb trugen die meisten Cops eine zweite, gewöhnliche Waffe bei sich.

Die Nacht war kühl genug, dass Holly deutlich die Körperwärme spürte, die von Macmillan abstrahlte. Er hatte vor Wut die Zähne zusammengebissen. »Also, warum verlässt Caravelli den Tatort eines Vampirmords?«

Ein Adrenalinschub vertrieb die restliche Wirkung der Glücksbringerpillen aus Hollys Kreislauf. Alessandro war gefährlich. Das hatte er selbst gesagt. *Oh, Scheiße!*

Nein! Sie weigerte sich, ihm das Schlimmste zu unterstellen. »Er ist ein netter Mann. Er hat mich heute Abend aus diesem Horrorhaus geschleppt.«

»Was nicht heißt, dass er nie hungrig wird.«

»Was nicht heißt, dass er ein Idiot ist, der sein Essen überall verstreut!«

»Wo ist er?«

Holly konnte nur mit Mühe verhindern, dass sie die Augen verdrehte. Das hier war lächerlich! »Sie sollten es mal mit ein bisschen schlichter Recherche versuchen, Detective!«

»Ach ja?« Macmillan zog seine Brauen hoch.

»Es ist allgemein bekannt, dass Alessandro eine Inkasso-Agentur betreibt. Seine Adresse steht in den Gelben Seiten. Vampire leben heutzutage nicht mehr in der Kanalisation. Sie arbeiten, und sie haben Telefon.«

Der Detective kniff die Lippen zusammen, und Holly wappnete sich für eine schnippische Retourkutsche. Die nicht kam, weil ein Uniformierter Macmillan zu sich winkte. Dieser sah sie streng an. »Sie warten hier! Ich komme gleich wieder. Wir sind noch nicht fertig!«

Er ging auf die Traube von Polizisten zu, die auf der Veranda stand. Holly kreuzte die Arme vor ihrem Bauch, denn dieser verkrampfte sich vor Angst. Macmillan hatte einen wunden Punkt getroffen: Abgesehen von ihrer Arbeitsbeziehung wusste sie so gut wie nichts über Alessandro.

Riesige eisige Tropfen klatschten Holly ins Gesicht. Es fing an, zu regnen.

6

Alessandro bog in die Garage hinter seiner Wohnung in der Innenstadt ein. Auf der Windschutzscheibe des T-Birds zogen die Scheibenwischer elegante Bögen. Fürs Erste war er entkommen, aber falls die Cops keine Idioten waren, würden sie zu dem Schluss gelangen, dass er sich allein mit einem toten Mädchen in dem Haus aufgehalten hatte. Und dann folgten lästige Fragen.

Seiner Erfahrung nach verhielten Polizisten sich wie Katzen: Mied man sie, wollten sie einen erst recht dringend kennenlernen. Und wollte Alessandro sein gegenwärtiges Leben nicht aufgeben und fliehen – was dieser Tage auch nicht mehr so einfach war –, müsste er schnell handeln. Je eher er der Polizei Hinweise auf den wahren Täter geben konnte, umso eher würden sie ihn in Ruhe lassen.

Dieser neue Jäger in Fairview sorgte für eine Menge Unannehmlichkeiten.

Alessandro parkte seinen Wagen, blieb aber noch einen Moment hinter dem Lenkrad sitzen. Hollys Duft haftete an seinen Sachen, ein vertrauter Hauch ihres Haars, ihrer Haut, ihres Lebens. Das flüchtige Echo ihrer Gegenwart durchschnitt den Strudel seiner Gedanken, und er schloss die Augen, gefangen in der Erinnerung an den Moment, als sie ihren Mund auf seine Lippen gepresst hatte.

Ihren Duft einzusaugen war die eine, die einzige Art, in der er sie in sich aufnehmen durfte, ohne sie zu beschädigen. Es reichte kaum aus, um einen Traum zu nähren, und doch war es alles, was er zu genießen wagen konnte. Erinnerungen waren süßer, aber gefährlicher, denn Erinnerungen weckten Verlangen nach mehr.

Wieder und wieder sah er die Bilder der Nacht vor sich: ihre Kniebeuge, ihre schroffen Handbewegungen. Sie verschmolzen zu einer Glut unterdrückter Lust. Als sein Blut sich erhitzte, wurde er von einem Hunger gepackt, der ihm den Magen zusammenkrampfte und ihm den Mund wässrig machte.

Er trank das Blut jener, die er streichelte, und zerstörte damit, was er begehrte. Erotik und Appetit waren untrennbare Verbündete, wie Blitz und Donner. Jeder Traum von Liebe blieb für ihn eine bloße Illusion. Ein Vampir hatte nichts als Hunger.

Auf diesen Gedanken hin zerfiel Alessandros Sehnen zu Asche und ließ ihn leer zurück. Er stieg aus dem Wagen, als steckte nicht einmal mehr die Kraft in ihm, seine Glieder zu bewegen. Umso besser, dass das Wetter ihn aus seiner Versonnenheit zerrte. Auf den wenigen Metern bis zu seiner Wohnung schüttete es derart, dass er laufen musste.

Bei dem Haus handelte es sich um ein altes viktorianisches Lagerhaus, das zu einer modernen Kunstgalerie und einer Handvoll Wohnungen ausgebaut worden war. Alessandro ging durch eine Hintertür hinein, die geradewegs in seine vernachlässigte Küche führte.

Auf halbem Weg über die Schwelle blieb er stehen und merkte auf. Alles war wie immer. Die Tür war verriegelt gewesen, der Alarm nicht aktiviert, denn er stellte ihn nur selten an.

Was stimmte hier nicht?

Regen platterte hinter ihm auf das Pflaster, gluckerte die Regenrohre hinunter und über den Deckel eines Gullis. Alessandro konnte in der schweren feuchten Brise das Meer, die Gerüche von Restaurants sowie Auspuffgase erschnuppern.

All das diente als Ablenkung. Was ihn aufmerken ließ, war eine dezente Note hinter dem Rest des sensorischen Aufgebots.

Alessandro zog die Tür hinter sich zu und sperrte damit das wenige Licht aus, das von draußen hereindrang. Wasser tropfte in einem steten Rhythmus von seinem Mantelsaum auf die Fliesen im Eingangsbereich. Er zog ihn aus, warf ihn über einen Stuhl und bewegte sich lautlos ins Wohnzimmer. Vor Anspannung kribbelte es in seinem Nacken und zwischen seinen Schulterblättern. Nicht dass er Angst hatte, aber er war vorsichtig.

Was zunächst eine vage Empfindung gewesen war, wurde intensiver, legte gewissermaßen seinen Schleier ab. Nun hing die Energie wie dichter Qualm in der Luft. Alessandro hielt inne und zog ein langes Messer aus seinem Stiefel. Dem Gefühl nach zu urteilen, handelte es sich bei seinem Besucher um ein Wesen seiner Art.

Im Wohnzimmer war es stockfinster, denn die kahlen Ziegelmauern absorbierten alles, was an Restlicht hereinfiel. Zwar brauchte Alessandro nicht viel Licht, um sehen zu können, aber ein bisschen schon. Mit der linken Hand ertastete er den Lichtschalter und legte ihn um, das Messer stoßbereit in der Rechten.

Hinter ihm flackerte etwas, zu kurz, als dass er reagieren konnte, und dabei war er schnell. Praktisch im selben Moment drückten ihn weibliche Arme und pressten sich winzige Hände an seine Brust. Blitzartig begriff er, so dass er seine Klinge, mit der er bereits zustoßen wollte, zurückzog.

Er kannte die eherne Kraft in diesen zierlichen Fingern, und ein kleiner Teil von ihm wurde eisig vor Angst. Dies hier war allerdings kein Problem, das mit einer Waffe gelöst werden konnte.

»Du hast mir gefehlt, mein Alessandro.« Ihre Stimme war volltönend und leise, ein samtiges Streicheln in der Dunkelheit.

Eine Hand glitt hinab und verharrte vor seinem Schritt, damit ihm klar wurde, was ihr gefehlt hatte. Zwischen ihnen stieg die kriechende Hitze von Verlangen auf, jener Ruf nach Fleisch und Macht, den Vampire untereinander weckten: Lust und Wiedererkennen. Er gehörte ihr. Seine Sicherheit hing von ihrer Gnade ab.

Er fühlte ihre Wange an seinem Rücken. »Warst du einsam ohne mich?«, fragte sie.

Ich hatte meinen Frieden ohne dich, dachte er, beherrschte sich jedoch, als er sich in ihren Armen umdrehte. »Meine Königin«, sagte er, steckte sein Messer ein und ging auf ein Knie.

Omara war winzig; sie trug einen Hauch aus azurblauer Seide, und ihr Haar hing in einem langen schwarzen Zopf geflochten über einer Schulter. Ihre Augen erinnerten Alessandro an dunklen Honig, ihre Haut an blassen Zimt. Obwohl älter als Menschengedenken, sah sie wie einundzwanzig aus.

Sie war eine Kreatur von unfassbarer Macht – allein in seinem Haus. *Das kann nichts Gutes bedeuten*, dachte er, während eine diffuse Furcht sich in ihm regte. Sein Bericht war überfällig, und er hatte niemanden als Nahrung anzubieten. Außerdem hatte er seit einer Woche nicht mehr gestaubsaugt. Nicht zu vergessen die Campus-Morde. *Kann sie schon wis-*

sen, dass einer von uns dafür verantwortlich ist? Warum ist sie hier? Und warum ist sie allein gekommen?

Die Antworten erhielt er in dem Moment, in dem das Verlangen aufloderte. Sie beugte sich hinab und küsste ihn, streichelte ihn mit ihrer Zunge. Alessandro konnte ihre Macht schmecken, heiß und scharf, als sie ihn erkundete, ihn leckte und ihre Lippe an seinen Zähnen aufkratzte. Blut sickerte hervor, kräftiger und süßer als jedes andere. Das Elixier einer Königin.

Die Zwillingstriebe Hunger und Lust erhoben sich von Neuem, zwangen ihn, sich wieder aufzurichten. Sie war seine Gebieterin, und er sehnte sich danach, ihr in allem zu dienen. Er wusste, wie er es schaffte, dass sie jede königliche Würde vergaß. Vielleicht konnte sie ihn sein schmerzliches Verlangen nach Holly vergessen machen.

Grob stieß Omara ihn weg. Ihre Augen funkelten amüsiert. »Wie ungeduldig du bist!« Sie strich mit einem Finger über seine Lippe, wo sie die letzten Spuren ihres Blutes wegwischte. »Und wie erfreulich, dass ich dich ganz zu meinem Vergnügen habe, ohne Clan, ohne dass ein Vorfahr unter uns ist! Solch exklusive Loyalität ist erstaunlich rar.«

Alessandro senkte den Blick und verfluchte seinen Körper, weil dieser so prompt reagierte. Er fürchtete sie, denn sie kannte seine Schwäche. Jeden Tag seines unsterblichen Lebens litt er unter seiner Einsamkeit. Eines Tages würde er daran zerbrechen.

Omara ließ ihn stehen, ging zur Couch und setzte sich mit angewinkelten Beinen hin, so dass ihre Füße auf dem Polster auflagen. Sie hatte ihm gezeigt, welche Macht sie über ihn besaß, nun waren die Eröffnungsnettigkeiten vorbei.

»Eine interessante Wohnung hast du dir ausgesucht.« Sie blickte sich gelassen im Raum um. »Karg, aber mit wenigen ausgesuchten Stücken möbliert. Eine passende Staubschicht, um die Morbidität zu unterstreichen. Du brauchst einen Diener.«

Sprachlos stand er da, stumm vor unterdrücktem Verlangen.

Sie strich mit ihrer Hand über den Couchtisch und betrachtete prüfend ihre Fingerspitzen. »Wie wäre es mit einer französischen Zofe?«

Alessandro hatte Mühe, klar zu denken. Seit Jahren war er der Repräsentant der Königin in Fairview, und zuvor war er jahrhundertelang ihr Bediensteter gewesen. Sie hatte ihn schon in ihrem Haushalt aufgenommen, bevor sie die Krone trug.

Entsprechend wusste er aus Erfahrung, dass es gefährlich war, sich auf ihre Spiele einzulassen.

Ihre Miene wirkte eindeutig angespannt. Was konnte ein Wesen für Sorgen haben, das hinreichend mächtig war, um über Dutzende Vampirclans zu herrschen? Omara stellte ihre Füße auf den Boden und setzte sich gerade hin. »Bitte, setz dich doch!«

Alessandro sank in einen Sessel, so dass er seine Königin über Stapel Bibliotheksbücher hinweg ansah, die auf dem Couchtisch verteilt waren. Reue quälte ihn: die Nachwehen des neckenden Kusses. »Was verschafft mir die Ehre deines Besuchs?«, fragte er bemüht höflich.

Sie blickte hinab, als wäre sie fasziniert von den Falten im Couchleder. »Mein Kopf steckt voller Probleme, die ich weder mit Feuer noch mit dem Schwert lösen kann. Mir gefallen diese modernen Zeiten nicht.«

Alessandro holte tief Luft und atmete langsam wieder aus. Die plötzliche Veränderung des Tonfalls war typisch für Omara. »Bist du enttäuscht, dass all die Van Helsings dieser

Welt ihre Pfähle und ihr Weihwasser gegen Steuerprüfungen eintauschten?«

»Ich habe hochbezahlte Buchhalter, die sich mit diesen kleinen Männern befassen.«

»Und was gefällt dir an diesem Jahrhundert nicht?«

»Seit wir uns aus dem Schatten begaben, ist meine Rolle als Anführerin komplizierter. Staatsangehörigkeit und Rechte haben ihren Preis. Wir müssen uns an die menschlichen Regeln halten. Sollten wir einen Fehler machen, haben wir so viel mehr zu verlieren.«

Alessandro antwortete nicht, sondern behielt seine Meinung für sich. Das Gros der übernatürlichen Bevölkerung lebte nach wie vor am Rande der Gesellschaft, geschmäht von den Menschen.

Gesetze waren etwas Schönes, aber Angst und Hass wurzelten tief. Trotzdem wusste er, dass Omara wie ein Albtraum wüten würde, um die Interessen ihres Volkes durchzusetzen. Und er leugnete nicht, dass sie eine sehr effiziente Königin war.

Die nun seufzte, als strapazierte sein Schweigen ihre Geduld. »Die menschlichen Behörden untersuchen eine Reihe von Vampirmorden in dieser Gegend. Weißt du davon?«

»Ja«, antwortete er stirnrunzelnd.

»Die Polizei wandte sich an mich, deshalb kam ich als Diplomatin her, um ihnen die Unterstützung der Vampirgemeinde bei den Ermittlungen zuzusichern.«

»Ich habe eben erst entdeckt, dass einer von uns in die Morde verwickelt ist. Wie lange ist es her, dass die Menschen sich an dich gewandt haben?«

Omara fingerte an einem ihrer Armreifen herum, den sie an ihrem zarten Handgelenk hin und her drehte. »Sie haben mich vor zwei Tagen angerufen, aus reiner Höflichkeit.

Sämtliche Mitglieder unserer örtlichen Gemeinde werden von ihnen überprüft.«

Sie schüttelte den Armreif wieder zurück und schenkte Alessandro ihre volle Aufmerksamkeit. »Ich sagte ihnen gleich, dass du über jeden Verdacht erhaben bist.«

»Was sie dir nicht unbedingt glauben werden.«

»Du hast doch gewiss Leute, die dir ein Alibi geben können.«

»Ich arbeite allein, und ich weiß nicht, wann die Morde begangen wurden. Es ist durchaus möglich, dass niemand meine Unschuld beteuern kann.«

»Solltest du für die fraglichen Zeiten keine Alibis vorweisen können, werde ich dir welche beschaffen.« Sie lächelte verschwörerisch.

»Dein Vertrauen ehrt mich«, sagte Alessandro mit einem Kopfnicken.

»Ich brauche dich. In einer Gefängniszelle nützt du mir nichts.«

»Es könnte sein, dass wir rasch handeln müssen. Heute Abend gab ich der Polizei Anlass, mich aufzusuchen.« Er fasste die Ereignisse grob zusammen.

Omara hörte zu, und am Ende seines Berichts stand eine tiefe Falte senkrecht zwischen ihren Brauen. »Zeig mir das, was du gefunden hast!«

Die Orpheus-Medaille war in seiner Manteltasche, also ging er in die Küche und holte sie.

Omara hielt die Metallscheibe unter die Lampe. »Wie du bereits sagtest, ist sie sehr alt.« Als sie die kleine Münze umdrehte, stieß sie einen enttäuschten Laut aus. »Manche dieser Abzeichen haben ein Bild Euridikes auf der Rückseite. Dieses nicht, was bedeutet, dass es, nun ja, auf die Zeit vor der Pest zurückgeht. Erst danach haben die Schmiede sie geprägt.«

Alessandro schürzte die Lippen. »Ging es damals mit diesen lächerlichen Märchen über die Erwählten los?«

Sie blickte auf und lachte, was ihr das Aussehen eines jungen Mädchens verlieh. »Ach, könntest du dein verdrossenes Gesicht sehen! Bei der Geschichte schläfst du sofort ein, nicht wahr? Interessiert dich überhaupt nicht, was Orpheus alles riskierte, um Euridike aus den Fängen des Todes zu befreien?«

Alessandro winkte verächtlich ab. »Das sind Märchen für Träumer. Ich bin kein Romantiker.«

»Bist du dir da sicher?« Omara lächelte vielsagend. »Vergiss nicht, dass der Mythos von den Erwählten so etwas wie die Gralssuche unserer Art ist!«

»Schon gut, ich kenne die Geschichte. Wahre Liebe kann uns aus dem Tal der lebenden Toten befreien, so wie Orpheus sein Weib aus dem Hades zurückholen wollte.«

»Ah, und wie schaffst du es dann, ihr zu widerstehen? Bist du ein solcher Zyniker?«

»Mich kümmert nicht, wie sehr eine Sterbliche einen Vampir lieben könnte. Der Vampir muss sich immer noch nähren.«

Omara zuckte mit ihrer vollkommenen Schulter. »Mir scheint, du verstehst nicht, worum es eigentlich geht. Ein Vampir, der von einer Sterblichen auserwählt wurde, kann sich von ihrer Liebe nähren und wird von der körperlichen Lust anstatt durch Blut am Leben erhalten.« Ein Funkeln regte sich unter ihren dichten Wimpern. »Kein Wunder, dass die Legende so beliebt ist! Ich bitte dich – was kann man an ihr nicht mögen? Abgesehen von der ewigen Monogamie natürlich.«

Alessandro hielt den Atem an. Trotz seiner Skepsis konnte er nicht umhin, dem Mythos eine gewisse Faszination abzugewinnen. Ein Erwählter könnte also lieben, ohne zu zerstören? Nein, das war ein Traum, sonst nichts. »Orpheus scheiterte, denn Euridike kam nie aus dem Hades.«

Omara lehnte sich zurück. Es war offensichtlich, dass sie seine finstere Stimmung genoss. »Eine wunderschöne Geschichte, und alles, was du siehst, sind die Brüche in der Metapher. Orpheus scheiterte, weil er nicht richtig glaubte. Er vertraute den dunklen Göttern nicht genug, als dass die Magie hätte wirken können.«

»Was ich durchaus verstehe«, erwiderte Alessandro trocken. »Mir fehlt gleichfalls der Langmut für falsche Hoffnungen und Gutenachtgeschichten, vor allem, wenn es andere, drängendere Probleme zu lösen gilt – wie etwa das von einem unbekannten Vampir, der seine Opfer für die Polizei auslegt.«

»Du bist ein arbeitswütiger Langweiler!« Sie hauchte ihm einen Kuss zu.

»Ich bin Pragmatiker.«

»Und ich würde lieber über anderes als diesen Mörder und seine Markenzeichen reden. Aber unsere kalte, graue neue Welt lässt mich leider nicht.« Mit diesen Worten stand sie auf, kam um den Couchtisch herum und kniete sich vor Alessandro. Er wollte aufstehen, doch sie ergriff seine Hände und hielt ihn zurück.

»Ich habe der Menschenpolizei nicht gesagt, dass ich die Quelle dieser Probleme kenne.«

»Und die wäre?«, fragte Alessandro überrascht.

Sie drückte seine Finger, als wollte sie ihn beruhigen. Sobald er sich entspannte, legte sie ihre Hände auf seine Knie, was eine flehende und zugleich einladende Geste darstellte. »Ich brauche dein Schwert, mein Guter.«

»Selbstverständlich.« Unter dem Gewicht ihrer Berührung wurde seine Stimme auf einmal rauh. *Was willst du wirklich von mir?*

Sie strich mit beiden Händen über den ausgewaschenen Jeansstoff an seinen Oberschenkeln. »Ich nahm dich auf, als dein Clan unterging. Ich bot dir meinen Schutz, statt dich zu versklaven, wie es andere getan hätten.«

Inzwischen waren ihre Hände bei seinen Hüften angelangt, so dass ihr zierlicher vollkommener Körper sich zwischen seinen Knien befand. Seine Haut verzehrte sich nach ihr, nach Erlösung aus der endlosen Einsamkeit. Was sie ihm natürlich ansah. Sie blickte ihm in die Augen, in denen sie erkannte, was ihn quälte.

Ihr träges Lächeln entblößte die Spitzen ihrer Reißzähne. »Du schuldest mir diesen Dienst.«

Mit einer einzigen geschmeidigen Bewegung schob Alessandro seinen Sessel zurück, stand auf und sorgte für Abstand zwischen Omara und ihm. Sichtlich belustigt sah sie zu ihm auf.

»Verrate mir, was ich für dich tun soll!«, verlangte er, wobei er sorgfältig darauf achtete, frei von Emotionen zu sprechen.

»Wie gehorsam!«, hauchte sie leise und lehnte sich auf dem Boden zurück, bis sie auf einer Hüfte lag, exotisch wie eine orientalische Odaliske.

»Ich bin dein Ritter und tue meine Pflicht.«

»Vielleicht willst du auch nur das Schlimmste erfahren. Finde heraus, was ich von dir will! Du wünschst dir doch, dass dieser Moment der Spannung endet.«

Trotzig hielt Alessandro ihrem Blick stand. Er begehrte sie, ja, und er fürchtete die Aufgabe, die sie für ihn vorgesehen hatte, aber er würde ihr gehorchen, weil sie seine Königin war. Gemäß dem Vampirgesetz lagen die Fäden seiner

Existenz in ihren Händen. Er würde alles geben, um diese Macht einer anderen, gutmütigeren Frau zu übertragen.

Schließlich wandte Omara ihr Gesicht ab. Ein kleiner Sieg für Alessandro, allerdings auch ein bedeutungsloser.

Er neigte seinen Kopf. »Wie lautet dein Wunsch, meine Königin?«, fragte er, ohne sich seine Resignation anmerken zu lassen.

Da sie ihre Macht bestätigt fand, trat ein zufriedener Ausdruck in Omaras Augen.

»Das Erste, was ich wünsche, ist, dass sich meiner angenommen wird«, antwortete sie und erhob sich wieder. Sie spreizte eine Hand an seiner Brust, was ausreichte, dass seine Haut vor Anspannung kribbelte. »Bring mich irgendwohin! Ich bin den ganzen Tag gereist und brauche Nahrung. Deshalb möchte ich an deinem Arm die dunkelsten, tödlichsten Orte aufsuchen. Wir sind die Königsfamilie dieser kleinen Stadt, und ich will meine Hommage. Wenn ich ausgeruht bin, reden wir über Morde und Feinde.«

Sie küsste ihn sanft auf die Lippen. »Und danach sehen wir weiter.«

7

Die Entscheidung fiel leicht. Es gab nur ein paar Lokale in Fairview, die sich zur Unterhaltung einer Vampirkönigin eigneten, also wählte Alessandro das eleganteste und diskreteste von ihnen, den Club »Sinsation«.

»Kurios!«, meinte Omara, die durch die Deckenbalken zum leeren Loft oben sah.

Es handelte sich um ein altes Gebäude, das innen bis auf die Holz- und Ziegelstrukturen entkernt worden war, so dass die Einrichtung aus Granit, Glas und Chrom umso besser zur Geltung kam. Die Beleuchtung wirkte wie der Fieberphantasie eines Futuristen entsprungen.

Das »Sinsation« war protzig und teuer, aber Alessandro gefiel, dass man sich hier unterhalten konnte, ohne schreien zu müssen. Und heute war es praktischer denn je, denn er brauchte Antworten. Auf dem Weg hierher hatte Omara ihm genau gar nichts darüber angedeutet, was sie von ihm wollte.

Aus Gewohnheit schaute er sich im Raum um. Die Schatten der hohen Decke ließen die Bar zur Linken kleiner erscheinen. Weiter hinten befand sich eine leere Bühne, die einzig vom Flackern des mannshohen Kronleuchters über ihr erhellt wurde. Dazwischen standen runde Tische, an denen jeweils zwei bis drei Gäste saßen, Vampire und Menschen.

Die leise elektronische Musik klang nach verfinstertem New Age und war gut zu hören, als alle auf einmal verstummten, um Omara und ihn mit einer Mischung aus Staunen und Angst anzusehen.

»Starren die immer so?«, erkundigte Omara sich amüsiert. Sie hatte sich bei Alessandro eingehakt, sah zu ihm auf und schenkte ihm ein Lächeln.

»Sie haben dich nicht erwartet, meine Königin.«

Wie auf Kommando standen alle Vampire auf und sanken auf ein Knie. Unsicher taten die Menschen es ihnen gleich. Alessandro blickte von einem zum anderen. Ein Augenpaar funkelte unangenehm, allerdings senkte der dazugehörige Vampir sofort den Blick, als Alessandros ihm nicht minder wütend begegnete.

Pierce, dachte er mit einem Anflug von Verärgerung, ehe er sich bewusst abwandte. Dieser Mann war so nervig und zäh wie ein Kaugummi unter der Schuhsohle.

Omara nickte der Menge zu und bedachte sie mit einem vornehmen, überheblichen Lächeln. »Ich grüße euch, meine Freunde. Bitte, fahrt einfach fort, und genießt die Nacht!«

Ein Rascheln ging durch den Raum, als alle Gäste sich wieder hinsetzten. Dann erhob sich gedämpftes Murmeln, in dem unüberhörbar Aufregung mitschwang. Die Empfangsdame kam und machte ihnen eilig den besten Tisch frei. Alessandro und die Königin warteten so lange höflich.

»John Pierce sieht aus, als wollte er dir das Genick brechen«, flüsterte Omara, die Alessandros Arm drückte.

»Er darf es gern versuchen«, entgegnete Alessandro träge lächelnd. »Dann verweise ich ihn auf seinen Rang.«

Omara lachte. »Was für ein arroganter Teufel du bist!«

»Ich kenne meinen Wert.«

»Möchte er deine Stellung als mein Repräsentant hier

übernehmen?« Das war reine Provokation. »Oder vielleicht lieber die als mein bester Krieger?«

»Er ist nichts als ein Playboy und dilettantischer Zauberer. Letztes Jahr war ich leider gezwungen, seinen Bruder zu köpfen.«

Omaras Augen weiteten sich interessiert. »Stimmt, das hatte ich ganz vergessen. Was war noch mal passiert?«

»Er ging im Zorn auf einen Menschen los. Ich tat bloß meine Pflicht.«

»Wie es sich gehört. Aber sei vorsichtig! Pierce wird dir Ärger machen.«

»Ich weiß, und ich freue mich schon auf seinen entscheidenden Fehler.«

Ihr Tisch war bereit, und Alessandro rückte Omara einen Stuhl zurecht. Alte Gewohnheiten hielten sich lange. Eine Kellnerin in schwarzer Hose und weißer Bluse, die viel warme, zarte Haut zeigte, erschien. Omara bestellte einen komplizierten Martini, Alessandro einen kräftigen ungarischen Rotwein, der bisweilen scherzhaft Bullenblut genannt wurde, sein Stammgetränk. Die Drinks waren eher Dekoration, aber ein hübsches Ritual. Als die Kellnerin ging, fragte Alessandro sich, wie sie wohl auf einer Speisekarte beschrieben würde: ein junger Jahrgang mit einem zarten Bouquet?

Omara faltete die Hände auf dem Glastisch. Ihre Ringe funkelten im schwachen Licht und leuchteten bei jeder Bewegung ihrer Finger auf.

»Um zu den Morden und dem zurückzukommen, was ich wünsche, dass du tust …«, begann sie ohne Vorwarnung.

Alessandro setzte sich auf. Er war froh, dass sie endlich bereit war, zu reden. »Ja?«

Nun jedoch senkte sie den Kopf und benetzte sich die Lippen. Solch unverhohlene Nervosität sah man selten bei ihr. »Ich glaube, dass einer meiner alten Widersacher zurückgekehrt ist. Mich überraschte nicht, dass die Polizei von Fairview sich bei mir meldete.«

»Warum nicht?«

»Mein Haus in Seattle wurde verwüstet, aber nichts gestohlen, weder Geld noch Geschäftsberichte, nicht einmal mein Schmuck.«

»Deine Bücher oder magischen Instrumente?«, fragte Alessandro besorgt. Omara besaß mächtige, gefährliche Raritäten, die jeder Hexenmeister sich in seiner Sammlung wünschte.

Für einen Moment riss sie die Augen weit auf. Wahrscheinlich malte sie sich eine Katastrophe aus. »Nein, sie sind sicher.«

»Ein Erpresser vielleicht? Jemand, der nach Informationen suchte?«

»Es wurden keine Forderungen gestellt.« Wieder sah Omara weg. »Dennoch war es merkwürdig, verstörend. Kurze Zeit später rief die Polizei von Fairview an und wollte meinen Rat, deshalb kam ich her. Womöglich besteht kein Zusammenhang, aber das bezweifle ich. Ich glaube, der Einbruch sollte eine Warnung an mich sein. Jemand will einen Kampf. Und derjenige hat sich Fairview als Schlachtfeld ausgesucht.«

»War es dann klug, herzukommen?«

Sie kniff die Lippen zusammen. »Ich laufe nicht weg.«

»Aber warum Fairview? Solange ich hier bin, ist es eine ruhige Stadt, zumindest bis zu diesen Morden.«

»Ruhig ist sie, weil du hier bist, mein Bester. Ich musste mir um diesen Teil meines Reiches keine Sorgen machen. Du wahrst das Gesetz mit strenger und gerechter Hand. Falls etwas schiefgeht, bist du mein natürlicher Nachfolger.«

Alessandro gestattete sich ein ironisches Schmunzeln. »Du weißt, dass ich keine Ambitionen hege, König zu werden, und ich habe nie die Zauberkunst gelernt, die für den Thron nötig ist.«

»Wenn du willst, kannst du sie erlernen. Das Talent und die natürliche Kraft dazu besitzt du allemal.«

Alessandro war nicht sicher, ob sie die Wahrheit sagte oder nur sein Interesse wecken wollte, was ihm allerdings auch gleichgültig war. »Sollten unsere Feinde uns in Fairview zusammenbringen, stehen sie einer doppelten Bedrohung gegenüber.«

Omara schüttelte den Kopf. »Nicht unbedingt. Zunächst einmal schaffen sie sich damit die Möglichkeit, uns beide auf einen Streich zu töten. Dass du und ich in derselben Stadt sind, ist ebenso gefährlich wie vorteilhaft.«

»Und wer ist unser Gegner?«

»Falls das Zeichen, das du gefunden hast, ein Hinweis ist, handelt es sich um einen sehr alten, sehr mächtigen Feind. Jemand, der mordet, um uns bei der menschlichen Polizei zu verunglimpfen.«

Alessandro wollte schlucken, doch sein Hals war plötzlich viel zu trocken. »Du hast einmal gesagt, dass du in dieser Stadt Ärger vorhersiehst. Ich fing schon an, zu bezweifeln, dass hier jemals etwas passieren könnte, muss jetzt jedoch einsehen, dass du recht hattest.«

»Ich wünschte, dem wäre nicht so.«

»An diesem Gegner könnte mehr dran sein, als sich einem auf den ersten Blick erschließt. In den letzten paar Wochen hat jemand mit Rufzaubern experimentiert.«

»Was?!«, fragte Omara entsetzt.

Vielleicht war sein Kunde gar nicht das Ziel des Zaubers gewesen, sondern ein Kollateralschaden. Solche Dinge passierten. »Und das jüngste Opfer wurde von einem Blendzauber verborgen. Wer beherrscht solche Magie? Du sagst, du kennst die Quelle der Probleme. Wer könnte das sein?«

»Es muss ein alter Feind sein. Aber welcher? Ich kann mit denen ein ganzes Telefonbuch füllen.« Omara richtete den Blick gen Decke, als sähe sie dort die Namen. »Da wären zunächst einmal alle anderen Könige und Königinnen, die mein Territorium wollen; alle anderen Clanführer, die auf eine Krone scharf sind, und die Anführer anderer Spezies. Und dann noch ein paar besondere: Morlok, Aloysius, Geneva, Michael, Gervaise, Callandra.«

»Dämonen.« Ihm war eiskalt. Auch wenn er ungern zugab, Angst zu haben – er hatte welche.

»Ja, die Dämonen. Ich habe früher gegen einen von ihnen hier gekämpft.«

»Aber ich dachte, wir suchen einen Vampir. Was ist mit dem Abzeichen?«

Alessandro verstummte. Ihm gefiel Omaras Ausdruck nicht, und er konnte nicht sagen, was sie dachte.

Sie lächelte. »Keine Frage, da war das Abzeichen. Du hast recht. Wir müssen unsere eigenen Leute unter die Lupe nehmen.«

Ihre Getränke wurden gebracht. Omara hob den strahlend blauen Martini an ihre Lippen und tunkte nur einmal kurz ihr Zungenspitze hinein. »Du wirst die Hilfe deiner jungen Hexenfreundin brauchen, dieses Carver-Mädchens. Ein hübsches Ding, wie ich hörte.«

Alessandro erschrak so heftig, dass der Wein in seinem Glas schwappte. »Du kennst sie?« *Hübsches Ding.* Ja, ganz walnussbraunes Haar und smaragdgrüne Augen. Omara schätzte keine Konkurrentinnen.

»Natürlich. Sie ist eine Carver-Hexe in meinem Reich.

Den Gerüchten zufolge kann sie einen Poltergeist in unter fünf Minuten erledigen.« Sie sah ihn an, als erwartete sie eine Bestätigung.

»Das stimmt. Und sie hat heute Abend ein Spukhaus niedergeschlagen, ein außergewöhnlich böses.«

»Du brauchst ihre Magie«, sagte Omara leise. »Bring sie dazu, eines der ermordeten Mädchen zu erwecken! Ein bisschen Totenbeschwörung kann uns auf der Suche nach meinem Gegner ein gutes Stück weiterbringen. Zumindest können die toten ihren Angreifer beschreiben.«

Alessandro schob sein Weinglas weg. Ihm ging das Bild von Holly durch den Kopf, die sich in Schmerzen auf dem Boden wand. Totenbeschwörung erforderte eine riesige Menge Magie und wäre folglich noch sehr viel qualvoller für sie. »Gibt es niemand anderen, den wir um Hilfe bitten können? Ich bin nicht sicher, ob sie das schafft.«

»Ganz gewiss schafft sie es. Sie ist eine Carver-Hexe. Seit Generationen sind sie auf Totenbeschwörung spezialisiert.«

»Nur stimmt mit ihrer Magie etwas nicht. Totenbeschwörung könnte sie womöglich umbringen.«

»Würde sie lange genug überleben, dass die Magie wirkt?«

Alessandro wurde sekündlich unwohler. »Weiß ich nicht.«

»Ich denke, sie könnte. Und trotzdem zögerst du. Was ist eine tote Hexe gemessen an der Niederschlagung meines Gegners?« Ein Ausdruck huschte über Omaras Gesicht, den Alessandro noch nie gesehen hatte: ein Anflug von … Furcht? »Ich führte die Vampire aus der Finsternis und in dieses Jahrhundert. Ich bin die Einzige, die mit Richtern und Politikern spricht, um unsere Rechte durchzusetzen. Ich verdiene es, zu überleben!«

Er wollte etwas erwidern, doch sie ließ ihn nicht zu Wort kommen. »Falls dieser Mörder weiter tötet, werden sich die verängstigten Bürger von Fairview gegen die gesamte übernatürliche Bevölkerung wenden. Sie metzeln uns nieder, ohne mit der Wimper zu zucken. Denk daran, wenn du wieder einmal anfängst, dich heroisch zu fühlen und ein Mädchen schützen zu wollen, das nicht mehr wert ist als eine Mücke!«

Sie beugte sich über den Tisch, so dass ihr Gesicht direkt vor seinem war. Für die anderen mussten sie wie ein Liebespaar aussehen, das im Begriff war, sich zu küssen. Omaras Atem wehte Alessandro über die Lippen. »Enttäusche mich nicht, Alessandro, denn ich will dich nicht verlieren! Du bist mein Liebling, mein edler Ritter. Zähme dein Herz um meinetwillen! Liebe *mich*, Alessandro!«

Ohne Omara hätte er niemanden, keinen Clan, keine Familie. Ohne seine Königin hatte er unter seinesgleichen keinerlei Halt, und die Ewigkeit war eine verdammt lange Zeit, musste man sie allein verbringen.

Sie legte ihre Hand auf seine und drückte sie fest. »Ein böser Vampir oder ein Dämon wird sich immer weiter nähren, bis alles um ihn herum zerstört ist. Ich *muss* wissen, wer das macht!«

»Natürlich«, lenkte er ein, während er fieberhaft nach Alternativen suchte. *Ich finde eine andere Lösung. Was sie verlangt, ist undenkbar!* Selbst wenn er Holly nie berührt, sie nie gekostet hätte: Sie war seine Partnerin, und sie gehörte niemandem sonst, nicht einmal seiner Königin. Alessandro beschützte, was sein war.

Als Omara an ihrem Drink nippte, bemerkte er, dass ihre Hände zitterten. »Ich weiß, dass du das Richtige tun wirst – wie immer. Das macht einen Großteil deines altmodischen Charmes aus.«

Beinahe hätte er etwas Unkluges entgegnet, wäre nicht jemand an ihren Tisch getreten: Pierce.

»Verzeih mir, meine Königin«, sprach er Omara an und verbeugte sich tief, so dass sein blondes Haar im Kerzenlicht aufschien. Bis heute besaß er die Eleganz eines elisabethanischen Höflings, nur leider war das Raubtierhafte hinter den feinen Manieren allzu deutlich.

»Was kann ich für dich tun?«, fragte sie förmlich, auch wenn Alessandro das vielsagende Glühen in ihren Augen nicht entging. Was ihn prompt misstrauisch stimmte. Kannten die beiden sich besser, als sie nach außen hin zeigten?

Pierce richtete sich auf. Ein Lächeln erstrahlte auf seinen ebenmäßigen Zügen. Sein oben offenes Hemd und das graue Wolljackett rundeten das Image des lässigen Reichen ab. »Ich möchte im Namen des Albion-Clans um Erlaubnis bitten, dir eine Erfrischung anzubieten.«

Pierce schwenkte seine rechte Hand graziös, worauf ein Mensch aus den Schatten hervortrat. Derlei dramatische Inszenierungen mochte Omara sehr. Und dieser Mensch war unbedingt nach ihrem Geschmack: jung, an der Schwelle zur Männlichkeit. Er trug einen hellblauen Pullover, der sich über seiner muskulösen Brust spannte.

»Mir gefällt, dass du dich entsinnst, welche Dienste du deiner Königin schuldest.« Obwohl ihre Worte an Pierce gerichtet waren, sah sie Alessandro an. »Meine Gunst gilt stets jenen, die mir am besten dienen.«

Alessandro setzte ein gekünsteltes Lächeln auf, während er Pierce im Geiste die Haut abzog.

Mit einer Handbewegung bedeutete Omara dem Menschen, er solle sich hinknien. Sie strich ihm über die Wange, streichelte sein kastanienbraunes Haar und nahm seinen rechten Arm, an dem sie den Pulloverärmel bis über seinen

Ellbogen hinaufschob. Unter der jugendlich glatten Haut seines Unterarms wölbten sich kräftige Muskeln. Der junge Mann wirkte hocherfreut, so wie er Omara mit leicht geöffneten Lippen anschaute.

»Ist es dein erstes Mal?«, fragte sie sanft.

»Er ist unberührt und willig, meine Königin«, mischte Pierce sich ein, als könnte der Mensch nicht für sich selbst sprechen.

Omara lehnte den Arm des jungen Mannes auf die Tischkante und tastete die Ellbogenbeuge nach Venen ab. Dann beugte sie sich hinab und biss zu. Ihr Gift jagte Schauer der Ekstase durch den Jungen. Alessandro wusste, dass Omara keinen Menschen töten, ihn nicht einmal zu ihrem Diener machen würde, aber sie würde seinen Appetit auf alles ruinieren, was eine normale Frau ihm bieten konnte. Selbst ein beiläufiger Biss konnte ein Leben zerstören, falls der Mensch dem süchtig machenden Erlebnis verfiel.

Was Alessandro wieder auf das Gespräch zurückbrachte. Der Legende von den Auserwählten gemäß konnte ausschließlich ein von Vampirbissen unberührter Mensch einen Partner erwählen. Dazu nämlich bedurfte es eines freien Willens, der noch nicht durch das mächtige Vampirgift beeinträchtigt wurde. Er beobachtete, wie Omara sich nährte. Ach was, die Legende war Unsinn! Nur ein Süchtiger konnte eine solche Kreatur lieben. Eine wie ihn.

Bei dem Geruch des Blutes regte sich Alessandros Appetit. Seine Haut wurde heiß, seine Lenden spannten sich an. Die Geräusche allein, das Saugen und Lecken, ließen seine Handflächen schwitzen. Er stand auf und verneigte sich höflich, was Omara nicht sah.

»Entschuldige mich!«, murmelte er vor sich hin und eilte in den hinteren Teil des Clubs.

Neben den Waschräumen führte eine Hintertür in eine schmale Sackgasse. Dort war der Gully übergelaufen, so dass in der Mitte ein breites Rinnsal die Gasse entlang verlief. Alessandro stand an der Mauer und atmete die kalte klare Luft ein. Bei allem, was er Omara schuldete, und sosehr er sie auch brauchte, war er froh, ihr wenigstens für eine Minute zu entkommen.

Für menschliche Augen war es stockduster hier, denn dichte Wolken verhüllten den Mond und die Sterne. Alessandro hingegen sah eine Ratte, die vorbeihuschte, als rannte sie um ihr Leben, und in ein Mauerloch gegenüber schlüpfte.

Alessandro runzelte die Stirn. Die Gründe, weshalb die Vampirmorde aufgeklärt werden mussten, häuften sich. Dieser Fall bedrohte seine Freiheit, Omaras Sicherheit und nun, indirekt, auch Holly – von den Leben der menschlichen Opfer ganz zu schweigen. Und dass Omara behauptete, es handelte sich bei dem Schuldigen um einen alten Feind, half nicht weiter. Die Königin hatte unzählige Feinde.

Er schnupperte. Seltsam. Etwas braute sich zusammen, wie er an dem Druck spürte, der in seiner Stirnhöhle pochte. Plötzlich glaubte er, Stoff zerreißen zu hören. Er drehte sich um.

Die Wand am Ende der Gasse, unmittelbar bevor sie in die Straße mündete, war in einen eklig grünen Schimmer getaucht, ähnlich Erbrochenem. Zuerst dachte er, es handelte sich um eine Lichtreflexion, aber dann flackerte es und verwandelte die Gasse in einen perligen Regenbogen aus Pink- und Grautönen, der sich zu einem Blutorange vertiefte. Das Licht kam aus dem *Inneren* der alten Ziegelmauer, die zu dem Radiosender nebenan gehörte.

Alessandro zog sein Messer aus dem Stiefel und rannte auf das Licht zu. Seine Stiefel donnerten laut auf dem Pflaster. Er befand sich in einer Sackgasse, und er wollte ganz sicher nicht in der Falle dessen stecken, was von diesem Licht angekündigt wurde. Dennoch musste er herausfinden, was es war. Gleich darauf hing ein schwerer Magiegeruch in der Luft, durchdringend und verkohlt wie von verbranntem Toast.

Die Mauersteine schimmerten und strahlten eine glühende Hitze ab. Alessandro hatte einmal erlebt, dass ein Film im Projektor Feuer fing und verschmorte. Das Bild auf der Leinwand hatte dem auf der Mauer geähnelt. Wellige Ränder flammten orange auf, aus deren Mitte Licht ausströmte. Das Loch war klein, schien jedoch beständig zu wachsen, und das wiederum hatte dieses Reißgeräusch verursacht. Pudrige Asche fiel herab, die fort war, ehe sie den Boden erreichte.

Alessandro lief an der Maueröffnung vorbei und hielt erst an, als er beinahe an der Straßenmündung war, fast in Sicherheit. Bis dahin hatte er begriffen, was er sah: Das war ein Portal, eine Schranke zwischen dem Dämonenreich und der Erde, die wegbrannte.

Vor lauter Schreck und Verzweiflung wurde ihm übel. Ein Portal bedeutete, dass jemand – zweifellos der böse Zauber wirkende und mordende Feind Omaras – einen Dämon herbeirief. Die Lage war weit schlimmer, als sie gedacht hatten.

Der Dämon war noch nicht hindurchgekommen, aber dabei, eine Tür zu öffnen. Inzwischen hatte das Loch die Größe eines Esstellers erreicht. Alessandro ballte zornig die Fäuste. *Das hier ist nicht deine Stadt!*, dachte er mit wütendem Blick auf die Öffnung. Seine Wut galt vor allem der Tatsache, dass er kein Zauberer war und nicht die Art Magie beherrschte, um etwas zu unternehmen. *Wer kann schnell genug hier sein?*

Ein verzweifelter Schrei kam von der Straße hinter ihm. Als Alessandro sich umdrehte, sah er Gestalten, die über einen Parkplatz an der nächsten Ecke liefen, hinter jemandem her. Der Fliehende war schnell, doch die beiden, die ihn verfolgten, holten auf.

Alessandro starrte einen Moment lang vollkommen fassungslos hin, denn er wollte nicht glauben, was er erblickte. Dann packte ihn blankes Entsetzen, das ihm ein angenehmes Prickeln bescherte.

Die beiden kahlen, buckligen Jäger hatten einen auffallend rollenden Gang. Fehlwandler. Sie waren vierschrötige graue Missgeburten, die Bastarde des Untotenreiches, die einer Linie entsprangen, bei der die Wandlung nie richtig abgeschlossen wurde. Sie waren Vampire und auch wieder nicht. Widerlich und wahnsinnig, wie sie waren, wurden sie selbst von den niedersten Vampirclans geächtet.

Fehlwandler in Fairview? Die sind ausgestorben!

Genau das war der merkwürdige Geruch gewesen, der dem toten Mädchen anhaftete, das er im Flanders-Haus gefunden hatte. Dessen Mörder war ein Vampir gewesen, nur kein richtiger. Solche Wesen tranken Blut, waren jedoch unfähig, saubere Bisse auszuführen. Daher die zerfressene Kehle.

Schlagartig drehte sich Alessandro der Magen um, denn in diesem Moment erkannte er die Beute der beiden. Es war Macmillan, einer der Detectives, die er abends bei dem Haus gesehen hatte. Es entbehrte nicht einer gewissen Ironie, dass Alessandro sich derzeit bemühte, die Cops zu meiden, und nun lief ihm einer von ihnen buchstäblich in die Arme. *Bloß dass er es nicht bis zu mir schafft.*

Alessandro rannte über die Straße, ein Stück vor die laufende Gruppe, wo er sich mit dem Messer in der Hand in eine Nische drückte und eins mit dem Schatten machte. Ein zäher Moment der Spannung verging.

Macmillan war schnell. Er musste gut in Leichtathletik gewesen sein. Trotzdem verlor er an Vorsprung. Alessandro ließ ihn vorbeilaufen, ehe er mit dem Instinkt eines Raubtiers seinen Auftritt plante. Sobald der Detective zwei Schritte weiter war, holte Alessandro schwungvoll zum Tritt gegen den ersten Fehlwandler aus, der seitlich in einen vorüberfahrenden Toyota flog. Das Blech bog sich laut nach innen. Der Fahrer bremste und sprang brüllend aus dem Wagen, doch Alessandro setzte bereits dem Detective und dessen zweitem Verfolger nach.

Der andere Fehlwandler war leicht zu fangen, allerdings schwerer festzuhalten. Klauen schlugen nach Alessandros Augen aus und zwangen ihn, sich zu ducken. Dabei lockerte er unwillkürlich seinen Griff um den Arm der Kreatur, die das sogleich ausnutzte, um Alessandro einen kräftigen Hieb auf die Schulter zu verpassen. In diesem Augenblick sah Alessandro sein Gesicht, das einen Schlund mit nadelspitzen Zähnen aufwies, wo eigentlich eine Nase und ein Mund hätten sein sollen.

Macmillan stoppte und drehte sich um. Als Alessandro dem Fehlwandler seinen Ellbogen ins Kinn rammte, zog der Detective seine Waffe und feuerte. Das Silber am Knauf hieß, dass sie mit Silberkugeln geladen war, der Standardmunition gegen Vampire.

Der Fehlwandler kämpfte mit albtraumhafter Entschlossenheit, während Blut und Fleischfetzen auf die Straße spritzten. Der Cop war ein guter Schütze, aber nicht schnell genug, um mit dieser übernatürlichen Geschwindigkeit mitzuhalten. Er feuerte wieder und wieder, ohne das Herz oder den Kopf zu treffen.

Schließlich klickte es im leeren Magazin.

Alessandro drohte mit dem Messer, um die Aufmerksamkeit des Fehlwandlers vom Detective weg auf sich zu lenken. Doch die Kreatur wandte sich um. Die klaffenden Wunden machten sie bloß ein wenig langsamer. Alessandro umkreiste den Buckligen auf der Suche nach einer Schwachstelle. Als er einen vorsichtigen Angriff wagte, parierte der andere ihn mit seinen Klauen. Wieder umkreiste Alessandro ihn, so dass Macmillan hinter einem Briefkasten in Deckung gehen konnte, wo er seine reguläre Waffe zog, die für gewöhnliche Menschen gedacht war.

»Verschwinden Sie von hier!«, rief Alessandro ihm zu.

Der Fehlwandler schlich seitlich auf den Briefkasten zu, die Gliedmaßen gekrümmt wie eine viereckige Spinne, den Schlund weit aufgerissen, feucht und rot. Dann stemmte er sich mit allen vieren gleichzeitig ab und sprang. Macmillan schoss sein zweites Magazin leer. Die schiere Wucht der einprasselnden Kugeln trieb die Kreatur zur Seite, wo sie hinfiel, sich aber gleich wieder aufrappelte und erneut lossprang, die tödlichen Zähne nach vorn gereckt.

Der Detective warf sich nach hinten und entkam dem Angreifer knapp, den Alessandro schon von hinten attackierte.

»Weg hier!«, schrie er Macmillan an.

Letzterem blieb gar keine andere Wahl. Er rannte los und verschwand auf dem schattigen Parkplatz zwischen seinem potenziellen Mörder und den grellen Lichtern der Kinos dahinter.

Seiner Beute beraubt, entwand der Fehlwandler sich Alessandro und heulte zornig auf. Auch mit einem halben Dutzend Wunden überall an seinem Körper besaß er noch genügend Kraft, um zum nächsten Angriff auszuholen. Einzig Alessandros Untotenreflexe bewahrten ihn vor den gefährlichen Fängen. Er rammte sein Messer nach oben, mit dem er den Fehlwandler im Flug zerschlitzte. Die Kreatur stürzte auf den Asphalt und krümmte sich, um die offene Bauchwunde zu schützen.

Sie war eine zu viel. Diesmal blieb die Bestie am Boden.

Alessandro blickte auf die Missgestalt hinab. Von einer Neonreklame flackerte rosa Licht auf die graue Haut, beleuchtete die rissigen Klauen anstelle von Händen und Füßen.

Das Ding gab einen scheußlich quäkenden Zornesschrei von sich. Wie alle Vampire war es einst menschlich gewesen, aber Fehlwandler waren anders. Bei ihrer Wandlung überlebte nichts von ihrer menschlichen Persönlichkeit.

Alessandro war schnell und sein Messer scharf. Sobald die Wirbelsäule durchtrennt war, begann der Leib, zu stinkendem Schleim zu schmelzen. Danach bückte der Vampir sich und wischte die Klinge an einem Büschel trockenen Grases neben dem Gehweg ab.

Seit Jahrhunderten hatte er keine Fehlwandler mehr gesehen. Manche behaupteten, sie wären nach ihrem letzten kleinen Aufstand gegen die Vampirclans ausgerottet worden. *Offensichtlich nicht*, dachte er, als er zu der Stelle zurückeilte, an der er den anderen in das Auto getreten hatte. Der Toyota war fort, wie er bemerkte – umso besser.

Von dem ersten Fehlwandler war nur noch eine Schleimpfütze auf dem Pflaster übrig. Bei dem Aufprall musste ihm das Genick gebrochen sein. Alessandro lief ein Schauer über den Rücken. Fehlwandler starben noch nicht einmal anständig. Echte Vampire zerfielen zu Staub.

Nun musste er sich um das Problem mit dem offenen Dämonenportal kümmern.

Als er jedoch gegenüber der Gasse ankam, erstarrte er.

Aus dem Riss zwischen den Dimensionen wanden sich Kreaturen, die sich ungelenk durch die kleine Öffnung zwängten und platschend in den Pfützen der Gasse landeten. Sie sahen wie riesige Hunde aus, kohlrabenschwarz und mit roten Augen. Ihre Konturen waren verschwommen, gleich den Bestien, denen man in Albträumen begegnete.

Höllenhunde.

Gegen zwei Fehlwandler zu kämpfen, war eine Sache, es mit einem Rudel von Halbdämonen aufzunehmen, eine gänzlich andere. Alessandro rührte sich nicht, sondern wurde abermals eins mit dem Schatten. Er wagte nicht einmal, sein Handy herauszuholen und Hilfe zu rufen, denn das Gehör dieser Biester war noch besser als das eines Vampirs.

Dann bemerkte er eine Lichtveränderung. Die Helligkeit nahm ab, als würde etwas sie in das Portal zurückziehen. Schneller, als es aufgegangen war, schloss das Portal sich wieder, bis seine Ränder aufschimmerten und sich zusammenfügten. Ein letzter Höllenhund quetschte sich hindurch, der sich mit hebelnden Bewegungen seiner hageren Beine durch den beständig enger werdenden Schlitz mühte. Schließlich plumpste er zu Boden, stand ungeschickt auf und jagte den anderen nach. Ein Rinnsal von Ektoplasma glitt die Wand hinab, klebrig und schwach fluoreszierend.

Im nächsten Moment schloss das Portal sich mit einem matten »Plopp«. Der Luftdruck änderte sich und wurde plötzlich schwer. Aber vielleicht war er auch bloß wieder normal.

Kein Dämon in Sicht. Der Ruf des Zauberers hatte versagt.

Damit gewannen sie einen Aufschub, mehr nicht.

Die Höllenhunde entschwanden in der Dunkelheit, vollkommen still, und Alessandro atmete langsam aus. Die Werwölfe könnten sich der Hunde annehmen, was sie sowieso am besten beherrschten. Er bat sie ungern um Hilfe, weil es sich nie auszahlte, eine Schwäche zuzugeben, aber hier gebot es die Vernunft.

Nicht alle Höllenausgeburten waren so einfach zu beseitigen. Wie viele andere Portale hatten sich geöffnet, und was war ihnen entstiegen?

Alessandro ging weiter, bis er vor der Hintertür des »Sinsation« ankam, wo er sich an die Mauer lehnte. Zu viele Gedanken stürmten auf ihn ein, von denen jeder weiterverfolgt werden wollte. Er hatte geglaubt, die Fehlwandler wären vom Erdboden verschwunden, aber nun waren sie hier und ihr Gestank klebte an ermordeten Studenten. Was wiederum zu viele Fragen aufwarf. Was erhofften sie sich davon, nach Fairview zu kommen? Und welche Verbindung – wenn es überhaupt eine gab – bestand zwischen den Fehlwandlern und dem Zauberer oder seinem Dämon? Vor allem: Was verband sie mit Omara?

Ein böser Vampir wäre gefährlich, aber weniger kompliziert gewesen. All die Ereignisse zusammen stanken nach Magie und obskuren Motiven, und Alessandro mochte weder das eine noch das andere.

In der Ferne jaulten Polizeisirenen. Der Detective hatte Verstärkung gerufen. Aber Alessandro musste die Königin holen und verschwinden.

8

Wie kann irgendjemand mein Zuhause mit dem Flanders-Haus vergleichen? Holly stand vor ihrer Gartenpforte und versuchte, ihr Heim objektiv zu betrachten. Was ziemlich schwer war, denn sie liebte es von ganzem Herzen.

Es entsprach dem, was Architekten als »Painted Lady« bezeichneten: drei Stockwerke mit aufwendiger Stuckatur ragten in leuchtendem Zitronengelb und Aubergine himmelwärts. Erbaut in den 1880ern, stand das Haus auf einem steilen Hügel. Von dort genoss man nach Süden freien Blick auf das Meer. Sieben Generationen von Carvers hatten hier gelebt.

Und wenn Ben nun kein Typ war, der gern in alten Häusern wohnte, die nach uralten Spukgeschichten aussahen? Er würde sich schon noch eingewöhnen. Er musste. Ihre Beziehung war langsam gewachsen, aber sie hatten ein festes Band geknüpft. Innerhalb der letzten paar Monate war es ernst geworden. Sie hatten angefangen, Kleidung und andere Sachen beim jeweils anderen zu deponieren, hatten Schlüssel ausgetauscht. Sie hatten sogar schon darüber nachgedacht, zusammenzuziehen.

Folglich sollten sie sich unbedingt bald über Hexenkunst unterhalten.

Und ich muss vergessen, dass ich Alessandro geküsst habe. Es war eben ein verzweifelter Moment gewesen. Dennoch war der Kuss bloß eine Nuance vom Fremdgehen entfernt. Und sie konnte ihn einfach nicht bereuen, auch wenn vollkommen klar war, dass so etwas nie wieder vorkommen durfte.

Holly stieß die Pforte auf und schritt den Weg hinauf, wobei sie nach den Schlüsseln in ihrer Tasche angelte. Nach den Erlebnissen des gestrigen Abends bewegte sie sich nicht besonders schnell. Sie hatte bis morgens um elf geschlafen und war mit Kopfschmerzen und müden Knochen aufgewacht. Ihr spätes Frühstück hatte aus Crackern und Leitungswasser bestanden.

Hollys Kater, der Brekkienator, hockte wie ein Zwanzig-Pfund-Türstopper auf der Veranda. Nicht dass Holly sich Brekks jemals absichtlich angeschafft hätte; vielmehr hatte er ihr Haus und ihr Essen adoptiert – alles Essen mit allem darauf. Nun schnupperte er an ihren Turnschuhen, wo er die interessanten Gerüche aufspürte, die sie mitbrachte.

»Ja, hallo«, begrüßte sie ihn, bückte sich und streichelte ihn. Gähnend demonstrierte er ihr die Macht intensiven Fischatems, schob seinen Kopf in ihre Hand und vollführte eine Rolle, um ihr seinen Bauch zum Kraulen darzubieten. Holly gehorchte und stellte nicht zum ersten Mal fest, dass es schwierig war, sich mit so viel Kater auf den Füßen vorwärtszubewegen.

Schließlich richtete sie sich wieder auf und sah in den Briefkasten. Nichts. Als sie den Schlüssel in dem schweren Messingschloss umdrehte, erschrak sie, denn die Tür schwang weit auf. Sie war nicht abgeschlossen? Unbeirrt tapste der Kater an ihr vorbei und geradewegs auf seine Futterschale zu.

»Hallo?«, rief Holly. In ihrem Geiste tauchten Bilder von Einbrechern auf, die sich durch ihre Unterwäscheschublade wühlten. Keine Antwort. »Hallo?«, rief sie lauter und umfasste ihre Schlüssel wie eine Waffe. Sie schlich durch das vordere Wohnzimmer und lauschte aufmerksam, damit ihr nicht das kleinste Geräusch entging.

Sie hörte etwas in der Küche, ein lautes schabendes Rascheln wie von einer riesigen Maus. Lautlos näherte Holly sich der Tür und stellte sich mit dem Rücken zur Wand. Es hörte auf, zu rascheln. Holly bemühte sich, keinen Mucks von sich zu geben, aber leider dröhnte ihr angestrengtes Atmen in ihren Ohren. Sie schluckte nervös und trat in die Küche, wo ihr Schritt auf dem alten grauen Linoleum unüberhörbar war. Die Luft war feucht, roch nach Zwiebeln und Spülwasser. Über der Spüle summte leise die elektrische Uhr. Dann nahm sie noch ein anderes Geräusch wahr, das metallische Klappern von Töpfen und Pfannen. Sprungbereit wagte Holly sich weiter vor.

Ein wohlgeformter männlicher Rumpf ragte aus dem Schrank unter ihrer Spüle hervor. Holly seufzte erleichtert. Nach den Erlebnissen der letzten Nacht war er der letzte Mensch, von dem sie erwartet hatte, ihn allein in ihrem Haus vorzufinden.

»Ben«, sagte sie laut genug, dass er sie hören konnte.

Natürlich schrak er hoch, so dass er sich den Kopf an den Rohren stieß. Fluchend krabbelte er rückwärts und drehte sich um. Seine Brille saß ein bisschen schief auf der Nase.

»Ah, hi«, erwiderte er. »Ich suche nach Abflussreiniger.«

»So etwas besitze ich nicht.« Die überstandene Anspannung entlockte ihr ein breites Grinsen. Ben hatte seine Furcht verwunden. Alles war gut. Er hielt sich nicht nur in ihrem Haus auf, sondern er bewegte sich vollkommen selbstverständlich darin, was ein sehr gutes Zeichen war. *Es wäre zu schön, wenn er einfach einzieht!*

»Das Haus löst seine Abflussprobleme selbst«, fügte sie hinzu.

»Ich weiß.« Er stand auf und strich sich mit einer Hand das dichte Haar nach hinten. »Aber anscheinend ist es mit seinen Hausaufgaben in Verzug, denn der Abfluss ist eindeutig verstopft. Ich wollte gerade ein bisschen alte Heimwerkerkunst einsetzen.«

»Gute Idee.«

»Ich habe deine Nachricht bekommen, dass heute der letzte Einschreibungstermin war«, sagte er. »Deshalb wollte ich herkommen und dir persönlich gratulieren. Also, herzlichen Glückwunsch, dass du den Sprung ins kalte Wasser wagst! Ich wünsche dir eine schöne Studienzeit. Ist alles glattgegangen?«

»Ja.« Heute war der letzte Tag gewesen, um die Studiengebühren zu bezahlen. Deshalb war Raglans Auftrag zur rechten Zeit gekommen. »Im Buchladen war ich allerdings noch nicht, denn dort fand ein regelrechter Volksaufstand statt.«

»Warte, bis ich mit dir hingehen kann. Ich kriege Rabatt bei denen.«

»Danke.« Zufrieden lächelnd zog Holly ihre Jacke aus und hängte sie an den Haken neben der Hintertür. Hinter ihr knabberte Brekks an seinem Futter. Die Küche schien friedlich, ein Zufluchtsort. Hier fiel das Licht noch genauso auf die alten Schränke wie damals, als Holly ein Kind und zu klein gewesen war, um die Keksdose zu erreichen.

»Konntest du letzte Nacht schlafen?«, fragte sie.

»Ein bisschen«, antwortete er achselzuckend. »Ich fühle mich ziemlich rastlos, kann anscheinend keine zwei Minuten stillsitzen. Und ich dachte mir, ich nutze die überschüssige Energie und wasche ab, solange ich auf dich warte.«

»Das ist nett von dir.« Ben war überhaupt besser im Haushalt als sie. »Ich weiß, dass es für dich nicht leicht war, hierherzukommen.«

Sie ging zu Ben und küsste ihn. Seine Lippen waren weich, sein Hemd klamm vom Spülwasser. Mit einem überraschten Knurrlaut erwiderte er ihren Kuss. Seine warme Zunge streifte ihre. Eine zarte, neckende Berührung, bei der sie feststellte, dass er Schokolade gegessen hatte.

»Wofür war das denn?«, fragte er alles andere als unzufrieden.

Holly antwortete nicht, denn sie konzentrierte sich auf die Schokolade. Es gab so vieles, was sie an Ben sehr mochte. Er grübelte nicht ohne Ende und trug kein Schwarz. Er hatte eine Menge für Golf und Limettenkuchen übrig. Im Bett war er einfallsreich und hinterher zufrieden mit sich. Zwar hielt er sich selbst für kompliziert, aber das war er nicht. Nein, Ben war wohltuend normal.

»Ich sollte mich öfter als Klempner betätigen«, raunte er, schob seine Hände in ihre Gesäßtaschen und zog ihre Hüften an seine.

»Mhm.« Sie wand sich ein wenig, weil sie wollte, dass er seine Hände weiterbewegte.

»Man stelle sich vor, ich hätte Abflussfrei gefunden. Dann müsstest du mich für die Arbeit belohnen«, fuhr er grinsend fort.

Holly gefiel die Vorstellung von männlicher Schwerarbeit besser als die von chemischer Kriegsführung, aber das war egal. »Die meisten Leute würden sich ein Haus wünschen, das sich selbst repariert«, neckte sie ihn. »Es lässt ihnen mehr Zeit zum Spielen.«

Ben lächelte verhalten, mit einem Anflug von Wehmut. »Das wäre ein Hotel. Ich nehme Probleme lieber selbst in die Hand. Ist so ein Männerding.«

Dazu konnte sie nichts sagen, denn bei Männerdingen war sie aufgeschmissen. Sie hatte die Regeln noch nie richtig verstanden. Stattdessen ließ sie ihre Hände um ihn herum und unter seinen Pullover gleiten, so dass sein Rücken ihre Finger wärmte. Wenn er sich auf Männertaktiken verlegte, würde sie eben weibliche Strategien einsetzen.

Er holte hörbar Atem, als ihre Hände seinen Rücken hinaufwanderten. »Ah, du bist kalt!« Er entwand sich ihrer Umarmung.

»Entschuldige!«, murmelte sie und verschränkte die Arme vor ihrer Brust, weil sie nicht wusste, wohin mit den Händen.

»Ich schlage vor, dass du einen richtigen Klempner rufst, denn ich muss los.« Er griff nach seinem Tweedsakko, das über einer Stuhllehne hing. »Ich muss heute Abend noch einen Kurs geben.«

Plötzlich gluckerte es in der Spüle, und das Wasser lief ab. Ben wandte sich um und sah verärgert in das Waschbecken. Dann drehte er den Wasserhahn auf, um die restlichen Schaumkleckse wegzuspülen, ehe er in den Schrank unter dem Becken sah. »Hm«, machte er. »Ich hasse das! Es ist unheimlich. Eben war der Abfluss noch komplett verstopft!«

Holly zuckte mit den Schultern. »So ist das Haus nun mal. Ich habe noch nie die Dachrinnen sauber gemacht, musste noch nie die Drainage durchpusten und besitze keine Fugenpistole. Wie du siehst, sind nicht alle diese Häuser psychotische Killer.«

Bens Gesicht wurde sehr ernst, als er sich das Jackett überzog. »Wir sehen uns morgen. Es gibt ein paar Neubauten direkt am Wasser, die wir uns ansehen sollten.«

»Was meinst du damit?«, fragte Holly verwirrt.

»Ich, ähm, genau genommen war ich heute hier, um das Haus einer Maklerin zu zeigen.«

Holly hielt sich an der Stuhllehne hinter ihr fest. »Du hast *was?*! Hier war eine Maklerin?«

Ben blickte auf den Boden. »Ich wollte nur ungefähr wissen, was man dafür bekommen kann. Die Lage ist super, und die Aussicht ist schön. Du kannst richtig viel Geld damit machen.«

»Ben, ich will nicht verkaufen! Ich möchte, dass wir hier wohnen.«

»Sie stellt alle Zahlen zusammen und faxt mir heute Abend einen Preisvorschlag.«

»Ben!«

»Holly, ich kann hier nicht wohnen. Ich hasse es schon, bei dir zu übernachten. Das ist mir schlicht zu gespenstisch.«

»Nein, ist es nicht!«

»In deiner Welt drehe ich durch.«

»Oh, nein!«, hauchte Holly. »Mach das nicht!«

Er streckte beide Hände von sich. »All meine Sachen habe ich schon in den Truck geladen. Auf diese Weise ist es sauberer und einfacher, falls du nichts davon hören willst.«

Hollys Herz krampfte sich zusammen. Auf einmal schien ihr jedes Detail im Raum zu scharf: die Seifenblasen in der Spüle, die Falten im Geschirrhandtuch, die Risse an Bens Fingerknöcheln, seine klaren grünbraunen Augen. Es war, als würde sie in Zeitlupe von einer Klippe stürzen.

»Ich gebe nicht auf«, machte er ihr klar, »aber es müssen sich einige Dinge ändern. Ich habe gesehen, was gestern

Abend passiert ist. Ich sah, was für Schmerzen du hattest. Wie kann ich dich so etwas noch einmal machen lassen? Du bedeutest mir sehr viel, deshalb muss ich versuchen, dich zu beschützen.«

»Wovor – vor meinem Job?«

»Holly, du hast geschrien, und ich wäre fast draufgegangen! Was soll das denn für ein Job sein?«

Da war er, all der schwierige Kram, über den sie nie gesprochen hatten. Sie waren an einem kritischen Punkt angelangt, wenn diese Sachen hochkochten. Holly fühlte, wie ihr Mund staubtrocken wurde.

»Ben, ich verstehe deine Sorge, aber meine Arbeit ist nicht schlimmer als die eines Feuerwehrmanns, eines Polizisten oder eines Soldaten. Es gibt haufenweise gefährliche Jobs, und ich mache zufällig einen davon.«

»Aber wieso du?«

»Weil ich es kann.«

»Trotzdem *musst* du es nicht tun.«

»Es gibt nicht besonders viele Leute mit meinen Talenten. Und mir gefällt der Gedanke, dass ich etwas anzubieten habe.«

»Ist dir das so wichtig, dass du alles dafür riskierst?«

Holly merkte, dass ihr Urteilsvermögen ins Wanken geriet wie ein wippendes Glas auf einer Tischkante. »Ich habe dir gestern Abend das Leben gerettet, schon vergessen? War das nicht wichtig?«

Ben wandte sein Gesicht ab. Es war klar, dass er sich die Widerworte verkniff, die sie nicht hören wollte.

Eine rasende Wut überkam sie. »Ich achte, was ich tue. Es steht für das, was ich bin. Und es ist mir wichtig.«

»Ja, ich hab's kapiert.«

»Dann solltest du mich unterstützen. Lass mich dir ein

paar simple Zauber beibringen! Es gibt einige Schutzzauber, die Menschen lernen können, um sich zu verteidigen. Vielleicht fühlst du dich dann wohler in meiner Welt.«

»Kommt nicht in Frage! Sie macht mir Angst«, entgegnete er ruhig. »Ich hatte nicht gedacht, dass es so kommen würde, aber es ist so. Du kannst lauter Sachen machen, die ich nicht einmal verstehe.«

»Na und? Du bist Wirtschaftswissenschaftler. Euch versteht auch keiner.«

»Dies ist wohl kaum der geeignete Moment für Scherze.« Er vergrub seine Hände in den Jackentaschen. »Du bist mit alldem aufgewachsen. Du besitzt außergewöhnliche Kräfte. Ich hingegen wusste bis vor ein paar Jahren nicht einmal, dass es solche wie dich gibt!«

Solche wie dich. Wie viele hatten sich im Laufe der Geschichte diese oder ähnliche Phrasen anhören müssen, die gegen sie gerichtet wurden?

Er zog eine Schulter so weit hoch, dass es seltsam jungenhaft anmutete. »Ich habe Mühe, mich mit der neuen Welt zu arrangieren. Und ich fühle mich unwohl, wenn ich so viel Magie nahe bin.«

Mit ihr schläfst, meinst du?

»Ich kann eben nicht mit dir mithalten. Es ist, als würde ich plötzlich in der Nahrungskette nach unten versetzt. Ich begreife ja nicht einmal, wieso du mit jemandem wie mir, einem total gewöhnlichen Kerl ohne Superkräfte, zusammen sein willst. Das ergibt überhaupt keinen Sinn.« Er schabte mit den Füßen. »Solange ich nicht sehen muss, wozu du fähig bist, kann ich es verdrängen und locker bleiben. Aber das geht seit gestern nicht mehr. Seither ist alles anders.«

Holly hickste, als ein Schluchzer in ihrem Hals aufsteigen

wollte. »Dir ist also jetzt erst aufgefallen, dass ich eine Hexe bin? Falls ja, kann es so wahnsinnig erschreckend nicht sein.«

»Das meine ich ja gerade! Wir können das problemlos in den Griff kriegen. Ich kündige meine Wohnung, und du verkaufst dein Haus.«

»Oh nein!« Holly nahm die Arme herunter, so dass ihre Hände nutzlos an ihren Seiten baumelten. Er hörte ihr nicht zu!

»Lass uns zusammen neu anfangen, als ganz normale Leute in einer ganz normalen Wohnung, wo alles gleich und gerecht für uns beide ist. Du kannst studieren, ich kann unterrichten.«

»Gleich und gerecht?«, wiederholte sie. *Du meinst eine magiefreie Zone.*

Er hatte die Ausbildung, das Geld und die reichen Verwandten. Sie waren nette, freundliche, großzügige Leute, aber sie besaßen so viel. Alles, was Holly hatte, waren sie und ihre Magie. Und die waren ein und dasselbe. Gab sie sie auf, die kleine, die große oder die Sparpackmagie, hätte sie gar nichts mehr. Dabei bedeutete ihr sogar der Schmerz etwas, weil er ihr gehörte.

Ben hielt eine Hand in die Höhe. »Nein, sag nichts! Denk darüber nach! Ich rufe dich morgen an. Vielleicht können wir irgendwo frühstücken gehen und über alles reden.«

»Klar«, antwortete Holly, die ihre Augen weit aufriss, um die drohenden Tränen zu vertreiben. »Frühstück hört sich gut an.«

»Schön.« Ben küsste sie ein letztes Mal – ein kleiner Schmatzer auf ihr Haar. »Deine Hände zittern.«

Holly öffnete den Mund und schloss ihn gleich wieder. Dann presste sie ihre Hände zusammen. Sie waren kalt, aber ihre Wangen glühten. »Gestern Abend war es auch für mich hart.«

»Natürlich war es das.« Er drückte ihre Hände kurz. Ben roch nach Seife und altem Holz, was sie an die Nachmittage erinnerte, die sie gemeinsam auf dem Campus-Rasen gelegen hatten. *Ich brachte ihm sein Mittagessen, und wir konnten es nicht abwarten, dass der Tag endlich vorbei war und wir uns wiedersahen.*

Die Hintertür klickte hinter ihm ins Schloss.

Angst veränderte Menschen.

Holly atmete in kleinen flachen Stößen. Um sie herum fühlte sich das Haus leer an. Alle geruhsamen Nachmittage, in der Vergangenheit wie in der Zukunft, waren plötzlich fort. *Ich rettete ihm das Leben. Er sah, was ich kann. Er flippte aus.*

Das Frühstück morgen würde nicht stattfinden. Frühstück war eine Metapher für Vermeidung. Er würde vergessen, anzurufen. Ihm käme etwas dazwischen. Was nicht seine Schuld war. Er wollte es nicht. Das war seine Art, einen eleganten Rückzug zu machen.

Und es war verflucht unfair.

Die Stelle in ihrer Brust, wo normalerweise ihre Gefühle saßen, war tot. Eine Weile noch, dann setzte der Schmerz ein.

Es würde höllisch weh tun.

Holly stieg die Treppe hinauf, zog sich aus und ließ sich ein heißes Bad ein. Ihre ganze Zukunft war soeben aus dem Gleis geraten. Sie verdiente ein wenig Trost, ehe sie sich überlegte, wie es weitergehen sollte.

Brekks, den nichts berühren konnte, folgte ihr nach oben und rollte sich auf dem Stuhl neben der alten, klauenfüßigen

Badewanne zusammen. Es hätte ja sein können, dass Holly Gesellschaft wünschte. Sie spritzte Schaumbad in das laufende Wasser, so dass der Schaum bald bis zum Rand reichte. Während sie beobachtete, wie das Kondenswasser über die hohen schmalen Fenster rann, weichte sie sich ein.

Es wäre reinster, wunderbarster Genuss gewesen, hätten ihre Gedanken zur Ruhe kommen können, was sie leider nicht taten. Vielmehr jagte ein übler Gedanke den nächsten.

Als Erstes war da das Geschäft. Was einst ein florierendes Familienunternehmen gewesen war, bestand heute nur noch aus ihr allein, der letzten Carver. Schwierige Jobs wie Totenbeschwörungen brachten mehr Geld ein, aber sie stand nicht auf Schmerzen. Folglich musste sie doppelt so viele kleine Broterwerbsaufträge annehmen, um sich über Wasser zu halten: Versicherungsermittlungen, verlorene Haustiere, Wichtelvertreibung. Auf die Dauer war es ermüdend.

Wenn sie doch nur nicht allein wäre! Aber sie hatte niemanden mehr. Nachdem Hollys Eltern bei einem Autounfall ums Leben gekommen waren, hatte Grandma sie großgezogen. Hollys Schwester war fortgezogen, als Holly noch ein Kind gewesen war, und ihr Halbbruder aus der ersten Ehe ihres Vaters war nie Teil ihres Lebens geworden. Womit ihr die Aufgabe zufiel, das Familienvermächtnis weiterzutragen.

Und nun war Ben fort, der ebenjenes Vermächtnis ablehnte, über das sie sich definierte. Ben irrte sich. Beschädigt oder nicht, ihre Macht hatte sich als zuverlässig erwiesen und die Flanders-Monstrosität besiegt. Sie hatte Leben gerettet. *Jawohl, ich!*

Sie wünschte nur, sie hätte sich so mutig gefühlt, wie es sich anhörte.

Der Kater setzte sich auf und spitzte die Ohren. Als er zur Decke sah, reflektierten seine Augen das dämmrige Licht. »Mrrau«, machte er ängstlich.

Sofort richtete Holly sich platschend auf und lauschte in die Stille des Hauses. Was hatte Brekks erschreckt? Sie konnte nichts fühlen. Allerdings litt ihre Aufnahmefähigkeit darunter, dass sie im Wasser saß. Ein bisschen paranoid stieg sie aus der Wanne und trocknete sich ab. Ihr Flanellnachthemd hing an der Tür, wo es nach dem letzten Abend verblieben war, an dem sie es sich im Bett bei einem Mädchenfilm gemütlich gemacht hatte. Sie zog es über ihren Kopf.

Dann wickelte sie sich ein Handtuch um das nasse Haar und ging auf Zehenspitzen den Flur entlang. Brekks bewegte sich ausnahmsweise einmal so leise, wie es sich für eine Katze gehörte. Hollys Füße hinterließen feuchte Abdrücke auf dem Holzboden. An der Treppe zum zweiten Stock legte sie eine Hand auf den Pfosten und zögerte. *Was ist da oben?*

Sie sollte sich keine Sorgen machen. Schließlich war dies hier ihr selbstreinigendes Haus, ein magisches Heim, das unantastbare Carver-Refugium. Dennoch schalteten ihre Instinkte auf Alarmstufe rot.

Wieso? Das ist doch bescheuert! Hier kann gar nichts sein!, beruhigte sie sich und stieg die Stufen hinauf. Brekks blieb ihr dicht auf den Fersen. Sein Schwanz war zu einer Flaschenbürste aufgeplustert.

Holly erreichte den oberen Treppenabsatz schneller, als sie gedacht hatte. Etwas kaum Greifbares änderte sich, die Art des Staubs oder der Luftdruck, als hätte sich eine Tür im Äther geöffnet. Hollys Haut kribbelte. Es fühlte sich an wie Abermillionen Ameisen, die ihr über den Körper und in Mund und Nase liefen. Dann hörte es auf, als wäre die Tür wieder zugeklappt. Es verging ein kurzer Moment, in dem Holly nicht atmete. Brekks blies sich zur doppelten Größe auf und zischte wie eine Cappuccinomaschine.

Der Korridor im zweiten Stock zog sich über die ganze Hauslänge hin. Bei den Zimmern rechts und links handelte es sich zumeist um alte Schlafzimmer, in denen wenige antike Möbel standen und sich Wollmäuse ansammelten. Das mittlere Zimmer links war das Kinderzimmer, und aus seiner Tür drang fahles Licht.

In dem Raum gab es keine Lampen.

Mist! Holly trat einen Schritt vor, dicht gefolgt von Brekks, der sicherheitshalber auf Tuchfühlung mit Hollys Knöchel blieb. Das durchnässte Handtuch auf ihrem Kopf raschelte bei jeder Bewegung, weshalb sie es ungeduldig herunterriss, so dass ihr die tropfenden langen Haarsträhnen über den Rücken fielen. Das Handtuch wie eine Sicherheitsdecke vor die Brust gepresst, schlich sie weiter, bis sie in das Zimmer lugen konnte.

Brekks machte blitzschnell kehrt und raste unter lautem Krallengeschabe die Treppe hinunter. Das Letzte, was Holly von ihm sah, war sein wippender weißer Po in der Dämmerung. Ihr blieb die Luft weg, als sie sich zum Kinderzimmer umdrehte und hineinsah. Kein Wunder, dass der Kater geflohen war, denn was Holly nun erblickte, dürfte sein schlimmster Albtraum gewesen sein.

Mäuse waren niedlich, wenn sie klein waren. Kamen sie allerdings zwei Meter lang, feindselig und glühend daher, schrumpften ihre Reize doch beträchtlich. Aber, hey, das war immerhin kein Schleim!

Die schmutzige weiße Kreatur bemerkte Holly und knurrte. Ihre Schnurrhaare, dick wie Kleiderbügeldraht, richteten sich bebend auf, als das Ding Zähne entblößte, die es in puncto Länge mit Hollys Schienbeinen aufnehmen konnten. Das hier würde kurz und schmerzvoll werden. Holly ermahnte sich, ruhiger und tiefer zu atmen. *Denk nach!*

Nach dem gestrigen Kampf im Höllenhaus war ihre Magie ziemlich am Ende. Was sie zustande brachte, würde nur für einen einzigen Schlag reichen. Also versuchte sie erst einmal etwas anderes.

Holly setzte ein sehr überzeugendes Strahlen auf und sagte: »Hi, Mäuschen!«

Mäuschen fauchte, wobei es seine gelblichen Zähne vorstreckte und Mäusesabber auf den Flurteppich spritzte. Etwas an den langsamen schlängelnden Schwanzbewegungen war verkehrt. Wieder knurrte die Riesenmaus rasselnd. Holly war so was von geliefert. Und in einer recht bizarren Hommage an Douglas Adams' *Per Anhalter durch die Galaxis* stand ihr nichts als ein Handtuch zur Verfügung, mit dem sie arbeiten konnte.

Das schleuderte sie nun. *»Frottee eleison!«*, schrie sie. Diesen Zauber hatte sie sich spontan ausgedacht.

Das Handtuch flog aus ihrer Hand und breitete sich aus. Schwer vom Wasser aus Hollys Haaren, landete es klatschend auf der Mäuseschnauze. Holly versuchte, wegzulaufen, verfing sich aber im Saum ihres langen Nachthemds und fiel hin. Sofort rappelte sie sich wieder hoch, wobei der flauschige Baumwollstoff einriss. Deshalb hatten Supermänner ausschließlich Gymnastikanzüge an!

Mäuschen bäumte sich auf und kratzte mit seinen Vorderpfoten nach dem magisch klebenden Handtuch. Unterdessen wich Holly in den Flur zurück. Wütend und blind kippte die Maus nach vorn, so dass ihr Kopf krachend gegen den alten Eichentürrahmen schlug. Sie kreischte vor Zorn, was Holly an reibendes Metall erinnerte.

Peitschengleich schnellte der Schwanz vor und um Hollys Knöchel. Sie merkte es erst, als er sich festzog, dann aber verbrannte er ihre Haut wie Säure.

Mit einem Schmerzensschrei feuerte Holly alle Energie ab, die sie aufbringen konnte. Sie reichte, um Mäuschen eins auf die Nase zu geben. Tatsächlich glitschte der Schwanz weg, und Holly krabbelte rückwärts. Ihre verbrannte Haut roch scheußlich.

Im nächsten Moment schlug der Schwanz erneut nach ihr, doch diesmal war sie darauf vorbereitet. Sie rannte den Flur hinunter. Immer noch blind, stürzte die Maus abermals nach vorn. Holly lief, rutschte und stolperte die Stufen hinunter, beide Hände auf dem Geländer.

Mäuschen verfolgte sie.

Auf halber Höhe packte Holly das Treppengeländer fester und machte eine Hockwende, wie sie es als Kind immer getan hatte. Sobald sie ihr ganzes Gewicht auf das Geländer verlagerte, knackte es laut. Aber das alte Holz hielt. Holly landete mit einem »Hmpf« auf allen vieren im unteren Flur.

»Frottee eleison!«, keuchte sie nochmals, aber ihre Stimme erinnerte vor lauter Angst nur mehr an ein Flüstern. Mit letzter Kraft verpasste sie dem Handtuch eine zweite Magieladung.

Wirr und blind, wie Mäuschen war, fanden die Krallen der Kreatur keinen Halt, so dass sie die Treppe hinunterpolterte und regungslos unten liegen blieb. Während des Sturzes musste das Mäuseding sich das Genick gebrochen haben, denn nachdem es für einen Moment still dagelegen hatte, erzitterte der Fellhaufen und löste sich in winzige Partikel auf, die in der Luft zerstoben.

Was war das denn?

Holly sprang auf und starrte sekundenlang auf die Stelle, an der eben noch die Riesenmaus gelegen hatte. Schweißperlen bildeten sich auf ihrer kalten zittrigen Haut. Ihr Knöchel brannte, aber die Hitze ließ jetzt nach. Der andere Schmerz, die Nachwirkung der Magie, pochte wie ein Bluterguss, der sich über ihren gesamten Körper erstreckte.

Im Tempo einer Wanderdüne näherte sie sich dem Fleck, an dem die Maus gestürzt war, allerdings krümmten ihre Zehen sich, um nur ja nicht den Boden dort zu berühren. Kein Hinweis auf ihre Gegenwart. Keine Spur. Nichts.

Oben knallte eine Tür zu. Holly erschrak, fühlte aber auch eine neue Welle von Kühnheit, die sich in ihr regte. Sie raste die Treppe hinauf und blieb auf der obersten Stufe stehen. Die Kinderzimmertür war geschlossen. Außerdem hörte sie ein Wispern – keine Stimmen, sondern eher einem Federnrascheln ähnlich. Dieses Geräusch kannte sie schon von Geburt an, denn es war Teil ihres Hauses. Ihr Heim heilte sich selbst.

Der Gedanke, dass es etwas zu Heilen gab, bereitete ihr Sorge. Was war los gewesen? Was war hier gerade passiert? Erschrocken verschluckte sie sich an ihrem Atem, fuhr herum, rannte die Treppe wieder hinunter und ins Bad. Dort wühlte sie sich durch ihre Sachen auf dem Fußboden und holte ihr Handy aus der Hosentasche.

Die erste Kurzwahlnummer war Bens, die sie jedoch gleich übersprang, und das nicht bloß, weil er neuerdings unter einer Magiephobie litt. Dieser Notfall war nicht mit einer Tortengraphik und einem Steuerfachmann zu lösen. Mit bebenden Fingern drückte sie eine Taste.

»Caravelli«, meldete sich die vertraute Stimme am anderen Ende.

»Hier ist Holly.«

Nach einer Mikropause vernahm sie: »Was ist passiert?«

Dem Klang seiner Stimme nach hatte sie seine ungeteilte Aufmerksamkeit, und dafür dankte sie ihm im Stillen. Er war da, wenn es darauf ankam.

»Verzeih die Frage, aber hast du Schluckauf?«, fuhr er fort.

Ihre Gedanken benahmen sich auf einmal wie ein Stapel Bücher, der zur Seite kippte und durcheinanderpurzelte. »Du musst herkommen und mir helfen«, brachte sie heraus. »Ich habe eine Maus getötet, und es war furchtbar!«

9

Geschlagene zwanzig Minuten brauchte Holly, um sich zusammenzureißen und sich etwas anzuziehen. Für Make-up oder um sich die Haare zu föhnen, war sie viel zu aufgelöst. *Na und? Ich habe eben Mauszilla hinter mich gebracht, keinen Modelwettbewerb, also darf ich wohl praktisch denken! Flache Schuhe, auf jeden Fall.*

Inzwischen war Alessandro vor ihrer Tür angekommen und wartete, dass sie ihn hereinließ.

Er war direkt einem *Gentlemen-Goth*-Magazin entsprungen: enge schwarze Jeans, schwarzer Rollkragenpulli und schwere schwarze Stiefel mit Silbernieten. Er trug einen Patronengurt mit einer ganzen Sammlung kleinerer Waffen quer über seiner Brust: Holzpfähle, Messer und eine fest zusammengerollte Bullenpeitsche. Fehlte nur noch Fangorella zu seinen Füßen, die ihm den Schenkel tätschelte und vor Furcht und Verlangen dahinschmolz.

Okay, dachte Holly, als er in einer Wolke von Testosteron und Ledermantel über ihre Schwelle trat. *Bei ihm kommt der Prinz der Finsternis durch.*

Holly hingegen trug alte rosa Pantoletten, und das nasse Haar weichte ihren Pullover durch. Folglich fühlte sie sich ungefähr so sexy wie ein Staubwedel.

»Heißes Date?«, fragte sie mit Blick auf die Peitsche.

»Oder kannst du Mäuse so wenig leiden?« *Macmillan hat recht: Ich habe keinen Schimmer, was er in seiner Freizeit treibt.*

»Eher ein übles Wiedersehen«, gab er zurück und schaute sich um. Es war das erste Mal, dass er in ihr Haus kam.

Er nahm eine Papiertüte aus seiner Manteltasche. »Ich war gerade auf dem Rückweg, als du anriefst, aber ich habe für dich bei einem Haushaltswarenladen angehalten.« Er zog eine Sonderangebotsmausefalle hervor. Seine Miene zeigte einen Anflug männlicher Verständnislosigkeit, als erwartete er, dass sie beim ersten Anzeichen eines Nagetiers kreischend auf den nächsten Tisch sprang.

Sie hätte ihn schlagen können. Stattdessen schloss sie die Augen und zählte bis zehn. »Das ist überaus freundlich, aber ich denke, wenn der Bruder dieser Maus aufkreuzt, brauche ich eine Falle, die ein bisschen größer ist.«

Sein Ich-bin-ein-sensibler-Kerl-Ausdruck – für einen Vampir ohnehin keine leichte Übung – wurde ein kleines bisschen verächtlich. »War es eine Ratte? Wie groß war sie denn?«

Sie streckte eine Hand über ihren Kopf. Kaum dass er begriff, schwand jede Spur von Überheblichkeit. »Verstehe«, sagte er und steckte die Mausefalle wieder ein. »Das ist etwas anderes. Entschuldige!«

Holly entschied, ihn leben zu lassen. »Ich konnte den Eingang fühlen, den das Ding benutzt hat, und ihn verschließen. Es kam durch das Kinderzimmer.«

Alessandro schüttelte verwirrt den Kopf. »Wie bitte?«

»Anscheinend sind in der Stadt einige Portale aktiv.«

»*Hier* gibt es ein Portal?«

»Ja. Wo sonst bekäme ich eine Zwei-Meter-Maus her?«

Er packte ihre Hand. »Und du sagst, sie ist da durchgekommen? Es war nicht bloß ein Portal, das versucht hat, sich zu öffnen, sondern es kam wirklich etwas raus?«

»Stimmt, und es war echt genug, um mir das hier zu verpassen.« Sie zog das eine Jeansbein hoch und zeigte ihm die Verbrennung, die der Schwanz der Kreatur verursacht hatte.

Alessandro kniete sich hin und berührte ihren Knöchel. »Verblasst die Stelle schon?«

Seine kühlen Finger fühlten sich gut an. Vor allem aber weckten sie Erinnerungen an den Kuss gestern Abend. Schauer liefen Holly über die Haut, als er die Brandwunde betrachtete und federleicht ihren Knöchel abtastete. Als er ihre Ferse erreichte, wurden die Schauer wohlig warm, und Hollys Atem ging unregelmäßig.

Dies war ein denkbar schlechter Zeitpunkt, sich daran zu erinnern, wie gut er schmeckte. In Wahrheit existierte für derlei Gedanken überhaupt kein richtiger Zeitpunkt. Ein reumütiger Seufzer blieb ihr in der Brust stecken. »Ja, das sah anfangs sehr viel übler aus.«

Er hockte sich auf die Füße und fuhr sich mit einer Hand durch die langen blonden Locken. »Du hast Glück, dass sie dich nicht fester zu packen bekam. Das sollte bis morgen früh verheilt sein.« Wieder sah er sich um. »Bring mich zu dem Zimmer, wo sie dich angegriffen hat!«

Holly ging voraus nach oben und erzählte ihm alles über ihre Begegnung mit Mäuschen. Auf der obersten Stufe im dritten Stock erstarrte sie plötzlich. Ihr wurde kalt und mulmig, so dass sie schwankte, während Angst in ihr hochkam wie eine verdorbene Mahlzeit. Es war keine Präsenz, nur die Erinnerung, und die war schlimm genug. *Das Ding kam in mein Haus. Das ist nicht wie irgendein Job. Diese Geschichte ist persönlich.*

»Das ist das Kinderzimmer?«, wollte Alessandro wissen, der sich weit vorstreckte. »Dann haben wir es mit einem Traditionalisten zu tun. Dämonen gefällt es, symbolisch anzudeuten, sie würden die Unschuldigen verschlingen. Sie mögen es fast so gern wie das Töten selbst.«

»Super! Ganz reizend!« Holly stieg die letzte Stufe hinauf. »Bist du sicher, dass es ein Dämon war?«

»Ziemlich sicher.« Er legte eine Hand auf ihren Rücken, tröstend und zugleich sehr fest. Er war eindeutig auf der Jagd. »Sehen wir uns an, was dein Besucher zurückgelassen hat.«

Ohne zu zögern, stieß er die Kinderzimmertür mit einer Hand auf. Holly blieb hinter ihm. Das Zimmer war leer und wirkte geradezu ärgerlich normal. Das klassische Ehrlich-der-Wagen-hörte-sich-bis-eben-komisch-an-Gefühl stellte sich ein. *Wirklich, hier war eine Riesenmaus, Sir, sooo groß!*

Mit großen fließenden Schritten bewegte Alessandro sich einmal durch den ganzen Raum, ehe er vor dem alten Kamin stehen blieb. »Hier ist sie hereingekommen«, erklärte er und tippte auf die Wand über dem Kaminsims. »Der Geruch ist hier am stärksten.«

»Die Maus ist durch den Schornstein gekommen?«, fragte Holly ungläubig. Sie musste kichern. *Okay, ich muss mich zusammennehmen.*

»Da es sich um ein Portal handelt, würde ich eher von *aus* als *durch* sprechen, aber, ja, der Schornstein war der Zugang.«

»Das ist doch … absurd!«

Alessandro sah sie an und zog die Brauen zusammen. »Ich versichere dir, dass sie hier herauskam.«

Holly versuchte, sich vorzustellen, wie die Maus sich den engen Kaminschacht hinunterquetschte. Schlechtes Bild.

Ihre überstrapazierte Phantasie ergänzte es noch um acht winzige Rentiere. »Igitt! Ich schätze, jetzt will der Weihnachtsmann nie wieder da durchkommen.«

Alessandro wirkte verwundert. »Was? Den Weihnachtsmann gibt es nicht.«

»Doch, gibt es wohl. Er hat mir ein Plüscheinhorn gebracht, als ich sechs war.«

Nun lüpfte er eine Braue. »Meinst du, er bringt mir einen Aston Martin Vanquish, wenn ich ihn nett bitte?«

»Nein, du warst bestimmt nicht artig genug.«

Er stieß einen spöttischen Laut aus und drehte seinen Rücken zur Wand. Zumindest hatte die angespannte Atmosphäre sich ein wenig gelegt. Holly kam vorsichtig näher, um sich die Stelle anzusehen. Mit ihren Hexensinnen berührte sie die Wand dort, wo Alessandro hingezeigt hatte, und es fühlte sich an, als würde sie in einen Ameisenhaufen greifen.

»Ich kann es fühlen, ganz eklig kribbelig.« Erschaudernd wich sie zurück. »Die Barriere ist noch sehr schwach, aber das Siegel verheilt. In ein oder zwei Stunden wird es wieder fest verschlossen sein.«

»Verblüffend.« Alessandro sah sich im Zimmer um. »Das ist ein phantastisches Haus, so lebendig und erfüllt von der Magie deiner Familie.«

»Ben würde es am liebsten sofort verkaufen.«

»Was?«

»Ach, egal«, erwiderte sie in einem Tonfall, der jede Diskussion abschmetterte. Momentan wollte Holly nicht über Ben reden, denn alles war noch zu frisch, als dass sie auch bloß darüber nachdenken konnte. Oder jemals. Tränen verfingen sich in ihren Wimpern, und rasch wandte sie ihr Gesicht ab.

»Die Carvers waren Totenbeschwörer, stimmt's?« Alessandros Frage klang ungewöhnlich zaghaft.

»Einige von ihnen. Meine Grandma war früher wirklich gut darin, aber zu der Zeit wohntest du ja schon hier in der Gegend, also wirst du es wissen.«

Er mied ihren Blick. »Hast du jemals solche Beschwörungszauber ausprobiert?«

»Ich weiß, wie sie gehen, und ich habe dabei zugeguckt, aber selbst habe ich es noch nie versucht. Falls ich Hirntote live erleben will, muss ich ja bloß ins Einkaufszentrum fahren. Gibt es einen Grund, weshalb du fragst?«

Alessandro antwortete nicht, sondern verschränkte seine Arme und blickte in den leeren Kamin. Im Zimmer war es dämmrig, so dass sein Gesicht nur halb beleuchtet wurde, gerade genug, dass Holly seine Züge erkennen konnte. Wenn er in Gedanken versunken war wie jetzt, wirkte er ungleich menschlicher.

Holly wartete ab und fragte sich, was er wollte.

Als er schließlich wieder etwas sagte, war es zu einem anderen Thema. »Diese Manifestation hier hat denselben Ursprung wie die Störung im Flanders-Haus – was erklärt, warum das Haus dort so stark war. Es war nicht nur ein böses Haus, es hatte dämonische Hilfe.«

Hollys Mund wurde sehr trocken. »Woher weißt du das?«

»Es riecht gleich. Der Gestank haftet noch hinten in meiner Kehle.«

»Ein unschöner Zungenbelag ist alles, worauf du deine Theorie stützt?«

»Und Logik. Der Dämon – oder derjenige, der ihn rief – wollte die Magie im Flanders-Haus nutzen, um ein Portal zu öffnen. Nachdem das Haus nun bis auf die Grundmauern niedergebrannt wurde, ist es wieder verschlossen, also hat er es hier versucht. Entweder wird der Dämon stärker oder der Rufende besser, denn es hat funktioniert.«

»Das war einfach eine große Maus«, entgegnete sie mit einem nervösen Kichern. »Ich schätze, sie haben nicht gekriegt, was sie bestellt hatten.«

»Was genau ist mit der Maus passiert?«, erkundigte Alessandro sich skeptisch.

Holly schluckte. »Ich half ihr, die Treppe hinunterzufallen. Wahrscheinlich hat sie sich das Genick gebrochen.«

Alessandro verzog keine Miene. »Wie sah die Maus aus, als sie starb?«

»Na ja, sie hat sich nicht mehr gerührt.«

So wie er die Brauen zusammenzog, war er nicht zufrieden. »Und danach?«

»Hat sie sich in Staub aufgelöst und war weg.«

Alessandro hob kaum merklich das Kinn und runzelte die Stirn. »Einige Dämonen können sich auflösen und verschwinden, ohne dass sie zwangsläufig tot sind. Es ist ihre Art, zu entkommen. Du hast ihn vielleicht verscheucht, aber ich glaube nicht, dass du ihn getötet hast. Unser Dämon hat es durch das Portal geschafft.«

»Warte mal!«, rief Holly mit erhobener Hand. »Nun mal ganz langsam! Die Maus soll ein richtiger Dämon gewesen sein? War sie nicht eher nur, na ja, eine Art Visitenkarte, wie der Trailer zum Film, aber nicht das Ding selbst? Ich würde sagen, sie war so etwas wie, ähm, eine dämonische Mäuse-E-Mail.«

»Das denke ich nicht, Holly. Dämonen nehmen oft die Gestalt von Nagetieren oder Schlangen an, weil sie Angst und Ekel einflößen. Außerdem kostet die sie weniger Kraft als eine Menschengestalt. Und sie müssen mit ihren Kräften haushalten, wenn sie sich eben erst durch ein Portal gekämpft haben.«

Holly drehte sich um und ging ans Fenster. Draußen schien die Straßenlaterne auf die alte Eiche. »Unmöglich! In dieses Haus kann kein Dämon einbrechen.«

»Natürlich kann er«, erwiderte Alessandro ruhig. »Er hat es gerade getan.«

»Wieso sollte er ausgerechnet hierherkommen und mich angreifen?«

»Weil du mächtig bist. Vergiss nicht, dass du ihn gestern Abend geschlagen hast. Für einen Dämon nimmt deine Seele sich ausgesprochen lecker aus, denn sie steckt voller Magie, die er sich aneignen kann.«

»Ach, Blödsinn!« Holly schlug beide Hände vor ihr Gesicht, denn heiß-kalte Angstwellen schwappten über sie hinweg, bei denen ihr Schweiß ausbrach. »Gütige Hekate, ich muss das erst mal verdauen!«

»Gehen wir nach unten.« Alessandro berührte sanft ihre Schulter und verließ das Zimmer.

Holly folgte ihm, wobei sie ihren Schritten lauschte, die durch das alte Haus hallten. *Ein Dämon? Hier?*

In der hell erleuchteten Küche hockte Brekks vor seinem Futternapf und beobachtete den Vampir missbilligend. Der Katerschwanz zuckte gereizt. Holly schlurfte an den Küchentisch, setzte sich und schlang die Arme um ihren Oberkörper. Die Uhr im Wohnzimmer schlug neun Mal. Wie doch die Zeit verflog, wenn man mit den Mächten der Finsternis kämpfte!

»Ich kenne ein paar Dämonengeschichten, aber Bücher decken nicht alles ab. Also erklär mir bitte noch mal, warum ich für einen Dämon so verlockend aussehe!«

Alessandro nahm ihr gegenüber Platz und verschränkte

seine Arme – eine klassische Haltung für jemanden, der beunruhigt war. »Die Autoren deiner Bücher konnten gar keinen Zugang zu allen Informationen haben. Wir hingegen standen oft in direktem Kontakt mit Dämonen, weil wir uns häufiger mit ihnen bekriegt haben. Es ging um Territorialansprüche. Die Feindschaft zwischen Vampiren und Dämonen hat einen simplen Grund: Wir jagen dieselben Opfer. Sie ernähren sich von menschlichem Leben, der Seele, der Essenz, und das auf ziemlich ähnliche Weise wie Vampire von menschlichem Blut.«

»Okay«, sagte Holly.

»Die meisten großen Dämonen leben in einer Gesellschaft, die jede Marketingagentur mit Neid erfüllen würde. Ihre Machtstrukturen sind wie Pyramiden aufgebaut. Der oberste Dämon hat Untergebene, Diener sozusagen. Sobald ein Dämonendiener genug Macht erlangt, fängt er an, sich eigene Untergebene zu halten, die sich ihrerseits Diener zulegen, sobald sie hinreichend mächtig sind, und so fort.«

»Und der Dämon an der Pyramidenspitze wird immer größer und böser, je mehr Diener, Unterdiener und Unterunterdiener er hat? Am Ende legt er sich einen Cadillac und ein Time-Share-Ferienhaus im äußeren Hades zu?«

»Exakt. Und du, weil du mehr als die übliche Macht besitzt, würdest deinen Meister besser nähren können als jeder gewöhnliche Diener. Dich umzuwandeln wäre ein echter Coup, der unseren Dämon ganz nach oben katapultiert.«

Holly räusperte sich. »Dann war die Maus ein karrieregeiler Unterdämon?«

Alessandro schüttelte den Kopf. »Mehr als das. Ausschließlich Meister können ein Portal öffnen, was bedeutet: Er ist bereits mächtig und muss einige Diener haben, die ihm helfen.« Alessandros Hand wanderte an seinen Waffengurt.

»Nicht einmal ein Meister kann ohne Hilfe in unsere Welt kommen.«

»Und du wolltest besagte Diener heute Abend zum Tanz bitten, vermute ich.«

»Ja. Ich wollte mich einigen anderen Vampiren anschließen, die Fairview absuchen.«

»Wonach?«

»Nach Dienern. Letzte Nacht habe ich etwas gesehen.«

»Noch eine Leiche, die du zufällig nicht erwähnt hast?«

Alessandro sah mit einer Mischung aus Schuldbewusstsein und Verärgerung beiseite. »Nein. Ein paar Kreaturen, die wir Fehlwandler nennen. Ich habe sie getötet, aber wir möchten sichergehen, dass sich nicht noch mehr von ihnen hier herumtreiben. Sie könnten hinter den Studentenmorden …«

»Moment! Noch mal für Doofe«, unterbrach Holly ihn. »Du erzählst mir erstens, dass ein Dämon durch meinen Schornstein geflutscht ist. Zweitens, dass er mich verspeisen will. Und drittens, dass er hier Diener hat, die du heute Nacht mit deinen Vampirkumpels jagen willst? Habe ich das richtig verstanden?«

Alessandros Antwort bestand in einem schlichten Kopfnicken.

Vor Entsetzen drehte sich Holly der Magen um. »Wie kommt's, dass du all das weißt und ich nicht? Eine kleine Warnung wäre nett gewesen.«

»Bis letzte Nacht wusste ich nichts von den Fehlwandlern«, verteidigte Alessandro sich. »Da gab es noch ein Portal, zu dem sie gehören könnten oder auch nicht. Ich bin mir nicht sicher. Die Ereignisse überschlagen sich derzeit. Allerdings hatte ich anfangs gehofft, dass es sich um eine reine Vampirangelegenheit handelt, um die ich mich allein kümmern kann.«

»So wie die zusätzliche Leiche gestern im Flanders-Haus? Du hättest mich warnen müssen, ehe Detective Macmillan zu mir kam und mich über dich ausgequetscht hat. Was zum Teufel sollte ich ihm denn sagen?«

Alessandro winkte genervt ab. »Ich bin zurückgekommen, um mit dir zu reden, aber wir haben uns ablenken lassen, wie du dich gewiss erinnerst.«

Prompt wurde Holly rot. »Ja, stimmt. Ich kann so umwerfend gut küssen, dass du glatt die Leiche vergessen hast. Oh, bitte, auf dem Campus läuft ein Vampir herum, der junge Frauen ermordet, und meine Kurse gehen am Montag los! Also, jedwede Information wäre wirklich hilfreich!«

Alessandro wirkte auf einmal kreuzunglücklich, stand auf und hockte sich neben ihren Stuhl. »Ich würde nie zulassen, dass dir etwas passiert. Ich bin dein Freund, vergiss das nicht! Aber ich bin auch ... was ich bin. Du darfst nicht erwarten, dass ich nach solch einem Kuss klar denken kann. Deshalb musste ich schnell weg, um unser beider willen.«

»Du hättest anrufen können.« *Göttin, ich höre mich an wie eine verliebte Sechzehnjährige*!

Er senkte den Blick. »Ja, du hast recht. Entschuldige! Es war eine Menge los, aber ich hätte wirklich anrufen sollen. Falls es dich beruhigt, ich habe heute Abend mit der Polizei gesprochen.« Und seinem Gesichtsausdruck nach zu urteilen, war es kein besonders erquickliches Gespräch gewesen. »Sie werden dich nicht mehr belästigen. Ich habe ihnen alles gesagt, was sie wissen müssen.«

Hollys Wut schrumpfte auf das Maß einer mittleren Verärgerung. »Ja, na ja, du kannst wohl schlecht rund um die Uhr bei mir sein. Ganz abgesehen davon muss ich auf mich selbst aufpassen können. Ich bin schließlich eine Hexe. Erzähl mir einfach die Fakten, dann komme ich allein zurecht.«

Alessandro bedachte sie mit einem Interesse, das sie beinahe mit Händen greifen konnte. »Meinst du? Wo wir schon beim Informationsaustausch sind: Gibt es etwas, das ich wissen muss? Der Kampf gegen das Haus gestern hat dich reichlich mitgenommen. Wie kommt es, dass – nun, wie soll ich sagen – dir die Magie für Große, wie du sie nennst, solche Schmerzen bereitet?«

Holly mied seinen Blick und fand es plötzlich sehr unangenehm, dass er ihr so nahe war. Sie stand auf, holte ein Glas aus dem Schrank und ließ sich Wasser aus dem Hahn einlaufen. »Meine Schwester und ich hatten einen Unfall.«

Sie sagte es betont gleichgültig, aber leider schwappte das Wasser in ihrer zittrigen Hand. Alessandro kam zu ihr, nahm ihr das Glas ab und stellte es auf die Arbeitsplatte. »Was für einen Unfall?«

»Du hast deine Vampirangelegenheiten. Der Unfall ist meine Hexenangelegenheit.«

Sanft strich er ihr über die Wange. »Wenn du es so willst.«

Nein, wollte sie nicht. Und es tat weh, mit ihm zu streiten, so weh, dass Hollys Hals ganz eng wurde. »Ich rede nicht gern darüber, okay? Meine besonderen Fähigkeiten sind mein einziger Broterwerb, und solche Geschichten können echte Karrierekiller sein.«

»Ich kann ein Geheimnis für mich behalten.«

Holly nickte und spürte, dass ihr wieder einmal die Tränen kamen. »Meine Schwester und ich experimentierten mit Zaubern herum, als ich noch ziemlich jung war. Einer flog uns um die Ohren. Sie hat hinterher nie wieder Magie benutzt. Ich war weniger schwer verletzt, aber anscheinend ist irgendetwas in mir dabei hopsgegangen.«

»Wurde jemals herausgefunden, was für eine Verletzung das war?«

»Nein, zumindest konnte niemand es sich erklären. Das wurde mir jedenfalls gesagt. Ich erinnere mich an so gut wie nichts mehr aus dem ganzen Jahr. Eine ganz schön große Gedächtnislücke. Es ist, als wäre dieser Teil einfach aus meinem Gehirn gelöscht worden.«

»Ein Trauma?«

»Ich schätze ja. Grandma ließ mich von allen möglichen Ärzten und Psychologen untersuchen. Sie dachten, es hätte etwas damit zu tun, dass meine Eltern ungefähr um diese Zeit starben. Beides zusammen war angeblich zu viel für ein Kind.«

»Unterdrückte Erinnerungen also?«

»Wer weiß? Hexen halten sich nicht an die Lehrbuchbeispiele, wenigstens sagen sie uns das dauernd.« Mehr wollte Holly wahrlich nicht erzählen.

Als hätte er ihre Gedanken gelesen, ging Alessandro zur Hausbar und öffnete die Türen weit. »Wasser ist nicht das Richtige. Was willst du trinken?«

»Scotch, ohne alles«, antwortete sie automatisch.

Er grinste. »Eine echte Kriegerin.«

»Was denkst du denn? Ich hatte ein paar harte Tage«, erwiderte sie gereizt.

Er schenkte ihr ein und reichte ihr das recht großzügig gefüllte Glas. »Trink das, und geh ins Bett! Du kannst Schlaf gebrauchen.«

»Mit einer freilaufenden Dämonenmaus im Haus?« Sie nippte an dem flüssigen Feuer und stellte das Glas ab. »Soll ich nicht lieber woanders übernachten? Oder findet mich das Ding sowieso überall?«

Alessandro nahm ihre Hand, kühl und fest. »Der Dämon ist inzwischen weit weg. Solche Kreaturen bleiben normalerweise nicht in Portalnähe. Sie suchen sich neue Jagdgründe.

Also wird hier heute Nacht nichts mehr passieren.« Er drückte ihre Hand und ließ sie wieder los. »Trotzdem vergewissere ich mich noch einmal, dass wir hier allein sind. Ich überprüfe sämtliche Ecken und Schränke, und ich passe auf, solange du schläfst.«

»Wolltest du nicht auf Jagd gehen?«

Ein träges Lächeln trat auf seine Züge, bei dem jede Frau dahingeschmolzen wäre. Das hatte Holly noch nie gesehen, und ihr blieb beinahe das Herz stehen. »Du bist mir wichtiger«, sagte er schlicht.

Während sie noch sprachlos war, küsste er sie auf die Stirn, genau wie zuvor, nur beließ er es diesmal nicht dabei. Seine Lippen streichelten ihre Augenlider und glitten tiefer, um einmal, ganz kurz, von ihrem Mund zu kosten. Diese simple Geste barg alle Finesse eines begabten Liebhabers. Tja, jahrhundertelanges Training eben.

Ein Kribbeln durchfuhr Holly, teils von Magie, teils von purem Verlangen ausgelöst, und sie musste sich beherrschen, um nicht zu stöhnen. Sie fühlte, wie seine Finger ihren Hals hinaufstrichen, bis sie in der Kuhle unterhalb ihres Ohrs verharrten. Könnte sie dort seine Lippen spüren … Ihre Knie drohten nachzugeben, und ihr Herz setzte endgültig aus. Dann bemerkte sie das gelbe Funkeln in seinen Augen.

Raubtier.

Schlagartig bekam sie Angst, ergriff seine Hand und zog sie weg. »Nein. Hör auf, ehe ich nicht mehr nein sagen kann! *Bitte!*«

»Keine Sorge!«, raunte Alessandro ihr zu, der ihr einen letzten Kuss gab. »Ich weiß, was ich nicht haben kann. Künftig werde ich bei dir auf der Hut sein.«

Mit diesen Worten vergrößerte er den Abstand zwischen ihnen, bis er Holly wie ein weiter Ozean erschien. Ihre Glieder waren schwer und erhitzt, also nahm sie ihren Drink, um Alessandros Blick auszuweichen. Vielleicht wusste er, was er nicht haben konnte, aber ihr Körper konnte sich keineswegs für Abstinenz begeistern.

Dennoch durfte Holly es nicht darauf ankommen lassen. Sie hatte das meiste zu verlieren, sollte Alessandro sich zu mehr hinreißen lassen. *Mordende Häuser, Vampire, Dämonen. Heilige Hekate, ich habe so viel Mist auf Lager, dass ich demnächst dafür anbauen muss!*

Was sie zu einer anderen Frage brachte. »Du hast gesagt, dass der Dämon mich gern wandeln würde. Was hast du damit gemeint? Ist es anders als …«

Er antwortete nicht gleich. Zunächst erstarb sein Lächeln, denn er begriff, was sie nicht aussprach. *Anders als von einem Vampir verwandelt zu werden.*

»Es ist schlimmer, viel schlimmer. Sie nennen es den Schwarzen Raub. Die meisten Dämonen haben als Menschen angefangen.« Alessandro sah wieder zur Seite. »Sie verschlingen deine Seele und machen dich zu einem von ihnen. Einem Nichts. Einer Negativkopie deiner selbst.«

Bei seinem Tonfall fröstelte Holly. »Hast du so etwas schon einmal gesehen?«

Auf einmal schwand alle Farbe aus seinem bereits blassen Gesicht. »Ja.«

10

Hallo, Brian.« Macmillan setzte sich an die Bar. Er war auf einmal vollkommen ausgehungert. Kein Wunder, denn seit Tagen hatte er nichts Anständiges mehr gegessen!

»Hallo, Mac. Wie läuft's?«, fragte der Barkeeper, ein großer kräftiger Mann in den Vierzigern, der immer noch fit genug war, um allein mit aufmüpfigen Gäste fertig zu werden.

Der Bayshore Pub bildete ein Ende der Einkaufszeile gegenüber dem St.-Andrews-Friedhof und war Macs Lieblingslokal, weil es so nahe am Polizeirevier lag und er hier verlässlich einen Parkplatz fand. An den meisten Tagen fehlten ihm sowohl die Zeit als auch die Energie, als dass er andere Kriterien berücksichtigen konnte.

»Wie geht's dir?«, erkundigte Brian sich.

»Viel zu tun.«

»Ja, hab ich schon gehört.«

Macmillan blickte finster auf die Reihen von Biergläsern an der Bar. Vier Morde in zwei Wochen schrien nach einem Guinness vom Fass, doch leider mussten es ein Sandwich und Kaffee tun. Hinterher hatte er noch zu arbeiten.

»Ist die Küche schon geschlossen?«

Brian sah auf seine Uhr. »Nein, du kommst gerade noch rechtzeitig.«

Gott sei Dank! »Dann nehme ich ein Steak-Sandwich, medium, bitte.«

»Pommes dazu?«

»Nein.« Sein Magen war ein bisschen angegriffen, und zu viel Fett wäre keine gute Idee.

Macmillan knöpfte seinen Regenmantel auf und fragte sich, ob das unten am Saum Regenwasser oder etwas vom letzten Tatort war. Schwer zu sagen, denn die Bar war kaum besser beleuchtet als der Parkplatz.

Unwillkürlich wanderte er im Geiste zurück an den Tatort. Wieder hatte es sich bei dem Opfer um eine College-Studentin gehandelt, wieder um eine blonde. Ersten Schätzungen zufolge musste sie gegen halb fünf gestorben sein.

Was bedeutete, dass Caravelli aus dem Schneider war, auch wenn er sich mit seinem Verschwinden vom Flanders-Haus verdächtig gemacht hatte. Mac ließ ihn überwachen und hatte seine Aufenthaltsorte während der ersten Morde überprüft. Caravellis Alibis waren gut. Außerdem hatte es einer von Macs Kollegen geschafft, ihn gleich nach Sonnenuntergang zu Hause zu erwischen. Angeblich war Caravelli höflich gewesen, aber ungefähr so gesprächig wie ein Grab.

Wieso mussten Vampire sich immer so abweisend geben? Klar, er hatte Mac vor diesen schrägen Dingern gerettet, die letzte Nacht hinter ihm her gewesen waren, aber deshalb wurde er nicht gleich zu einem verfluchten Retter mit Reißzähnen. Vampire waren genau wie alle anderen. Unsterblich zu sein veränderte die Persönlichkeit nicht, sondern machte sie einfach nur älter. Der wahre Wert bestand in dem, was man mit der ganzen Zeit anfing. Und soweit Mac es beurteilen konnte, vergeudeten die meisten Unsterblichen sie mit internen Zwisten und Modesünden.

»Hier hast du schon mal deinen Kaffee«, sagte Brian, der

Mac einen Becher hinstellte. Schwarz, ohne alles. Wie alle guten Barkeeper merkte Brian sich solche Dinge.

»Danke.«

»Essen kommt sofort.«

»Schön.« Der Kaffee roch wie das Nirvana. *Das* war das echte Leben: Kleinigkeiten wie guter Kaffe und ein Ort, an dem die Leute wussten, wie man ihn am liebsten mochte. Dankbar trank Mac einen Schluck. Ja, Vampire hatten vielleicht ein ewiges Leben, aber wie sie sich ernähren mussten! Das war ja wohl alles andere als ein guter Deal.

Mac trank noch einen Schluck.

Die Leiche heute Abend war im Weinkeller des Fakultätsclubs gefunden worden. Dort kam nie Sonnenlicht hin, also könnte es trotz der frühen Stunde ein Vampir gewesen sein. Die Halswunden, die Blutergüsse und die Lage des Körpers stimmten mit denen der vorherigen Toten überein. Und wieder hatte das Opfer eine seltsame Metallscheibe in der Hand gehalten, wie alle mit Ausnahme der Leiche im Flanders-Haus. Bei dieser einen musste sie irgendwie verlorengegangen sein. Was sollten die Dinger überhaupt? Hatten sie es hier mit etwas Religiösem zu tun?

Nach dem dritten Schluck Kaffee begann das Koffein zu wirken. Das einzig Positive an dem jüngsten Leichenfund war, dass ihnen von oben mehr Leute zugeteilt wurden, was wiederum bedeutete, dass Mac endlich eine kurze Pause einlegen konnte und die erste warme Mahlzeit seit drei Tagen bekam – oder waren es vier? Eigentlich konnte er sich immer noch nicht leisten, hier zu hocken und sich vollzustopfen, aber er brauchte dringend richtiges Essen, wenn er eine weitere Nachtschicht durchstehen wollte. Im Gegensatz zu anderen Beteiligten an diesem Fiasko war er bloß menschlich.

Mac vermisste seine Partnerin, die sich derzeit im Mutterschaftsurlaub befand. Ohne ihre fortwährenden Ermahnungen, er solle auf sich aufpassen, ließ er sich von der Arbeit auffressen. Er schaffte es gerade einmal, zwischendurch etwas zu essen und die Kleidung zu wechseln. Allmählich verschwamm schon die Erinnerung daran, wie es war, wirklich Zeit für sich zu haben. *Früher habe ich gern gekocht, und ich bin echt nicht schlecht darin. Und wann habe ich zum letzten Mal mit einer Frau über etwas anderes als Leichen geredet?*

Zu schade, dass Holly Carver in festen Händen war! Sie verkörperte alles, was er an Frauen mochte: Sie war klug, hübsch, mutig und hatte das gewisse *Etwas*, das einem sagte, wenn man sie auf seiner Seite hatte, konnte man sich hundertprozentig auf sie verlassen.

»Hast du was von dem Spiel gesehen?«, fragte Brian, der zu dem stummgeschalteten Fernseher nickte.

Mac sah auf. »Bisher nicht. Gewinnen die Flyers?«

Brian brummte angewidert und klapperte mit Gläsern.

Beim Blick auf eine Schale mit Junkfood auf der Bar dachte Mac daran, dass er anfangs nie etwas hatte essen können, wenn er von einem Tatort gekommen war. Nach dem ersten Dutzend hatte sein Selbsterhaltungstrieb über den Ekel gesiegt.

Eine Frau betrat das Pub und setzte sich an einen Tisch in der Ecke. Mac sah hin, weil er, nun ja, er war vielbeschäftigt, aber er war nicht tot. Außerdem ähnelte sie den Mordopfern, denn auch sie war blond, hübsch und kaum volljährig. Mac behielt sie über den Spiegel hinter der Bar im Auge.

Die Kellnerin schlenderte zu dem Tisch. Während die junge Frau bestellte, dröhnte ein Hardrock-Titel aus den Lautsprechern. Aerosmith? Die hörte man selten im Pub, aber Mac gefiel es. Er brauchte etwas Fetziges.

»Hi, Suki«, grüßte er die Kellnerin, als sie an ihm vorbeikam, um die Bestellung in den Computer einzutippen.

»Hi, Mac.« Sie blieb stehen, bog eine Hüfte vor und neigte ihren Kopf, so dass die hellgrünen Strähnen in ihrem Haar aufschimmerten wie die Takelagebeleuchtung eines kenternden Schoners. »Die Kleine da hinten sagt, wenn du sie schon den ganzen Abend anglotzen willst, kannst du dich auch gleich zu ihr setzen.«

Mac staunte. »Ach ja?«

»Ja.« Suki grinste. »Deine Glücksfee hat dir einen Wunsch erfüllt. Aber mach mich nicht eifersüchtig, ja?«

Mac blickte an sich hinab. Er zog sich gern gut an; entsprechend war er, abgesehen von möglichen Blutflecken, recht vorzeigbar.

»Du siehst umwerfend aus, Süßer!«, bestätigte Suki lachend, die ihm einen sanften Klaps auf die Schulter gab.

»Tja, wie es sich für den Diener und Beschützer des Volkes gehört«, entgegnete Mac grinsend und glitt von seinem Barhocker.

Das Mädchen saß in der dunkelsten Ecke der Bar, wo die einzige Beleuchtung aus einer Kerze auf einem billigen Glasuntersetzer bestand. Dennoch stellte Mac fest, dass sein erster Eindruck ihn nicht getäuscht hatte. Sie sah phantastisch aus und besaß Kurven, die in dem schulterfreien Pullover gut zur Geltung kam. Sie hatte ein Gesicht wie ein Model, mit hohen Wangenknochen und blaugrauen Mandelaugen. Ihr glattes blondes Haar reichte ihr bis über die Ellbogen. Mac hatte einmal die Sicherheitsleitung bei einem Filmset übernommen und dort einige der Hollywood-Hingucker aus nächster Nähe gesehen. Sie konnten alle nicht mit diesem Mädchen mithalten.

»Hi«, sagte er und setzte sich. Nun saß er zwar mit dem

Rücken zur Tür, was er nicht leiden konnte, aber dieses eine Mal machte er eine Ausnahme.

Sie lächelte. »Ich bin Jenny.«

»Ich heiße Mac.«

Suki kam und stellte Jenny einen Spezial-Cappuccino mit einem Berg Sahne darauf hin. Also war Jenny definitiv kein Model, denn die gönnten sich nie eine solche Kalorienbombe.

Mac servierte Suki ein Guinness, beugte sich zu ihm und flüsterte ihm ins Ohr: »Geht aufs Haus, Schürzenjäger.«

Er lachte, als Suki davonschwebte.

Solche Sachen passieren mir nicht. Ein merkwürdiges Kitzeln regte sich in seinem Bauch, das Hunger oder Erregung oder beides sein mochte, und er rutschte ein bisschen nervös auf seinem Stuhl hin und her. *Jenny, ja?* Ein altmodischer Name. Hübsch. Er wollte sie mit seinem Mund, seinen Augen, mit allem verschlingen.

»Die Bedienung scheint zu denken, dass man dir gratulieren muss«, meinte Jenny, was sich fast förmlich anhörte und Mac an die superklugen Mädchen erinnerte, die in Literaturkursen saßen.

»Muss man wohl, immerhin habe ich mich binnen sechzig Sekunden vom einsamen Mann an der Bar zum Mann am Tisch einer bezaubernden jungen Frau verwandelt. Und mit einem Bier.« Auch wenn er im Dienst war und es nicht trinken durfte.

»Und worauf hoffst du für die nächsten sechzig Sekunden?«

»Auf ein Abendessen. Ich bin ein anspruchsloser Mann. Und du?«

»Ich weiß nicht. Auf Gesellschaft, vermute ich.«

»Die hast du ja jetzt.«

»Und du dein Essen. Unser Schicksalsstern erreicht soeben seinen Zenith.«

Okay, sie hat eindeutig zu viel Shakespeare gelesen. Aber Mac wurde von seinem Steak-Sandwich abgelenkt, das in diesem Moment ankam, noch brutzelnd vom Grill. »Isst du nichts?«

»Noch nicht, aber warte nicht auf mich.«

Da ihm schon das Wasser im Mund zusammenlief, stürzte er sich auf den Steakburger mit pfeffriger Knoblauchsauce. Während er kaute, stibitzte sie sich eine Scheibe Gewürzgurke von seinem Tellerrand und steckte sie sich in den Mund. Die Geste war keck und charmant, als wäre sie absichtlich ungezogen, weil sie wusste, dass er ihr vergab.

Er beobachtete sie und fragte sich, wohin das hier führen mochte. Als sie schmunzelte, fielen ihm ihre perfekt geformten Zähne im Kerzenschein auf. Und die vollkommen glatte Haut im tiefen Dekolleté ihres Pullovers. Was für ein hübscher Ausschnitt!

Nachdem sie die Gurkenscheibe heruntergeschluckt hatte, nahm sie von ihrem sahnigen Kaffee und verzog das Gesicht. »Keine gute Geschmackskombination.«

Sie leckte sich mit der Zungenspitze den Schaum von der Oberlippe. Eine Flocke von dem Puderzuckerrand ihrer Tasse war heruntergefallen und im Tal zwischen ihren Brustansätzen gelandet, und Mac konnte an nichts anderes denken als daran, sie mit seiner Zunge zu entfernen.

»Halt still!« Er nahm seine Serviette und tupfte ihr einen kleinen Sahneklecks aus dem Mundwinkel. Sie senkte den Kopf und schaute durch ihre dichten Wimpern zu ihm auf.

»Was für vorbildliche Manieren du hast!«, neckte sie ihn, tunkte ihren Finger in die Sahnehaube und lenkte ihn sehr verführerisch ab. »Planst du, das jetzt nach jedem Schluck zu machen?«

»Es gibt schlimmere Arten, einen Abend zu verbringen«, antwortete Mac. »Allerdings bezweifle ich, dass die Papierserviette so lange mitmacht.«

»Es wäre keine gute Serviette, wenn sie nicht einmal mit ein bisschen Sahne fertig wird.« Sie trank nochmals, worauf weißer Schaum ihre Lippe benetzte und ihr das Aussehen eines gierigen kleinen Mädchens verlieh.

»Ich bin sicher, du kannst sie, ähm, ermuntern, in Form zu bleiben.«

Für einen langen Moment sah sie ihm schweigend in die Augen.

»Wendest du diese Aufreißmethode häufiger an?«, fragte Mac.

Ihr einer Mundwinkel bog sich nach oben. »Warum nicht? Sie funktioniert.«

Macs sämtliche Instinkte schrien ihn an, dass Jenny nichts als Ärger brachte, aber *wow*! Unweigerlich überlegte er, bei der Sitte nachzufragen, ob sie schon einmal wegen illegaler Prostitution aufgegriffen worden war.

Wieder tunkte sie ihren Finger in die Tasse, und wieder umrundete sie ihren hübschen Fingernagel mit der Zunge, um die Sahne abzulecken. Mac starrte gebannt auf ihren Mund, der sich um die Fingerspitze schloss. Er lockerte seine Krawatte und räusperte sich. Was war mit ihm los? Er hatte sein Sandwich vollkommen vergessen, und er musste zur Arbeit zurück. Verwirrt blickte er auf seine Uhr und wieder zu Jenny.

Mann, ich bin schon viel zu lange brav! Ich brauche dringend eine Auszeit.

»Wie ich sehe, musst du gehen«, stellte sie traurig fest.

»Dabei hatten wir noch gar keine Gelegenheit, uns zu unterhalten.«

»Tja, die Pflicht ruft.«

»So spät abends?«

»Ich bin ein Cop«, offenbarte er und wartete auf den typischen Gesichtsausdruck, der bedeutete: *Klasse, ich zahl nie wieder ein Strafmandat!*

Doch sie zog bloß eine Braue hoch. »Was für ein Cop?«

»Im Moment in der Mordermittlung.«

»Nein, so was! Kann ich dich anrufen? Wenn du jetzt beschäftigt bist, passt es dir vielleicht später?«

»Oh ja«, erwiderte er rasch und zückte seine Karte.

Als er sie ihr hinhielt, packte sie stattdessen seine Krawatte, richtete sich halb auf und küsste ihn sehr energisch auf den Mund. Ihre Lippen schmeckten süß vom Zucker und der Sahne, aber ihre Zunge schoss mit einer Wucht in seinen Mund, als wäre er ihr langersehntes Abendessen. Er fühlte, wie ihre Zähne innen über seine Unterlippe kratzten, und plötzlich war Blut in seinem Mund.

Er war nicht sicher, ob er tatsächlich einen erstickten Schrei ausgestoßen hatte. Zwar war Mac nicht gerade der Schokoherzen-und-Schleierkraut-Typ, aber er zog es doch vor, seinen Motor erst einmal warmlaufen zu lassen.

Und dann begann das Brennen, anfangs hinten in seinen Kniekehlen. Eine Hitzewelle kroch seinen Körper hinauf, die im ersten Moment erregend war, ihn aber sofort furchtbar ermattete.

Ihm war, als würde seine Kraft praktisch in Jennys Mund eingesogen. Dieser Kuss kam einer Plünderung gleich. Mac wurde eiskalt, als hätte ihm der Sensenmann mit frostigen Fingern über den Rücken gestrichen. Vollkommen entkräftet sank er gegen die Stuhllehne. Sein Herz pochte zu schnell und zu schwach, ähnlich Vogelflügeln, die hektisch an eine Fensterscheibe schlugen.

Jenny stand auf, und zum ersten Mal konnte er ihre Kleidung richtig sehen. Sie trug einen Rock und einen Pulli, nur war beides schäbig und passte nicht richtig. Und Mac begriff sofort: Die Sachen waren geklaut. Vielleicht von einer Toten?

Sie legte eine Handvoll Münzen auf den Tisch, ohne sie zu zählen.

»Ich rufe dich an«, verabschiedete sie sich von ihm mit einer Selbstverständlichkeit wie eine alte Bekannte, die erwartete, ihn bald wiederzusehen.

Wiedersehen? Vergiss es! Er konnte sich nicht bewegen. Entweder hielt ihn eine unsichtbare Macht fest oder er war zu schwach, jedenfalls war er außerstande, sich umzudrehen und zuzusehen, wie sie die Tür öffnete und ging. Allerdings spürte er den kühlen Luftzug an seiner Wange, als der regengeschwängerte Wind hereinblies. Und dann fiel die Tür wieder zu.

Zitternd holte Mac tief Luft und schaffte es, sich zumindest gerade aufzusetzen. Sein Kopf fühlte sich zu groß an, aufgeblasen von einer seltsam scharfen Wahrnehmung seiner Umgebung.

Wie hatte sie das gemacht? *Was* zum Teufel hatte sie gemacht?

Entsetzt bemerkte er, dass ihm die Tränen kamen. *Reiß dich am Riemen, Mann!*

Und auf einmal kehrte sein Appetit zurück. Er machte sich in Cro-Magnon-Manier über sein Sandwich her. Das Brötchen war inzwischen durchgeweicht, doch das störte ihn nicht. Sein Universum bestand nur noch aus Essen. Wichtig war einzig, dass er alles bis auf den letzten Krümel verschlang.

Als Suki neben ihm auftauchte, schrak Mac zusammen.

»Und?«, fragte sie munter. »Wollt ihr zwei euch später noch ein bisschen amüsieren?«

»Das will ich nicht hoffen«, antwortete er mit vollem Mund und nahm einen großen Schluck von dem verbotenen Guinness.

Suki spielte an ihrem Nasenring. »Aha, verstehe. Ich kann Dates auch nicht ausstehen.«

11

W*enn einem wohlmeinende Leute erzählen, dass Beziehungskatastrophen nach einer Nacht Schlaf gleich viel besser aussehen, darf man ihnen nicht glauben. Das ist gelogen!* Ben war fort und mit ihm die Zukunft, die Holly sich für sie beide ausgemalt hatte.

Sie stellte die Dusche ab und tastete nach ihrem Handtuch. Nachdem sie sich das Gesicht abgetrocknet hatte, blickte sie in den Spiegel. Ihre Wangen waren eingefallen, ihre Augen rot, weil sie im Schlaf geweint hatte. Es war schon übel genug, dass sie sich fühlte wie etwas, das man ganz hinten aus der Gemüseschublade des Kühlschranks gekratzt hatte. Sie hasste es, dass sie auch noch so aussah!

Und sie konnte rein gar nichts tun. Eines Tages würde sie einen Mann kennenlernen, den die kleine Hexe in ihr nicht abschreckte. Na ja, er musste wohl eher eine Menge Hexe hinnehmen können, berücksichtigte man, dass sie von einer Riesenmaus verfolgt wurde. *Okay, dieses Dämonenproblem ist ein Flirtdämpfer, aber wir haben schließlich alle unsere Macken, nicht?* Trotzig zog sie sich einen hautengen roten Pullover an, der Ben immer ganz wild gemacht hatte.

Hatte, wiederholte sie mehrmals, um sich an die Vergangenheitsform zu gewöhnen.

Vor ihrer Schlafzimmertür wartete die Wirklichkeit, die

jedoch freundlicher zu ihr war, als Holly gedacht hatte. Der Geruch von frischem Kaffee, warm und süßlich-bitter, hing in der Luft. *Kaffee? Ist Alessandro noch hier?*

»Hallo?«, rief Holly, als sie sich der Küche näherte.

Zusammengerollt lag Brekks wie ein fetter gefleckter Basketball neben seinem Futternapf und maunzte eine Begrüßung. In seinem Napf waren noch Reste von Futter, was ein klarer Beweis dafür war, dass er Alessandro bereits ein Frühstück hatte entlocken können. Sie blickte sich um. Die Kaffeemaschine zischte, als Kondenswasser auf die Wärmeplatte tropfte – ein Geräusch so wohltuend wie Lammfellpantoffeln. Aber Holly war eindeutig allein.

Natürlich – es war helllichter Tag! Die Vampire hatten sich in ihre Betten zurückgezogen. Holly holte einen Becher aus dem Schrank und schenkte sich Kaffee ein. Am Toaster lehnte eine Nachricht, die hinter den Dampfschwaden aus dem Becher verschwamm.

6:30. Alles klar, ruhige Nacht.
Ich rufe dich heute Abend an. Bleib in Sicherheit!

Alessandro war also bis zum Morgengrauen geblieben. Wie versprochen, hatte er sie die ganze Nacht hindurch bewacht. Ein seltsamer Stich jagte ihr durch die Brust, halb Dankbarkeit, halb Traurigkeit. Alessandro verdiente mehr, als sie ihm jemals geben konnte. Langsam legte Holly seine Nachricht wieder hin.

Bleib in Sicherheit! Wie sollte sie das wohl anstellen?

Sie nahm das schnurlose Telefon, ihre Jacke und den Kaffee und ging auf die hintere Terrasse. Eine Weile stand sie an dem breiten Geländer und genoss die Vertrautheit des Hauses und Gartens.

Spinnweben glänzten wie Silberfäden, während weiter hinten noch der Morgennebel vom Meer den Zaun verschleierte und die Pinien mit grauen Schattenklecksen versah. Ringelblumen leuchteten flammfarben auf. Dass alles so langvertraut war, machte den Anblick nicht minder schön. Dies hier war Teil von ihr, der Ort, an dem sie Kraft schöpfte. Sie könnte das Haus niemals aufgeben. *Nie, niemals.*

Holly stützte ihr Kinn in die Hand. Brekks kam heraus und sprang auf das Geländer, wo er sich neben ihren Ellbogen hockte. Pelziger Trost. Holly nippte am Kaffee und behielt ihn einen Moment lang auf der Zunge, ehe sie ihn hinunterschluckte. Er hatte ein bisschen zu lange auf der Wärmeplatte gestanden, aber Alessandro hatte ihn stark gemacht, so wie Holly ihn mochte.

Bleib in Sicherheit! Netter Tipp, aber ein paar Details wären hübsch gewesen. Letztlich musste sie selbst für ihre Sicherheit sorgen. Alessandro konnte nicht unbegrenzt auf sie aufpassen. Außerdem besaß Holly ihre eigene Waffe: die Magie. Ob es schmerzte oder nicht, sie musste mit dieser Situation klarkommen. Daran führte kein Weg vorbei.

Andererseits schloss Eigenständigkeit ja nicht aus, dass sie jemanden um Rat fragte, der es schon mit einigen Monstern aufgenommen hatte. Sie tippte eine Kurzwahl in ihr Telefon ein.

»Hi, Grandma«, sagte sie.

»Holly, bist du das?« Grandmas Stimme war rauh vom jahrzehntelangen Kettenrauchen, einem Laster, das sie in ihrem hohen Alter erst recht nicht mehr aufgeben wollte. Nach zwei Hüftoperationen würde sie sowieso keinen Marathon mehr laufen, erklärte sie immer.

»Ja, ich bin's. Ich brauche mal deinen weisen Rat. Kann ich dich mit einer Leckerei von Harvest Sheaf bestechen?«

»Mmm, vielleicht. Was hast du für ein Problem?«

»Dämonen. Ich muss den Hausschutz aufmöbeln, sogar kräftig.«

»Wie kräftig?«, hakte ihre Grandma unüberhörbar besorgt nach.

Holly hielt sich mit der freien Hand an ihrem Becher fest. »Megakräftig. Ich brauche ein paar sehr gute Schutzzauber.«

»Was ist passiert?«

»Zu viel, als dass ich es dir am Telefon erzählen könnte. Kann ich zu dir kommen?«

Eine längere Pause trat ein. »So übel, ja? Bring Zimtschnecken mit!« Holly hörte das Klicken von Grandmas Feuerzeug und wie sie kurz einatmete. »Mit doppelter Glasur. Die Weisheit der Alten ist teuer.«

Unter den Einrichtungen für betreutes Wohnen war das »Golden Swans« zweifellos eine der passableren, und Grandma genoss es, ihr eigenes Reich zu haben. Bis Holly erwachsen gewesen war, hatte sie im Carver-Haus gewohnt, und das war für beide lange genug gewesen. Ihre Grandma kam nicht mit Hollys Schludrigkeit zurecht, und Holly hasste die dauernden Rauchschwaden im Haus.

Holly fuhr mit dem Fahrstuhl den Ostturm hinauf, wo sich die Altenwohnungen befanden, die von den Gemeinschaftsräumen abgingen. Als sie vor der Tür ihrer Grandma ankam, hob sie die Zeitung auf, die dort noch im Gummiband verschnürt lag.

»Grandma?« Sie öffnete die Tür und steckte den Kopf herein. »Hallo?« Drinnen war alles penibelst ordentlich.

»Komm rein!«

Holly betrat die Wohnung und blinzelte im dichten

Qualmnebel. Grandma war in der Küche, wo sie Tee in eine Kanne löffelte. Ihr Haar hatte sie zu einem langen grauen Zopf gebunden, der ihre strengen Gesichtszüge noch betonte. Früher war sie mollig gewesen, hatte sich inzwischen jedoch auf ein gesundes Gewicht heruntergehungert. Trotzdem wirkte sie immer noch stämmig. Sie trug einen blauen Fleece-Anzug mit einem glitzernden Kobold auf der Brust.

Holly küsste sie auf die Wange. »Morgen, Grandma.«

»Ärger mit Dämonen, ja?«, fragte sie und beäugte die Zimtschnecken, die Holly auf zwei Teller für sie legte.

»Er ist mir nach Hause gefolgt, und ich würde ihn ungern behalten.«

Der Wasserkocher klickte. Holly goss das kochende Wasser in die Teekanne und brachte sie zum Tisch. Dann erzählte sie ihrer Grandma von den Ereignissen der letzten Tage bis hin zu der Maus. »Wieso sind die Dämonen auf einmal in Fairview so aktiv?«

Ihre Grandma setzte sich und hängte ihre beiden Gehstöcke an die Tischkante. »Wieso nicht? Dämonen wollen dauernd auf die Erde. Für sie ist es hier wie Vegas, nichts als Unterhaltung, Essen und Spaß. Zum Glück können sie meistens nicht her, denn schließlich ist das Dämonenreich ein Gefängnis.«

»Ein Gefängnis? Ich dachte immer, das wäre ihre Heimat, na ja, die Hölle eben.«

»Nein, dort findest du keine sterblichen Seelen oder Feuergruben, in denen sie schmoren. Sieh dir den Einband von Howards *Dunkle Reiche* an, auf dem oberen linken Regal hinter dir.«

Holly drehte sich um und zog den großen roten Band hervor, der aussah, als wäre er etwa hundert Jahre alt. Dieses Buch hatte sie nie gelesen. Wie sie überhaupt nicht einmal die

Hälfte der Dämonensagen studiert hatte, die in der Bibliothek ihrer Eltern standen. Anscheinend musste sie einiges aufholen. »Wonach suche ich?«

»Guck dir das Bild innen auf der Titelseite an.«

Holly schlug das Buch vorn auf und blätterte vorsichtig den Florpostbogen auf, der die erste Illustration schützte. Es handelte sich um eine Radierung, ein Gewirr aus Schatten, Fackellicht und Wänden, die ein Tunnellabyrinth bildeten. Bei dem Anblick konnte Holly die kalte feuchte Zugluft fast fühlen.

»Ich weiß ja nicht, wie wahrheitsgetreu dieses Bild ist, auf jeden Fall passt es zu allen bisherigen Beschreibungen. Das Dämonenreich ist wie ein Gefängnis, ein riesiger Kerker. Manche Leute nennen es die Burg«, erzählte Grandma achselzuckend. »Kein sonderlich origineller Name, wenn du mich fragst. Aber das Gemäuer wurde vor langer Zeit erbaut.«

»Von wem?«

»Menschlichen Zauberern.«

Holly blätterte behutsam weiter. »Gibt es ein Bild von außen?«

»Es gibt kein Außen. Die ganze Welt befindet sich innerhalb dieser Gänge.«

Holly kehrte zu der Illustration zurück. Wie Escher auf Dracula getrimmt. »Ein paar Sitzkissen hier und da würden sich gut machen.«

Grandma lächelte, auch wenn ihre Augen ernst blieben. »Dämonen stammen ursprünglich aus unserer Welt. Das Gefängnis sollte dazu dienen, sie zu verbannen. Sie können nur hierher zurück, wenn jemand sie ruft.«

»Also, jedes Mal, wenn ein Dämon auftaucht, gibt es einen Gefängnisausbruch?«

»Du sagst es.«

Holly trank von ihrem Tee und versuchte, sich mit der Vorstellung von einer Gefängnisdimension vertraut zu machen, in der es von Dämonen wimmelte. In ihrem Hinterkopf erschienen Bilder von der Highschool.

Grandma fuhr fort: »Was die Frage angeht, warum ausgerechnet dieser Dämon gerufen wurde, können wir die ohne einen Haufen weiterer Informationen gar nicht beantworten. Es gibt viele verschiedene Dämonen-Unterarten. Was du beschrieben hast, klingt, als hätte jemand einen der sogenannten Seelenfresser gerufen.«

»Okay, dann kommen wir direkt zur Gegenmaßnahme: Wie schicken wir ihn wieder in den Knast zurück?«

»Zuerst einmal müssen wir ihn finden. Ein mickriger Dämon hätte es nie durch das Portal geschafft, also muss er mächtig sein. Es dürfte sich um einen Meister handeln, und das heißt, dass er seine Gestalt wandeln kann. Inzwischen sieht er sicher nicht mehr wie eine Maus aus.«

Was seine Vor- und Nachteile hat, dachte Holly. Die Maus wollte sie sowieso am liebsten nicht mehr wiedersehen.

Grandma nippte an ihrem Tee. »Ein sehr mächtiger Dämon erscheint menschlich. Rein äußerlich bemerkst du den Unterschied nicht. Nicht einmal mit Magie kannst du ihn erkennen. Nur wer über das Zweite Gesicht verfügt, kann seine wahre Natur sehen.«

»Menschlich?«, wiederholte Holly verblüfft. »Alle Dämonen, die ich bisher gesehen habe, erinnerten mich an schmutzige dunkle Wolken.«

»Das ist die schwächste Dämonenform. Die menschliche Gestalt ist am schwersten anzunehmen. Dazwischen können sie noch in jeder Tiergestalt erscheinen. Normalerweise wählen sie Schlangen oder Ratten – sie mögen den Ekel, den sie damit provozieren.« Sie schürzte die Lippen. »Wie dem auch sei: Bei einem Meister braucht es eine große Zauberkraft, um ihn zu rufen. Und du musst schnell handeln, denn das Erste, was er tun wird, ist, mehr Diener auf diese Seite des Portals zu holen.«

Holly hatte ein paar Bissen von ihrer Zimtschnecke gegessen, schob nun aber den Teller von sich weg. »Wie funktioniert die Wandlung – wie heißt es noch gleich? –, der Schwarze Raub?«

Grandma schüttelte den Kopf. »Genau weiß ich das auch nicht.« Nachdem sie kurz überlegt hatte, leuchteten ihre Augen auf. »Einmal wurde es mir angeboten. Ein sehr schöner Mann war das, na ja, ich dachte, er wäre ein Mann, bis ich eines Besseren belehrt wurde. Er versprach mir den Mond und die Sterne, wenn ich ihn bloß meine Seele kosten lassen würde.« Wehmütig lächelnd löffelte sie Zucker in ihren Tee. »Ein mieser Tausch, aber er war verflucht hübsch anzusehen!«

»Ach, Grandma!«, stöhnte Holly ungläubig. Sie wusste nie, welche von Grandmas Geschichten sie für bare Münze nehmen durfte, nur … dass diese exakt mit dem übereinstimmte, was Alessandro ihr über die Wandlung erzählt hatte.

»Das waren die guten alten Zeiten.« Grandma kicherte leise. »Also, zurück zu dem aktuellen Problem: Wenn du dich vor einem Dämon schützen willst, musst du dir zuerst überlegen, wohin du regelmäßig gehst.«

»Oh, Mist!« Holly schlug sich mit der flachen Hand gegen die Stirn.

»Was ist?«

»Morgen ist der erste College-Tag. Ich kann nicht in meine Kurse gehen, solange ein Dämon frei herumläuft.«

Grandma winkte ab. »Sieh's mal von der anderen Seite: Du bist sicherer, wenn andere um dich sind. Dämonen schleichen sich am liebsten unbemerkt an. Ein Campus voller Leute bildet eine ideale Sicherheitszone.«

»Nein«, erwiderte Holly kopfschüttelnd, »ich weiß nicht. Außerdem hört sich Dämonenjagd nach einem Fulltime-Job an.«

»Was willst du machen?«

»Also, ich *möchte* natürlich zu den Kursen gehen. Alles ist schon geregelt.« Für einen Moment wurde sie unvernünftig, besser gesagt: regte sich ihr Trotz. »Ich will meinen Abschluss in Betriebswirtschaft, für mich und für die Agentur. Ich bin es leid, dass ich einfach nicht weiß, wie man so ein Geschäft richtig betreibt. Tja, wieder einmal scheint das Leben sich gegen meine großen Pläne verschworen zu haben.«

Grandma setzte sich sehr gerade hin. »Dann geh in deine Kurse!«

»Aber …«

»Wir kommen schon klar. Du darfst dir nicht von einem Dämon dein Semester versauen lassen.«

Zweifel und Unglaube kämpften um den ersten Platz. »Wie soll ich denn einfach so an den Kursen teilnehmen?«

»Es gibt Schutzzauber. Ich habe bücherweise Lehrmaterial darüber. Wenn du willst, dass es mit dem Studium klappt, meine Kleine, dann musst du auch hingehen. Riskier mal was! Manchmal seid ihr jungen Leute viel zu vorsichtig.«

»Ich kann mir nicht vorstellen, dass Schutzzauber genügen. Es muss mehr geben, was wir tun können.«

Grandma kniff die Augen ein wenig zusammen. »Zum Beispiel?«

»Den Dämon für immer loswerden. Wie tötet man einen Meister?«

Damit erntete sie ein Kopfschütteln. »Hexen sind nicht stark genug, um sie zu töten. Wenn du eine langfristige Lösung willst, musst du ihn dahin zurückschicken, wo er hergekommen ist, und das Portal hinter ihm verschließen.«

Holly verschluckte sich an ihrem Tee und hustete. »Das klingt, als müsste ich ihm dazu ziemlich nahe sein.«

»Ja«, bestätigte Grandma ruhig. Eine Silbe, die in einer Zigarettenrauchwolke über Holly hinwegwaberte. »Aber Elaine Carver, eine der Gründerinnen der Drei-Schwestern-Agentur, hat es 1885 getan.«

»Stimmt, die Geschichte kenne ich. Damals gab es einen Krieg zwischen einem Meisterdämon und den Vampiren. Die Dämonen hatten alle möglichen Anhänger angeworben.«

»Einschließlich der Flanders-Familie, was an sich schon sehr interessant ist. Also, der Legende nach öffnete Elaine ein großes Portal im Zollhaus unten am Binnenhafen. Sie jagte den Meisterdämon und viele seiner Diener durch dieses Portal.«

»Wie konnte sie das?«

»Weiß ich nicht. Ich habe den Zauber nie gesehen. Das kann sowieso nicht der sein, den du brauchst.«

»Wieso nicht?«

»Weil er sie umgebracht hat. Die Nachwirkungen waren zu viel für sie.«

»Oh!« *Wenn das keine große Hilfe ist*! Holly stand auf und trat ans Fenster. Sie hatte keinen Schimmer, was da draußen war, denn sie war vor lauter gemischten Gefühlen und wirren Gedanken völlig blind. Und Panik stand ganz vorn.

Grandma schluckte hörbar. »Wie gesagt, Schutzzauber sind die bessere Methode. Und darüber hinaus … nun, dieser Tage sind gute Dämonenjäger schwer zu finden, aber eventuell gibt es jemanden, den wir hinzurufen können.«

Holly drehte sich zu ihr. »Gute Dämonenjäger haben ellenlange Wartelisten. Es gibt zu wenige Hexen, die das können. Wir müssten Monate warten, und bis dahin hat dieses Ding halb Fairview übernommen.«

»Was immer noch besser ist, als dass du dich allein an es heranwagst. Magie dürfte dir nicht so weh tun, wie sie es tut.«

»Das kann ja wohl kein Grund sein, *nicht* gegen den Dämon zu kämpfen! Wir können uns selbst schützen, aber letztlich werden Leute zu Schaden kommen. Ich werde mit dem Schmerz leben, wenn ich den Dämon so für immer loswerde, und zwar *jetzt sofort*!«

»Bist du dir sicher?«, fragte Grandma und sah sie prüfend an. »Wir reden hier über Magie für Große – für die Größten. Dir wird sie scheußliche Qualen bereiten, und bei einigen dieser Zauber ist es schlimmer, wenn man mittendrin scheitert, als wenn man gar nicht erst damit angefangen hätte.«

Vor Angst vollführte Hollys Magen eine Rückwärtsrolle in Zeitlupe. »Kraft ist nicht das Problem. Ich habe das Flanders-Haus geschafft. Entscheidend ist vor allem die Motivation. Der Dämon steht zwischen mir und dem friedlichen Genuss von Kursen in Integralrechnung.«

»Bist du sicher, dass du diese Richtung einschlagen willst?«

Auch wenn ihr fast der Atem stockte, wenn sie nur daran dachte, hauchte sie: »*Ich kann das!* Ich muss bloß wissen, wie.«

Nun trat eine längere Pause ein. Holly wandte sich ab, weil sie fürchtete, sie könnte schon wieder losflennen. Furcht? Stolz? Sie war nicht sicher, was das für ein Gefühl war. Zwar wollte sie diesen Schritt nicht machen, aber sie hatte keine andere Wahl.

»Dann sehen wir mal, wie wir das Viech wieder ins Gefängnis zurückbugsieren.« Grandma drückte ihre Zigarette aus, so dass sie zwangsläufig nach unten sehen musste. »Du schlägst ganz nach deiner Mutter, weißt du das?«

»Danke«, sagte Holly, die sich auf einmal wieder wie ein Kind vorkam.

»In diesen ganzen Büchern und Notizen, die wir seit Generationen sammeln, muss sich etwas finden lassen. Falls nicht, kenne ich Leute, die ich anrufen kann. Fürs Erste kannst du dir O'Shaughnessys *Zauber und Schutzzauber* leihen und die Schutzzauber am Haus verstärken. Wir wollen ja weitere Überraschungsgäste vermeiden. Das Buch steht in der dritten Reihe von oben. Guck dir Kapitel acht an!«

Holly zog das Buch aus dem Regal. Es war alt, und das dunkle Leder blätterte am Rücken ab. »Hey, da sind ja auch Bilder drin! Meinst du, von diesen Talismanen wirken welche?«

»Für immer? Schwer zu sagen. Aber sie sind zweckdienlich, bis wir etwas Dauerhafteres gefunden haben. Ich schuster dir heute Nachmittag ein paar zusammen, solange du dich um das Haus kümmerst.«

Grandma wirkte überraschend munter, als blühte ihr der größte Spaß seit Jahren. Holly überschlug, dass es wahrscheinlich zehn Jahre her sein musste, seit ihre Großmutter zuletzt aktiv gewesen war. Vielleicht war irgendwann das Soll an Canasta erfüllt, das eine Hexe aushielt, bevor es sie in den Fingern juckte, endlich wieder einmal etwas anderes als Spielkarten zu bewegen, und stattdessen ein bisschen mit den Mächten der Finsternis aufzuräumen.

Wackelig stand Hollys Großmutter auf und öffnete die Schublade ihres Buffets, in der sie ihre magischen Instrumente aufbewahrte. Sie fing an, Glasröhrchen mit getrockneten Sachen, Garnrollen und Federn hervorzuholen – alles Zutaten für Talismane, solche, die man an Häusern anbrachte, wie auch jene, die man bei sich trug. Mit ihren arthritischen Händen wickelte sie eine winzige Sichel mit weißem Griff aus, die sie liebevoll streichelte.

»Immer noch scharf«, stellte sie fest, während sie die Klinge mit ihrem Daumen prüfte. Ebenso gut hätte sie mit sich selbst reden können.

»Könnte ein Talisman für Alessandro funktionieren?«, erkundigte Holly sich, die das Buch offen auf den Tisch legte und sich wieder hinsetzte. »Er kämpft auch gegen den Dämon.«

»Sicher. Du arbeitest also immer noch mit ihm zusammen?«

»Ja«, antwortete Holly, die nichts dagegen tun konnte, dass ihre Wangen ganz heiß wurden. Grandma wusste sehr wohl, dass Alessandro nach wie vor im Spiel war. Sie fragte aus purer Neugier.

Grandma legte das Messer vorsichtig wieder ab. »Ich mag ihn, und ich kannte ihn schon lange, bevor deine Mutter geboren wurde. Aber ich wäre vorsichtig. Vampire sind nicht wie wir.«

»Er ist ein guter Partner.«

»Natürlich ist er das, aber ich weiß, wie es ist, mit Vampiren zusammenzuarbeiten. Dieser besondere Prickel erinnert mich immer an den, den ich verspüre, wenn ich eine Pralinenschachtel öffne. Es erwartet einen so viel Köstliches, aber auch so viel Bauchweh.«

»Alessandro ist nicht die Praline meines Lebens, schon gar nicht die ganze Schachtel.« Ein schrecklicher Gedanke kam Holly. »Alessandro war doch nicht *deine* Praline, oder?«

»Himmel, nein! Ich habe nie auch nur eine Ecke der Verpackung gelüpft. Ich war in deinen Großvater verliebt und sonst nichts. Zwar besaß ich die rare Macht, unsterblich zu werden, aber er war ein Mensch, also entschloss ich mich, ebenfalls sterblich zu sein. Ich gab es auf, die Magie zu benutzen, die mich jung erhielt.«

»Das war gewiss keine leichte Entscheidung.« *Die Untertreibung des Jahrhunderts*!

»Entscheidungen fallen leicht, wenn man weiß, was das Herz will. Ich wusste, was meines wollte.« Grandma lächelte versonnen.

In diesem Moment klingelte Hollys Handy, was ihr einen schönen Vorwand lieferte, dem rührseligen Moment zu entfliehen. »Holly Carver.«

»Hier ist Conall Macmillan.« Die tiefe Stimme hätte sie auch so wiedererkannt.

»Detective! Was kann ich für Sie tun?« *Was noch? Er hat mich Stunden am Tatort festgehalten. Was will er denn noch*?

»Etwas, ähm …« Er zögerte und war eindeutig unsicher. »Ich dachte, Sie könnten mir vielleicht helfen, also, na ja, ich hätte ein paar Fragen, oder, besser gesagt, ich brauche mal Ihren Rat. Das hat nichts mit dem Flanders-Fall zu tun.«

Holly entspannte sich ein wenig. »Wie kann ich Ihnen helfen, Detective?«

Er hüstelte. »Nennen Sie mich Mac. Können wir uns treffen?«

Hollys Alarmanzeige schnellte in die rote Zone. »Okay. Klar. Wo?«

»Äh … also …« Wieder folgte eine komische Pause. »Das ist jetzt sehr persönlich. Ich bin heute zu Hause … Äh, können Sie vielleicht vorbeikommen – auf einen Kaffee? Ich kann auch kochen, falls Sie ein Abendessen möchten. Aber wenn Sie das nicht so gern wollen, können Sie auch einen Treffpunkt vorschlagen. Nur möglichst heute, bitte!«

Dieses Gestammel passte nicht zu dem Detective Macmillan, dem sie begegnet war. *Persönlich? Abendessen?* Was sollte das bedeuten?

»Ja, heute Abend ginge«, antwortete sie. »Ist es Polizisten denn gestattet, das Brot mit – tja, was bin ich? – mit einer Sachverständigen zu brechen?«

Er lachte. »Manchmal schicken sie uns sogar in richtige Nobelrestaurants mit echten Tischdecken. Hören Sie, wenn es für Sie okay ist, könnten Sie dann bitte zu mir kommen? Ich würde normalerweise nicht fragen, aber das, worüber ich mit Ihnen reden will, ist ziemlich heikel.«

Holly wurde mulmig. »Okay. Wo wohnen Sie?«

Er gab ihr die Adresse.

»Passt halb neun?«, fragte Holly. »Ich muss noch ein paar Sachen erledigen, die ich nicht aufschieben kann.«

»Dann koche ich ein Abendessen. Ich bin wirklich ein guter Koch«, versicherte er. »Sie werden es nicht bereuen.«

Sein Enthusiasmus war nicht zu überhören, und es war sympathisch, dass er ihn gar nicht erst zu verbergen versuchte. »Klar, wieso nicht?«

»Das ist sehr nett, ehrlich.«

»Gern.«

»Super! Dann bis später!«, sagte er und war weg.

Holly sah stirnrunzelnd ihr Telefon an, ehe sie es auf den Tisch legte. Keine vierundzwanzig Stunden nach ihrer Trennung von Ben hatte sie eine Einladung, die sich verdächtig nach einem Date anhörte. Ein merkwürdiger Stich fuhr ihr in die Brust, ohne dass sie das Gefühl benennen konnte. Schuld? Trauer? Vorfreude?

Während sie telefonierte, hatte Grandma die Zeitung ausgerollt und las nun die Schlagzeilen. »Schon wieder ein Mord! Sie glauben, dass es ein Vampir war«, erzählte sie mit Blick auf die Titelseite. »Wie viele macht das allein in diesem Monat?«

Sie reichte Holly den Hauptteil, den diese schnell überflog, bevor sie zu dem Artikel weiterblätterte. Beim Anblick eines Photos zuckte sie zusammen: Macmillan im Regenmantel vor dem Flanders-Haus. Und er war sehr gut getroffen. »Wenn man vom Teufel spricht …«

»Wer ist das?«, wollte Grandma wissen.

»Detective Macmillan.«

»Kennst du ihn?«

»Er war das eben am Telefon.«

Grandma sah sie grinsend an. » Und wie ist er so?«

»Ganz okay«, antwortete Holly zögernd.

»Du findest ihn gut«, konstatierte ihre Großmutter.

»Nein, finde ich nicht.« Was eine Lüge war. Er *war* ein sehr gut aussehender Mann.

»Was hält Ben von ihm?«

Holly biss sich auf die Unterlippe.

»Stimmt etwas nicht?«

Auch wenn sie das Thema Ben lieber gemieden hätte, war nun die sprichwörtliche Katze aus dem Sack und verteilte bereits ihre Haare auf dem Teppich. Holly seufzte. »Ben und ich haben uns getrennt.«

Einen Moment lang saß Grandma ganz still da. »Oh! Das tut mir leid.«

»Er kommt nicht mit der Hexensache klar.«

»Idiot!« Grandma tippte die Asche von ihrer Zigarette. »Ich mochte ihn sowieso nie. Und wie passt Detective Macmillan ins Bild?«

»Er hat mich zum Essen eingeladen – geschäftlich«, klärte Holly sie auf und legte die Zeitung auf den Tisch.

Grandma betrachtete das Photo und zog eine Braue hoch. Dann nahm sie einen Zug, inhalierte tief und blies den Rauch langsam wieder aus. Dabei sah sie Holly durch den Qualm hindurch an. »Aha. Zieh dir was Hübsches an!«

12

Die letzten Sonnenstrahlen vergoldeten die Wolkenbäuche, und Dunkelheit flutete die Innenstadtstraßen. Alessandro war auf dem Weg zu Omaras Hotel und schmiedete Pläne. Für seine Art war er außergewöhnlich früh auf den Beinen, denn es wurde eben erst dunkel genug, dass er es draußen aushielt. Aber er liebte diese Stunde, wenn die Nacht noch jung und die Stadt belebt war. Selbst nach Hunderten von Jahren konnte er dem Gefühl eines Neuanfangs noch einiges abgewinnen.

Er lief im Zickzack über eine vierspurige Straße. Die Schlange vor dem Kino reichte bis auf den Gehweg, so dass er ausweichen musste. Nachdem er an den Leuten vorbei war, blieb er wie versteinert stehen, was beinahe einen Skateboarder zu Fall brachte. Alessandros Blick jedoch war so gebannt, dass er es gar nicht recht bemerkte.

John Pierce vom Albion-Clan nämlich parkte seinen silbergrauen Cabrio ein Stück weiter unten an der Straße. Auf Alessandros Widerwillen gegen den Vampir folgte sogleich Neugier. *Warum ist das Ekel so früh unterwegs?* Normalerweise lag ein Lebemann wie Pierce um diese Zeit noch im Bett.

Alessandro tauchte in den Eingang einer Seitengasse, die zwischen zwei großen Kaufhäusern verlief. Hinter ihm befand sich nichts als Müllcontainer und Schimmel, vor ihm das Panorama der Neonlichter. Wie immer stand er auf der Schwelle dazwischen, gehörte weder in die eine noch in die andere Welt.

Pierce, der nicht ahnte, dass er beobachtet wurde, überprüfte seine Frisur im Seitenspiegel. Er trug einen blassgrauen Anzug, wahrscheinlich maßgeschneidert, dem perfekten Sitz nach zu urteilen. Der Vampir war eindeutig für eine heiße Verabredung angezogen.

Zuerst dachte Alessandro, dass Pierce auf dem Weg zu Omara wäre, doch dann schlenderte er in die andere Richtung, die Hände lässig in den Taschen, und bog um eine Ecke. Alessandro schlich ihm nach.

Verschwende ich kostbare Zeit? Bin ich bloß misstrauisch, weil ich ihn nicht leiden kann? Beides mochte zutreffen, aber es war noch nicht allzu lange her, dass Alessandro gezwungen gewesen war, Pierces Bruder zu köpfen. Die Exekution hatte sinnbildlich für die veränderten Zeiten gestanden. Stephan Pierce hatte einen örtlichen Mechaniker totgeprügelt, weil er den Motor seines Jaguars ruinierte. Einst hatte das Auspeitschen oder Prügeln von einfachen Leuten als akzeptable Reaktion auf schlechte Dienste gegolten, aber das war heute nicht mehr der Fall – mochte man es gutheißen oder nicht.

Der Albion-Clan hieß es offenbar nicht gut. Sie waren allesamt maßlos arrogant und erkannten kaum ihre eigene Königin an, geschweige denn die Autorität der menschlichen Polizei und der Gerichte. Das menschliche Recht aber hatte nach der Hinrichtung von Stephan Pierce wegen des mutwilligen Mordes an dem Kfz-Mechaniker verlangt. Bei den Geschworenen in dem sehr kurzen Prozess hatte es sich ausnahmslos um Sterbliche gehandelt, denn bei übernatürlichen Angeklagten durften keine Unsterblichen unter den Geschworenen sein. Das Todesurteil ließ dem Angeklagten die Wahl zwischen einer Pfählung durch einen menschlichen Henker und – zum Beweis kultureller Sensibilität – dem Köpfen durch einen von seinesgleichen. Stephan Pierce entschied sich für Letzteres. Also hatte Alessandro sich der Sache mit seinem Schwert angenommen, sobald das Urteil rechtskräftig wurde. Als Königin Omaras Repräsentant war es seine Pflicht gewesen.

Allerdings machte er sich nicht vor, dass der Albion-Clan irgendetwas aus dieser schmutzigen Episode gelernt hatte.

Pierce führte Alessandro zu einem Fünf-Sterne-Hotel, dessen Eingangshalle ein Wunderland aus Marmor und Kunstobjekten darstellte. Ohne sich nach rechts und links umzublicken, steuerte Pierce auf die Lounge zu.

Vermutlich hatte man vorgehabt, sie romantisch zu gestalten, jedenfalls war Alessandro für seine übernatürliche Nachtsichtigkeit dankbar, denn der Raum war sehr schummrig. Ledersofas mit hohen Lehnen, in denen die Gäste vor neugierigen Blicken abgeschirmt wurden, umringten runde Tische. Lichterketten waren um künstliche Palmen drapiert und setzten dezente weiße und blaue Akzente. Leise erklang geschmackvolle Jazzmusik. Alessandro trat lautlos in die Lounge und horchte auf Pierces Stimme, die er rasch ausmachte. Der Vampir hatte sich zu einer menschlichen Frau an einen Fenstertisch gesetzt. Wer mochte sie sein, dass sie einen Vampir-Playboy noch vor Einbruch der Nacht aus dem Bett locken konnte? Alessandros Interesse wuchs beständig.

Er setzte sich hinter eine große Kunstpalme und bestellte sich seinen üblichen Rotwein. Sein Tisch stand gleich gegenüber von Pierces, trotzdem musste er sich weit vorbeugen, wenn er an den breiten Seitenlehnen des Sofas vorbei zu den beiden sehen wollte. Die Illusion von Privatsphäre wirkte eben in zwei Richtungen: Es war schwierig, Pierce und die Frau zu erspähen, aber dafür bemerkten sie Alessandro nicht. Der Punkt ging eindeutig an die Unsterblichenausgabe von 007.

Pierces Verabredung war eine junge Frau mit blondiertem langen Haar in einem engen kobaltblauen Kleid, das im Schein der Lichterketten schimmerte. Sie war weder besonders hübsch noch jung genug, um eine Studentin zu sein, dennoch entging Alessandro nicht, dass sie demselben Frauentyp entsprach wie die Mordopfer.

Pierce sah sie mit der Gier eines Geliebten an.

Was genau geht hier vor? Vampire umwarben Menschen und umgekehrt, aber nur in Vampirclubs. Für diese Beschränkung gab es zwei Gründe: Zum einen wurde auf diese Weise nicht allzu öffentlich, dass Vampire sich von Blut ernährten. Es war eine unausgesprochene Bedingung, die ihnen den Frieden mit dem menschlichen Gesetz sicherte. Zum anderen erwartete Omara, dass sie die Nummer eins in den Herzen all ihrer Untertanen war. Sollte dies hier also ein romantisches Stelldichein sein, ging Pierce ein schreckliches Risiko ein.

»Das war vielleicht mal ein seltsamer alter Kasten!«, sagte die Frau. »Und der Klient, also, er hat das Haus richtig gehasst. Ich glaube, wenn es ihm möglich gewesen wäre, hätte er es glatt unter dem Hintern seiner Freundin weg verkauft, aber leider ist sie nun mal die alleinige Eigentümerin. Ich konnte nichts weiter tun, als mir alles anzugucken und den Kaufpreis zu schätzen.«

Alessandro erschrak. Er erinnerte sich, dass Holly erwähnte, Ben wollte das Carver-Haus am liebsten verkaufen. *Spricht diese Frau über Ben Elliot?*

»Was für eine ungewöhnliche Situation!« Pierce hielt die Hand der Frau und streichelte sie mit seinem Daumen. Sein hellbraunes Haar und sein kantiges Profil verliehen ihm jenen grausamen, katzenartigen Charme, der ihm seit der Tudorzeit Geliebte wie Feinde eingetragen hatte. »Und was hast du gemacht, Miranda?«

Sie zuckte mit den Schultern. »Ich habe ihm meine Aufstellung gefaxt, aber ich rechne nicht damit, dass ich wieder von ihm höre.«

»Nicht?«

»Nein. Wenn seine Freundin schlau ist, behält sie die Immobilie. In ein paar Jahren sind die Häuser an dem Küstenstreifen das Doppelte wert.« Sie lachte leise. »Aber man kann nie wissen. Vielleicht beißt sie doch an. Ben kann ziemlich überzeugend sein.«

Das ist Hollys Haus! Ist Ben wahnsinnig? Keine Hexe würde je das Haus ihrer Familie verkaufen.

»Mir gefällt, wie du denkst.« Pierce hob ihre Finger an seine Lippen und hauchte zarte Küsse auf die lackierten Nägel. »Kühler Sachverstand ist eine Tugend, die nie verblasst.«

»Plus ich verfüge über ein hübsches kleines Portfolio.« Sie sonnte sich in seinen Schmeicheleien und nippte an ihrem blassgrünen Martini.

Ich sollte Elliot umbringen! Aber dieser aggressiven Neigung nachzugeben, wäre sinnlos. Sowie sie von Bens Plänen erfuhr, würde Holly es selbst machen wollen. *Ein amüsanter Gedanke, lässt man außer Acht, wie verletzend Bens Dummheit für sie sein muss. Also sollte ich ihn wohl doch töten. Und im Gegensatz zu Stephan Pierce weiß ich, wie ich meine Spuren verwische.*

Ungeduldig wartete Alessandro, dass die beiden weiter über das Haus sprachen, aber sie glotzten einander stattdessen mit Kuhaugen an. *Na los, macht schon, ich habe noch anderes zu tun!* Er nahm sein Handy hervor und schickte Omara eine SMS, in der er ihr mitteilte, wo er war und dass er gehen würde, sollte Pierce in den nächsten sechzig Sekunden nichts Ungesetzliches anstellen. Die Frau erwähnte er nicht, denn die Schlafzimmergeschichten eines anderen Mannes waren dessen Sache.

Dann streifte Pierce den Ring von seinem linken Zeigefinger ab und drückte einen Knopf an der Innenseite. Fast hätte Alessandro sein Telefon fallen gelassen. Seit Jahren hatte er keinen dieser Spezialringe mehr gesehen.

Von seiner Warte aus konnte er den nadeldünnen Dorn kaum sehen, der oben aus dem ziselierten Gold schnellte. Miranda hielt ihm ihre Hand hin, die Finger zu einer Geste gelangweilter Unterwerfung gekrümmt, und Pierce stach mit dem Dorn in ihr Handgelenk, das er über sein Weinglas hielt. Ihre einzige Reaktion war ein kurzes stummes Zucken.

Blut tropfte in den Wein, doch immer noch gab Miranda keinen Laut von sich. Ihr Kopf sank erst nach vorn, ehe sie ihn in den Nacken warf, so dass sie ihren Hals entblößte. Nach einer Weile begann das Gift aus dem Dorn zu wirken, und Miranda erschauderte. »Ah!«

»Ganz ruhig, Liebling!«, raunte Pierce ihr lächelnd zu.

Zum Glück schirmten die hohen Sitze das Paar so gut wie vollständig ab, so dass keiner der menschlichen Gäste sah, was vor sich ging. Alessandro indessen beobachtete alles. Mirandas Halsmuskeln wölbten sich unter den Wogen der magischen Ekstase. Gleichzeitig floss ihr Blut schneller, spritzte hörbar in das Glas und verströmte seinen Duft. Die leisen Laute, die sie von sich gab, ihr stoßartiger Atem, erregten Alessandro.

»Genießt du die Show?« Omara setzte sich neben ihn und küsste ihn auf den Mund. Er hatte sie nicht kommen gesehen, aber sie war nun einmal eine Meisterin der Überraschungen. Alessandro umfing ihre Wespentaille und fühlte ihren Schenkel an seinem. Sie hatte sich genährt, wie er an der gestohlenen Wärme ihrer Zimthaut erkannte.

»Pierce hat gerade einen Blutring gezückt«, murmelte er ihr ins Ohr. Ihn wunderte, dass ihre Berührung ihn vollkommen kalt ließ. Für gewöhnlich verstand seine Königin es, ihn zu erhitzen, doch nach Hollys Küssen schienen ihm Omaras schlicht fad.

Sie rutschte von ihm weg und strich das Revers ihres Hosenanzugs glatt. Ihr schwarzes Haar fiel ihr offen über den Rücken, und Diamanten glitzerten an ihren Ohren und in ihrer Halskuhle. Aufmerksam blickte sie zu dem Nachbartisch hinüber und bekam große Augen.

Ihre Nasenflügel zitterten. *Eifersüchtig*, dachte Alessandro. *Ich hatte also richtig geraten: Sie will Pierce für sich allein.*

»Und ich dachte, der beste Jahrgang, den ich hier bekomme, wäre ein überteuerter Cabernet. Ich hätte mir nie erträumt, dass die Einheimischen sich anzapfen lassen.« Omara funkelte Pierce wütend an, als wollte sie ihn so zwingen, sie anzusehen. Doch das Objekt dieses vernichtenden Blicks bemerkte sie überhaupt nicht. »Interessant, dass er ein antikes Schmuckstück benutzt, während wir einen Mörder suchen, der ebenfalls eines zu seinem Markenzeichen erkoren hat.«

Alessandro musterte seine Königin. Ihre Pupillen weiteten sich vor Verlangen, als sie dem Paar zusah, und um sie herum sammelte sich Energie wie bei einem Gewitter. Dann schüttelte sie sich elegant und streifte die flüchtige Aura ab. Doch ihre Wut brodelte weiter. Alessandro schwieg und trank von seinem Wein.

»Faszinierend, welche Möglichkeiten sich hier ergeben! Ringe, Wahrzeichen, antike Jagdrituale. Von Zeit zu Zeit spielt er mit Hexenzaubern. Könnte John Pierce unser Mörder sein?« Ihrem genüsslichen Unterton zufolge war sie entzückt von der Aussicht, ein Verbrechen aufzuklären. Oder aber sie wollte einfach Pierces Kopf auf einem Silbertablett.

»Die Morde wurden von Fehlwandlern begangen, dessen bin ich sicher«, entgegnete Alessandro. *Ich fasse nicht, dass ich diesen Wurm verteidige!*

»Wer behauptet, dass sie allein gehandelt haben? Verschleierung und Planung waren noch nie ihre Stärke. Es wäre nicht abwegig, sollte ein richtiger Vampir das Denken für sie übernehmen.«

Würde Pierce mit Fehlwandlern zusammenarbeiten? Alessandro konnte es nicht sagen. »Was willst du machen?«

Ein verbitterter Ausdruck huschte über Omaras Gesicht. »Bring John zu mir – und sein Essen!«

John, ja? Wie vertraut sind die beiden? Alessandro verneigte sich. *Armer Mistkerl!* »Wie du wünschst.«

Froh, der klaustrophobischen Umarmung des Sofas zu entkommen, stand Alessandro auf. Der Lärmpegel in der Lounge war gestiegen, doch man sah lediglich die Kellner hin- und hereilen. Die Gäste waren in ihren hochlehnigen Lederverstecken alle unsichtbar.

Als er zu Pierces Tisch kam, war das Weinglas bis auf wenige rote Tropfen leer. Der Vampir hatte seinen Mund an Mirandas zartem weißem Handgelenk und leckte die Wunde sauber. Sie schaute ihm zu, die Wangen gerötet von dem Gift und vor Faszination. Sie blickte mit einer bedauernswerten Mischung aus Schrecken und Bewunderung zu Alessandro auf. Diese Frau befand sich auf der Straße in den Tod und war high von der Aussicht.

Eine Süchtige. Eine reiche Süchtige.

Alessandro hatte diesen Blick schon unzählige Male gesehen, und dennoch schaffte er es bisweilen, ihn erstarren zu lassen. Er schlug Pierce nicht besonders sanft gegen den Hinterkopf, worauf der Vampir seinen Mund von Mirandas Handgelenk nahm und die Reißzähne bleckte. Sein Schönling-Image fuhr zur Hölle.

»Was ist?«, knurrte Pierce.

»Die Königin möchte euch beide sprechen.« Er sah Pierces Mahlzeit an. »Jetzt!«

Pierce setzte sich auf und wischte sich den Mund mit der Damastserviette des Restaurants ab. Ein roter Schmierstreifen zeichnete sich auf dem weißen Stoff ab. »Wo?« Panik.

Mit einem spöttisch übertriebenen Schwenk seines Arms wies Alessandro zu Omaras Tisch. Die Königin saß vorgebeugt, so dass sie an den breiten Couchlehnen vorbei zu ihnen blickte. Ein Lächeln umspielte ihre Lippen. Pierce schluckte laut. Er hatte eindeutig Angst, auch wenn er sich redlich Mühe gab, sie nicht zu zeigen.

Pierce wartete, während Miranda etwas unsicher aufstand. Sie schien schwindlig von dem Gift und dem Blutverlust, aber die Wunde an ihrem Gelenk war verheilt. Vampirspeichel war ein hervorragendes Heilmittel, das wohl vor allem verhindern sollte, dass eine Nahrungsquelle wertvolle Flüssigkeit verlor.

Als er zu seinem Platz zurückkehrte, bemerkte Alessandro, dass Omara eine Flasche Cabernet und frische Gläser bestellt hatte. Dem Kellner, den die Nähe der Vampire sichtlich nervös machte, gelang es nur knapp, den Korken zu ziehen, ohne sich dabei zu verletzen.

Ungeduldig nahm Alessandro ihm die Flasche ab. »Ich schenke ein. Sie können gehen.«

Wortlos floh der Mann und überließ es Alessandro, den Kellner zu mimen. Er füllte die Gläser, während alle darauf warteten, dass Omara etwas sagte. Sie betrachtete Pierce, als wäre er ein inkontinenter Hund.

»Also, John«, begann sie schließlich, »du hast dir einen sehr eleganten Jagdgrund ausgesucht. Sehr öffentlich. Sehr gut besucht von prominenten Honoratioren der Stadt.«

Pierce tat sein Bestes, schüchtern zu wirken. »Kein Gesetz wurde gebrochen, meine Königin. Und es war keine Jagd, sondern ein Meeting. Einvernehmlich, darf ich hinzufügen. Miss Anderson und ich sind bereits sehr gut miteinander bekannt.«

Die Königin war unbeeindruckt. Hätte sie einen Schwanz gehabt, hätte er hin- und hergeschlagen. »Meine Regeln sind einfach, Pierce. Menschen lassen sich leicht verschrecken. Wenn du dich in ihrem Territorium nährst, nimm dir ein Zimmer!«

Miranda beugte sich vor. »Aber ich bin nicht verschreckt. John weiß, was ich mag. Der Prickel besteht ja gerade darin, es an einem Ort zu tun, wo man gesehen werden könnte.«

Für einen kurzen Moment schien Omara schockiert, dann verhärtete ihr Gesicht sich zu einer Zornesmaske. Unangenehme Stille trat ein. Plötzlich lehnte die Königin sich über den Tisch, packte Pierces Hand und riss ihm den Blutring vom Finger. Vor Schmerz rang er hörbar nach Atem, aber sie beachtete es gar nicht. Sie hielt ihm den Ring unter die Nase. »Diese alten Methoden sind passé! Wie kannst du es wagen, mit deinem Blutdurst zu prahlen? Du riskierst den Frieden, den wir mühsam mit den Menschen erreichen konnten!«

Pierce schoss das gestohlene Blut in die Wangen. »Ich habe kein Gesetz gebrochen. Sie bittet darum.«

»Du hast gegen den Kern unseres Pakts verstoßen. Wir dürfen uns nähren, aber niemand will mitansehen müssen, wie wir es tun. Für sie sind wir nichts als fiese Blutegel.«

»Und trotzdem hast du mein Geschenk kürzlich angenommen.«

Omara riss wütend ihre Augen auf. »Das war auf unserem Grund und Boden, wo wir das Sagen haben. Dies hier ist Menschenreich, das ich aufsuche, um den Herrschern des Tages zu schmeicheln und sie zu unterhalten. Hier muss ich um jedes bisschen Schutz betteln, das sie unserer Art angedeihen lassen. Du machst mir meine Bemühungen nicht mit deinen idiotischen Spielchen kaputt!«

Und du betrügst mich gefälligst nicht! Diese Worte blieben unausgesprochen, aber Alessandro hörte sie dennoch.

Pierce schäumte. Unter seinem edlen Anzug wölbten sich die Muskeln. »Diese ›idiotischen Spielchen‹ sind unsere Tradition, meine Königin. Kannst du unsere ehrenvolle Vergangenheit so leicht diskreditieren?«

Omara zuckte, als wäre sie geohrfeigt worden.

Das reicht! Alessandro packte Pierce am Jackettkragen. »Wenn du mit der Königin sprichst, stellst du keine Fragen!«

Pierce wollte nach ihm schlagen, doch Alessandro fing seinen Arm ab. Miranda hielt sich ängstlich schluchzend beide Hände vors Gesicht.

Als Erste beruhigte Omara sich wieder, die an ihrem Wein nippte. »Nur die Ruhe, mein Bester! Lass ihn!«

Widerwillig gab Alessandro den Vampir wieder frei, der sich das Jackett zurechtzupfte.

»Gefällt dir diese neue Welt nicht, John?«, fragte Omara

leise. »Vermisst du die alten Zeiten der Schrecken und Geheimnisse?«

Alessandro vernahm immer noch Wut, aber auch einen Anflug von Schmerz. Pierce hatte sie verletzt, und das erstaunte ihn. *Interessant!* Wie konnte sie sich für diesen Wurm so angreifbar machen?

Pierce senkte den Kopf. »Ja, ich vermisse die Vergangenheit. Heutzutage ist es sehr viel schwieriger, zu überleben.«

»Du kannst dir jederzeit eine Arbeit suchen«, schlug Alessandro vor.

»Das hat er schon«, entgegnete Omara finster. »Darf ich raten, was du heute Abend vorhattest, John? Du hast diese hübsche Geschäftsfrau umschmeichelt, die alles besitzt, was du brauchst: Blut und Geld. Mit anderen Worten: Du wendest dich dem ältesten Gewerbe der Welt zu.«

Die letzten Worte troffen vor Ekel. Und Pierce quittierte sie, indem er Omara mit einem Blick voller Lust und Trotz anstarrte. »Und wenn schon? Frauen wie Miranda wissen meine Fähigkeiten zu schätzen.«

Alessandro schnaubte. »Du bist ein Gigolo!«

Das saß, wie er feststellte. Pierce sank gegen die Couchlehne, eine Hand auf Mirandas nacktem Knie, und zeigte seine Zähne.

Omara tat es ihm gleich, nur dass es bei ihr furchteinflößender wirkte. »Schmeckt sie gut, John? Sie riecht nach Diätpillen und Kohlensäure.«

Pierce zog eine verlegene Grimasse, als Omara den Arm der Frau ergriff und innen am Handgelenk schnupperte, an der frisch verheilten Wunde. »Zweifellos hat sie recht ansehnliche Haut, wie Alabaster mit winzigen Lapislazuli-Einschlüssen. Leider kann man einen Jahrgang nicht allein nach seinem Etikett beurteilen.«

»Moment mal, ich steh nicht auf so was!«, protestierte Miranda, die sich Omara entwinden wollte, was natürlich vergebens war. Sie wimmerte unter dem festen Griff, denn nun vertrieb ihre Furcht die letzten Reste des Gifts.

Die honiggoldenen Augen der Königin wurden hart wie Achat, und sie zog die Oberlippe leicht zurück, so dass die Spitzen ihrer Reißzähne zu sehen waren. »Du wagst es, uns mit deiner schneeweißen Haut in Versuchung zu führen, also tust du jetzt auch, was dir gesagt wird, Fleisch!«

Sie glitt mit ihrer Zunge über die Innenseite von Mirandas Arm und sog an den Stellen, an denen die Venen unter der Haut hervortraten.

Ein Moment verging, in dem Alessandro den nackten Hunger in Omaras Gesicht erkannte, der Schleier gelüftet wurde, hinter dem sie ein Jahrtausend voller Blutgemetzel verbarg. Dieser uralte Appetit war ihm nicht fremd, denn er hatte ihn schon vorher bei der Königin aufblitzen gesehen. Und er fühlte ihn in sich selbst. Das Wasser lief ihm im Mund zusammen.

Dann hörte er Pierce sehr leise knurren. Die Atmosphäre wurde bedrohlich.

Miranda warf Pierce einen panischen Blick zu, weil sie endlich begriff, was geschah, und riss sich von Omara los. »Oh, mein Gott, ich will hier raus!«

Überraschung! Wir sind Monster!, dachte Alessandro.

Pierce berührte ihre Schulter. »Miranda, bitte, geh nicht!«

Es war nicht einmal ein Befehl, aber es reichte, dass Miranda stehen blieb, ihren Arm umfing und scheu fragte: »Was soll ich tun?« Ihre Stimme klang kleinlaut und verängstigt, typisch für eine Giftsklavin. Sie besaß keinen eigenen Willen mehr, keine Zukunft über den nächsten Biss hinaus.

Pierce sah fragend zu Omara, die stumm nickte, dann

wandte er sich wieder seiner Menschenfrau zu. »Geh schon nach oben – jetzt! Los!«

Miranda stand auf. Pierce erhob sich ebenfalls, reichte ihr ihre Handtasche und gab ihr einen Wangenkuss. »Warte oben im Zimmer auf mich! Ich komme, so schnell ich kann.«

Alessandro blickte ihr nach. Mirandas Hüftschwung in dem kobaltblauen Kleid schaffte es beinahe, ihn für einen Moment abzulenken. *Junkfood.*

»Also, John, ich frage mich, was du mir noch alles vorenthalten hast«, fuhr Omara frostig fort. »Beispielsweise etwas, das mit den seltsamen Zwischenfällen der jüngsten Zeit in Fairview zu tun hat?«

Pierce glotzte sie verwirrt an.

War er blöd? Oder einfach nur ein verflucht guter Schauspieler?

»Wir müssen uns in einem privateren Rahmen unterhalten«, entschied Omara ungerührt.

Alessandro bemerkte, dass Pierce kreidebleich wurde. Als er zur Königin sah, musterte diese den Vampir wehmütig. Für gewöhnlich bedeutete eine Privataudienz bei Omara, dass eine Strafe anstand. In diesem Fall jedoch war Alessandro nicht sicher, was geschehen würde, und er konnte Geheimnisse nicht leiden, wenn es um die Königin ging. Sie war schon so unberechenbar genug.

Wie um seine Gedanken zu bestätigen, vollführte sie gleich die nächste Wendung. »Komm, Alessandro!«

Während er ihr folgte, blieb Pierce zurück, stürzte ein Glas Wein hinunter, schenkte nach und trank auch das nächste ex.

Omara ging nur bis zum Ausgang der Lounge.

»Bist du sicher, dass du ihn allein sehen willst?«, fragte Alessandro.

Ihr Blick war verschleiert. »Ja, das möchte ich.«

Alessandro unterdrückte einen Fluch. »Glaubst du ernsthaft, dass er sich mit unseren Feinden zusammengetan hat?«

»Oder dass er ein aufgeblasener, hohlköpfiger Idiot ist? Oder beides? Überlass das mir!« Ihr Tonfall verriet, dass sie keinen Widerspruch duldete. »Ungeachtet dessen, was ich vorhin sagte, beweist der Blutring nichts außer schlechtem Geschmack. Aber er ist ein hübscher Vorwand, ihm Angst einzujagen und so ein Geständnis zu entlocken.«

»Was ist mit der Frau?«

Omara lächelte versonnen. »John muss lernen, zu teilen. Hast du eine Ahnung, wer sie ist?«

»Eine Maklerin. Ich konnte einiges von ihrem Gespräch mithören. Holly Carvers Freund versucht, ihr Haus zu verkaufen. Dämlicher Mistkerl!«

»Ein Narr, keine Frage. Nie würde eine Hexe sich von ihrem Haus trennen.« Omara zog die Brauen zusammen. »Warte mal! Hast du gesagt, deine kleine Hexe hat einen Freund?« Spielerisch wand Omara einen Finger in Alessandros Locken. »Du kennst sie, du bewunderst sie, und sie liebt einen anderen? Wie kommt's?«

Gefährliches Terrain! Alessandro zuckte mit den Schultern. »Du bist meine Königin.«

Ein wehmütiges Lächeln trat auf ihr Gesicht, was sehr untypisch für sie war. »Du fürchtest meine Eifersucht, willst mir um jeden Preis gefallen. Kein schlechter Plan, sieht man darüber hinweg, dass du ein erbärmlicher Lügner bist. Ich mag deine Königin sein, aber dein Herz gehört mir nicht.«

Alessandro öffnete den Mund, während er noch fieberhaft überlegte, was er sagen könnte, um sie von Holly abzubringen. Aber Omara tippte von unten an sein Kinn, damit er den Mund wieder schloss. »Ich sehe es in deinen Augen, wenn du von deiner Hexe sprichst, auch wenn du dich um ihret- und meinetwillen bemühst, es zu verbergen. Deine Loyalität ehrt dich.«

So freundlich hatte er Omara noch nie erlebt, deshalb wurde Alessandro misstrauisch.

»Deine Hexe«, fuhr sie fort, »sollte dir zu Füßen liegen, nicht einem anderen. Du bist mein Schwert und der Verteidiger meiner Ehre. Mein Bester muss bewundert werden.«

Gefährliches Terrain!! »Die betreffende Dame hat doch gewiss mitzubestimmen, nicht wahr?«

Omara verdrehte die Augen. »Du bist ein hoffnungsloser Fall. Streng dich ein bisschen an, um sie zu gewinnen! Versuch mal, etwas anderes als Schwarz zu tragen!«, riet sie ihm und tätschelte seine Wange. »Frauen mögen Farbakzente. Vor allem aber musst du dir schnellstens ihre Unterstützung sichern. Sie sollte inzwischen die Toten für mich befragen.« Sie sah auf ihre Uhr. »Ich muss gehen.«

»Sei vorsichtig mit Pierce!«

»Er sollte lieber vorsichtig sein«, erwiderte sie und spitzte die Lippen. »Ich rufe dich später an.«

Alessandro verneigte sich zum Abschied. *Ihre Unterstützung sichern.* Falls Alessandros Gefälligkeiten ihm diese Hilfe erkaufen konnten, dann sollte es so sein. Er stand zum Verkauf, und Omara war sogar bereit, dafür mit Eifersucht zu bezahlen.

Eine gähnende Leere tat sich in ihm auf. Eines Tages würde seine Enttäuschung von Omara seine Loyalität endgültig schwinden lassen. Sie war eine hervorragende Königin, doch zu wenig menschlich, als dass er sie hätte lieben können.

Er musste wissen, wie es Holly ging. Zuerst rief er bei ihr zu Hause an, wo sie nicht ans Telefon ging, dann auf ihrem Handy, aber auch da meldete sie sich nicht. Was ihn nicht weiter verwunderte. Wenn sie mit Magie arbeitete, stellte sie oft beide Telefone ab. Sicherheitshalber versuchte er es bei ihrer Großmutter.

Und die gab ihm einen vollständigen Bericht, der ihn sprachlos machte.

Ben hatte Holly verlassen? *Idiot!* Bis zu der Geschichte mit dem Haus hatte Alessandro den Mann stets toleriert. Irgendwie stellte Ben schlicht keine Bedrohung dar. Aber nun war Holly mit Detective Macmillan zum Abendessen verabredet. Wieso Macmillan? Sie war ihm erst ein Mal begegnet. Woher das plötzliche Interesse?

Und warum ausgerechnet jetzt? Hatte dieser Mann nicht alle Hände voll zu tun?

Diese neue Entwicklung beunruhigte ihn in mehrfacher Hinsicht. Der Detective war ein anderes Kaliber als Ben Elliot. Macmillan war ein Mann der Tat, der Autorität besaß. Er konnte durchaus zu einer Bedrohung werden.

Alessandro eilte mit großen Schritten aus dem Hotel. Diese Sache konnte er einfach nicht hinnehmen. *Rivale*, dachte er, und seine sämtlichen Instinkte wurden wach. Auch wenn er nicht so mit Holly zusammen sein konnte, wie er es sich wünschte, würde er sie ganz gewiss nicht Macmillan überlassen. Nicht, bevor er sich überzeugt hatte, dass Macmillan der bessere Mann war.

Sprich: Nie.

Holly gehört mir.

Auf halbem Weg durch die Eingangshalle blieb er stehen und blickte sich um. Es war ein großes elegantes Foyer mit Nobelboutiquen rechts und links. Bei ihrem Anblick fiel ihm ein, was die Königin gesagt hatte! *Versuch mal, etwas anderes als Schwarz zu tragen!*

Entschlossen marschierte er auf einen der Läden zu.

13

Leider trat der Moment der alles entscheidenden Frage für Hollys Geschmack viel zu schnell ein: Was zog man an, wenn man nicht sicher war, ob Geschäftliches, Vergnügen oder beides zu erwarten war? Wenn man nicht wusste, wie der Abend endete, war schon die Auswahl der Dessous schwierig. Wählte man beispielsweise die schlichte Strumpfhose aus dem Angebotsdreierpack, endete der Abend, bevor er überhaupt angefangen hatte.

Da konnte man ebenso gut gleich mit der Fernbedienung allein zu Hause bleiben.

Holly kannte Macmillan kaum, aber sah man einmal von dem üblichen Cop-Gebaren ab, schien er ein netter Mann zu sein – vielleicht sogar eine Netzstrumpfhose wert. Aber gleich heute? Da war ein Vampir, den sie nicht haben konnte, und eine Dämonenmaus, von der sie wünschte, sie würde verschwinden. Von Ben ganz zu schweigen. *Und wie vermittelte man das? Mit blickdichter Strumpfhose und einem fast tiefen Ausschnitt?*

Es war bloß eine Einladung zum Abendessen! Rein geschäftlich. Sie sollte ihre Ängste verdrängen, bis er ihr anbot, sie mit Schokoladensauce einzuschmieren und zu Tschaikowskys Ouvertüre 1812 abzulecken. In diesem Fall wäre die Wahl der Strumpfhose wichtig.

Ach was! Sie starrte mürrisch in ihren Wandschrank. *Deshalb hatte ich ja einen festen Freund, denn der merkt nach einer Weile sowieso nicht mehr, was man anhat.*

Bisher war es ein guter Nachmittag gewesen. Holly hatte einige Zeit mit O'Shaughnessys *Zauber und Schutzzauber* verbracht. Die Schutzzauber an Türen, Fenstern, dem Schornstein und den Lichtschaltern und Steckdosen zu verstärken – eigentlich überall, wo sich eine Öffnung in der Wand befand – war mühsam, aber nicht schwierig gewesen. Ihre Kräfte hatten sich zwar ein wenig gesträubt, doch bis auf ein bisschen Kneifen hier und da war es gegangen. Am späten Nachmittag war sie erschöpft, aber rundum zufrieden gewesen. Und diese Stimmung wollte sie festhalten.

Was angesichts der Garderobenfrage alles andere als einfach war. Warum brauchte Mac ihre Hilfe bei etwas *Persönlichem*? Dieses eine Wort barg so viele Möglichkeiten, von denen einige ziemlich beängstigend anmuteten. *Am besten nimmst du das kleine Schwarze.*

Und dann entschied sie sich für die silbergrünen Schuhe mit Pfennigabsatz. Sie sahen aus, als stammten sie aus der Requisite von *Nuttige Aliens*; andererseits musste man nicht von vornherein jeden Spaß killen.

Holly kam ein paar Minuten zu spät bei Macmillan an. Er wohnte in einem hübschen Apartmenthaus älteren Datums in der Innenstadt. Bei den derzeit anziehenden Mieten in Fairview gehörte diese Wohnung sicher auch zu denen, die sich normale Angestellte bald nicht mehr leisten konnten. Die Holzvertäfelungen im Eingangsbereich bestanden aus Mahagoni-Imitat, die Beschläge im Aufzug aus abgegriffenem Messing. In dem weichen Teppich oben auf dem Korridor sackten Hollys Absätze tief ein, so dass ihre Waden mit einem Krampf drohten, bis sie Macmillans Tür ganz hinten auf dem Gang erreichte.

Alessandro öffnete ihr, und Holly runzelte verwirrt die Stirn. *Habe ich die falsche Adresse?*

»Guten Abend«, begrüßte er sie beinahe in demselben Tonfall wie Bela Lugosi. »Komm rein! Darf ich dir deine Stola abnehmen?«

»Was machst du hier?«, fragte sie, während sie ihm die Mohairstola und den Merlot reichte, den sie mitgebracht hatte.

Ein Anflug von Verärgerung huschte über seine Gesichtszüge. »Detective Macmillan ist mit seiner kulinarischen Schöpfung beschäftigt, also bin ich vorübergehend sein Butler.«

»Tja, die Livree steht dir. Nettes, ähm, Hemd.«

Alessandro verlagerte sein Gewicht auf ein Bein, um seine gewohnt lässige Haltung einzunehmen. Die dunkelrosa Seide umrahmte seine helle muskulöse Brust. Seine langen blonden Locken fielen mit einem sanften, verführerischen Wispern über den glatten Stoff.

»Ich wollte nach dir sehen«, erklärte er. »Deine Großmutter erwähnte, wo du hinwolltest und dass du allein herkommen würdest.«

Für einen Moment schaute er ihr in die Augen, nur konnte sie diesen Blick nicht deuten. Sie fragte sich, wie viel Grandma ihm erzählt hatte, konnte jedoch nichts sagen, weil ihr Mund viel zu trocken war. Sie sah auf die perfekte blasse Brust direkt vor ihr. Und das Hemd. Es war so … pink. Heiß. Sehr heiß.

»Der Detective und ich sind uns einig, dass wir zu dritt besprechen können, was wir bisher über die jüngsten Vorkommnisse wissen«, verkündete Alessandro schließlich achselzuckend. »Er hat mich schon beim Petersiliehacken befragt.«

Holly war verwirrt und leicht genervt. Noch dazu war sie hin- und hergerissen zwischen Alessandros teilentblößter Brust und Macmillans Minilächeln. Eigentlich hatte sie gar kein heißes Date mit dem Detective gewollt, aber jetzt fühlte sie sich betrogen, weil es von vornherein als Möglichkeit ausschied. *Verdammt!*

»Weshalb liegt dir plötzlich daran, Informationen mit der Polizei auszutauschen?«, erkundigte sie sich.

Wieder ein Achselzucken. »Ich muss wissen, was er weiß, immerhin verfügt er über Forensiker, Datenbanken und all die anderen großen Wissensschätze der heutigen Zeit. Ich bin bereit, ein paar Dinge zu verraten, wenn ich im Austausch Zugang zu seinen Informationen bekomme.«

»Und, hast du etwas erfahren?«

»Nur, dass es einen vierten Mord gab – identisch mit den vorherigen. Anscheinend kam es heute Abend in den Nachrichten. Der Detective und ich könnten ein gutes Team abgeben, wenn er es fertigbrächte, sich von diesem Quatsch zu verabschieden, dass er nicht über laufende Ermittlungen reden darf. Aber lassen wir das alles mal beiseite«, sagte er leiser und beugte sich zu ihr. »Bist du nicht froh, dass ich hier bin? Was weißt du denn schon über diesen Mann? Warum ruft er dich aus heiterem Himmel an?«

»Ich dachte, ich kann auf mich selbst aufpassen«, erwiderte Holly schnippisch.

»Ohne Frage, aber ich ziehe es vor, ihn mir genauer anzusehen, ehe ich dich seinen Klauen ausliefere. Mich macht es nämlich immer stutzig, wenn Leute sich unerwartet verhalten.«

»Dass ein Mann mich zum Essen einlädt, ist unerwartet?«

»Ihr habt euch vor wenigen Tagen über einem Haufen Leichen kennengelernt, und jetzt schnitzt er Radieschen und summt vor sich hin. Das ist unheimlich.« Alessandro drehte sich um und nickte nach links. »Zum Wohnzimmer geht es da entlang. Macht es dir bequem! Ich öffne inzwischen den Wein.«

Das hat mir gerade noch gefehlt – ein Anstandswauwau! Sie wollte sich hinsetzen und abwarten, blieb jedoch stehen, kaum dass sie das Wohnzimmer betrat, und war sprachlos. Das Zimmer war klein, aber zwei der Wände waren größtenteils verglast und boten einen phantastischen Panoramablick auf den Hafen, über dem der Mond aufging, und die Lichter der Stadt waren so hell, dass Holly die Farben fast wie Beeren auf ihrer Zunge schmecken konnte.

»Hi, nur herein!« Macmillan kam ins Zimmer. Er trug einen weiten roten Pullover mit V-Ausschnitt, der die Muskeln an seinem Hals und seinen Schultern betonte.

»Hübsche Aussicht«, staunte sie und gab ihr Bestes, um die Skyline anzusehen und nicht den Mann. *Hier gibt es zu viele schöne Aussichten!*

Macmillan lächelte. »Dort drüben liegt Ihr Stadtviertel.« Er zeigte hin, und sie lehnte sich vor, um seinem Finger zu folgen. »Und weiter hinten am Horizont, ja, da, kann man die Lichter von Port Angeles sehen.«

Seine Hand legte sich auf ihre Schulter und drehte Holly behutsam in die Richtung, damit sie die winzigen Lichter an der Strait of Juan de Fuca sah. Sie fühlte Hitze, wo Macmillans Körper ihren beinahe streifte, und unwillkürlich drehte sie sich zu ihm um.

»Danke, dass Sie mir ein Essen kochen!«, sagte sie. »Ich bin überrascht, dass Sie mitten in den Ermittlungen einen Tag frei bekommen konnten.«

Zwar äußerte sie es in einem beiläufigen Ton, aber sie hatte eine Menge darüber nachgedacht. Sie hätte Macmillan für einen Workaholic gehalten, und sollten Mordermittler in Zeiten wie diesen nicht grundsätzlich Tag und Nacht im Dienst sein?

Er wurde ernst. »Ehrlich gesagt, war ich heute krank – aber nichts Ansteckendes.«

Sie bemerkte, dass seine Ohrspitzen rot wurden. Er verschwieg ihr etwas. »Ist alles okay?«

»Ja, mir ging es schon besser, als ich Sie anrief, also ist es wohl überstanden. Im Moment jedenfalls fühle ich mich bestens. Vielleicht hat mir das Ausruhen gutgetan.«

Er stand so nahe bei ihr, dass sein Atem über ihre Wange wehte, was Holly das Denken erschwerte. »Tja, ich hoffe, ich kann Ihnen die Hilfe bieten, die Sie sich von mir erwarten.«

Sein Lächeln war zum Dahinschmelzen. »Das hoffe ich auch.«

Okay, er sagte, er wolle über etwas Persönliches reden, aber wie persönlich war das gemeint?

In der Küche klapperte Alessandro laut mit Töpfen, was den Moment ruinierte. Holly nutzte die Gelegenheit, um sich im Zimmer umzusehen. Alles sah belebt und für einen Junggesellen sehr ordentlich aus. Alte und neue Möbel mischten sich zu einem gemütlichen Mix, und den Büchern und Magazinen nach zu urteilen, hatte Macmillan sehr breit gefächerte Interessen, angefangen bei Bergsteigen bis hin zu UFOs. Auf dem großen Fernseher standen gerahmte Photos von seiner Familie, Freunden und einem grinsenden schwarzen Labrador. Ein Bild zeigte Macmillan, der eine Polizeiauszeichnung verliehen bekam. In Uniform sah er auch gut aus.

Alessandro brachte ein Tablett mit Weingläsern herein, und mit ihm strömten köstliche Essensdüfte in das Zimmer. Holly lief das Wasser im Mund zusammen, wohingegen

Alessandro ein bisschen grün um die Nase war. Vampire konnten starke Essensgerüche nicht leiden.

Macmillan wies zur Couch und den Sesseln. »Das Essen braucht noch ein paar Minuten. Wollen wir uns setzen?«

Der Detective hatte eindeutig vor, sich neben Holly zu setzen, wozu es nicht kam. Mit lässiger Eleganz machte Alessandro es sich auf der Couch bequem, die Macmillan ansteuerte, und nahm mit seinen langen Beinen Raum für drei ein. Einen Arm streckte er auf der Couchlehne aus, so dass der Seidenstoff seines Ärmels hübsch zur Geltung kam. Als er mit unschuldigem Blick zu dem Detective aufsah, umspielte ein provokantes Lächeln seine Lippen.

Macmillan und Holly setzten sich auf die beiden Sessel, zwischen denen reichlich Abstand war. Holly war amüsiert, schlug ein Bein über das andere und ließ auf diese Weise einen ihrer hochhackigen Schuhe reizvoll in der Luft baumeln. »Ihr zwei habt die Party also schon ohne mich angefangen. Dürfte ich erfahren, auf welchem Stand wir beim großen Informationsaustausch sind?«

Alessandro faltete die Hände lose auf seinem Bauch. »Ich wollte gerade über die Maus reden. Sie ist, ob ihr es glaubt oder nicht, ausschlaggebend für diese Morde. Zumindest wäre das meine Theorie.«

Macmillan sah ihn skeptisch an. »Na schön, jetzt bin ich neugierig. Eine Maus?«

Holly neigte ihren Kopf zur Seite und beobachtete die beiden Männer. Macmillan blinzelte nicht einmal. Ja, der Detective hatte offenbar starke Nerven. Die meisten Männer ließen sich von einem Vampir einschüchtern, erst recht von Alessandro.

Letzterer winkte mit einer Hand ab und sah den Detective prüfend an. »Was wissen Sie über Eingänge zur Hölle?«

Holly bemerkte, wie Macmillan sich anspannte. »Ich glaube, es gibt einen, der direkt an meinem Büroschreibtisch herauskommt.«

»Wir scherzen nicht.«

»Zur Hölle, ja?« Macmillan lachte kurz auf. »Soll ich etwa demnächst den Teufel verhaften?«

»Nein, nein, es geht nicht um die Hölle im landläufigen Sinn!«, korrigierte Holly. »Nicht die Feuer-und-Schwefel-Geschichten. Der Ort, den wir meinen, wird ›die Burg‹ genannt. Es handelt sich um ein Gefängnis, das für Dämonen gebaut wurde.«

»Wir reden also über ein Gefängnis, nicht über die Hölle?«

Holly wollte antworten, doch Alessandro kam ihr zuvor. »Ewige Gefangenschaft ohne Hoffnung oder Zukunft. Haben Sie einen besseren Namen dafür?«

Mac überlegte. »Okay, na gut. Was hat diese Hölle, ob Gefängnis oder Burg oder sonst was, mit einer Maus zu tun?«

Nachdem Holly und Alessandro sich angesehen hatten, erzählten sie ihm abwechselnd von dem Portal in Hollys Haus. Anschließend berichtete Alessandro Näheres über das Portal, das sich hinter dem »Sinsation« geöffnet hatte. Nun hörte Holly erstmals, was genau in jener Nacht passiert war.

»Oh Mann!«, brachte Mac ungläubig hervor. »Ich arbeite seit Jahren in dieser Stadt. Klar gibt es immer wieder einmal übernatürliche Verbrechen, aber das hier schlägt echt alles!«

Wenn er sprach, war sein kantiges Gesicht lebhaft und jugendlich. Schwieg er, wirkten seine Züge wie die eines reifen Mannes, müde und ein bisschen verhärmt. Seine Augen erinnerten Holly an einen Chirurgen, den sie kannte. Es war derselbe Blick von jemandem, der schon zu oft das Innere anderer gesehen hatte.

Als Cop musste Macmillan das wohl.

»Und wie funktionieren diese Portale?«, fragte er. »Wie brechen die Gefangenen aus?«

Holly antwortete, denn zwischen dem Zaubern und dem Gegrübel darüber, was sie anziehen sollte, hatte sie einige von den Büchern ihrer Großmutter durchgeblättert. »Dämonen verfügen zwar über große Kräfte, aber sie können nicht allein nach draußen finden. Jemand muss einen von ihnen rufen, normalerweise beim Namen. Der Rufende fungiert als eine Art Wegweiser, wenn man so will. Zumindest lautet so die Theorie. Praktische Erfahrungen kann ich nicht vorweisen.«

»Also, der Rufende liefert den Wegweiser, und der Dämon öffnet das Portal?«

»Wenn der Rufende stark genug ist, kann er oder sie dem Dämon Energie schicken, um ihm zu helfen, aber grundsätzlich läuft es so. Manchmal schafft der Dämon es beim ersten Versuch nach draußen, manchmal muss er diverse Löcher bohren, ehe er eines findet, durch das er hindurchpasst. Bis er auf unserer Seite ankommt, kann er ziemlich weit von dem Punkt entfernt sein, an dem der Rufzauber gewirkt wurde. Dann ist die Verbindung zu dem, was ihm nach draußen half, gekappt.«

Während sie redeten, nahm Macmillans Gesicht mehr und mehr Farbe an. Er schien fasziniert und entsetzt zugleich. »Heißt das, es wird wieder passieren?«

»Ist es schon«, antwortete Alessandro, »mehrmals.«

Holly nahm ihr Weinglas und trank einen Schluck. »Aber der Dämon ist jetzt draußen. Ich weiß nicht, ob sich noch mehr Portale öffnen werden.«

Macmillan stand auf und holte sein Notizbuch. Er schlug es auf und fing an, etwas hineinzuschreiben. Sein Verhalten und sein Gesichtsausdruck hatten etwas Beruhigendes. Holly wusste immer noch nicht, wieso er heute Abend den formvollendeten Gastgeber spielte, aber er benahm sich wie ein normaler Polizist, und das war ihr angenehm vertraut.

»Also muss es irgendwo jemanden geben, der einen Dämon herbeiruft.«

»Den gibt es«, bestätigte Alessandro. »Holly, weißt du noch, dass ich dich bat, einen Rufzauber für mich zurückzuverfolgen, als wir beim Flanders-Haus ankamen?«

»Ja, das ist leider in den darauffolgenden Ereignissen untergegangen. Du sagtest, dein Klient hätte Probleme mit jemandem, der eine destruktive Präsenz in seinem Lagerhaus heraufbeschworen hat.«

»Wann war das?«, wollte Macmillan wissen.

Alessandro grinste. »Vor ein paar Wochen, ungefähr um die Zeit der ersten Morde herum. Gewaltsame Tode oder vielmehr das Blut, das damit einhergeht, birgt eine eigene Energie. Diese wiederum kann nötig sein, um ein Portal zu öffnen.«

Holly nickte. »Ja, das habe ich in einigen der übleren Zauberbücher gesehen.«

»Dann ist das unsere Verbindung. Der Rufende und der Mörder oder derjenige, der die Morde befiehlt, arbeiten wahrscheinlich zusammen, sofern es nicht ein und dieselbe Person ist.« Der Detective überlegte einen Moment lang und blätterte in seinem Notizbuch vor und zurück. »Der Mord an dem Mädchen im Flanders-Haus wird folglich mit dem Portal dort zu tun haben. Der Mord im Weinkeller fand unmittelbar vor Erscheinen der Maus statt. Bei den ersten beiden Morden kenne ich den Zusammenhang noch nicht, aber vielleicht waren das die Zwischenfälle in dem Lagerhaus.«

»Wäre das um dieselbe Zeit, als die Fehlwandler in Fairview auftauchten?«, erkundigte Holly sich.

Alessandro schenkte erst Macmillan, dann Holly nach. Sein eigenes Glas war noch voll. »Das weiß ich nicht. Ich habe sie nur ein Mal gesehen. Anfangs dachte ich, die beiden wären die Mörder, aber jetzt gab es einen weiteren Mord, der nicht auf ihr Konto gehen kann.«

»Es sei denn, es gibt mehr … wie nennen Sie die … Fehlwandler«, fügte Macmillan hinzu. »Obwohl ich sagen muss, dass wir – sprich: die Polizei – keine weiteren gefunden haben.«

Alessandro verschränkte seine Arme. »Die Vampire auch nicht.«

»Aber warum sollten sie überhaupt mit alldem zu tun haben?«, fragte Holly.

»Vampirpolitik«, antwortete Alessandro. »Früher gab es Revierkämpfe zwischen ihnen und uns, und sie steckten eine schmerzliche Niederlage ein. Deshalb gibt es heute nur noch so wenige von ihnen. Ich dachte sogar, sie wären vollständig ausgestorben.«

»Sie könnten dem Dämon dienen«, überlegte Holly laut. »Vielleicht sind sie auf einem Rachefeldzug.«

»Kann sein«, bestätigte Alessandro.

Alle drei schwiegen, so dass für eine Weile nur das Ticken der Zeitschaltuhr in der Küche zu hören war.

Alessandro lehnte sich weiter zurück. »Diese Puzzleteile passen gut genug zusammen, um wenigstens einiges von dem zu erklären, was geschehen ist. Aber sie verraten uns immer noch nicht, wer hinter allem steckt, und derjenige hatte gestern Abend Erfolg. Er hat seinen Dämon bekommen.«

»Was will er oder wollen sie mit ihm anfangen?«, fragte Macmillan. »Und vor allem: Wie können wir weitere Morde verhindern?«

»Ich habe in einem der Bücher meiner Großmutter nachgelesen«, begann Holly. »Darin steht, dass man versuchen muss, den Namen des Dämons herauszufinden. So wird man ihn zwar noch nicht los, aber mit dem Namen kommt man ihm näher und kann ihn folglich eher kontrollieren.«

»So, wie wenn man das Strafregister kennt? Weil man dann weiß, wozu er fähig ist?«, hakte Macmillan nach.

»Mehr als das. Namen haben eine magische Bedeutung«, erklärte Alessandro und wandte sich an Holly. »Gibt es eine Möglichkeit, die Identität des Dämons mit Hexenmagie herauszubekommen? Oder die des Mörders?«

Holly zupfte nervös ihren Rock weiter über ihre Knie und hielt den Atem an, doch das half nicht gegen das mulmige Gefühl in ihrem Bauch. Sie hatte bereits eine Idee, die ihr allerdings gar nicht gefiel.

»Du hast ja schon die Totenbeschwörung erwähnt. Ich könnte die Toten auferwecken«, antwortete sie matt. Solange sie nur mit Grandma redete, war es leicht, mutig und entschlossen zu sein. Hier und jetzt hingegen musste sie sich wirklich zu etwas verpflichten, und prompt dröhnte ihr der Schädel. »Wir müssen das Grab von jemandem ausfindig machen, der zwischen den Welten wandert, einem rastlosen Geist. Ihn könnte ich wecken und befragen.«

Alessandro schüttelte fasziniert den Kopf. »Eine exzellente Idee! Ich hätte den Vorschlag selbst gemacht, aber ich hatte Angst, dass dich die Energie, die du für eine Totenbeschwörung brauchst, zu viel kosten würde und du womöglich ernsthaft zu Schaden kommst.«

Holly zuckte mit den Schultern. Sie mochte sich hundeelend fühlen, aber sie ruderte ganz sicher nicht wieder zurück. Stattdessen stürzte sie ihren restlichen Wein hinunter und stellte das Glas ein bisschen zu fest auf dem Tisch ab. »Auch wenn ich es nicht unbedingt gern tue, war dieser Dämon in meinem Haus und bedrohte mein Leben. Er muss verschwinden. Und ich werde alles unternehmen, was dazu nötig ist.«

Die Männer tauschten unsichere Blicke. »Ich weiß ja nicht, was hier gerade das Problem ist«, meldete Macmillan sich zu Wort, »aber ich helfe Ihnen, so gut ich kann.«

Alessandro hockte nur mit finsterer Miene da.

»Na gut«, sagte Holly leise, die einen eisigen Knoten im Bauch hatte. In diesem Moment bimmelte die Zeitschaltuhr nebenan los, was sich in Hollys schmerzendem Kopf wie eine zu schrille, zu laute Glocke ausnahm. Der Detective lief in die Küche, um nach dem Essen zu sehen.

Nun lehnte Alessandro sich vor und sah Holly an. »Mir gefällt das nicht, egal, wie nützlich Totenbeschwörung sein mag. Nicht dass ich deine Entscheidung in Frage stellen will, doch solltest du es dir irgendwann anders überlegen, sag es einfach, ja?«

»Ich kann nicht. Es steht zu viel auf dem Spiel, mein Leben eingeschlossen.«

»Welches sind die Risiken?«

»Tja, es handelt sich eben um Magie für Große.«

»Und ich gehe recht in der Annahme, dass sie weh tut?«

»Ja.« Holly seufzte. »Und manchmal ist sie einfach bloß ekelhaft.«

Sie goss sich Wein nach, denn bei der Aussicht, Tote aufzuwecken, rumorte es in ihr. Das war Stoff für die ganz oberste Liga, die Meister. *Was mache ich denn?*

Alessandros Handy klingelte – eine blecherne Version von Beethovens Fünfter. Er verzog das Gesicht, stand auf und küsste Holly aufs Haar. »Wie der Detective sagte: Wir helfen dir, so gut wir können. Egal, was du brauchst.«

Dann klappte er sein Telefon auf. »Caravelli.« Er hörte zu.

»Hervorragend! Mir ist noch etwas eingefallen. Frag ihn, wo er gestern Nachmittag war, gegen halb fünf. Ja, ich meine es ernst. Sicher!«

Er ging mit dem Telefon in das Zimmer nebenan, das wie ein Arbeitszimmer aussah. Holly blickte ihm nach. *Wo wer gestern Nachmittag war?* Der letzte Mord wurde gestern um halb fünf begangen. *Was geht da vor?*

Sie konnte Alessandro kaum hören, weil er extra leise sprach. Hollys Neugier siegte, und sie schlich sich über den weichen Teppich bis kurz vor die Zimmertür. Es klang, als würde Alessandro sich mit jemandem streiten.

»Unmöglich!«, sagte er und schien ungeduldig auf die Erwiderung zu warten. »Überlass mir die Kreatur! In einer guten Stunde bin ich bei dir.«

Es lag nichts Zweideutiges in Alessandros Tonfall. Vielmehr schwang darin eine Drohung mit, die Holly frösteln machte.

»Ich bin alt genug, um nicht so dumm zu sein, zu viel zu sagen«, knurrte Alessandro. »Und ich bin hier, weil ich meine Interessen schützen will.«

Seine Interessen schützen?

»Na schön, wenn das der Fall ist, komme ich lieber.« Er klappte sein Handy zu und drehte sich um.

Erschrocken huschte Holly zum Sessel zurück, aber leider fing er sie vorher ab, indem er ihren Arm packte. »Autsch!«, beschwerte Holly sich und versuchte vergebens, sich ihm zu entwinden.

»Ich konnte dich vor der Tür atmen hören«, flüsterte er ihr ins Ohr. Sein Atem, kälter als der eines Sterblichen, hatte zur Folge, dass sich Hollys Nackenhaare aufrichteten. Er ließ sie los. »Sei vorsichtig, wen du belauschst! Sei von jetzt an überhaupt bei allem sehr vorsichtig!«

Auf einmal waren seine Größe und seine Stärke schlicht zu sehr *präsent*. Selbst als Sterblicher wäre er umwerfend gewesen. Als Vampir jedoch war er mindestens zehnmal so stark wie jeder normale Mann. Erschrocken und beeindruckt zugleich, musste Holly schlucken, denn der Ausdruck in seinen Augen war fordernd, gierig, sündhaft schön.

Hollys Herzschlag beschleunigte sich. »Ich habe gehört, wie du meintest, du wärst nicht so dumm, zu viel zu sagen. Was erzählst du mir nicht?«

Wütend funkelten sie einander an, und zwischen ihnen brannte die Luft. »Bin ich so wenig vertrauenswürdig?«, flüsterte Holly.

Stirnrunzelnd nahm er seine Autoschlüssel vom Couchtisch. »Leg mir keine Worte in den Mund! Genieß dein Essen!« Es klang nicht, als wünschte er ihr tatsächlich einen schönen Abend.

»Aber genieß es nicht zu sehr?«, fragte sie schnippisch und sah ihn übertrieben unschuldig an.

Grüblerisch blickte er auf seine Schlüssel, als könnten sie ihm weit mehr öffnen als bloß die Autotür. »Genau. Ich würde lieber hier bei dir bleiben und alles im Auge behalten.«

»Wieso? Laufe ich Gefahr, vergiftet zu werden?«

Er kam so nahe, dass der Ärmel seines Seidenhemds ihren nackten Arm streifte. Mehr brauchte es nicht, dass ihre Gedanken in alle Winde zerstreut wurden. So schnell, wie ihr Blut in seiner Nähe pulsierte, hätte man fast glauben können, er hätte es gerufen. Vielleicht hatte er das. Die Macht eines Vampirs bestand zu einem wesentlichen Teil in seiner Anziehungskraft, in jener besonderen Fähigkeit, seine Beute zu bezaubern.

Gütige Hekate! Vergangene Küsse geisterten ihr durch den Kopf, beinahe fühlbar, zum Greifen nahe. Eine schmerzliche Erregung durchfuhr sie, die in ihr den Wunsch weckte, sich an seine Brust zu werfen. *Ich will ihn zu sehr.* Nun, sie hatte ihn gekostet und wusste, wie gut diese Lippen sein konnten. *Tödlich gut.*

Er beugte sich zu ihr, bis sein Mund Zentimeter von ihrem Ohr entfernt war, und legte sachte eine Hand an ihre Taille. »Denkst du, ich lasse dich gern bei diesem Mann? Mir gefällt nicht, wie er riecht. Er verbirgt etwas.«

Hallo?! Hollys Puls stolperte und raste weiter, angetrieben von dem Wunsch, Alessandro nahe zu sein, und der Einsicht, dass sie dringend Abstand von ihm brauchte. »Wer hat dich zu meinem Wachhund ernannt?«

Ein Feuer loderte in seinen Augen auf, doch er nahm ihre Herausforderung nicht an. Stattdessen glitt er mit einer Hand durch ihr Haar, so dass Holly erschauderte. Er hatte die Grenze überschritten, die sie doch beide unbedingt wahren wollten – und das um Meilen.

Seine andere Hand wanderte zu ihrer Hüfte. »Ich würde bleiben, aber ich werde anderswo gebraucht. Komm mit mir! Lass mich dich nach Hause bringen, wo du sicher bist!«

Sicher? Allein mit Alessandro zu sein, war garantiert nicht sicher. Holly fühlte seine Finger tief an ihrem Rücken. Ihr war heiß, und sie fühlte sich schwach vor Verlangen. Gefährlich schwach. Es kostete sie enorme Anstrengung, zu denken. »Warum vertraust du ihm nicht?«

Alessandro blinzelte. »Das würdest du nicht verstehen.«

Und ob ich es verstehe! Das ist eines von diesen Männerdingern: zwei Kater im selben Hinterhof und so.

Sie atmete langsam ein und bemühte sich redlich, der elektrischen Spannung zu widerstehen, die zwischen ihnen knisterte. »Ich bin eine große böse Hexe. Wenn ich mit dem Flanders-Haus fertig geworden bin, kann ich auch ein

Abendessen mit dem Detective heil überstehen.« *Und allemal besser, als mit dir allein zu sein*!

Alessandro nickte, und wieder einmal war seine Miene vollkommen verschlossen. Plötzlich drang Krach aus der Küche, wahrscheinlich ein Pürierer. Prompt entspannten sie beide sich, froh über den Lärm, der ihr Gespräch übertönte.

Holly seufzte. »Also, was war das für ein Anruf?«

Alessandros Mundwinkel bogen sich nach unten. »Eine winzige Andeutung einer Spur.«

»Willst du Macmillan nichts davon sagen?«

»Nein, ich denke nicht«, antwortete er achselzuckend. »Der Verdächtige, den wir haben, würde ihn bei lebendigem Leib auffressen, und das meine ich wörtlich.«

14

Ohne ein weiteres Wort ging Alessandro und ließ die erschrockene Holly zurück, der eine Hitzewelle den Körper hinaufkroch und jeden einzelnen Muskel wärmte. Sie drückte sich die flache Hand gegen die Stirn. Ihre Haut kribbelte, und ihre Wangen glühten.

Männer!

Vampire!

Ich schätze, es würde komisch aussehen, wenn ich frage, ob ich vor dem Essen kalt duschen darf. Zum Glück schien Macmillan viel zu sehr mit seinen kulinarischen Ambitionen befasst, als dass er bemerkte, wie abgelenkt sie war.

Sein Esszimmer war strenger und eleganter eingerichtet als der Rest der Wohnung. Offenbar war ihm dieser Raum wichtiger. Der Teppich hatte ein graues und pflaumenblaues afghanisches Muster, und über dem Tisch hing ein moderner zinngrauer Designerkronleuchter. Tisch und Stühle waren schwarz. Im Kontrast dazu wirkte der Salat geradezu verblüffend grün.

Sie begannen mit einer Meeresfrüchte-Cremesuppe, danach servierte Macmillan Lamm-Medaillons in Rosmarinsauce mit Erbsen und Couscous. Nach der Hälfte des Hauptgerichts war Holly bereits mehr als satt, aber es war viel zu gut, um aufzuhören. Sollte Macmillan irgendwann die Polizei verlassen wollen, blühte ihm eine große Zukunft als Koch.

Beide aßen mit solchem Appetit, dass sie sich zunächst kaum unterhielten. »Ich verstehe diese Vampire nicht«, brach Holly schließlich das Schweigen.

»Wer tut das schon?«, entgegnete Macmillan achselzuckend. Nun, da sie allein waren, wirkte er deutlich entkrampfter. »Ihr Freund kreuzt vor meiner Tür auf und weigert sich, wieder zu gehen. Und das, nachdem ich zwei Tage lang vergeblich hinter ihm hertelefoniert habe. Dann liefert er mir phantastische Informationen zu dem Fall, und im nächsten Moment schwirrt er sang- und klanglos ab. Es fällt mir schwer, mich nicht zu fragen, was zur Hölle er vorhat.«

Seine Interessen schützen. »Ich glaube, er wurde weggerufen.«

»Wahrscheinlich von dieser Königin. Soweit ich gehört habe, ist er ihr hiesiger Mann für alles.«

»Er spricht nie über sie.«

»Wundert mich nicht. Omara ist eine Nummer für sich, ungefähr so groß wie ein Salzstreuer und herrscht über ein Drittel aller Vampire auf dem Kontinent. Ich habe sie gesehen, als sie bei meinem obersten Boss in der Zentrale vorbeikam. Auf jeden Fall versteht sie etwas von Behördenpolitik und davon, sich bei den richtigen Leuten beliebt zu machen. Erwischt man sie allerdings in einem unachtsamen Moment, sagt ihr Blick eindeutig, dass wir für sie nichts als Gewürm sind.«

»Für Vampire dreht sich alles um Jagd und Territorien. Der passendere Vergleich wäre also eher Vieh, nicht Gewürm.«

Macmillan lachte, und das Licht schimmerte auf seinem dunklen welligen Haar. »Stimmt, das habe ich auch schon mitbekommen. Nachdem ich ein paar Fälle im Zusammenhang mit Übernatürlichem bearbeitet habe, halte ich es nicht mehr für selbstverständlich, dass ich einmal alt werde.«

Holly aß genüsslich noch einen Bissen von ihrem Lamm. »Apropos zu jemandes Abendessen werden – und ich weiß, das klingt nach einem Klischee, aber einen Mann, der so exzellent kocht, trifft man selten.«

»Ich mag Essen, und ich koche für mein Leben gern. Leider fehlt mir oft die Zeit dafür.«

»Wo haben Sie das gelernt?«

»Meine Mutter war eine miserable Köchin. Es war reiner Selbsterhaltungstrieb, der mich auf die Idee brachte.« Sein flüchtiges Lächeln verharrte ein wenig länger in seinem Blick als auf seinen Lippen. »Sie hat bei einem Bauunternehmen gearbeitet. Diese Wohnung war früher ihre.«

»Haben Sie Geschwister?«

»Nein. Mein Dad starb kurz nach meiner Geburt. Aber ich habe jede Menge Tanten, Onkel, Cousins und Cousinen. Ich glaube, ich bin mit der halben Stadt verwandt, zumindest mit der schottischen Hälfte.«

Er legte seine Gabel ab, und eine kaum merkliche Veränderung seiner Haltung verriet Holly, dass seine Stimmung sich wandelte. »Ich bin froh, dass Sie hergekommen sind, denn ich muss unbedingt mit Ihnen sprechen. Den Fall durchzugehen, war super und wirklich sehr hilfreich, aber da ist noch etwas, das ich Sie fragen möchte.«

»Das Persönliche.« Hollys Sinne gingen in Alarmbereitschaft.

»Ja«, sagte er, lehnte sich zurück und blickte zum Fenster. »Mir ist gestern Abend etwas echt Abgedrehtes passiert. Und bedenkt man, was momentan in der Stadt los ist, will das einiges heißen.«

Nun legte auch Holly ihr Besteck ab. »Also, Detective, was kann abgedrehter sein als Mörderschleim?« *Habe ich das gerade gesagt?*

»Nennen Sie mich Mac.« Er stand auf und brachte die Teller in die Küche. Anscheinend brauchte er eine Pause, ehe er fortfuhr. Einen Moment später kehrte er mit Parfait-Gläsern zurück, gefüllt mit Schokoladenmousse. Mit einer Bewegung wie Michelangelo, der seinen *David* enthüllte, stellte er ihr eines der Gläser hin.

»Oh, mein Gott!«, war alles, was sie herausbrachte.

Die Mousse bestand aus drei Schichten unterschiedlicher Schokolade unter einer Haube aus geschmolzenem Toffee, garniert mit Minzeblättern. Dazu reichte er ihr einen langstieligen Löffel. »Das ist mein Angeber-Dessert, also guten Appetit!«

»Es sieht göttlich aus.« Holly fühlte sich zwar schon wie aufgeblasen, aber sie würde diese Köstlichkeit ganz bestimmt aufessen. »Wie kommt es, dass du noch nicht verheiratet oder vierhundert Pfund schwer bist?«

»Ich esse selten so wie heute Abend«, antwortete er. »Und ich habe ein paar ernste Charakterschwächen.«

Holly nahm einen Löffel und stöhnte genüsslich, als ihr die Schokolade auf der Zunge zerging. Mit unverhohlener Freude beobachtete Mac sie.

»Wie ernst sind diese Charakterschwächen?«

Er senkte den Blick, so dass seine langen schwarzen Wimpern zur Geltung kamen. »Ich mag Handschellen.«

»Aha?« Holly nahm noch einen Löffel von ihrem Parfait. Ihr fiel ein, dass *parfait* das französische Wort für *perfekt* war. »Plüschbezogen oder aus kaltem Stahl?«

»Das ist verhandelbar.« Diesmal zeigte er starke, ein klein wenig schiefe Zähne, als er lächelte.

»Entschuldige!«, sagte sie und ruderte im Geiste zurück.

»Schokolade versetzt mich immer in Flirtlaune. Du wolltest mir von der abgedrehten Sache erzählen.«

Schlagartig wurde er sehr ernst und lehnte sich zurück. »Ich musste heute zu Hause bleiben, weil mich irgendetwas erwischt hatte.«

Holly legte ihren Löffel hin. Die Geschichte mit der Krankheit hatte sie ihm gar nicht geglaubt. »Ja?«

Wieder wandte er sein Gesicht ab. »Vielleicht war es eine Lebensmittelvergiftung, keine Ahnung. Gestern ging ich nach dem Abendessen ins Büro zurück. Dort hatte ich einen dämlichen Streit mit meinem Vorgesetzten, und auf einmal war ich todkrank.«

»Wieso, weißt du nicht?«

»Na ja, als ich essen war, traf ich eine scharfe Frau. Ihr Name war Jenny.«

Holly zog die Brauen hoch. »Und das ist ein Problem?«

»Sie hat mich geküsst.«

»Juhuu!«, murmelte Holly matt. *Definitiv kein Thema für eine Dinner-Verabredung.*

Macmillan schaute sie an. »Ich glaube, sie hat irgendwas mit mir gemacht. Es fühlte sich komisch an. *Sie* fühlte sich komisch an, und mir ging es hinterher komisch.«

»Kannst du dieses Komisch genauer beschreiben?«

»Wütend. Leer. Mir war schlecht. Ungefähr so, als wären all meine Ersparnisse mit einem Schlag weg und ich obendrein mit Gift vollgepumpt worden. Ich glaube nicht, dass das etwas Normales war, also, im Sinne von wissenschaftlich nachweisbar. Es war schlimmer – eher böse Magie.«

»Aber jetzt geht es dir gut?«

»Ja, seit heute Mittag erhole ich mich wieder.« Er zuckte mit den Schultern. »Die einzige Nachwirkung ist, dass ich die ganze Zeit Hunger habe. Nein, ich fühle mich total ausgehungert. Wahrscheinlich habe ich deshalb diese Kochaktion gestartet.«

»Tja, da gibt's Schlimmeres.«

»Mag sein, aber ich frage mich die ganze Zeit, was eigentlich passiert ist. Ich habe nicht das Gefühl, dass es ganz weg ist, und ich kann mir mitten in einer Mordserie keinen Rückfall leisten. Noch viel weniger will ich meine Spuren meinen Erzrivalen und idiotischen Kollegen überlassen.«

Holly nickte. Nun ergab alles etwas mehr Sinn. »Also, im Grunde möchtest du, dass ich herausfinde, was für eine Pest diese Frau dir an den Hals gejagt hat, sofern es überhaupt mit dem komischen Kuss zu tun hatte.«

»Ja, das fasst es ziemlich gut zusammen. Ich erinnere mich übrigens, dass ich mir vorher einen freien Tag gewünscht hatte, aber ganz sicher nicht so einen.«

»Nein, verständlich.« Holly überlegte. »Ich könnte etwas finden, falls du dich mit einer Art übersinnlichem Schnupfen angesteckt hast.«

»Wie?«

»Ähm, es gibt unterschiedliche Methoden. Die einfachste ist eher primitiv. Wenn sie dir mit dem Kuss etwas einimpfte, könnte ich es auf dieselbe Weise aufspüren.« Holly konnte ihn nicht mehr ansehen. »Alles rein im Interesse der Medizin, versteht sich. Hexen sind normalerweise immun, so dass du mir nichts übertragen kannst.«

Macmillan wirkte gleichermaßen überrascht wie erfreut. »Wow, das ist ja genau, wie Doktorspiele sein sollen!«

»Na ja, Hexendoktorspiele vielleicht.« Holly bemühte sich, cool und professionell zu wirken, als wäre so etwas ihr täglich Brot. »Versuchen wir es einfach, okay?«

Gleichzeitig standen sie auf und begaben sich ans Tischende, wo Macmillan Hollys Hand nahm. »Kein Grund zur Eile.«

Holly blickte auf seine Finger hinab, die ihre umschlossen. Sie waren stark, die Fingerspitzen kantig, klassische Männerhände eben. Langsam wanderte ihr Blick über den weichen roten Pulli zu seinem Gesicht hinauf. *Er sieht teuflisch gut aus.*

Als er sie berührte, erstarrte Hollys Körper, während ihr Herz zu rasen begann. Macmillans Hand glitt sachte ihren Arm hinauf, ein bloßes Streifen von Haut auf Haut. Und es brachte die Glut zum Auflodern, die Alessandro in ihr entfacht hatte. Das kam dabei heraus, wenn Appetit geweckt und nicht gestillt wurde! Unwillkürlich lehnte Holly sich an Macs Brust, weil sie mehr von ihm an mehr von sich fühlen wollte. Derweil bewegte seine Hand sich über ihre Schulter und ihren Hals, bevor sie in ihr Haar eintauchte.

Okay, das ist definitiv mehr als ein rein diagnostischer Kuss. Mehr, als ich vorhatte.

Aber es war ja nur ein Kuss, und vielleicht erwies er sich als probates Gegenmittel gegen das verbotene Verlangen nach dem Vampir. Eine angenehme Lust regte sich in ihr. Macmillan – Mac – war warm und freundlich, und sein offensichtliches Interesse tat Holly gut. Es hatte etwas Befreiendes. Keine Erwartungen. Keine Zukunft. Keine ungestillte Sehnsucht. Er war einfach ein netter, normaler, attraktiver Mann, der ihr nicht das Herz brechen würde.

Holly griff in den Wollstoff seines Pullovers, der nach den aromatischen Kochdüften und Macs Aftershave mit einer Nelkennote roch. Behutsam fing sie sein Ohrläppchen mit ihren Zähnen ein und hielt Mac in diesem Moment für den köstlichsten Mann, dem sie je begegnet war. Aber vielleicht hatte auch seine Begeisterung für Essen sie angesteckt.

Mac küsste ihre Augenlider, so dass seine weichen Lippen die zarte Haut dort kitzelten. Holly hob eine Hand an seine Wange, wo ihre Finger über die ersten Andeutungen eines

Bartschattens strichen. Dann begegneten sich ihre Münder, heiß und süß vom Dessert.

An die Arbeit! Holly öffnete ihre Sinne und suchte nach Spuren von der mysteriösen Jenny. Tatsächlich entdeckte sie einen Hauch von etwas, zart wie eine schwebende Feder. Sie folgte ihm, betrachtete es genauer, konnte jedoch nichts Beunruhigendes daran feststellen. Wahrscheinlich war es nur der flüchtige Schatten von Jennys Präsenz. Kein Hinweis auf etwas anderes. Vielmehr sagte jedes Doppel-X-Chromosom in ihr, dass mit Detective Macmillan *alles* bestens war.

Im nächsten Augenblick waren sämtliche Gedanken ausgelöscht. Macmillans starke geübte Hand wagte sich weiter nach unten auf Hollys Po. Die Hitze ihrer Körper drohte, den Synthetikanteil von Hollys kleinem Schwarzen zu schmelzen. *Oh ja!* Kochen war eindeutig nicht sein einziges Talent. Holly schmiegte sich an ihn und genoss es, an genau den richtigen Stellen gestreichelt zu werden. Sie fühlte sich wunderbar warm, herrlich satt und begehrt.

Wohlig lehnte sie sich noch mehr gegen Mac und kostete die pure Sinnlichkeit aus. Ob diese Begegnung nun eine Zukunft hatte oder nicht – die Gegenwart war jedenfalls verdammt nett. Eine angenehme Mattigkeit strahlte von ihrem Bauch aus in ihre Glieder, so dass Holly sich noch an Mac lehnte, als sie bereits den Kuss beendeten. Ihre Lippen trennten sich mit einem schwachen elektrischen Kribbeln.

»Wow!«, entfuhr es ihr und sie war auf einmal verlegen.

Sofern das überhaupt möglich war, schienen Macs Augen dunkler als zuvor. Der zarte Schweißfilm an seinen Schläfen verriet Holly, dass er die Hitze ebenso gespürt hatte wie sie. *Prima!*

»Wie lautet das Urteil?«, fragte er flüsternd.

Holly merkte, wie sie unsicher grinste. »Oh, ich denke,

dass du kerngesund bist. Du dürftest eigentlich keine Probleme haben.«

Vor Freude machte er große Augen. »Hallelujah! Dann mach es dir schon mal bequem, und ich hole den Kaffee!« Er schmunzelte verschlagen. »Vielleicht sollten wir noch über vorbeugende Heilmaßnahmen sprechen.«

Holly lächelte dümmlich, weil ihr Verstand sich verabschiedet hatte, und ging ins Wohnzimmer. Nach der hitzigen Umarmung fühlte die Luft um sie herum sich kühl an. Außerdem war ihre Haut überempfindlich, so dass sie den Stoff der Couch wie den ihres Kleides an ihren Schenkeln besonders deutlich wahrnahm. Macs Kuss war unerwartet leidenschaftlich gewesen, hatte mehr in Aussicht gestellt. Holly kam sich vor wie eine Fallschirmspringerin vor dem Absprung.

Aber wollte sie springen? Oder wollte sie einfach nur weggehen?

Sie hörte, wie Mac in der Küche Wasser für den Kaffee einließ. Was für ein Gespräch würde auf den Kuss eben folgen? Was erwartete Mac? Holly lehnte ihren Kopf nach hinten. Sie wusste nicht recht, was sie wollte. Leider konnte sie trotz der vielen Zauber, die sie beherrschte, keine Gedanken lesen – nicht einmal ihre eigenen.

Das Wasserrauschen endete. Also rückte der Kaffee und mit ihm der Moment der Entscheidung näher. Holly nahm ihre Handtasche hoch, die sie neben einem der Sessel abgestellt hatte, zog sich die Lippen nach und wartete.

Und wartete. Nach einer Weile streifte sie ihre Schuhe ab und blätterte in einer Zeitschrift. Ungeduldig überflog sie die Seiten, während sie weiter wartete. *Wie lange kann es dauern, Kaffee zu kochen?*

Sie stand auf und ging in die Küche, wo sie erwartete, abermals Wasser rauschen zu hören oder das Klappern von

Geschirr, aber dort war es vollkommen still. Und leer. Teller stapelten sich in der Spüle. Der Geschirrspüler war aufgeklappt. Die Kanne der Kaffeemaschine stand gefüllt auf der Arbeitsplatte. Anscheinend war Mac mitten im Kaffeekochen unterbrochen worden.

Holly stemmte die Hände in ihre Hüften und überlegte. Womöglich war er umgekippt, vollkommen überwältigt von ihrem femininen Charme. Sie sah im Bad nach, das ganz in Weiß und Chrom gehalten war und keinen hingegossenen Mann aufwies.

Als Nächstes versuchte sie es im Arbeitszimmer, einem kleinen Raum mit einem Schreibtisch, Computer und Aktenschrank. Auf dem waffeldünnen Monitor drehte ein Fadenkunst-Bildschirmschoner seine langsamen Runden. Holly bewegte die Maus, aber kein *Hilfe, ich wurde von Aliens entführt*! leuchtete auf dem Bildschirm auf.

Allmählich wurde sie ein bisschen verärgert – und ängstlich.

Weiter zum Schlafzimmer. Bilder von pelzbezogenen Handschellen und Stethoskopen gingen ihr durch den Kopf und sorgten dafür, dass ihr sämtliche Geschichten von üblen Dates einfielen. Inzwischen war sie gar nicht mehr in der Stimmung für einen nackten Macmillan auf einem Fellteppich. Sie schaltete das Licht an.

Mac lag bäuchlings auf dem Bett. Sein einer Arm hing über den Matratzenrand. Dann roch Holly Übelkeit – übernatürliche Übelkeit, schwach, staubtrocken und muffig, als wäre der Tod getrocknet und zu Pulver zerrieben worden.

Oh, mein Gott! Wie konnte ich das nicht merken! Alessandro hat doch sogar gesagt, dass Mac falsch riecht.

Sie rannte zum Bett und packte Macs Schulter. Der Pullover war schweißklamm, sein Haar nass. »Mac?«

Seine einzige Antwort bestand in einem gurgelnden Ringen nach Luft.

Panik überkam sie. *Gütige Hekate, das ging viel zu schnell!* Es musste etwas da gewesen sein, wuchernd, aber so fremd, dass sie es nicht erkannt hatte. Etwas Verborgenes.

Sie grub ihre Finger in Macs Schultermuskeln und hoffte, dass er wenigstens kurz zu sich kam, was nicht geschah. »Mac, kannst du mich hören?«, fragte sie über ihn gebeugt.

Von der fauligen Energie, die er ausstrahlte, wurde ihr fast schlecht. Als sie sich wieder aufrichtete, stieß er einen Laut aus, der halb Grunzen, halb Stöhnen war. Wenigstens etwas. Holly griff nach dem Telefon neben dem Bett und wählte den Notruf.

»Ich brauche sofort einen Krankenwagen!«, rief sie.

Der Plastikhörer drohte ihr aus der Hand zu rutschen, so dass sie ihn fest umklammern musste. Die Frau am anderen Ende sagte etwas, aber Holly starrte nur auf Mac und nagte an ihrer Unterlippe.

»Wie lautet Ihre Adresse?«, wiederholte die Stimme streng.

Holly stammelte eine Antwort, musste allerdings überlegen, ehe ihr die Apartmentnummer wieder einfiel. Nein, sie wusste nicht, was mit Mac los war. Ja, sie würde den Sanitätern aufmachen.

Sie war panisch. Das lag an der entsetzlichen, widerlichen Energie, die teerschwarz und zäh war und sich auf Hollys Zunge legte. Verwesung. Zerfall. Verzweiflung. Es war weniger ein Geruch als eine Aura von Schrecken. Eine graue Welle rauschte durch Hollys Sichtfeld.

Sie ließ das Telefon fallen. *Mir wird übel.*

Fenster. Schwer zu öffnen. Ihre Finger rutschten auf dem Riegel ab.

Aus dem Hörer kam das blecherne Murmeln der Frau in der Notrufzentrale.

Ein Schwall kalter Luft wehte ins Zimmer. Holly lehnte sich an die Fensterkante, das Gesicht so weit vorgestreckt, dass ihr Mund beinahe das Fliegengitter berührte. Der Wind schien unbeschreiblich süß, die Luft im Zimmer unbeschreiblich faulig.

»Oh Gott!«

Holly drehte sich zu der belegten, rasselnden Stimme um. Die frische Luft musste auch Macmillan wiederbelebt haben. Er versuchte, sich aufzusetzen, zitterte aber so sehr, dass das ganze Bett mit vibrierte. Mit riesigen Augen sah er zu Holly. »Was passiert mit mir?«

Sie schüttelte den Kopf. »Ich weiß es nicht.« Ihre Augen begannen zu brennen. *Ich habe ihn im Stich gelassen. Ich müsste ihm helfen können, aber wie?* Tränen kullerten ihr über die Wangen.

»Du hast gesagt, ich bin okay.« Es hörte sich wie ein herzzerreißender Hilferuf an.

»Ich konnte nichts finden – ehrlich! So etwas habe ich noch nie gesehen.«

»Nein.« Inzwischen lag er auf der Seite, die Beine weit an seine Brust gezogen. Er atmete stoßartig, als strengte jeder Atemzug ihn so an, dass er würgen musste. »Nein, das darf nicht wahr sein. *Oh Gott, es tut weh!*«

Nun kniff er die Augen zu und sagte nichts mehr. Gleich darauf öffnete er den Mund, als wollte er schreien, während ihm Schweiß über die Wangen rann, der das Kissen durchnässte. Sein Körper strahlte schubweise verzerrte Energie aus, als wäre seine Seele phasenverschoben.

Holly schluckte gegen ihre Übelkeit an, riss sich um Macs willen zusammen und kniete sich neben das Bett. »Der Notarztwagen ist unterwegs. Sie werden dir helfen. Alles wird wieder gut!« *Sie werden keinen Schimmer haben, was sie tun sollen, aber vielleicht halten sie ihn so lange am Leben, bis ich eine Lösung gefunden habe.*

»Verlass mich nicht!«, flehte er und drückte ihre Hand schmerzhaft fest.

»Nein, ich bleibe bei dir«, versprach sie.

»Holly, ich verliere mich!«

15

Verdammt, Pierce, du hast ihn umgebracht!« Alessandro verschränkte seine Arme und blickte angewidert auf den Fehlwandler hinab. Angewidert von Pierces Versagen bei der Befragung und von dem öligen Flecken, den die tote Kreatur auf dem Teppich hinterlassen hatte.

»Das war ein Unfall!«, verteidigte Pierce sich.

Omara stand ein Stück entfernt und sah aus wie eine verärgerte Lehrerin. Sie trug noch den Hosenanzug von vorhin, in dem sie Alessandro an eine fleischfressende Emma Peel erinnerte. Sie befanden sich in einem der Konferenzräume des Hotels. Das Mahagonimobiliar war an eine Wand gerückt, und zwei von Omaras Sicherheitsvampiren hielten an der Flügeltür Wache.

»Du hättest auf mich warten können«, knurrte Alessandro Pierce an. »Verhöre sind mein Job, und ich weiß, wie man sie richtig führt.«

»Immer darfst du die Gefangenen befragen!«

»Offenbar bin ich besser darin.«

Jetzt mischte Omara sich ein. »Jungs, ich bin ja froh, dass ihr beide das Kind in euch bewahrt habt, aber das reicht jetzt an kindischem Gebaren!«

Ihre Zurechtweisung trug nicht unbedingt zur Entspannung der Atmosphäre bei. *Wieso hat sie zugelassen, dass*

Pierce diese Sache versaut? Als ich wegging, war sie wütend auf ihn, weil er sich in der Öffentlichkeit an einer Menschenfrau genährt hat. Und gleich danach darf er ihr dienen? Lässt sie ihn meinen Job übernehmen?

Alessandro wandte sich wieder an Pierce. »Der Fehlwandler war unsere beste Spur, und jetzt ist er tot. Hast du ihn ermordet, um mögliche Hinweise auf dich zu verschleiern?«

»*Was?!*« Entgeistert starrte Pierce ihn an. »Denkst du etwa, ich stecke mit den Fehlwandlern unter einer Decke? Wieso sollte ich?«

Omara betrachtete ihre Ringe und neigte die Hände hin und her, damit die Steine im Kronleuchterschein aufblitzten. Die Zankerei der beiden schien ihr zu gefallen. Kein Wunder, denn dadurch wurde ihre Machtstellung nur bestätigt. »Alessandro ist wild entschlossen, das Übelste von dir zu denken. Das kommt eben dabei heraus, wenn man sich jahrhundertelang schlecht benimmt, Süßer! Da bilden andere sich ein Urteil.« Sie schnippte mit den Fingern, worauf beide Sicherheitsleute aufmerkten. »Wir sind hier fertig. Sagt dem Concierge, dass sie den Teppich reinigen sollten!«

Alessandro fluchte in altem, blumigem Italienisch. Er hatte Holly für nichts und wieder nichts allein bei Macmillan zurückgelassen. In diesem Moment genoss sie das Abendessen mit ihm und freundete sich wahrscheinlich auf eine Weise mit dem Detective an, wie es ihm selbst und ihr nie vergönnt war. Macmillan stach ihn in vielerlei Hinsicht aus.

Doch Alessandro verdrängte diesen Gedanken und konzentrierte sich wieder auf den Schlamassel hier.

»Wo hast du den Fehlwandler gefunden?«, fragte er.

»Im Waschcenter der Uni«, antwortete Pierce. »Einer von den Werwölfen war so höflich, mich anzurufen und mir zu erzählen, dass er ihn gesehen hatte.«

Alessandro runzelte die Stirn. »Der Fehlwandler hat Wäsche gewaschen?«

»Nein, aber er fraß jemanden, der gerade Wäsche wusch. Die Werwölfe haben ihn von dem Studenten weggezerrt und festgehalten, bis wir kamen. Bis dahin war der Fehlwandler ziemlich … ähm … eingeschüchtert. Ich glaube, die Werwölfe haben sich ein bisschen zu heftig mit ihm vergnügt.«

Entzückend! »Konntest du ihm noch irgendwelche nützlichen Informationen entlocken, ehe du ihn zu Matsch gemacht hast?«

Pierce zuckte mit den Schultern. »Er hatte zu viel Schiss, um etwas zu sagen.«

Am liebsten hätte Alessandro seinen – oder Pierces – Kopf gegen die Wand gerammt. »*Wir sind Vampire!* Wir jagen Gefangenen Angst ein. *Wir!*«

Pierce kniff die Augen ein wenig zusammen. »Der Meister, dem er gedient hat, muss ihm mehr Angst gemacht haben.«

Der Dämon. Dämonen waren die einzigen Kreaturen, die noch gefürchteter waren als Vampire. Obwohl sie den Verdächtigen verloren hatten, empfand Alessandro eine gewisse Befriedigung. Anscheinend lag er mit seiner Theorie richtig.

»Der Fehlwandler hieß Arnault«, schaltete Omara sich ein. »Und es sind noch weitere von seiner Art in Fairview. Das war alles, was wir erfahren haben.«

»Wo stecken diese anderen?«, wollte Alessandro wissen. »Die Polizei hat nach ihnen gesucht und wir ebenfalls, aber wir konnten keine finden.«

»Dann gibt es offensichtlich Verstecke, die wir übersehen haben«, entgegnete die Königin gelassen.

Ich hätte mitsuchen müssen!, dachte Alessandro, aber er

hatte auf Holly aufgepasst. Wegen der Dämonenmaus. Und er konnte nicht überall gleichzeitig sein.

Dann sah er wieder zu dem Flecken auf dem Boden, wo der Fehlwandler geschmolzen war. *Ich hätte ihn verhören müssen!*

Frust nagte an ihm. Er musste härter arbeiten – und schneller.

In diesem Moment gingen die Doppeltüren auf, und der Hausmeister kam mit seinem Reinigungswagen herein, gefolgt von Omaras Sicherheitsleuten. Einer der Vampire trug einen Industriestaubsauger.

»Das wäre dann alles für heute Abend, meine Herren«, sagte Omara zu ihren beiden Wachmännern. »Wenn das hier erledigt ist, habt ihr den Rest der Nacht frei.« Sie drehte sich zu Pierce um. »Du kannst auch gehen. Ich würde sagen, für eine Nacht hast du genug Schaden angerichtet.«

Der letzte Satz klang klirrend eisig. Pierces Augen glühten, und er schwankte sichtlich zwischen Wut und Scham.

Ungerührt legte Omara eine Hand auf Alessandros Arm. »Lass uns nach oben gehen.«

Sie schritt vor ihm her aus dem Raum und quer durch die Hotellobby zu den Fahrstühlen. Pierce blieb allein neben dem Flecken stehen.

»Hat der Fehlwandler verraten, wie viele andere es gibt?«, fragte Alessandro. *Irgendetwas Brauchbares mussten sie doch aus ihm herausgeholt haben! Omara war schließlich die Königin und wusste, wie man solche Verhöre durchführte.*

»Nein, aber es klang, als wären es einige.« Die Fahrstuhltüren glitten auf, und sie stiegen ein. Sobald Omara den Knopf für das oberste Stockwerk gedrückt hatte, wo sie wohnte, schlossen die Türen sich wieder.

»Und was nun? Wollen wir noch eine Suche veranstalten?

Einen anderen Fehlwandler aufspüren, den wir verhören können?«

»Was soll das bringen?«, erwiderte Omara leise. »Die Werwölfe hatten ihn erwischt, deshalb war es sinnvoll, dass wir versuchten, etwas aus ihm herauszubekommen. Aber einen anderen jagen? Sie können so gut wie nicht sprechen, und ihre Schmerztoleranz ist legendär. Es wäre reine Zeitverschwendung. Nein, wir müssen ihren Meister finden.«

Sie erreichten den obersten Stock, stiegen aus und schritten nebeneinander den Gang entlang zu Omaras Suite.

»Ich verstehe nicht, was heute Abend passiert ist«, bemerkte Alessandro. »Als ich vorhin ging, wolltest du Pierce befragen.«

Omara winkte ab. »Die Angelegenheit mit dem Fehlwandler war dringender.«

»Und du hast ihn von Pierce verhören lassen.«

»Weil Pierce hier war und du nicht.«

»Also hast du ihm kurzerhand den Gefangenen überlassen.«

»Ich wollte mir den Fehlwandler ungern selbst antun. Außerdem wusste ich, dass ich auf Johns Grausamkeit zählen kann. Und er brauchte eine Chance, sich nach der kleinen Vorstellung mit der Menschenfrau ein paar Pluspunkte zu verdienen.«

Sie hörte sich beinahe – Alessandro suchte nach dem richtigen Wort – nachgiebig an. Das passte überhaupt nicht zu Omara.

Er versuchte es noch einmal: »Aber was ist, wenn er mit ihnen zusammenarbeitet? Haben wir uns das nicht beide gefragt? Die Abzeichen, der Blutring? Die Morde?«

Ohne ihm zu antworten, blieb Omara vor ihrer Tür stehen und reichte ihm die Schlüsselkarte. Er zog sie über das

Schloss und hielt seiner Königin die schwere Tür auf. Drinnen standen die Balkontüren offen, so dass es im Wohnzimmer kühl, aber angenehm frisch war. Omara schaltete eine Tischlampe an, worauf die teure geräumige und gänzlich anonyme Einrichtung beleuchtet wurde. Alessandro trat nach Omara in die Suite und verschloss die Tür.

»Bedenken wir einmal Folgendes«, fuhr er fort. »Pierces Clan kennt sich sehr gut mit Magie aus, und jemand hat einen Rufzauber gewirkt. Falls der Albion-Clan einen Coup vorbereitet, wie könnte er das besser als mit einer Armee von Fehlwandlern und einem Dämon, der ihnen gehorcht?«

Omara drehte sich um und riss ihre Arme nach oben. »Aber warum? *Warum* sollte es eine Allianz zwischen den Albions und einer Rasse von hinterhältigen Mutanten geben?«

Da er sich in die Defensive gedrängt fühlte, erhob Alessandro seine Stimme. »Ich erinnere mich noch an Zeiten, in denen sie deine Konkurrenten waren. Die Albions waren verbissen ehrgeizig. Einzig deine überlegene Zauberkunst stand zwischen ihnen und der Krone, und sie hätten dich bei der erstbesten Gelegenheit vom Thron gestoßen. Glaubst du, dass sie sich seither vollkommen verändert haben? Fehlwandler hingegen würden dich niemals auf eigene Faust attackieren. Sie sind zu wenige. Also *müssen* sie mit jemandem zusammenarbeiten.«

»John Pierce wäre dazu nicht fähig. Er ist ein eitler Geck und nicht besonders helle. Ein Mann mit einem kindlichen Wunsch nach Bestätigung. Er benimmt sich schlecht, weil er meine Liebe will.«

»Früher am heutigen Abend dachtest du noch, er könnte ein Mörder sein.«

»Weil ich wütend auf ihn war.«

»Dennoch war der Albion-Clan schon immer problematisch. Ich musste Pierces Bruder köpfen, weil er Gesetze brach.«

»John würde mir nie etwas antun, ebenso wenig meinem Thron. Er betet mich an.«

Zorn schwang in ihren Worten mit. Alessandro verstummte, denn er wollte nicht glauben, was er hörte. Besitzdenken. Schutz. *Sie verteidigt Pierce gegen mich!*

Sogleich war er alarmiert. Pierce war ein Aufschneider, seine Familie eine Horde von Schurken – wie Omara sehr wohl wusste. *Was ist hier los?* »Weiß er von den Portalen?«

»Das Thema habe ich ihm gegenüber nicht erwähnt. Wir sprachen lediglich über die Morde.« Omara fiel in einen der breiten beigefarbenen Sessel gegenüber dem Balkon, so dass sie halb von ihm abgewandt saß. »Ich weiß nicht, wie ich es dir noch deutlicher machen soll: John ist egozentrisch, aber er ist wahrlich kein böses Genie.«

Ihre unüberhörbare Verwundbarkeit schockierte Alessandro. Er betrachtete ihr Halbprofil, und sie blickte in die dunkle, funkelnde Nacht hinaus. *Sie liebt ihn, behandelt ihn aber wie einen Hund. Er erniedrigt sich, um sie zu verletzen, und wirbt gleichzeitig um ihre Gunst. Die beiden unterhalten eine bizarre, selbstzerstörerische Affäre. So darf eine Königin sich nicht benehmen – nicht wenn der Thron mit im Spiel ist!*

Schneidend ruhig fragte er: »Kann es sein, dass jemand, der durch die Gärten des alten Babylon schlenderte und die Sonnen über Pharaonen auf- und untergehen sah, so tief sinken kann wie John Pierce? Die Vorstellung ist atemberaubend, und das nicht im positiven Sinne.«

»Es steht dir nicht zu, mich zu kritisieren, Caravelli«, erwiderte Omara frostig. »Ich habe schließlich mit *dir* geschlafen.«

»Dennoch würdest du mir ohne Zögern die Augäpfel herausreißen, solltest du glauben, ich hätte dich verärgert. Pierce verzeihst du alles.«

Sie bedachte ihn mit einem vernichtenden Blick.

Nach allem, was die Königin ihm zugemutet hatte, empfand Alessandro einen winzigen Hauch von Befriedigung. Er hatte sie durchschaut. »Du magst ihn. Nein, du *liebst* ihn, weil er dich herausfordert.«

Sofort sah Omara wieder nach draußen.

Alessandro fuhr fort: »Du magst uralt und böse sein, trotzdem verfällst du einem wie ihm. Vielleicht ist das der Grund, weshalb du mir bei unserer letzten Begegnung versprachst, Leidenschaft mit mir zu teilen, es jedoch nicht getan hast. Ich bin nicht Pierce. Ich gefalle dir nicht mehr.«

Ihr Profil war marmorn und gab nichts von dem preis, was in ihrem Kopf vorgehen mochte. Schlagartig schmolz Alessandros Triumph zu Mitleid dahin. Mächtig und unbarmherzig wie Omara war, verfiel sie wehrlos einem charmanten Lächeln. Was an sich nicht schlimm war, wäre Pierce nicht Pierce. »Du kannst es dir nicht leisten, in deinem Urteilsvermögen zu wanken. Nicht jetzt, da dein Thron attackiert wird. Das weißt du.«

»Ja, ich weiß«, gab sie kleinlaut zu. »In all den Jahrhunderten ist mir nur dieser eine Fehler unterlaufen. Mir ist klar, dass mein Herz mich in die falsche Richtung führt. Und die Fehler einer Königin sind die eines ganzen Volkes.«

Alessandro setzte sich in den Sessel neben ihrem und streckte seine langen Beine aus. Für eine Weile saßen sie stumm nebeneinander und blickten zur Skyline hinauf. Es war ein seltsam vertrauter Moment. Das Machtverhältnis hatte sich verschoben, wenn auch nur für diese kurze Zeit.

»Ist er in die Geschichte verwickelt?«

Müde antwortete sie: »Er hat dem Fehlwandler gegenüber keine Gnade gezeigt, wie du gesehen hast.«

Alessandro überlegte. »Was glaubst du, woher sie kommen?«

»Vielleicht aus den Portalen. Die Fehlwandler waren vollständig von der Erde verschwunden, und jetzt sind sie wieder hier. Also wäre es eine mögliche Erklärung.«

Alessandro setzte sich auf. »Ich dachte, nur Dämonen hausen auf der anderen Seite. Dämonen und die verdammten Seelen, die geschickt wurden, um die Gefangenen in ihrer Hölle festzuhalten, der Burg.«

»Nein, es gibt noch andere in der Burg. Die Verbannung dorthin droht allen übernatürlichen Arten.«

»Wie kann das sein?«

»Die Burg war von vornherein als Gefängnis für uns alle gedacht.«

»Was?!« Alessandro hielt vor Schreck den Atem an.

Omara sank tiefer in ihren Sessel. »Die einzigen Albträume, die ich je habe, handeln davon, dort gefangen zu sein.«

Im Hotelzimmer nebenan ging ein Fernseher an, zuerst sehr laut, dann wurde er leiser gestellt. Nach ungefähr einer Minute sprach Omara weiter.

»In meiner Jugend war Magie etwas ganz Alltägliches. Dämonen und Drachen bewegten sich frei an den dunkleren Orten, und die Menschen waren noch nicht die allmächtige Spezies, die sie heute sind.«

Sie streifte ihre Schuhe ab, sagte aber nichts mehr.

»Und?«, fragte Alessandro.

»Die menschlichen Zauberer taten sich zusammen«, fuhr sie gedankenverloren fort. Ihre Stimme schwang im Rhythmus der antiken Geschichtenerzähler. »Anfangs wollten sie einen großen Zauber spinnen, der helfen sollte, ihresgleichen zu beschützen. Was herauskam, war ein Monument ihrer absoluten Macht.«

»Ein Gefängnis für Nichtmenschliche?« Von den Ursprüngen der Burg hatte er nichts gewusst.

»Ja. Sie vereinten sich und bündelten eine solch furchteinflößende Kraft, wie sie seit der Erschaffung des Himmels und der Meere nicht gesehen worden war. Mit ihr schufen sie ihr Gefängnis für Dämonen und Drachen, für Höllenhunde und Werwesen, für Vampire und Feen. Das Ganze wurde außerhalb der Gesetze von Raum und Zeit errichtet, wo sie alle Kreaturen einsperrten, die auch nur einen Hauch Magie besaßen.«

Alessandro entging die Ironie nicht. »Alle Kreaturen ausgenommen sie selbst, natürlich.«

»Exakt.«

»Aber sie scheiterten«, ergänzte er. Er wollte nicht glauben, was Omara ihm erzählte. »Die Übernatürlichen haben diese Welt nie verlassen.«

»Nicht alle, aber es war knapp. Nach dem Bau kam es zu einem Genozid. Einige wenige, wie ich, schafften es, ihren Armeen zu entkommen. Es dauerte Jahrhunderte, bis wir zahlenmäßig wieder auf einen Bruchteil unserer frühreren Größe angewachsen waren. Und erst seit wenigen Jahren trauen sich die übernatürlichen Arten, in Freiheit zu wandeln.«

»Hast du deshalb die Initiative angeführt, die Menschen von uns wissen zu lassen?«

Omara lächelte matt. »Teils, ja. Ich erinnerte mich, wie es war, sich nicht verstecken zu müssen. Manch einer nannte mich eine Visionärin, aber eigentlich habe ich nur für eine Existenz gekämpft, die ich einst für selbstverständlich nahm.«

Einen kurzen Moment schwiegen beide. »Aber wenn so viele Übernatürliche gejagt und weggesperrt wurden«, überlegte Alessandro laut, »was ist dann mit ihnen allen passiert?«

Die Königin wirkte wie versteinert. »Diejenigen, die gefangen genommen wurden, kehrten nie zurück. Die Zauberer entführten menschliche Männer aus ihren Familien, verliehen ihnen unnatürliche Kräfte und zwangen sie, die Burg bis in alle Ewigkeit zu bewachen.«

»Aber … niemand ruft einen Vampir oder einen Werwolf. Nur Dämonen. Falls die ursprünglichen Gefangenen überlebt haben, sind sie immer noch eingekerkert.«

Omara sah ihn an, ohne eine Miene zu verziehen. »Niemand, der in die Burg geht, kann jemals entfliehen. Niemand. Und kommen die Wächter zum Jagen in unsere Welt, fangen sie alle Übernatürlichen, die sie finden, und zerren sie in ihre Hölle zurück.«

Alessandro wurde übel. *All die Unglücklichen sind immer noch dort gefangen – vergessen!* Nebenan murmelte der Fernseher.

Nun redete Omara weiter, als hätte sie ihre Erzählung nie unterbrochen. »Es gehen Gerüchte um, dass die Burg zerfällt und Chaos in ihren Gängen herrscht. Man sagt, die Wächter würden weniger, und diejenigen, die noch dort sind, wären vor Verzweiflung wahnsinnig geworden. Es heißt, die Insassen liefen Amok. Vielleicht schwindet nach all der Zeit die Magie der Burg. Nicht einmal ich kenne mehr die Namen der selbsternannten Zaubererkönige, die sie erbauten.«

Alessandro blickte aus dem Fenster. Wut brodelte in ihm. »Warum wurden keine Befreiungsversuche unternommen?«, fragte er. »Wieso wusste ich bis heute nicht, dass in der Burg nicht bloß Dämonen gefangen gehalten werden?«

Mit einer ungeduldigen Handbewegung tat Omara seine Frage ab. »Es wird verheimlicht, weil es keine Rettung geben kann. Darin sind sich alle nichtmenschlichen Anführer einig.«

»Weshalb nicht?«

»Möchtest du dir diese Welt allen Ernstes mit mächtigen Wesen teilen, die über Jahrtausende in stummer Finsternis eingekerkert waren? Inzwischen dürften sie alle dem Wahnsinn verfallen sein. Niemand kann sagen, welcher Horror über uns hereinbricht, sollten die Schleusen geöffnet werden.«

»Also lässt man sie dort verrotten«, folgerte Alessandro schneidend.

Omara hob beide Hände. »Verrate mir, wer die Mittel hat, Sozialarbeiter und Therapeuten für eine ganze Höllendimension vorzuhalten! Über Jahrhunderte hatten diejenigen von uns, die der Gefangennahme entkommen waren, alle Hände voll damit zu tun, auch nur zu überleben.«

»Aber jetzt?«

»Vertrau mir, wenn ich dir sage, dass die anderen im Vampirrat noch weit gnadenloser sind als ich. Keiner wünscht sich ein Flüchtlingsproblem – nicht, solange wir noch alle um ein paar magere Rechte für unsere eigenen Leute kämpfen.«

»Wie überaus praktisch!«

»Was würden die Menschen denken, wenn sie es mitbekämen? Was wäre, wenn sie erführen, dass es ein ganzes Gefängnis voller Dämonen und Irrer gibt, das gleich hinter ihrer Gartenpforte liegt? Es wäre ein Desaster!« Sie holte tief Luft. »Und vergiss die Wärter nicht! Werden Portale geöffnet, dauert es nicht lange, bis sie kommen und nach Flüchtigen suchen. Das ist ein Grund mehr, weshalb wir den Dämon in die Hölle zurückschaffen müssen, aus der er entwich. Ein Rudel Höllenhunde schert sie vielleicht nicht weiter, aber sie werden gewiss keinen Meisterdämon frei herumlaufen lassen. Und sollten sie unsere Gemeinde in Fairview entdecken, müssen wir auch gegen sie kämpfen. Dabei könnten einige von uns in der Burg enden.«

Alessandro biss die Zähne zusammen. Er hatte seine liebe Not, Omaras Pragmatismus hinzunehmen und den Insassen der Burg nicht sofort zu Hilfe zu eilen. So wenig es ihm behagte, konnte er ihre Argumente nicht von der Hand weisen. Dennoch sträubte sich alles in ihm dagegen, untätig zuzusehen.

»Kamen so die Fehlwandler in die Burg? Wurden sie von Wärtern eingefangen?«

»Das ist eine Möglichkeit. Eine andere wäre, dass einige moderne Zauberer wissen, wie man die Burg als kosmische Mülldeponie für lästige Feinde nutzt. Eine Vorfahrin deiner Hexe, Elaine Carver, benutzte vor über hundert Jahren ein Portal in Fairview, um einen Dämon loszuwerden.«

Ein Puzzleteil fügte sich mit einem zynischen *Klick* ins Bild, und endlich begriff Alessandro, was Omara vorhatte. *Du Schlampe!*

Er wandte sich zu ihr. »Natürlich! Hexen zaubern, indem sie Energie manipulieren. Du brauchst Holly für mehr als die Totenbeschwörung. Du brauchst ihre Hilfe, um die Portale zu kontrollieren!«

Omara lächelte.

Alessandros Herz aber tat einen einzelnen verzweifelten Schlag. »Das Portal brachte Elaine Carver um.«

Jedwede Verwundbarkeit war aus Omaras Zügen gewichen. Nun schien sie sich über ihn lustig zu machen, weil sie wusste, dass sie einen wunden Punkt erwischt hatte. Angst –

oder vielleicht war es auch Vorahnung – durchfuhr ihn, gefolgt von glühendem Zorn. Er begann gerade erst, einiges zu verstehen. Zumindest konnte er sich manches zusammenreimen, und das war nicht schön.

»Also erinnere dich an deine Geschichte!«, ermahnte Omara ihn ruhig.

Nein! Auf keinen Fall würde er Holly diesen fatalen Weg einschlagen lassen. Seine Gedanken überschlugen sich, zeigten ihm ein Schreckensszenario nach dem nächsten. Ein letztes Mal versuchte er es mit Logik.

»Seit über hundert Jahren setzt du mich als Wächter von Fairview ein. War das der Grund, weshalb du mich hier haben wolltest statt an deiner Seite, wo ich eigentlich hingehöre?«

Sichtlich amüsiert, wartete sie anscheinend ab, welchen Trick er anzubieten hatte. »Ich verstehe nicht, was du meinst.«

Er fühlte, wie er seine Zähne bleckte. Die alte Loyalität, die ihn an seine Königin band, hing an einem seidenen Faden. »Ein bloßer Überwachungsjob könnte von jedem verlässlichen Lohnarbeiter ausgeführt werden. Du brauchtest hier keinen Krieger, außer, du hast mit etwas Großem gerechnet, das bekämpft werden müsste.«

Omara reckte ihr Kinn kaum merklich. Also hatte er ins Schwarze getroffen. »Worauf willst du hinaus?«

Nach kurzem Zögern sprach Alessandro aus, was er dachte: »Du hast mit Elaine Carver zusammengearbeitet, als sie den Dämon damals verbannte. Du wusstest, dass er seinen Weg durch das Portal finden würde, nur nicht, wann oder wie er es anstellte, aber dir war klar, dass er käme. Und deshalb hast du mich hergeschickt, damit ich vor Ort bin, wenn es so weit ist.«

»Und wenn schon?«, fragte sie streng. »Was macht das jetzt noch für einen Unterschied?«

»Wozu die Geheimniskrämerei? Warum tust du, als hättest du keinen Schimmer, was vor sich geht?«

»Bis heute wollte ich mir nicht eingestehen, dass das Portal trotz meiner Magie und dem Opfer der Carver-Hexe wieder geöffnet werden kann. Solche Dinge laut auszusprechen, lädt andere ein, an meiner Macht zu zweifeln.«

»Aber jetzt ist der Dämon hier, und nach wie vor sagst du nichts. Wieso nicht?«

Auf einmal verzog Omaras Gesicht sich vor Schmerz, und sie krümmte sich in dem Sessel zusammen.

Was ist jetzt los? Was kann sie mir denn noch verheimlicht haben? Alessandro sprang auf und wollte sie trösten, doch sie wies ihn ab und schlang die Arme um ihren Oberkörper.

Schließlich sah sie zu ihm auf. Ihre Augen waren trocken, doch ihre Miene eindeutig gequält. »Ich gebe mich aus gutem Grund ahnungslos. Ich kann nicht sagen, dass ich von dem Dämon weiß, und nichts unternehmen, um ihn aufzuhalten. Deshalb wollte ich abwarten, was deine Hexe ausrichten kann. Ich muss mir sicher sein, welche Mittel mir zur Verfügung stehen.«

»Was meinst du damit?«

»Ich besitze nicht mehr die Kraft, einen Dämon zu stoppen.« Sie stand auf. »Beim Einbruch in mein Apartment in Seattle nahm der Dieb meine Grimoires mit, all meine magischen Instrumente.«

»Was?!« Omara hatte ihn belogen, schamlos belogen. Alessandro hatte das Gefühl, ihm läge ein Stein im Magen. »Du hast gesagt, nichts von den Sachen wurde gestohlen!«

»Sie wurden allesamt gestohlen. Jedes einzelne Instrument, das ich brauche, um auch bloß den kleinsten Zauber auszuführen. Alle magischen Werkzeuge, die ich über Jahrzehnte auf meine Kräfte abgestimmt habe. Ich brauche mindestens hundert Jahre, um auch nur ein Zehntel von ihnen zu ersetzen.«

Die Königin kehrte ihm den Rücken zu und starrte in die Nacht hinaus. Ihre Arme hingen schlaff herab, und sie atmete angestrengt. Alessandro sah ihr an, dass sie mit ihren Gefühlen rang. »Niemand weiß, dass ich machtlos bin. Ich täusche schon seit Wochen das Gegenteil vor, halte alle hin und bluffe.«

Vor Schreck wurde Alessandros Mund staubtrocken. *»Das Buch der Lügen?«*, erkundigte er sich nach jenem Wälzer über Dämonenmagie, mit dem Omara auf ihren Thron hatte gelangen können.

»Weg!«, zischte sie.

Das Buch war Omaras wirksamste Waffe gewesen, unbeschreiblich tödlich, voller grausamer Geheimnisse. Und sie konnte sich nicht einfach ein neues Exemplar bei Evil4U.com bestellen. Sie hatte das Buch einem Dämon entwendet, was sie beinahe alles gekostet hätte.

Im Moment sah sie kein bisschen triumphierend aus. Vielmehr wirkte sie klein und zerbrechlich. »Ich habe Feinde, die mich in Stücke reißen, wenn sie erfahren, dass ich das Buch verloren habe. Du hast recht, was die Ambitionen des Albion-Clans betrifft, und er ist nur ein Name auf einer langen Liste. Ich darf nicht bloßgestellt werden. Deshalb brauche ich dringend die Hilfe deiner Hexe. *Sie muss die Magie wirken, die ich nicht mehr wirken kann!*«

Alessandro berührte ihre Schulter mit seinen Fingerspitzen, worauf sie zusammenzuckte, als hätte er sie verbrannt, wich aber nicht aus.

»Warum hast du mir nichts gesagt?«, wollte er wissen. Seine Furcht um sie verdrängte seinen Zorn. »Du hast mich aufgenommen, als ich keinen Clan hatte. Du bist meine Königin, die ich stets schützen werde.«

»Weil ich meinen Thron nicht einmal gegen andere Vampire verteidigen kann, von Dämonen ganz zu schweigen. Deine Loyalität mag einer leuchtenden Flamme gleichen, aber sie schützt mich nicht vor allem. Ich konnte mir nicht leisten, es irgendjemandem zu sagen – nicht, nachdem ich so hart gearbeitet hatte. Ich habe zu viel bei den menschlichen Gesetzeshütern erreicht, als dass ich meine Position auf halber Strecke verlieren darf.«

Hilflos breitete sie ihre Hände aus. »Ich habe versucht, durchzuhalten und eine Lösung zu finden, bevor meine Schwäche publik wird. Es gibt niemanden mit meinem Geschick und meiner Geduld, der bereit ist, mit den Menschen zu verhandeln.«

»Ich weiß. Wir könnten alles verlieren. Wer hat das Buch gestohlen?«

»Wichtiger ist: Wo ist es, und wie bekomme ich es wieder?« Omara hob den Kopf, und Alessandro sah, dass in ihr Stolz und Elend rangen. »Ich habe Angst.«

Ihm wurde eiskalt. Da war etwas, etwas anderes, das keiner von beiden aussprechen wollte. In den Vampirclans fanden sich keine Ex-Monarchen. Die Krone erwarb man sich in einem tödlichen Duell. Und es war der eine Kampf, in dem die Schwertführer nicht zugelassen waren.

Ohne ihre Kräfte war Omara so gut wie tot.

16

Holly hatte ein befremdliches Déjà-vu-Erlebnis. Wieder einmal folgte sie Sanitätern, die einen Mann wegtrugen, mit dem sie eben noch zusammen gewesen war, ehe er von einem mysteriösen Übel befallen wurde. Es war sogar einer von den Sanitätern darunter, die zum Flanders-Haus gekommen waren.

Vielleicht hat es doch Vorteile, mit Unsterblichen auszugehen, dachte sie, während sie gegen ein hysterisches Kichern ankämpfte. *Die Untoten sind wenigstens widerstandsfähiger.*

In ihrem Hyundai fuhr sie dem Krankenwagen nach und drückte einhändig eine Kurzwahl auf ihrem Handy. Sie hatte keine Ahnung, womit sie es zu tun hatte, und brauchte Verstärkung. Bisher hatte sie auf ganzer Linie versagt. Erst hatte sie nicht erkannt, was mit Mac los war, dann konnte sie den Sanitätern rein gar nichts über seine Krankengeschichte oder Notfallkontakte sagen. Die im Krankenhaus müssten nun bei der Polizei anrufen und dort seine persönlichen Daten erfragen. Und nun überlegte Holly, was – und wie viel – sie den Ärzten erzählen sollte. Übernatürliche Krankheiten zählten zu den umstrittenen Themen unter Medizinern. Einige Ärzte weigerten sich schlicht, solche Fälle zu behandeln.

Unter Alessandros Nummer meldete sich sofort die Mailbox. Wer ihn abgerufen hatte, schien ihn vollständig in Beschlag zu nehmen. *Verdammt!* Sie klappte ihr Handy zu, ohne eine Nachricht zu hinterlassen. Irgendwie musste sie das hier allein geregelt bekommen.

Es war fast Mitternacht, bis sie auf ihren hohen Absätzen in die Notaufnahme stöckelte, wo der Boden entschieden zu glatt war. Blinzelnd sah sie sich in dem grellen Licht um, das nach den dunklen Straßen surreal anmutete.

»Ich möchte zu Conall Macmillan«, erklärte sie der Schwester am Empfangstresen. »Er wurde vor ein paar Minuten eingeliefert. Wie geht es ihm?«

»Sind Sie eine Verwandte?«

»Sally Macmillan. Ich bin seine Schwester.« *Göttin, vergib mir diese Notlüge*!

Die Schwester tippte etwas ein und blickte vollkommen ungerührt auf den Monitor. »Ich kann Ihnen noch nichts sagen. Hier steht bloß, dass der Doktor ihn aufgenommen hat, aber er wurde noch nicht untersucht.«

»Warum nicht?«

»Ist eine Menge los heute Nacht.«

Holly verkniff sich eine spitze Bemerkung. »Kann ich zu ihm? Wo ist er?«

Die Schwester wies den Gang links hinunter und wandte sich gleichzeitig jemand anderem zu. Holly ging an mehreren Reihen von Plastikstühlen vorbei, auf denen Leute warteten, dass man sich ihrer annahm. Sie streifte ihre Stola ab. In ihrem kleinen Schwarzen kam sie sich grotesk deplaziert vor. Die Luft roch nach Desinfektionsmitteln, deren beißender Duft noch durch die flackernden Neonlichter über allem verstärkt wurde.

Viel zu sehen gab es nicht. Die schlammgelb gestrichenen

Wänden wurden größtenteils von Aktenschränken, Metallspinden und sogar Schreibtischen verdeckt, denn streckenweise war der Flur zum Behelfsbüro umfunktioniert worden. Und dazwischen standen Rollbetten, in denen wartende Patienten lagen. Zu wenig Personal, zu wenig Platz. Fairview wuchs schneller als sein Krankenhausbudget.

In dem ganzen Chaos war es nicht leicht, Mac zu finden. Man hatte ihn in eine enge Vorhangkabine geschoben, aus der das Fußende seines Rollbettes herausragte. Holly packte die Metallstange, als hätte sie soeben den Preis bei einer Schnitzeljagd entdeckt. Mac war bewusstlos, blass, aber ansonsten wirkte er normal, was wohl an dem Sedativum lag, das sie ihm verabreicht hatten. Zumindest litt er keine Schmerzen mehr.

»Gehören Sie zu ihm?«

Holly blickte sich um. Eine junge Schwester in einem rosa OP-Zweiteiler drehte ihre Runde und begutachtete die zahlreichen Notfälle.

»Ich bin eben erst gekommen«, wich Holly aus. »Können Sie mir sagen, wie es ihm geht?«

Die Schwester quetschte sich zwischen Bett und Vorhang, maß Macs Puls und trug etwas in das Krankenblatt unten am Bettgestell ein. »Da müssen Sie den Doktor fragen.«

»Und wann kann ich mit ihm sprechen?«

»Schwer zu sagen. Wir haben gerade drei Unfallopfer hereinbekommen.« Die Schwester blickte mit einer Mischung aus Belustigung und Neid auf Hollys Schuhe. »Gehen Sie ruhig erst einmal einen Kaffee trinken, und versuchen Sie es später noch einmal.« Mit diesen Worten ließ sie sie stehen.

Nun drängte Holly sich neben Macs Bett. Draußen auf dem Flur schrillte ein Telefon wieder und wieder, das offenbar keiner von den umhereilenden Pflegern und Schwestern abnehmen wollte. Holly legte ihre Hand auf Macs. Seine Haut war kühl und trocken, beinahe normal, und die seltsamen Energiewellen, die vorhin von ihm ausgeströmt waren, schienen ebenfalls verschwunden. An ihm war kaum noch eine Aura zu entdecken.

Schuldgefühle plagten Holly. *Wieso sah ich das nicht kommen?* Sie verwob ihre Finger mit Macs und sah ihm ins Gesicht. Er atmete flach und hatte die Lippen leicht geöffnet, als wollte er etwas sagen. Sein Gesicht war wirklich schön, kantig, und seine Augen umrahmten dichte schwarze Wimpern. Eine Menge Frauen wären froh, dürften sie jeden Morgen neben einem Mann wie Mac aufwachen.

Mac hatte Holly um Hilfe gebeten, und sie hatte komplett versagt.

Ihr wurde mulmig, was gleichermaßen ihrem schlechten Gewissen wie dem Krankenhausgeruch zu verdanken sein dürfte. Sie ließ Macs Hand los und lehnte sich gegen ein offenes Regal mit Handtüchern. Ihre Bewegung musste ihn aufgeschreckt haben, denn er drehte seinen Kopf zur Seite und runzelte die Stirn. Holly strich sanft mit ihren Fingern über die Sorgenfurchen, um die Anspannung zu vertreiben. Zwar hatte sie ihm bislang nicht helfen können, aber das hieß keineswegs, dass sie es nicht weiter versuchen würde.

Okay, was weißt du?, fragte sie sich.

Alessandro hatte etwas bemerkt, ihr aber nichts gesagt, außer dass Mac falsch roch. Und Holly hatte es auf männliche Rivalität geschoben. Es könnte mehr gewesen sein. Macs Fall und diese ganze Vampir-Dämon-Fehlwandler-Geschichte könnten zusammenhängen, was es umso wichtiger machte, dass sie herausbekam, was mit Mac geschehen war.

Der »diagnostische« Kuss hatte ihr nichts verraten, was daran liegen konnte, dass sie gehofft hatte, Mac würde sie von Alessandro ablenken. Das hatte ihre Konzentration beeinträchtigt. Womit es natürlich ihre Schuld war, aber vielleicht war das nicht alles. Grandma hatte gesagt, dass Dämonen ihre wahre Natur verbargen, selbst während sie Magie wirkten. Galt dasselbe für ihre Zauber? Womöglich hatte Holly den magischen Bazillus, den Mac sich eingefangen hatte, aus dem simplen Grund übersehen, dass er wusste, wo er sich verstecken musste.

Geht das überhaupt? Oder ziehe ich voreilige Schlüsse?

Der einzig verlässliche Hinweis, den sie hatte, war das Mädchen, das Mac erwähnt hatte: Jenny. Die Begegnung schien der Auslöser gewesen zu sein. *Welche übernatürlichen Läuse werden durch einen Kuss übertragen?* Und wie lange konnten sie sich in einem menschlichen Körper verstecken? Hatte Hollys Kuss, bei dem etwas von ihrer eigenen Magie in Mac eingedrungen war, die Läuse erst richtig in Fahrt gebracht?

Ihre diagnostischen Mittel beschränkten sich auf genau ein einziges. Holly öffnete ihre Handtasche und wühlte nach den Antidämonen-Talismanen, die sie nachmittags bei Grandma abgeholt hatte. Es handelte sich um winzige Seidenbeutel mit Kräutern und Federn, die an Lederbändern hingen, so dass man sie um den Hals tragen konnte. Die Machart war schlicht, aber die Magie darin ausgesprochen stark.

Das hätte mir gern früher einfallen dürfen! Sie hätte längst einen dieser Talismane tragen sollen, doch sie hatte geglaubt, ein Abendessen bei Mac wäre ungefährlich. *Was sehr viel über mein Privatleben verrät.*

Dem Naturgesetz von Handtaschen gehorchend, waren die Talismane ganz unten in der Tasche gelandet. Holly angelte sie hervor und entwirrte die Bänder, bis sie zwei einzelne aus dem Knäuel gelöst hatte. Eines hängte sie sich selbst um, das andere streifte sie Mac über den Kopf. Knisternde Energie ließ ihr die Nackenhaare zu Berge stehen. Holly kippte nach hinten, als Mac sich marionettenhaft ruckartig aufsetzte. Seine Augen waren weit geöffnet, erschrocken und blind.

»Mac?«

Er zerrte an dem Talisman und begann zu schreien.

»Nein! Nicht!«

»Was machen Sie denn da?«, ertönte eine fremde Stimme.

Holly fuhr herum. Sie erwartete, die junge Schwester zu sehen, doch stattdessen stand dort eine blonde Frau in Jeans. Diesmal funktionierten Hollys Hexensinne verlässlich. *Sie ist der Dämon!*

Und sie gab sich keinerlei Mühe mehr, ihre Kraft zu verbergen.

Ein greller Blitz schleuderte Holly gegen die Wand hinter dem Bett.

Mac war unvorstellbar kalt. Er träumte von Jenny, die ihn wieder küsste. Alles Hohle, Leere in ihm füllte sie mit heißem, gierigem Verlangen. Ein Brennen machte ihn erschaudern wie in einem schlimmen Fieber. Das hier ging weit über fleischliche Lust hinaus, über Reibung und Befriedigung. Sein Hunger war bohrend und konnte nicht mit körperlicher Wonne gestillt werden.

Er tauchte in schwarzen Nebel ein. Dieser Teil war schräg.

Und dann war es vorbei. Auf einen flüchtigen Moment der Vollkommenheit folgte ein Reißen, als entzöge sie sich ihm. Abermals überkam ihn ein entsetzlicher Schmerz. Er wollte schreien, konnte aber nur treiben, völlig losgelöst, während der Schrei zu einem wispernden Gedanken in seinem Kopf schrumpfte.

Dann rammte der Schmerz ihm einen Pfahl in die Brust, worauf ein Schwall glühenden Feuers seine Kehle hinaufschoss. Plötzlich saß er mit offenen Augen da. *Wo zur Hölle bin ich?*

Der Traum löste sich auf, nicht jedoch der flammende Schmerz in seiner Brust. Keuchend riss er an seiner Haut, nur waren seine Finger steif.

»Nein! Nicht!«

Jemand. Eine Frau. *Holly.* Grelle Pein betäubte jeden Gedanken, und sie war schuld.

Er schrie seine Qual in unbändigem Zorn heraus. Ein Dutzend Hände drückten ihn hinunter, er spürte ein Stechen in seinem Arm, dann eine weiche Wolke von Euphorie. Sein Verstand kippte einfach weg, so dass er in einem warmen Ozean zu treiben meinte.

Jemand zerrte das brennende Ding von seiner Brust, und Mac gab sich der samtigen Bewusstlosigkeit hin.

Als Mac aufwachte, hatte sich etwas Grundlegendes verändert. Er hatte keinen Schimmer, was es war, nur dass es sich verdammt übel anfühlte.

Der logische Teil seines Gehirns war noch da, allerdings eher wie die Stahlträger eines vollständig ausgebrannten Gebäudes. Er befand sich jetzt an einem anderen Ort. Um ihn herum nahm er weiße Wände wahr, um das Bett weiße Vorhänge. Es herrschte die typische zeitlose Helligkeit eines Krankenhauses. Mac fragte sich, wie lange er schon hier war. Ob er hungrig oder ihm eher schlecht war, konnte er nicht sagen.

Dann sah er, dass sie da war. Nicht Holly, sondern Jenny.

Jenny? Sein Instinkt schrie, er solle sich verstecken, trotzdem konnte er die Augen nicht von ihr abwenden. Unbehagen beschlich ihn, umkreiste ihn wie eine lauernde Wildkatze. Ihm war schleierhaft, woher er es wusste, aber es war sonnenklar, dass seine Zukunft von dem abhing, was Jenny jetzt tun würde – jetzt gleich.

Er hatte Angst, denn Jenny war eindeutig böse – und nicht menschlich. *Um das herauszukriegen, braucht man keine Superkräfte.* Also beobachtete er sie, wagte kaum zu atmen, und kam sich wie ein verfluchtes Opfertier vor, wie er so rücklings vor ihr lag. Offenbar überlegte sie noch, was sie mit ihm anstellen sollte. Es würde ihnen beiden Vergnügen bereiten, bloß bedeutete *ihr* Vergnügen *seine* Zerstörung. Sie wollte in ihn hineinbluten, ihn Tropfen für Tropfen umbringen.

Woher er das nun wieder wusste, verstand er selbst nicht. Er wusste es einfach.

Mac versuchte, seinen Arm zu bewegen. Festgebunden. Das überraschte ihn. *Was zum Teufel ist passiert? Habe ich jemanden verletzt?*

»Du hast einen filmreifen Auftritt hingelegt, Detective«, verriet Jenny ihm, als hätte sie seine Gedanken gelesen. Wahrscheinlich hatte sie das auch.

Sie verlagerte ihre Position auf dem Besucherstuhl, überschlug ihre gekreuzten Beine andersherum. Dunkle Jeans, hochhackige Stiefel, scharlachrotes Kapuzenshirt. Die Sachen waren sämtlich neu. *Das Geschäft mit den Wesen der Finsternis muss wohl boomen.*

»Was hast du mit mir gemacht?« Mac erkannte seine eigene Stimme nicht wieder. Jede Silbe kratzte rauh und pergamenten in seinem Hals. Vage erinnerte er sich, dass er geschrien, Schmerzen gehabt hatte. Beide Erinnerungen und die Gegenwart erschienen unwirklich, ähnlich einer Geisterbahnfahrt in einem Vergnügungspark, wo der kribbelnde Grusel durch nichts als Wandgemälde und Lichtspiele hervorgerufen wurde.

Jenny seufzte gelangweilt und wickelte eine Locke ihres blonden Haars mit dem Zeigefinger auf. »Es ist schwer zu erklären, was ich getan habe – was ich bin. Oder was du sein wirst. Ein bisschen so, als wollte man einem Baby erklären, wie es gehen soll. Schon bald wird alles für dich einen Sinn ergeben.«

»Erspar mir diesen Superschurkenquatsch!«

»Man sollte nichts ablehnen, ehe man es probiert hat.« Sie stand auf, trat ans Bett und hockte sich seitlich neben seine Knie, so dass die Matratze sich durchbog. Durch die dünne Bettdecke fühlte Mac ihre Körperwärme.

Jenny beugte sich vor und löste das Band von seinem Handgelenk. Ihr Kapuzenshirt war nur halb geschlossen, und darunter sah man das schwarze Trägerhemd. Mac hatte freien Blick auf warme weiße Brustwölbungen, die so weich wie Gänsedaunen aussahen. *Oh ja!*

Sie schien ziemlich lange zu brauchen. Die Decke wölbte sich über seinem Bauch, denn sosehr sein Verstand auch zurückrudern wollte, verhielt sein Körper sich stur blöd.

»Falls du dich fragst, was mit deiner Freundin passiert ist«, fuhr Jenny fort, »ich habe sie weggeschickt.«

Holly. Ein Bild von ihr, wie sie zu ihm hinabsah, huschte ihm durch den Kopf. Diesem Erinnerungsausschnitt folgte ein anderer, weniger schöner. Übelkeit. Ein Krankenwagen. Schmerz. Mac blinzelte. Immerhin erschlaffte sein Körper bei diesen Erinnerungen. »Geht es ihr gut?«

Jenny mühte sich noch an dem Knoten des Bindegurts ab. »Natürlich. Der Talisman, den sie trug, schränkte meine Möglichkeiten ein, zumal ich wenig Zeit hatte, ehe das Pflegepersonal angerannt kam, weil es deine Schreie hörte. Sie wird sich übrigens nicht erinnern, dass sie hier war. An gar nichts, genau genommen, seit dem Essen bei dir. Aber sie hat nicht vergessen, wie exzellent du für sie gekocht hast. Deine kulinarischen Fertigkeiten haben mächtig Eindruck auf sie gemacht.«

»Wie hast du …«

»Im Grunde musste ich gar nicht viel tun.« Mac erkannte ein schelmisches Funkeln in ihren Augen. »Sie wurde aufgefordert, zu gehen, weil die Schwestern dachten, sie hätte dich mit einem Voodoo-Fluch gequält. Also warfen sie sie direkt hinaus. Scheußliche Dinger, diese selbstgemachten Talismane!«

»Warte mal, halt, was für Talismane?«

»Das war's, was dich verbrannt hat und was mich davon abhielt, deine Freundin richtig zu packen zu kriegen.«

Dunkle Vorahnungen schnürten Mac die Kehle zu. »Wie hast du ihre Erinnerung gelöscht? Hast du sie geküsst?«

»Noch nicht«, antwortete Jenny mit einem vielsagenden Lächeln. »Keine Sorge, sie wacht wohlbehalten in ihrem eigenen Bett auf und wird glauben, dass mit dir alles bestens ist. Den Rest der Erinnerungen habe ich dorthin zurückgepackt, wo ich sie fand. Für mehr fehlte mir die Zeit.«

Nun war der Gurt gelöst, und Mac beugte seinen Arm, damit seine Finger wieder durchblutet wurden. *Wenn Holly sich an nichts mehr nach dem Essen erinnert, weiß sie auch nicht, wo ich bin oder was mit mir los ist. Keiner weiß es. Oh Gott, was soll ich tun?*

Jenny griff über ihn hinweg zu seinem anderen Arm, so dass ihre vollen Brüste sich fast an ihm rieben. »Es war sowieso verfrüht, sie mein zu machen.«

»Häh?« Der andere Gurt löste sich, so dass Mac sich wieder frei bewegen konnte.

»Ich habe schon versucht, sie mir zu schnappen, aber sie war zu stark. Wenn ich so weit bin«, lächelnd tippte sie Mac ans Kinn, »und sie schwach genug gemacht habe, wirst du sie mir bringen.«

Eine Locke ihres Haars streifte Macs Arm, zu vertraut, zu nahe. Die seltsame Faszination, die Jenny auf ihn ausübte, zerriss wie ein alter Garnfaden. Er stürzte sich vor, beide Hände um Jennys Hals, und drückte sie auf das Bett.

»Lass mich!«, knurrte er. »Was immer du gemacht hast, mach es rückgängig!«

Jenny japste, dann kicherte sie und sah ihn provozierend an. Ekel überkam Mac, drehte ihm die Eingeweide um, und er drückte fester zu, war jedoch außerstande, das vermaledeite Kichern abzuwürgen, obwohl er schwören könnte, dass ihr zartes Genick jeden Moment brechen würde.

Mit verblüffender Kraft zerrte sie seine Hände von ihrem Hals, packte ihn blitzschnell bei den Schultern, presste ihren Mund auf seinen und stieß mit der Zunge in ihn hinein.

Plötzlich begriff er, dass er nicht lebend hier herauskam.

Dieser Kuss war vollkommen anders als letztes Mal. Ihre Lippen waren kalt, süß wie gekühlte Melone, weich wie Mondlicht – und sie fütterten ihn mit irgendetwas. Das war pure Essenz, was da an ihrer Zunge haftete, über seine Zähne schabte und geeistem Honig gleich in seine Seele drang. Er erschauderte unter einem Höhepunkt, als hätten sie auf einer anderen Daseinsebene gigantischen Sex.

Doch bei diesem Orgasmus ging es darum, Leben auszusaugen.

Binnen Sekunden war alle Übelkeit fort. Kribbelnde Energie rauschte durch Macs Körper. Er war neu geboren, sowohl im Geiste als auch im Leib des warmen, starken Mannes. Wiedergeboren und bestialisch ausgehungert.

Sie nährte ihn mit ihrem süßen Bösen.

Dämon, dachte er. Er hatte über sie gelesen, aber jetzt gewann das Wort eine neue Bedeutung.

Eine mächtige.

Jenny küsste ihn wieder, und mit jeder Faser strebte er ihrer blutrünstigen Gier entgegen, ergab sich ihr vollständig im Austausch gegen eine weitere Kostprobe des kalten Elixiers. Während er mit seinem Leib und seinen Lippen bettelte, leckte und sog Jenny an ihm, verschlang, neckte und genoss Macs Lebenskraft, die sie ganz und gar durch ihr Gift ersetzte.

Dieses Gift war sein einziger Trost. Er trank es gierig, selbst als sich ein dunkles Vakuum in ihm entfaltete, das an die Stelle seiner Seele trat und ihn zu ewigem Hunger verdammte.

Dämon!

17

Holly erwachte aus einem bizarren Traum von ihrer großen Schwester Ashe, die in einem winzigen blauen Spielzeugauto herumfuhr. Das Auto war ungefähr zwanzig Zentimeter lang, aber die Traumlogik wollte es, dass Hollys erwachsene Schwester problemlos hineinpasste. Falls dieses Bild eine Botschaft transportieren sollte, war sie wahrhaft fachmännisch verschleiert.

Komisch, denn Holly träumte selten von ihrer Familie. Ashe und sie sprachen ja kaum miteinander.

Als sie aufstand, hielt Holly inne, den einen Fuß halb in ihrem Pantoffel. Sie ging nie vollständig angezogen ins Bett, und dennoch trug sie immer noch das kleine Schwarze von gestern Abend. Prompt überfiel sie die Morgen-danach-Paranoia, und sie fing an, sich abzutasten. Ihr Bauch verknotete sich vor lauter Angst davor, was sie entdecken könnte.

Die Talismankette hatte sich einmal um sie gewickelt, so dass der Anhänger ihr jetzt auf dem Rücken hing. *Wann habe ich ihn angelegt?* Er sah ein bisschen plattgedrückt aus, also musste sie wohl auf dem Anhänger gelegen haben.

Holly betrachtete sich im Spiegel. Ihr Make-up war zu einem Dali-Bild verlaufen, und ihre Augen mit dem wohl doch nicht so wasserfesten Mascara darunter hatten etwas von einem Waschbären. Ihr Haar sah aus wie immer nach dem

Schlafen, sprich: nur mittelgrausam. Ansonsten fühlte sie sich gut. *Komisch.*

War ich besoffen? Nein. Wenn sie zu viel getrunken hätte, wäre ihr jetzt schlecht. Hatte Mac ihr etwas in den Drink gemixt? Das war unwahrscheinlich, trotzdem klaffte nach dem Essen eine große Leere. Das wiederum war Holly erst ein einziges Mal passiert, als sie noch ein Kind gewesen und der große böse Zauber schiefgegangen war. Der Zauber, den sie mit Ashe zusammen ausprobiert hatte. *Vielleicht ist das der Grund, weshalb ich von ihr geträumt habe, weil etwas Ähnliches geschehen ist.* Mit dem Unterschied, dass damals ein ganzes Jahr verschwunden war. Diesmal fehlten ihr nur ein paar Stunden. Und es fühlte sich anders an, denn da war ein modriger Nachgeschmack in ihrem Kopf, den sie nicht zuordnen konnte. *Also nicht dasselbe.*

Sie sah aus dem Fenster. Ihr Wagen stand in der Einfahrt, ohne Kratzer oder Dellen. *Doppelt komisch.*

Sie drehte sich um und ging ins Bad, um zu duschen. *Ich muss diese Stimmung loswerden.* Heute war ihr erster Tag an der Uni. *Weißt du noch? Der nette Freund, der College-Abschluss, das erfolgreiche Unternehmen? Zeit, deine Ziele in Angriff zu nehmen!*

Ja, klar! Ihre Ziele erschienen geradezu lachhaft unerreichbar. Sie würde sich schon mit vierundzwanzig Stunden zufriedengeben, die einem normalen Leben nahe kamen.

Sobald sie angezogen war, rief sie Grandma an.

»Ich habe einen Blackout«, sagte Holly anstelle einer Begrüßung.

»Dann ist dein Detective entweder ein echter Mann fürs Leben oder ein kompletter Langweiler. Hast du den erkannt, neben dem du aufgewacht bist?«

Toll! Jetzt kommt die Ich-war-in-deinem-Alter-auch-

schlimm-Nummer! »Nein. Ich bin in meinem eigenen Bett aufgewacht, vollständig bekleidet und allein.«

»Und was soll daran spaßig sein?« Sie hörte, wie Grandma Rauch ausblies. »Fang mal an, zu leben, Mädchen!«

»Ich meine es ernst. Ich erinnere mich nicht, wie ich von Mac weg- und nach Hause gefahren bin. Ich erinnere mich an gar nichts mehr nach dem Essen.«

Grandmas Stimme wurde leiser, was bedeutete, dass sie Holly ernst nahm. »Wie fühlst du dich?«

»Gut. Na ja, müde, aber ich bin nicht verletzt und wurde nicht angerührt.« *Trübsinnig*, fügte sie im Geiste hinzu.

Brekks sprang auf den Tisch und schmiegte seinen Kopf in ihre Hand. Gedankenverloren kraulte Holly ihn unter dem weißen Kinn.

»Hattest du einen der Talismane um, die ich dir gegeben habe?«, fragte Grandma.

»Ja, jedenfalls hatte ich einen um, als ich aufwachte.«

Sie hörte ihre Großmutter ausatmen. »Dann musst du dir keine Sorgen machen. Du hast gestern das ganze Haus neu geschützt, was für dich eine Menge Arbeit gewesen sein dürfte – mehr, als du gewöhnt bist. Das bedeutet aber auch, dass du deine Magie überstrapaziert hast, und so etwas kann schon einmal zu Gedächtnisverlust führen. Wahrscheinlich hast du dir einen Muskel in deinem Zauberkörper gezerrt.«

»Meinst du? Das würde für eine ziemlich schäbige Vorstellung sprechen.«

»Na ja, du bist nicht an solche Sachen gewöhnt, oder? Das verlangt Übung.«

Der freundliche Unterton ihrer Grandma täuschte Holly nicht. Ein Blackout jeder Art war ernst, aber das hatten sie ja schon vorher durchgekaut. Die Lücken in Hollys Gedächtnis waren und blieben ein Mysterium. Weder Medikamente noch Magie hatten geholfen. Und jetzt, da sie sich gut fühlte, war es mehr oder minder sinnlos, das Thema nochmals anzusprechen.

»Was soll ich tun?«, fragte Holly, weil sie Trost wollte.

Den sie nicht bekam. »Hör auf, dich zu sorgen, und mach etwas Nützliches! Ich bin damit beschäftigt, etwas gegen drohende Dämonen zu finden.«

Etwas gegen drohende Dämonen? »Antidämonenzauber« klingt irgendwie beruhigender. »Gibt es eine Möglichkeit, meine Erinnerung an letzte Nacht zurückzubekommen?«

»Wahrscheinlich nicht. Und mit der Erinnerung zu spielen ist gefährlich. Ist es denn so wichtig?«

»Ich werde das Gefühl nicht los, dass ich mich dringend um irgendetwas hätte kümmern sollen«, antwortete Holly, die zunehmend frustrierter wurde.

»Um was?«

»Ich habe keine Ahnung.«

»Hat das mit deinem ersten Tag an der Uni zu tun?«

»Könnte sein. Ich weiß es nicht.«

»Würde mich nicht überraschen. Du hast eine Menge im Kopf, gerade jetzt«, meinte Grandma streng. »Ältere Studenten haben einiges auszuhalten, wie du weißt. Ihr Stress ist sowieso größer, auch ohne Dämonen.«

Holly seufzte. »Wenn ich doch nur irgendetwas gegen diesen Dämon tun könnte!«

»Zum Beispiel?«

»Egal was. Mir ist nun mal nicht wohl dabei, dass ich ins College gehe, während dieses Ding frei herumläuft. Wenn du willst, hole ich mir die Lektüreliste, komme zu dir und helfe dir.«

Grandma stieß einen genervten Laut aus. »Geh zum College! Studiere! Es gibt nichts, wobei du mir heute helfen könntest. Ich kann sowieso schneller nachforschen, wenn du nicht hier herumlungerst, und mir ist wohler, wenn du dich an einem öffentlichen Ort aufhältst. Die meisten Dämonen ziehen bis heute die dunklen Seitengassen vor.«

Zuerst wusste Macmillan gar nicht, wo er war. Nichts ergab einen Sinn, bis er das sanfte Stoffstreicheln auf seiner Haut fühlte und dann ein samtiges weibliches Knie auf seinem Schenkel. *Sie* war bei ihm, in seinem Bett, in seiner Wohnung.

Tageslicht, das durch die Vorhänge gefiltert hereindrang, verlieh allem einen weichgezeichneten Glanz. Jennys Haar fächerte sich wie ein Vorhang über seine Brust, während ihre Finger über seine Rippen glitten. An die Nacht erinnerte er sich nur vage. Irgendwann hatten sie das Krankenhaus verlassen und waren zu ihm nach Hause gefahren. Auch Freunde vom Revier waren gekommen, um nach ihm zu sehen. Jenny hatte sie fortgeschickt, sie bezaubert und Scherze mit ihnen darüber gemacht, dass Mac endlich einmal Spaß hatte. Danach war sie gekommen und gegangen, ehe sie bei Tagesanbruch endgültig in sein Bett schlüpfte.

Und dann hatte er sich in sie gesenkt, wieder und wieder. Es war eine Offenbarung beiderseitiger Gier gewesen.

So viel Unbedeutendes hatte sich darüber verflüchtigt, wie beispielsweise Gedanken an »Das bin ich« oder »Dies ist mein«. Die Grenzen seiner Persönlichkeit knickten ein, so sehr wurde er zu einem Teil von Jenny. Alles war Jenny, und sie war alles. Mac war nichts weiter als ein halbvergessener Geisteszustand.

Im Moment bestand das Universum einzig aus einer weiblichen Brust, die sich in seine gewölbte Hand schmiegte, mit hartem Nippel und bereit für die Vereinigung. Mac entsprach sehr gern ihren Wünschen, rieb die Spitze mit seiner Handfläche, kniff sie sachte. Was immer er an Wonne bereiten konnte, würde er von ihr tausendfach vergolten bekommen, weil er sie kosten durfte.

Jenny war auf der Jagd gewesen, hatte Seelen getrunken, sich küssend an vorüberziehenden Menschen genährt. Nun brachte sie ihm deren silberne Energie, gab ihm das Lebenselixier Tropfen für Tropfen. Und während sie es tat, erbebte er wonnevoll unter ihr und wurde beständig härter und gieriger nach mehr.

»Ich möchte, dass du etwas für mich tust«, verkündete sie.

»Alles.« Er nuckelte an ihrer Brust, so dass sie stöhnend die Augen schloss.

»Der Vampir, der dauernd bei der Hexe ist – er ist Omaras erster Mann. Wie heißt er noch mal?«

»Caravelli.«

»Ich möchte, dass du ihn anrufst.« Sie umfasste Macs Gesicht mit beiden Händen, damit er sie ansah.

»Und was soll ich ihm sagen?«

»Ich sage dir, was du ihm erzählen sollst. Ich habe einen Plan. Ich habe einen Traum.« Ihr Finger glitt über seine Lippen. »Und du bist ein Teil von diesem Traum. Du, mein Liebster, hast mir die Kraft deiner vorzüglichen Stärke und deines bewundernswerten Willens gegeben. Beides zog mich an wie ein mächtiger, köstlicher Duft. Was für ein Geschenk!« Sie küsste ihn sachte auf die Lippen. »Und durch dieses Geschenk werde ich beständig stärker.«

Mac war überglücklich. Er hatte ihr gefallen! Dann aber wurde er traurig. »Ich genüge dir nicht. Du brauchst andere.«

»Aber du warst der Beste«, beteuerte sie und küsste seine Finger, bevor sie sie an seinen Mund presste. »Trotzdem brauche ich die Carver-Hexe. Sie besitzt wahre Macht.«

Er strich ihr übers Haar. »Ja, sie ist gut.« Er hatte Holly geküsst. Nun, nachdem er sich gewandelt hatte, begriff er erst die Kraft dessen, was er hatte kosten dürfen.

»Bisher war sie zu stark für mich, aber sie vertraut ihrem Freund, dem Detective. Du, mein Liebster, kannst sie überraschen.«

Mac malte sich aus, wie Hollys Kraft seine Zunge kitzelte. *Holly besitzt so viel Kraft, von der sie gar nicht weiß, wie sie am besten zu nutzen ist. Und sie ist in so vielem schwach, während ich stärker und stärker werde.* »Darf ich am Ende dabei sein?«

Jenny streichelte ihm über Stirn und Wange. »Du möchtest eine Kostprobe von ihr, nicht wahr? Das lässt sich einrichten. Wie frühreif du bist, mein Liebster!«

Stumm packte er ihre Hand und küsste die Innenfläche, wo er im Salz ihrer Haut die Magie schmecken konnte. Jenny lachte leise und glitt mit einer Hand unter die Bettdecke, unter der sie sogleich fand, was sie suchte. »Du musst bald lernen, allein zu jagen.«

»Bitte«, flüsterte er flehend, »bring es mir bei!« Er war es leid, nur Häppchen zu bekommen, denn in ihm baute sich ein Verlangen auf, das einem herannahenden Donnergrollen ähnelte. Nein, hier und da eine Kleinigkeit reichte ihm nicht.

Er war noch nie der Typ gewesen, der sich mit Spatzenportionen abgab.

Als Holly auf dem Campus ankam, meldete sich endlich die kribbelnde Spannung wieder, mit der sie ihrem Studium entgegengefiebert hatte und die im Trubel der letzten Tage untergegangen war. Sie hatte die Schlange im Buchladen hinter sich gebracht und war als eine von vielen schwer beladenen blanken Kunden wieder herausgekommen. Heute fand noch ein später Kurs statt, und der Abendhimmel verschleierte die Wege und Gebäude mit einem sanften Aquarellblaugrau. Regen lag in der Luft und intensivierte die Gerüche von Kaffee und Zedern. Hollys Rucksack war schwer von den funkelnagelneuen Lehrbüchern und noch nie benutzten Textmarkern. Ein Neuanfang wie dieser war etwas Seltenes, Feierliches, und Holly genoss die Stimmung, die mit ihm einherging.

Ihr Weg führte sie zwischen einigen efeubewachsenen Gebäuden auf dem Campus hindurch. Dachte man sich die in Jeans und Fleece gekleideten Studenten weg, hätte man sich hier in Edwardianische Zeiten zurückversetzt fühlen können.

Die Wegbiegung lag in Sichtweite des Flanders-Hauses. Widerwillig sah Holly hinüber. Die schwarzen Giebel ragten immer noch über den anderen Dächern auf wie eine makabre Tortenverzierung. Mac hatte erwähnt, dass die Polizei nach wie vor am Tatort ermittelte, weshalb der Brandbefehl bisher noch nicht ausgeführt worden war.

Obwohl das Haus durch eine Querstraße vom Campus getrennt wurde, war es Holly nahe genug, dass sie fröstelte. Natürlich lag das nur an ihren Erinnerungen, denn hier spürte sie keinen Hauch von negativer Energie. Aber Holly gruselte sich trotzdem. Sie blieb stehen und registrierte die anderen Studenten gar nicht, die an ihr vorbeidrängten und sie mit ihren Rucksäcken und Taschen anrempelten. *Ich habe dieses Haus besiegt. Ich sollte mich gut fühlen, wenn ich es ansehe – also, warum ist mir mulmig? Wieso kann ich mir nicht einfach selbst auf die Schulter klopfen und weitergehen? Habe ich irgendetwas ausgelassen, das ich noch dringend erledigen muss?*

Die Uhr im Turm schlug. Also musste Holly ihre Nabelschau später fortsetzen, wenn sie pünktlich im Kurs sein wollte.

Das Wirtschaftswissenschaftliche Institut war in einer Gruppe von modernen Bauten untergebracht, die hinter dem großen Parkplatz standen. Der Eingang verbarg sich zwischen großen Blumenbeeten und Treppenaufgängen, die nirgends hinzuführen schienen. Holly lief einmal um das ganze Gebäude herum, ehe sie die gläsernen Doppeltüren entdeckte. Bis dahin war sie verschwitzt und außer Atem.

»Holly!«

Sie erstarrte. Alessandro? »Was machst du hier?«, fragte sie.

»Ich muss mit dir reden.« Er lehnte an einer Betonmauer, fast verborgen im Schatten des Eingangs, und hielt eine Zigarette in der Hand. Sie wusste, dass er rauchte, um den Geruch von so vielen Menschen zu übertünchen. Anscheinend war es für ihn ungefähr so wie für Sterbliche ein Gang durch ein Restaurant – der Duft von so viel Essen regte den Appetit an. Da sie seine Gründe verstand, bat sie ihn auch nie, in ihrer Gegenwart nicht zu rauchen.

Die Zigarettenglut leuchtete rot auf, sowie er ins Licht trat. *Wow*, dachte sie und vergaß für einen Moment alles andere. *Nicht subtil, aber wow!*

Heute Abend steckten seine Beine in schwarzem Leder mit Fransenapplikationen, die sich spiralförmig um seine Schenkel wickelten. Seine hüftlange Jacke war mit passenden Fransen versehen. Die langen Lederbänder wehten säuselnd und reizten Holly, sie zu streicheln, zu flechten und mit ihren Fingern zu kämmen.

»Was kannst ich für dich tun?«, erkundigte Holly sich, wobei ihr schon einige recht graphische Vorschläge einfielen. »Wie hast du mich überhaupt gefunden?«

»Heute ist Semesteranfang. Ich wusste, dass du herkommen würdest. Und mit ein wenig Überredungskunst war man in der Verwaltung bereit, mir deinen Stundenplan mitsamt Raumnummern zu geben.« Alessandro zog an seiner Zigarette und blies den Rauch drachengleich durch die Nase aus. Fasziniert blickte Holly zu dem weißen Qualm. »Ich belästige dich ungern, aber ich brauche deine Hilfe.«

»Wobei?«

»Gehen wir woanders hin, wo wir ungestört reden können.«

Holly nickte. Leider hingen ihre Gedanken noch bei den Fransen fest. »Ähm, nein, mein Kurs fängt an, und ich bin schon spät dran. Kann das nicht eine Stunde warten?«

»Eine Stunde«, wiederholte er eindeutig ungeduldig. »Ja, ich denke, das geht.«

»Ich möchte meine allererste Stunde nicht verpassen. Sie ist wichtig.«

Alessandro hatte offenbar eine Entscheidung gefällt. »Dann komme ich mit dir. Wir können hinterher reden. Und der Kursleiter ist ein Freund von mir.«

»Ein Freund?« Alessandro hatte noch nie Freunde erwähnt.

»Ja, er hat mir meinen Laptop eingerichtet.«

Nun musste Holly grinsen. »Du hast einen Computer?«

Halb provokant, halb vorwurfsvoll neigte er seinen Kopf zur Seite. »Findest du das so lächerlich? Hältst du mich für zu alt oder zu blond für die moderne Technik?« Er rollte die Zigarette zwischen seinen Fingern und betrachtete die Spitze.

Holly zuckte mit den Schultern. Langsam wandte ihr Verstand sich wieder von Alessandros Outfit ab und dem bevorstehenden Kurs zu. »Ich dachte nicht, dass dich der Technikkram interessiert.«

Er äffte ihr Achselzucken nach. »Wer will nicht im Internet surfen?«, fragte er mit hochgezogener Braue. Als Holly stumm blieb, schmunzelte er, wobei er nur die Spitzen seiner Zähne entblößte.

»Wonach surfst du denn im Internet?«, hakte sie nach, und ihre Phantasie wartete mit mehreren abstrusen Ideen auf.

»Man muss mit der Zeit gehen.« Er trat seine Zigarette aus und hielt ihr die Tür auf, so dass seine Fransen weit ausschwangen. »Es gibt sehr viele interessante Chatrooms, und ich habe tagsüber viele Stunden totzuschlagen.«

»Was denn, du hast Highspeed-Internet in deinem Sarg?« Holly sah zu den Raumnummern und ging nach rechts.

Nun gab Alessandro einen ziemlich ungehörigen Laut von sich und folgte ihr. Sie waren etwa drei Schritte gegangen, als er fragte: »Wie war dein Abend gestern?«

»Das Essen war gut«, antwortete sie, wobei ihr der Anruf einfiel, den er bekommen hatte. Wann würde er ihr erzählen, was passiert war?

»Wenn das Essen alles ist, woran du dich erinnerst, sollte ich das nächste Mal den Abend planen.« Alessandro schob die Fingerspitzen in seine Hosentaschen. Die Lederhose war so eng, dass seine Hände unmöglich ganz hineinpassten.

»Ich bezweifle, dass du so gut kochen kannst wie Mac.«

»Mac, ja?«

»Wir haben uns nett unterhalten. Sehr entspannt. Und du nervst.«

»Ich habe sechshundert Jahre Erfahrung im Umwerben von Frauen«, erwiderte er mit einem weiteren trägen Lächeln. »Folglich verfüge ich über erstaunlich umfangreiches Wissen, was zwischenmenschliche Beziehungen angeht. Wenn ich eine Frau in meinen Armen halte, ist ›nette Konversation‹ nicht mein oberstes Ziel.«

Holly verdrehte die Augen und betrat den Kursraum, wo sie die hinteren Reihen ansteuerte. Dort standen die letzten beiden freien, mit surrenden Computern ausgestatteten Tische.

Ja, es war ein Abendkurs, und sie hätte ahnen müssen, dass das Publikum eher gemischt wäre. Alle, die tagsüber nicht kommen konnten, fanden sich hier ein. Einige wenige Studenten im Ultra-Gothic-Look sahen aus, als hätten sie Kobold- oder Dunkelfeenvorfahren. Ein jung wirkender Vampir las in einem Hollywood-Fanmagazin den neuesten Klatsch über übernatürliche Leinwandidole. Und ein streberhaft wirkender Ghul kaute hungrig auf seinem Stift, während er die anderen Kursteilnehmer beäugte, als wollte er sie zu seinem nächsten Kauobjekt machen.

Holly ließ ihren Rucksack neben den Tisch fallen. Ein spiralgebundenes Kurshandbuch lag neben dem Computer, dessen Titel *Computerbegriffe: Von E-Mail bis E-Business-Plattform* lautete. Holly bewegte die Maus, so dass der Bildschirmschoner verschwand und die Startseite aufleuchtete.

Vorn im Raum stand ein Mann neben einem digitalen Projektor. Er war ungefähr im selben Alter wie die Studenten, aber offenbar der Dozent. Für einen Moment kam Holly sich steinalt vor. Der Mann lächelte schüchtern in die Menge und nickte Alessandro zu. Mit seinem welligen braunen Haar und dem schmalen Jungengesicht war er auf eine jugendliche Art niedlich. In ein paar Jahren dürfte er sich in einen recht attraktiven Typen verwandelt haben. Und noch einen Moment lang fühlte Holly sich asbachuralt.

»Guten Abend, und danke, dass Sie gekommen sind!«, begrüßte er die Studenten charmant. »Mein Name ist Perry Baker.«

Ein lautes Knuspern kam aus der rechten hinteren Ecke

des Raums. Alle drehten sich neugierig um, und das Geräusch verstummte genauso plötzlich, wie es aufgetaucht war. Holly reckte den Kopf und versuchte, über die Köpfe zwischen sich und der Lärmquelle hinwegzusehen.

Perry schob seine Brille ein Stück höher. »Ähm, bitte essen Sie die Maus nicht!«

Jetzt siegte Hollys Neugier, und sie stand auf, um hinüberzuschauen. Der Ghul saß vollkommen regungslos und mit streitlustiger Miene auf seinem Platz. Das Kabel, das normalerweise von der Maus zum Computer verlief, baumelte ihm wie ein Schwanz aus dem Mund, und sollte es noch eines Beweises bedurft haben, lieferte diesen seine geschwollene Wange.

Das wird spannend!

Der Ghul kaute einmal, so dass abermals das laute Knuspern ertönte, als würde jemand extraknackige Kartoffelchips essen. Holly hätte nie gedacht, dass Computerzubehör so lecker klingen konnte.

Ein nervöses Kichern ging durch den Raum.

Mit strenger Miene zog Perry Baker sein übergroßes schwarzes T-Shirt glatt und marschierte zum Tisch des Ghuls. Dort streckte er seine langgliedrige Hand aus. »Ausspucken!«

Der Ghul blickte so mürrisch drein, wie es nur Ghule konnten, die Augen winzig klein zusammengekniffen und die Nase gerümpft.

Neben Holly stand nun auch Alessandro auf, der die Szene stirnrunzelnd beobachtete. Sie vermutete, dass er überlegte, ob er eingreifen sollte oder nicht. Ghule konnten garstige Zeitgenossen sein, wenn sie gereizt waren, und Vampire waren eine der wenigen Spezies, die es in solch einer Situation mit ihnen aufnehmen konnten.

Perry hingegen war gänzlich unbeeindruckt. »Spuck«, wiederholte er langsam und streng, »sie aus!«

Der Ghul knurrte, was ein widerliches Geräusch verursachte, als blubberte fauliger Schlamm. Und es veranlasste Perry, einen Schritt zurückzutreten, was allerdings weniger nach einem Rückzug aussah. Vielmehr schien er sich zu sammeln. Dann richtete er sich so eindrucksvoll gerade auf, wie es sein jungenhaftes Äußeres zuließ, und nahm seine Brille ab.

Ohne Vorwarnung bleckte er die Zähne, wobei sein Unterkiefer ihm fast bis zur Brust reichte. Reißzähne traten in einem schmerzhaft wirkenden Schwall von Blut und Speichel hervor. Sein Mund wurde riesig und wölbte sich vor, um für mehr und mehr scharfe weiße Zähne Platz zu schaffen, und eine lange aufgerollte Zunge bewegte sich feuchtglänzend zwischen seinen Kiefern hervor auf den Ghul zu.

Perrys Knurren erklang tief und rumpelnd wie Donner, brachte den Stift auf Hollys Schreibtisch zum Klappern und ließ ihren Brustkorb mitvibrieren. Ihre Nackenhaare stellten sich auf, während ihr Fluchtinstinkt mit dem Wunsch rang, klein und unsichtbar zu sein. Einen sehr langen Moment später hörte das Knurren auf, hallte jedoch noch einige Zeit im Raum nach, so dass niemand wagte, einen Mucks von sich zu geben.

Holly blinzelte. Perry sah vollkommen normal aus. Er setzte seine Brille wieder auf und streckte noch einmal die Hand vor. Ohne sich zu rühren, spuckte der Ghul die Maus aus, die in Gummi- und Plastikbröckchen auf den Tisch fiel. Von dort rieselten einzelne Teile des Mausinneren auf den Fußboden. Perry blickte auf die Trümmer hinab und kräuselte die Stirn.

»Betrachte dich als von dem Kurs ausgeschlossen«, sagte er und ging wieder nach vorn zu seinem Pult.

Holly setzte sich. Alessandro setzte sich. Es ging doch nichts über einen Werwolf, wollte man in einem Kurs für Disziplin sorgen!

18

Wie es sich für einen guten Dozenten gehörte, wanderte Perry alle Tische ab, um sicherzustellen, dass er lauter glückliche kleine Studenten hatte. Als er sich vorbeugte, um auf Hollys Bildschirm zu sehen, nahm sie den moschusartigen Duft wahr, der den Werwesen anhaftete. Der Geruch erinnerte sie an geöltes Leder. Er war nicht übel, einfach nur unmenschlich.

»Gut«, sagte er und richtete sich wieder auf. »Sie sind den anderen voraus.« Er musterte sie neugierig, und Holly bemerkte, dass seine Augen dunkelblau waren. »Ich wollte Sie übrigens etwas fragen. Sind Sie die Holly Carver, die mit Ben Elliot, ähm, bekannt ist?«

»Ja«, antwortete sie und versuchte, seinen Tonfall zu deuten. War es gut oder schlecht, dass er sie kannte?

Alessandro, der gerade eine Online-Auktion für Reizwäsche verfolgte, blickte auf. Offenbar hatte er gelauscht.

Perry nahm seine Brille ab und polierte sie mit dem Saum seines langen, weiten T-Shirts. »Ich habe gehört, dass … Nun ja, er ist ein Idiot. Falls Sie irgendetwas brauchen, lassen Sie es mich wissen – jederzeit! Ich bin so gut wie immer hier oder in meinem Büro.«

Nach dem Kurs gingen Alessandro und Holly über den Parkplatz zurück zum alten Teil des Campus. Inzwischen hatte es angefangen, zu nieseln: ein dünnes, beharrliches Nieseln, das eher wie nasser Nebel als Regen anmutete.

»Wozu belegt ein Ghul einen Computerkurs?«, fragte Alessandro unvermittelt.

»Soll das ein alberner Witz werden?«

»Nein, ich meine es ernst.«

Holly zuckte mit den Schultern. »Ich schätze, auch Ghule haben Ambitionen.«

»Gleiche Rechte für alle«, sinnierte Alessandro. »Interessant, was dabei herauskommt!«

Sie erreichten die feucht glänzenden Gehwege am Ende des Parkplatzes. Die Bäume schwankten im Wind und warfen Schatten auf den glitzernden Asphalt. Holly klappte ihren Jackenkragen nach oben, weil sie fröstelte. Alessandro schien die Kälte gar nicht zu bemerken.

»Warum hat Perry mir gesagt, er wäre für mich da?«, überlegte Holly. »Das war komisch. Hat unser junger Prof etwas gegen Ben?«

Holly sah zu Alessandro auf. Im Schein der Straßenlaterne wirkte er beinahe menschlich.

Schatten tanzten über seine blasse Haut und betonten die kantigen Konturen seines Gesichts. Es juckte sie in den Fingern, diese Konturen nachzumalen. *Ich sollte nicht mit ihm allein sein, aber jedes Mal, wenn ich mich umdrehe, ist er da!*

»Perry ist deinem Ben sehr ähnlich«, antwortete Alessandro. »Ein Sohn aus betuchtem Hause, brillant, jung und mit den nötigen Mitteln ausgestattet, um sich alles zu kaufen, was man für Geld bekommt. Seiner Familie gehört eine Kiesgrube am westlichen Stadtrand.«

»Willst du damit sagen, die beiden wären sich zu ähnlich?«

»Sie *wären* sich zu ähnlich, nur dass Perry nicht menschlich ist, und Ben zählt zu den Verfassern einer Petition, die alle Nichtmenschlichen aus der Fakultät ausschließen will. Die Bewegung gewinnt immer mehr Anhänger, und sind die nichtmenschlichen Dozenten erst weg, dauert es nicht lange, bis es wieder Zulassungsbeschränkungen geben wird. Das ist alles Teil der promenschlichen Initiative.«

»Das ist ein Scherz!«

»Nein, glaub's mir ruhig. Perry musste schon einen Hinweis an seiner Bürotür anbringen, mit dem er die Studenten warnt, dass sie das Zimmer eines Monsters betreten. Wahrscheinlich weiß Ben nicht einmal, dass Perry ein sehr fähiger Zauberer ist. Und es würde wohl alles noch schlimmer machen, sollte er es jemals herausfinden.«

Holly fluchte leise. *Das ist doch lächerlich!* Die Wandlungsfähigkeit der Werwesen war erblich, nicht ansteckend. Sie blieben untereinander, und im Gegensatz zu Menschen waren sie überaus bemüht, sich zivil zu benehmen. Ben hatte ihr gegenüber nie irgendwelche promenschlichen Aktivitäten erwähnt. *War er die ganze Zeit ein Heuchler, und ich habe es nicht kapiert?* Vielleicht macht Liebe wirklich blind, oder aber Ben war ein besserer Schauspieler, als sie dachte. »Also, woher weiß Perry von Ben und mir?«

»Keine Ahnung. Ben muss etwas gesagt haben. Fachbereichsklatsch. Sie gehören zur selben Fakultät.«

Holly wurde schlecht. »Super! Hat Perry dir verraten, dass Ben und ich uns getrennt haben?«

Alessandro neigte seinen Kopf und betrachtete sie nachdenklich. Sein Gesicht war aber auch nie zu entziffern! »Nein, das erzählte mir deine Großmutter. Ich versuche nun einmal, möglichst alles über dich zu erfahren.«

Holly schluckte, weil ihr Herz sich seltsam gebärdete. »Dir ist klar, dass das irgendwie unheimlich rüberkommt, oder? Du tauchst bei Mac auf. Du tauchst hier auf. Wieso machst du so was dauernd?«

»Weil ein Dämon frei herumläuft und dich kennt.«

»Stimmt, ja, das fiel mir auch schon auf. Die Maus war nämlich schwer zu übersehen.«

Er steckte seine Hände in die Jackentaschen. »Es ist nicht so, dass ich dir nicht zutraue, dich selbst zu schützen …«

»Und trotzdem kreuzt du überall auf, wo ich hingehe. Das nennt man Stalking.«

Er lachte einmal kurz auf. »Willst du mich nicht sehen? Möchtest du, dass ich verschwinde?«

Ah, prima! »Nein, das ist es nicht. Es ist bloß … Du tust, als wäre ich hilflos, und das kann ich nicht gebrauchen.«

Abrupt blieb er stehen und drehte sich ganz zu ihr. »Bist du sicher, dass du mich nicht wegschickst, weil ich dir Angst mache?«

Mir macht Angst, was ich für dich empfinde. Holly zog den Kopf ein. »Alessandro, wir geben hier gerade eine überstrapazierte Filmszene ab: weibliche Studentin nachts auf dem Campus allein mit einem Raubtier. Ich wäre nicht hier, wenn ich dir nicht mein Leben anvertrauen würde. Und ich bin weder blöd noch unvorbereitet. Falls du oder irgendjemand sonst mich anspringt, grill ich dich mit allem, was ich an Magie aufbieten kann. Verstanden?«

Er schmunzelte. »Und du sorgst dich, dass du dich hilflos fühlen könntest? Was bleibt mir dann noch zu tun? Manchmal … manchmal weiß ich einfach nicht, wie ich mit dir umgehen soll, wie ich in dein Leben passe.«

Einen flüchtigen Moment lang wirkte er tatsächlich verloren, und Holly wollte ihren Kopf gegen die nächste Wand rammen. *Alphamännchen!* »Ich bin nicht gut in solchen Dingen.«

Sie fühlte seine magnetische Anziehungskraft und gleichzeitig das Verlangen, sich von seinem betörenden Einfluss zu befreien. Wäre es nur der Vampir in ihm, hätte sie gar kein Problem, aber der Mann war mindestens genauso verlockend. »Ich will dich ja überhaupt nicht loswerden, aber du bist ein Freund, nicht mein privater Schläger. Ich kann nicht zulassen, dass du dich rund um die Uhr um mich kümmerst. Und ich *will* keinen Bodyguard!«

Er nickte, und sogleich war seine Miene wieder vollkommen verschlossen. Trotz ihrer Bemühungen nahm er ihre Worte als Zurückweisung. Verärgert wandte Holly sich ab. *Er begreift es einfach nicht!*

»Tja, dann schlage ich vor, dass wir für ausgeglichene Verhältnisse sorgen«, sagte Alessandro ruhig. »Wie ich vorhin andeutete, brauche ich deine Hilfe – heute Nacht.«

»Okay.« Beinahe hätte sie vor Erleichterung geseufzt, so dankbar war sie, dass er das Thema wechselte.

»Gehen wir irgendwohin, wo es warm ist, wir reden können und du aufhörst, zu bibbern.«

Das »Barnaby's Café and Tearoom« lag zwar nicht mehr auf dem Campus, aber ganz in der Nähe. Das Cafeteria-ähnliche Lokal troff vor künstlicher viktorianischer Atmosphäre und war mit Ätzglasscheiben sowie einer aufwendig verzierten Zinndecke ausgestattet.

Vor allem aber handelte es sich hier um die beste Bäckerei in der Stadt. Holly kaufte sich einen Brownie – nicht weil sie hungrig war, sondern weil er sie aus der Glasvitrine heraus anflehte, ihn zu essen. Sie setzte sich gegenüber den hohen Fenstern hin und genoss die summende Energie der einbrechenden Nacht, wenn die Neonlichter aufflirrten.

Da er sich nicht für Essen interessierte, hatte Alessandro sie abgesetzt, so dass sie sich etwas holen konnte, solange er einen Parkplatz suchte. Jetzt kam er auf sie zu. Seine große schwarzgekleidete Gestalt wirkte fremdartig inmitten der menschlichen Kunden. Er zog sich einen der zierlichen Metallstühle vor und setzte sich, wobei seine Knie von unten gegen den Tisch stießen. Mit einem irritierten Murmeln rückte er weiter zurück und öffnete den Reißverschluss seiner Fransenjacke, unter der er ein Netz-T-Shirt trug. Dann zupfte er den Jackenkragen zurecht, schlug ein Bein über das andere und schüttelte sein helles Haar, dessen längste Wellen bis zur Armlehne seines Stuhls reichten.

Es war eine recht eindrucksvolle Vorstellung, und Holly war versucht, zu applaudieren. Alessandro, der Inbegriff des Rockstars, war hier!

Doch er neigte seinen Kopf ein wenig zur Seite und sah sie an.

»Du möchtest also, dass ich etwas für dich tue«, griff Holly das Thema wieder auf, während sie die Kuchengabel tief in den weichen Schokoteig senkte.

»Ja, möchte ich.«

Mit einem Finger pflügte er Schlangenlinien in die Krümel auf dem Tisch. Dabei klaffte seine Jacke weit genug auf, dass Holly etwas Metallenes unter seinem Arm bemerkte. Eine Waffe? Sie spürte, wie sie überrascht die Brauen hochzog. Die war ihr vorher nicht aufgefallen. Er musste sie im Auto versteckt gehabt haben. Natürlich entging Alessandro nicht, wohin sie schaute, und er setzte sich so, dass die Waffe wieder vollständig verdeckt war.

»Erwartest du etwas Ungewöhnliches?«, fragte Holly angespannt und blickte sich im Café um. Drei andere Tische waren besetzt, allerdings ein bisschen weiter weg von ihnen.

»Ja. Darüber wollte ich mit dir reden.« Er betrachtete die Reste ihres Brownies, als handelte es sich um Moorschlick. »Bist du immer noch nicht fertig?«

»Nein.« Unverdrossen nippte sie an ihrem Kaffee. »Aber sprich weiter!«

»Du erinnerst dich sicher an unser Gespräch mit Macmillan über eine Geisterbefragung.«

»Und ob! Besonders gut erinnere ich mich an den Teil, als ich mich heldenhaft bereiterklärte, eine Totenbeschwörung durchzuführen, und du den mysteriösen Anruf bekamst, nach dem du sofort wegmusstest, aber vorher noch etwas von falschen Gerüchen gemurmelt hast.«

»Okay, dieses Gespräch meine ich.« Stirnrunzelnd schnippte er einen Krümel vom Tisch.

»Was ist damit?« Die Erinnerung ließ ihren gestrigen Ärger wieder hochkochen.

»Macmillan rief mich heute Nachmittag an«, erzählte er. »Er hat eine Spur zu einem Grab auf dem St.-Andrews-Friedhof. Es gibt Berichte über Geisteraktivitäten auf dem Friedhof. Er will sich dort mit uns treffen, in, ähm, einer Stunde.«

Holly sackte gegen die Rückenlehne ihres Stuhls, der sich sofort mit einem leisen Quietschen beschwerte.

»Heute Nacht?« Leider klang ihre Stimme genauso wie der Stuhl. Sie wollte das nicht machen. Sie hasste Geisterbeschwörungen! Und sie hasste sich selbst, weil sie sich freiwillig dafür gemeldet hatte. *So viel zu Miss Ich-kann-prima-auf-mich-selbst-aufpassen!*

»Ja. Bist du dir wirklich sicher, dass du das tun willst? Du kannst jederzeit nein sagen.«

Zwar wusste Holly nicht, wie sie aussah, aber sie fühlte sich blass. Dennoch nickte sie.

Alessandro entging ihr Zögern nicht. »Der Zauber braucht keine längere Vorbereitungszeit, stimmt's?«

»Nicht, wenn es nur darum geht, einen Geist zu erwecken, keinen Toten, aber …«

»Aha.« Er nahm sein goldenes Feuerzeug hervor und begann, es in der Hand hin- und herzudrehen. Typisches Rauchergezappel. »Brauchst du mehr Zeit?«

Auf einmal freute Hollys Magen sich gar nicht mehr über den Brownie, zumindest eine panische halbe Minute lang nicht. »Nein, nein, das geht schon.«

»Du hörst dich an, als wolltest du dich selbst überzeugen.«

»Ich schicke positives Denken ins Universum und hoffe, dass es sich durchsetzt.«

Diese Bemerkung quittierte er mit einem matten Lächeln. »Es gibt eine Neuigkeit, die es dir eventuell leichter macht. Oder auch nicht. Na ja, ich bin mir nicht sicher.« Er beugte sich vor, bis sein Mund nur noch wenige Zentimeter von ihrem Ohr entfernt war. »Meine Königin glaubt, dass sie den Dämon identifizieren kann. Wir müssen uns lediglich von dem Geist ihren Verdacht bestätigen lassen.«

Holly wurde eiskalt, als hätte ihr Blut plötzlich aufgehört, zu pulsieren. »Seit wann weiß sie das?«

Seinem Gesichtsausdruck nach verkniff er sich einen wütenden Kommentar. Offensichtlich war da etwas, das er ihr nicht sagen konnte. Als Holly wieder an ihrem Kaffee nippte, schmeckte er komisch, vergiftet von ihren Gedanken.

»Was ist los, Alessandro?«

Er blickte sich im Café um. »Die Information kam gerade erst ans Licht.«

»Muss ich wirklich die Toten wecken, nur um die Antworten deiner Königin zu überprüfen?«

»Da ist noch mehr. Wir brauchen die Hilfe des Geistes, um ein verschwundenes Objekt zu finden. Soweit ich es verstanden habe, können magische Artefakte im Äther aufgespürt werden.«

»Ja, so etwas gehört dazu, wenn man zwischen den Welten feststeckt.«

Holly bekam mit, wie die Gäste eines anderen Tisches gingen. Stühle schabten über den Boden, und die Leute unterhielten sich laut.

Die Uhr über der Tür verriet, dass es fast zehn Uhr war; das Café würde bald schließen.

»Also, wonach suchen wir?«, fragte Holly. »Rubinschuhe? Eine Dose Dämon-Ex-Spray?«

»Ich kann es dir nicht sagen.«

»Das ist lachhaft! So kann ich nicht arbeiten.«

Schneller als ihr Auge folgen konnte, lag seine Hand auf ihrer. Sein langes Haar schwang vor, und als er sprach, war seine Stimme so leise, dass Holly ihn kaum verstand. »Hör mir zu! Es gab einen Einbruch. Viele Bücher und Objekte wurden gestohlen, aber wir suchen vor allem nach einem bestimmten Buch. Es enthüllt die Geheimnisse, wie man Dämonenkräfte schwächt und Dämonen verbannt. Dieses Buch müssen wir finden.«

Holly war ein bisschen beschwichtigt und rückte ihren Stuhl weiter vor. »Okay.«

Wieder sah Alessandro sich um. »Du darfst kein Wort darüber verlieren. Diese Information bleibt unter uns beiden, klar? Nicht einmal der Detective darf es erfahren!«

»Du vertraust mir also endlich eines deiner Geheimnisse an. Hurra! Ich brauche mehr. Wurde das Buch einem Zauberer gestohlen? Einem Vampir? Was wissen wir über den Einbruch?«

Alessandro zögerte. »Bedenke bitte, dass es gefährlich ist, gewisse Geheimnisse zu kennen. Dein Job besteht darin, die Toten zu erwecken. Lass mich den Geist befragen!«

»Weil du Einzelheiten weißt, die du mir vorenthältst.« Sie funkelte ihn wütend an, doch er schwieg. »Wie zum Beispiel, mal überlegen, ach ja! Ich weiß weder, von welchem Buch wir hier reden, noch, warum ausgerechnet dieses Buch gestohlen wurde.«

»Stimmt genau.«

»Es hilft mir nicht unbedingt, wenn du mir solche Sachen verheimlichst. Ist dir eigentlich bewusst, wie ich mich dabei fühle?«

Seine eine Braue bog sich nach oben. »Versteh doch, dass ich es nur tue, weil ich nicht will, dass dir etwas passiert! Wir sind womöglich nicht die Einzigen, die nach diesen Dingen suchen. Nicht alle Vampire kooperieren gut miteinander, und je weniger du weißt, umso ruhiger können wir alle schlafen.«

Holly wandte zornig den Blick ab. Sie verstand seine Argumente ja, aber ihre gefielen ihr nun einmal besser. »Wir sind Partner.«

»Du kriegst die Wagenschlüssel, wenn wir ein besessenes Haus erledigen. Jetzt fahre ich.«

Holly erwiderte nichts, sondern bemühte sich, ruhig zu bleiben und ein stichhaltiges Argument vorzubringen. *Das ist doch alles absurd! Wie soll ich einen Geist überreden, uns bei der Suche nach einem Buch zu helfen, wenn ich nicht einmal den Titel kenne?*

»Vertrau mir, Holly! Ich weiß, wovon ich spreche.«

»Kann ich das?« Sie zuckte genervt mit den Schultern. Das

war der springende Punkt. »Ich kann niemandem vertrauen, der kein Vertrauen zu mir hat.«

Alessandros Miene wurde frostig. »Keine Erpressung!«

Am liebsten wäre Holly quer über den Tisch und ihm ins Gesicht gesprungen. »Dauernd verheimlichst du mir Sachen! Das ist verletzend.«

Alessandro legte eine Hand an ihre Wange. Die Berührung war beinahe menschlich warm, also musste er sich heute Abend genährt haben. »Es tut mir leid, aber ich kann dir nicht alles geben, was du willst. Es gibt Geheimnisse, die zu offenbaren mir nicht zusteht. Ich darf sie nicht verraten. Und meine Ehre ist eines von den wenigen Dingen, die mir noch geblieben sind.«

So, wie er sie ansah, konnte sie ihm unmöglich widersprechen. Vielmehr wollte sie diesen Ausdruck aus seinem Gesicht vertreiben, ehe er ihr das Herz brach.

Holly schob seine Hand weg und rückte ihren Stuhl nach hinten. »Na gut. Wenn es uns einen Schritt näher zu einer dämonenfreien Existenz bringt, schreiten wir am besten zur Tat. Wo ist Mac?«

Ein gefährliches Flackern leuchtete in Alessandros Augen auf, als er sich erhob. »Er sagte, dass er uns dort trifft.«

»Bin ich froh, dass ihr Jungs euch so lustige Sachen für uns ausdenkt!«

19

Sie fuhren in Alessandros T-Bird, dessen hochtouriger Motor mit den wummernden Gitarrenklängen aus sechs High-End-Lautsprecherboxen um die Wette röhrte. Anscheinend war keine Unterhaltung mehr geplant. Holly saß schmollend da, eingehüllt in ihr Schweigen wie in eine Wolldecke.

Mitten in dem Gekreische erstarben die Gitarren, als Alessandro den Motor abstellte. Vor ihnen erstreckte sich der St.-Andrews-Friedhof unter einem Baldachin aus Meeresnebel. Holly stieg aus und knöpfte ihre Jacke zu, denn der Wind war eklig nasskalt.

»Ich kann nichts sehen«, beschwerte sie sich.

»Dann bleib dicht bei mir.« Es folgte ein wisperndes Reiben von Metall auf Leder, als Alessandro seine Waffe aus dem Halfter nahm.

Bei diesem Geräusch bekam Holly eine Gänsehaut. Wenigstens hatten ihre Augen sich hinreichend an die Dunkelheit angepasst, so dass sie die Waffe richtig erkennen konnte. Sie war von derselben Sorte wie Macs, für Silberkugeln gemacht. Alessandro schraubte einen Schalldämpfer auf.

Kalter Schweiß rann Holly über den Rücken wie ein eisiges Reptil. »Wovor hast du Angst?«

Als er zu ihr sah, konnte sie seine Züge im Dunkeln nicht ausmachen. »Vor wenigem, aber ich bin vorsichtig.«

Holly ging um die Kühlerhaube herum und an Alessandros linke Seite, auf Abstand zu seiner Waffe. Er nahm ihre Hand.

»Komm mit!«, forderte er sie auf und führte sie zwischen die Gräber.

Niedrige Eisenzäune rahmten die meisten Grabstätten ein, die gerade hoch genug waren, dass man über sie stolperte. Wasser tropfte von Blatt zu Blatt. Holly roch das Meer; der kalte Nebel legte sich als Salzbelag auf ihre Lippen und machte ihre Wangen eisig. Über ihnen zogen dünne Wolken hinweg, die das Mondlicht abwechselnd verdeckten und enthüllten, so dass die Nebelschwaden von einem bizarren Streifenmuster durchwirkt wurden.

Alessandro blieb stehen, und Holly kippte gegen ihn. Mit einer Armbewegung bugsierte er sie hinter eines der kleinen Mausoleen, mit denen der Friedhof übersät war. Die Waffe im Anschlag, duckte Alessandro sich. Holly duckte sich ebenfalls, wobei sie sich an der körnigen Mauer abstützte.

»Was ist?«, flüsterte sie.

Alessandro zeigte mit der Waffe. Links von ihnen bewegten sich Schatten aus dem Nebel und wieder hinein. Dann lehnte Alessandro sich zurück und flüsterte ihr ins Ohr: »Ghule, und zwar keine, die nebenher College-Studenten sind.«

Zittrig holte Holly Atem. Ein Rudel Ghule war durchaus zum Fürchten. Sie brauchten nie einen Vorwand für eine Zwischenmahlzeit und würden einen einzelnen Menschen binnen Minuten restlos vertilgen. Jetzt war sie wirklich dankbar, dass Alessandro sich bewaffnet hatte.

Zweistimmiges Nebelhorngetute erklang. Holly stützte

eine Hand auf Alessandros Schulter und flüsterte: »Was machen wir jetzt?«

Als er den Kopf schüttelte, strich sein Haar sanft über ihre Haut. »Wir warten ab. Normalerweise kommen sie nicht hierher. Der Friedhof liegt zu weit außerhalb. Wenn sie hier herumlungern, dann muss jemand sie geschickt haben.«

»Und das wiederum wirft die Frage auf, wer.«

Alessandro bedeutete ihr stumm, still zu sein. Die Kreaturen gingen ein Stück vor dem Mausoleum vorbei, so nahe, dass Holly ihre Umrisse vor dem monderhellten Nebel erkennen konnte. Sie fühlte, wie Alessandros Armmuskel sich unter dem Leder wölbte, als er zielte. So beruhigend es auch war, ihn zu spüren, zog Holly sich zurück, um ihm mehr Bewegungsspielraum zu geben.

Etwa ein halbes Dutzend Ghule schlich in einer dichten Traube zwischen den Gräbern entlang. Jeder von ihnen war ungefähr so groß wie ein Zwölfjähriger, schlaksig und hager. Sie hatten einen gebeugten Gang und hielten sich insgesamt sehr krumm. Zwar trugen sie größtenteils Baseballkappen und Baggy-Pants, aber keine Schuhe, denn Ghule hatten niemals Schuhe an. Ihre Finger und Zehen bestanden aus langen gebogenen Krallen, die alles Leinen oder Leder innerhalb von Sekunden durchbohren würden. Fröstelnd drückte Holly sich dichter an die bemooste Mauer und wünschte, sie hätte in die Steine kriechen können.

Dann fühlte sie, wie Alessandro sich anspannte. Wieder zeigte er, diesmal zu einer Gestalt, die sich an die Spitze der Ghulgruppe bewegte, um die Rudelführung zu übernehmen. Das war kein Ghul. Holly starrte hin und blinzelte, als könnte sie den Anblick dadurch erträglicher machen.

Hätte es sich aufrichten können, wäre das Ding so groß wie ein erwachsener Mann gewesen, aber der Rücken der

Kreatur war so gebogen, dass ihr Kopf fast waagerecht nach vorn stand. Sie hatte einen breiten Brustkorb, war haarlos und praktisch nackt und lief auf eine watschelnde Art, die tiergleich war, nicht menschlich.

Vor der Ghulgruppe blieb das Ding stehen und drehte sich zu den anderen um. Es fauchte etwas und wies zur Meeresseite des Friedhofs. Die Ghule irrten orientierungslos umher, bis das Ding einem von ihnen einen Hieb aufs Ohr versetzte, so dass der Ghul im Gras landete. Dann schwenkte es seinen langen unförmigen Arm und wandte sich wieder nach vorn, um den Ghulen voranzugehen. Als fahles Licht auf dic Kreatur fiel, konnte Holly sein Gesicht deutlich genug erkennen, dass sich ihr der Magen zusammenkrampfte. Das Wesen hatte weder Nase noch Mund, bloß eine horizontale schlitzartige Öffnung voller nadelspitzer Zähne. Holly duckte sich noch tiefer hinter den Stein und begann, vor Ekel zu schwitzen.

Eine unendlich lange Minute verging, bevor Alessandro etwas sagte. »Sie sind weg.«

»Was war das für ein Ding?«, fragte sie, während sie fühlte, wie ihr kalte Schweißperlen über den Brustkorb rannen.

Als Alessandro sich zu ihr wandte, blitzten seine Augen im Mondschein golden auf. »Das war ein Fehlwandler.«

»Ein Vampir?«, hauchte sie entgeistert.

Alessandro richtete sich auf und schaute sich um. »Wir erkennen sie nicht als Vampire an.«

»Wo kommen sie her? Was ist mit ihnen passiert?« Holly stellte sich vorsichtig wieder hin. Ihre Zehen kribbelten, sobald sie wieder richtig durchblutet wurden.

Alessandro lugte um die Ecke des Mausoleums, ehe er antwortete: »Wir reden nicht darüber, also wiederhole nie, was ich dir jetzt sage!«

»Okay.« War sein Vertrauen ein Trostpreis, der für all das herhalten sollte, was er ihr nicht erzählen konnte?

»Wir wandeln nicht wahllos Tote zu Vampiren, sondern kontrollieren unsere Zahl. Es kann nur eine bestimmte Menge von uns geben, sonst …«

»Zu viele Wölfe für die vorhandenen Schafbestände?«, half Holly ihm aus.

Er verlagerte sein Gewicht von einem Fuß auf den anderen, als wäre er verlegen. »Genau. Aber es ist ein komplizierter Prozess, der leicht schiefgehen kann, und Fehler oder Pannen haben Abweichungen zur Folge.«

»Die Fehlwandler.«

»Ja. Sie entstehen, wenn es während der Wandlung zu Vorfällen kommt. Vor Jahrhunderten war man diesbezüglich nachlässig und korrigierte solche Fehler nicht. Aus ihnen resultierten die Fehlwandler.« Er blickte noch einmal um die Ecke des kleinen Gebäudes. »Ich glaube, jetzt ist es sicher.« Mit diesen Worten glitt er hinter der Mauer hervor.

Holly schlich ihm nach, lautlos in ihren Turnschuhen auf dem langen Gras. Für einen Moment öffnete sie ihre Sinne und überprüfte die unmittelbare Umgebung. Sie konnte Alessandros dunkle, stille Präsenz fühlen. Seinen Vampirverstand erkannte sie deutlich, auch wenn er ihr verschlossen blieb.

Überall um sie herum wisperten die Geister der Toten vor sich hin, nurmehr eine Spur von Bewusstsein, hier und da durchbrochen von rastloseren Stimmen. Alles nahm sich aus wie auf jedem beliebigen Friedhof. Sonst spürte sie nichts. Wo also steckten die Ghule und ihr Fehlwandler-Anführer? Holly hätte imstande sein müssen, sie zu fühlen, wenn sie noch hier waren.

Alessandro blieb abrupt stehen, wirbelte mit erhobener

Waffe herum und breitete seine Arme aus. »Holly, hinter mich!«

Vier Fehlwandler kamen hinter einem Grabstein hervor, zwei auf jeder Seite. »Ssssandro!«, zischte einer von ihnen. Seine Fratze hatte etwas von einem Lachen, was man bei dem fledermausartigen Gesicht jedoch schwer sagen konnte.

»Giuseppi«, entgegnete Alessandro, »wie schön, dich zu sehen! Ist lange her.«

Er zielte mit seiner Waffe auf die Stirn der Kreatur und drückte ab. Selbst mit dem Schalldämpfer hallte der Knall unheimlich laut durch die nebelgedämpfte Nacht. Holly duckte sich leider einen Sekundenbruchteil zu spät, denn sie sah noch, wie der Schädel des Fehlwandlers explodierte und sein Inhalt sich quer über einen Marmorengel ergoss. Die Silberkugel hatte es ziemlich in sich, und ein Schuss wie dieser tötete alles, ob übernatürlich oder nicht.

Für eine Mikrosekunde trat Stille ein, der Schock nach dem Schuss, der sogar die Zedern verstummen machte. Dann aber stürmten von überall her Ghule aus dem Gebüsch, die keckernd und kreischend wie Affen auf allen vieren herbeigehüpft kamen.

Holly war hinter Alessandro und bewegte sich mit ihm zusammen rückwärts in den Schutz der Bäume. Derweil feuerte Alessandro wieder und wieder, streckte einige Ghule sowie einen weiteren Fehlwandler nieder.

Holly besaß keine Waffe. Sie selbst war ihre einzige Bewaffnung. Mit weit geöffneten Sinnen tastete sie den Raum um sie beide auf der Suche nach einer brauchbaren Energiequelle ab. Es war jede Menge da, die Magie von Tod und fortstrebenden Seelen, sprich: kein Mangel an Rohmaterial. Nun musste Holly nur noch einfallen, wie sie es nutzte.

Kraft sammelte sich unter ihren Füßen, boshaft und sirupsüß zugleich, eine Ader, die darauf wartete, von ihr angezapft zu werden. Sie griff danach, zögerte aber. *Wie schlimm wird es weh tun?*

Alessandros Waffe klickte. »Holly!«, rief er. »Schnell!«

Es wird bestialisch weh tun. Lerne, es zu genießen! Sie sog die Friedhofsenergie ein und schleuderte einen Schwall auf drei Ghule, die von rechts auf sie zuhumpelten. Sie zielte blind, verließ sich vollends auf ihre Reflexe. Blitze flackerten auf, und die Ghule flogen purzelnd zurück, ihre Schlabberkleidung in Flammen. Unter der Wucht des Rückstoßes stolperte Holly einen Schritt nach hinten. Ihr war schlecht vor Schmerz und Schwindel. Sie hatte miserabel gezielt, aber immerhin war der Zweck erfüllt worden.

Alessandro knöpfte sich die letzten beiden Fehlwandler vor. Von irgendwoher zog er ein Messer. Mit gebleckten Reißzähnen stieß er ein Knurren aus, das durch und durch bedrohlich klang. Holly wich ängstlich noch ein paar Schritte zurück. Ihr Puls raste.

Brüllend packte Alessandro einen der Fehlwandler und knallte ihn zu Boden, während der andere sich von hinten auf ihn stürzte. Das Messer fiel ins Gras, und der Angriffssprung warf alle drei zur Seite, aber Alessandro konnte die zweite Kreatur abwehren, ohne seinen ersten Gegner loszulassen. Der Fehlwandler am Boden unter ihm wand sich schnappend, als Alessandro ihm mit bloßen Händen den Hals zusammendrückte.

Der zweite rollte sich herum, schnappte das Messer und sprang auf. Holly griff sich die leere Schusswaffe und stürmte ins Getümmel. Vor lauter Adrenalin war sie gar nicht fähig, klar zu denken. Der zweite Fehlwandler attackierte Alessandro und zerfetzte ihm die Lederjacke. Holly schwang die Waffe wie einen Schläger und traf die Kreatur hinter einem ihrer spitzen Ohren. Das Ding heulte in den markerschütterndsten, schrillsten Tönen auf, ließ aber das Messer fallen.

Fauchend drehte es sich zu Holly um und holte mit einer Klaue nach ihrem Gesicht aus. Holly blockierte den Schlag mit ihrem Unterarm, woraufhin ein brennender Schmerz sie bis zum rechten Handgelenk hinunter durchfuhr, denn eine der Krallen hatte sie erwischt.

Sie duckte sich, schützte ihren Arm und sah das Gesicht der Kreatur in seiner ganzen Scheußlichkeit. Eine solch verzerrte, entstellte Fratze übertraf selbst die übelsten B-Movies. *Das war einmal menschlich?* Das Schlimmste waren die Augen, verschrumpelt und gelb, die jedoch gleich erloschen, als Alessandro dem Ding das Genick brach.

Mit bebenden Knien stand Holly auf. Der andere Fehlwandler, den Alessandro zu Boden geworfen und gewürgt hatte, war bereits tot.

»Wir wurden in einen Hinterhalt gelockt! Wie kann es sein, dass ich sie nicht gefühlt habe?«, japste sie atemlos. »Ich habe alles abgetastet, aber da waren sie nicht!«

Alessandro hob seine leergefeuerte Waffe auf und steckte sie ein. Dann holte er sich sein Messer. Seine Hände waren ruhig, obgleich Holly spürte, dass er angespannt war. »Ich würde auf einen Dämonenschild wetten. Der Dämon hilft den Fehlwandlern, gegen uns zu kämpfen.«

»Ein Schild?«, wiederholte sie entsetzt.

Alessandro ergriff ihre Hand und hielt sie, weil Holly ein bisschen schwankte. »Dämonen können sich manchmal hinter einem übernatürlichen Schild verstecken, einer Art paranormaler Tarntechnik. Es kommt selten vor, dass sie mehr als sich selbst dahinter verbergen können, aber ich habe schon von solchen Fällen gehört.«

»Gütige Hekate! Wenn das ein Schildzauber war, dann war er gigantisch! Und so subtil, dass man nicht einmal den Hauch einer Abwehr fühlen konnte.« Was gar nicht gut war, denn es hieß, dass der Dämon enorme Kräfte besaß.

Alessandro zog sie zum Weg. »Ich bringe dich nach Hause, ehe wir feststellen, dass es dort, wo diese Ghule hergekommen sind, noch mehr von ihnen gibt.«

Holly widersprach ihm nicht. Hand in Hand rannten sie durch das Mondlicht, das nur in einzelnen Strahlen den Nebel durchdrang, zu Alessandros Wagen. Sobald der T-Bird in Sicht war, blieb Alessandro stehen und schnupperte. »Ist alles in Ordnung mit dir?«

»Ich glaube schon. Und mit dir?«

»Ich bin unverletzt«, antwortete er und riss einen herunterbaumelnde Lederfetzen von seiner ruinierten Jacke ab. Seine Augen glühten immer noch in der Dunkelheit: die Nachwehen seines Zorns.

Langsamer gingen sie weiter bis zum Wagen. Dort lehnte Holly sich schwer atmend gegen die vertraute Kühlerhaube. Alessandro stand vor ihr, knisternd vor Anspannung. Er war so nahe, dass seine Schuhspitzen ihre berührten und die Fransen seiner Hose über den weichen Stoff ihrer verwaschenen Jeans strichen. Stumm hielt er ihr beide Hände hin, falls sie Hilfe brauchte.

Sie zögerte. Eben noch waren dieselben Hände um den Hals eines Fehlwandlers geschlungen gewesen. Die Erinnerung gruselte sie und gab ihr gleichzeitig ein Gefühl von Sicherheit. Er hatte ihr das Leben gerettet. Ihr Vampir, der ihr zur Seite stand, war absolut tödlich gewesen. Diese Gedanken bescherten ihr einen primitiven Trost, der nicht minder wirkungsstark war als die Energie, die vor Momenten durch sie hindurchgeflossen war.

Holly nahm seine Hände und ließ sich von ihm hochziehen. Als er ihren Arm umfasste, sank sie halb gegen ihn. Alessandros Finger lagen auf der empfindlichen Stelle gleich oberhalb ihres Ellbogens. Um sie herum summte die Elektrizität der Nacht, aufgeladen von Erwartungen. Holly sog sie ein, auf dass sie davon berauscht wurde.

Sie hatten gemeinsam einen Gegner aus Fleisch und Blut bekämpft. Und sie hatten gewonnen.

Er hat mich beschützt. Ich habe ihn beschützt.

Sein Mund streifte ihren einmal, zweimal, bevor er ihn mit einem gierigen Verlangen einnahm. Dieser Moment war ebenso echt und ursprünglich wie der tödliche Kampf, der Kuss gnadenlos. Holly genoss ihn, kostete ihn, forderte ihn mit derselben Ungeduld wie Alessandro. Endlich hatte sie die Fransen in Reichweite!

Adrenalin peitschte durch ihre Adern, dass sie ihr eigenes Pulsrauschen hörte. Ihre Finger kratzten über die zerfetzte Lederjacke, tauchten in die großen Maschen des T-Shirts, um Haut zu fühlen. Sie streichelte Alessandros harte Brust. Sein Atem ging schwerer, flacher, und er drückte ihre Hüften gegen seine.

Das hier hatte nichts mit der Anziehungskraft von Vampiren zu tun. Sie war da, aber eher wie eine hübsche Garnitur auf einem Haute-Cuisine-Gericht. Holly entwand sich dem Kuss und sah Alessandro an. Seine Augen waren dunkle Bernsteinfeuer, eine köstliche Mixtur aus Gefahr und Verlangen.

Ich sollte das nicht machen! Ich sollte die Starke sein.

Dann war der Moment vorbei. Oder vielleicht hatte er sich auch nur in etwas Neues gewandelt.

»Du bist verletzt«, murmelte er mehr hauchend als sprechend. Er zog ihre linke Hand unter seiner Jacke hervor, streckte ihren Arm und drehte die Hand nach oben. Ihr zerrissener Ärmel war blutbefleckt.

»Daran habe ich gar nicht mehr gedacht«, stellte sie fest. »Der Fehlwandler hat mich gekratzt.«

Nun aber, als sie auf die Wunde aufmerksam wurde, tat sie höllisch weh. Alessandro riss den Ärmel ganz auf und enthüllte einen flachen Riss, aus dem langsam Blut hervorsickerte. Er beugte sich zu der Wunde und inhalierte leise, was einem seltsam erotischen Wehen auf ihrer Haut glich.

»Die Wunde ist sauber.« Er sah sie mit verschleiertem Blick an. »Ich kann die Blutung stillen, wenn du willst.«

»Äh, nein, ich …«

Er neigte seinen Kopf, so dass sein langes goldenes Haar wie üppige Seide über ihre Ellbogenbeuge fiel. Dann glitt er mit seiner Zunge an dem Schnitt entlang. Was für eine köstliche Präzision!

Ah! Holly erschauderte, gebannt und merkwürdig erregt. Vor allem war sie überrascht, ja, das mehr als alles andere. Es fühlte sich … verführerisch an.

Alessandro hob den Kopf und sah sie mit großen feurigen Augen an. »Ist das okay?«

Holly nickte stumm, und der Moment dehnte sich bedeutungsschwanger.

Heiß und feucht, sanft und fest strich seine Zunge über ihren Unterarm. Holly merkte, wie sie eine Gänsehaut von ihrem Nacken bis hinunter zu ihren Zehen bekam und ihre Brustspitzen sich schmerzlich hart aufrichteten. Seine Zähne berührten sie, wenn auch bloß als vorübergehendes Streifen, doch jedes Mal, wenn sie es spürte, durchfuhr sie ein honigsüßes Feuer.

Er nahm ihr Blut geradezu unterwürfig in sich auf – und das mit der Sinnlichkeit von Jahrhunderten ungestillter Lust.

So viel Sinnlichkeit in solch einem einzelnen Akt! Sie erbebte, kalt und heiß, rastlos und zugleich in hypnotischer Schwere erstarrt.

Als er die empfindliche, kitzlige Ellbogenbeuge erreichte, um von hier die andere Seite wieder hinunterzulecken, stieß Holly einen leisen Laut aus. Alessandro presste seine Lippen auf die Stelle und küsste sie. Unwillkürlich legte Holly eine Hand auf seinen Kopf, tauchte ihre Finger in sein dichtes Haar und drückte ihn an sich.

»Ich bin dein!«, flüsterte er, während seine Wange sachte über ihre Haut rieb.

Drei Worte, die in ihr nachklangen wie feiner Glockenhall.

Die langsamen Bewegungen seiner Zunge waren rhythmisch, geduldig und zärtlich. Wie er versprochen hatte, hörte die Blutung auf, und Hollys Lebenselixier war wieder sicher in ihr verschlossen. Als er fertig war, umwickelte er ihren Arm mit seinem großen weißen Taschentuch. Holly hatte sich immer gefragt, wozu ein Vampir so etwas mit sich herumtrug. Jetzt konnte sie es sich denken.

Es gab nichts zu sagen. Sie stützte sich an seine Brust, und er hielt sie, während die Nacht um sie herum vor sich hinwisperte. Wie lange sie so zusammenstanden, wusste Holly nicht. Sie fühlte sich wunderbar aufgehoben und geehrt.

Er ist mein.

Und was mache ich jetzt?

Unvermittelt holte Alessandro hörbar Luft. »Macmillan.«

Holly entwand sich seinen Armen. »Oh, Göttin, wir sollten ihn doch treffen!« Und falls die Ghule ihn zuerst gefunden hatten … Sie konnte den Gedanken nicht einmal zu Ende denken.

Alessandro hatte schon ein Handy in der Hand, aber Holly erkannte es nicht.

»Wem gehört das?«

»Einem der Fehlwandler.«

»Warum benutzt du das?«

»Um zu sehen, wer einen Anruf von dieser Nummer erwartet.«

Holly hörte, wie es am anderen Ende klingelte, war aber zu abgelenkt von Alessandros Stirnrunzeln. Dann vernahm sie das leise Klicken, als abgenommen wurde.

»Giuseppi?«

Das war Macs Stimme. Holly sank an das Auto.

Alessandro klappte das Handy zu. »Wir wurden reingelegt.«

20

Dafür zahlt Macmillan!

Alessandro betätigte den Blinker. Er wollte Holly sicher nach Hause bringen, bei Omara Bericht erstatten und dann Macmillan den Kopf abreißen. Vielleicht änderte er bei den letzten beiden Programmpunkten die Reihenfolge. Diese Möglichkeit hielt er sich offen.

»Aber *wieso* sollte er so etwas machen?« Holly boxte gegen das Armaturenbrett.

Alessandro zuckte zusammen, denn ihm lag an seinem Wagen, und wer wusste schon, was eine wütende Hexe mit Oldtimer-Leder anstellen konnte? »Ich weiß es nicht. Irgendwie haben sich unsere Feinde Macmillan als Verbündeten gesichert.«

Holly wirkte völlig perplex. »Gestern Abend schien es ihm noch gut zu gehen.«

»Worüber habt ihr geredet, nachdem ich ging?«

Sie seufzte. »Ich erinnere mich nicht. Irgendwie hatte ich einen Blackout. Ich habe eine Menge Magie betrieben, das Haus gegen weitere Dämonen geschützt und so. Grandma meint, ich könnte in eine Art übersinnliche Zeitlücke geplumpst sein. Wie ich dir schon erzählt habe: Ich scheine zu Gedächtnisverlusten zu neigen.«

Alessandro runzelte die Stirn. *Das ist gar nicht gut.* »Du

hast alles von gestern Abend vergessen? Hast du nicht gesagt, dass ihr gegessen und euch unterhalten habt?«

»Ja, na ja …« Holly drehte an ihrem Pferdeschwanz, als würde es ihre Hirnzellen stimulieren, wenn sie sich das Haar ausrupfte. »Ich erinnere mich an das Essen. Gutes Essen, aber so ziemlich alles andere, nachdem du verschwunden bist, ist einfach … weg.«

»Und du bist sicher, dass es bloß Stress ist?«

»Was soll es denn sonst sein? Jedenfalls denkt Grandma das.«

Hollys Großmutter irrte sich selten, deshalb entspannte Alessandro sich ein bisschen. »Und es kann nicht daran liegen, dass der Detective schlicht wahnsinnig langweilig war? Vielleicht gab es gar nichts, was erinnerungswürdig ist.«

»Ja, klar.« Wieder boxte Holly gegen das Armaturenbrett. »Was ist mit ihm passiert? Er kam mir wie ein netter, normaler Mann vor.«

Er hasste es, sie so durcheinander zu sehen. *Was soll ich tun?* »Überlass mir Macmillan! Ich finde heraus, was schiefgelaufen ist. Falls ihm geholfen werden kann, werde ich dafür sorgen, dass ihm geholfen wird.«

Holly sah ihn an. Unter den vorbeifliegenden Straßenlichtern war ihr Gesicht abwechselnd hell und dunkel. »Danke. Ich würde ihn wirklich ungern als Kollateralschaden hinnehmen müssen.«

»Du magst ihn.«

»Er ist ein anständiger Kerl. Ich bin sicher, dass es nett ist, mit ihm Zeit zu verbringen, auch wenn ich mich nicht erinnere.«

»Ein Abend mit mir wäre unvergesslich.« Alessandro ließ willentlich all die unausgesprochene Begierde in seine Worte einfließen, auf dass sie die Furcht und Unsicherheit wegspülten, die er in Hollys Stimme wahrnahm. »Du würdest *mich* nicht vergessen.«

Hollys Augen funkelten in der Dunkelheit, und dieser Blick spiegelte pures feminines Feuer. Was auch immer heute Nacht geschehen war, zwischen ihnen war noch manches unvollendet. *Dürfen wir riskieren, es zu Ende zu bringen?*

Alessandro bog in ihre Einfahrt ein. Die Straßenlaterne vor dem Grundstück leuchtete durch die fingrigen Zweige des Weißdorns. Kaum hatte er den Motor abgestellt, tobten die Gefühle in ihm. Hollys Geschmack war noch in seinem Mund, alles, was sie ausmachte, das Salzige wie das Süße.

Was er von ihrem Blut hatte kosten dürfen, war lediglich ein Appetitanreger gewesen, aber mehr hatte er nicht zu nehmen gewagt. Ihr absolutes Vertrauen war es, was sie gerettet hatte. Hätte sie sich nur ein einziges Mal gewehrt, wäre womöglich sein Instinkt mit ihm durchgegangen.

Sie vertraut mir. Allein dafür liebte er sie. Mit allem in ihm, dem Vampir wie dem Mann. Er würde in seinen endgültigen Tod gehen, freiwillig in die Hölle marschieren, wenn es nötig war, damit sie ihr Leben in Sicherheit verbringen konnte.

Diese Gedanken versetzten ihn für einen kurzen Moment in Panik. Nicht einmal Omara besaß eine solche Macht über seine Seele. *Ich fürchte, ich stecke in Schwierigkeiten. Wie kann ich ein Herz verlieren, das kaum noch schlägt?*

Holly lehnte sich über den Beifahrersitz, um nach ihrem Rucksack zu angeln, was zur Folge hatte, dass ihr Duft im Wageninnern flirrte und ihn unbarmherzig anlockte. »Kommst du mit rein?«, fragte sie, während sie schon die Tür öffnete und ausstieg.

Zuerst hockte Alessandro regungslos da, seine Hände um

das Lenkrad geklammert. Er war erstarrt, gefangen in einer über ihn hereinbrechenden Woge aus Furcht und Verlangen. Er war ein Monster, und sie war verwundbar.

Ich liebe sie. Ich vergewissere mich, dass in ihrem Haus alles sicher ist, dann gehe ich. »Ja, natürlich. Ich weiß, dass du das Haus geschützt hast, aber ich möchte noch einmal alles überprüfen – nur sicherheitshalber.«

»Klar. Wäre ja blöd, wenn ich dich losjagen müsste, um noch mehr Mäusefallen zu besorgen.« Holly lief die Verandatreppe hinauf und schloss die Tür auf. In ihrem Ton schwang eine Flirtnote mit, die er unmöglich überhören konnte. Also folgte er ihr in Vampirgeschwindigkeit, was bedeutete, dass er sie sofort eingeholt hatte.

In dem Sekundenbruchteil, den er brauchte, um bei ihr zu sein, gestattete er sich, zu träumen. *Was, wenn ich für einen winzigen Augenblick der Mann für sie sein könnte, nicht das Monster? Das kann doch nicht zu viel verlangt sein*!

Er durfte nicht. Es gab zu viel zu tun. Er hatte Pflichten. Es gab Risiken.

Holly stellte das Dielenlicht an. »Komm rein!«

»Danke«, sagte Alessandro und zögerte nur einen winzigen Moment, ehe er ins Haus trat.

Holly beobachtete ihn, wie er dastand und jede Faser von ihm angespannt wirkte. Dann, nachdem er einmal kurz an sich herabgesehen hatte, streifte er die Reste seiner zerfetzten Jacke ab und ließ sie auf einen Stuhl fallen. Holly würde das gefranste Leder fehlen – vielmehr die Phantasiebilder, die es genährt hatte.

»Mach's dir bequem!«, bot sie ihm an und ging voraus ins Wohnzimmer. Sie strengte sich an, möglichst normal zu klingen. »Möchtest du einen Tee?«

»Ja, gern.« Er klang ein klein wenig unsicher. Zwischen ihnen war etwas anders, aber keiner von beiden wusste, was es bedeutete.

»Bin gleich wieder da!«

Als sie sich umwandte, um in die Küche zu eilen, ging er zu ihrem CD-Regal und blätterte systematisch die Hüllen durch.

Ich habe einen Vampir von meinem Blut trinken lassen. Das sollte sie entsetzen, tat es aber nicht. Es war ein ganz und gar nicht beängstigendes Erlebnis gewesen. Stattdessen fühlte sie sich auf eine erstaunliche Weise leicht, kribbelnd vor gespannter Erwartung. Vielleicht lag sie vollkommen falsch, und es gab doch einen Weg, wie Alessandro und sie mehr als Geschäftspartner sein konnten.

Das Siederauschen im Wasserkocher wechselte zu einem grollenden Brodeln, so dass der Behälter auf dem windschiefen alten Herd leise klapperte. Holly löffelte »Lady Grey« in die Kanne, zitronig und beruhigend, und goss den Tee auf. Dampf schlängelte sich aus dem Schnabel nach oben, der Holly an einen Miniaturflaschengeist denken ließ.

Sie genoss diesen Moment des Innehaltens, in dem noch alles möglich war. Das Haus um sie herum fühlte sich versonnen ernst an, sein Bewusstsein nach innen gekehrt wie bei einer Katze, die am Ofen döste.

Das war vollkommener Friede. *Ich bin hundemüde!*

Holly brachte das Teetablett ins Wohnzimmer und stellte es auf den alten Walnuss-Bibliothekstisch unterm Fenster. Betont vorsichtig goss sie ihnen ein und reichte Alessandro seine Tasse. Er schnupperte an dem dampfenden Tee, wobei er die dünne Raku-Tasse mit beiden Händen hielt.

»Denkst du, dass wir hier heute Nacht sicher sind? Dass keine Fehlwandlerarmeen anrücken?«, fragte sie.

»Ich würde sagen, dass wir beide mit lästigen Besuchern fertig werden«, antwortete er achselzuckend und lächelte sogar ein kleines bisschen. Das netzgewebte T-Shirt brachte seine Brust und Arme sehr gut zur Geltung. Er besaß feste, praktische Muskeln, die typische Physiognomie vorindustrieller Zeiten, bei der schon ein Achselzucken richtig hübsch anzusehen war.

Holly setzte sich. Die Krise war vorbei und mit ihr jede Notwendigkeit, zu handeln. *Ich bin soooo müde.* Sie trank von ihrem Tee und fühlte, wie die Wärme köstlich ihre Kehle hinabfloss.

Dieser Augenblick der Entspannung war trügerisch. Genau wie nach dem Kampf mit dem Flanders-Haus forderte auch nun die Nachwirkung von Angst und Magie ihren Tribut. Zu spät erst fühlte Holly, dass ihr Tränen über die Wangen liefen. Hastig stellte sie ihre Tasse auf den Couchtisch und wischte sich mit dem Handrücken das Gesicht trocken.

Das ist ja lächerlich! Irgendwo hier musste eine Schachtel mit Papiertüchern stehen.

»Holly?«, fragte Alessandro unüberhörbar verwirrt und stand auf.

»Entschuldige!« Sie sprang auf, doch er hatte schon ihre Hand ergriffen. Zuerst schaffte sie es nicht, zu ihm aufzusehen, sondern starrte stattdessen Löcher in sein T-Shirt. Wo die Haut durch die groben Maschen schimmerte, schien sie elfenbeinweiß. Holly versuchte, sich behutsam von ihm abzuwenden, ohne dass die Geste ablehnend wirkte.

Doch Alessandro legte seine Hände auf ihre Schultern und hielt sie sanft, aber zugleich bestimmt fest. Wenn ein Vampir wollte, dass jemand blieb, blieb derjenige.

»Was ist?«

»Es war ein langer Tag«, entgegnete sie und blinzelte die

Tränen aus ihren Augen. Zwar wurde der Tränenfluss langsamer, doch es blieb ein flaues Gefühl in Hollys Bauch. »Es ist nicht eine bestimmte Sache, sondern einfach alles. Mac. Der Dämon. Das College. Alles.«

»Wie kann ich es für dich erträglicher machen?«, erkundigte Alessandro sich, dessen Hände von ihren Schultern zu ihren Armen glitten.

»Es gibt nichts, was du tun kannst. Ich bin bloß müde.« Sie lehnte sich an ihn, so dass sie das Waffelmuster seines T-Shirts an ihrer Wange spürte. All die langen festen Muskeln befanden sich direkt unter ihren Fingern.

»Holly«, flüsterte er und streichelte ihr Haar. »Es tut mir leid. Ich wünschte, alles wäre einfacher.«

Eine ganze Weile blieb sie an ihn gelehnt und genoss es, ihn zu fühlen. Trotz der leisen Musik, die Alessandro angestellt hatte, hörte sie das einzelne Herzpochen. Sie hob einen Arm und ließ ihre Finger über Alessandros Bizeps tanzen. Die Enge in ihrer Brust löste sich, denn einzig durch die Nähe zu ihm schöpfte sie neue Kraft.

»Was sollen wir jetzt machen?«, wollte sie wissen.

»Wobei?« Er strich mit einem Finger über ihr Ohr.

»Bei Mac? Den Fehlwandlern? Was du über ihre Geschichte erzählt hast, klingt unglaublich.« Holly blickte zu ihm auf. »Übrigens hast du noch nie ein Wort über *deine* Geschichte verloren.«

Seine Mundwinkel zuckten. »Frage niemals einen Vampir, was er war!«

»Warum nicht?«

Alessandro schloss die Augen. Seine Wimpern waren hellbraun, lang und dicht genug, um jedes Titel-Model neidisch zu machen. »Viele möchten ungern daran erinnert werden.«

Zunächst war Holly wie erstarrt. Und weil ihr keine Erwiderung einfallen wollte, küsste sie ihn. Immer noch waren seine Augen geschlossen, aber sie fühlte, wie er auf die Berührung ihrer Lippen reagierte. Er hielt die Luft an, was gleichermaßen eine Geste des Selbstschutzes war wie auch unverhohlenes Verlangen signalisierte.

»Du weißt, dass ich keine kluge Wahl bin«, raunte er ihr zu.

»Warum nicht?«

Alessandro drückte sanft ihren Arm. »Die Antwort kennst du. Vampirismus bedeutet mehr als merkwürdige Essgewohnheiten.«

Holly wich ein wenig zurück, denn sie fühlte die übermenschliche Kraft seiner Hand. »Aber das ist nur eine Hälfte von dir …«

Nun öffnete er die Augen. »Diesen Fehler solltest du nie begehen. Man kann die eine nicht von der anderen trennen. Ich habe mich verloren, als Kalil mich nahm. Damals verließ ich deine Welt.«

»Kalil?«, fragte sie.

Alessandro sah sie an, und für einen Moment erblickte sie nichts als eine andere Seele. »Kalil«, wiederholte er bedeutungsvoll, obgleich ihm klar sein musste, dass der Name ihr nichts sagte. »Du willst wissen, wer ich war? Ich war ein Geschenk an ihn. Er machte mich zu dem, was ich bin. Er war mein Erzeuger.«

»Ein Geschenk?«

Er zögerte, bevor er nickte. »Es mag dir seltsam vorkommen, aber die totale Kontrolle über eine andere Person war zu meiner Zeit etwas Natürliches. Dich und mich trennen nicht bloß unsere Spezies, sondern auch Jahrhunderte anderer Kulturen und Bräuche. Die Welt, in die ich geboren wurde, unterschied sich sehr von deiner heutigen.«

Holly nahm stumm auf, was er erzählte.

Seinem Stirnrunzeln nach war er nicht sicher, wo er anfangen sollte. »Zu meiner Zeit als Mensch waren die Medici eine aufstrebende Bankiersfamilie, die es auf politische Macht in Florenz abgesehen hatte. Sie besaßen mehr Geld, als man sich vorstellen konnte. Ich arbeitete als Hausdiener bei ihnen, als einer ihrer vielen Musiker. Folglich gehörte ich ihnen, und sie konnten mit mir tun, was immer sie wollten.«

Holly versuchte, sich Leute vorzustellen, die einen Menschen wie eine Kiste Bier weggaben. »Wussten sie, dass Kalil ein Vampir war?« *Ahnten sie, dass er dich aussaugen wollte*?

»Ja. Er war ein hochgeachteter Gast in ihrem Haus«, antwortete Alessandro. »Deshalb musste ihr Geschenk etwas Besonderes sein. Sie wollten ihn beeindrucken, denn er genoss großen Einfluss bei den orientalischen Händlern.«

»Und da haben sie dich an ihn verschenkt?«

»Sie haben ihm viele Geschenke gemacht. Ich war nur eines, eine Kuriosität, wie ein exotisches Haustier. Die Leute aus meinem Dorf stammten von den nordischen Horden ab, den großen germanischen Kriegern, die Rom Jahrhunderte zuvor in die Knie gezwungen hatten. Wir fielen durch unser Aussehen auf, weil wir hellhaarig und groß waren, anders eben. Außerdem spielte ich mehrere Instrumente, und ich sang in sieben Sprachen. All das qualifizierte mich zur exquisiten Gabe, ungefähr so wie ein gutes Pferd.«

Okay, kein Mann statt einer Kiste Bier, sondern ein Mann als Entertainmentcenter. Dennoch war die Situation, die er schilderte, befremdlich. Holly suchte nach etwas, zu dem sie einen Bezug herstellen konnte. »Ich habe dich bei einem Konzert getroffen.«

»Ja, ich höre immer noch gern Musik, und ich spiele auch

nach wie vor. Das wenigstens konnte Kalil mir nicht nehmen.«

»Hatte er beschlossen, dass du ihm als Geschenk erhalten bleiben solltest? Für immer?«

Alessandro lächelte verbittert. »Oder er wollte meine äußeren Werte konservieren, so wie man es bei einer Blume tut, indem man sie in Wachs taucht.«

»Deine äußeren Werte?«

Er zuckte mit den Schultern. »Ich war hübsch und gab angenehme Laute von mir. Wie ein Krieger zu kämpfen lernte ich erst nach meiner Wandlung. Vorher konnte ich dem Kampf nie etwas abgewinnen. Erst Kalils Fluch weckte mein Interesse für das Schwert.«

»Was ist mit ihm geschehen?«

Ein Schatten legte sich über Alessandros Züge. »Menschliche Jäger töteten ihn. Sie kamen bei Tage, während mein Clan schlief, und brachten alle um. Ich überlebte durch puren Zufall, weil ich gerade fort war, um ein Pferd zu kaufen.«

»Der Göttin sei Dank!«, murmelte Holly.

»Dank lieber dem streitsüchtigen und halsstarrigen Pferdehändler. Jetzt weißt du alles, was es über mich zu wissen gibt«, sagte er und strich mit seinem Handrücken über ihre Wange. »Es geschah nichts Gutes oder Angenehmes mehr bis zu dem Abend, als ich dir begegnete.«

»Ich glaube, dass du die Geschichte frisierst, damit sie zu diesem Moment passt.«

Sein Lächeln drückte weder Leugnung noch Bestätigung aus, und sein Blick war ein bisschen zu prüfend. »Ich erinnere mich an jenes Coffeehouse-Konzert. Du kamst zu mir und gabst mir eine Liste, wer in diesem Monat dort spielen würde.«

»Ja, weil du ausgesehen hast, als würde dir die Musik gefallen.«

»Trotzdem kommen solche Gesten selten vor, solche selbstverständliche Freundlichkeit gegenüber jemandem meiner Spezies. Und das aus gutem Grund.«

Holly bemühte sich, ihm zu folgen, konnte es aber nicht, denn seine goldgesprenkelten Augen nahmen sie vollständig gefangen.

Derweil wurde seine Stimme zu einem Flüstern. »Du hast mich angesehen und auf das reagiert, was dort war, genau wie ich. Alle anderen in dem Raum sahen einen Jäger, eine Gefahr, du hingegen sahst mich.«

Während er weiter ihr Gesicht streichelte, wartete Holly stumm ab, denn sie wollte gar nichts anderes als diese Berührung. Was gesprochen wurde, war nebensächlich.

»Holly, du verdienst dasselbe. Du verdienst einen Mann, der dich ansieht, dein Haus und deine Arbeit und alles davon bewundert. Ben konnte dich nie so sehen, sonst hätte er dir längst sein Herz zu Füßen gelegt.«

Oh. Ein leiser Stich regte sich in Hollys Herz, und sie fühlte zugleich, wie ihr Blut zu Alessandros Hand strebte. *Oh.* »Alessandro ...«

»Ja?«

»Können wir zusammen sein, ohne dass alles schiefgeht? Nur ein Mal?«

Holly war nicht sicher, was sie erwartet hatte, das er tat oder sagte. Er war vollkommen still, so regungslos, wie es nur ein Untoter sein konnte. Dann zog er sie näher zu sich, so dass sie fest an ihn geschmiegt war.

»Ein Mal«, raunte er fast wie ein Gebet, als würde er seine Seele für diese eine Chance hergeben.

Als seine Lippen sich auf ihre legten, lief ihr ein wohliges

Kribbeln hinten die Beine hinunter. Sie ließ ihre Hände über seine lederverhüllten Schenkel wandern und wickelte ein paar der Fransen mit ihren Fingern auf. Auf diese Weise holte sie ihn noch dichter zu sich und drückte zugleich ihren Oberkörper gegen seinen.

Ungeduldig küsste sie ihn, wobei sie seine Zähne an ihrer Zunge fühlte. Holly malte sich aus, den Druck dieser Zähne auf ihrer Haut zu spüren, und erbebte. Sie stellte Alessandros Selbstbeherrschung auf eine gefährliche Probe, doch ihr fehlte die Kraft, dieser Versuchung zu widerstehen. »Das wollte ich schon, seit ich dich zum ersten Mal gesehen habe«, hauchte sie.

»Wo ist dein Bett?« Es war keine Frage, sondern eher ein Befehl, rauh und tief.

Als er sie hochhob, hielt sie sich an seinen Schultern fest. Das elektrische Knistern zwischen ihnen summte in ihren Bauch, ihre Wirbelsäule hinauf und kribbelnd bis in ihre Fingerspitzen. Eine matte Röte trat auf Alessandros Wangen. Ja, er spürte es genauso deutlich wie sie.

»Oben«, antwortete sie, obwohl ihr schleierhaft war, wie sie überhaupt einen Mucks herausbrachte.

Mühelos eilte er die dunkle Treppe hinauf und stieß die halboffene Tür zu ihrem Schlafzimmer seitlich auf. Drinnen benutzte Holly ihre Magie, um die Kerze auf ihrem Nachttisch anzuzünden. Sie musste die rohe Zärtlichkeit in seinem Gesicht sehen, damit sie sich dieses Bild für immer einprägen konnte.

Wie ein Juwelier, der sein kostbarstes Stück ausbreitete, legte Alessandro sie auf ihr Bett, setzte sich neben sie und strich ihr das lange dunkle Haar aus der Stirn.

»Ich liebe dich«, sagte er. »Vergiss das nie!«

Seine Worte hatten etwas Befreiendes, gaben sie ihr doch

eine Gewissheit, die sie sich gar nicht zu ersehnen getraut hatte. Holly streichelte ihm über den Mund. Ihr eigener war ausgetrocknet vor Verlangen. »Mein Gedächtnis ist weniger löchrig, als es bisweilen scheinen mag.«

Wortlos streifte er sich das T-Shirt über den Kopf, so dass seine muskulöse Brust und der feste Bauch entblößt waren.

»Und das vergesse ich ganz sicher nicht«, fügte sie hinzu.

Tatsächlich entlockte sie ihm ein überraschtes Lachen. Dann streckte sie beide Arme aus, und endlich sank Alessandro neben sie. Seine Haut war kühl und glatt wie Seide.

»Ich muss dich fühlen«, sagte er und tauchte mit seinen Händen unter ihren Pullover.

Er wurde spürbar wärmer, und sein Herz schlug langsam, unregelmäßig. *Es ist, als würde er durch diesen Akt wieder zum Leben erweckt. Durch mich. Als wäre ich eine Göttin.*

Ihr Pullover verschwand, danach der Rest ihrer Kleidung. Holly vergrub ihre Finger in seinem dichten Haar und schlang ihre Beine um seinen strammen langen Leib. Er bestand aus nichts als Sehnen, Muskeln und elfenbeinheller Vollkommenheit. Zudem war er beeindruckend männlich, lang und dick genug, dass ihr Bauch sich lustvoll, allerdings auch mit einem Quentchen Furcht, zusammenzog. Kein Wunder, dass Kalil und dessen Clan Alessandro für die Ewigkeit erhalten wollten!

Heftige Küsse machten ihre Lippen heiß und wund. Seine Leidenschaft unterlag einer ganz eigenen Dynamik, trieb ihn so sehr an, dass seine Hände zitterten und er sie in die Bettdecken krallte. Die Muskeln in seinem Nacken und an seinen Oberarmen waren straff gespannt. *Er beherrscht sich.*

Das war falsch. Sie wollte nicht, dass er sich zurücknahm. Er sollte sich genauso frei fühlen wie sie. Holly begann, ihn fester zu streicheln, ertastete die Stellen, an denen sie ihm die größte Wonne bereiten konnte, doch er fing ihre Hände ab. »Nein, ich wage es nicht. Lass mich dich verwöhnen! Auf diese Art ist es sehr viel sicherer.«

»Aber …«

Sein Gesicht war sehr ernst. »Vertrau mir! Lass mich! Ich weiß, wohin ich in diesem Tanz führe.«

Zwar gestattete Holly ihm, ihre Arme festzuhalten und die Kontrolle zu übernehmen, kam sich jedoch irgendwie betrogen vor.

Was sich bald änderte. Alessandro kostete sie von den Ohrläppchen bis zum Schlüsselbein, umrundete ihre Brustspitzen und schabte nur ganz hauchzart mit seinen Zähnen über die Haut. Es war ein gefährliches Necken, aber herrlich prickelnd.

Holly wand und rekelte sich unter ihm, während ihr beständig heißer wurde. Bis seine Lippen ihren Bauch erreichten, konnte sie es kaum mehr abwarten, auf direkte Weise befriedigt zu werden. Sie fand, dass seine eindrucksvolle Erektion allmählich zum Einsatz kommen sollte. Aber natürlich hatte er andere Pläne. Unsterblichen blieb nun einmal die Ewigkeit, um die Freuden der verlängerten Spannung zu erproben.

Oder er klammerte sich schlicht an den Rest Vernunft, der ihm blieb. Als er sie ansah, loderte blankes Verlangen in seinen Augen. Holly hielt den Atem an, halb ängstlich, halb vor Erregung. Der Jäger in Alessandro lauerte direkt unter der Oberfläche, geweckt von fleischlicher Lust.

Sein Blick allein hätte Holly schon zum Orgasmus bringen können, wäre Alessandros Kontrolle weniger stark gewesen.

Mit federleichten Küssen, bei denen sein Haar sie streichelte, bewegte er sich tiefer. Er dirigierte seine Zärtlichkeiten mit verblüffender Präzision, sparte indessen ihre empfindlichsten Stellen aus. Das war Holly sehr recht, denn er entdeckte erogene Zonen an ihrem Körper, von deren Existenz sie nie etwas geahnt hatte: ihre Rippen, ihre Hüfte, die Innenseite ihres Handgelenks, wo sich ein bläuliches Adergeflecht durch die dünne Haut abzeichnete.

Er schwitzte und zitterte, stellte sie fest.

»Geht es dir gut?«, fragte Holly.

Seine Augen waren halb zugekniffen. »Sprich jetzt nicht!«, murmelte er. »Wenn du mich wirklich liebst, lenk mich bitte nicht ab!«

Mit unmenschlicher Kraft drückte er sie einhändig nach unten und bedeckte jenen Punkt an ihrem Innenschenkel mit dem Mund, unter dem ihre Beinarterie pulsierte. Holly erschauderte, kalt, heiß und fiebernd vor Erregung. Sie konnte seine Zähne auf ihrer Haut spüren, intim und tödlich. Ihr Körper wollte sich ihm entgegenrecken, aber Holly wagte nicht einmal zu atmen. Sie fühlte den Druck des kantigen Kinns und ihren Puls, der ihm entgegenpochte.

Bei jedem Herzschlag kitzelte ihre Haut.

Er würde sie beißen, auch wenn er mit aller Macht darum kämpfte, es nicht zu tun.

Dieses Gefühl, so nahe an ihrer Scham, war erotisch und beängstigend. Ihr Pulsschlag wurde intensiver, drängender, so dass das Rauschen sie vollständig auszufüllen schien.

Alessandro glitt mit einer Hand höher an ihrem Schenkel hinauf und drückte sich fester an sie. Ihr Leben hing ganz davon ab, wie gut er sich beherrschen konnte, hin- und hergerissen zwischen Vernunft und Appetit. Und seltsamerweise machte Hollys Angst diesen Moment besonders köstlich. Das Universum schrumpfte zusammen auf ihren Herzschlag und den Moment, in dem er sich dieses Pulsieren nahm.

Holly stand unmittelbar vor dem Orgasmus, hilflos, verzweifelt vor Verlangen.

Alessandro ließ von ihr ab wie ein Schwimmer, der auftauchte und nach Luft schnappte. Dann küsste er ihre geschwollenen Schamlippen und beförderte sie aus ihrer Trance in einen solch überwältigenden Orgasmus, dass sie sein Haar packte, ihn zu sich hinaufzog und auf den Mund küsste. Die schiere Intensität dieses Liebesaktes hatte ihr sämtliche Willenskraft geraubt.

Stöhnend gab Alessandro ihr nach, drang in sie ein und vollführte harte, ungeduldige Stöße. Holly war feucht und mehr als bereit für ihn.

Als er kam, zerrissen seine Hände die Decken wie dünnes Papier.

21

Alessandro hatte es entzweigerissen. Er fühlte sich, als hätte er in der Wüstensonne gestanden. Ausgedörrt. Leer. Verwirrt. Nichtig.

Im selben Moment jedoch entfaltete seine Seele sich wie eine verschrumpelte Pflanze, die endlich Regen bekam. Er spürte lebendige Wärme, reines Wohlgefühl, das ihm geschenkt wurde, nachdem es ihm ein halbes Jahrtausend verweigert worden war.

Seine Wahrnehmung war zwiegespalten. Während sein Körper und seine Seele wunderbar befriedigt waren, tobte sein ungestillter Blutdurst in ihm. Eine primitive Angst vibrierte in ihm, die Panik eines Tiers, das fürchtete, nie wieder Nahrung zu finden.

Und er wusste, warum das so war. Dem Vampir in ihm war noch nie etwas verweigert worden. Jahrhundertelang hatte er sich bemüht, den Liebesakt zu vollziehen, ohne sich dabei zu nähren, war jedoch nie stark genug gewesen, sich so zu zerreißen wie heute, seine Gefühle von seinem Hunger zu trennen.

Mittendrin hatte ihn blanke Furcht gepackt, die seine Selbstbeherrschung befeuerte. Jene Teile seines Gehirns, die seine Gedanken lenkten, waren unter einer Welle von Lust versunken, so dass nichts geblieben war als Verlangen und Gier. Und das *Verlangen*, Holly zu schützen, hatte gesiegt.

Knapp.

Nun lag sie neben ihm, ihr sanfter Atem wehte über die zerknautschten und eingerissenen Laken. Er musste ihr neue Bettwäsche kaufen.

Holly lag tief schlafend auf dem Rücken, ihr Gesicht zu ihm gewandt. Ihr glattes dunkles Haar bedeckte teils ihre schönen Züge und fächerte sich auf ihren Schultern. Ihre Hand war lose in Alessandros geschmiegt. Sie hatte seine Hand gehalten, als sie einschlief.

Sein Duft haftete an ihr, ihrer an ihm. *Ich bin dein. Du bist mein.* Vorsichtig stützte er einen Ellbogen auf und neigte seine Lippen über ihre warme Haut, ohne sie zu berühren. *Wie Zuckerglasur auf einer reifen Birne.* Zumindest soweit er sich an den Geschmack von Birnen erinnerte. Solche Erinnerungen verblassten mit der Zeit.

Wieder stieg ihm der Hunger säuregleich in den Mund und pochte in seinem Kiefer. Er öffnete die Lippen ein wenig, um den Druck der Zähne zu lindern, die nach Blut gierten. Er musste dringend jagen.

Sie ist mein. Ich darf sie nehmen.

Ehe er diese Gedanken auch nur vertreiben konnte, war er schon aus dem Bett gesprungen. Er hatte sich so schnell bewegt, dass Holly sich nicht einmal regte. Nackt stand er da und beobachtete, wie sie atmete, hörte ihren Herzschlag in dem stillen Zimmer. Gier durchpeitschte seinen Leib, machte ihn hart und schürte Feuer, die er bewusst eingedämmt hatte. Er war mehr als bereit, sie zu nehmen, wollte verzweifelt ihr Blut.

Nein!

Und dennoch rührte er sich nicht. Er wagte es nicht. Sie war alles – hatte ihm alles gegeben, was allein schon unglaublich war. Trotzdem wollte sein Instinkt sie zerstören. Sollte seine

Konzentration auch nur eine Sekunde versagen, wäre er wieder im Bett und würde demselben Herzen das Leben rauben, das sich ihm vor nicht einmal einer Stunde hingegeben hatte.

Ich bin sogar noch schlimmer, als ich dachte. Habe ich wirklich geglaubt, dass ein besserer Engel aus diesen versklavenden, giftigen Gelüsten emporsteigen könnte? Dass ich, nur weil ich liebe, etwas anderes sein kann, als ich bin?

Sein Selbstekel verlieh ihm die Kraft, erst einen, dann noch einen Schritt zurückzutreten. Als er sich bückte, um seine Kleidung aufzuheben, waren seine Glieder schwer vor Kummer. Er musste schnellstens fort von hier, ehe er noch einen beinahe tödlichen Fehler beging.

Das Einzige, was er Holly geben konnte, war, ihr fernzubleiben.

Er fuhr nach Hause, wusch sich und machte sich auf den Weg ins »Sinsation«. Seine Ankunft dort sorgte wie immer für ein allgemeines Aufmerken unter den Giftsüchtigen. Kaum tuschelte man sich zu, dass Caravelli Gesellschaft wünschte, scharten sich die Frauen wie närrische Vögel um ihn. Alessandro war schön und sein Gift stark. Die Wonnen, die er bereitete, waren legendär.

Sofern es ihm überhaupt möglich war, schaltete er jedes Denken aus, ließ Namen und Bilder vorbeigleiten, ohne sie festzuhalten – schlierige Streifen wie Regenwasser auf einer Fensterscheibe. Er wollte sich dessen, was er tat, nicht bewusst sein – nicht, nachdem er eben erst der höchsten Erfüllung so nahe gekommen war.

Die kleinen Zimmer hinten im Club waren sauber und zweckmäßig. Alessandro wurde in eines gebracht, in dem eine Couch und eine billige Tiffany-Lampe standen. Sein Nachtmahl lag auf der Couch, ihr Gesicht leuchtend vor Vorfreude auf die Ekstase.

Ich bin ein Monster!

Obwohl der Hunger in jeder einzelnen Zelle wütete und sein Mahl aufreizend vor ihm posierte, sträubte sich etwas in ihm. Es war zu bald. Zu vertraut. Das Bild von Holly, die neben ihm lag, war ihm heilig, und er wollte es auf keinen Fall durch den Schatten einer anderen besudeln.

Lieber lege ich mich wie ein Hund auf das Grab seines Herrn und sterbe.

So hatte er sich noch nie zuvor gefühlt. Nie hatte er sich geweigert, sich zu nähren. Dennoch war die Entscheidung genauso abrupt wie endgültig. Er stand auf und verließ das Zimmer, den verwirrten Schrei seines Mahls ignorierend. Früher oder später müsste er seiner Gier nachgeben, aber jetzt noch nicht.

Vom Ende des Clubraums aus betrachtete er die Tische. Die Gäste dort erschienen ihm wie ein konturenloser Schleier, aber ihre Energie schärfte seine Sinne. Dieser Raum steckte voller Raubtiere und deren Opfer. Und selbst wenn er heute Nacht nicht mehr nach Nahrung suchte, war er doch noch auf der Jagd.

Handeln wäre gut. Es schmerzte ihn zu sehr, bei Holly zu verharren. *Dann denk nicht an sie! Denk daran, was zu tun ist: Macmillan. Das Buch. Alles, nur nicht Holly!*

Alessandro schritt durch den dunkleren Schatten am Rand um die Tische herum gen Tür.

»Hey!«

Er fühlte eine Hand an seinem Ärmel und spannte alle Muskeln an, ehe er hinabsah. Es war nur Perry Baker, der allein mit seinem Laptop in einer Ecke saß und ein Bier trank. Widerwillig setzte Alessandro sich zu dem jungen Werwolf. Er wollte keine Zeit vergeuden, doch Perrys Gesichtsausdruck machte ihn neugierig.

»Was ist?«, fragte Alessandro. »Du siehst fertig aus.«

»Alles«, knurrte Perry, »ich hasse mein Leben.«

So bizarr es anmuten mochte, fand Alessandro diese Bemerkung tröstlich. Als würde Perrys Elend sein eigenes mindern. »Wenigstens hast du ein Leben«, konterte er trocken. »Versuch mal, sechshundert Jahre lang untot zu sein!«

»Oh ja, wie tragisch! Ist dir klar, was für ein Schwein du hast? Du kriegst keine Flöhe und musst keine drei Anfängercomputerkurse geben, in denen komplette Idioten bloß darauf warten, dass du dich in Fido verwandelst und auf den Hauptrechner strullst.« Verärgert zurrte Perry an seinem übergroßen T-Shirt.

Alessandro lehnte sich zurück. »Nein, diese spezifischen Nachteile blieben mir erspart.«

Einer der Kellner kam und brachte Perry noch ein Bier und Alessandro seinen üblichen Rotwein. Es hatte einiges für sich, Stammkunde zu sein, auch wenn ihm eigentlich nicht nach Wein war.

Der Kellner blieb stehen. »Stimmte etwas mit Ihrem Mahl nicht, Sir?«, fragte er Alessandro, worauf Perry interessiert die Brauen lüpfte.

»Das Mahl war bestens. Ich stellte lediglich fest, dass ich doch keinen Appetit hatte.«

»Sehr wohl, Sir. Sagen Sie einfach Bescheid, wenn ich Ihnen etwas anderes bringen darf.« Damit ging der Kellner.

»Okay.« Perry klappte seinen Laptop zu. »Ähm, Dad sagte, die Königin hätte ihn wegen irgenwelcher Portale zur Höllendimension angerufen.«

»Und du denkst, ich weiß etwas.«

»Tja, was soll ich sagen? Du hast irgendwie diese Apokalypsen-Visage – plus: Wir haben den Fehlwandler im Waschcenter gefunden. Irgendetwas ist doch los.«

Alessandro trank sein halbes Glas in einem Schluck. Vielleicht wollte er den Wein doch. »Es wäre verfrüht, jetzt schon Panik zu verbreiten. Die Königin verständigt alle Anführer der übernatürlichen Gemeinde, damit sie Zeit haben, sich zu beraten. Sie sollten auf möglichen Ärger achten, denn der könnte jederzeit auftreten.«

»Was für Ärger?«

»Ein Dämon.«

»Kein Wunder, dass du so angespannt bist!«

»Es war eine üble Woche.«

»Da ist mehr als ein Dämon, richtig? Meine Wölfchensinne schrillen.«

Okay, Alessandro störte es nicht sonderlich, dass Perry so neugierig war. Sein Interesse mochte durchaus echt sein. Werwölfe waren entweder Freunde oder nicht. Und aus irgendwelchen Gründen hatte Perry sich mit ihm angefreundet.

»Ich hatte einen dieser Abende, an denen ich begreife, was ich bin. Wir sehen menschlich aus und tun viele Dinge so wie Menschen. Darüber vergesse ich manchmal, dass ich ein Monster bin.«

Perry gab dem Kellner ein Zeichen, dass er mehr Alkohol bringen sollte. »Ja, ich weiß, was du meinst.«

»Du? Du bist doch der Musterknabe der Integration: jung, gutaussehend, brillant. Wenn du dich nicht einfügen kannst, haben wir anderen nicht einmal den Hauch einer Chance.«

Perry starrte in sein Bier. »Ach, tja, was soll's? Ich hatte nach dem Kurs noch ein Date, nichts Aufregendes, nur ins Kino.«

»Und?«

»Das Mädchen stellte sich als einiges mehr heraus als bloß eine umwerfend scharfe Roller-Derby-Braut. Ich *hasse* diese Bürgerwehr-Freaks!«

»Roller-Derby-Braut?«

»Eben nicht, sondern eine verkackte selbsternannte Jägerin. Sie hat versucht, mich zu köpfen! In ihrem Auto hatte sie so ein beschissenes Samurai-Schwert, und mit diesem Monsterteil kannst du gar nicht danebenhauen. Ich meine, was hat sie denn gedacht, was ich mache? Sie im Kinosessel ausweiden? Mann, die Kleine war ja wohl derart durchgeknallt!«

Eigentlich war es nicht witzig, aber Alessandro musste schmunzeln. »Ist das nicht die gängige Quittung dafür, wenn man sich außerhalb des Rudels nach Spaß umsieht?«

Perry zuckte mit einer Schulter. »Ich wollte wohl mal was Exotisches. Es ist ja nicht so, als würde ich jemals eine Sterbliche heiraten oder so. Ich meine, ich will irgendwann mal eine Familie. Aber unsere Gene würden sich schlicht nicht vertragen.«

Bei Werwölfen drehte sich alles um ihre Jungen. Eine Familie war etwas, das Alessandro nie haben würde. Holly hingegen könnte. Nein, Holly *sollte*. Da war so vieles, was er ihr nicht geben konnte.

Aber sie machte mir ein strahlendes Geschenk: Sie wollte mich. Zumindest weiß ich jetzt, wie es sich anfühlt, geliebt zu werden – weder wegen noch trotz der Tatsache, dass ich ein Vampir bin. Einfach um meinetwillen.

Perry, der keine solche Epiphanie erlebt hatte, leerte sein Bierglas. »Ich schnall's einfach nicht! Was ist mit den menschlichen Frauen los? Wieso wollen sie mich in den Tod locken? Sie können mir doch auch gleich sagen, dass ich abhauen und mich mit einer anderen verabreden soll. Ich hab das nicht verdient! Und ich komme mir dabei vor wie … wie ein haariges Ungeheuer aus einem B-Movie, das Jungfrauen frisst. Tja, das ist das Klischee. Mann, ist das Leben ätzend!«

»Deshalb saugt unsereins es ihnen aus. Das beste Gegenmittel gegen eine miese Stimmung ist eine noch miesere Einstellung.«

Perry lachte. »Ja, jetzt erkenne ich, wieso ich persönlich wachsen kann, indem ich mit dir zusammen bin.« Er beugte sich vor, eine Hand um sein Glas geschlungen. »Wo wir gerade von Monstern reden: Dreh dich jetzt nicht um, aber der Wunderknabe ist eben hereingekommen.«

Alessandro drehte sich doch um, weil er nicht genau wusste, wen Perry meinte, und ihm blieb der Mund offen. Ben Elliot stand da, in einem Club, in dem es von Werwölfen und Vampiren wimmelte, und blickte sich um wie ein Tourist bei seinem ersten Rundgang auf einem Kreuzfahrtschiff. Mit morbider Faszination sah Alessandro zu, wie Ben an die Bar ging und sich einen Drink bestellte.

»Was macht er hier?«, fragte Alessandro sich laut.

»Und guck mal, wer ihn gleich begrüßt. Scheißkerl!«

Damit war Pierce gemeint. Alessandro hatte ihn zuvor nicht bemerkt. Er hatte an einem Tisch mit einer Handvoll Albion-Vampiren gesessen und trug einen leichten Leinenanzug, der eher nach Miami gepasst hätte als ins regnerisch-herbstliche Fairview. Mit seinem Dreitagebart und dem türkisfarbenen Seidenhemd sah er ganz nach »Miethengst« aus.

Alessandro schaute genauer hin. Pierce lehnte halb an der Bar, eine maßgeschneiderte Hinterbacke an den Hocker neben Bens gelehnt. Vollkommen ruhig bestellte er sich ebenfalls einen Drink und wandte sich mit einem strahlenden Lächeln Ben zu.

Dieser antwortete mit einem weniger lässigen, eher geschäftsmäßigen Nicken, als hätte er erwartet, Pierce hier zu treffen. *Kennen die beiden sich?*

»Meinst du, Elliot vergnügt sich in beide Richtungen?«,

fragte der Werwolf nachdenklich. »Hätte ich nicht gedacht, aber dem Augenkontakt nach sieht das ziemlich nach Aufreißen aus.«

Ben gab Pierce etwas. Es ging sehr schnell und zu versteckt, als dass Alessandro sehen konnte, was es war. Pierce steckte es in seine Hosentasche.

Alessandro und Perry wechselten erstaunte Blicke. *Was könnte ein prohumaner Professor mit einem Vampir-Gigolo zu schaffen haben?*

»Du entschuldigst mich«, sagte Alessandro und stand auf. Offenbar hatte er noch etwas zu erledigen, ehe er ging.

»Was hast du vor?«

»Entweder das Kätzchen retten oder es fressen. Ich weiß noch nicht, worauf es hinausläuft.« Er schritt über den Holzboden und spürte das Gewicht seines langen Ledermantels, der beim Gehen aufschwang.

Pierce sah ihn kommen und rutschte von seinem Barhocker, bevor Alessandro bei ihnen ankam. Damit war der Hocker neben Hollys Exfreund frei. Alessandro setzte sich, worauf Ben ihn mit einem Ausdruck unverhohlenen Missfallens bedachte. Anscheinend hatte er vergessen, dass Alessandro an seiner Rettung aus dem Flanders-Haus beteiligt gewesen war.

»Was machen Sie denn hier?«, erkundigte Alessandro sich, der sich seinerseits keine Mühe gab, seinen Ekel zu verbergen.

»Was geht Sie das an?«

»Reine Neugier.« *Vielleicht lieferst du mir einen Grund, dir das Genick zu brechen.*

Ben nippte an einem Getränk, das wie Cola-Rum roch, und stellte das Glas sorgfältig wieder auf den Untersetzer. Seinem glasigen Blick nach zu urteilen, hatte er schon weit vor seiner Ankunft hier mit dem Trinken begonnen. »Ich wollte mir unsere paranormalen Mitbürger einmal in ihrer natürlichen Umgebung ansehen. Ich dachte, hier finde ich am ehesten heraus, wieso Holly sie mir vorzieht.«

»Und, haben Sie die Antwort gefunden?«

»Nein. An euch ist gar nichts Besonderes.« Ben blickte sich verdrossen um. »Ich begreife es nicht.«

Nein, wohl nicht. »Was wollten Sie von Pierce?«

Ben senkte den Kopf, um Alessandros Blick zu meiden. »Er sagt, dass er mich herumführen kann.«

Ein Anflug von Mitleid regte sich in Alessandro, der jedoch gleich von Ekel und Ungeduld verdrängt wurde. »Glauben Sie, eine Führung durch unsere gemütliche kleine Höllennische kann Ihnen erklären, warum Holly lieber sie selbst sein will statt ein weiblicher Klon von Ihnen? Sind Sie noch nie auf die Idee gekommen, sie so zu lieben, wie sie ist?«

Ben antwortete nicht, sondern trank noch einen Schluck.

»Gehen Sie nach Hause, Elliot! Ihnen würde nicht gefallen, was Pierce Ihnen zeigt, und ich möchte nicht, dass Holly in der Zeitung über Ihren Nachruf stolpert. Am liebsten wäre mir, sie würde überhaupt nie wieder an Sie denken.«

Er nahm Ben seine Cola-Rum ab und hievte ihn vom Barhocker. Er konnte es sich ohne weiteres leisten, großzügig zu Ben Elliot zu sein, denn dieser Mann stellte keine Gefahr für ihn dar.

Mit Perrys Hilfe verfrachtete er den Professor in ein Taxi. Der junge Werwolf machte sich ebenfalls auf den Weg, um den letzten Bus zu bekommen, und eilte durch den Nieselregen davon.

Alessandro blieb draußen vor dem »Sinsation« stehen und sortierte seine Gedankenfäden. Es war zwei Uhr morgens.

Vor etwa einer Stunde hatte er geplant, nach Mac zu suchen, und noch blieb ihm Zeit, einiges zu erledigen.

»Wo ist Elliot hin?«

Gereizt drehte Alessandro sich zu Pierce um. »Er war betrunken und wusste offensichtlich nicht, was er tat. Aber das dürfte dir ja bereits klar sein.«

»Hast du gedacht, ich wollte ihm ein bisschen Spaß zeigen?«

»Ja, das dachte ich.«

»Aha. Okay.«

»Irre ich mich?«

»Tja, was sollte ich auch sonst vorhaben?«

Gute Frage. Aber eventuell deutete Alessandro auch zu viel in die Bemerkung hinein. *Pierce ist ebenfalls betrunken.* Was Alessandro ein wenig beeindruckte, denn es bedurfte einiger Drinks, ehe ein Vampir einen Rausch bekam. Pierces Zustand sprach für jahrelange Gewohnheit und Übung.

»Jedenfalls habe ich dem Professor keine Kostenerstattung angeboten«, fuhr Alessandro fort, der vermutete, dass es Geld war, was vorhin den Besitzer gewechselt hatte.

»Sein Geld ist schon längst ausgegeben«, erwiderte Pierce mit einem ätzenden Grinsen. »Texas Hold'em kann verflucht heikel sein. Es war noch ein gewisser Betrag offen.«

»Elliots Blödheit sollte bestraft werden.« Wie Pierce auch, der für seine Spielschulden berüchtigt war.

»Was schert dich der Professor? Er ist ein Arsch.«

Stimmt. Alessandro zündete sich eine Zigarette an. »Warum ist er dir so egal?«

»Weil ich verabscheuenswert bin. Das macht vieles einfacher.«

»Und du setzt dich gern selbst herab.«

»Das ist meine Sache, nicht deine, nicht die der Königin.

Ich verkaufe lediglich, was sie sowieso nicht will. Wer hätte gedacht, dass es so viel Bares wert ist?«

»Es verletzt sie, dabei zuzusehen, wie du weißt.«

»Ja, das soll es auch.«

Alessandro lachte.

»Ist das witzig?«

»Ich war heute Nacht ziemlich deprimiert. Und dann fing ich an, mit anderen zu reden.«

»Wie auch immer – ich brauche einen Drink.« Pierce schwankte ein bisschen, als er wieder zur Clubtür ging.

Alessandro blickte nachdenklich in die Nacht hinaus. *Auch wenn eine Beziehung mit Holly unmöglich erscheint, gibt es eventuell noch Hoffnung. Wenigstens sind wir beide nicht wahnsinnig, und das muss doch auch etwas gelten.*

Schließlich machte er sich auf zu seinen nächtlichen Erkundungen. Er nahm sein Handy aus der Tasche und stellte es ab, ehe er den St.-Andrews-Friedhof betrat.

Ein eisiger Klumpen bildete sich in seinem Bauch.

Er hatte fünf Nachrichten von Omara erhalten, alle im Abstand von jeweils dreißig Minuten eingegangen.

Was nun?

22

Dienstags hatte Holly zwei Vormittagsveranstaltungen: Marketing und Finanzbuchhaltung. Sie ging hin, weil sie keine Ahnung hatte, was sie sonst tun sollte, aber beide Veranstaltungen waren glatte Zeitverschwendung. Die Vorlesungen über Gewinn- und Verlustrechnung und Produktvertrieb rauschte an ihr vorbei, während sie auf dem unbequemen Holzstuhl in dem überheizten Hörsaal hin- und herrutschte.

Die Erinnerungen an letzte Nacht holten sie wieder und wieder ein, ließen Bilder durch ihren Kopf ziehen und ihren Puls rasen. Die Bilder von Alessandro, der sie berührte – sie konnte seine Finger immer noch auf ihrer Haut fühlen –, waren um ein Vielfaches reizvoller als jede Phantasie. Er hatte recht: Sie würde die Nacht mit ihm nicht vergessen können. Nie.

Und das, obwohl er sie nicht gebissen hatte. *Wie war es möglich, dass er es nicht getan hatte? Heilige Göttin, wie wäre es erst, wenn er sie biss?*

Holly wechselte von einem Gebäude zum nächsten, stieg Treppen hinauf und sortierte Lehrbücher, eingefangen in ihrem privaten Drama. Die Gesichter der anderen Studenten trieben vorbei, nichtssagend wie Tauben. *Ich bin echt der letzte Heuler! Vielleicht hat er das mit dem Blut übersprungen und sich direkt mein Gehirn einverleibt.*

Holly ohrfeigte sich im Geiste. Sie musste sich am Riemen reißen und auf die Dinge konzentrieren, die ihre Energie brauchten. Beispielsweise der Umstand, dass sie wegen des Fehlwandlerangriffs nicht einmal den Hauch eines Geistes aufgeweckt hatte. Folglich waren sie kein bisschen klüger, was den Dämon oder das gestohlene Buch betraf.

Kurz bevor sie ins Flanders-Haus gegangen waren, hatte Alessandro Holly gebeten, einen Verfolgungszauber zu wirken, mit dem sie herausfanden, wer im Lagerhaus seines Klienten einen Rufzauber durchgeführt hatte. Das brachte sie auf eine Idee.

Nach dem College spazierte sie zu Fuß zum St.-Andrews-Friedhof. Obwohl es dort letzte Nacht von Ghulen und Fehlwandlern gewimmelt hatte, würden sie mitten am Tag alle sicher in ihren Bettchen schlummern. Selbst Dämonen wurden tagsüber deutlich träger, weshalb Holly hoffte, dass ihr Alleingang halbwegs sicher war, solange die Sonne schien.

Nicht dass man von Sonnenschein sprechen konnte. Heute Nachmittag schüttete es ununterbrochen aus dunklen Wolken, die vom Pazifik kamen, was Assoziationen an größere Nutzbehältnisse für den Haushalt weckte.

Holly wollte die Stelle ausfindig machen, an der sie sich mit Macmillan treffen sollten, die im ältesten Teil des Friedhofs lag. Sie hätte wetten können, dass die Lage von Bedeutung war. Verdrossen trottete sie zu dem niedrigen Eisenzaun und verließ den Weg. Ihre Gummistiefel versanken in der aufgeweichten Erde zwischen den Gräbern. In den flachen Vertiefungen sammelte sich gerade genug Regenwasser, dass es unter dem steten Regen aufspritzte. Holly las die Aufschriften der Grabsteine und dachte daran, wie kalt und klamm die Erde sich anfühlen würde. Prompt musste sie niesen und inhalierte ein paar Tropfen.

Sie sollte dringend zur Tat schreiten, ehe sie sich noch eine Lungenentzündung einfing. Holly drehte sich im Halbkreis und fühlte mit ihren Sinnen nach energetischen Störungen: ruhelosen Geistern oder dem kosmischen Daumenabdruck eines möglichen Portals. Die Stiefel, der lange Mantel und der Schirm machten die Bewegung etwas unbeholfen, und ihre Schritte in der durchnässten Erde sorgten dafür, dass sie wie »Das Ding aus dem Sumpf« klang. Wie erfreulich, dass hellseherische Ermittlungen kein modisches Erscheinungsbild verlangten!

Im nächsten Moment war Hollys einziger Gedanke der an den kupfrigen Geschmack von Angst.

Der Dämon war hier.

Sie konnte das Echo seiner Präsenz fühlen, wenn auch diffus, so wie man erkannte, dass ein Raucher durch ein Zimmer gegangen war. Allerdings suchte Holly nicht nach den Geruchsspuren, sondern nach dem Ding an sich – der Zigarette sozusagen. Was um einiges schwieriger war. Ein Zauber vernebelte die Energie, ähnlich dem Tarnzauber, der die Ghule und Fehlwandler vor ihrem sechsten Sinn verborgen hatte.

Die Energie schien auf einem alten geräumigen und ungepflegten Grab links am stärksten. Der Grabstein war zertrümmert worden, wahrscheinlich von Jugendlichen. Mit ihrem Schirm in einer Hand streckte sie ihre andere über das Grab, um nach ungewöhnlichen Energiespuren zu fühlen. Bei dieser Technik prüfte sie lediglich die Oberfläche, ob es Erinnerungen daran gab, wer oder was an der Stelle vorbeigekommen war. Das war einfache, schmerzlose Arbeit, die eher Feingefühl als Kraft erforderte. Aber es handelte sich um einen langsamen Prozess, der besser funktionierte, solange keine Zuschauer in der Nähe waren. Allein konnte

Holly sich alle Zeit nehmen, die sie brauchte, um gute Arbeit zu leisten.

Geisterbeschwörung oder vielmehr die Geister, die man beschwor, konnten bestimmte Antworten liefern, was jedoch nur sinnvoll war, sofern man die richtigen Fragen kannte. Was Holly jetzt tat, würde ihr nichts als einen kurzen Schnappschuss bescheren. Und mit ein bisschen Glück bekam sie zumindest ein paar Hinweise darauf, was zur Hölle los war.

Zuerst war da gar nichts, nichts außer dem stummen Wissen von Erde und Gras. Darunter befand sich der Schatten einer Begrabenen, einer jungen Mutter, die vor hundert Jahren an einer Lungenschwäche gestorben war. Sie existierte nurmehr als blasse Erinnerung, denn ihre Seele war längst in ein anderes Leben weitergezogen. Also handelte es sich um eine der guten, der friedlichen Toten. Hier gab es keine Dämonen. Der Tarnzauber hatte Holly in die falsche Richtung gewiesen, doch sie hatte ihn auf frischer Tat ertappt.

Hab dich!

Holly suchte im weiteren Umkreis, tastete mit ihren Sinnen immer größere Kreise vom Grab der Frau aus ab. Sie konnte keine Störungen erkennen. Wie viel verbarg der Tarnzauber vor ihr?

Dann fühlte sie *etwas*, wie einen kalten Finger, der ihr über den Nacken strich. In ihrer Regenmontur wandte sie sich weniger schnell um, als ihr lieb gewesen wäre. Vor ihrem geistigen Augen erschien ein Erinnerungsschatten, blasse Bildspuren einer noch nicht lange zurückliegenden Nacht. Dort liefen Fehlwandler vorbei, die es eilig hatten, sich einer Gruppe anderer anzuschließen. Letztere duckten sich ängstlich zusammen. Fehlwandler und noch jemand – ein Mann oder ein Vampir –, die vor brennenden Fackeln hockten und in einem Buch lasen. Seltsame Dinge, Sicheldolche, Fackeln und Flaschen aus farbigem Glas lagen um sie herum auf dem Boden verstreut. Es roch nach Blut und Eiter.

Zutaten für ein Ritual, dachte Holly. *Und kein schönes Ritual.*

Der Rufzauber? War dies das Buch, hinter dem Alessandro her war?

Dann flackerte das Bild und verschwand. Holly nahm ihre Hand herunter, die bis zum Ärmelsaum des Mantels klatschnass geregnet war.

Das Ritual hatte ungefähr fünf Meter entfernt stattgefunden, vor einem großen Steinengel mit nach oben gestreckten Flügeln. Holly drehte sich vorsichtig in diese Richtung, worauf ein Schwall Wasser von ihrem Regenschirm herunterprasselte. Teils, weil sie fror, teils, weil sie sich gruselte, erschauderte Holly.

Der Engel war bloß ein Grabstein, der zum Fokus des Rituals entfremdet worden war. Die Fehlwandler hatten ihn zum Inbild dessen gemacht, was sie beschwören wollten. *Der Engel wurde zum Dämon.*

Weiter den Boden mit ihren Sinnen abtastend, ging Holly ein paar Schritte vorwärts. Indem sie sehr aufmerksam tastete, entdeckte sie die Ränder des Tarnschilds.

Holly suchte nun noch sorgsamer, lockte erst einen Hinweis hervor, dann den nächsten, wie Silberlametta im Gras. Gedanken, Ideen, Dinge, die Teilnehmer des Rituals wussten.

Ja, hier waren die Rufzauber gewirkt worden. Sie begannen in dem Lagerhaus von Alessandros Klienten, aber das letzte, komplizierteste und am Ende erfolgreiche Ritual war an der Stelle vollzogen worden, an der sie jetzt stand. Kein Wunder, dass Mac – oder wer immer ihm seine Befehle gab –

Alessandro und sie hierherbestellt hatte! Dieser Ort troff vor böser Kraft.

Der Müll, der zu Füßen des Engels verstreut lag, sprach Bände. *Opfergaben.* Holly bückte sich und stocherte mit ihrem kalten Finger im Schlamm. Kerzenstummel. Halbverbrannte Weihrauchkapseln. Winzige Schnapsflaschen – entweder Trankopfer oder Partyzubehör. Mehrere runde Metallscheiben, ungefähr münzengroß. Holly nahm eine auf und hielt sie höher ins verregnete Tageslicht. Eingeprägt in das Metall erkannte sie eine Männergestalt mit einer Leier.

Sie wusste nicht, wer das sein sollte, aber diese Gestalt musste von Bedeutung sein. Also steckte sie die Münze ein und blickte dabei auf die gemeißelten Züge des Engels. *Unheimlich.* Der leere steinerne Blick verriet nichts, aber Holly spürte, wie das Böse in Wellen von ihm abstrahlte.

Das Grab wusste, dass sie hier war. Unter ihr regte sich Magie wie ein Hütehund, der in Angriffsstellung ging. Der Schildzauber wollte sie fortjagen.

Mist! Holly wich von dem Grab zurück, so schnell es der Matsch unter ihr zuließ, und drehte sich erst um, als sie ein paar Meter weit weg war. Ihre Füße brachten immerhin einen schmatzenden Laufschritt zustande, bis sie ein ganzes Stück vom Friedhof entfernt war.

Also, das war interessant! Sie hatte angenommen, dass der Dämon das Sagen hatte. Vielleicht hatte er es jetzt, aber in ihrer Vision war es ein scheußlicher Quasi-Vampir, der sich den Zauber gewünscht hatte. Der Mann mit dem Buch war nicht mehr als ein Handwerker. Die Fehlwandler hatten die Portale geöffnet und andere ihrer Art herbeigerufen. Sie hatten die Ghule-Armee zusammengestellt, und erst danach schafften sie die richtig großen Dämonwaffen herbei.

Was wollten die Fehlwandler? Planten sie eine neue Revolte gegen die Vampire?

Auf einmal konnte Holly sich alles vorstellen: Sie sah die widerwärtigen Kreaturen vor sich, uncoole Außenseiter, die in irgendjemandes Keller herumhingen, das Vampir-Äquivalent von Käsekräckern und Bier in sich hineinschütteten und von Rache träumten. Nun hatten sie einen Dämon, einen paranormalen Schläger, der Sand ins Gesicht derselben Königin schleuderte, von der sie seit eh und je verachtet wurden. Zweifellos hatten sie mehr abgebissen, als sie ... Nein, korrigierte Holly sich. Keine Bissvergleiche, wenn es um Vampire ging!

Aber wer war der Kerl mit dem Buch?

Jemand, der mit ihnen zusammenarbeitete. Der sicher auch den Rufzauber ausgeführt hatte, aber sich eindeutig nicht anfühlte, als hätte er das Kommando. Die Energie, die in der Vision von ihm ausging, war viel zu schwach gewesen.

Sie musste Alessandro alles erzählen. Holly zog ihren Ärmel hoch, um auf die Armbanduhr zu sehen: kurz nach eins. Es dauerte noch Stunden, ehe irgendein Vampir aufstand. Das Einzige, was sie jetzt tun konnte, war, nach Hause zurückzukehren, wo sie sicher war.

Während sie durch die Pfützen stapfte, fing es an, in ihren rechten Gummistiefel zu regnen.

»Holly!«

Sie war eben dabei, ihre Haustür aufzuschließen, und drehte sich um. Mac kam ihren Weg hinaufgelaufen, den Kragen seines Regenmantels nach oben geklappt. »Wo warst du denn?«, fragte er. »Es ist schon weit nach Mittag.«

Was macht er hier? »Hatten wir eine Verabredung?«

»Ich finde, wir sollten.« Sein Haar war nass, so dass die dunklen Wellen glänzten, und seine Augen schimmerten warm.

Hollys Nackenhaare stellten sich auf, als er die Verandastufen hinaufstieg. *Er hat uns letzte Nacht auf dem Friedhof in einen Hinterhalt gelockt, aber er weiß nicht, dass ich es weiß. Oder doch? Hat er gesehen, wie wir gegen die Guhle kämpften? Hat er zugesehen, als wir uns küssten?*

Mac hielt eine Einkaufstüte in jedem Arm.

»Was hast du da?«, fragte sie in einem aufgesetzt freundlichen Tonfall. *Ist er derjenige, mit dem die Fehlwandler zusammenarbeiteten, um die Portale zu öffnen?* Die Silhouette, die sie in der Vision gesehen hatte, sah anders aus, aber sicher war Holly sich nicht. Wie konnte sie es herausfinden?

Indem sie ihn ins Haus lotste und sein Vertrauen gewann.

»Ich habe Essen mitgebracht.« Mac folgte ihr hinein und stellte die beiden Tüten in der Diele ab, wo er sich bückte, um seine nassen Schuhe auszuziehen. »Neulich Abend fand ich es so nett mit uns, dass ich dachte, wir sollten das wiederholen.«

Der Abend, an den ich mich nicht erinnern kann? Hatte er etwas mit ihrer Gedächtnislücke zu tun? Holly bekam eine Gänsehaut. »Wie ließe sich das noch übertreffen?«

Er zwinkerte ihr zu. »Du hast erst einen Vorgeschmack bekommen. Mittagssnacks sind meine wahre Spezialität. Hast du schon gegessen?«

Und Alessandro kann mittags nicht unangemeldet hereinschneien. Holly zog sich einen Gummistiefel aus, wobei auch gleich ihre Socke mit abrutschte. »Nein, ich habe heute noch gar nichts gegessen. Bist du denn noch nicht wieder im Dienst?«

»Nee. Bürokratischer Mist.«

Seine Gereiztheit klang echt, dennoch glaubte Holly ihm nicht, und ihr lief ein kalter Schauer über den Rücken. Sie rang sich ein Lächeln ab. »Würde es dir etwas ausmachen, ohne mich loszulegen? Ich bin völlig durchnässt und möchte mich gern erst einmal umziehen.«

Sie ging ein gewaltiges Risiko ein, möglicherweise ein dämliches. *Aber ich bin immerhin vorgewarnt.*

Oben drehte Holly die Dusche auf, stellte sich gerade lange genug unter den Strahl, dass sie wieder warm wurde, und ließ das Wasser laufen, um Zeit zu gewinnen.

Falls sie sich dem Mann stellen musste, der versucht hatte, sie Fehlwandlern auszuliefern, würde sie es auf keinen Fall unvorbereitet tun. Sie zog sich an, steckte sich Talismane in sämtliche Taschen und Falten, in ihren BH, unter ihr T-Shirt und sogar in die Socken. Brekks saß derweil auf ihrem Bett und folgte jeder ihrer Bewegungen mit seinen großen gelben Augen.

Anschließend hockte sie sich vor ihr Bett und angelte nach der langen flachen Kiste darunter, in der sie das meiste Zauberzubehör vor Ben versteckt hatte. Den Deckel hochzuheben war, als würde sie selbst aus der engen Kiste befreit werden. Sie nahm ihr Silbermesser hervor, eine Weihrauchlampe aus gehämmertem Messing, das chinesische Seidentuch, das sie als Altardecke verwendete, und arrangierte alles hastig auf ihrer Kommode. Einen richtigen Altar könnte sie später noch aufbauen.

Warum habe ich all das versteckt? Wie konnte ich das tun? Wollte ich so verzweifelt einen festen Freund? Jetzt kam es ihr lächerlich vor, aber bis vor kurzem war ihr das Wichtigste gewesen, Ben keine Angst einzujagen. *Ich bildete mir ein, dass ich einfach nur rücksichtsvoll war, was ich ihm gegenüber ja auch war. Auf mich selbst habe ich leider keine Rücksicht genommen.*

Diesen Gedanken quittierte Brekks mit einem Gähnen, bei dem er seine sämtlichen Zähne zeigte. Holly lachte leise. Ben und seine Empfindlichkeiten gehörten der Vergangenheit an, und Holly hatte eine größere Sorge, die in diesem Moment in ihrer Küche werkelte.

Sie bereitete vier Kerzen vor, rieb sie mit zauberverstärktem Öl ein und ritzte Schutzsymbole in das Wachs. Dann ging sie ins oberste Stockwerk, wo sie auf allen vier Seiten des Hauses jeweils eine Kerze in ein Fenster stellte. Oben an der Treppe spürte sie die wilde Energie der Kerzen, die alle bisherigen Schutzzauber im Haus intensivierte. Mac war schon drinnen, aber die Magie konnte Holly helfen, sich gegen ihn zu wehren. Er befand sich auf ihrem Grund und Boden.

Sie fühlte die Hitze des Zaubers, die durch ihre Glieder bis in die Fundamente des Hauses floss, um Kraft aus der Erde darunter zu schöpfen, und von dort wieder hinauf bis in den regnerischen Himmel. Sie ließ alle Energie ins Haus strömen, um ihm Stärke zu verleihen. Es war, als würden die Mauern um sie herum einatmen und die natürlichen Vibrationen ein wenig stärker. Der Erfolg ihres Rituals war wohltuend, zumal es so mühelos gewesen war, mit nur sehr wenig Schmerz verbunden. Offenbar war sie in besserer Form. Die letzten Tage hatte sie sich ziemlich überanstrengt, was sich anscheinend auszahlte.

Brekks rieb sich an ihrem Knöchel. Holly bückte sich und kraulte das dichte warme Fell des Katers. *Ich bin bereit, aber ich würde mich Mac lieber nicht stellen. Das wird kein Spaß.*

Brekks leckte ihr einmal rauh über das Handgelenk und putzte sich dann die Pfote.

Die Botschaft war unmissverständlich: *Mach schon! Bring's hinter dich!*

Als Holly in die Küche kam, zog Mac eine Pfanne aus dem Ofen. Darin lag ein fluffiges Omelett, das gerade die richtige Brauntönung hatte. Alles duftete nach Zwiebeln und Käse.

Mac stellte die Pfanne auf den Herd. »Darf ich dich fragen, was zwischen dir und Caravelli läuft? Ich habe den Eindruck, dass er ein bisschen mehr als ein Geschäftspartner ist.«

Hollys Wangen wurden heiß, und wieder einmal fragte sie sich, wie viel Mac auf dem Friedhof gesehen haben könnte. »Warum? Wie sieht es denn für dich aus?« Sie blickte sehnsüchtig zu der Weinflasche, die er geöffnet hatte, beschloss jedoch, dass sie einen klaren Kopf brauchte.

»Deinem spitzen Unterton nach würde ich behaupten, dass dir bei diesem Thema nicht wohl ist.«

»Nein, ist es nicht.«

Mac nahm einen Schneebesen zur Hand und musterte ihn, als wäre das Ding eine der faszinierendsten Erfindungen überhaupt. »Ich will bloß wissen, ob ich hier meine Zeit verschwende.«

»Aha, dann lautet deine Frage also eher, ob ich noch zu haben bin?« *Das ist ein bisschen zu bizarr.*

»Ja. Falls nicht, sag es einfach, und ich ziehe mich zurück.« Er legte den Schneebesen zur Seite und sah Holly an. Seine Augen waren dunkel und ernst. »Caravelli scheint ein netter Kerl zu sein … für einen Untoten.«

Jetzt glühte Hollys Gesicht. »Das ist er.«

»Seid ihr zusammen?«

»Ja.«

Mac senkte den Blick. »Okay.«

Auf einmal fühlte Holly sich furchtbar. *Vielleicht irren wir uns. Vielleicht ist er unschuldig und will nichts weiter als eine Freundin.* »Es tut mir leid«, fügte sie hinzu.

Ein flüchtiges Lächeln huschte über Macs Gesicht. »Ach was, wir haben ja immer noch das Mittagessen! Das kann uns keiner nehmen.« Mit diesen Worten halbierte er das Omelett und füllte die Hälften auf zwei Teller. An den Rändern sickerte dampfender Käse heraus.

Holly deckte den Tisch, und sie setzten sich. Mac machte sich sofort über sein Omelett her, nachdem er Wein eingeschenkt hatte. Hingegen war Holly etwas zögerlicher, weil ihr Bauch vor Spannung verkrampft war.

Schließlich probierte sie einen Bissen. Das Omelett war luftig, schmolz mit einem satten Aroma von Butter und frischem Estragon auf der Zunge. *Oh, Göttin!*

»Halt still!«, sagte Mac, der sich über den Tisch beugte und ihr mit seiner Serviette ein bisschen Käse von der Lippe tupfte.

»Danke.« Verlegen leckte Holly sich den Mund ab.

Eine Weile aßen sie schweigend, und Holly wünschte, sie hätte sich entspannen können. Das Essen war phantastisch. Alles wirkte normal. *Irgendetwas stimmt nicht. Warum soll er an einem Abend einen Angriff gegen mich arrangieren und mir am nächsten Tag so ein Essen kochen?*

Trotzdem feuerten ihre Instinkte Warnungen ab wie ein explodierendes Munitionslager.

Mac neigte den Kopf zur Seite. Eine typische Flirtgeste. »Hast du noch Platz fürs Dessert?«

»Du bist ja richtig besessen von gutem Essen!«, protestierte sie und zeigte mit der Gabel auf ihr kaum halb gegessenes Hauptgericht.

Mac wurde rot, als hätte sie ihn in Verlegenheit gebracht. »Ja, ich scheine in letzter Zeit zu großen Appetit zu haben.«

»Das hier ist köstlich, aber …«

»Nein, nein!«, unterbrach er sie rasch und sprang auf, um

ihre Teller abzutragen. »Ich habe zu große Portionen gemacht. Mein Fehler.«

Holly erhob sich ebenfalls und wollte ihren Teller festhalten. Ein solch königliches Omelett gab sie nicht kampflos frei. »Ich will das wiederhaben!«

Doch Mac stellte die Teller auf den Tresen und baute sich mit einem verschlagenen Lächeln zwischen Holly und ihrem Mittagessen auf. »Zu lecker, um es zu verschwenden, was?«

Spielerisch legte er die Hände an ihre Taille. Seine Berührung jagte Holly einen Schauer über den Rücken, eine Mischung aus Furcht und ungewolltem Wohlgefühl. Mac war stark und warm, sein Atem von Wein und Estragon gewürzt. Sie stemmte ihre Hände gegen seine Schultern, während sie sich an den Kuss an dem Abend erinnerte, als er für sie in seiner Wohnung gekocht hatte.

»Ich bin vergeben«, erklärte sie mit fester Stimme.

»Ja, das sagtest du, aber du küsst so unglaublich gut, dass ich gehofft hatte, noch einen Abschiedskuss zu bekommen.«

Seine Hände glitten auf Hollys Rücken und pressten sie dichter an ihn. »Hey!«, rief sie und wollte sich ihm entwinden.

Aber Mac küsste sie unbeirrt – nicht auf den Mund, sondern überall sonst hin, auf die Augen, die Wangen, den Hals. Seine Küsse waren sanft und inbrünstig zugleich, wie ein Genießen, kein pures Nehmen. Er presste sich an sie, als wäre der bloße Akt, sie zu berühren, das Wichtigste auf der Welt für ihn.

Was ist hier los? Holly öffnete ihre Sinne. Sogleich traf die Wucht seines Verlangens sie, das eine Mixtur aus Unsicherheit, Einsamkeit und verzweifeltem Hunger nach menschlicher Nähe war.

Holly wich zurück, so weit sie konnte. »Hoppla, langsam!«

Inzwischen hatten sie sich gedreht, und nun stand sie mit dem Rücken zum Tresen, dessen Metallrand unangenehm drückte. Sie stemmte ihre Hände noch energischer gegen seine Schultern.

Es hatte keinen Zweck. Angst regte sich in ihr, machte ihr das Atmen schwer und drohte, in blanke Panik umzuschlagen. Auch wenn sie es ungern tat, musste sie echte Kraft einsetzen. Holly begann, ihre Magie zu bündeln, doch dann lagen Macs Lippen auf ihren. Ein Kitzel bewegte sich von ihren Zehen bis in ihren Bauch hinauf, der sie in einen Blitzstrahl ekstatischer Energie verwandelte. Gleichzeitig empfand sie reinste Lebenslust, die in ihrer Brust aufblühte und sich geradewegs auf ihre Lippen übertrug.

Entzücken strömte durch ihre sämtlichen Nervenbahnen, das nicht bloß Lust war, auch wenn Lust definitiv den entscheidenden Anteil ausmachte. Aber da war noch mehr.

Oh, Göttin! Die Talismane, die sie bei sich trug, wurden heißer und brannten, wo sie Hollys Haut berührten.

Ein Dämon? Das kann nicht sein!

Nein, es konnte nicht stimmen, und Holly wollte nicht riskieren, Mac zu verletzen. Deshalb setzte sie ihre Magie nur vorsichtig ein, genug, um ihn wegzuschieben. »Was war das denn für ein Kuss?«

Mac stolperte einen Schritt zurück. Seine Augen, die schon vorher dunkel geschimmert hatten, schienen nur noch aus Pupillen zu bestehen. Sie waren beide außer Atem. Mac wischte sich den Mund mit dem Handrücken ab. »Das war unbeschreiblich.«

»Was hast du dir dabei gedacht?«

»Es fühlt sich herrlich an«, keuchte er. »Du hast so viel

Kraft, und sie schmeckt genauso, wie ich es mir vorgestellt habe.«

Holly stützte sich am Tresen ab. »Was zur Hölle geht hier vor?«

Ein träges Lächeln trat auf Macs Züge, und in seinem Blick erkannte Holly Vergnügen und Stolz. »Das war lediglich eine Kostprobe dessen, was ich tun kann. Sag ja, und ich mache es noch einmal.«

Er nahm ihre Hand und strich verführerisch über die Innenfläche.

»Oh, Göttin!«, hauchte Holly und bemühte sich, das Gefühl nicht zu beachten, was ihr nicht gelang. Seine Hände waren heiß, von einem sinnlichen Fieber ergriffen. Wenn er mit einer solch simplen Berührung so viel Wonne bereiten konnte …

»Ja ist gut«, murmelte er. »Ja zu allem, was ich für dich tun kann.«

Einen Moment lang war seine Anziehungskraft stärker als die Schutzmagie der Talismane. Holly begab sich in seine Umarmung, wobei sie ihre Hände an seine Hüften legte. Als er stöhnte, durchfuhr sie abermals diese köstliche Energie, die zu flüssiger Lava in ihrem Bauch wurde.

Der Augenblick verharrte gleich einem Wassertropfen unmittelbar vor dem Fall. Holly sehnte sich danach, mit ihm zu fallen, und das im wörtlichen Sinne. Aber noch während sie in Macs geschickten Händen zu Wachs wurde, kämpfte die Kraft des Hauses gegen sie, rüttelte sie wach. Die Talismane in ihrer Kleidung waren wie Flammen.

Holly schüttelte den Kopf. »Schluss!«

Es kam eher wie ein Seufzen als ein Befehl heraus. Mac holte tief Atem, und seine Energie knisterte auf Hollys Haut. *Er besitzt sehr viel Kraft. Wann hat er die bekommen?* Aber diese Energie war so schön. *Gütige Hekate, es fällt mir verdammt schwer, aufzuhören!*

Sie merkte, wie die Wände des Hauses auf sie eindrückten, den Bann lösten, in dem Mac sie gefangen hielt. Wie eine unsichtbare Hülle flossen die Zauber, die sie gewirkt hatte, zu ihr zurück, um sie abzuschirmen.

»Nein«, flüsterte sie. »Nein, nein! Ich habe einen festen Freund, das sagte ich dir schon.«

»Aber ich will dich verschlingen«, raunte er, was kaum mehr als eine Lippenbewegung war. Holly konnte ihn trotzdem sehr deutlich hören. Er war in ihrem Kopf, uneingeladen. Sie tastete auf dem Tresen hinter sich herum und hob ein Messer auf, dass sie vorsichtig nach vorn zog und unter sein Kinn hielt. »Ich bin kein Gang in deinem Gourmet-Menü!«

Mac rang überrascht nach Atem, dann ließ er sie unheimlich langsam los. »Früher konnte ich mich besser beherrschen.«

»Was ist mit dir passiert?«

»Mein Ego hat ein Upgrade bekommen.« Blitzschnell, ehe sie reagieren konnte, hatte er ihre Messerhand umklammert. Waren seine Finger eben noch heiß gewesen, fühlten sie sich nun klamm an, als sie sich um Hollys Handgelenk schlossen. Sie wollte sich von ihm befreien, doch er schien ebenso stark wie ein Vampir. Holly verlor das Gefühl in den Fingern und ließ das Messer fallen, das klimpernd unter dem Tisch landete.

»Mac, tu das nicht! Ich will dich nicht verletzen.« Gefangen zwischen ihm und dem Tresen, stand Holly stocksteif da wie ein gehetztes Kaninchen, während sich in ihr die Energie bündelte, bereit zum Schlag.

»Das würdest du nie tun.«

»Ich würde«, erwiderte sie heiser, denn Angst schnürte ihr die Kehle zu. »Ich will es nicht, aber ich mache es. Ich bin nicht so nett, wie du denkst.«

»Und ich bin nicht so böse, wie du denkst.«

»Beweise es!«

Mac schloss die Augen, als müsste er sich zusammennehmen. Aus der Hitze zwischen ihnen wurde kalte Furcht, so dass Holly fröstelte. Schließlich öffnete Mac wieder seine Augen und ließ Hollys Handgelenk los. »Da, siehst du?«

Sie drängte sich seitlich am Tresen vorbei von ihm weg. Nach wie vor erkannte sie das Verlangen in seinem Blick, das stärker war als jede Vernunft, egal, was Mac behauptete.

»Holly, gib zu, dass du mich willst! Wir wollen einander. Das kann ich schmecken.« Er bleckte die Zähne und beugte sich näher zu ihr.

Sofort hob Holly eine Hand, um ihn abzuwehren. »Mag sein, aber ich setze eher auf vornehme Zurückhaltung.«

»Ich brauche dich doch!« Seine Nasenflügel bebten, und unter dem äußerlichen Charme lag eine Spur von Wut.

Göttin, wie ich beschissene Dates hasse! Die Luft im Haus wurde schwer, und die vielen Amulette, die in Hollys Kleidung versteckt waren, summten auf ihrer Haut. Sie gaben ihre Energie frei, und mit dieser Energie kamen die Erinnerungen zurück: Mac krank, der Notarztwagen, das Krankenhaus, die Blondine im roten Kapuzenpulli. *Sie hat meine Erinnerung blockiert. Es war gar nichts mit meiner Magie!*

»Dieser Dämon hat dich erwischt, stimmt's? Wie hast du sie noch genannt? Jenny?«

»Geneva.« Seine Mundwinkel zuckten, als wäre der Name eine wohltuende Wunde. »Du wirst sie kennenlernen, wenn die Zeit gekommen ist. Sie will, dass ich dich zu ihr bringe, Holly, und sie hat mich stark gemacht, damit ich ihre Wünsche erfülle. Durch mich hat sie dich gekostet. Du wirst dich ihr beugen, wenn sie dich ruft. Ich konnte auch nicht anders.«

Hollys Herz erzitterte vor Schreck. *Er ist verwandelt. Diese Geneva hat ihn zu einem Dämon gemacht, weil ich ihn grausam im Stich ließ!* »Also, was sollte diese kleine Einlage auf dem Friedhof? War das ein Suchtrupp?«

»Ich habe es mit Gewalt versucht. Nun probiere ich es mit Überzeugung.«

»Probier's mal mit Verschwinden!«

»Du magst schwer zu fassen sein, Holly, aber ich habe dich geküsst.«

»Und? Brauche ich jetzt eine Tetanusspritze?«

Mac kniff wieder die Augen zu. »Es gibt keine Impfung gegen den Schwarzen Raub.«

»Was?!« Angst und Ekel drehten ihr den Magen um.

»Du wirst mir vergeben«, sagte er gelassen und sah sie an. »Am Ende.«

»Heute nicht, Süßer!«, erwiderte sie und schwang ihre Hand im Bogen, womit sie ihre Kraftreserven aktivierte. Ein gleißendes Brennen schoss ihren Rücken hinauf, so dass sie stolperte und sich am Tresen festhalten musste.

Nicht aufgeben! Der Schmerz geht vorbei.

Die Küchentür flog auf und knallte gegen die Wand. Der heftige Luftzug brachte die Teller in den Schränken zum Klappern und fegte eine Zeitschrift vom Tisch. Regengeruch vertrieb den Duft von Zwiebeln und Käse.

Als Nächstes begann die Atmosphäre des Hauses, sich um Mac zu konzentrieren, dick und ölig schimmernd. Er schlug mit den Händen nach der zähen Luft aus und blickte sich verdattert um. »Was geschieht hier?«

Holly blinzelte, weil sie vor Schmerz nur verschwommen

sah. »Du gehst. Es ist ein alter Zauber gegen unerwünschte Verehrer. Das Haus hat ihn bis heute in seiner Trickkiste.«

Mac verstand offensichtlich gar nichts mehr. »Unerwünschte *Verehrer?* Wer hat denn heute noch *Verehrer?*«

Nun musste Holly schmunzeln. »Du hast gefragt, ob ich noch zu haben bin. Damit hast du dir eine Gratisfahrt verdient.«

Die Luft um Mac wurde hart wie Glas, ein unsichtbarer Schild, der ihn in Richtung Tür schob. Wild mit den Armen fuchtelnd, glitschte er über die Küchenfliesen. Er hatte seine Schuhe vorhin ausgezogen, und auf Socken boten seine Füße kaum Widerstand. Hektisch versuchte er, sich irgendwo festzuhalten, am Kühlschrankgriff, an den Schränken, den Stühlen, von denen er einen umwarf.

»Was passiert mit mir?«, schrie er.

»Bye!« Holly winkte ihm zum Abschied.

Unaufhaltsam glitt Mac auf die offene Tür zu. Ein Wirbelwind tobte vor der Hintertür und verteilte einen Stapel alter Zeitungen auf der hinteren Veranda. Mac klammerte sich mit steifen Armen und Beinen am Türrahmen fest. »Holly, hilf mir! *Wie kann ich stoppen, was sie mit mir gemacht hat?*«

Schmerz. Verzweiflung. Furcht. In seinen letzten Worten kam der Mann Mac durch. Erschrocken trat Holly einen Schritt vor. Mac war vollkommen verwirrt, eine angegriffene Seele, die um ihren Rest von Leben rang. Er hatte es ja selbst gesagt. *Ich bin nicht so böse, wie du denkst.* Ein Teil von ihm war noch nicht verschlungen worden. *Aber was kann ich tun?* Es brauchte sehr viel mehr als ihr Mitgefühl, um ihn vor Geneva zu retten.

Für wenige Sekunden schaffte er es, sich festzuhalten und dem Sog zu widerstehen. Wenn Holly ihn ins Haus zurückließ, würde er sie umbringen oder Schlimmeres.

Sie hatte den Gedanken noch nicht beendet, als die Kraft des Hauses ihn gnadenlos fortriss, über das Seitengeländer der Veranda hinweg.

Dann knallte die Tür zu.

Die Schlösser drehten sich.

Die Riegel klickten ein.

Holly hörte einen zerrissenen Schrei. Als Nächstes würde der Garten seinen Spaß mit Mac haben. Er konnte keinen Dämon töten, doch er würde ihm bedeuten, dass es eine verdammt schlechte Idee wäre, noch einmal wiederzukommen.

Holly lief ans Fenster und sah hinaus. Tiefe Schatten lagen über dem Garten, weil durch den Regen die Dämmerung frühzeitig einsetzte. Dennoch erkannte Holly, dass niemand mehr dort draußen war. Kein Mac. *Wo ist er hin? Ist er schon geflohen? Ist es der Kuss, der den Schwarzen Raub einläutet, so dass er unaufhaltsam wird?*

Plötzlich erschien ihr die Küche unheimlich und fremd, als wären die Schatten von draußen eingedrungen. *Was passiert jetzt mit mir?*

Sie schaltete das Licht an und blinzelte im zunächst grellen Schein. *Ich brauche Hilfe. Wir beide brauchen Hilfe.*

Alessandro. Sie griff nach dem Telefon und wählte seine Nummer zu Hause, wobei sie betete, dass er inzwischen aufgestanden war. Ein Läuten. Noch eines.

»Hallo? Hier bei Caravelli.«

Die Stimme war rauchig wie Dirty Martini und eindeutig weiblich. Es traf Holly wie ein Hieb mit einem Kantholz.

Um diese Zeit stiegen Vampire gewöhnlich gerade aus dem Bett.

Wen hatte Alessandro bei sich?

23

Gib das her!« Alessandro stürmte ins Zimmer und entriss Omara das Telefon, ohne sich darum zu scheren, dass sie seine Königin war. »Das ist Holly.«

Er hatte nebenan ihre Stimme gehört, am anderen Ende. Vampirgehör, ja, aber es war vor allem der Klang, der seinem kalten toten Herzen unsagbar viel bedeutete. Er würde sie selbst dann hören, wenn sie seinen Namen auf der anderen Seite des Kontinents rief.

Omara lachte und ließ den Hörer nach einem kurzen Gerangel los. »Ich glaube, deine kleine Hexe hat aufgelegt. Ist sie womöglich eifersüchtig?«

Alessandro hielt sich den Hörer ans Ohr, aber es kam nur der Wählton. Wütend knallte er das Telefon hin und stellte sich Holly vor, die in ihrer Küche stand, auf ihren Hörer starrte und das Schlimmste von ihm dachte.

Nach seinem Besuch im »Sinsation« hatte er gedacht, dass es für Holly und ihn ein wenig Hoffnung geben könnte. Jetzt wurde ihm klar, dass eine finstere Macht jeden noch so kleinen Funken zunichte machte, und ihr Name war Omara. Ihm wurde fast schlecht vor Zorn. »Warum hast du das gemacht?«

»Was gemacht? Das Telefon klingelte, ich nahm ab. Ich wollte bloß höflich sein.«

Alessandro wischte sich das feuchte Haar aus dem Gesicht. Er war eben aus der Dusche gestiegen und hatte sich abgetrocknet. Jetzt trug er nur eine Jogginghose. »Du tust nichts *bloß* so! Du machst gar nichts ohne Grund.«

Omara lag in seinem Bett und sah ihn an, ein unheilvolles Funkeln in den honigbraunen Augen. Sie stützte sich auf einem Ellbogen auf. »Also wirklich, du bist ein solcher Griesgram! Das ist höchst unterhaltsam.«

Alessandro rieb sich über das Gesicht und wünschte, er könnte schneller denken. Was seine Stimmung betraf, gab er zu, dass sie recht hatte. Trübe Gedanken nagten an ihm, und sein Rücken tat weh, weil er auf der Couch sehr unbequem geschlafen hatte. Unsterblichkeit schloss keine Immunität gegen schlechte Matratzen mit ein. »Ich rufe sie an.«

»Zuerst muss ich in mein Hotel.« Omara setzte sich auf. Anscheinend war die Neckerei beendet. »Es wird Zeit, die örtlichen Anführer zusammenzurufen – die der Rudel, der Elfen, der Krähen, alle, auf die wir zählen können. Jetzt gegen einen Dämon anzutreten, mag meine Verwundbarkeit publik machen, aber wir müssen unverzüglich einen Plan schmieden.«

»Bist du sicher?«

»Ich darf meine Sicherheit nicht über die einer ganzen Stadt stellen. Nicht einmal ich bin so egozentrisch.«

Kühne Worte, auch wenn sie in seinem großen Bett sehr klein und verwundbar wirkte. Sie hatte eines seiner T-Shirts an, in dem sie halb versank. Letzte Nacht war sie zu Alessandro gekommen, weil sie sich bei ihm sicherer fühlte, und hatte unter seinem Dach geschlafen. Ein Vampir hatte keine andere Wahl, als tagsüber zu schlafen, was sie allein in seinem Bett getan hatte.

Keiner von ihnen hatte Verlangen empfunden. Und als

Alessandro nun Omara ansah, bewunderte er ihre Courage, verspürte jedoch nicht den geringsten Drang, sie zu berühren. *Sie hat mich vor einem Leben in vollkommener Einsamkeit bewahrt, hat mir einen Platz in der Gesellschaft gegeben, nachdem ich meinen Clan verlor, und mich zu ihrem Schwertführer gemacht. Ich schulde ihr, an ihrer Seite zu kämpfen.*

Aber Sex – und er war nicht so naiv, zu glauben, es wäre jemals mehr als das gewesen – war ein für alle Mal aus dem Spiel. Die Königin genoss seine Lehnstreue; seine Liebe gehörte Holly. Das jahrhundertelange Wechselspiel zwischen Nähe und Distanz hatte ein Ende. Jenes Kapitel von Alessandros langem Leben war abgeschlossen, und er bereute es kein bisschen. Vielmehr drängte es ihn zum Aufbruch in etwas gänzlich Neues.

Was bedeutete, dass er zunächst einmal einen ganzen Berg Probleme zu lösen hatte, von denen das erste war, eine halbnackte Vampirkönigin aus seinem Bett zu bekommen. »Hältst du es für sicher, ins Hotel zurückzugehen?«

»Ich weiß nicht, aber ich brauche frische Kleidung. Ich habe nicht bedacht, mir welche einzupacken, als ich ging.«

Letzte Nacht hatte sie ein Taxi zu Alessandros Haus genommen und es sich dort bequem gemacht, während sie auf ihn wartete. Sie besaß Schlüssel und Alarmcodes zu sämtlichen Wohnungen ihrer wichtigsten Höflinge. Nach dem Vampirgesetz mussten sie ihr alle jederzeit Zuflucht vor der tödlichen Sonne gewähren.

Omara fuhr fort: »Das Einzige, was ich vorher noch tat, war, mein Sicherheitsteam zu informieren, dass ich die Nacht nicht zurückkäme.«

»Wissen sie, wo du bist?«

»Nein. Ich vertraue ihnen nicht. Oder vielmehr: Ich traue ihnen nicht zu, stärker als Geneva zu sein.« Ihre Augen verdunkelten sich. »Sie wartete in der Lobby, lungerte an den Eingangstüren herum. Woher wusste sie, wo ich war?«

»Dass du in der Stadt bist, ist kein Geheimnis. Und sofern ich mich nicht täusche, ist Geneva seit mindestens zwei Tagen in der Stadt. Es dürfte nicht weiter schwierig für sie gewesen sein, herauszufinden, wo du wohnst.«

»Aber was will sie? Mich zum Duell fordern, weil ich momentan besonders angreifbar bin? Weiß sie überhaupt, dass mir *Das Buch der Lügen* gestohlen wurde?« Omara zog die Bettdecken höher, als wollte sie sich darunter vergraben. »Muss sie wohl. Derjenige, der sie gerufen hat, könnte einen der Rufzauber aus dem Buch benutzt haben.«

»Und du bist sicher, dass sie dich nicht gesehen hat?«

Die Frage schien Omara ein wenig zu beruhigen. »In dem Moment, in dem ich sie entdeckte, ging ich sofort zurück in den Fahrstuhl und verließ das Hotel über die Tiefgarage. Ich glaube nicht, dass sie mich gesehen hat.«

Alessandro setzte sich auf die Bettkante. »Na gut. Geneva ist deine Feindin. Du hast sie in den 1880ern in einer Schlacht hier in Fairview besiegt. Damals war ich nicht dabei. Also, was sollte ich noch wissen, bevor wir ihr gegenübertreten?«

Omara umschlang die angewinkelten Knie mit ihren Armen. Ihre zimtbraune Haut bildete einen starken Kontrast zu den weißen Laken. »Der Streit zwischen uns dauert schon ewig an. Er begann als Krieg um Jagdterritorien, eskalierte aber schließlich zu einer Fehde. Geneva liebt die Zerstörung, das Elend und Leid, die damit einhergehen. Schließlich vermochte ich sie hier, am Rande des Ozeans, in eine Falle zu locken. Sie konnte sich nirgends mehr verstecken. Allerdings ließ sie die Stadt für ihre Niederlage bezahlen, mit Blut und Feuer.«

»Du hast gewonnen, was dir deinen Status als Königin sicherte.«

Omara nickte. »Ich stahl Geneva *Das Buch der Lügen* und benutzte es, um sie in die Burg zu verbannen. Ich glaube, das ist der Hauptgrund, weshalb sie Revanche will. Sie will mich in derselben Stadt bestrafen, in der ich sie unterwarf. Du kennst doch die Dämonen und ihr Faible für Symbolik. Sie wird unsere Schlacht nachstellen und sie diesmal gewinnen.«

Die Geschichte wiederholte sich wieder einmal. »Deshalb willst du Hollys Hilfe, selbst wenn es sie umbringt.«

Omara sah ihn eine Weile stumm an. »Ja. Ich habe versucht, eine andere Lösung zu finden, aber ich weiß keine. Sie hat das Flanders-Haus vernichtet, und aus deiner Beschreibung schließe ich, dass dort ein ganz besonderes Portal war. Deine Holly besitzt dieselben natürlichen Fähigkeiten wie ihre Ahnin, sogar ohne ihre Kräfte vollständig zu nutzen.«

Meine Holly. »Aber du besitzt das Buch nicht mehr.«

»Jemand öffnet Portale. Ich schätze, wir finden das Buch hier in der Stadt bei dem Rufenden.«

»Du übersiehst einen entscheidenden Punkt.« Alessandro zeigte auf das Telefon. »Ich weiß nicht, ob Holly dir helfen möchte, nachdem sie nun annimmt, dass du in meinem Bett warst.«

»War ich ja auch«, entgegnete Omara achselzuckend, »was lediglich dann von Bedeutung ist, wenn sie einen Exklusivanspruch auf deine Zuneigung erhebt. Hast du sie endlich gekostet?«

»Nein!«

»Ach nein?« Sie strich mit einer Fingerspitze über sein Kinn. »Letzte Nacht hast du nach ihr gerochen.«

»Wir waren zusammen.«

Ruckartig zog Omara ihre Hand zurück und setzte sich auf. Alessandro erkannte die Vorboten eines Gewitters auf Anhieb. »Im fleischlichen Sinne zusammen?«

Um zu lügen, war er zu müde. »Ja.«

»Hattest du sie vorher schon besessen?«

»Nein.«

Nun kräuselte sich Omaras Stirn. »Du hast mit ihr geschlafen und sie nicht gebissen?«

»Ja.«

»Das ist ausgeschlossen!«

Alessandro schwieg. Es mochte unmöglich sein, war aber dennoch geschehen.

Als Omara sich vorbeugte, waren für einen Moment ihre Brüste unter dem geliehenen T-Shirt zu sehen. »Hattest du seither jemanden, an dem du dich nähren konntest?«

»Nein.«

Entsetzt wandte Omara ihr Gesicht ab, fuhr sich mit einer Hand durch das Haar und murmelte etwas in einer Sprache, die Alessandro nicht kannte.

»Was ist?«, fragte er.

Sie zog sich das Kissen in den Schoß und drückte es fest an ihren Bauch. »Selbst ich dachte, es wäre nichts weiter als eine Legende.«

»Was?«

Als sie ihn wieder ansah, wirkten ihre Züge vor Wut und Schmerz angespannt. »Sie hat dich erwählt!«

»Was?!« Alessandro sprang auf und wich einen Schritt vom Bett zurück. »Nein, hat sie nicht!«

»Es ist die einzige Erklärung, warum das geschehen konnte.«

Alessandro fühlte, wie sein Herz pochte, und für eine Weile war er benommen vor Schreck. »Unmöglich!«

»Wie sonst konntest du eine Frau besitzen, ohne ihr Blut zu nehmen?«

»Nein!«

Omaras Wangen waren gerötet. »So sind wir nun einmal geschaffen.«

Ihm war, als stünde er außerhalb seiner selbst und betrachtete die Szene von dort. »Du darfst mir ruhig etwas Selbstbeherrschung zutrauen.«

»Idiot!« Sie schleuderte das Kissen beiseite. »Erkenne doch, was direkt vor deiner Nase ist!«

»Das sind Fabeln für Kinder und Kindsköpfe.« Alessandro lehnte sich an die Wand, darauf bedacht, seine Unsicherheit hinter einer Maske kühler Gelassenheit zu verbergen. Wenn es doch möglich war? Etwas, das in Zukunft passieren könnte? Was dann?

»Menschen hielten Vampire für einen Mythos. Deshalb sind wir nicht gleich alle verschwunden.«

»Ich lebe seit sechshundert Jahren. Ich wüsste es, wäre ich vom Fluch befreit.«

Omara reckte ihr Kinn und schnupperte aufmerksam. »Tja, dein Geruch ist derselbe, so viel kann ich schon einmal sagen. Fühlst du dich nicht anders? Vielleicht dauert es, bis sich eine Wirkung bemerkbar macht.«

»Nein. Und fast hätte ich hinterher ihr Blut genommen. Ich war ausgehungert. Die Tatsache, dass ich es nicht gemacht habe, ist eine Abweichung, ein Akt reiner Willenskraft, mehr nicht.«

Omara überlegte, während ihre Wangenröte wieder verblasste. »Was, wenn sie dich erwählt hat? Warum dich? *Warum dich?* Und eine Hexe? Mit dir an ihrer Seite könnten ihre Kräfte von deiner Unsterblichkeit zehren. Sie würde ewig leben. Und mit ihrem Zugang zur Magie könntest du über uns alle herrschen.« Omara schüttelte den Kopf. »Dabei wolltest du niemals König werden.«

Alessandro stieß ein verbittertes Lachen aus. »Ich bin bloß ein Musiker aus Florenz!«

»Ja, natürlich, ein völliger Durchschnittstyp!«, entgegnete sie giftig. »Die Ironie des Ganzen ist, dass sie dich wahrscheinlich gerade deshalb liebt. Nach so langer Zeit benimmst du dich immer noch, als wärst du halb menschlich.«

Alessandro fuhr zusammen. Omaras Zorn ließ jeden Funken Freude erlöschen. »Warten wir ab, ob Holly mich noch mag, nachdem sie dich hier am Telefon hatte. Möglicherweise bin ich bereits ein *Un*erwählter.«

»Darüber scherzt man nicht.«

Auf einmal war auch Alessandro wütend und fluchte. »Es ist nie zuvor geschehen, weil es eine Legende ist. Seien wir ehrlich: Ich hatte Glück.«

Omara signalisierte mit erhobenen Händen, dass sie es aufgab. »*Sie* hatte Glück! Du hast sie nicht unter deine Kontrolle gebracht, was ich an deiner Stelle ganz sicher getan hätte. Und falls das alles war, dann ist es eben so. Mehr sage ich dazu nicht.«

»Das war alles! Holly hat mich nicht erwählt. In dieser vergifteten Welt kommen solche Wunder nicht vor!«

Omara warf die Decken zur Seite und schwang ihre Beine aus dem Bett. Alessandros Bett war hoch, so dass ihre nackten Füße nicht ganz den Teppich erreichten. Daher griff Omara nach Alessandros Hand.

»Also, wenn wir nicht über deine Rettung reden, worüber sprechen wir stattdessen?« Sie neigte übertrieben den Kopf. »Ach ja, du hast mich im Bett einer anderen betrogen und konntest den Akt nicht mit Nahrung rechtfertigen. Sollte ich deswegen aufgebracht sein?«

Alessandro entspannte sich, als die Spannung im Zimmer wich. Die Eifersucht seiner Königin war ihm nicht neu. »Du wolltest, dass ich uns ihre Hilfe sichere. Wenn ich's recht bedenke, hast du sogar eine Verführung empfohlen.«

Sie beugte sich vor und küsste seine Handinnenfläche. Ihre Lippen waren weich, ihre Zunge warm und feucht wie Blut. »Ich werde dich später dafür hassen, sobald ich weiß, dass Geneva fort ist, und falls wir alle lange genug leben, um das Hassen lohnenswert zu machen. Vielleicht kannst du mich dann überzeugen, dich doch wieder zu lieben.«

»Du weißt, dass ich dir ewig dienen werde.« *Auf alle Weisen mit Ausnahme von einer.*

»Guter Junge.« Sie lächelte matt. »Bis dahin finde heraus, was die kleine Hexe wollte. Wir brauchen sie.«

Die kleine Hexe wollte töten – vielleicht sich selbst, vielleicht Alessandro, ganz bestimmt aber die Frau, die am Telefon gewesen war.

Das hatte nichts zu bedeuten. Sei erwachsen!

Ja, und ob! Er hat mich ohne ein Wort verlassen und endete mit einer anderen im Bett. Mit einer Frau, die er beißen konnte. Einer, die ihm bereitwillig gab, was er brauchte.

Was hast du denn erwartet? Sie hatte Alessandro praktisch angefleht, nur dieses eine Mal mit ihm zusammen sein zu dürfen. Er hatte seinen Teil der Vereinbarung eingehalten, und das ohne sie zu verletzen. Was wollte sie noch? Vorerst galt es, ein Leben zu retten: ihres. Das musste oberste Priorität haben, auch wenn ihr unterdessen das Herz brach.

Wütend tobte Holly durch ihr Wohnzimmer und riss Bücher aus den Regalen. Sie las die Inhaltsverzeichnisse eines nach dem anderen und warf die Bücher beiseite. Grandma hatte ihr einige Bände über Dämonologie geliehen, aber Holly *wusste*, dass es im Haus noch andere gab. Nur leider fand sie keines von den Büchern, an die sie sich erinnerte. Gleich nach Mäuschens Besuch hatte sie die Bibliothek schon einmal durchgesehen – mit ähnlich enttäuschendem Resultat.

Davor war das letzte Mal, das sie in den Büchern gestöbert hatte … tja, genau genommen hatte sie noch nie hineingesehen. Diese dicken und dünnen Bände waren schon hier gewesen, als sie noch ein Kind war, alt, muffig und voller Holzschnitte von hässlichen Dämonenfratzen. Ihr Leben lang gehörten sie zu Hollys Umfeld. Und jetzt waren sie weg. Sie stürmte ins Arbeitszimmer, um dort weitere Bücher aus den Regalen zu rupfen. Brekks huschte ihr aus dem Weg und verkroch sich unters Sofa.

Schließlich gab sie auf. Bei Grandma hatte sie schon angerufen, aber die war nicht zu Hause. Gewiss gönnte sie sich eine kleine Pause von Dämonengeschichten. Holly hinterließ eine Nachricht. *Mist!* Es gelang ihr nicht, stillzusitzen. Was könnte sie sonst probieren? Dann fiel ihr etwas ein.

Alessandro hatte gesagt, dass Perry Baker ein kompetenter Zauberer wäre. Es war zwar weit hergeholt, aber er wusste vielleicht etwas über Anti-Dämon-Soforthilfe oder kannte jemanden, der diesbezüglich firm war. Sie suchte seine Büronummer heraus und wählte. Es war außerhalb seiner Sprechstunde, aber einen Versuch wert.

»Perry Baker.« Seine Stimme klang weiter weg, also musste er über ein Headset sprechen. Außerdem hörte sie das Klackern eines Keyboards. *Multitasking, aha.*

»Hier ist Holly Carver. Kennen Sie sich gut mit Dämonen aus?«

Es trat eine knisternde Pause ein, dann war seine Stimme näher. Er musste den Hörer abgenommen haben. »Wie bitte?«

»Ich bin in Ihrem Montagskurs.«

»Ja, ja, ich weiß.« Sie hörte seinen Atem über das Mikro rauschen. »Was war das mit den Dämonen?«

»Seelensauger. Ich brauche Informationen. Schnell! Ich hatte einen zum Mittagessen hier, und er hat versucht, mich statt Pfefferminz hinterherzuschlucken.«

»Ohne Scheiß?« Papier raschelte, als würde er eilig nach etwas suchen. »Okay, ähm, können Sie in mein Büro kommen?«

»Klar, wann?«

»Jetzt. Sofort. Ich warte hier. Kommen Sie umgehend her!«

Perry Bakers Büro lag oben in dem Gebäude, in dem er auch unterrichtete, und war leicht zu finden. Es war die einzige Tür, an der die Campus-Security eine Werwolfwarnung aufgemalt hatte, und sie stand offen.

Perry saß an einem Schreibtisch, auf dem sich Papiere stapelten. Sein Gesicht wurde vom Computerbildschirm angeleuchtet. Essenkartons von »Wily Wolf Speciality Deli« füllten den Papierkorb, während ein Dutzend leere Dosen sorgsam auf der Fensterbank aufgebaut waren, in denen sich ehedem extrastarker Kaffee befunden hatte. Ein leuchtend gelber Anhänger mit dem alternativen Slogan der »Fairview University and Community College« war mit einer Reißzwecke an der Wand hinter Perry befestigt, »FUCC U!«

»Hi«, grüßte Perry und stand auf. »Ich bin froh, dass Sie so schnell herkommen konnten.«

»Danke, dass Sie mich empfangen.«

Mit einer Handbewegung bot er ihr einen schäbigen Besucherstuhl an. »Tut mir leid«, entschuldigte er sich dafür.

»Frischberufene Profs kriegen die alten Möbel der Vorgänger.«

Holly setzte sich und merkte, wie das Polster unter ihr nachgab. Von den vielen Computern, die in dem Raum liefen, war es richtig heiß, und sie öffnete als Erstes den Reißverschluss ihrer Jacke. Ihre Erleichterung, dass sie endlich jemanden gefunden hatte, mit dem sie reden konnte, vermischte sich mit Verwirrung. »Ich weiß nicht genau, wo ich anfangen soll. Zurzeit geht einiges vor, und das heute Nachmittag war bloß ein Teil davon.«

Perry beugte sich vor und lehnte seine Arme auf den Schreibtisch, wo er mit einem Stift spielte. Seine nackten Unterarme waren muskulös, schlank, aber nicht dürr. Er musterte Holly. Hinter den Brillengläsern wirkten seine dunkelblauen Augen sehr ernst. »Mein Dad ist, äh, Rudelführer. Ich weiß vermutlich schon von dem einen oder anderen.«

Holly suchte nach einem Anfang, einem zusammenhängenden Gedanken, mit dem sie beginnen konnte. »Ich habe mich mit einem Cop angefreundet, und ich glaube, er hat mich mit Dämonenbazillen infiziert.«

Perry legte seinen Stift ab. »Ja? Wie ist das passiert?«

»Ich denke, die Fehlwandler haben einen Dämon gerufen.«

Perry lehnte sich weiter vor. »*Die* waren das?«

»Ja, auf dem Friedhof. Ich war heute dort und fand die Überreste von einem Ritual.« Holly wühlte in ihrer Jackentasche. »Ich habe das hier gefunden.«

Sie legte die Metallscheibe auf den Schreibtisch, die Perry in die Hand nahm. »Wow! Ich habe noch nie so eines in echt gesehen. Es ist das Orpheus-Abzeichen.«

»Wofür steht es?«

»Diese Abzeichen sind ein Vampir-Ding, aber der Mythos

ist universal. Meine Leute verehren Orpheus, weil er die Macht besaß, Wildtiere zu beruhigen. Das schindet bei Werwesen natürlich Eindruck.« Er blickte kurz zu ihr auf, als wollte er sehen, wie Holly reagierte. »Vampiren ist ein anderer Teil der Geschichte wichtiger. Orpheus brachte den Schatten seiner Gemahlin Eurydike aus den Todeshallen. Sie glauben, dass wahre Liebe einen Vampir von dem Zwang befreien kann, sich von Blut zu nähren, was sie den Mythos des Erwählten nennen. Manche glauben, dass sie, einmal erwählt, sogar Kinder zeugen können.«

Hollys Haut kribbelte. Sie wusste, dass seltsamere Dinge möglich waren. *Ich liebe ihn, aber er verließ mein Bett wegen einer anderen. Unter wahrer Liebe rangiert das wohl kaum.*

Perry erzählte weiter: »Was diese Abzeichen betrifft, so lassen Vampire sie manchmal bei ihren Opfern zurück. Es handelt sich um einen Talisman, der die Seele des Opfers begleiten soll. Dieser hier könnte einem der Fehlwandler gehört haben.«

»Reizend! Ich frage mich, ob die Abzeichen für das Ritual gebraucht wurden, als Sinnbild für die bisherigen Opfer.«

»Kann sein. Es kursiert das Gerücht, dass solche Talismane bei den toten Frauen auf dem Campus gefunden wurden.«

Holly dachte an den Abend, als sie die Morde mit Alessandro und Mac besprochen hatte – jenen Abend, an dem Mac krank wurde. »Für einige Rufzauber ist Blut nötig.«

»Stimmt, wie sie überhaupt heikel sind. Meines Erachtens kann nur ein sehr gut ausgebildeter Zauberer einen solchen Zauber ausführen, und selbst er braucht dann immer noch die richtige Formel.«

Die Gestalt mit dem Buch ging Holly durch den Kopf, und sie erinnerte sich, dass Perry selbst ein Zauberer war. *Bin ich vielleicht zu dem Falschen gegangen?* Angst kroch ihr die Arme hinauf. »Jemand hat ihnen geholfen. Wer mag Fehlwandler oder hasst Vampire genug, um so etwas zu tun?«

Perry beobachtete sie, als könnte er ihre Furcht spüren. »Niemand mag Fehlwandler.«

»Und wer hasst Vampire genügend, um einen Dämon zu rufen?«

Perry seufzte. »Die Einzigen, die mir da einfallen, wären Menschen. Niemand sonst wäre so blöd. Dämonen … nun ja, man lässt sich schlicht nicht mit ihnen ein.«

»Macmillan?«, überlegte Holly laut, doch noch während sie es aussprach, kam ihr der nächste schaurige Gedanke, den sie schwerlich akzeptieren konnte.

»Wer ist Macmillan?«

»Der Polizist mit dem Dämonenbazillus.«

Perry stutzte. »Was ist das mit diesem Bazillus? Was genau ist geschehen? Man fängt sich keine Dämonenseuche durch oberflächlichen Kontakt ein.«

Holly zögerte, denn sie fürchtete sich davor, das Problem allzu direkt anzugehen. »Mac hat mich geküsst. Ich glaube, er wurde zu einem Dämon gewandelt. Er sagte etwas über den Schwarzen Raub.«

Perry wurde blass und griff nach seinem Telefon.

Als er sich so plötzlich bewegte, zuckte Holly zusammen. »Wen rufen Sie an?«

»Der Schwarze Raub? Ich will Ihnen keinen Schrecken einjagen, aber das ist ernst. Mir fällt nur eine einzige Person ein, die die Bücher und das sonstige Zeug besitzt, um das in den Griff zu bekommen.«

»Wer?«

»Hi, Alessandro, hier ist Perry. Bei mir im Büro sitzt deine Freundin Holly. Weißt du, wo wir Königin Omara finden?«

24

Der »Dances with Vampires«-Club, der mit untoten Gogo-Girls warb, war nicht unbedingt Hollys Abteilung, aber das konnte man von einem Besuch bei der Königin der Verdammten genauso wenig behaupten. Beides entsprach eher einer Hardcore-Session mit B-Zombiefilmen, und die brauchte Holly wahrlich nicht.

Die Königin war in den Untergrund abgetaucht, und das wortwörtlich, unterhalb des Clubs. Der Club befand sich in Campus-Nähe, in einem der alten Hotels in der Johnson Street. Die beiden oberen Stockwerke bestanden ganz aus altem Stuck und Erkerfenstern, wohingegen das Erdgeschoss die reinste Neonhölle in Blutrot mit flirrenden Stroboskoplichtern war. Die Lichtblitze durchschnitten die Dunkelheit in einem markerschütternden Rhythmus, und was man von draußen mitbekam, war nur ein Bruchteil der sensorischen Frontalangriffe, die einen drinnen erwarteten.

Wumpa, wumpa, wumpa. Greatest Hits aus der Cro-Magnon-Zeit.

Eisiger Wind blies vom Hafen herbei, der nur einen Straßenblock entfernt lag. Deshalb drängten die Wartenden sich dicht an die Hausmauern, schlotternd und bibbernd in ihren Netzstrümpfen und Muscle-Shirts.

Unweit von ihnen wartete Alessandro auf Perry und Holly. Sie blieb ein Stück hinter dem Werwolf, als sie ankamen. Alessandro warf ihr einen besorgten Blick zu. »Du hast mich angerufen.«

»Ja.«

Als sie weitergehen wollte, stellte er sich ihr in den Weg. »Die Königin muss sich verstecken. Sie war letzte Nacht bei mir.«

»War sie das am Telefon?« Sie konnte nichts dagegen tun, dass sie verletzt klang.

»Ja. Sie hat in meiner Wohnung geschlafen. Sonst nichts.«

»Ist das denn wichtig?«

»Für mich schon.« Er nahm ihre Hand. »Glaub mir.«

»Warum bist du gegangen?«

»Ich musste, genau wie ich das Flanders-Haus verlassen musste«, antwortete er und hob ihre Hand an seine Lippen.

Holly erschauderte vor Kälte und Unsicherheit. »Perry hat dir erzählt, was mit Mac passiert ist.«

Alessandro nickte einmal kurz, wobei seine Augen im Lichtschein aufleuchteten. Seine Lippen waren zu schmalen Linien zusammengekniffen. Holly fragte sich plötzlich, warum er nichts dazu sagte, dass Mac sie geküsst hatte. Er hatte dasselbe Recht, eifersüchtig zu sein, wie sie.

Sie zog ihre Hand zurück. In diesem Moment kam sie sich schrecklich klein und verwirrt vor.

»Wir finden heraus, was er getan hat. Keine Sorge! Vielleicht war es gar nichts.« Mit diesen Worten drehte er sich um und ging voraus zur Tür. Die Türsteher, zwei Schläger, von denen jeder so groß wie ein Kombi war, wollten sie zurückhalten.

»Hinten anstellen!«, befahl der eine, ein Typ mit einer tätowierten Glatze, wie sie gegenwärtig modern waren. Leider sah er damit aus, als wäre er Opfer eines üblen Tapezierunfalls geworden.

Perry neigte seinen Kopf und gab sich charmant. »Diese junge Dame möchte die Königin sprechen.«

»Sie hat gesagt, keine Besucher.«

»Wir haben einen Termin.«

Der Tapezierunfall ließ sich nicht erweichen. »Klar, Pizzaservice, was? Oder kommst du vom Streber-Lieferdienst? Verschwinde, Arschloch!«

Perry wollte etwas erwidern, doch nun trat Alessandro vor. »Du hast hinlänglich bewiesen, wie treu du unserer Herrin dienst, Mensch. Jetzt geh beiseite!«

In Alessandros Ton schwang eine Überheblichkeit mit, die Holly noch nie zuvor an ihm bemerkt hatte. Wieder schienen seine Augen hellbraun in dem epileptischen Licht auf.

Der Schläger wurde ganz zahm. Man konnte beinahe sehen, wie jedwede Aggression aus seinen Muskelpaketen schwand. Holly und Perry blickten einander fragend an, als der Tapezierunfall gesenkten Hauptes zur Seite schlurfte. Alessandro hatte ihm seinen Willen genommen.

Für einen Vampir verhielt Alessandro sich gewöhnlich sehr unauffällig. Holly wusste, dass er mächtig war, aber bis zu diesem Augenblick hatte sie keine Ahnung gehabt, wie mächtig. *Nicht einmal ein Zauberer schafft das ohne irgendwelche Hilfsmittel. Und er bringt es mit einem einzigen Blick fertig!* Vor Nervosität begannen ihre Hände zu schwitzen. *Das kann ja ein spannender Abend werden!*

Wie auf Kommando wandte Alessandro sich mit bedauernder Miene zu Perry um. »Ich danke dir vielmals für deine Hilfe, aber es ist besser, wenn du jetzt gehst.«

Perry trat sofort zurück. »Ja, okay. Wir sehen uns.«

»Was?«, fragte Holly, bei der prompt alle Alarmglocken schrillten. »Sie kommen nicht mit?«

Perry steckte beide Hände in seine Jackentaschen und hüpfte ein bisschen, um sich warm zu halten. »Ich Wolf, die Vamps. Ist eine ungünstige Zeit. Zu viele böse Schwingungen in der Luft.«

Holly sah wieder zu Alessandro, der ziemlich unbehaglich dreinblickte. »Ich möchte keinen Zwischenfall riskieren.«

Perry hielt eine Hand seitlich an seinen Kopf, um einen Telefonhörer zu imitieren. »Ruf mich nachher an!« Dann drehte er sich um und entfernte sich im Laufschritt vom Club weg zurück zum Campus.

»Warte mal!« Holly schlang die Arme um ihren Oberkörper. »Wenn er da drinnen nicht sicher ist, was bin ich dann erst?«

»Du stehst unter dem Schutz der Königin – und unter *meinem*.« Er umfasste ihr Gesicht mit beiden Händen. »Vertrau mir, du bist hier sicher!«

Holly legte ihre Hände auf seine und ermahnte sich, ruhig zu bleiben. »Ich vertraue dir.«

Er führte sie durch die schweren Holztüren in den Tanzclub. Die laute Musik traf Holly wie ein Hieb, und sie bemerkte, dass Alessandro sich die Ohren zuhielt. Für Wesen mit einem Supergehör musste das die reinste Hölle sein.

Die Tanzfläche war gerappelt voll mit Leuten, deren Körper vom Sound und wer weiß was für Substanzen bebten. Holly kämpfte sich mit den Ellbogen durch die Menge und hatte alle Mühe, Alessandro zu folgen. Sie konzentrierte sich auf sein helles Haar, während ihr von dem Lichtgeflacker ganz duselig wurde. Am anderen Ende des Saals packte Alessandro ihre Hand. Als er sie berührte, durchströmten sie die Erinnerungen an die letzte Nacht.

Hinter dem Tanzbereich war eine Tür, auf der in gelben Lettern NUR PERSONAL stand. Hier wachten zwei weitere Gorillas, die ihre Arme vor überentwickelten Brustmuskeln verschränkten. Menschen? Vampire? Die Beleuchtung war so miserabel, dass Holly es nicht erkennen konnte. Doch die beiden trugen auch noch gebogene Sonnenbrillen, was ihre Sicht auf Tiefseeniveau reduzieren dürfte.

Vampire. Alessandro blieb vor ihnen stehen und hob seine linke Faust, um ihnen einen seiner vielen Hartzinnringe zu zeigen. Die Security-Männer nickten und öffneten die Tür. *Wer hätte gedacht, dass Vampire Codeknacker-Ringe benutzen? Da sage nie wieder einer, die Dinger aus den Cornflakes-Packungen wären Kinderkram!*

Sie waren halb die Treppe hinuntergegangen, ehe Hollys Gehör langsam wiederkehrte, auch wenn sie nach wie vor die Vibrationen der Musik am Metallgeländer fühlte. Die Luft war klamm, als läge der Ozean gleich hinter der Betonmauer. Unten wartete Alessandro, bis sie bei ihm war.

»Vor der Königin rede bitte nur, wenn sie dich direkt anspricht«, wies er sie so angespannt an wie jemand vor einer Wurzelresektion. »Es ist kein formeller Hof, aber es werden andere Vampire anwesend sein.«

»Darf ich meine Hand heben, um auf mich aufmerksam zu machen, falls einer versucht, mich zu beißen?«, fragte Holly, die heikle Situationen möglichst mit Humor nahm.

Alessandro blickte ihr gar nicht amüsiert, dafür sehr eindringlich in die Augen. »Ich werde nicht zulassen, dass so etwas passiert.«

Bisweilen hatte das gute alte Höhlenmenschengehabe einiges für sich, fand Holly. »Versprochen?«

Er legte eine Hand auf sein Herz und lächelte verhalten. »Ich teile höchst ungern.«

Noch ein Schlägerduo wachte vor einem billigen Perlenvorhang, der das Lager unten von dem Bereich trennte, den Omara nutzte. Die beiden traten bereits beiseite, als Alessandro auf sie zukam. Holly folgte ihm an den Wachen vorbei und lauschte dem Perlenklackern hinter sich. Inzwischen hatten sie drei Wachposten passiert, und Holly wurde zunehmend nervös. Kam sie hier je wieder heraus?

Zwei Stufen führten in einen großen Raum, der hauptsächlich im Rohbauzustand war. Offenbar stand die Sicherheit im Vordergrund, nicht das Ambiente. Jedenfalls war es der letzte Ort, an dem man eine Königin vermuten würde. Die Wände bestanden aus nacktem Beton, ein Gewirr aus Rohren und Kabeln bildete die Decke. Ein ausgeblichener Kunststoffteppich mit orangefarbenem Paisley-Muster, wie man sie auch auf Terrassen auslegt, bedeckte den Fußboden. Anstelle einer Deckenbeleuchtung waren zahllose Kerzen aufgestellt, teils in Blechdosen, teils in Gläsern. Das einzige Zugeständnis an einen Hauch von Bequemlichkeit bot sich in Form von dick gepolsterten abgewetzten Sesseln und Sofas, die rings um die Zimmermitte gruppiert waren. Kurz: Es war scheußlich.

Und unheimlich. Überall waren Vampire: Sie standen, saßen oder lehnten an den unverputzten Wänden. Hollys grobe Zählung ergab mindestens dreißig, alle jung aussehend und für die Tanzparty ein Stockwerk höher gekleidet. Der Raum summte vor Melancholie und Anspannung, manisch und depressiv zugleich: die Essenz des Vampirs. Einige drehten sich zu ihnen um, als sie den Raum betraten, und im schummrigen Licht glühten ihre Augen katzengleich. Holly, die sich auf einmal sehr zart und saftig fühlte, wünschte, dass sie einen Unsichtbarkeitszauber beherrschte.

Dem Eingang gegenüber erhob sich ein weiblicher Vampir aus einem Kunstledersessel. *Das ist also Königin Omara.*

Holly versuchte, das Alter der Königin oder auch bloß ihre Herkunft zu erraten, scheiterte jedoch kläglich.

»Meine Königin.« Alessandro ging auf ein Knie und beugte seinen Kopf. »Ich habe unseren Gast gebracht.«

Alles verstummte, und blasse Vampirgesichter wandten sich ihnen zu. Der Blick, mit dem die Königin Holly musterte, fühlte sich wie physischer Druck an. Omara war in eine lange plissierte Tunika aus goldfarbener Seide gewandet. Ihre Füße waren nackt bis auf hennarote Flechtbänder. Als Alessandro sich wieder aufrichtete, reichte ihr Kopf ihm knapp bis zu den Schultern. Ihre Lippen öffneten sich ein wenig, während sie zu ihm aufschaute, und Holly sah die kleinen Spitzen ihrer Reißzähne.

Dann blickte die Königin zu ihr, hob einen hennagefärbten Zeigefinger und legte die Spitze zwischen Hollys Augen. »Knie, wenn du dich mir näherst, Mensch! Ich bin Omara, die Königin der Nachtjäger.«

Weil es mit Hollys Selbstbestimmung ohnedies nicht mehr weit her war, sank sie brav zu Boden.

»Ich grüße dich, kleine Hexe«, sagte Omara, die ihren Finger auf Hollys Nasenwurzel ließ. »Ich frage mich, soll ich deine Freundin oder deine Feindin sein? Deine Freundin hoffentlich.«

Holly versuchte, etwas zu sagen, aber ihre Zunge war viel zu trocken.

»Verzeih die Räumlichkeiten, doch ein solch verborgener Ort erlaubt uns, ungestört unsere Pläne zu schmieden. Du triffst uns in einer unglücklichen Zeit an.« Nun endlich nahm Omara ihren Finger weg. »Ich brauche deine Hilfe. Gemeinsam können wir vielleicht diesen Dämon unterwerfen.«

Omara beugte sich zu Holly, bis ihrer beider Nasen sich beinahe berührten. »Wenn ich dir helfe, hilfst du dann mir?«

Alessandro versteifte sich, aber die Königin bedeutete ihm stumm, zu schweigen. Die anderen Vampire waren still wie Gemälde. Holly hörte das Zischeln einer der billigen Kerzen, von der öliger Rauch in die Luft stob.

Sie holte angestrengt Atem. »Ich weiß, was mit Elaine Carver passierte. Ich weiß, dass sie in deinem Kampf gegen Geneva starb. Trotzdem möchte ich lieber kämpfend zugrunde gehen, bevor sie mir antut, was sie mit Mac getan hat. Ich denke, wir kommen ins Geschäft.«

Sie fühlte Alessandros Finger, die ihr Haar streiften, und sah auf, so dass ihr der kühle Blick nicht entging, mit dem Omara ihn betrachtete. Die Königin war besitzergreifend, aber was wollte sie besitzen? Alessandros Zuneigung? Oder wollte sie eine Schoßhexe für sich allein?

Alessandros Hand verharrte auf Hollys Kopf, womit er seine Ansprüche verdeutlichte, während Holly weiterhin vor der Königin kniete. Sie freute sich ja über seinen Schutz, aber dieses ganze Unterwürfigkeitsding langte allmählich. Der harte Boden war kein Spaß für ihre Kniescheiben!

Omara beachtete Alessandro gar nicht und strich Holly das Haar aus der Stirn. Das war mehr als eine flüchtige Berührung, denn Holly spürte die Macht der Königin in ihrem Kopf: ein sachtes Flattern wie von einem Insektenflügel.

»Interessant!«, äußerte Omara. »Dennoch, es muss getan werden.«

»Was?«, fragte Alessandro.

Omara betrachtete Holly ernst. »Geneva hat dich durch ihren Diener berührt. Es gibt nur eine Möglichkeit, den Schwarzen Raub zu besiegen. Man muss Feuer mit Feuer bekämpfen.«

Das klang gar nicht gut. »Was meinst du damit?«

»Du kannst die Infektion nicht auslöschen, aber du kannst sie mit etwas gleich Starkem vertreiben.«

»Wie?«

»Ein Vampir muss dich sein Eigen machen – dich markieren.«

Ein Raunen ging durch den Raum.

»Nein!«, schrie Alessandro, worauf alle erneut verstummten. »Das erlaube ich nicht!«

Hollys Bauch krampfte sich zusammen – und das von ihrem Steißbein bis zu ihrer Kehle. Gift konnte süchtig machen, aber die Markierung eines Vampirs war stärker. Durch sie wurde das Opfer zum Vampirsklaven. *Nicht mal im Traum!*

Sie räusperte sich angestrengt. »Gibt es keine Gegengiftzauber?«

Omara schüttelte kaum merklich den Kopf. »Nein, meine kleine Hexe. Es gibt niemanden, der mehr über Dämonenmagie weiß als ich, und dies ist die Lösung, die ich dir anbieten kann.«

»Es muss einen anderen Weg geben«, knurrte Alessandro.

»Das Gift frisst bereits an deiner Seele, kleine Hexe. Willst du wirklich riskieren, länger abzuwarten? Ich spüre, dass deine Kräfte schon angegriffen sind. Die natürliche Immunität der Hexe existiert noch, aber sie wirkt nicht mit ganzer Kraft.«

»Was meinst du damit?«, hauchte Holly, der das Blut in den Adern zu Blei wurde. Kniend fühlte sie sich klein wie ein Kind. Und hilflos. Aber das war wohl der Sinn und Zweck.

»Ein Sterblicher würde es bereits merken. Ich würde sagen, dir bleiben noch höchstens ein oder zwei Tage, die du dem widerstehen kannst, länger nicht. Danach wirst du hungrig, genau wie dein Polizistenfreund.«

»Nein!« Holly sprang so hastig auf, dass sie ein bisschen torkelte.

Alessandro fing sie ab. »Das ist nicht richtig! Es muss andere Möglichkeiten geben!«

»Möchtest du sie an die Dämonen verlieren, Caravelli?«, fragte Omara schnippisch. »Sie hätte keine andere Wahl mehr, als gegen uns zu kämpfen.«

»Aber wenn wir sie markieren, verliert sie ihren freien Willen.«

Holly drehte sich in seinen Armen um und sah ihm ins Gesicht. Die Umstehenden tuschelten, ihre Worte bloß ein Wispern wie die letzten trockenen Blätter im November. Holly versuchte, das hitzige Interesse ihrer Umgebung auszublenden. Dies war nicht der Zeitpunkt, um schüchtern zu sein.

»Hätte ich mehr Freiheit, wenn du mich nimmst?«, wollte sie wissen. »Mehr als mit dem Schwarzen Raub?«

»Ja«, antwortete Omara für Alessandro. »Und du kannst immer noch gegen die Dämonen kämpfen.«

»Ich mache das nicht«, lehnte Alessandro ab.

Omara winkte gelassen ab. »Dann markiere ich sie mit meinem Biss als mein Eigentum. Das oder sie wird exekutiert. Ich kann nicht zulassen, dass Geneva eine Carver-Hexe als Waffe besitzt.«

Alessandro packte Hollys Arm. »Sie ist mein!«

»Moment!« Hollys Nackenhaare richteten sich auf. »Jetzt haltet mal alle die Füße still, ja? Ich bin hier, vor eurer Nase, und ich habe ja wohl auch noch ein Wörtchen mitzureden! Keine Exekution, kein Beißen!«

Omaras Augen wurden hart wie Achat. »Die Entscheidung liegt bei dir, kleine Hexe. Lass dich von uns kurieren, oder stirb! Wir können deine Persönlichkeit und deine Seele retten. Dämonenmacht zerstört beides.«

Hollys erster Impuls war zu fliehen, aber Alessandro hielt sie fest. Eine weise Vorsichtsmaßnahme. Weglaufen in einem Raum voller Raubtiere war alles andere als klug.

»Ich gehe jetzt«, erklärte sie. »Ich fühle mich bestens. Mac war krank, ich bin es nicht.«

Omara schüttelte den Kopf. »Es arbeitet bereits in dir. Ich kann es riechen.«

»Dann suche ich jemanden, der es behandelt – ohne Bissmale.«

»Es gibt keine Behandlung.« Omara streckte eine Hand nach ihr aus.

Blanke Panik ergriff Holly, und alles, was sie an Magie besaß, explodierte. Gleißend weiße Strahlen schossen durch die Luft, knallend wie altmodische Glühbirnen. Wütendes Heulen drang aus den Schatten, und geblendete Vampire hielten sich die Hände vor die Augen. Holly schrie vor Schmerz. Sie glaubte, Feuer zu riechen, aber ihre Sinne waren viel zu wirr, ein komplettes Durcheinander von Geschmack und Geruch.

Ihre magische Schlagkraft verpuffte nutzlos. Es war Licht, aber keinerlei Kraft darin.

Hier stimmt etwas nicht.

Ihre Magie war völlig hinüber.

Hat das Dämonengift das angerichtet?

Plötzlich wurde ihr schwindlig. Sie kippte auf alle viere – hart. Für einen Moment konnte sie sich nicht rühren. Wegkrabbeln schien eine gute Alternative, aber ihre Gliedmaßen gehorchten ihr nicht. Ein seltsam kriechendes Jucken durchfuhr sie, als ginge ihr an hundert Stellen zugleich die Haut auf.

Alessandro bückte sich über sie, aber sie konnte ihn nur verschwommen sehen. Als er ihre Wange berührte, nahm seine Hand sich wie Eis aus. »Es hat schon angefangen«, stellte er fest. »Ich muss etwas tun. Ich bin das kleinere Übel, hoffe ich. Ich gebe dir alles an Freiheit, was ich kann.«

Ehe Holly reagieren konnte, glitt sein Arm um ihre Taille und hob sie hoch, so dass sie saß. Sie roch das Leder seines Mantels, ein satter Geruch mit einer schwachen Note von Tabak und Blut.

Aus dem Raunen der Zuschauer drangen Worte zu ihr. *Er tut es. Er nimmt die Hexe.*

Holly suchte nach ihrer Magie, weil sie noch einen letzten Rest Schutz wollte, aber ihre Kraft war vollkommen erschöpft.

»Davon habe ich geträumt«, sagte er und strich sanft über ihre Ohrmuschel. Bei der Berührung, die sie nur sehr schwach fühlte, spannte ihr Bauch sich an. Er strahlte Verlangen aus wie ein Feuer, das Wärme spendete. Sein Sehnen entflammte sie.

Ach! Wie dumm sie ist! Die Vampire kamen näher und schirmten das wenige an frischer Luft ab, das in diesem feuchten Keller überhaupt zu bekommen war. *Guck mal, sie wehrt sich immer noch. Als würde das etwas nützen!*

»Nicht vor allen.« Sie stemmte ihre Hände gegen seine Brust, hatte jedoch gar keine Kraft mehr. *Ich bin hilflos.* Eine neue Panik, eine, die sie noch nie zuvor empfunden hatte, regte sich in ihr wie kaltes, fauliges Wasser. *Ich habe Angst vor ihm. Große Angst.*

»Schhh, nicht reden!«, entgegnete er.

»Nein!«

Ihre Lippen begegneten sich in einem hungrigen Zusammenstoß. Seine scharfen Zähne kratzten an ihrer Zunge. Was für ein verwegenes Vorspiel! *Er ist nicht mehr vorsichtig.* Vorher hatte er sich zurückgenommen, stets ihre Sicherheit über sein Vergnügen gestellt. Das war vorbei, sein Gewissen beruhigt. *Jetzt will er Blut.*

Holly konnte die gierigen Blicke der anderen Vampire spüren, jeden ihrer Seufzer als Wehen auf ihrer Haut. Alessandros Finger zitterten, als er ihre Schultern streichelte, von ihnen sachte über ihre Arme wanderte. Holly wand sich ängstlich.

»Schhh!«, versuchte er, sie zu beruhigen, und blickte sie mit seinen unglaublichen goldenen Augen an. »Du hast gesagt, dass du mir vertraust. Glaub mir, Holly, ich tue das nur, um dich zu retten!«

Klar tut er das! Genau wie die Spinne ihrem Fang hilft … Aber ihre Bedenken zerfielen wie alte Spinnweben, denn eine angenehme Ruhe legte sich über sie, die sie ihren letzten Gedanken vergessen machte. Sie schlüpfte mit ihren Händen unter seinen kühlen Ledermantel. Dort wurden ihre Fingerrücken von glatter Seide begrüßt, als sie über sein Hemd strich. So merkwürdig es war, schien der Umstand, dass sie beobachtet wurden, den Moment auf einmal zu intensivieren, als würde Holly zur gleichen Zeit erregt und schaute sich selbst dabei zu.

Er hat mich hypnotisiert. Was er sehr dezent getan hatte.

Ihre Angst war fort. Schon jetzt besaß er Macht über ihren Verstand.

Einer der Zuschauer streckte seine Hand aus und berührte ihre Wange. Die Hand war kalt wie ein Grab, die Berührung eines Untoten, der sich zu lange nicht mehr genährt hatte.

Alessandro schlug sie weg. Er hielt Holly auf seinem Schoß, küsste ihre Stirn und strich mit seinen Lippen ihre Wange hinab. Sie erschauderte.

Und dann fühlte sie, wie seine Zähne in ihre Haut drangen: greller, reißender Schmerz.

Nein! Panik durchfuhr sie gleich einem elektrischen Schlag. Ihr Gehirn schickte Botschaften an ihre Glieder, aber sie alle waren taub, schwer und unbeweglich.

Gift. Es schenkte Wohlgefühl, aber es lähmte auch.

Ein kollektiver Seufzer ging durch den Raum, und die Vampire kamen näher, stellten sich auf Zehenspitzen, um besser zu sehen. Hollys Puls hämmerte, gefangen in der universellen Furcht der Tiere, die im Begriff waren, zu Nahrung zu werden. Atem, die Fetzen eines Schreis drangen in einem entsetzten Krächzen aus ihrer Kehle. *Nein, nein, nein!*

Ihre Kopfhaut zog sich zusammen, was ein uralter Instinkt von befellten Kreaturen war, die versuchten, sich auf diese Weise größer erscheinen zu lassen. Alessandros Zunge berührte sachte die Wunde an ihrem Hals. Diese intime Geste stand in krassem Widerspruch zu dem Raubtierakt. Seine Lippen schlossen sich über dem heißen wallenden Blut in einem Kuss, der drängender und tiefer war als alle vorherigen.

Und dann fiel sie.

Als hätte er einen eigenen Willen entwickelt, drängte ihr Körper sich der Berührung entgegen. Trotz allem brannte ein süßer, rauchiger Schmerz in ihr. Ihre Haut wehrte jeden Kontakt ab – mit der Luft, mit dem Licht, mit dem Hauch von Seide. Wie jemand, der sich übervoll gegessen hatte, war ihr, als würde ihre Haut bis über die Belastungsgrenze gedehnt. Und ihr war klar, dass einzig der Vampirkuss dieses schreckliche Gefühl nehmen könnte.

Er trank Hollys Leben, und ihre Libido bettelte, dass er mehr nahm. Manches davon war die Wirkung des Gifts auf diesen zarten Reißzähnen, manches ganz allein Alessandro. Hollys Hände bewegten sich von selbst, glitten über seinen Ledermantel, seine rauhe Jeans. Seine Muskeln waren hart und gespannt, hoben sie näher in seine fast schmerzliche Umarmung. An ihn geschmiegt, konnte sie seine harte Erektion spüren. Ihr wurde der Mund wässrig vor Lust, und ihre Hüften sehnten sich danach, sich seinen entgegenzuheben.

Und dann übernahm die Markierung. Wellen von Hochgefühl durchströmten sie vom Bauch nach außen, fluteten ihr gesamtes Nervensystem mit Erregung. Sie begann zu keuchen, und ihre Körpertemperatur jagte in die Höhe. Schweiß benetzte ihre Haut, machte ihre Kleidung klebrig.

Sie fühlte, wie sie sich ihm entgegenreckte, als er ein bisschen tiefer biss. Die Wellen wurden zu einer donnernden Flut von Verlangen. Ein heiserer Schrei entwand sich ihrer Kehle. Der Orgasmus war brutal, erschütternd.

Alessandro schluckte noch einmal, ein zweites Mal, dann war sein Mund verschwunden.

Holly fühlte Leere, wo seine Zähne gewesen waren. Sogleich überkam sie eine tiefe Verzweiflung.

Ich will mehr!

25

Es bedurfte keiner Einladung, dass Alessandro Hollys Haus betrat. Er war schon hier gewesen, und jetzt war er ihr Meister. Nicht einmal die Magie des Hauses stellte mehr ein Hindernis dar. Magie formte und nährte sich vom Willen, und er hatte Hollys Willen mit ihrem Blut getrunken.

Wie alle, die erstmals gebissen wurden, war Holly wenige Augenblicke später zusammengebrochen. Sie würde das Erlebnis ausschlafen und nach mehr verlangen, wenn sie aufwachte. Es wäre ein Leichtes, sie zu überreden, dass sie der Königin half.

Er hatte Holly ins Haus getragen, wobei er den Schlüssel aus ihrem Rucksack benutzte.

Monster! Mörder! Sein Biss machte ihm das Opfer zu eigen. Holly blieb nichts anderes zu tun, als jedem seiner Wünsche zu entsprechen. Er hatte nicht um diese Form der Beherrschung gebeten. Er wollte sie nicht, denn ihm erschien sie unsittlich.

Aber leider befand er sich nun in genau dieser Position.

Das Schlafzimmer war dunkel. Das letzte Mal, als er hier gewesen war, hatte sie eine Kerze mit einem Zauber angezündet. Die Erinnerung hätte ihn traurig gemacht, wäre seine Seele nicht schon dunkelgrau vor Kummer.

Er legte Holly auf ihr Bett, wo ihre zarte Gestalt sich seitlich zusammenrollte. Dann stellte er die Nachttischlampe an, damit sie nicht im Dunkeln aufwachte. Aus dem Augenwinkel nahm er ein Schwanzzucken wahr, als Hollys Kater ins Zimmer geschlichen kam, der so geduckt ging, dass sein Bauch fast über den Boden schleifte.

Der Kater wusste, dass etwas nicht stimmte.

Holly hat mir vertraut, verließ sich darauf, dass ich für ihre Sicherheit sorge. Und ich ließ sie im Stich. Ich habe sie verraten.

Dafür bezahlte er genauso teuer wie sie. Sollte dieser Mythos vom Erwählen wahr sein, blieb ihnen diese Chance nun auf immer verwehrt, denn sie konnte ihn nicht mehr erwählen. Einzig ein Mensch, der noch über seinen freien Willen verfügte, konnte einen Vampir durch seine Liebe retten. Alessandro hatte diese winzige Chance, von seinem Blutdurst befreit zu werden, für immer geopfert.

Aber ich musste sie retten! Ich konnte sie doch nicht Genevas Gift überlassen!

Holly regte sich im Schlaf. Ihr Haar fächerte sich auf der Tagesdecke und bildete einen dunklen, schimmernden Rahmen um ihr Profil. Alessandro setzte sich auf die Bettkante und strich die wirren Strähnen glatt. Unwillkürlich tauchte er seine Hand in die seidige Masse und fühlte Hollys kostbare Wärme.

Er würde es wiedergutmachen, soweit er irgend konnte. Hollys Tage sollten fortan ein Idyll von Wonne und Vergnügen sein. Alles, was er hatte, gehörte ihr, und das war viel: Vermögen, Besitz und Wissen, das er in Jahrhunderten des Erlebens und Experimentierens angesammelt hatte. Dennoch würde die Sucht früher oder später die Oberhand gewinnen. Nun, da er Holly gekostet hatte, verfügte er nie wieder über die Kraft, ihr zu widerstehen. Kein Vampir konnte unbegrenzt dem Blut seiner menschlichen Geliebten entsagen.

Ich werde von ihr fortgehen müssen. Sobald der Dämon besiegt ist, muss ich ebenfalls verschwinden. Bei diesem Gedanken rollte eine mächtige Schmerzwelle über ihn hinweg. *Omara wusste nur zu gut, wie sie mich dafür bestrafen konnte, dass ich mein Herz einer anderen schenkte. Sie zwingt mich, die Frau zu zerstören, die ich liebe, oder sie für immer zu verlassen.* Aber war sein Biss nicht das Gegengift gegen den Schwarzen Raub? Was hätte er sonst tun sollen?

Habe ich es als die einzige Lösung akzeptiert, um meine Gier zu befriedigen?

Nein. Ich habe sie nicht gebissen, als wir miteinander schliefen. Ich besitze die Kraft. Ich tat es, um sie zu retten.

So schwangen seine Gedanken zwischen beiden Sichtweisen hin und her, beharrlich wie ein Uhrpendel. Was wahr war, konnte er nicht sagen. Vielleicht stimmte sowohl die eine als auch die andere Sicht, handelte es sich bloß um unterschiedliche Interpretationen der Wahrheit. Was bedeutete, dass Alessandro Tod und Heilung zugleich darstellte. *Was habe ich getan?*

Er beugte sich über Holly und inhalierte den Duft ihrer Haut, der süß wie wilder Honig war. Heute Nacht hatte er den Dämon in ihrem Blut geschmeckt. Omara hatte recht: Macmillans Kuss zeitigte bereits verheerende Folgen.

Jetzt war der Dämonengeruch nicht mehr da, fortgedrängt von Alessandros Gift. *Nun gehört sie ganz mir.* Prompt machte ihm sein Appetit den Mund wässrig. Er berührte die unsagbar weiche Kurve ihrer Wange mit seinen Lippen. *Mein.*

Reue und Verlustschmerz verengten ihm den Brustkorb, beides umso schlimmer, als Alessandro bewusst war, dass diese Gefühle nichts änderten. *Ich liebe sie. Es muss einen Ausweg geben. Wenn ich muss, werde ich fortgehen, aber bitte, bitte lass es einen anderen Weg geben!*

Holly kam zu sich und drehte sich unter ihm. Schläfrig blinzelte sie zu ihm auf und schlang ihre Arme um seinen Hals. »Du bist hier.«

»Natürlich.« Das eine Wort, das erste, das er sprach, seit er sie genommen hatte, hallte vor Schuldgefühl.

»Da bin ich froh. Geh nie wieder weg!« Sie zog ihn zu sich hinunter und nahm für einen langen atemlosen Moment seinen Mund ein. »Ich wünschte, wir könnten für immer hier liegen!«

Das Gift spricht aus ihr. Alessandro rang sich ein Lächeln ab. »Ich bin ein furchtbar schlechter Unterhalter, sobald die Sonne aufgeht.«

»Eigentlich hatte ich auch weniger seichte Konversation im Sinn.«

Ach, Holly!, dachte er traurig.

Er ließ sich von ihr aufs Bett hinunterziehen, dessen Matratze unter seinem Gewicht einsank. Kaum war er neben ihr, schwang Holly sich rittlings auf ihn und packte nach dem Bund seiner Jeans. »Letzte Nacht bist du gefahren, diesmal bekomme ich die Autoschlüssel, und ich wünsche eine angenehme Fahrt.«

Für einen Augenblick wichen alle Bedenken purem männlichen Wohlgefühl. *Oh, ja!*

Dann meldete Alessandros Verstand sich zurück. Holly war noch high von seinem Biss. Vielleicht war ein Teil ihres Enthusiasmus echt, aber ein nicht unwesentlicher war rein chemisch verursacht.

»Bist du sicher, dass das …«

Sie neigte sich zu seinem Ohr, so dass ihre Wange sein

Kinn streifte. »Hör auf, dir Sorgen zu machen! Was ändert das noch? Was könntest du tun, das nicht schon geschehen ist?«

Mit einer einzigen Bewegung streifte sie ihr T-Shirt ab und warf es neben das Bett. Ein schwarzer Seiden-BH umfing ihre vollen Brüste, dessen Spitzenrand tief genug saß, dass ihre harten Brustspitzen sich durch den zarten Stoff abdrückten.

Wie konnte er dem widerstehen? Sein Körper reagierte sofort mit Begeisterung; Mann und Vampir waren gleichermaßen fasziniert. Das Blut unter dieser schönen hellen Haut hatte solch eine Kraft. Eine Hexe schmeckte vollmundig, aromatisch, und ihre Magie prickelte wie edelster Champagner.

Alessandro wollte sie. Er wollte diese Brüste in seinen Händen, diese Beine an seiner Hüfte. Er hakte die Finger unter einen schmalen Träger und schob ihn über Hollys Schulter, bevor er seine Lippen auf die Stelle presste, an der sich ein Abdruck abzeichnete. Holly wiegte sich an ihm, und Alessandro tauchte seine Zunge in die Vertiefung über ihrem Schlüsselbein.

Dann löste Holly sich von ihm. Mit geschickten Händen hatte sie inzwischen sein Glied aus der Jeans befreit und streichelte es. Ihre Finger auf ihm fühlten sich wunderbar an, aber als er dort ihren heißen feuchten Mund spürte, der an ihm sog, ihn leckte und neckte, pochte sein Herz plötzlich los. Eine Hitzewelle durchfuhr ihn. Die Energie, die er bereits aufgenommen hatte, baute sich zu einer beständig ansteigenden Spirale des Verlangens auf.

Er sollte sie das nicht tun lassen – nicht zwei Mal in einer Nacht.

Dennoch flog ihrer beider Kleidung Stück für Stück fort.

Und dann war Holly unter ihm.

Alessandro versank vollständig im Geschmack ihrer Brüste, an denen er mit einer Fertigkeit sog, dass Holly sich unruhig unter ihm wand. Eine Berührung der dunklen Locken zwischen ihren Schenkeln bestätigte ihm, dass sie geschwollen und bereit war. Er drang mit seinen Fingern zwischen ihre Schamlippen und fand exakt die richtigen Stellen, um sie zu streicheln.

Holly stöhnte. Der Laut durchfuhr ihn von Kopf bis Fuß und machte ihn noch härter. Alessandro verwöhnte sie so langsam, wie er konnte, und genoss ihre Wonne mit der Geduld eines Künstlers. Sie grub ihre Fersen in das Laken und spannte sämtliche Muskeln an, während er kreisend von innen nach außen über ihre Scham strich. Schließlich brachte er sie mit einem Kuss an ihrer intimsten Stelle zu einem heißen, hilflosen Orgasmus.

Es gefiel ihm, dass er all das tun konnte, ohne sie zu beißen. Bei einigen menschlichen Fertigkeiten lohnte es sich, sie zu bewahren.

Aber das war lediglich ein Vorgeschmack. Alessandro ließ Holly einen Moment verschnaufen, auf dass sie wieder neuen Appetit bekam.

Dann drückte er sie, umarmte und kitzelte sie, bis er abermals ihr feuriges Verlangen geweckt hatte. Sie legte ein Bein über ihn, so dass ihn die Haut ihres Innenschenkels streifte, die glatt und zart wie ein Blütenblatt war. Geschmeidig hockte Holly sich über seine Erektion und nahm ihn langsam, behutsam in die königliche Wärme ihres Schoßes auf. Gemeinsam wiegten sie sich sanft, bauten ihre Energien mit steter Reibung auf.

Nun forderte Alessandros Hunger seinen Anteil. Holly bog ihren Rücken nach hinten, worauf das Licht die Architektur ihres Körpers in ein goldenes Relief verwandelte. Ihre runden Brüste bewegten sich im Rhythmus ihrer Leiber. Holly stieß kleine Laute aus und beugte sich nach vorn, bis sie den richtigen Winkel hatte, in dem er besonders tief in ihr war.

Dieser Anblick allein war atemberaubend.

Ihr Mund war leicht geöffnet, ihre Augen hatte sie geschlossen und wirkte vollkommen konzentriert. Alessandro sah, wie ihre Anspannung wuchs, sich schön und wild auf ihren Zügen abzeichnete. Auf ihrem Höhepunkt schrie sie hemmungslos.

Mehr brauchte es nicht, dass Alessandros Beherrschung gefährlich nachließ, doch er bändigte seine Lust mit aller Kraft. Hollys Schoß wurde feuchter und massierte Alessandros Glied in Wellen. Gleichzeitig fand ihr Mund seinen und vereinte sich mit ihm. Ihre Energie, die weibliche wie die der Hexe, schwappte über ihn hinweg und kitzelte seine Haut verführerisch.

Ach, leider kannte auch seine Selbstbeherrschung Grenzen! Er rollte Holly herum und stützte seine Arme auf. Sein Mund juckte vor Verlangen, sie zu schmecken.

Doch zuerst musste er wieder und wieder in sie eintauchen. Ihre Brüste erbebten unter seinen Stößen. Alessandro war jenseits reinen Vergnügens. Sein Hunger brach sich Bahn, während sein maskulines Verlangen jeden Gedanken ausschaltete außer dem, sie sein zu machen. Holly atmete schwer, als er sie erneut an den Rand des Wahnsinns brachte, und der Duft ihrer Erregung spornte ihn zusätzlich an. Er hörte ein animalisches Geräusch, das von ihm kommen musste, und dann erschütterte ein letzter Stoß seinen ganzen Körper.

Er fühlte, wie sein Samen in sie hineinschoss. Sein Hunger zerriss ihn von innen. Plötzlich war es ihm unmöglich, zu atmen. Sein Orgasmus wurde zu einem neuen, scharfen Verlangen, bei dem alle menschlichen Impulse, nun befriedigt, von ihm abfielen.

Übrig blieb nichts als der Vampir. Die Bestie.

Was nicht bedeutete, dass er nicht zärtlich war. Er glitt hinunter und schob einen Arm unter Hollys Schultern. Sodann küsste er sie, küsste jene Stelle, an der er bereits von ihrem Lebenselixier genommen hatte, und leckte die Male mit der Sanftheit eines echten Connaisseurs auf.

Holly streckte ihm ihren Hals entgegen, damit er besseren Zugang zu ihr hatte, und er biss zu.

Er erschauderte und wurde wieder hart, als ihr Leben in ihn hineinfloss und mit der Intensität starken Alkohols seine Kehle hinabglitt. Ein Sturm reinster Wonne bemächtigte sich seiner, der ihn atemlos, schwer und benommen vor Wohlgefühl machte.

Sein ganzer Leib pochte, verlangte schmerzlich nach mehr, denn seine Kraft war kaum gemindert. Ein Vampir zu sein hatte auch sein Gutes.

Die Nacht war noch jung, und das Bankett hatte eben erst begonnen.

Holly wachte im Nachmittagslicht auf. Die Frage war nur, welcher Nachmittag?

Sie lag auf der Seite, Alessandro dicht an ihren Rücken geschmiegt und einen Arm schwer über ihrer Seite. Eigentlich hatte sie erwartet, Schmerzen zu fühlen, doch das tat sie nicht.

Was sie stattdessen empfand, war eine Mischung ihrer beider Kräfte, die wie ein starkes Band zwischen ihnen verwoben waren, zwischen ihrer beider Geschlecht und ihrem Blut. Ihre Magie hatte sich irgendwie mit seiner Vampirenergie vermengt, zusammengeschmolzen in einem Tiegel der Lust. Darüber hinaus summte sein Gift in ihren Adern, eine kaum eingedämmte Flut von schwindelerregendem Verlangen. *Gift. Ich bin gefangen. Oh, Göttin!*

Aber seltsamerweise hatte sie gar keine Angst. *Ist es das Gift, das mich in ein falsches Gefühl der Sicherheit lullt? Oder fürchte ich mich wirklich nicht?* Holly hatte sich noch nie so rundum befriedigt gefühlt. Vorsichtig drehte sie sich in Alessandros Arm um, damit sie ihn ansehen konnte. Er schlief den tiefen Schlaf des Untoten. Sein Gesicht war blass, aber friedlich, sein Haar ein einziges Lockengewirr auf dem Kopfkissen.

Merkwürdige Klarheit vertrieb den Nebel von Schlaf und Sex. Holly hatte Blut verloren, dennoch fühlte sie sich stark. Sie wusste, dass sie fortan unter seinem Einfluss stand, empfand aber trotzdem eine komische Freiheit. *Was ist mit mir geschehen?*

Lag es bloß an dem phantastischen Sex? Man sagte, es war der Biss, der eine Person gefangen nahm und sie für menschliche Liebhaber ruinierte. Aber Holly setzte eher auf das Stehvermögen der Vampire. Nach einer solchen Liebesnacht, wie könnte da irgendetwas anderes mithalten? Sie drehte sich auf den Rücken und kuschelte sich unter Alessandros Arm. Energie summte zwischen ihnen, mild und erotisch.

Göttin, sie war fürwahr entspannt!

Wenn sie intensiv meditierte, konnte sie manchmal das Magiegewebe des Hauses sehen. Jetzt sah sie es ebenfalls, wie leuchtende Kraftfäden vor ihrem geistigen Auge. Sie flossen, ähnlich einem Wurzelgeflecht, verzweigten sich hier und dort und bildeten eine Vielzahl winziger goldener Energiestrahlen. Holly ließ ihren Geist mit ihnen fließen, durch sie hindurch, ziellos. Es war überaus angenehm.

Dann jedoch stieß sie auf einen unerwarteten Bruch, der so plötzlich auftauchte, dass sie keine Zeit hatte, ihm auszuweichen. Während ihr Körper zurückblieb, glitt ihre Seele in die Dunkelheit, die zäh wie Sirup aus einer kalten Flasche sickerte.

Was ist hier los? Hallo?

Für einen Moment war ihr, als würde ihr Geist aus ihrem Schädel abheben, höher und höher in ein Vakuum aufsteigen. Das Haus und das Bett verschwanden in einem wirbelnden grauen Brei ohne Horizont. Holly wurde schlecht – so schlecht, als hätte sie die Nacht hindurch billigen Fusel getrunken und verdorbene Muscheln gegessen. *Sollte ich panisch werden?*

Hollys riss die Augen auf. Sie stand oben auf dem Kinderzimmerflur, nur weiter hinten, bei den Schlafzimmern, die zum Garten gingen.

Wie bin ich hierhergekommen? Warte mal …

Die Zimmertüren standen weit offen, und frühabendliches Licht fiel in einem tiefen Winkel durch die Fenster herein, in dessen Strahlen Staubflocken tanzten. *Aber eben war noch Nachmittag!*

Auf dem Flur stand ein Korb, der von schmutziger Wäsche überquoll, um die sich jemand kümmern musste. Teeny-Radiomusik lag in der Luft. Automatisch hob Holly ein T-Shirt auf, das neben den Wäschekorb gefallen war. Die vertraute pink und weiß gestreifte Baumwolle hing schwer in ihrer Hand, ausgeleiert von zu häufigem Tragen. Vor Jahren war es ihr Lieblingsshirt gewesen.

Ein metallischer Angstgeschmack breitete sich in ihrem Mund aus. Diese Zimmer waren verschlossen, seit Holly ein Kind gewesen war. Dieses T-Shirt war längst zu Putzlappen zerschnitten worden. *Ich bin in der Vergangenheit.*

Jener frühe Sommerabend, an dem die Sonne genauso gestanden hatte wie jetzt, bildete eine der letzten Erinnerungen vor Hollys Gedächtnislücke. Ihre Hände begannen zu zittern. Sie stopfte das T-Shirt in den Korb und schlich in ihr altes Zimmer. Beim Anblick der in Baby-Aspirin-Rosa gestrichenen Wände stellten sich ihre Nackenhaare auf.

Hier war ich, unmittelbar bevor das Schreckliche passierte.

Alles wirkte so normal. Zeitschriften und noch mehr Wäsche lagen auf dem schäbigen Läufer verstreut. Einhornposter waren auf die Wandschranktüren geklebt. Ein Mathebuch lag aufgeschlagen auf dem billigen Imitat eines französischen Landhaussekretärs, die Seiten mit einem Plüschteddy beschwert, damit sie nicht zufielen. Es versetzte Holly einen Stich, als sie an ihr lange verlorenes Ich zurückdachte, das sich damals gewünscht hatte, der Teddy könnte ihr Bruchrechnen erklären. Damals waren ihre Probleme entschieden simpler gewesen.

Sie entdeckte die Quelle der zuckrigen Popmusik, ihren alten Radiowecker, und stellte ihn ab.

»Holly? Hol?«

Ihre Hand erstarrte auf dem Radioknopf. Ihr ganzer Körper wurde feuchtkalt vor Angst.

»Holly? Komm mal!«

Sie versuchte zu schlucken, aber ihr wildes Herzklopfen machte es schwierig. »Ashe?«, fragte sie, was leider kaum lauter als ein Flüstern war.

Jener Abend war zurück. Holly hatte ihn vergessen, ihn fortgedrängt, vergraben, doch er war immer noch da, tief eingeprägt wie die Seriennummer ihrer Seele. Sie wandte sich zur Tür um und folgte der Stimme ihrer Schwester.

»Ashe?«, wiederholte sie, lauter. Der Blick durch Ashes

Zimmertür war von einer blauen Kommode verstellt, auf der sich lauter weiblicher Krimskrams türmte. Poster von Heavy-Metal-Bands hingen an der Decke – Männer, die sich verrenkten und deren Schweißfilm auf der Haut kunstvoll ausgeleuchtet war.

»Du musst mir mal helfen«, erklärte Ashe in einem pseudo-erwachsenen Tonfall, den sie erreichte, indem sie besonders selbstsicher und abgehackt sprach.

»Das kostet dich einen Zehner.« Hollys Antwort kam von allein über ihre Lippen. Dasselbe hatte sie gesagt, als sie diese Szene erstmals erlebte.

»Hollliii!«, bettelte Ashe, die für einen winzigen Moment wieder in die Kleinmädchenstimmlage zurückfiel, die sie bis vor ein oder zwei Sommern gehabt hatte. »Bitte! Ich geb dir einen Fünfer.«

»Was soll ich denn machen?« Holly ging an der Kommode vorbei. Ein Teil von ihr wusste bereits, was Ashe verlangen würde, doch sie bekam die Einzelheiten nicht zu packen.

Was es auch war, es hatte mit Magie für Große zu tun.

Ashe kniete auf dem Boden, das Gesicht zu Holly gewandt. Sie hatte ein weißes Tuch auf den Dielen ausgebreitet, wie für ein Picknick. In der Mitte standen hübsche Porzellankerzenständer mit brennenden weißen Kerzen. Außerdem waren da Federn, Salz, die Haarbürste ihrer Mutter und eine von Vaters Krawatten sowie ein Teller mit Weihrauch, der wie die süßen muffigen Krümel am Boden einer Schokoladendose roch. Ashe Carver plante ein Ritual. Und sie war talentiert darin, mit Magie zu arbeiten.

Jetzt blickte sie also auf und schien nicht zu bemerken, dass die Holly vor ihr erwachsen war. In diesem Moment war Ashe sechzehn und Holly acht.

Mädchenhaft schlank und mit langen dünnen Beinen

hockte Ashe in einem Sommerkleid da, an ihren Füßen pflaumenblaue Plastiksandalen. Ihr Haar war blonder als Hollys, eigentlich naturkraus, aber glatt gekämmt und mit einem fransigen Pony. Sie hatte zu viel Make-up um ihre großen grünen Augen geschmiert, was ein sicheres Indiz dafür war, dass sie später noch ihren Freund treffen wollte.

»Ich muss heute Abend unbedingt weg, Hol«, verriet sie und strich eine Ecke der Decke glatt. »Ich muss einfach! Glen hat Karten für Blue Murder.«

War etwas derart Nichtiges, Unbedeutendes die Ursache für alles gewesen, was hinterher passierte?

Hollys Antwort klang mürrisch und trotzig. »Du darfst nicht weggehen. Du sollst hier bei mir bleiben, bis Mom und Dad zu Hause sind.« Sie entsann sich, dass Grandma Verwandte in Halifax besucht hatte.

»Aber dass ich ausgehe, ist wichtiger.« Ashe verteilte etwas von dem Weihrauchgeruch mit einer Feder im Zimmer. »Du bist kein kleines Baby mehr. Du kannst auch allein zu Hause bleiben.«

Holly merkte, wie ihr speiübel wurde. *Nein! Nein, tu das nicht!* Die nächste Zeile im Skript kam über ihre Lippen. »Sie bringen dich um.«

Ashe sah Holly voller Verachtung an. »Nicht, wenn sie es gar nicht wissen. Ich muss bloß machen, dass sie erst nach dem Konzert zurückkommen.«

»Sie sind doch längst vorher zu Hause. Du bist geliefert«, entgegnete Holly mit der typischen Schadenfreude der kleinen Schwester.

»Sind sie nicht, wenn sie unterwegs einen Platten haben.«

Sie drehte sich um und hob eine weiße Schuhschachtel hoch, von der sie den Deckel abnahm. »Erinnerst du dich noch an das hier?«

Gütige Hekate! Ja, Holly erinnerte sich an alles.

Eine Hitzewelle durchfuhr sie, die umgehend von kaltem Schweiß abgelöst wurde. Sie stolperte aus Ashes Zimmer und den Flur entlang zum Bad. Mit knapper Not schaffte sie es bis zu dem alten Porzellanwaschbecken, in das sie sich übergab, bis ihre Rippen schmerzten und nichts als brennende Galle hochkam.

Letztes Mal hatte Ashe die Schachtel geöffnet. Damals war Hollys Seele noch unschuldig gewesen, hatte keinerlei Schrecken gekannt. Jetzt jedoch betrachtete sie alles mit den Augen einer Erwachsenen. Nach einer ganzen Weile spülte sie sich den Mund aus. Ihre Haut spannte unter dem trocknenden Schweiß. Vor dem offenen Fenster zwitscherte ein Rotkehlchen im Apfelbaum.

Ashe stand in der Tür. »Alles okay?« Sie war besorgt, sowohl um ihre kleine Schwester als auch um ihre Pläne. »Hast du dich mit irgendetwas angesteckt?«

Holly wischte sich das Gesicht mit einem Handtuch ab, das nach Kinderzahnpasta roch. »Du machst einen schrecklichen Fehler.«

Ashe zog die Brauen zusammen. »Hast du etwa Schiss? Wieso denn? Wir machen dauernd solche Sachen.«

»Ich weiß, was passieren wird.«

Ashe fixierte Holly mit ihren Peridot-Augen, in deren Tiefen jugendliches Verlangen nach Freiheit und Rebellion schimmerten. Als Kind hatte Holly ihre Schwester angebetet. Ashe war älter, klüger gewesen und hatte sich mit Erwachsenendingen ausgekannt.

»Du hilfst mir, dass sie Ärger mit dem Auto kriegen«, verlangte sie. »Den Zauber muss man zu zweit durchführen, also brauche ich dich. Ich mach's wieder gut, ehrlich!«

Holly starrte ihre Schwester einen Moment lang stumm an.

»Zum Teufel mit dir! Ich lass' mich nicht für einen Fünfer überreden – das letzte Mal nicht und diesmal auch nicht!«

»Was redest du denn?«, fragte Ashe verächtlich, aber mit einem Anflug von Furcht.

Holly rannte aus dem Bad und den Flur wieder hinunter. In Ashes Zimmer stand die Schuhschachtel auf dem Boden, offen neben der Ritualdecke. In der Schachtel stapelten sich Plastiktiere, billiger Schmuck und Spielzeugautos. Kindersachen. Ashe hatte die Schachtel aus Hollys Wandschrank.

Sie kam hinter Holly her. Genau wie vor Jahren holte sie wieder den blauen Miniaturwagen aus dem Karton, perfekt in allen kleinen Einzelheiten. Er sah genauso aus wie der Wagen ihrer Eltern. »Was wird passieren? Was siehst du?«, fragte Ashe, die sich auf einmal mehr wie eine Gleichaltrige, nicht wie eine große Schwester benahm.

Holly wandte ihren Blick von dem blauen Spielzeugauto ab, weil ihr wieder schlecht zu werden drohte. »Du wirst das Ritual durchführen, aber ich weigere mich, dir zu helfen, auch für fünf Dollar. Du gehst mit Glen zu dem Konzert.«

»Und was ist daran so schlimm?« Sie drehte das Auto in ihrer Hand hin und her.

Hollys Antwort kam kühl und vollkommen ruhig. Die Alternative wäre blanke Hysterie gewesen. »Du führst die Magie allein aus, für die zwei gebraucht werden, und der Zauber wirkt nicht wie erwartet. Das Auto kommt beim Golfplatz von der Straße ab und bricht durch die Seitenplanke. Mom und Dad verbrennen am Strand, nur ein kleines Stück vom Ozean entfernt.«

Ashe schwieg, aber Tränen kullerten ihr über die Wangen. »Also habe ich sie umgebracht?«

»Hätte ich dir geholfen, wäre es vielleicht gutgegangen. Vielleicht hätten sie überlebt.«

Ashe sah mit demselben Entsetzen, das Holly empfand, auf den Spielzeugwagen und legte ihn in die weiße Schachtel zurück. Dann endlich sagte sie, was Holly all die Jahre dringend von ihr hatte hören wollen: »Es war mein Ritual. Meine Magie. Du warst klüger, obwohl du noch ein Kind warst. Es war nicht deine Schuld.«

Holly dachte an das Leid, das Ashe bevorstand, wie ihr selbst auch, und Schluchzer durchrüttelten sie. Sie hatte sich dem hier nie stellen wollen, und sie fühlte sich schrecklich wütend, verletzt und schuldig.

Aber hier war auch die Antwort auf so vieles. Mit der Erinnerung hatte sie einen Großteil ihrer Magie verdrängt und sich mit Schmerz bestraft, wann immer sie Magie zu benutzen versuchte.

»Hör auf, dir selbst weh zu tun! Ich war es, die auf dich aufpassen sollte, nicht umgekehrt!« Ashe legte ihre Hände auf Hollys Schultern, was eine ihrer Lieblingsgesten gewesen war. Plötzlich wirkte Ashe wieder klein und sehr jung, gar nicht mehr wie die omnipotente Göttin, die Hollys Kindheits-Ich in ihr gesehen hatte. Tränen liefen ihr aus den großen grünen Augen.

Holly bedeckte eine von Ashes Händen mit ihrer und empfand erstmals seit ihrer Kindheit wieder Wärme für ihre Schwester. »Wie kann ich die Vergangenheit ändern?«

Ashe schüttelte den Kopf. »Das kannst du nicht, Holly. Du musst einfach weitermachen und kämpfen. Vergib dir, dass du dich geweigert hast, mir bei etwas zu helfen, das falsch war!«

Holly drückte Ashes Hand. »Was ist mit dir?«

»Mit mir?« Suchend blickte Ashe sie an. »Ich bin nur deine Erinnerung. Die wahre Ashe muss ihren eigenen Weg finden.«

Holly wollte sie umarmen, doch die Welt verdunkelte sich.

Ihr erster Gedanke war, dass sie ohnmächtig wurde, aber dann umgab sie ein Meer von Sternen. Ashe, oder Hollys Erinnerung an sie, war fort.

26

Holly wachte auf und sprang ziemlich unelegant aus dem Bett. Sie stolperte, griff sich ihren Bademantel und schaute sich um. Alessandro war fort; ihre Laken waren ein zerwühltes Chaos.

Wo steckt er? Heftiges Verlangen flutete ihren Leib, bis ihr Verstand das Gift bändigte. *Nein, nein, ruhig, ganz ruhig!*

Fröstelnd schlüpfte sie in ihren Bademantel. Die Luft auf ihrer verschwitzten Haut fühlte sich unangenehm kalt an. Holly knipste die Nachttischlampe an und horchte. Aus dem Bad am Ende des Flurs hörte sie Wasserrauschen. Die Dusche. Alessandro war aufgestanden, aber er hatte sie nicht verlassen.

Das würde er nicht tun. Angst regte sich in ihr. *Würde er?*

Holly sah auf die Uhr neben ihrem Bett. Es war acht Uhr abends. *Ich habe den ganzen Tag verschlafen. Wie ein Vampir.* Sie fühlte sich wund, lahm, hungrig und verwirrt. Als wäre Alessandro eine Million Meilen weit weg. Sie brauchte ihn aber an ihrer Seite.

Das ist doch lächerlich! Er ist am anderen Ende des Flurs. Sie setzte sich auf die Bettkante und tastete auf dem Boden nach ihren Hausschuhen. Stattdessen fand sie seine Socken. *Göttin, was für eine Nacht!*

Ein Dutzend Gedanken forderten ihre Aufmerksamkeit,

von denen manche sie erhitzten, andere sie vor Zweifeln erschaudern ließen. Einer aber stach aus der Masse heraus: Die Vision von Ashe, die bei ihr war, die zurückgekehrten verlorenen Erinnerungen. Hollys Kräfte, von ihrer jahrelangen Blockade befreit, rauschten durch ihren Kreislauf und vermischten sich mit Macht, Sex – vor allem dem Sex, den sie gerade gehabt hatte – und entwickelten ihre ganz eigene Magie. Die letzten Liebesakte hatten eine Tür in ihrem Innern geöffnet, und auf einmal gehörten der Raum und die Freiheit ihrer Magie wieder ganz allein Holly.

Probeweise entzündete und löschte sie damit die Kerzen im Zimmer. An. Aus. An. Aus. Das hatte sie vorher auch schon gekonnt, nur ging es jetzt viel einfacher, so mühelos wie Atmen. *So fühlte es sich an, als ich klein war. Bevor alles geschah. Damals hatte ich keine Angst vor meiner Magie.*

Wie vieles hatte sie durch jenen einen Zauber verloren! Holly hatte ihre Eltern beweint, jahrelang um sie getrauert; dennoch war ihr Tod nur ein Teil der Tragödie gewesen. Auch Ashe hatte sie verloren. Ihre Beziehung war nie wieder dieselbe gewesen.

Und sie hatte Angst vor ihrer eigenen Macht bekommen. Wenn ein Zauber ihre Eltern töten konnte, welches Elend vermochte Magie dann noch hervorzurufen? Holly hatte vor sich selbst Angst gehabt und sich schuldig gefühlt, weil sie damals nicht wusste, wie sie Ashe aufhalten sollte. Mit dem kindlichen Sinn für absolute Gerechtigkeit hatte sie ihre Kräfte amputiert, damit sie und alle um sie herum sicher waren. Sie hatte sogar die Erinnerung an den Zauber sowie die Monate danach gelöscht.

Jene Tragödie näherte sich endlich dem Ende. Holly berührte ihren Hals und erschauderte, als ihre Fingerspitzen Alessandros Bissmale streiften. *Was für ein günstiger Zeit-*

punkt, wo ich gerade meine Zukunft als Vampirsklavin beginne!

So kann ich nicht leben. Magie hing mindestens zur Hälfte am klaren Willen des Ausübenden. Sie durfte ihre Erinnerungen und ihre Magie nicht wiedergewinnen, um sie gleich ein zweites Mal zu verlieren! *Ich muss gegen die Markierung kämpfen, mir von meinem Leben greifen, so viel ich kann, und es festhalten.* Holly lief nach unten, um dort zu duschen. Routine, *ihre* Routine, unberührt vom Willen eines anderen, war ihr plötzlich lebenswichtig.

Als sie ins Schlafzimmer zurückkam, war Alessandro dort, halb angezogen. Das zerwühlte Bett hinter ihm wirkte sehr einladend. Holly blieb in der offenen Tür stehen und zurrte den Bademantel fester um sich. Alessandros Anblick machte es ihr unmöglich, sich einen Schritt weiterzubewegen.

Verlangen, Lust, Anziehung, Zugehörigkeit. Das alles waren gute Gefühle, aber nicht in dieser wahnwitzigen Intensität. Holly wollte nichts anderes, als dort weitermachen, wo sie in der Nacht zuvor aufgehört hatten, nackt und ineinanderverschlungen. Ein winziges Wimmern entfuhr ihr, als sie sich zwang, sich nicht von der Stelle zu rühren. *Ich will ihn. Ich will ihn. Ichwillihn!*

Er verharrte mitten in der Bewegung, sein Hemd in einer Hand, und sah sie mit sorgenvollen Bernsteinaugen an. »Wie fühlst du dich?«

Wie kann er das fragen? Holly blickte zu Boden. Sie wusste nicht, wo sie anfangen sollte. »Wenn du dich nicht bedeckst, garantiere ich nicht für meine Selbstbeherrschung.«

Im nächsten Moment hörte sie Seide rascheln. Als sie wieder aufsah, hatte er sein Hemd an, aber die Knöpfe noch nicht geschlossen, so dass ein Teil seiner Brust entblößt war. *Wenig hilfreich.* Sie rieb sich mit einer Hand über das Gesicht. »Du bist wirklich gut, weißt du das? Allemal ein Kandidat für die Sex Hall of Fame. Was immer du auch getan hast, es löste meine Magieblockade.«

Er runzelte die Stirn. »Ich verstehe nicht.«

Sie erzählte ihm von dem Traum.

»Das heißt also, dass dir deine Magie keinen Schmerz mehr bereitet?«, vergewisserte er sich.

»Ein interessanter Tausch, findest du nicht?«

Alessandro kam näher und strich zart über die Bissmale an ihrem Hals. Sie zuckte zusammen, allerdings mehr wegen seiner Berührung als der Wunde. Eine elektrische Spannung herrschte zwischen ihnen, wie ein Stromkreislauf, der sie beharrlich aneinanderband.

»Habe ich dir Schmerz bereitet?«, murmelte er und küsste sie sachte auf den Mund. Im Lampenschein war sein Haar silbrig-golden und leuchtete auf dem dunklen Stoff seines Hemdes.

»Ein bisschen, beim ersten Mal. Na ja, Reißzähne gegen Haut.« Sie schloss den Abstand zwischen ihnen und legte eine Hand auf seine nackte Brust. Er war warm, gewärmt von ihrem Leben. Verlangen machte ihren Schoß feucht. »Werde ich dich immer so sehr begehren?«

»Ja«, antwortete er und strich ihr über das Haar. »Es tut mir leid.« Seine Worte waren von einer unaussprechlichen Melancholie erfüllt.

Holly lachte unsicher. Sie konnte nicht aufhören, seine glatten starken Muskeln zu streicheln, ihn zu berühren, seine Nähe zu genießen. »Soll eine Liebessklavin nicht eigentlich etwas Nettes sein?«

Das Schlafzimmerlicht war matt, so dass die Zimmerecken in tiefem Schatten lagen. Holly kam es vor, als wäre ihre ganze Welt auf diesen kleinen Lichtkreis beschränkt und alles außerhalb von ihm im Bereich der Mythen verlorengegangen. Alessandro zog sie näher an sich und lehnte ihren Kopf an seine Schulter. Es fühlte sich wunderbar an. Sicher. Verbunden. Verehrt.

Seine tiefe Stimme vibrierte in seinem Brustkorb. »Ein nicht unwesentlicher Teil von mir ist hocherfreut, dass du mir verbunden bist, aber der Preis dafür ist zu hoch. Du bist mir teuer. Ich liebe dich. Ich will dich nicht verletzen, niemals, und ich fürchte, ich habe es bereits getan.«

Nun, da er es sagte, spürte Holly seine Kontrolle. Sie gehörte zu diesem Kreislauf, diesem Band ihrer Energien, das sie miteinander vertäute. Und es wirkte wie ein endgültiges Veto gegen jeden ihrer Gedanken, jede ihrer Taten. Sie bewegte sich, sie redete nur, weil er sie ließ. Er hatte sie noch nicht niedergezwungen, doch das könnte sich jederzeit ändern.

»Gib mir meinen Willen zurück!«

»Ich würde, wenn ich könnte, aber leider weiß ich nicht, wie.«

Plötzlich war das, was passiert war, kalt und real. Mit der Markierung kam der Drang, ihn zu berühren, ihn zu erfreuen, ihn zu nähren – sich von ihm verschlingen zu lassen, bis nichts mehr übrig war. *Das ist es, wie Vampire überleben.*

Holly wurde vollkommen ernst, ihr Körper erstarrte. Sie begriff nicht ganz, was geschehen war. *Ich kann das nicht. Ich kann so nicht sein.*

»Ich tat es, um dich zu retten.«

Sie blickte zu ihm auf. »Du bist ein Raubtier.«

»Mag sein, aber auch ich habe etwas verloren. Du hättest mich erwählen können. Wäre es mir gelungen, dein Herz zu gewinnen, hättest du mich von meinem Blutdurst befreien können. Ich hatte *gehofft*«, das letzte Wort klang seltsam erstickt, als wäre es ihm fremd, »dass wir eine andere Zukunft haben könnten. Eine, die mein Fluch nicht berühren kann.«

Ihre Kehle wurde eng. »Davon hast du mir nie etwas erzählt.«

Er blinzelte, als kämpfte er ebenfalls mit seinen Gefühlen. »Wie konnte ich? Es wäre einer Erpressung gleichgekommen. Ich hätte es nicht sagen können, ohne es mir selbst einzugestehen und ohne zu riskieren, dass ich erfuhr, dass du mich *nicht* liebtest, während ich dich anbetete.«

Hollys Zunge fühlte sich wie Pergament an. Sie trauerte um ihn. Und sie trauerte um sich. »Ich habe dich geliebt.«

»Aber du tust es nicht mehr«, fügte er sehr leise hinzu. »Es tut nichts mehr zur Sache. Das Erwählen ist nichts als eine Legende.«

»Ich kann gar nicht mehr sagen, was real ist und was nicht.« Ihre Augen brannten, aber sie war über die Tränen hinweg. Ein bleiernes Gewicht hing in ihrer Brust, machte jeden Atemzug schwer. Und durch den Kreislauf ihrer Energien musste Alessandro es ebenfalls wissen.

Sie wollten zusammen sein, doch nicht so.

Das Telefonläuten mutete wie eine Alieninvasion an. Holly brauchte einen Moment, ehe sie erkannte, was das für ein Geräusch war. Gleichzeitig spielte Alessandros Handy die ersten Takte von Beethovens Fünfter. Sie ließen einander los, widerwillig und erleichtert zugleich, hielten sich aber noch bei den Händen, als wären sie noch nicht ganz bereit, den Kontakt zu unterbrechen.

»Ich gehe im Arbeitszimmer ran«, sagte Holly.

»Nein, geh nicht!«, verlangte er im Tonfall eines ganz gewöhnlichen Liebhabers.

Und dann passierte es. Das Telefonläuten trieb davon, in völlige Bedeutungslosigkeit. Holly schmiegte sich wieder an seine Brust und erinnerte sich kaum mehr, was sie gerade tun wollte.

Alessandro riss die Augen auf. Holly sah sein Entsetzen, verstand es jedoch nicht gleich.

»Was ist?«, fragte sie.

Ein Ausdruck von Selbstekel trat auf seine Gesichtszüge. »Du wolltest ans Telefon gehen. Geh schon!« Seine bittere Reue traf sie bis ins Mark.

Gütige Hekate! Sie fühlte, wie sie sich umdrehte, wehrlos wie eine Puppe. Wehrlos wie Mac, als er in den Garten geschleudert worden war. Holly schlurfte ins Arbeitszimmer, ihre Glieder taub vor Schock.

Brekks saß auf dem Schreibtisch und starrte das Telefon an. Schuldbewusst überlegte Holly, wann sie zuletzt seinen Futternapf gefüllt hatte. Er schmiegte seinen Kopf an ihre Hand, die nach dem Hörer griff.

»Hi, Kleines!«, grüßte Grandma. »Ich habe ein paar Neuigkeiten für dich.«

»Sehr gut. Ich könnte allmählich ein paar Antworten vertragen.« Holly sank auf den Schreibtischstuhl. Ihr war sehr mulmig. *Was zur Hölle war das eben? War es eine Demonstration seiner Vampirmacht?* Falls ja, war sie um ein Zigfaches stärker, als Holly gedacht hatte. *Ich stecke in gewaltigen Schwierigkeiten.*

Was es ihr schwer machte, sich auf ihre Großmutter zu konzentrieren. Sie sollte etwas sagen, um Hilfe bitten, aber die Worte wollten einfach nicht kommen. War es eine Art magischer Zwang oder bloß Scham?

»Ich habe mich mit ein paar Kolleginnen über dein Dämonenproblem unterhalten, und dabei tauchten einige Gerüchte auf, die dich bestimmt interessieren.« Grandma fing an, zu erzählen. Holly hörte, wie Papier raschelte, als würde ihre

Großmutter in Notizen blättern. »Das beste Buch über den Kampf gegen Dämonen ist eines, das *Das Buch der Lügen* heißt. Es wird erzählt, dass es vor einem Monat von privat verkauft wurde. Als Hehlerware, denn es war der Vampirkönigin gestohlen worden. Alles lief natürlich unter der Hand, ganz klammheimlich, still und leise.«

Nun wurde es fürwahr interessant genug, dass Holly aufmerkte.

»Omara gestohlen?«, hakte Holly nach, wobei sie sich bemühte, nicht zu laut zu sprechen. *Das also ist das Buch, nachdem sie suchen?* »Weiß man, wer es gekauft hat?«

»Jemand hier aus der Stadt mit einem Haufen Geld. Der Verkäufer war ein Vampir.«

Ein Insider-Geschäft? Sie kraulte Brekks den Rücken und wurde von ihm belohnt, indem er ihr seinen Schwanz an die Nase schmiegte. »Meinst du, dieser Käufer hat das Portal mit Hilfe des Buchs geöffnet?«

»Oh ja! Falls du das in die Hände kriegst, wirst du deinen Dämonenfreund schnell wieder los. Angeblich stehen da auch tonnenweise Zauber drin, die Höllenbruten schwächen und sie beherrschbarer machen.«

»Wie es scheint, heißt die Höllenbrut, mit der wir es zu tun haben, Geneva.«

»Das ist dieselbe, gegen die Elaine gekämpft hat«, sagte Grandma, heiser vor Sorge. »Hör mal, wir brauchen mehr Informationen, ehe wir es mit ihr aufnehmen. Sie bedeutet einen scheußlichen Brocken Arbeit.«

»Und was, wenn es früher als erwartet hart auf hart geht?«

»Bete, dass das nicht passiert! Mit oder ohne das Buch – das einzige Werkzeug, das du besitzt, ist pure Energie. Wenn du den Dämon in ein Portal zurückdrängen kannst, musst du rohe Energie mit der Wucht eines Wasserwerfers einsetzen. In dieser Form können sie deine Kraft nicht verdauen. Die beiden Quellen, die ich gefunden habe, empfehlen Aurelias Matrix oder den Caer-Gwydion-Schrumpfzauber, um deine Kontrolle zu stärken. Damit hältst du deinen Dämon fest, aber sie beide erfordern eine Menge Kraft. Für dich wird es grausam schmerzhaft.«

»Okay.« *Vielleicht. Vielleicht auch nicht.* Mit ihrer unblockierten Kraft könnte sie den Schmerzteil eventuell überspringen.

»Der Trick besteht darin, das Portal zu schließen. Wenn ein arbeitendes Portal zugeht, schrumpft es von selbst vollständig zusammen. Wird es aber zugeknallt, entlässt es einen Magieschwall, der dich umbringt. Das war der Fehler, den Elaine beging. *Mach das ja nicht!*«

»Also soll ich den Dämon auf die andere Seite bugsieren und ihn dort festhalten, bis das Loch sich von allein schließt?«

»Bingo! Aber SEI VORSICHTIG!« Das dürfte so ziemlich das Äußerste sein, was Holly von ihrer Grandma an Sorgenbekundungen erwarten durfte; allerdings hörte sie die unausgesprochene Angst in Grandmas Stimme.

Holly dachte an ihren Traum. Grandma musste von alldem erfahren. Aber Holly fehlte die Kraft, es anzusprechen. *Nicht jetzt.* Sie holte tief Luft. »Kann rohe Magie einen Dämon töten?«

»In der richtigen Dosis schon. Hexen können so viel nie aufbringen. Uns fehlt der nötige Saft.«

Verdammt! »Ich habe dir eine Nachricht wegen des Schwarzen Raubs hinterlassen. Dieser Polizist, mit dem ich befreundet bin …«

»Falls er schon angefangen hat, sich zu verwandeln, steht

zu bezweifeln, dass du ihn zurückholen kannst. Ein Jammer, wirklich!«

Holly sah durch das Fenster nach draußen. Die einsame Straße war auf eine traurige Weise schön, bis das Bild von Tränen verschleiert wurde. »Er hat mich geküsst«, sagte sie. Ihre Trauer galt eher Mac als ihr. *Armer Mac!*

»Ach, dann ist er ein Baby-Dämon. Keine Bange!«

»Ich glaube, seine Herrin hat ihm extra viel Kraft verliehen. Er ist weniger ein Baby als ein Stellvertreter.«

Im ersten Moment schwieg Grandma, so dass die Anspannung fast greifbar war. »Das könnte deine Magie ein bisschen durcheinanderbringen, aber darüber müsstest du hinwegkommen. Bring diese Geneva irgendwie auf die andere Seite des Portals, dann ist es egal. Sie kann dich von dort nicht mehr erreichen.«

Holly erstarrte. Ihre ganze Welt verschob sich, als sie begriff, was Grandma soeben gesagt hatte. »Ich habe gehört, dass ein Vampirbiss das beste Gegengift ist. Wirkt das denn nicht?«

Grandma lachte, wenngleich es wenig amüsiert klang. »Ah, ja klar, das funktioniert, doch es gibt eindeutig bessere Methoden. Diese ist jedenfalls so, als würde man den Ebola-Virus mit der Beulenpest bekämpfen. Wieso in aller Welt solltest du so einen Quatsch mitmachen?«

27

Während Holly und Alessandro schliefen, hatte Geneva die Nichtmenschlichen für die kommende Nacht zu einem Kampf auf ihrem Campus herausgefordert. Sie tat es auf die traditionelle Art, mit einer schriftlichen Aufforderung zum Duell, der ein Silbermesser beigelegt war. Die blutige Silberklinge bedeutete, dass es ein Kampf auf Leben und Tod würde.

Es war kalt, der Himmel sternenklar. Der Südcampus, der am weitesten von den Coffee-Shops und Kinos entfernt lag, war so gut wie verlassen, als hätten die Menschen die nahende Gefahr gespürt und sich nach drinnen verkrochen. Obwohl es erst elf Uhr abends war, waren die Fenster der Häuser drumherum fast alle dunkel. Vampire, Werwesen und andere Kreaturen verbargen sich abwartend in den Schatten.

Omara und die anderen Anführer der Rudel und Clans mussten zugeben, dass die Ortswahl des Dämons der Logik gehorchte. Die Fairview-University lag direkt in der Mitte der bisher erfolgreich geöffneten Portale. Aus welchen Gründen auch immer funktionierte Genevas Magie hier am besten. Die Aufforderung zum Duell war ebenfalls keine Überraschung gewesen, auch wenn sie früher als erwartet kam. Frisch aus der Burg, sollte Geneva noch geschwächt sein.

Was gewisse Fragen aufwarf.

Sie alle waren nervös, weil sie nicht wussten, was auf sie zukam. Und sie sorgten sich um die Sicherheit der Menschen. Außerdem hofften sie, dass keine Menschen sahen, was sie lieber nicht sehen sollten.

Wie Geneva den Krieg erklären würde, wusste niemand. Für sie alle stand lediglich fest, dass sie nicht allein sein würde.

Entsprechend hatte Königin Omara ihren Schwertführer sofort zum Campus bestellt.

Alessandro fand Omara, als sie auf dem taufeuchten Rasen hin- und herschritt. Ungerührt und zielgerichtet sank er hinab.

Unten packte er ihren Arm und zerrte sie von ihren beiden Bodyguards weg, die Omara mit einer Handbewegung anwies, sich nicht einzumischen. Sie wirkte gänzlich unbesorgt. Als Alessandro sie losließ, strich sie sich das Haar glatt und tauchte mit den Händen in die Taschen ihres langen pelzbesetzten Mantels. Königinnen zeigten keine Furcht.

Was Alessandro unbedingt ändern wollte. »Du hinterhältige Schlampe!«, fuhr er sie an. »Du wusstest es! Du *wusstest*, dass es andere Methoden gab, um Holly zu retten!«

Omaras Reaktion bestand darin, dass sie die Lippen zusammenkniff und die Brauen hochzog. Ansonsten blieb die Königin stumm, nur dass ihre Haltung ein Haiku auf die bevorstehende Gewalt beschrieb.

Alessandro wusste nicht einmal mehr, ob es ihn noch scherte.

»Ich musste mich vergewissern, dass wir die Kontrolle über die Magie deiner Hexe haben«, entgegnete sie vollkommen ruhig. »Das Risiko, dass sie sich verwandelte, bevor wir ihr helfen konnten, war zu groß.«

»Nicht, wenn du gewillt gewesen wärst, sie zu retten. Dann hättest du ganz anders gehandelt.«

»Du stellst mich absichtlich böse dar.«

»Ich kenne dich.«

»Du nahmst dir, wonach du gegiert hast.«

»Ich hätte mich beherrschen können.«

»Was ich in Frage stelle. Ich wette, du verzehrst dich in diesem Moment nach ihrem Blut.«

Es gab keine gute Erwiderung auf ihre Behauptung. Alessandro wandte den Blick von Omara ab. *Wenn ich Holly liebe, muss ich mich der Hölle stellen, sie zu verlassen. Alles andere wäre ihr Untergang.*

Eine unermessliche Wut packte ihn, übelkeiterregend wie ein fieses Gift. Omara wäre freundlicher zu ihm gewesen, hätte sie ihn getötet.

Er wurde das Bild von Hollys Gesicht nicht los, als sie ihm erzählte, was ihre Großmutter gesagt hatte. Sie war kreidebleich gewesen. Ja, Holly war stark. Sie hatte weder geweint noch herumgeschrien. Aber in ihren Augen hatte er die schiere Fassungslosigkeit gesehen, dass ihrer beider Leben für nichts zerstört worden war, weil Vampire nun einmal grausame Spiele trieben.

Dieser Moment hatte alles verändert. Etwas in Alessandros Seele war mit einem hallenden Knall zugefallen. Und jetzt wusste er, was es war. Er hatte eine Entscheidung gefällt, und das bedeutete, dass er Omara hinter dieser geschlossenen Tür weggesperrt hatte, zusammen mit seiner Loyalität ihr gegenüber.

»Mein Wohlwollen macht dich kühn, mein Bester«, bemerkte Omara und bleckte dabei die Oberlippe, um ihre Reißzähne zu zeigen. »Deine Herzensangelegenheiten sind nicht mein Problem.«

Beinahe hätte Alessandro gelacht. Die Ironie des Ganzen machte ihn krank. »Wohlwollen? Du hast das kleine bisschen Frieden zerstört, das ich gefunden hatte – sei es aus Eifersucht oder aus Berechnung.«

Für einen Moment hing die Wahrheit in der Luft, erstickend giftig und drückend. Dennoch war Alessandro ruhiger, nun, da er es ausgesprochen hatte. Womit die Frage blieb, was er als Nächstes tat.

»Ich habe stets dem Wohl unserer Leute gedient.«

»Öffentliche Fürsorge ist kein Freibrief für private Grausamkeit.«

Omara öffnete den Mund und schloss ihn wieder. Ein Ausdruck von Empörung, gepaart mit Überraschung, huschte über ihr Gesicht. Alessandro indessen verzog keine Miene.

»Es gibt Wichtigeres«, erwiderte sie und strich sich eine Haarsträhne aus der Stirn. Nachdem sie zuvor gänzlich emotionslos erschienen war, wirkte diese schlichte Geste geradezu dramatisch. »Geneva ist der traditionellen Form treu geblieben. Sie hat jedem der nichtmenschlichen Anführer ein Messer geschickt.«

»Beeindruckend – wenigstens hat sie Stil!«

Omara wartete, während der Wind ihnen beiden das Haar zerzauste – sein helles, ihr dunkles. »Ist das alles, was du zu sagen hast?«

Hier war sie, die Weggabelung, die Alessandro zwang, sich zu entscheiden. Was ihm nicht weiter schwerfiel. »Was gibt es zu sagen? Ich werde heute Nacht kämpfen, aber nur, weil der Dämon uns alle bedroht. Ich kämpfe nicht für *dich*. Ich war dein Ritter, aber du hast meine Loyalität verraten, mein Vertrauen missbraucht. Du verdienst meine Lehnstreue nicht.«

Omaras Augen funkelten blassgolden auf. »Du bist mein Gefolgsmann.«

»Und du hast mich so großzügig für meine Dienste belohnt.«

»Tut mir leid. Das war mein Fehler.« Omara sah ihn an, allerdings weniger selbstsicher als eben noch.

Alessandro kannte diesen Ausdruck. »Was ist passiert?«

»Der Albion-Clan ist meinem Ruf nicht gefolgt. Der gesamte Clan ist aus Fairview verschwunden, bis zum letzten Jungvampir.«

Pierces Clan. »Verrat.«

Omara gestikulierte hilflos. »Du gewinnst. Ich hätte auf dich hören sollen, als du meintest, dass sie mit allem zu tun hätten.«

Geschickt hatte die Königin seinen Zorn von sich abgelenkt, was Alessandro durchaus bewusst war. Trotzdem dachte er über das nach, was sie eben gesagt hatte. Der Albion-Clan verfügte über die besten Kämpfer.

Wortlos legte Omara ihre Hand auf seine, und alles, was sie zu sagen hatte, steckte in dieser Berührung: *Komm zurück zu mir!*

Alessandros Atem stockte. »Nein«, beantwortete er ihre stumme Bitte.

»Kämpfst du heute Nacht für mich?«, fragte sie. Es dürfte die direkteste, ehrlichste Frage gewesen sein, die er jemals von ihr vernommen hatte.

»Ja.«

Danach, falls es ein Danach gab, würde er sich sowohl aus Omaras Diensten als auch aus der Gesellschaft seinesgleichen verabschieden. Manche Dinge waren schlimmer als Einsamkeit. Und das Schlimmste war unehrenhafte Knechtschaft.

Eine miese Königin nach der anderen.

Konzentrier dich auf Geneva und den, der diesen seelensaugenden Wanderzirkus nach Fairview geholt hat! Sobald das hier vorbei ist, kannst du dir überlegen, wie du Omara zu Staub machst.

Außerdem war die Vampirdiva des Bösen bereits anderweitig beschäftigt.

Holly konnte Alessandro und Omara als Schattensilhouetten vor den Laternen wahrnehmen, die überall entlang der Campuswege standen. Und sie musste nicht hören, worüber die beiden sprachen, um zu erkennen, dass ihre langjährige Beziehung gerade in die Brüche ging. Die Art, wie ihre Hände durch die Luft schnitten, während sie redeten, illustrierte es mehr als deutlich.

Holly wandte sich ab, weil sie sich wie ein Voyeur vorkam.

Der Abendwind enthielt eine Note von Leder und Kiefernharz, dem typischen Geruch wilder uralter Orte. Werwesen. Die Rudel waren eingetroffen und schnürten in Zweier- und Dreiergruppen über die Wege. Die Zeit der Schlacht nahte.

An die Arbeit! Holly bündelte ihre Sinne und schloss die Szenerie um sich herum aus. Die Mordopfer waren hauptsächlich Studentinnen gewesen. Alle kürzlich geöffneten Portale hatte sich in oder in der Nähe der Universität befunden: das Flanders-Haus, der Fakultätsclub, das »Sinsation«, der Friedhof; und ihr eigenes Haus war auch nicht allzu weit weg. Was bedeutete, dass etwas hier die Magie stärken musste, etwas, das all diese Orte berührte. *Eine natürliche Kraftquelle?* Sie könnte aus Gewässern oder aus Erdspalten entspringen. *Ley-Linien.*

Holly kniete sich ins Gras und tauchte ihre Hände in den

dichten feuchten Rasen. Aufmerksam überprüfte sie die Erde, genau wie sie es auf dem Friedhof getan hatte. Nachdem ihre Kraft nicht mehr blockiert war, schien es fast lachhaft einfach. Holly drang tiefer ein.

Und da waren sie: Breite goldene Magnetströme durchzogen die Erde, Pinselstriche von leuchtender Magie, in denen die Kraft des Erdkerns pulsierte. Holly holte staunend Luft. Noch nie zuvor hatte sie Ley-Linien finden können. Sie verliefen so tief, dass die meisten Hexen sie bestenfalls fühlen, nicht aber sehen konnten. Und Holly besaß nicht bloß Kraft, sie besaß eine *Menge* Kraft. *Und die Schmerzen blieben aus!*

Mit ihrem Geist folgte sie den Strömen. Sie verzweigten sich in alle möglichen Richtungen, liefen aber mehr oder minder ostwärts, unter der Universität hindurch und dann südlich vom Friedhof. Holly ließ sich von der stärksten Linie mitnehmen, die ihren Geist wie ein winziges Boot zum Meer trieb.

Die Erde wurde schneller, als die Strömung der Ley-Linie im Tempo eines Wagens unter der Stadt hindurchrauschte. Es dauerte keine Minute, bis die Turbulenzen kamen. Elektrizität durchfuhr Holly, ein physisches Gefühl, obwohl sie die Energie nur mit ihren Gedanken berührte. Und gleich darauf fing die Kraft an, zu verwirbeln.

Sie entdeckte noch eine Linie, die von Norden nach Süden verlief. Sie war mächtiger, dunkel wie alter Rum und donnerte an ihr vorbei. Sie war kühl und wild, karg wie verlassene Eislandschaften. Die beiden Flüsse kollidierten, krachten mit einer Wucht zusammen, unter der die ätherische Atmosphäre erbebte. Energie zuckte in Blitzen aus dem magischen Strudel. Es war haarsträubend, wunderschön und schrecklich zugleich. Holly ließ ihren Geist aufwärtstreiben, um die Quelle des Sturms zu entdecken.

Sie befand sich unter dem Flanders-Haus. *Tja, das dürfte das eine oder andere erklären!*

Was für eine geniale Grundstückswahl für ein Hexenhaus! Selbst ohne die Zusatzverstärkung durch den Dämon wäre jener Zauber, der dem Haus sein Gefühl verlieh, durch den Strudel an Kraft unter dem Fundament erheblich gestärkt worden. Kein Wunder, dass es so schwer gewesen war, es niederzuschlagen.

Angesichts dieses unterirdischen Kraftnetzwerks war klar, weshalb der Rufzauber funktioniert hatte. Die Energie durchdrang die Campusluft wie Nebel. Geneva konnte sie problemlos schöpfen. Sie hatte sich ein wahres Arsenal als Schlachtfeld ausgesucht.

Aber ich kann diese Waffe ebenfalls benutzen. Holly zog ihren Geist langsam wieder zu sich zurück. Sie schwankte ein wenig, dann setzte sie sich ins Gras und senkte den Kopf zwischen ihre Knie.

»Geht es Ihnen gut?«

Die Dunkelheit machte sie noch schwindliger. Sie blinzelte einige Male, ehe sie Perry erkannte, der ein kariertes Hemd und eine Jeans trug. Sorgenfalten standen auf seiner Stirn.

»Ja, ich bin okay. Ich habe nur gerade ein bisschen magische Fährtensuche betrieben und bin wohl etwas zu schnell wiedergekommen.«

Eigentlich hätte sie erst einmal üben müssen, mit ihren neuen Kräften umzugehen, nur blieb dafür keine Zeit. Nun sah es aus, als sollte sie, bildlich gesprochen, ihre Führerscheinprüfung beim Grand Prix ablegen. *Cool bleiben oder untergehen, Süße!* Sie ließ sich von Perry wieder auf die Beine helfen.

Hinter ihm stand ein großer dunkelhaariger junger Mann mit strengen Wangenknochen und skeptischem Blick. *Ein merkwürdiger Gesichtsausdruck für jemanden, der so offensichtlich stark ist*, dachte Holly. Sein ganzer Körper strahlte übermenschliche Kraft aus.

»Das ist Lor«, stellte Perry vor. »Er ist von der anderen Seite des Portals gekommen, zusammen mit dem Rest seines Rudels. Er ist ihr Alpha.«

»Rudel?« Holly klopfte sich das Gras von ihrer klammen Kleidung, in der sie fröstelte.

»Wir sind Höllenhunde«, erklärte Lor mit einem bedrohlichen Unterton, als wollte er sie warnen, ihn ja nicht anzugreifen.

»Sie kämpfen mit uns. Im Gegenzug sichern wir ihnen Amnestie zu, denn sie möchten in Fairview leben«, erläuterte Perry, der seinerseits ziemlich geschockt wirkte. »Ich hatte ja keine Ahnung, was für eine Hölle ... ich meine ... ich wusste von den Dämonen, aber ...«

Lor nickte einmal knapp, was wohl als eine Art Begrüßung herhalten sollte. »Falls du gegen Geneva kämpfen willst, musst du alles erfahren. Die Portale führen an einen Ort, der die Burg genannt wird.« Er sprach langsam, mit jener präzisen Artikuliertheit von jemandem, der eine Fremdsprache benutzte, sie allerdings gut beherrschte. Er hatte gar keinen Akzent. *Vielleicht redet er sonst einfach nicht viel.*

»Das Dämonengefängnis«, sagte Holly, die sich fragte, was die Höllenhunde auf der anderen Seite des Portals gewesen sein mochten. Dann fiel ihr das Bild in Grandmas Buch ein. Lor passte prima zu den gruseligen Illustrationen.

»Es ist mehr als das. Viele leben dort, Kreaturen aller Arten. Es ist ein gigantischer verschlungener Ort ohne Ende, an dem es weder Türen noch Fenster gibt. Niemand ist je den ganzen Weg an einer der Mauern entlanggegangen und von dort zurückgekehrt, um anderen davon erzählen zu können.«

»Dann sind nicht bloß Dämonen in der Burg eingesperrt?«, fragte Holly verwirrt.

»Es gibt viele Gefangene. Viele Leute. Sie alle wurden dort vergessen.«

Holly war sprachlos. *Wie konnte das geschehen?*

Lor fuhr fort: »Der Rufende hat mehrere Anläufe unternommen, um diesen Dämon zu befreien. Und wo immer sich eine Tür öffnete, haben so viele zu entkommen versucht, wie nur konnten. Viele Fehlwandler. Die Hunde. Und schließlich die Dämonin selbst.«

Perry mischte sich ein, der ungefähr doppelt so schnell sprach wie Lor. »Anscheinend waren anfangs ein paar Fehlwandler von unserer Seite mit dabei, die ihre Freunde aus der Burg hergelockt haben, um ein Heer aufzustellen. Sie wandern hin und her, benutzen die Burg quasi als ihre Kaserne. Sie haben ein Zauberbuch, das ihnen das Passwort liefert, mit dem sie ungehindert rein- und rauskönnen.«

Ein Heer. Das erklärt, was ich auf dem Friedhof gesehen habe, dachte Holly.

»Wir haben über Jahre in Frieden gelebt«, fuhr Lor fort. »Die Burgwachen hatten unsere Ecke des Gefängnisses schon vergessen. Falls Geneva oder ihre Soldaten die auf sich aufmerksam machen, werden die Wachen sich wieder an diesen Teil der Burg erinnern, und dann bestrafen sie alle, die sie dort lebend vorfinden.«

»Würden die Wachen auf unsere Seite wechseln?«, wollte Holly wissen.

»Ja, und vor ihnen muss man sich fürchten.« Lor ballte eine Faust, was weit mehr aussagte, als seine schlichten Worte es vermochten. »Ich bedaure, dass wir die Tür nicht offen lassen und diejenigen befreien können, die es verdienen.«

Holly betrachtete Lor. Er trug grobe Kleidung und blickte

sich immerfort misstrauisch um. *Ein entflohener Gefangener. Ein Flüchtling.* Wie viele andere wie er befanden sich noch in der Burg?

Ihre Gedanken wurden abrupt abgelenkt, denn Alessandro kam quer über den Rasen auf sie zu. Sein langer abgetragener Ledermantel wehte hinter ihm auf. Zusätzlich zu seinen üblichen Waffen spannte sich ein nietenbesetzter Gurt über seinen Oberkörper, an dem unten ein versilbertes Breitschwert hing. Es stellte das Erkennungszeichen des königlichen Schwertführers dar und war eigens geschmiedet und versilbert worden, um Unsterbliche zu töten. Mit einer Silberklinge geköpft zu werden, bedeutete selbst für sie den endgültigen Tod.

Alessandro blieb vor Holly stehen, umfing ihr Gesicht mit beiden Händen und küsste sie. Die Energie zwischen ihnen flirrte auf, so dass sie weiche Knie bekam. Sollte die Dämonin doch warten! Sie wollte, *musste* in seinen Armen liegen. Im Aufenthaltsraum für Studenten müssten Sofas stehen. Oder sie suchten sich ein leeres Zimmer im Wohnheim. Oder eine Arbeitsnische.

Perry und Lor regten sich und machten der Umarmung mit verlegenem Räuspern ein Ende. Alessandro ließ Holly los und hob den Kopf, um im Wind zu schnuppern. Ein leerer Pappkaffeebecher trudelte den Weg hinunter, gejagt von einer Böe.

»Die Feen sind da.«

»Ich dachte, sie wären neutral«, sagte Perry.

»Sie wollen auch nicht kämpfen, aber sie sind bereit, die Menschen auf Abstand zu halten. Sie haben an der Nordseite Stellung bezogen«, erklärte Alessandro und wandte sich zu Lor. »Hunde patrouillieren die äußere Campusgrenze. Sie fangen die Menschen ab, die es an den Feen vorbeigeschafft haben, damit sie nicht in die Schlacht geraten. Notfalls jagen sie ihnen Angst ein. Die Werwölfe kämpfen mit den Vampiren zusammen. Omaras Truppen decken den Südteil ab, von ihr angeführt.«

»Wenn sie die Vampire anführt, was machst du dann?«, fragte Perry.

»Ich passe auf Holly auf. Sie ist unsere wichtigste magische Waffe. Ruf mich umgehend auf dem Handy an, sowie du hörst, dass Geneva sich irgendwo gezeigt hat!«

»Ich habe das Energienetz hier gefunden«, schaltete Holly sich ein. »Vielleicht können wir darüber schneller erfahren, wann sie sich nähert. Ich muss bloß auf Störungen achten. Bevor ein Portal aufgeht, gibt es einen Energiefunken. Und wenn wir den entdecken, wissen wir frühzeitig, wo sie auftaucht.«

»Woher wissen wir, dass sie selbst ein Portal öffnet?«, erkundigte Alessandro sich.

»Lor sagt, dass sie ihre Armee in der Burg versteckt.«

Interessiert sah Alessandro den Höllenhund an. »In der Burg? Kein Wunder, dass wir keine Fehlwandler aufspüren konnten!«

Perry klopfte Lor auf die Schulter. »Gehen wir!« Sie drehten sich um und liefen nach Norden.

Alessandro trat so dicht an Holly heran, dass sich beinahe ihre Ärmel streiften. Sie konnte die Spannung in der Luft fühlen, als würde sie das Gemisch aus Furcht und Aufregung berühren, das sämtliche Kreaturen hier erfüllte. Es erinnerte sie an die Stimmung in einem Stadion unmittelbar vor Spielbeginn.

»Wie ist es mit Omara gelaufen?«, wollte sie wissen.

»Ich bin nicht mehr ihr Diener. Mir reicht es, mich dauernd in ihren Lügen zu verfangen.« Er rückte seinen Waffengurt zurecht. »Wir sollten uns eine sichere Stelle suchen, von der aus du nach … nach was auch immer suchst.«

»Nein, sicher ist nicht gut. Ich sollte im Zentrum der Energie bleiben.«

»Okay, und wo wäre das?«

»Wir müssen ins Flanders-Haus zurück.«

Alessandro sah wenig begeistert aus.

28

Das Flanders-Haus war nicht mehr tot.

Wie Tage zuvor schon einmal stand Holly an der Pforte, eine Hand auf dem Pfosten. Alessandros Mantel strich ihr über die Seite. Mürrisch starrte das Haus sie unter seinen Giebeln heraus an, die Veranda um sich herumgewickelt wie abweisend verschränkte Arme. Genau wie vorher.

Doch nicht alles war unverändert. Von einem Birnbaum baumelte ein Streifen Absperrband der Polizei, der Rasen war von Dutzenden schwerer Stiefel zu Matsch zertreten worden, und Hollys Phantasien über Alessandro waren Wirklichkeit geworden. *Bedenke, was du dir wünschst, denn es könnte in Erfüllung gehen!*

Gift kribbelte in ihren Adern, ein unterschwelliger konstanter Drang. Sie gierte nach Alessandros Berührung – maßlos. Ihm nahe zu sein genügte kaum, um das Sehnen zu bändigen. Einzig purer Trotz zwang Holly, sich zu konzentrieren. Dieser und ihr Widerwillen gegen dieses Haus.

Es war kein Flüstern zu hören, keine Stimmen; dennoch spürte sie deutlich den Missmut des Hauses. Nein, es war nicht mehr tot. Etwas oder jemand hatte es wiedererweckt.

Was auch das orangefarbene Licht aus den oberen Fenstern bewies.

Den nächsten Hinweis erhielten sie durch einen Angstschrei und den Krach zersplitternden Holzes.

Alessandro machte eine Hockwende über die Pforte und zog im Laufen sein Schwert. Holly folgte ihm dicht auf den Fersen und sprang in zwei Schritten die Veranda hinauf.

»Abgeschlossen!«, stellte Alessandro fest.

»Zur Seite!«, wies Holly ihn an.

Nachdem sie wusste, dass die Energie unter dem Haus lag, war es ein Leichtes, sie mit ihrer neuerdings unblockierten Kraft anzuzapfen. Nur ein Tropfen, ein kurzes Drehen und Schnippen mit dem Zauber, und … die Tür flog aus den Angeln. Vor Schreck machte Alessandro einen Satz zurück.

Okay, diesen Trick musst du dir für besondere Anlässe merken.

Alessandro warf ihr einen staunenden Blick zu, ehe er durch das rauchende Loch in der Mauer stürmte. Holly trat ein bisschen langsamer ein, öffnete ihre Sinne und überprüfte das Bewusstsein des Hauses. Die Explosion hatte es verletzt, weshalb es sich zunächst bis in seine Fundamente zurückzog. Sobald es sich wieder erholt hatte, wäre sein Zorn beachtlich.

Eine schwache Stimme säuselte ihr durch den Kopf, ein mattes Rascheln aus den steinernen verfallenen Grundmauern. *Du schon wieder?*

Diesmal verfügst du nicht über Dämonenkräfte, die dir helfen, Bauschutt!

Nein, erwiderte das Haus, das beleidigt klang. *Dieser gibt nichts von seiner Kraft ab.*

Dieser?, fragte Holly sich erschrocken.

Alessandro war schon auf dem Weg nach oben, sein Schwert in der Hand. An genau der Stelle, an der er jetzt war, hatten sie Bens Rucksack gefunden. Und dort drüben befand sich das Zimmer, in dem der schwarze Schleim sie fast getötet hätte. Die Abdeckplane lag noch auf dem Treppenabsatz, nur dass jetzt jeder Knick und jede Falte von orangefarbenem Lichtschein erhellt wurde.

Das Licht kam aus einem der kleineren Schlafzimmer im hinteren Teil, pulsierend wie eine satanische Disco. Auf dem Boden lagen die Überreste von etwas, das wie schmelzendes Tomatenaspik aussah.

»Oh, Göttin!«, hauchte Holly, die sich die Nase zuhielt. Bei dem beißenden Gestank traten ihr die Tränen in die Augen. »Hat das geschrien?«

»Ein Fehlwandler«, murmelte Alessandro, hob sein Schwert und bewegte sich mit einem lautlosen, tödlichen Gleiten den Flur entlang. »Habe ich jemals erwähnt, wie sehr ich dieses Haus hasse?«

Holly wurde schlecht, als sie an dem rötlichen Brei vorbeiging.

Die Tür zu dem Schlafzimmer war schmal, so dass Alessandro den Rahmen vollständig ausfüllte und Holly die Sicht versperrte. Er musste sich halb seitlich drehen, um mitsamt dem Schwert hindurchzupassen. Holly folgte ihm. Sie hatte gerade genug Zeit, um zu erkennen, dass das Licht aus der Zimmerecke kam, als es sie auch schon blendete und von dem Mann davor nur Umrisse blieben. Dem Mann, der das Portal öffnete.

Wie Alessandro hatte auch er ein Breitschwert bei sich.

»Holly, zurück!«

Instinktiv warf sie sich zu Boden und rollte aus dem Weg, als der Mann sein Schwert in hohem Bogen schwang. Holly knallte gegen die Türecke und stieß sich den Ellbogenknochen am Rahmen. Wildes Kribbeln betäubte ihre Hand und nötigte sie, auf einer Hand und den Knien in den Flur zurückzukrabbeln.

Das laute Krachen von Stahl bescherte ihr eine Gänsehaut. Diesen Lärm verursachte eine Invasion von brutaler Kraft, die ohne Grund, geschweige denn Mitgefühl zuschlug. Es war der Klang endgültigen Todes.

Holly krabbelte in ein leeres Zimmer.

Der Fußboden vibrierte unter dem Gewicht der Duellierenden, die auf den alten Dielen sprangen und trampelten. Holly lugte vorsichtig aus dem Zimmer auf die Kampfszene. Sie hörte ein pfeifendes Ratschen und einen Knall, als eines der Schwerter in die Holzverkleidung hieb und sie in Stücke zerlegte. *Das war es, was wir von draußen gehört haben.*

Sie konnte sie sehen, zumindest Ausschnitte von ihnen, wie sie sich nahe der Zimmertür vor und zurück bewegten. Es war ein grober, erbitterter Kampf, in dem niemand Punkte in Eleganz machen konnte. Pure männliche Kraft, gewölbte Muskeln, gebleckte Zähne.

Der andere Mann war so groß wie Alessandro. Auf seinen nackten Armen rankten sich verschlungene blaue Tattoos. Sein schwarzes Haar hing ihm zum Zopf geflochten bis zu den Hüften und schwang bei jeder seiner Bewegungen schlangengleich mit. Er trug einen bronzenen Brustpanzer über zerlumpter roter Seide. Seine Haut war eingefallen, und in seinen Augen lag ein Glanz von Wahnsinn. Noch dazu schrie er in einer Sprache, die Holly nicht kannte. *Wer ist der Kerl? Was sagt er?*

Wieder schlugen die Schwerter krachend und metallisch kreischend zusammen. Im Reflex warf Holly sich nach hinten und hielt sich die Ohren zu. Auf dem Friedhof hatte sie mitgekämpft, aber hier stellte es sich ungleich heikler dar. *Wie bekomme ich einen freien Schuss? Sie sind zu dicht beieinander!*

Fast bot sich ihr eine Chance, als der Angreifer rückwärts aus dem Zimmer stolperte. Jetzt bemerkte sie, dass er ein dickes Buch in einer seiner großen Pranken hielt. Dann kippte er gegen die Wand, und schon stand Alessandro vor ihm, das Schwert zum tödlichen Schlag erhoben.

Er war einen winzigen Moment zu spät.

Sein Gegner wich dem Hieb mit einer Seitwärtsrolle aus. Sobald er wieder auf den Beinen war, rannte er in Richtung Treppe. Holly duckte sich zur Seite und fühlte den Luftzug, als er an ihr vorbeipreschte.

Alessandro blieb rutschend neben ihr stehen. »Ich muss ihm nach. Er sagt, dass er ein Wächter ist.«

»Das hat er gesagt?«

»Ja, und er hat das Buch.«

»Das Buch der Lügen?«

Alessandro schien erstaunt, dass sie den Titel kannte. »Ja, ruf Perry! Er muss ganz in der Nähe sein. Er soll dich zu Omara bringen.«

»Nein!« Das Gift in ihrem Körper brodelte auf und machte sie panisch, dass Alessandro sie verlassen könnte. »Tu das nicht! Geh nicht!« Verzweifelt bedeckte sie ihr Gesicht mit beiden Händen.

Alessandro schwieg.

»Entschuldige!« Sie sah zu ihm auf. »Da spricht das Gift. Natürlich musst du gehen.«

Er wirkte perplex, zugleich aber auch ungeduldig. »Verschwinde nach draußen, und warte! Halte dich außer Sichtweite! Du hast deine Magie, also passiert dir nichts, aber bleib dem Kampf fern!« Er zeigte auf das kleine Zimmer. »Und sieh zu, dass du von dem Portal wegkommst!«

Mit diesen Worten rannte Alessandro zur Treppe. Holly hielt den Atem an, als er sprang, seine Arme ausbreitete und mit wehendem Mantel über das Treppengeländer flog. Dann war er fort.

Entgeistert starrte sie dorthin, wo sie Alessandro eben noch gesehen hatte, bevor er seinem Gegner nachflog. Sie hatten das Buch gefunden, was großartig war, doch nun war sie allein.

Sie konnte fühlen, wie das Gift mit doppelter Intensität an ihren Nerven zerrte. Es war so viel einfacher, mit allem klarzukommen, solange Alessandro sich in der Nähe aufhielt.

Holly atmete tief ein und langsam wieder aus, während sie sich angestrengt einredete, dass dieses nagende Gefühl zu jemand anderem gehörte.

Als sie Perrys Nummer wählte, landete sie auf seiner Mailbox, wo sie eine Nachricht hinterließ. Der Empfang war grottenschlecht, was wahrscheinlich an dem Portal lag.

Alessandro hatte gesagt, dass sie das Haus verlassen sollte. Ja, er hatte es ihr befohlen. Ihre Füße drehten sich wie von selbst. Aber etwas verboten zu bekommen, war nun einmal der größte Anreiz schlechthin, es erst recht zu tun. Automatisch blickte sie in das verbotene Zimmer. *Ich will das Portal sehen!*

Nachdem der Wächter fort war, blieb nichts als ein Streifen orangefarbenen Lichts. Der Zauber war noch nicht vollständig gewesen, und nun brach das Portal zusammen. Dabei zuzusehen, könnte sie einiges Nützliche lehren, beispielsweise, wie sie selbst ein Portal schloss.

Alessandros Anweisung war klar gewesen, und sie trug sein Zeichen. Abermals wollten ihre Füße sie zur Treppe bringen. Der Drang fühlte sich wie ein klebriges Netz an, das sie vorwärtszog.

Weg von mir!

Sie versuchte, sich von der hartnäckigen Energie freizumachen, doch sie ließ sich nicht abwehren. Vielmehr schien sie ihren Griff um Holly noch zu verstärken. Kochende Wut machte ihre Konzentration zunichte, so dass sie sich noch tiefer in dem Netz verfing.

Weg! Von! Mir! Sie war sicherer gefangen denn je.

Also erstarrte sie, um der Falle nicht noch mehr Kraft zu verleihen. In kleinen Stößen rang sie nach Luft und bemühte sich, ihren Geist zu beruhigen. *So darf ich nicht sein. Nein, das darf nicht sein!*

Wut. Verzweiflung. Es war alles sinnlos. Stattdessen entdeckte sie den Geist ihres Willens, jenen flackernden Schatten, den die Markierung übrig ließ. *Ich bin stark genug. Natürlich bin ich das! Ich bin die Ley-Linien entlanggewandert. Ich habe die Tür gesprengt.*

Ungehorsam war schwieriger.

Egal! Mit all der Energie unter diesem Haus kann ich immer noch meine Magie benutzen.

In ihrem Kopf formte sie das Bild eines Messers und streckte ihre Sinne zu der wilden Erdkraft unter dem Haus aus. Sie wirbelte unter Hollys Berührung, brodelnd vor Leben.

Es war die Essenz der Natur, die Seele des Bodens unter ihr. Rebellisch, barbarisch, ungezähmt. *Frei.*

Sie nahm von der Kraft, um ihren Willen zu formen, zu verfeinern und zu stärken. Dann stellte sie sich das Messer mit Silberklinge zu Hause auf ihrer Kommode vor, das sie aus dem Kistenversteck unter ihrem Bett befreit hatte. Sie war es leid, ihre Instrumente zu verbergen, war es leid, sich dem Willen anderer zu beugen, auch derer, die sie liebte.

Mögen mir die Winde des Ostens Flügel verleihen.
Mögen mir die Feuer des Südens Leidenschaft geben.
Mögen mir die Meere des Westens Leben schenken.
Mögen mir die Steine des Nordens Stärke bringen.
Göttin und Gott, hört mein Gebet und macht mich frei!

Die kurze scharfe Klinge leuchtete wie Sternenlicht, die vertraute Form lag wohltuend in Hollys Hand. Sie brachte ihre geistige Ausgeglichenheit zurück.

Ja, sie kannte dieses Messer, wusste, wie sie es benutzen sollte. Es gehörte ihr.

Eine neue Gefasstheit dämpfte die Wirkung des Giftes, minderte die Macht des Vampirzeichens.

Das Messer war gerade.

Elegant.

Scharf geschliffen und echt.

Im Geiste nahm Holly es in die Hand und benutzte es, um ihren Willen zu befreien. Das Netz des Zeichens fiel ins Nichts, löste sich in fahles Licht auf, bevor es endgültig verpuffte.

Oh, Göttin! Hollys Magen entkrampfte sich, und zum ersten Mal, seit Mac auf ihrer Veranda aufgetaucht war, holte sie richtig tief Luft. Zu ihrer Überraschung brannten Tränen in ihren Augen, und sie zitterte vor Kummer und Erleichterung. Nun konnte sie gehen, wohin sie wollte, denn ihr Wille gehörte wieder ganz allein ihr.

Eigentlich hätte nicht einmal eine mächtige Hexe fähig sein dürfen, den Zauber des Giftes zu brechen. Holly war also mit einer raren Gabe gesegnet. Bebend vor Glück sank sie an die Wand. *Danke!*

Zeit, zu handeln! Langsam betrat sie das Zimmer und versuchte, alles zugleich zu erfassen. Von dem Portal war nur eine wirbelnde, kürbisfarbene Kugel in der Größe eines Gullydeckels übrig. Aus ihr sickerte Ektoplasma wie der Sabber aus einem Neufundländer. Im Zimmer roch es nach verbranntem Toast.

Dann hörte Holly das Schaben eines Schuhs hinter sich.

Sie drehte sich ruckartig um und blickte in die schattigen Winkel. Ein ängstlicher Schauer lief ihr über den Rücken, und sie verfluchte die Dämmerung, die sie kaum etwas erkennen ließ.

»Hallo, Holly.«

Die Worte, die Stimme waren zu bekannt. Während sie sich abermals umdrehte, schnürte ihr der Schreck den Brustkorb zu. Dieselbe Begrüßung hatte sie zu oft gehört, unter anderem als liebevolles Flüstern in der Dunkelheit.

Ben stand in der Tür, bewaffnet.

Hollys Kehle verengte sich, bis sie fast nicht mehr atmen konnte. »Was zum Hades machst du hier?«

»Mich sehr still verhalten und hoffen, dass die Monster mich nicht finden. Aber sieh einer an, du bist hier!«

»Rede!« Ihr Geduldsfaden zerriss wie nasses Papier. »Ich puste dir den Kopf weg, wenn du es nicht tust!«

Ben starrte sie trotzig an. »Ich habe eine Waffe – mit Silberkugeln.«

Darauf hob Holly nur ihre Hand und wackelte mit den Fingern. »Ich habe meine Waffe schon entsichert.«

»Hexe!«, raunte er, den Mund angewidert verzogen.

»Wieso bist du hier, Ben? Dieses Haus hat dich beinahe umgebracht.«

»Ich bin hier, weil die Wächter sich gegen mich verbündet haben. Sie haben mir mein Buch weggenommen. Das ist unfair, denn ich habe viel Geld dafür bezahlt!«

»Das Buch der Lügen? Du hast es gekauft?«, fragte Holly ungläubig. Ja, na klar, seine Familie besaß das nötige Kleingeld.

»Das habe ich, und die Wächter waren hinter dem Ding her – und hinter mir –, seit die Dämonin durch das Portal gekommen ist.« Er blickte auf die Waffe in seiner Hand. »Ich wollte den Wächter zwingen, es mir wiederzugeben, aber ich …«

Er brauchte den Satz nicht zu beenden. Holly wusste, dass Ben nie sonderlich mutig gewesen war. Im Leben würde er dem Wächter nicht entgegentreten.

Er seufzte. »Ich wollte mich hier verstecken. Das Haus kennt mich. Ich habe schon früher mit ihm verhandelt.«

»Verhandelt? Was hast du denn, das das Haus wollen könnte?«

Ben schwieg und nahm die Waffe herunter. Sein Gesichtsausdruck wirkte komisch, irgendwie verkniffen.

Dann begriff Holly. Ben war einer der Verbindungssponsoren, die das Flanders-Haus von Raglan gekauft hatten. *Und das Haus braucht Leben.*

»Die Studentenverbindung? Du hast die Leute hierhergeführt? Du … Warum zum …« Holly würgte, weil ihr die Luft wegblieb. *»Warum?«* Sie atmete angestrengt. »Was machst du denn, Ben?«

»Was ich tun muss.«

»Aber *wieso*?« Hollys Gedanken überschlugen sich, ehe sie sich einer nach dem anderen zu einem vollständigen Bild zusammenfügten. Der Schleim hatte ihm wider Erwarten nichts getan. Und Hollys Bücher über Dämonologie waren verschwunden. »Wie lange geht das schon?«

»Seit Jahren. Ich habe einiges gelesen. Und ich meine *richtig* gelesen, also recherchiert. Es gibt eine Menge promenschliche Gruppen, die einem gern helfen, wenn sie glauben, dass man nach einer Lösung für das Übernatürlichenproblem sucht. Leute mit Geld und Beziehungen.«

Angst und Misstrauen hatten hässliche Falten um seinen Mund herum gegraben, die Holly jedoch nie zuvor bemerkt hatte. *Er hat mich die ganze Zeit verarscht. Ein wahrhaft talentierter Schauspieler!*

Nun erwiderte er ihren Blick und schüttelte bedächtig den Kopf, als wäre sie eine besonders begriffsstutzige Studentin. »Verstehst du denn nicht? Die Burg ist die Antwort! Die Menschheit stand schon einmal vor demselben Problem. Damals bauten sie ein Gefängnis für die *anderen*, mit Wächtern, die dafür sorgen, dass Monster drinnenbleiben. Wenn ich etwas durch ein Portal auf die Erde rufe, kommen die Wächter und holen es zurück. Dabei nehmen sie gleich alle Nichtmenschlichen mit, die sie kriegen können. Ich müsste es nur lange genug machen, bis bloß noch Menschen übrig sind. Das ist so simpel wie die Müllabfuhr rufen.«

»Aber ich kapier's nicht!«, entgegnete Holly verwirrt.

Ungeduldig klatschte Ben seine flache Hand gegen den Türrahmen. »Wie sollten Menschen allein Fairview säubern? Wir besitzen gar nicht die Macht dazu. Gegenüber den Übernatürlichen sind wir komplett verloren. Deshalb *musste* jemand einen Weg finden, wie wir Hilfe bekommen, und das habe ich getan.«

»Morde sind geschehen«, konterte Holly, »Blutrituale. Mädchen wurden getötet.«

»Jedes Geschäft hat seinen Preis. Die Fehlwandler haben bei diesem Teil mit Freuden assistiert.« Ben wandte sein Gesicht ab. »Obwohl ich es hätte selbst tun sollen. Eine oder zwei dieser Kreaturen waren ja noch zu bewältigen, aber sie haben ihre Freunde dazugerufen. Na ja, und da gerieten die Dinge etwas außer Kontrolle.«

»Was meinst du damit?«

»Die Fehlwandler haben ein Faible fürs Morden. Besser gesagt, sie sind süchtig danach. Sie hätten nie aus der Burg kommen dürfen.«

»Und du hast mit ihnen *zusammengearbeitet*? *Du?!*«

Ben bewegte sich vorwärts, doch Holly warf einen winzigen Magieschwall, um ihn zurückzuschleudern. Er riss die Augen weit auf, als würde ihm jetzt erst klar, dass sie gefährlich sein konnte.

Er richtete seine Waffe wieder nach vorn, doch das kümmerte Holly nicht mehr. »Was zur Hölle hast du dir dabei gedacht?«

Er machte sich gerade. Offenbar sprach er sich selbst Mut zu. »Sie waren nun einmal sehr entgegenkommend und wollten uns gern helfen, einen Dämon herzurufen. Das Beste aber war, dass ich wusste, sobald wir den Rufzauber vollständig hatten, musste ich mich nur noch zurücklehnen und abwarten, dass die Wächter sie mit dem Rest der Spukgestalten einsammeln.«

Er verzog seinen Mund zu einem verächtlichen Grinsen. »Und die Fehlwandler haben alles für eine Handvoll dieser Abzeichen getan. Als wären sie etwas Kostbares! Ich habe sie online gekauft, für nichts«, erzählte er schnaubend. »Na ja, vielleicht lockte sie auch bloß die Chance, wieder Menschen zu töten.«

Holly schluckte, denn ihr war schlecht. »Ist dir klar, was du angerichtet hast? Die Dämonin plündert bereits Seelen!« Sie versetzte ihm einen weiteren kleinen Stoß. »Du hast ganz großen Mist gebaut! Die Dämonin läuft frei herum, alles gerät außer Kontrolle, und das eben war der erste Wächter, den ich bis jetzt gesehen habe. Wo bleibt die Kavallerie, Ben? Wann kommen sie dich retten?«

Ben hob beide Hände, was allerdings keine Geste der Ergebung darstellte. Vielmehr wollte er Holly beschwichtigen. »Das wusste ich doch nicht! Wie sollte ich denn ahnen, dass nur so wenige Wächter kommen? Es hätten deutlich mehr sein müssen. Ich hatte mir das alles, nun, unkomplizierter vorgestellt.«

»So wie du dir unsere Beziehung unkomplizierter vorgestellt hattest?«

Nun schien er zerknirscht. »Tut mir leid, ehrlich. Du hast einmal gesagt, dass deine Magie gar nicht richtig funktioniert, und da dachte ich, du wärst so gut wie menschlich.«

»Aber dann hast du im Flanders-Haus gesehen, was ich kann.« Hollys Schlussfolgerung bedurfte keiner Bestätigung mehr.

»Ja, mir wurde klar, dass du eine von denen bist. Da wusste ich, dass ich dich nicht mehr retten kann – nicht, solange du nie deine Magie für unsere Seite einsetzen würdest.«

»Mich *retten*?« Sie schoss einen Energiestrahl ab, der Zentimeter vor seinen Füßen einschlug. »Ich habe versucht, *dich* vor dem Haus zu retten, dem du anscheinend schon deinen *besten Freund*, Bill Gamble, zu futtern gegeben hattest. Was wolltest du überhaupt hier?«

Ben blickte auf den Boden, wo eine schmale Rauchfahne aus dem verkohlten Holz aufstieg. »Die Idioten hatten dieses Mädchen direkt im Haus umgebracht und sie liegen gelassen, wo sie jeder finden konnte. Meine Fingerabdrücke waren hier in sämtlichen Zimmern. Ich musste dafür sorgen, dass ich nur als ein weiteres Opfer dastehe.«

»Nur ein weiteres Opfer. Also hast du dich im Schleim versteckt. Kein Wunder, dass du nicht ins Krankenhaus wolltest! Eine gründliche Untersuchung hätte bewiesen, dass du nie angegriffen worden bist. Tja, du hattest recht: Dein Trick hat uns alle getäuscht. Wir wären nie auf die Idee gekommen, dass du der Mörder bist.«

Ben sah entsetzt aus. »Nein, ich habe die Operation lediglich ermöglicht. Ich war der Organisator, aber ich habe niemanden umgebracht! Und vor allem würde ich mich nie mit der Magie einlassen.«

»Was ist mit Blendzaubern? Es gab sie hier in allen Ecken.«

»Dafür heuerte ich den Kerl an, der mir das Buch verkauft hat. Für ein paar Dollar macht er alles. Er hat alle Zauber übernommen, die ich brauchte.«

Holly rang nach Worten, überwältigt von Entsetzen. »Göttin, ich hasse dich!«

Ein Zittern ging durch das Haus, ruckelte es durch wie ein Erdbeben. Ben hob eine Hand, zeigte auf die Wand hinter Holly und glotzte verdattert hin. »Das Portal öffnet sich wieder!«

Holly trat zur Seite. Sie musste sich umdrehen, wollte Ben jedoch nicht den Rücken zuwenden. Was er sagte, stimmte. Das Portal wirbelte stärker, wurde breiter und heller, so dass das ganze Zimmer von einem gruseligen Halloween-Orange geflutet wurde. Vorsichtig streifte Holly die Öffnung mit ihrer Energie.

Die zaghafte Berührung brachte ihr genug Informationen, dass sie panische Angst bekam. »Es hat sich nie vollständig geschlossen. Etwas drängt von innen gegen die Öffnung.« Konnte es die Fehlwandler-Armee sein?

Holly bemühte sich, klar zu denken, statt sich der Panik zu ergeben, die in ihr aufstieg. »Wir verschwinden von hier!«

Solange sie auf Ben konzentriert gewesen war, hatte sie aufgehört, das Haus zu beobachten. Nun überprüfte sie es erneut mit ihren Sinnen. Nachdem sie die Vordertür gesprengt hatte, war es immer noch geschwächt, aber das Portal benutzte das Haus wie einen Strohhalm, mit dem es Energie aus den Ley-Linien unter dem Fundament sog. Einiges von der Kraft sickerte in die Mauern und kräftigte damit auch das Haus. Bald konnte es hier ziemlich übel werden.

»Treppe!«, schrie sie und sprang zur Tür.

Holly bewegte sich so schnell, dass ihre Füße kaum den Boden berührten. Sie stürmte in den Flur, halbblind vor Eile. Als Ben sie von hinten packte, knallte sie gegen die Wand.

»Was ist? Holly, was ist das?«

Holly hielt sich den Kopf und wünschte, es würde aufhören, darin zu schrillen. »Was? Wir haben keine Zeit …«

»Das!«

Sie blinzelte. Ein riesiges ballonartiges weißes Gebilde schwebte einer gigantischen Qualle gleich über dem Treppenabsatz. Für einen Moment war Hollys Staunen größer als ihr Fluchtinstinkt. »Ich glaube, das ist die Abdeckplane.«

»Wieso macht sie das?«

»Wenn ich raten soll, würde ich sagen, sie ist besessen.«

»Ach du Scheiße!«

»Wahrscheinlich erstickt sie uns, wenn wir zu fliehen versuchen.« Sie drückte Bens Arm und grinste ihn süßlich an. »Möchtest du, dass ich mich darum kümmere? Willst du, dass ich deinen undankbaren Arsch rette, bevor ich mir schnellstens überlege, wie ich verhindere, dass ganz Fairview bei lebendigem Leib gefressen wird?«

»Mach einfach was! *Bitte!*«

»Dann gib mir die Waffe!«

Nach kurzem Zögern tat er es.

Holly schob Ben beiseite und schenkte ihre volle Aufmerksamkeit der Abdeckplane. Wie zur Hölle wollte sie das in den Griff kriegen?

Mit einem Höllenfeuer.

Immerhin habe ich den Brandbefehl längst unterschrieben, nicht?

Es war nicht anders, als würde sie eine sehr große Kerze anzünden: ein Trick, den sie schon hunderte Male allein mit einem Fingerschnippen bewerkstelligt hatte. Als Erstes war die Plane dran, dann der Treppenläufer. Überall flogen alte Zeitungen herum, und mit all den Farben und Lösungsmitteln, die Raglan im Haus hatte herumstehen lassen, war der Rest ein Selbstläufer.

Holly schleuderte einen Großteil ihrer Magie vom Vorgarten aus ab, wo das Haus nicht an sie herankam. Die Kraft floss geschmeidig und elegant. Das Schwierigste für Holly war, die Schreie des Hauses aus ihrem Geist zu verbannen. Wahnsinnig und böse, wie es war, war es immer noch bei Bewusstsein.

Doch leider war Feuer die einzig sichere Methode, das halboffene Portal zu sprengen. Feuer störte den Energiefluss, war aber auch sehr auffällig. Deshalb wirkte Holly einen Blendzauber, der verbarg, dass hier ein Haus lichterloh brannte. Zugleich installierte sie Schutzzauber, um die Flammen unter Kontrolle zu halten. So bestand der einzige Hinweis auf das Feuer in leichtem Rauchgeruch, den Holly anscheinend nicht ganz abschirmen konnte. Wenn die Nachbarn morgen früh aufwachten, würden sie nur noch einen leeren Bauplatz und einen Haufen Asche sehen.

Ben stand stumm neben ihr. Offenbar hatte er jeden Ansporn verloren, sich zu bewegen. Er starrte einfach nur vor sich hin. Zumindest glaubte Holly das, bis sie bemerkte, dass er auf etwas weiter hinten in der Straße sah. Und auf einmal nahm sein Gesicht eine interessante Weißfärbung an.

Sie drehte sich um. *Werwölfe.*

Sie strömten in einem stillen pelzigen Schwarm die Straße entlang, dunkle Schatten, die nur hier und da von glühenden Jagdtieraugen durchbrochen wurden. Muskulöse Läufe arbeiteten, als sie mit einer fließenden Geschwindigkeit rannten, die etwas Albtraumhaftes hatte. Die Wölfe waren groß und schmal, ihre Beine fast zierlich. Ihre dicken Pelze waren zumeist grau, doch es gab auch einige schwarze und hellbraune, schokobraune und weiße. Sie alle hatten leuchtend rote Zungen und buschige Schwänze – nicht zu vergessen die gefährlich blitzenden weißen Zähne. Als sie Holly und Ben erreichten, blieben sie wie auf Kommando stehen, unheimlich lautlos. Einzig ihr hechelnder Atem bestätigte, dass sie mehr als ein Traum waren.

Einer von ihnen kam mit leise klackernden Krallen auf Holly zu. Ein grauer Werwolf. Ein Männchen. Es war nicht das größte Tier, aber eindeutig der Anführer. Er setzte sich und stellte die Ohren auf.

»Wir haben einen Gefangenen«, erklärte Holly.

Mit wölfischem Grinsen ließ Perry seine gelben Augen über Ben wandern.

29

Mit den Wölfen zu laufen, sprengte den Rahmen von Hollys üblichem Fitnessprogramm. Es war ungefähr so, wie zum Bus zu sprinten, nur dass es ewig dauerte. Nein, sie konnte schlicht nicht mithalten.

Nach ein paar Blocks und einem kurzen Hundekriegsrat teilte das Rudel sich in drei Gruppen. Die größte lief voraus. Eine andere eskortierte Ben in die entgegengesetzte Richtung. Holly vermutete, dass sie Ben in einen metaphorischen Hundezwinger sperren würden – oder einen echten. Perry und eine Handvoll andere Werwölfe blieben bei Holly. Im gemäßigten Trott begleiteten sie sie zu Königin Omara.

Ihr Weg führte sie auf den Hauptteil des Campus zurück. Alles schien unwirklich. Holly war kürzlich erst hier gewesen und hatte in ihren Kursen gesessen, aber diesen Teil des Geländes kannte sie überhaupt nicht. Sie versuchte, sich halbwegs zu orientieren. Hinter ihr lag das Gebäude der kunst- und geisteswissenschaftlichen Fakultät, weiter vorn die Grünfläche mit den Wohnheimen zu beiden Seiten. Die Wölfe führten sie zu einem kleinen Spielfeld am Südende. Dort hatte Königin Omara ihre Zentrale eingerichtet.

Lange bevor sie dort ankamen, mussten sie anhalten. Die Wölfe und Hunde hatten den gesamten Bereich abgesperrt und Posten aufgestellt, die Holly und ihre Eskorte intensiv beschnüffelten, ehe sie weitergehen durften. Ihr war die kurze Pause sehr recht. Sie stützte die Hände auf ihre Knie und japste nach Luft. Außerdem hatte sie fiese Seitenstiche. Perry stupste sie mit seiner Nase an.

»Moment noch!«, keuchte Holly und richtete sich wieder auf. »Ich bin schließlich nicht im Training für den Ironman.«

Perry stupste sie nochmals an und gab ein leises Hundewimmern von sich. Erst jetzt richtete Holly ihre Aufmerksamkeit von ihrer schmerzenden Lunge auf ihre Umgebung und machte sich auf, weiterzugehen. Die blassen Untoten schritten nahe den Torpfosten auf und ab, so dass die Szene wie eine avantgardistische Spielübertragung anmutete, nur eben ohne Farben und vor allem ohne Sprecher.

Der Unheimlichkeitsquotient schnellte in die Höhe. Die Vampire schienen bereits in Kampfstimmung, bewegten sich mit der Eleganz von Raubtieren, bildeten kleinere Gruppen im Schatten, um sich zu unterhalten, hier- oder dorthin zu zeigen und die Köpfe zu schütteln. *Was tun die da?* Wie es aussah, blickten sie alle gen Norden, als beobachteten sie etwas.

Holly wandte sich um, und da begriff sie, dass der Feind eingetroffen war. Die Fehlwandler-Armee kam mitsamt Rotten von Ghulen zwischen den Wohnheimen hervor, eine rollende Welle des Grotesken.

Unmöglich! Holly hatte ununterbrochen die Ley-Linien abgetastet, und sie hatte keine Portale außer dem einen im Haus entdeckt.

Trotzdem waren sie hier.

Perry versteifte sich und sträubte seinen Schwanz. Dann rannte er in Richtung Tribüne, wobei er Holly zukläffte, sie solle ihm folgen. Für einen Sekundenbruchteil war sie wie erstarrt, während Adrenalin ihre Nerven überflutete. *Oh, nein, oh, nein, nein, nein!* Dann setzte sie Perry nach. Ihre Beine waren ungelenk vor Erschöpfung, drohten auf einmal, sich in diversen Hindernissen zu verfangen, als wollte das Gras sie zum Stolpern bringen. Noch nie war sie so schnell gelaufen.

Leider holten auch die Fehlwandler an Tempo auf und wurden beständig mehr. Sie drohten, Holly vor den Sicherheitsabsperrungen zu erwischen. Die Wölfe und Höllenhunde kreisten sie ein, doch die Zahlen sprachen eindeutig gegen die Werwesen, denn auf jeden Fehlwandler kamen noch mindestens drei Ghule.

Holly blickte sich auf dem Spielfeld vor ihr um. Alessandro war nirgends zu entdecken, aber sie sah Omara. Die Königin hatte ihren Mantel abgeworfen, und die hellgrüne Seide ihres langen Gewands reflektierte das wolkenfleckige Mondlicht. Im Moment hielt Omara ihr Handy ans Ohr und brüllte hinein. Es klang, als würde sie Verstärkung rufen.

Perry und Holly erreichten das Schlachtfeld, drei Fehlwandler dicht auf ihren Fersen. Im Laufen feuerte Holly mit Bens Waffe, bis das Magazin leer war, und schleuderte sie weg. Sie kletterte die Tribüne hinauf und betete, dass die Höhe ihr Aufschub verschaffte, bis sie überlegt hatte, wie sie ihre Kräfte am effektivsten einsetzte. Auf keinen Fall durfte sie einfach in die Menge zielen, wenn sie nicht riskieren wollte, neben Feinden auch Verbündete zu töten.

Die Schlacht hatte begonnen. Wo steckte Alessandro?

Merda!

Der Wächter kam schnell und wendig wie ein Fuchs aus dem Flanders-Haus gerannt. Hundert Meter hinter dem Haus war er Alessandro entwischt. Er besaß offenbar die Fähigkeit, sich selbst an Stellen zu verstecken, wo es gar keine Deckung gab. Man hatte den Burgwachen wohl außergewöhnliche Talente verliehen.

Alessandro flog auf das Dach einer Bushaltestelle, wo seine Stiefel nahezu geräuschlos auf dem Metallrahmen aufsetzten. Von hier blickte er über den südlichen Campus. Er suchte nach einem Lichtschimmer auf dem Brustpanzer des Wächters. Von seiner Warte aus wirkte die große Rasenfläche wie dunkles Wasser, der Kreis der Campuslaternen wie eine glitzernde Uferpromenade. Alessandro lauschte, hörte ferne Musik, den Wind in den Bäumen, aber keine Laufschritte. Er konnte die Werwesen riechen und, von weiter weg, Kino-Popcorn. Nichts Ungewöhnliches.

Das lag an der Magie, gewirkt von den Feen. Wenn er weniger genau hinsah, konnte er das schwache blaue Glimmen erkennen, das über einem magisch versiegelten Gebäude lag. Die Menschen darin würden Ausreden erfinden, weshalb sie nicht aus dem Haus gingen: Sie schliefen länger, tranken noch einen Kaffee oder fänden die Unterhaltung zu interessant, um zu gehen. Der nördliche Campus war gesichert, und das blaue Glimmen bewegte sich auf das erste Wohnheim zu. Die Feen arbeiteten sich nach Süden vor.

Als er zu den Wohnheimen blickte, entdeckte Alessandro, wonach er gesucht hatte: das kurze Aufblitzen eines tätowierten Schwertarms im Schatten. Mit einem hörbaren Zischen sprang er in die Luft.

Er landete in der Hocke und rannte los. Die Wohnheime hatten verwinkelte Mauern, nach innen versetzte Eingänge und insgesamt zahlreiche Nischen und Ecken, in denen sich ein Gegner verstecken konnte. Abfall kullerte im Wind über die Wege, was sich ähnlich wie Schritte oder wie das Wispern eines gezogenen Schwerts anhörte.

Dort!

Alessandro hielt seine Klinge schlagbereit in der Hand. Nun kam der Wächter aus dem Schatten, der den ganzen Schwung seiner Bewegung für den Hieb nutzte. Ihre Schwerter krachten zusammen, dass Alessandros Wirbelsäule mit vibrierte.

Wo ist das Buch? Der Wächter musste es irgendwo abgelegt haben, um beide Hände zum Kämpfen frei zu haben. Dieser Gedanke war ebenso schnell wieder fort, wie er aufgetaucht war. Gefahr schaffte ihre eigene Klarheit, eine eigenartige Ruhe, die Alessandros Sinne von allem anderen Ballast befreite. Der Wächter hieb zu. Alessandro wich dem Schlag aus, drehte sich um und holte nun seinerseits aus. Seine Klinge glitt vom Brustpanzer auf den nackten Arm des Mannes. Blutgeruch stieg in die Luft, streng und scharf.

Gleich darauf wurde der Kampf erbitterter. Der Wächter schlug in schneller Folge zu, so dass Alessandro nur noch parieren konnte und gezwungen war, ein paar Schritte zurückzuspringen. Die enorme Kraft seines Gegners erstaunte ihn. Er duckte sich unter dem sirrenden Metall, versuchte, die Verteidigung des anderen zu durchbrechen, wurde jedoch ein ums andere Mal abgeblockt.

Wieder schwang der Wächter seine Klinge in einem zornigen Hieb, der Alessandro noch weiter rückwärtstrieb. Dann bückte sein Gegner sich hinter einen Fahrradständer, schnappte sich *Das Buch der Lügen* und jagte über den Rasen.

Alessandro preschte ihm nach. Als der Wächter sich einem der Wohnheime näherte, tauchten aus dem Nichts vier Fehlwandler auf, die ihm entgegenstürmten. Knurrend und fauchend stürzten sie sich auf den Wächter, der sie sich vom Hals hielt wie ein Hund, der sich Wasser aus dem Fell schüttelte, und einem Fehlwandler das Genick brach. Dazu musste er allerdings beide Hände einsetzen.

Also ließ er das Buch fallen.

Alessandro war sofort zur Stelle, teilte einen der Fehlwandler mitten durch, doch ein anderer schlich sich von hinten an ihn heran und wartete, bis Alessandro seine Arme hob, um ihm ein Silbermesser in die Rippen zu rammen.

Der Schmerz fuhr ihm bis unter die Schädeldecke, als das Silber ihn innerlich verätzte. Für einen Moment wurde Alessandro schwarz vor Augen, und fluchend sackte er auf die Knie.

Sein Atem stockte. Er packte den Messerknauf und zog, worauf ein Blutschwall aus der Wunde schoss. Schlagartig brach Alessandro kalter Schweiß aus, und ihm wurde schlecht. Er würgte ins Gras und rang nach Luft. Ein kleines Stück höher, und die Klinge hätte sein Herz durchbohrt.

Die beiden überlebenden Fehlwandler humpelten mit dem Buch davon, gefolgt von dem Wächter. Alles war binnen einer Minute vorbei.

Mühsam kam Alessandro wieder auf die Beine. Er fühlte sich wie gesprungenes Glas, in dem sich ein gleißend brennender Riss vom Zentrum aus in sämtliche Richtungen erstreckte. Blut pulsierte aus der Wunde, mit dem Alessandro wertvolle Kraft verloren ging. Wenn er Hilfe bekam, würde er sich wieder erholen, aber eine Silberklinge hatte ihn verletzt, was bedeutete, dass die Heilung nur langsam vonstatten ginge.

»Eins zu null für die Bösen.« Macmillan schlenderte in Alessandros Sichtfeld, aus heiterem Himmel. Alessandro sprang auf ihn zu, doch Macmillan tänzelte beiseite und lachte hämisch. »Hey, du magst ja fix sein, aber ich bin so gut wie nicht hier.«

Alessandro hielt sich die Wunde an seiner Seite und spürte, wie ihm Blut durch die Finger sickerte. »Was willst du?«

Macmillan winkte ab. Er sah wirklich seltsam durchsichtig aus, sogar in der Dunkelheit. »Nichts, was der tätowierte Blödmann nicht schon erledigt hätte. Wir haben das Buch, und der Schwertführer der Königin ist außerhalb der Feindeslinien verletzt. Für heute Nacht bin ich so gut wie fertig. Nach Jahren, in denen ich hinter Kriminellen hergeputzt habe, ist es gar nicht so übel, zur Abwechslung mal auf der Gewinnerseite zu stehen. Im Grunde bin ich nur hier, um mich in Schadenfreude zu weiden.«

»Ihr habt noch nicht gewonnen.«

»Ach, vergiss es, Vampir! Ihr habt nicht die geringste Chance, diese Nummer in einen Sieg für euch zu verwandeln.« Der Detective kehrte Alessandro den Rücken zu und wollte anscheinend weggehen.

»Ist es so, ja? Hat Geneva deine ganze Seele gefressen?«

»Was? Willst du jetzt auf Kumpel machen, damit alles wieder gut wird?« Macmillan sah sich zu ihm um, und das Entsetzen in seinen Augen strafte seine gelassenen Worte Lügen. »Das Schlimmste daran ist, Caravelli, dass ich mit jeder Minute, die vergeht, ein weiteres Stück von dem verliere, was mich menschlich gemacht hat. Es ist nichts mehr übrig außer dem Impuls, mich zu nähren. Dank dem, zu dem du betest, dass Vampire nicht wie Essen riechen.«

Macmillan hielt seine Hände in die Höhe. Die Lichter des Wohnheims schienen durch sie hindurch. »Wie du siehst, habe ich seit ein paar Stunden nichts mehr gegessen. Lange mache ich's nicht mehr. Sie sagt, dass es einfacher wird, je länger man ein Dämon ist, aber im Moment … Gott, ich hasse diesen Teil!«

Alessandro starrte Macmillan an, und vorübergehend vergaß er vor lauter Ekel seinen eigenen Schmerz. Zwar hatte er all das schon vorher gesehen, aber das machte es kein bisschen erträglicher.

Die Hände des Detectives waren von dunklen Adern durchwirkt, die so dick und schwarz erschienen, als versinnbildlichten sie die vollkommene Abwesenheit von Licht. Sie pulsierten vor Dunkelheit, blubbernd und pochend, bis das Fleisch dazwischen ganz fort war.

Kaum waren sie ganz zu Schatten geworden, zerfielen Macmillans Finger wie ein trockenes verrottetes Blatt im Wind. Er pulverisierte zu einer kraftlosen Staubwolke, einem Nichts. Seine Hände, seine Füße und seine Arme fielen von ihm ab, bis er zu einem vagen Flecken in der leeren Nachtluft wurde. Und dann war er ganz fort.

Fort irgendwohin, wo er ein ahnungsloses Opfer umfing und ihm das Leben aussaugte. Wie viele würde er brauchen, bevor er wieder seine eigene Gestalt annehmen konnte? Oder die eines kriechenden oder krabbelnden Tiers?

Alessandro wurde wieder übel. Gerade einmal fünf Tage war es her, da war Macmillan noch ein guter Mann gewesen, der anständige Arbeit geleistet hatte. Heute war er, was ein Dämon aus ihm gemacht hatte, indem er seine Seele infizierte.

Aber ob bewusst oder nicht, Macmillan hatte Alessandro einen Hinweis gegeben: *Der Schwertführer der Königin ist außerhalb der Feindeslinien verletzt.* Alessandro war der verletzte Schwertführer. Der Feind war noch nicht eingetroffen. Aber er sollte sich lieber beeilen, wollte er vermeiden, auf der falschen Seite der Schlacht erwischt zu werden.

Zunächst bewegte er sich in einem langsamen Laufschritt, weil seine Wunde nichts Schnelleres erlaubte. Als er sich der Kunstfakultät näherte, sprang er auf einen niedrigen Balkon und von dort auf das Dach im zweiten Stock. Die Anstrengung war schmerzhaft, aber die bessere Sicht war jede Pein wert. Macmillans Tipp war sehr wertvoll gewesen.

Nur kam Alessandro zu spät.

Auf dem Parkplatz hinter den Wohnheimen spuckten mehrere gelbe Schulbusse Ghule und Fehlwandler aus. Busse? Wie schlau! Es gab nicht den Hauch von Magie, der sie verriet, und niemand würde erwarten, dass der Feind in einem gewöhnlichen Schulbus ankam. Natürlich handelte es sich hier bloß um die Vorhut. Sie brauchten ein Portal, wollten sie eine Armee herbeischaffen, die groß genug war, um die ganze Stadt einzunehmen. *Aber diese hier reichen, um uns beschäftigt zu halten, solange sie sich dem wahren Ziel widmen.*

Am anderen Ende, nahe dem Spiefeld, erkannte Alessandro eine Handvoll Fehlwandler, die einen rituellen Kreis formten. Und dort … er flog nach vorn, die Augen geweitet vor Schreck. Er musste ein Balkongeländer packen, um sich festzuhalten, und sein Mantel flog ihm um die Beine. *Merda!*

Die Gestalt auf der einen Seite war John Pierce – *Pierce*! –, der *Das Buch der Lügen* in der Hand hielt. *Selbstverständlich! Er versteht genug von Zauberkunst, um es zu benutzen, und er ist hinreichend verdorben, um sich für solch ein Unternehmen herzugeben.* Pierce würde ein Portal öffnen, um Genevas Armee zu holen. Ein ganzes Schlachtfeld trennte Alessandro von Pierce. Und von der Königin. Er sah sich um und überlegte fieberhaft.

So vieles geschah auf einmal. Am Rande des Campus flackerten die Lichter von Streifenwagen. Die Menschen hatten also mitbekommen, dass irgendetwas los war. Aber die Höllenhunde und die Feen hielten sie auf Abstand – die Hunde, allein indem sie ihnen Angst einflößten. Derweil ließen die Feen Nebel aufwabern, der den gesamten Campus nördlich des Schlachtfelds einhüllte. Bald könnte man so gut wie nichts mehr sehen. *Wenigstens eine Sache läuft richtig!*

Dann bemerkte Alessandro weiter weg etwas, wo es hinter dem Spielfeld hügelan ging. Noch mehr Fahrzeuge näherten sich, diesmal vom südlichsten Parkplatz. Selbst für seine Vampiraugen war es zu weit weg, als dass er die Gesichter hätte ausmachen können, aber die luxuriösen Sechssitzer-Geländewagen waren nicht zu übersehen. Niemand sonst in Fairview fuhr solche Wagen. Der Albion-Clan war zur Show gekommen, und zwar von Süden her.

Folglich waren sie nicht hier, um Omara anzufeuern.

Die Königin war von Feinden eingekeilt.

Nun erst fiel Alessandro eine Gestalt auf, die hastig die Tribüne hinaufkletterte. Ihm wurde eiskalt, als kröche ihm der endgültige Tod in die Knochen. *Holly.* Sie saß zusammen mit seiner Königin in der Falle.

In der Sicherheit der Tribüne suchte Holly nach unterirdischen Energievorräten. Dort unten waren Ley-Linien, nur machte die tosende Schlacht es schwierig, sich zu konzentrieren. Ihre Magie war gleichsam in dem kalten harten Knoten verschnürt, der an der Stelle wuchs, wo ehedem ihr Bauch gewesen war.

Da! Sie fand die Hauptlinie unter dem Spielfeld, reich an dicker goldener Energie. Obwohl der Strom sich nicht so turbulent ausnahm wie unter dem Flanders-Haus, war er immer noch wild und nicht leicht zu greifen. Sie musste vorsichtig sein.

Plötzlich pfiff etwas an Hollys Arm vorbei, und vor Schreck sprang sie auf. Ein Fehlwandler hockte im Schatten der Tribünenreihen, sein Schlund fest verschlossen, weil er ganz damit befasst war, mit einer Art kleiner Armbrust zu zielen. Holly sammelte rasch einen Energiestrahl, der in ihrer Eile eher ein Blitz denn ein Schlag wurde. Aber er genügte, dass das Monster seine Waffe fallen ließ. Leider rannten drei Ghule hinter ihm herbei, die über die Sitze zu ihr hinaufgekrabbelt kamen. Sie bewegten sich viel zu hastig, als dass Holly mehr als ein schwaches Kraftgestotter zustande brachte.

»Perry!« schrie sie, während sie seitlich die Sitzreihe entlanglief. Unter ihr ächzte und knarzte das alte Holz. Am Ende packte sie das Geländer und schwang sich halb kletternd, halb fallend hinunter. Unten rannte sie los, die Ghule dicht hinter ihr.

Wo sie besser laufen konnte, vermochten die Mistviecher es ebenfalls. Sie wechselte die Richtung und raste nach Süden. Hier führte der Rasen steil nach oben auf einen Hügel, und Holly griff nach Zweigen und Grasbüscheln, um rascher bergan zu kommen. Als sie hörte, wie die Ghule sich näherten, fluchte sie. Die Biester gaben dieses eklige jibbernde Kläffen von sich, wie sie es immer taten, wenn sie Beute witterten.

Perry stürmte in einem eleganten Bogensprung aus der Dunkelheit. Mit einem gänsehauterregenden Wolfsknurren landete er auf den Ghulen, deren Kläffen gleich darauf erstarb. Der Wolf hatte allen drei Monstern in Rekordzeit die Kehlen aufgerissen.

Nachdem das erledigt war, jagte Perry hinter dem Fehlwandler mit der Armbrust her. Holly war für einen Moment wie versteinert. Sie würde Perrys niedliches streberhaftes Lächeln nie wieder mit denselben Augen sehen.

Dann rannte sie weiter bis zum Hügelkamm, wo sie sich der Länge nach ins Gras warf und möglichst flach hielt, damit man sie vom Schlachtfeld aus nicht sehen konnte. Hier oben befand sie sich auf gleicher Höhe mit der obersten Tribünenreihe, doch jetzt hatte sie freien Blick auf das Geschehen unten. Dort war Omara, mitten in der engen S-Kurve, die ihre Verteidigungslinie bildete. Die Vampire schienen alle erdenklichen Waffen zu benutzen, Schusswaffen, Klingen und Magie eingeschlossen. Unter dem Kommando der winzigen Königin hielten sie ihre Stellung, und der Mob der Fehlwandler und Ghule war bereits ausgedünnt.

Auf einmal sah Holly Alessandro, und ihr Herz drohte zu zerspringen. Er war auf der anderen Seite der Gefechtslinien, der feindlichen Seite, und rannte geradewegs in das Gemetzel hinein. Sein Mantel wehte hinter ihm auf, und sein Schwert bewegte sich hin und her wie eine Sense. Ghule sprangen ihn von hinten an, aber er hieb nach ihnen und schleuderte sie in die Luft. Drei flogen weg und landeten in verdrehten Haufen, doch mindestens ein weiteres Dutzend schloss hinter ihm auf.

Und er war verwundet. Holly konnte es an der Art sehen, wie er sich bewegte, und das schockierte sie mehr als alles andere. *Ich muss ihm helfen! Ich muss ihnen allen helfen!* Jetzt verstand sie Elaine Carver, die für die Sicherheit Fairviews gestorben war. Sie hatte es getan, weil sie die Einzige gewesen war, die es konnte.

Ein Ziehen im Energiefeld lenkte Hollys Aufmerksamkeit nach links. Sie blickte sowohl mit ihrem Hexensinn als auch mit den Augen hin und sah die Gestalt mit dem Buch, die Fehlwandler und den improvisierten rituellen Kreis auf dem Parkplatz. *Sie öffnen ein Portal.* Es wurde Zeit, dass Holly ihren Job machte.

Sie rappelte sich auf. Im selben Moment gab Perry ein tiefes »Wruff!« von sich und legte die Ohren an.

»Was ist?«, Holly blickte in die Richtung, in die Perrys Kopf gewandt war.

Eine Reihe finster dreinblickender Vampire kam den Hügel hinter ihr hinauf. Sie gingen Seite an Seite, die schwarzen Mäntel auffliegend wie im Vorspann einer trendigen Fernsehserie. *Oh, Mist, das sind Designer-Vamps!*

Nichts an ihnen signalisierte, dass sie zu den Guten gehörten. *Wieso muss alles so verflucht kompliziert sein*? »Geh hinter mich!«, befahl sie Perry.

Der Wolf sah sie ungläubig an.

»Das ist mein Ernst!«

Er protestierte in Hundejargon. Ein großer Vampir in der Mitte der Reihe lächelte, so dass seine vollständig verlängerten Reißzähne entblößt wurden. Er glitt mit seiner Zungenspitze darüber – eine ziemlich eindeutige Botschaft. Hollys Stimmung wechselte von ängstlich zu restlos bedient. *Ach, Idiot, erspar mir das Vorspiel!*

Sie brauchte ein paar Übungsschüsse, und hier bot sich eine Reihe ausgezeichneter Ziele.

Konzentriert tauchte sie mit ihrem Bewusstsein in die Erde ein und spürte die summende Energie, die von ihren Zehen ihre Beine hinaufwanderte. Die Kraft enthielt etwas geradezu Erotisches, als stünde Holly in einer Badewanne voll Champagner, dessen goldene Bläschen unter ihrer Haut zerplatzten.

Es fühlte sich gut an und richtig, nicht zu vergessen: tödlich. Sie verlagerte ihr Gewicht, worauf das Summen ihren Bauch erreichte.

Ein Lachen stieg aus jenen Regionen in ihr auf, in denen unangebrachte Scherze geboren wurden. »Hi, Jungs!«

Ein Dutzend Vampiraugenpaare funkelte böse in der Dunkelheit – jedenfalls diejenigen, die nicht trotz der pechschwarzen Nacht hinter Sonnenbrillen verborgen waren. *Ich wette, sie üben vorm Spiegel, so gefährlich zu gucken.*

Sie hob ihre Hände und wackelte mit den Fingern. »Wollt ihr spielen?«

Ihren Mienen nach jagte Holly ihnen kein bisschen Angst ein. Sie waren halb den Hügel hinaufgegangen, bevor sie ihren ersten Energieschwall auf sie entließ.

Der Blitz hing in der Luft, eine Andeutung von Sonne mitten in der Nacht, weißglühend, wo eben noch ein Vampir gestanden hatte. Er wirbelte nach oben, landete mit einem Klatscher und explodierte in einem Regen von Grabesstaub.

Cool!

Perry heulte triumphierend auf. Holly zielte nochmals und genoss den Druck der großen herrlichen Energie unter ihrem Zwerchfell. Ihr Wille – *mein freier Wille*! – zügelte den Blitz und zielte absolut exakt.

Das Beste von allem aber war, wie leicht es ihr fiel. Sie konnte kämpfen, ohne Schmerzen zu leiden, ohne ausgelaugt zu werden. Wieder und wieder feuerte sie. Die Schatten entlang der Tribüne wurden zu einem hellen Schein, der die Sterne überblendete. Mit jedem Schuss explodierte ein Vampir.

Sie rannten. Die Jäger waren plötzlich zur Beute geworden. Perry hetzte sie den Hügel hinunter und rief seine Wölfe herbei.

Jetzt zum Ritual und zu Alessandro!

Holly bewegte sich langsam den Hügel hinab, wobei sie sich komisch halb nach hinten lehnen musste, damit sie auf dem steilen Hang nicht wegrutschte. Sie konnte verkohlte Erde und zerdrücktes Gras, Blut und versengtes Fleisch riechen. Der Schweißfilm, der sich auf ihrer Haut gebildet hatte, wurde vom auffrischenden Wind gekühlt, und bei dem Todesgestank wurde ihr der Mund unangenehm wässrig.

Die Kampfszene veränderte sich, als die ordentlichen Frontlinien in einem chaotischen Getümmel aufeinandertrafen. Auf beiden Seiten wurde geächzt, geheult und geschrien. Metall krachte gegen Metall. Zauber knisterten und knallten wie Peitschenhiebe. Holly blieb stehen, um ein, zwei Mal zu feuern. Wütende Schreie ertönten, als der Blitz die Nachtkreaturen blendete. Sobald sie ihre Augen bedeckten, drängte Holly sich vorbei. Sie streifte einen besonders scheußlichen Fehlwandler.

Dann sah sie Omaras grünes Kleid. Die Goldstickerei schien auf, als die Königin einen Ghul zu Boden schleuderte und ihm mit ihren zierlichen Händen den Hals umdrehte. *Wie günstig, dass ich auf ihrer Seite kämpfe!*

Holly spürte, wie eine Hand sie hinten an der Jacke packte. Gleich darauf waren Klauen an ihren Ärmeln, ihren Knöcheln und ihrem Gürtel. Der Nacht waren Krallen gewachsen. Zähne zerrten an ihrer Wade. Ghule.

Holly trat zu, verlor jedoch das Gleichgewicht, als ein Dutzend knorriger Arme nach ihr griff. Ghulklauen kratzten ihr über das Gesicht, zerschrammten ihre Haut, ohne sie einzureißen. Ihre Beine pochten, und ihre Schuhe waren warm von Blut. Reißzähne versenkten sich in ihre Schultern. Holly verlor die Fassung. Schreiend vor Schmerz und Zorn, rammte sie dem Ding ihren Ellbogen ins Gesicht und entließ zugleich einen Feuersturm gleißender Hitze. Qualm paffte aus dem Ghul auf. Der Blitz war zu heiß gewesen, als dass es zu bloßem Rauch kam. Es blieb nichts außer einem verkohlten Fleischhaufen zurück. Holly kickte die tote Kreatur beiseite, was bewirkte, dass die Überreste zu schwarzen Schmierflocken auf dem Gras zerfielen.

Die anderen Ghule schnatterten verängstigt und ließen sich auf alle viere nieder, um zu laufen. Holly machte drei oder vier Schritte auf sie zu. Mehr brauchte es nicht. Die Biester holperten eilig davon.

Von den rasiermesserscharfen Bissen der Ghule in Hollys Armen und Beinen wurde ihr übel, so dass sie vorerst nicht mehr zustande brachte, als einen Fuß vor den anderen zu setzen. Sie stolperte die letzten Meter dorthin, wo die Vampire sich zu einer engen Verteidigungslinie formiert hatten. Trotz ihres unsicheren Gangs wurde Holly von keiner anderen Kreatur belästigt. Anscheinend hatte ihr die Fähigkeit, jeden von ihnen aus dem Stegreif zu grillen, einen gewissen Respekt verschafft.

Auf einmal drängte Alessandro sich durch die Wand der Vampire und sah sich hektisch um, bis er Holly entdeckte. Er war in einem furchtbaren Zustand, sein Haar zu einem brüchigen Heiligenschein verklebt, sein Mantel zerrissen und bedeckt von Schlamm und Blut. Er nahm Holly in seine Arme und zog sie hinter die Frontlinien der Vampirkrieger, wo sie sicher war. Er fühlte sich so gut, so stark an, dass sie erleichtert an ihn sank. Im Moment zählte nichts außer der Tatsache, dass sie beide noch aufrecht standen.

»Du bist verwundet«, murmelte sie in den Kragen seines schmutzigen Mantels.

»Genau wie du. Mach dir keine Gedanken um mich! Ich werde wieder.« So wie er sie hielt, war Holly nicht unbedingt überzeugt. Sie gab ihm den besten Kuss, den sie aufbieten konnte.

»Du hast dich von meiner Markierung befreit«, stellte er voller Ehrfurcht fest. »Wie?«

Aber für Erklärungen fehlte Holly die Zeit. »Ich muss das Ritual stoppen.«

Alessandro tauchte seine Hände in ihr zerzaustes Haar und sah sie mit großen goldenen Augen an. Sein Blick hatte etwas Besitzergreifendes, lodernd Kampfbereites. »Was immer du willst – ich bringe dich hin.«

Hollys Knie wurden weich, als Alessandro den Mund öffnete, um mehr zu sagen. Sie packte ihn, denn er stolperte und hatte Mühe, sich abzufangen. Die Erde unter ihnen bebte und wogte, dass man halb seekrank wurde. *Wir sind zu spät!*

Nach einem letzten Aufbäumen hörte das Beben auf. Holly hielt den Atem an, mucksmäuschenstill in Alessandros Armen. Sekunden vergingen, ehe es schien, als würden unsichtbare Hände das Meer der Kämpfenden trennen, die sich von den Torpfosten weiter vorn zurückzogen. Alles verharrte. Jeder Vampir, jeder Ghul und jeder Fehlwandler erstarrte beim Anblick des Polarsterns, der hoch in der Mitte über den beiden Pfosten flackerte. Eklig grün wirbelte das Licht spiralförmig auf, als würde der Stern sich erbrechen. Es war ein Portal.

Wenigstens mal was anderes als das dauernde Orange!

Omara eilte zu Holly und Alessandro, ihr Gesicht zu einer wütenden Maske versteinert. »Ich bitte dich, Holly Carver, steh jetzt zu uns! Auch wenn ich dich getäuscht habe, lass meine Leute nicht dafür büßen! Hilf mir, sie zu retten!«

Um den grünlichen Strudel schimmerte helleres Licht auf. Ein Heulen ertönte aus der Schar der Fehlwandler, das gleichermaßen nach Jubel wie nach Entsetzen klang. Die Vampire waren vollkommen still – bis zum letzten Reißzahn. Und die Ghule gaben Fersengeld. Entgegen aller Erwartungen waren sie die Klügsten.

Zwei Hände teilten den grünen Wirbel wie einen Vorhang, und eine Gestalt trat durch den Spalt. Es handelte sich um Geneva, was wohl niemanden überrascht haben dürfte. Sie war in voller Kampfmontur: Stiefel, Tarnanzug und das lange goldene Haar mit einem Stirnband zurückgehalten.

Was Holly allerdings verwunderte, war, dass Mac direkt neben ihr auftauchte, der sich mit seinem Handrücken den Mund abwischte. Er lächelte Holly zu, und es fühlte sich an, als würde ihr eine kalte schleimige Schnecke den Rücken hinabgleiten.

Geneva machte ein paar Schritte nach vorn. Mac hielt sich ein kleines Stück hinter ihr. Rasch stellte Omara sich zwischen ihren Hof und die nahende Dämonin. Die Königin war schmutzig, und ihr zerrissenes Seidengewand baumelte um sie herum, als sie sich bewegte, aber sie ging vollkommen aufrecht. Ungefähr drei Meter von der Dämonin entfernt blieb sie stehen. Einzig ihr angespanntes Kinn verriet, dass Omara Angst hatte.

»Hier wären wir wieder«, ließ Geneva verlauten, die einen guten Kopf größer war.

»Und hier verlierst du mal wieder«, entgegnete Omara laut genug, dass alle es hörten.

Holly begann, die goldene Energie in sich zu bündeln. *Okay, so viel Druck wie ein Wasserwerfer, und halte ihn, bis das Portal sich schließt! So schwer kann das doch nicht sein!*

»Du hast die Hexe, aber ich besitze das Buch.« Geneva lächelte. »Und ich muss sagen, ihr seht alle ein bisschen … nun ja, schmuddelig aus. Schon etwas mitgenommen von meiner Vorhut.«

Diese überflüssige Selbstdarstellerei ließ Holly kalt, die zu den Torpfosten sah, hinter denen kleine orangefarbene Portale mit hörbaren »Plopp«-Lauten aus dem Campusrasen schossen. Aus jedem der Miniportale kam ein Wächter, Dutzende und Aberdutzende von ihnen, die gigantische Schwerter in den Händen hielten. *Bens Kavallerie, die gekommen ist, um uns alle gefangen zu nehmen. Sie haben nur gewartet, bis wir vollständig hier versammelt sind und ihnen auf dem Präsentierteller serviert werden.*

Geneva bemerkte endlich, dass niemand mehr auf sie achtete, und drehte langsam den Kopf. »Ah!«

Mit einem donnernden Schlachtruf stürzten die Wächter sich in die Menge. Die übernatürlichen Armeen reagierten geschlossen, die feindlichen Heere vereint gegen die neue Bedrohung. Holly sah Perry und seine Wölfe, und ihr Magen verkrampfte sich vor Furcht um sie.

Kaum waren die anderen abgelenkt, sprang Geneva auf Holly zu. »Jetzt bist du mein!«

Holly fühlte kalte, eiskalte Energie, die ihren Arm hinauffloss, als würde die Dämonin ihr durch ihre Berührung das Leben aussaugen. »Hau ab!«

Sie schleuderte einen Energieschwall und wich zurück, als Geneva stolperte. Mac fing die fallende Dämonin auf. Auch Holly kippte rückwärts, und ihre Haut war dort, wo die Dämonin sie angefasst hatte, kreidebleich. Goldene Energie flutete ihre Glieder, heilte die Wunde ebenso wie die pochenden Ghulbisse, nur war danach nichts mehr übrig, womit Holly sich verteidigen konnte.

Alessandro preschte zwischen sie, die Reißzähne gebleckt und sein Schwert hoch zum Schlag erhoben.

Oh, Göttin!, dachte Holly, die seine Verletzung an der Seite sah. *Er blutet!*

Mac wollte sich ihm in den Weg werfen, war jedoch nicht schnell genug. Die Klinge vollführte einen tödlich eleganten Bogen, dessen Schwung durch Alessandros Vorwärtsbewegung verstärkt wurde. Sie durchschnitt Geneva von der Schulter bis zur gegenüberliegenden Hüfte. Bei jedem anderen Wesen hätte dies eine katastrophale Wunde zur Folge gehabt, doch die Dämonin flackerte kurz auf, und das Schwert durchschnitt nichts als Luft. Weil plötzlich der Widerstand fehlte, kippte Alessandro nach vorn, gefährlich nahe an das Portal.

Er drehte sich weg, ließ das Schwert fallen und ging in die Hocke. Offenbar änderte er die Taktik, denn nun bog er seine Hände zu Krallen und machte sich sprungbereit. Genevas Fauchen klang wie auflodderndes Feuer.

Holly schüttelte sich und merkte, wie ihre Magie sich erneut sammelte. Alessandro war auch wieder auf den Beinen und machte einen Satz vorwärts. Aber Mac sprang ihm entgegen und rang Alessandro mit einer Kraft nieder, die er nie zuvor besessen hatte.

Das Portal schimmerte, so dass schmierig grüne Lichtwellen über die Szenerie hinwegwaberten. Holly sah auf und erkannte, dass es größer wurde, wie eine Träne am Himmel, die vor ihren Augen anschwoll. Bald könnten sie alle einen Blick auf das werfen, was auf der anderen Seite lag.

Und offenbar auch auf die Hauptdivision der Fehlwandlerarmee. Einer Ameiseninvasion gleich strömten sie durch den Spalt. *Oh, Göttin, das sind Hunderte! Nicht einmal die Wächter können die alle aufhalten!*

Geneva stand neben dem Portal und grinste. Ihre Tarnkleidung schien im wechselnden Licht hin- und herzuschwanken. »Warte mal!«

Die Worte waren vollkommen klar in Hollys Kopf, als stünde die Dämonin direkt hinter hier. *Ich glaube, als Maus gefiel sie mir besser.*

Genevas Augen funkelten. »Ich bin bereits in dir. Noch haben dich die Vampire, aber wenn sie fort sind, gehört deine köstliche Seele mir allein.«

»Könnt ihr vielleicht mal aufhören, mich alle fressen zu

wollen?«, brüllte Holly. »Das macht mich echt sauer!« Erdenkraft floss in sie hinein, stieg ihr zu Kopfe wie süßer Wein. Die Erde gab sie ihr willentlich, fast liebevoll. *»Ich lasse mich von keinem göttinverdammten Dings mehr annagen!«*

Ihr Schuss schleuderte Geneva mit einem höchst befriedigenden *Krawumm* zurück durch den Riss. Die Fehlwandlerarmee dahinter war zufällig im Weg – und wurde zerquetscht wie Insekten auf einer Windschutzscheibe.

Holly versuchte, ihren Magiestrahl zu vergrößern, damit die Dämonin nirgendwohin ausweichen konnte. Der Fluss in ihr erbebte, sog mehr Energie auf, rumpelnd wie ein Wagen mit einem Platten. Holly keuchte und rang um Kontrolle. Was hatte Grandma noch gleich vorgeschlagen? Aurelias Matrix? Den Caer-Gwydion-Schrumpfzauber? Holly hatte Mühe, klar zu denken. *Ich muss das schaffen. Ich muss durchhalten!*

Hollys Wahrnehmung dehnte sich buchstäblich aus, angefeuert von immer mehr Energie. Sämtliche Details wurden messerscharf, alle Bewegungen elegant wie in einer Zeitlupenaufnahme. Mac entwand sich Alessandro und rannte zu Geneva. Alessandro fiel auf ein Knie, griff sein Schwert und hieb einen Fehlwandler entzwei.

Holly konnte nach wie vor Geneva sehen, die im Kraftstrahl wirbelte wie ein Tuchfetzen im Wind.

Rutschend bremste Mac neben dem Portal ab, dessen kreiselndes Licht seine Gesichtszüge einer Ritualmaske ähneln ließ. Geneva streckte ihre Arme nach ihm aus, während ihr das Haar wild ins Gesicht geblasen wurde.

Mac hingegen suchte Hollys Augen mit der Verzweiflung eines Ertrinkenden, der sich nach einem rettenden Treibholz umschaute. Ihre Blicke begegneten sich, und Mac hielt Hollys fest. Seine Miene war gequält, wahnsinnig, freudig und entsetzt. Aber Holly wich ihm aus, bändigte den Rausch der Magie und entließ sie in einem Schwall. Sie fühlte sich, als würde ihr Innerstes nach außen gekehrt.

Geneva begann, sich zu wehren und Hollys Kraft zurückzuschlagen.

Rumms.

Holly zuckte so heftig, dass ihre Füße auf dem Gras wegrutschten. *Oh, Mist!*

Rumms.

Tränen schossen ihr in die Augen, während sich schmerzliche Spannungsfäden zwischen ihren Schulterblättern verwoben. Sie konnte ihren Herzschlag fühlen, dessen dringlicher Rhythmus zu dem Puls im Energiefluss passte.

Rumms.

Holly stolperte, so dass ihre Konzentration für einen Moment nachließ. Der Fluss kam ins Stottern, und Holly wurde panisch. *Nein, nein, nein!* Verzweifelt leugnete sie ihre Angst, indem sie den Strom vollständig öffnete. Energie toste in ihrem Körper, höhlte sie aus, und sie gab sich ihr ganz und gar hin.

Ja, sie gab sich selbst genauso auf, wie es Elaine Carver getan hatte. *Ich werde sterben.*

Was geschah, war schwer zu sagen. Holly spürte, wie das Portal weiter und weiter wurde, doch Geneva kämpfte nicht mehr gegen Hollys Magie.

Das ist merkwürdig.

Holly war nicht einmal sicher, ob sie noch den Boden berührte. Sie trieb auf dem Druck des goldenen Feuers, die Augen weit offen. Ihr war, als würde sie die physische Welt gleichzeitig sehen und auch nicht. Sie schwamm in einem Geysir aus Licht. Der Fluss sprengte die Spuren des Schwarzen Raubs fort, nebst Überresten von Alessandros Vampirmarkierung, alles, was nicht wirklich Holly war. Eigentlich war von ihr überhaupt nicht mehr viel übrig. Ihr Körper glich einer hauchdünnen Hülle, von innen und außen erfüllt mit der Energie aus den Urtiefen der Erde.

Sie betastete das Portal. Der Riss in der Realität war tatsächlich außer Kontrolle, aber wenn Holly das Portal zuschlug, würde der Rückstoß sie töten. Und was nützte es schon, wenn sie Elaines Fehler wiederholte?

Lor hatte sie auf eine Idee gebracht. Nicht alle Gefangenen in der Burg sollten dort bleiben, andere durchaus. Warum also nicht eine Tür einbauen und den Schlüssel behalten? Das Portal offen lassen, aber eine Möglichkeit schaffen, es zu beherrschen?

Handwerkskünste und -fertigkeiten waren nie Hollys Ding gewesen, aber sie machte sich ans Werk. Sie verbrannte den Spalt, versengte die Wunde im Äther, bis sie vernarbte, faltete das Universum wieder und wieder, bis der Riss neu geformt und nutzbar wurde.

Holly arbeitete rasch, aber das goldene Licht sprudelte schneller hervor, als sie es ablenken konnte. Die Wirkung war dieselbe, wie wenn man beim Schwimmen Wasser schluckt, nur dass dies hier zu viele Schlucke waren. Die Erde schenkte Holly ihre unverfälschte Kraft, und das war ein ziemlich starker Stoff.

Das goldene Summen von Hollys Magie vervielfältigte sich, wurde lauter als das Dröhnen von Musik, wenn ein Teenager seine Kopfhörer auf volle Lautstärke drehte. Auf einmal nahm Holly nichts mehr wahr und verlor sich in einem Feuersturm puren Entzückens. Sie warf den Kopf nach hinten, fühlte das Kribbeln der Energie in ihrem Hals und tiefer in ihren Brüsten.

Dies war die Art Magie, die eine Hexe unsterblich machte, sie im Schmelztiegel ihrer eigenen Kraft erneuerte. Die schiere Stärke hob sie hoch, belebte sie, entflammte sie.

Bis Holly die Kontrolle verlor und alles explodierte wie ein Tischfeuerwerk.

30

Alessandro starrte auf den leeren Flecken, an dem vorher das Portal gewesen war. Geneva war fort. Ebenso wie die Wächter, die Fehlwandler und Macmillan.

Und Holly. Einen unendlichen Moment lang begriff er gar nichts. *Das darf nicht wahr sein!* »Was zur Hölle ist hier passiert?«, fragte er Omara.

»Deine kleine Hexe hat die Dämonin geschlagen und das Portal geschlossen«, antwortete Omara leise vor Erstaunen. »Ich hätte es nicht gedacht, aber sie war stärker als ihre Ahnin. Am Ende brauchten wir *Das Buch der Lügen* gar nicht.«

Alessandro hörte ihr kaum zu. Panik und Verlustschmerz holten ihn ein. Er konnte Holly nirgends fühlen. Unwillkürlich griff er sich an die Seite, als wäre die Messerwunde des Fehlwandlers identisch mit der in seinem Herzen. »Aber wo ist sie?«

»Weiß ich nicht. Wo sind sie alle?« Die Königin klang erschöpft. Mit hängenden Schultern, was bei ihr sehr ungewöhnlich war, schaute sie sich um. »Wo ist das Buch? Ich will es wiederhaben.«

Alessandro sah sich nach den Wölfen um. Perry war da, hatte ein paar Fellbüschel eingebüßt, aber er war okay. Andere aus seinem Rudel lagen regungslos im Gras. Im Tod hatten sie wieder ihre menschliche Gestalt angenommen. Eine merkwürdige Stille lag über dem Spielfeld.

Zudem betäubte Alessandros Verlust seine Sinne. Es fühlte sich an wie eine Nachrichtenmeldung, wie eine Tragödie, die jemand anders weit weg zugestoßen war. *Ich bin so müde. Könnte ich mich doch einfach nur hinlegen!*

Die unheimliche Stille wurde von einem aufheulenden Motor zerrissen, der auf dem nächstgelegenen Parkplatz startete. Ein Dutzend Köpfe wandte sich in diese Richtung.

»Das ist Pierce«, stellte Alessandro fest. Er erkannte den Motor, auch ohne hinzusehen.

»Pierce?« Omara blickte mit großen Augen zu ihm auf.

Reifen quietschten, als der Wagen davonbrauste.

Sie hat keine Ahnung. Unglaublich! »Er hat das Portal geöffnet. Und er hatte das Buch. Ich wette, dass er dein Dieb war. Falls du mit ihm geschlafen hast, hatte er auch Zugang zu deiner Wohnung.«

Omara zuckte zusammen. Anscheinend war das der herbste Schlag, den sie heute einstecken musste. *»John!«*

Sie ballte die Fäuste, hielt sie sich vor die Brust und drehte sich in einer Geste der Wut und des Leidens einmal um die eigene Achse. Die Fetzen ihres Kleides wirbelten auf, und Alessandro wusste nur zu gut, wie viel bittere Verletztheit sie in sich barg.

»Verräter«, sagte sie anschließend ruhig. »Verräter. Ich habe ihn beschützt. Ich weigerte mich, Schlechtes von ihm zu denken.«

Pierce fuhr mit Vollgas zur Ausfahrt. Andere beobachteten die Szene, Hunde und Vampire, die zwar müde, aber durchaus noch für einen weiteren Mord zu haben waren.

»Schnappt ihn euch!«, rief Omara. *»Nieder mit ihm!«* Mit diesen Worte schoss sie in die Luft auf, so dass die hellgrüne

Seide in Fetzen aufflog. Hunde, Wölfe und Vampire folgten ihr: ein dunkler, zorniger Schwarm der Vergeltung.

Alessandro blieb, wo er war. Er war verwundet. Unmöglich hätte er in seiner Verfassung den Wagen einholen können. Was Omara auch nicht gelang. Sie landete ein kleines Stück weiter. Ihre Schultern bebten, aber Alessandro verspürte keinerlei Drang, sie zu trösten. An diesem ganzen Desaster trug sie keinen geringen Anteil.

Omara drückte sich die Fäuste auf die Augen, um ihre Tränen mit Gewalt zurückzuhalten. Königinnen weinten nicht. »Warum?«

Weil du mit ihm gespielt hast, als er nicht stark genug war, um sich zu wehren. Weil du ihm seine Schwäche vorgeführt, sie ihm genüsslich unter die Nase gerieben hast. Weil du ihm, als er dachte, alles wäre vorbei, eine Belohnung gabst und das Spiel von vorn anfingst. Ich weiß es, weil ich selbst über Jahrhunderte seine Rolle ausfüllen durfte – nur dass ich niemals aufgab.

Aber Alessandro sagte nichts von alldem. Wenn er versuchen wollte, ihr zu antworten, wüsste er gar nicht, wo er anfangen sollte, und er war zu müde. Stattdessen sagte er, was sie hören wollte: »Keine Sorge! Sie kriegen ihn.«

Omara schniefte. Ihr Gesicht war trocken; einzig ihre glänzenden Augen verrieten, was in ihr vorging. »Wir müssen aufräumen und von hier verschwinden. Die Feen können die Menschen nicht ewig fern halten.«

Alessandro half ihr auf. »Dein Thron ist sicher. Tu, was du tun musst! Ich suche Holly.«

Die Königin wollte etwas erwidern, als ihr Handy bimmelte. Sie klappte es auf. »Omara.«

Alessandro beobachtete, wie ihre Augen interessiert aufblitzten. »Was ist?«

Sie klappte ihr Telefon wieder zu und sah ihn ernst und mitfühlend zugleich an. »Das war Lor, der Höllenhund. Es besteht Hoffnung. Wir könnten einen Hinweis darauf haben, was aus deiner Hexe geworden ist.«

Sobald die Feen ihre Absperrung lockerten, schwärmte Polizei auf den Campus, denen Lichter und Lärm gemeldet worden waren. Von den Streifenwagendächern huschten rote und blaue Blitze über den gesamten Bereich. Zwar würden die Cops nichts finden, dennoch bedeuteten die Straßensperren, dass Alessandro und Omara nur frustrierend langsam vorankamen.

Nach einer halben Ewigkeit parkten sie am Eingang einer schmalen Seitengasse, die hinter dem leer stehenden Empire-Hotel verlief. Es lag mitten in der Stadt, nahe der Universität und unweit von Alessandros Wohnung. Viele Mitglieder der Übernatürlichen-Gemeinde lebten und arbeiteten in dieser Gegend, was dem Viertel den Ruf eines entstehenden Ghettos eingetragen hatte.

Die Gasse war durch ein Eisentor gesichert, dessen Vorhängeschloss allerdings aufgebrochen war. Ein Stück hinter dem Eingang wartete Lor bereits, der an der Ziegelmauer lehnte. Wortlos nickte er Omara zu. Höllenhunde verbeugten sich nicht.

Der enge Durchgang sah aus, als wäre er so alt wie Fairview selbst. Der Boden bestand aus ausgetretenen Zedernbohlen. Winzige Fenster lugten aus den rußgeschwärzten Mauern, allesamt dunkel. Die Hintertür eines China-Restaurants weit hinten in der Gasse stand offen. Alessandro konnte den schweren Gestank von Menschenessen riechen. Lor bedeutete ihnen, ihm zu folgen.

»Die Hexe hat dies hier gemacht.«

Der Höllenhund blieb vor einer Bogentür aus verwittertem Eichenholz stehen, die von schwarzen Eisenbeschlägen verstärkt war. In der Mitte war der Bogen etwa drei Meter hoch. Ein schwerer Riegel sicherte die Tür von außen. Es hatte etwas von einer Illustration aus einem Kindermärchenbuch.

»Sie hat einen Eingang in die Burg geschaffen«, erklärte Lor voller Ehrfurcht. »Damit hat sie Freiheit möglich gemacht.«

Alessandro schloss die Augen, denn seine Wunde pochte mit neuem Schmerz, als sein Herz vor Liebe und Furcht klopfte. *Was hatte es sie gekostet, das zu tun? Was ist mit ihr geschehen?*

»Und wieso ist die Tür hier in dieser Gasse? Woher weißt du, dass sie in die Burg führt?«, fragte Omara.

Lor zeigte zu zweien seiner Männer, die noch ein Stück weiter die Gasse hinunter postiert waren. »Meine Hunde haben die Ghule gejagt. Sie sahen einen schrecklichen Blitz über dieser Gasse und merkten einen Energieschub in der Luft. Deshalb kamen sie mit den Feen her, um nachzuforschen und die Menschen davon abzuhalten, mitten in die Gefahrenzone zu laufen. Doch sie fanden bloß diese Tür. Die Feen wussten, wofür sie ist. Sie sagten, dass sich Zauber wie dieser hier plazieren, wo sie wollen. Die Tür fand einen Ort, der ihr gefiel.«

Lor berührte das Holz. »Ich kann die Burg dahinter fühlen. Sie ruft nach uns wie alte böse Träume.« Er nahm seine Hand angewidert wieder herunter. »Ich habe schon genug Albträume.«

»Wir danken dir für deine Hilfe«, sagte Omara nach einer ganzen Weile. »Du hast mehr getan, als nötig gewesen wäre. Geh, und kümmere dich um deine Verwundeten!«

Lor nickte und ging, dicht gefolgt von den anderen Hunden.

Alessandro trat auf die Tür zu und legte eine Hand flach auf das Holz. Sein Blutverlust machte ihn langsam, beschwerte jeden seiner Schritte, doch er ignorierte seine Schwäche. Wenn er bisher durchgehalten hatte, würde er es auch noch ein bisschen länger.

Wortlos sah Omara ihm zu.

Er strich über das Holz, fühlte die rauhe Oberfläche. Seine lange Existenz hatte ihn weitestgehend immun gegen Ängste gemacht, aber er erkannte ebenfalls, dass die Burg, wie Lor es ausdrückte, alte böse Träume heraufbeschwor. Sie stellte eine Hölle dar, die für Vampire, Werwölfe, Drachen, Dämonen und Feen erbaut worden war, auf dass sie in ewiger Gefangenschaft darbten. Bewacht von gnadenlosen Wahnsinnigen. Holly hatte eine Tür geschaffen, aber wer konnte sagen, ob sie sich von innen öffnen ließ?

Zudem war Holly verschwunden. Die logische Schlussfolgerung wäre, dass sie sich in der Burg befand, möglicherweise verwundet, sich verirrt hatte oder Schlimmeres. Alessandro berührte einen der kalten Eisenbeschläge, dessen Oberfläche wie von einem Schmiedehammer eingedellt war. Sogleich war sein Kopf von einer Furcht erfüllt, die einer heftigen Migräne ähnelte.

Alessandro zog an dem Riegel, der sich ohne jeden Widerstand zur Seite schieben ließ.

Omara brach das Schweigen. »Ich verbiete es dir! Du musst dich ausruhen, sonst blutest du bis zur Bewusstlosigkeit, und dann liegst du dort wie ein dämlicher Idiot, bis ein Wächter über dich stolpert.«

Die Tür schwang auf, wobei die massiven Angeln ein seufzendes Stöhnen von sich gaben.

»Alessandro!«, schrie Omara, deren zunächst befehlsmäßiger Tonfall nach und nach wie eine Bitte klang.

»Ich bin sicher, dass es dir ganz recht wäre, mich drinnen gefangen zu sehen.«

Mit diesen Worten marschierte er in die Hölle.

Als Holly zu sich kam, lag sie auf einem Steinboden, dessen Kälte ihr durch und durch ging. Die Luft um sie herum war klebrig klamm, das Licht fahl, aber ausreichend, dass sie die Wand vor sich sehen konnte, die ebenfalls aus nacktem Stein bestand. *Wo bin ich?*

Sie sprang auf und kippte sofort an die Wand, weil ihr schwindlig wurde, denn sie hatte sich zu schnell bewegt. Ihr war übel, und sie empfand eine unangenehme Erschöpfung, die der bei einem üblen Kater ähnelte. Außerdem war sie verletzt und allein. Zum ersten Mal seit Tagen versuchte niemand, sie zu beißen. Träge kehrten ihre Erinnerungen zurück.

Gütige Hekate, ich bin in der Burg! Holly blickte sich um. Sie hatte versucht, das Portal in eine Tür zu verwandeln, aber hier war nirgends eine Tür in Sicht. *Ich könnte hierhergeschleudert worden sein. Oder jemand hat mich hergebracht. Vielleicht hat es auch gar nicht funktioniert, und ich bin gefangen.*

Holly verdrängte fürs Erste die Frage, ob es eine Tür gab oder nicht. Was sie sah, beruhigte sie nicht gerade. Das Bild in Grandmas Buch war ziemlich akkurat gewesen: Die Burg bildete ein Labyrinth aus grauem Stein. Fackeln an den Wänden warfen rauchiges Licht auf den Gang, das von den Flammen aus jedoch nicht einmal einen Meter weit reichte.

Alle paar Hundert Fuß führten Gänge zu den Seiten ab, in regelmäßigen Abständen und scheinbar unendlich. Holly lief zur nächsten Ecke und blickte vorsichtig in den Seitengang. Der Korridor war dem, in dem Holly stand, zum Verwechseln ähnlich. Auch hier war die hohe Decke hinter einem Nebel verborgen, der wabernde Schatten warf.

Bewegungen. Weiter hinten auf dem Korridor trieben zwei Wächter eine Horde Fehlwandler zusammen, Schwerter und Peitschen griffbereit. Gefangene aus der Schlacht? Sie überquerten den Korridor und verschwanden in einem anderen Gang, der tiefer in das Labyrinth der Burg führen musste. Holly zog rasch ihren Kopf zurück, um nicht entdeckt zu werden.

Dann wandte sie sich in die andere Richtung und wäre beinahe in den Wächter mit dem Zopf hineingelaufen – den, den sie im Flanders-Haus gesehen hatte. Er führte etwas an einer Kette, was wahrscheinlich ein Wolf war, wenn auch so groß wie ein Bär.

Der Wolf wirkte ebenso irre und brutal wie der Mann.

»Hi«, sagte Holly ein bisschen beschränkt und fühlte nach ihrer Magie. Keine da.

Blitzschnell machte sie kehrt und rannte den nächsten Seitengang hinunter. Die modrig-feuchte Luft brannte in Hollys Lunge. Sie hörte Kettengerassel. Der Wächter ließ seinen Wolf los und rief etwas in dieser Sprache, die Holly nicht kannte. Das Tier sprang ihr nach und rammte immer wieder gegen Ecken, weil sein massiger Leib nicht wendig genug war, um schnell Kurven zu nehmen. Das solide Gemäuer vibrierte nicht einmal.

Das Einzige, worauf Holly setzen konnte, war ihr Vorsprung. Sie stützte sich mit einer Hand ab, als sie um die nächste Biegung flitzte und dann abermals die Richtung wechselte. Sie hatte sich hoffnungslos verlaufen. Das Hecheln des Wolfs hinter ihr bildete ein Echo, als hätten fünfzig solcher Bestien sie verfolgt. Seine Krallen schabten auf dem Steinboden, was wie Fingernägel auf einer Schiefertafel klang.

Kalter Stein knallte gegen Hollys Turnschuhsohlen, die zu dünn waren, um den Aufprall beim Laufen abzufedern. Könnte sie ein Zimmer finden, irgendeine Tür, die zu schmal für den Wolf war, wäre sie sicher.

Vor ihr tauchte eine Treppe auf. In dem trüben Licht waren lediglich die unteren Stufen auszumachen, während die darüber vom schmutzigen Nebel verborgen wurden. Holly stürzte hinauf, wobei sie sich halb mit den Händen abstützte.

Ihre Finger glitschten auf dem schleimigen Untergrund. Hier in der Dunkelheit musste irgendein Schimmelpilz wachsen. Oder aber es handelte sich um die Spur von irgendetwas, das sie nicht unbedingt treffen wollte. Erschaudernd zog sie ihre Hände zurück und versuchte, das Glitschige unter ihren Füßen zu ignorieren.

Die Treppe führte steil und in einem unregelmäßigen Bogen nach oben. Dort angekommen, blieb Holly stehen. Sie zählte darauf, dass die Dunkelheit sie verbarg. Langsam und bedacht auf den steilen Abgrund hinter ihr, drehte sie sich um und sah nach unten. Ihr Bauch war kalt und verkrampft.

Der Wolf schnupperte an der untersten Stufe, als wäre er nicht sicher, ob der mühselige Aufstieg sich lohnte. Aus Hollys Warte stellte er sich als unförmige dunkelbraune Fellmasse mit einem keilförmigen Kopf dar. Er legte eine riesige Pfote auf die Stufe, und Holly hörte das Klackern der sensenscharfen Krallen, das lauter als sein feucht schlürfendes Schnuppern war.

Ein Wolf müsste doch meine Fährte erschnüffeln können. Vielleicht hatte dieser hier ja ein Problem mit seiner Nasenscheidewand. Oder er war senil. Falls ja, könnte absolute Stille ihre Rettung sein, und er vergaß womöglich, dass sie da war.

Sie wagte kaum zu atmen. Hinter ihr, in dem unbekannten Tunnel, war eindeutig das entfernte Heulen des Windes wahrzunehmen. Schmutz und Staub wehten über Hollys Zehen, herbeigetragen von einem Luftzug.

Sie aber blickte weiter zu dem Wolf. Er hob seinen Kopf, schwenkte ihn von einer Seite zur anderen und stieß ein gelangweiltes Hundejaulen aus. Trotzdem wollte Holly nicht voreilig Hoffnung schöpfen.

Dann kroch irgendein *Ding* über ihren Fuß. Instinktiv trat sie es weg. Das minimale Klicken, mit dem die gepanzerte Kreatur auf dem Steinboden landete, genügte. Die Ohren aufgestellt, blickte der Wolf mit sündhaft roten Augen geradewegs zu Holly auf. *Hekate!*

Eilig wirbelte sie herum und floh durch die Schatten und Lichtpunkte des langen Korridors. Der Gang machte hinten eine Kurve, so dass sie nicht allzu weit sehen konnte. Zu beiden Seiten gingen Räume ab, und ihre Kraft ließ zusehends nach.

Holly huschte in einen größeren Raum zu ihrer Linken, wo sie sich in die dunkelste Ecke kauerte. Wie die Luft sich anfühlte, musste die Decke sehr hoch sein, denn es duftete fast frisch.

Im nächsten Moment roch es nach Wolf. Zwei glühend rote Augen linsten zur Tür herein.

»Viktor!«, brüllte eine kräftige Männerstimme, deren Echo durch die gemauerten Gänge hallte.

Der Wolf winselte und tapste rückwärts.

»Viktor!«

Nun bellte das Tier, dass Holly eine Gänsehaut bekam.

Mit schabenden Schritten entfernte sich das Tier, um dem Ruf seines Herrn zu folgen.

Holly stemmte sich zitternd an der Wand nach oben. Etwas streifte ihre Wange, und sie sprang zur Seite, schaffte es allerdings, nicht aufzuschreien. Instinktiv schlug sie danach, ehe sie begriff, dass es bloß ein Stück Stoff war. Zugleich bemerkte sie, dass ihre Füße in etwas Weichem einsanken, und sie bückte sich, um es zu ertasten. Ein Teppich.

Dies hier war keine Kerkerzelle.

Alessandro wanderte mit gezogenem Schwert die Steinkorridore entlang. Seine Kraft schwand rapide, was mittlerweile auch sein Sehfeld beeinträchtigte. Omara hatte recht: Er verlangte sich idiotisch viel ab, aber wie sollte er nicht? Zumal jetzt, da er Hollys Anwesenheit spüren konnte. Das Blutband zwischen ihnen war durch die ungeheure Kraft, die sie durch ihren Körper gelenkt hatte, ausradiert worden, doch eine Verbindung blieb. Er fühlte ihre Präsenz so sicher wie der Ozean die des Mondes.

Allerdings war es eines, zu wissen, wo sie steckte, etwas ganz anderes, dorthin zu gelangen. Die Burg war ein Labyrinth voller unangenehmer Überraschungen, von denen einige groß und pelzig waren.

Andere erzählten herbe Geschichten. Alessandro hatte *Das Buch der Lügen* gefunden, das mit zerrissenem, blutverschmiertem Einband in einem Korridor lag. Wenn Pierce vom Campus weggefahren war, wie kam dann das Buch hierher? Wer hatte es genommen? Die Antworten kannte Alessandro nicht. Er hatte das Buch aufgehoben und mitgenommen, denn es könnte durchaus ihr Fahrschein aus der Burg sein.

Nach etwa einer Stunde Suche entdeckte er eine Frauenleiche, bäuchlings auf den Steinen ausgestreckt. An der Tarnkleidung und dem langen hellen Haar erkannte er, dass es sich um Geneva handelte.

Er näherte sich ihr langsam, weil er sich nicht auf den äußeren Eindruck verlassen wollte. Sie hatte weder einen Puls, noch atmete sie. Andererseits bestanden Dämonen aus Rauch und Energie. Sie mussten nicht atmen.

Er trat noch dichter an sie heran und tippte sie sanft mit der Schwertspitze an.

Nichts. Nun legte er seine Waffe ab und kniete sich neben die Tote. Die Szene kam ihm seltsam bekannt vor. Ihre Menschengestalt war jung und hübsch. Das lange helle Haar fiel wie ein Seidenumhang um sie herum, schimmernd im Fackelschein. Zögernd berührte er die Haut in ihrem Nacken.

Sie war kalt. So kalt wie seine eigenen blutleeren Hände, und sie roch vollkommen falsch. Erschrocken rollte er sie auf den Rücken. Die Leiche zeigte die typische Schlaffheit einer erst seit kurzem Toten.

Alessandro erstarrte schockiert. *Sie ist menschlich!*

Sie war in ihren ursprünglichen, lebendigen Zustand zurückversetzt worden. Die mächtige Kollision zwischen dem Portal und Hollys Erdmagie hatte sogar Geneva gereinigt.

Wie gut ihr das getan hatte, war fraglich. Ihr Hals wies eine klaffende Wunde von einem Fehlwandlerbiss auf. Wahrscheinlich war sie getötet worden, ehe sie auch nur eine Chance hatte, zu begreifen, was mit ihr geschah.

Geneva war das letzte Opfer der Fairview-Mörder, die sich nur blonde schöne Mädchen ausgesucht hatten. Sie wurde von denselben Kreaturen ermordet, die vorher getötet hatten, um sie heraufzubeschwören. Sie hielt sogar das Orpheus-Abzeichen in der Hand.

31

Holly tastete den Eingang zu der Kammer ab. Dort war eine Tür, die sie zudrückte. Auf das Beste hoffend, versuchte sie es mit ihrem Kerzenlichtzauber. Hier fühlte ihre Magie sich anders an, merkwürdig, als würde sie versuchen, mit der falschen Hand zu schreiben. Entsprechend brauchte sie einige Anläufe, aber schließlich klappte es.

Ein Dutzend schwarze Stumpenkerzen flammten auf, die den gesamten Raum ausleuchteten. Holly schnappte nach Luft. An den Wänden hingen Gobelins mit Silberstickereien von abstrakten Vögeln und anderen Tieren. Der Raum war riesig, die Decke hoch und mit drapierten Seidenschals geschmückt. Es standen Sofas und Sessel dort sowie ein Himmelbett in einer Ecke, auf dem schwarze Samtkissen mit Goldbordüren aufgehäuft waren. Ein Geigenkasten stand auf einem mit Goldblatt verzierten Bücherregal, und in einem kahlen Mauerwinkel plätscherte ein Wasserfall über die Steine in ein wuchtiges Marmorbecken, von dem aus er irgendwohin in den Boden ablief.

Das Ganze war von einer dicken Staubschicht bedeckt. Wer immer hier gewohnt hatte, musste seit langem fort sein. Holly hatte Lor und die Höllenhunde kennengelernt, die Brutalität der Wächter und ihrer Wölfe gesehen, und nun bot sich ihr ein anderes Gesicht der Burg: luxuriöse, weihrauchgeschwängerte Melancholie.

Als Erstes sicherte sie sorgfältig die Tür mit Schutzzaubern. Danach wirkte sie einen Reinigungszauber – teils, weil sie einen sauberen Raum haben wollte, in dem sie sich ausruhen konnte, vor allem aber, um sich einen magischen Halt in der Burg zu schaffen, und Haushaltszauber waren ziemlich sicheres Übungsmaterial. Sie hatte sie noch nie zuvor ausprobiert, aber da sie jetzt schmerzfrei zaubern konnte, stünden sie fortan ganz oben auf ihrer Favoritenliste.

Nachdem sie alles gesäubert hatte, versuchte sie es mit einigen Verteidigungszaubern. Sie würde ihr neues Refugium nicht verlassen, ehe sie einen anständigen Schuss zustande brachte. Schließlich wartete draußen dieser Wolf.

Der Aufschub war eine Wohltat. Endlich hatte Holly einen Moment zum Nachdenken – aber welcher Moment war eigentlich gerade? Donnerstag? Freitag? Nacht oder Tag? *So viel zu meiner ersten Semesterwoche!* Ihre Ziele – der feste Freund, das Geschäft, das College – waren auf ein einziges zusammengeschrumpft, nämlich, lebend und mit intakter Seele und selbstbestimmtem Willen nach Hause zu kommen.

In den letzten paar Tagen war sie mit dem Schwarzen Raub infiziert, von Omara ausgetrickst worden und hatte Bens paranoiden Verrat durchschaut. *Aber ich habe gewonnen. Ich habe mir meine Erinnerungen und meine Magie wiedergeholt, Geneva kräftig in den Arsch getreten und sowohl Macs Kuss als auch Alessandros Biss neutralisiert. Ich bin echt nicht schlecht!*

Und das war noch nicht alles. *Ich habe mich verliebt. Richtig ernsthaft unsterblich verliebt.*

Sich dafür gleich einen Unsterblichen auszusuchen, war

natürlich nicht besonders klug. Das hatte sie von Anfang an gewusst. Er hatte ihr ihren Willen geraubt. Sie markiert. Was auch immer sein Grund dafür gewesen war – es machte sie *wütend*. Und ihr war gar nicht bewusst gewesen, wie wütend, bis sie Zeit hatte, darüber nachzudenken. Tränen brannten hinten in Hollys Kehle.

Er hatte kein Recht dazu! Schlimmer noch, es liegt in seiner Natur. Er ist herrisch. Ob mit oder ohne Reißzähne: Er ist einer von diesen Typen, die alles am besten zu wissen glauben. Andererseits stellte Alessandro den ausschlaggebenden Grund dar, weshalb sie überhaupt hier war und wütend werden konnte. Er war aufrichtig. Er beschützte sie. In ihrer ersten Nacht hatte er sich vollkommen zurückgenommen, nur sie verwöhnt. Er hatte sie immer so gut geliebt, wie er es eben konnte. Wie konnte sie ihm nicht verzeihen, dass er sich bemüht hatte, sie zu retten?

Holly hockte sich auf das Fußende des Bettes und vergrub ihr Gesicht in den Händen. Das letzte Mal, als sie Alessandro sah, war er verwundet gewesen. *Bitte, Göttin, lass ihn okay sein!*

Holly benetzte sich die Lippen, auf denen sie den Staub aus dem Zimmer fühlte. Er schmeckte bitter wie Asche.

Er kommt und holt mich.

Als hätte sie ihn mit ihren Gedanken herbeigerufen, konnte sie Alessandro spüren, der nach ihr suchte, um sie zurück unter seinen Schutz zu bringen. Er war ganz in der Nähe. Auch wenn er ihren Willen nicht mehr beherrschte, existierte die Verbindung zwischen ihnen beiden noch. *Oh, danke, Göttin! Dass er kommt, bedeutet, dass es ihm gut geht.*

Holly gefiel der Gedanke nicht, dass sie Rettung brauchte, aber sie würde gewiss nicht meckern, wenn er mit einer Karte herbeigeeilt kam, die ihr den Ausgang zeigte. Sie löschte die Kerzen und lockerte die Schutzzauber an der Tür, um sie einen kleinen Spalt weit zu öffnen. Die Fackeln, die offenbar genauso langlebig waren wie die Steine, die sie erhellten, brannten mit demselben rauchigen Schein wie zuvor. Holly schlüpfte aus dem Zimmer und schlich sich an die Stelle, an der sich drei Korridore kreuzten. Alessandro musste irgendwo dort sein.

Aber sie sah ihn nicht. Sie hörte auch keine Schritte, die sich in ihre Richtung bewegten. Und dennoch schien er so nahe. Eilig huschte sie über die Kreuzung in den gegenüberliegenden Gang, wobei sie darauf bedacht war, dass man sie nicht entdeckte. Der Wolf war ihr viel zu gut in Erinnerung.

Schließlich fand sie Alessandro in einer dunklen Nische, *Das Buch der Lügen* auf seinem Schoß, sein Schwert in der Hand. Er saß zusammengesunken an einer Mauer, sehr blass. Panik regte sich in Holly.

»Alessandro!«, flüsterte sie, kniete sich zu ihm und nahm seine Hand. Sie war schwer und kalt. *Er ist meinetwegen hergekommen. Er droht zu verbluten, aber er ist trotzdem gekommen.*

Kaum merklich drehte er seinen Kopf und blinzelte mit schweren Lidern. »Ah, da bist du ja!«, brachte er hervor, als wäre sie etwas, das er schlicht verlegt hatte.

»Ich habe ein Zimmer gefunden, ein sicheres Zimmer«, raunte sie ihm zu, während sie seine Hand wärmte. »Komm, steh auf!«

Entsetzlich langsam verlagerte Alessandro das Buch und wollte sich aufrichten. Seine Stiefel schabten auf den Steinen, und selbst mit Hollys Hilfe erschöpfte das Stehen ihn sichtlich. Als er sich an die Wand lehnte, bemerkte Holly den Schweißfilm auf seinem Gesicht.

Sie legte einen Arm um ihn, half ihm, sich aufrecht zu halten. Dabei fühlte sie die klebrige Feuchtigkeit an seiner Seite.

Ihr Herz klopfte ihr bis zum Hals. »Was brauchst du? Blut?«

Er schloss die Augen wieder und stützte seinen Kopf an die Mauer. »Nein. Ich riskiere nicht, dich zu beißen. Meine Markierung ist fort, die des Dämons auch. Du bist frei und musst es bleiben.«

»Denkst du, du kannst mir wieder meinen Willen nehmen?«, entgegnete sie. »So einfach geht das nicht.«

»Holly, denk nach! Ich bin nicht wert, dass du für mich deine Freiheit opferst. Niemand ist das. Lass mich gehen!«

»Einen Teufel werde ich tun, Caravelli!« Sie musste sich auf die Unterlippe beißen, die heftig bebte.

Er sagte nichts, sondern hielt sich stumm an der Mauer fest, als könnte diese allein ihn auf den Beinen halten. Seine Augen wurden dunkler, denn der goldene Glanz schwand zusehends.

Wie kann ich ihm vertrauen? Er hat seine Kraft benutzt, um mich zu retten, aber damit machte er mich zu seiner Sklavin.

Die Antwort überraschte sie. *Weil ich meine Magie habe. Ich kann Türen aus mehr als einem Gefängnis schaffen. Ich kann einen Mythos nehmen und ihn real machen.*

Holly stellte sich vor ihm auf Zehenspitzen, presste ihre Lippen auf seine, schöpfte Energie aus den Steinen um sie herum und gab sie in ihren Kuss wie in die Worte, die sie sagte: »Also erwähle ich dich, Alessandro Caravelli. Aus freiem Willen und bei klarem Verstand wünsche ich, dass du mein wirst.«

Während sie sprach, fühlte Holly eine Energieexplosion

zwischen ihnen, angeheizt von ihrem Empfinden. Sie nährte Alessandro mit ihrer Liebe.

Auf einmal wurden seine kalten Lippen warm. Er stemmte sich von der Mauer ab und schlang seine Arme um sie, so dass er den Kuss zu einem sinnlichen Akt der Hingabe vertiefen konnte. »Du erwählst *mich*?«

Holly musste grinsen. »Ich wollte dich schon lange, aber mir war nicht klar, dass du zu haben bist. Andernfalls hätte ich dich vor Jahren bereits über die Schulter geschwungen und in meine Höhle geschleppt.«

»Ich hatte Angst, dich zu verletzen, und das aus gutem Grund.«

Sie streichelte sein Gesicht und malte seinen Mund mit ihrem Daumen nach. »Da du mein Erwählter bist, kannst du mich nicht mehr markieren.«

»Das muss ich nicht. Und ich brauche dein Blut nicht mehr. Du nährst mich von jetzt ab auf andere Weise.« Seine goldbraunen Augen nahmen einen heißen, leidenschaftlichen Glanz an. »Genau wie ich dich, *Cara*.«

Zwar stand er wieder aufrecht, doch Holly sah ihm an, dass er alles andere als geheilt war. Und sollte ihre überaus optimistische Einschätzung sie nicht täuschen, würde noch ein sehr ausgiebiger Liebesakt nötig sein, um Alessandro vollständig wiederherzustellen. Sie kniete sich hin, nahm sein Schwert auf und reichte es ihm. »Wenn das so ist, würde ich sagen, dass du reichlich ausgehungert wirkst und eine anständige Mahlzeit vertragen kannst. Übrigens, wie ich erwähnte, habe ich ein nettes Plätzchen ganz in der Nähe entdeckt. Soll ich dich dorthin verschleppen?«

Sie bückte sich, um *Das Buch der Lügen* aufzuheben.

»Das hatte ich gehofft.« Er steckte das Schwert in die Scheide und schmunzelte ihr zu. Dann riss er Holly verblüffend schnell von den Füßen und in seine Arme. »Aber deine Liebe gibt mir Kraft. Heute Nacht fahre ich!«

Holly zauberte ein Feuer in den Kamin und benutzte ihre Magie, um Hitze aus der Kraft der Burg zu schöpfen. Alessandro füllte einen Kessel am Wasserfall und hängte ihn über das Feuer. Es gab kleine kräuterhaltige Seifenriegel und jede Menge Handtücher. Während die feuchte Luft sich erwärmte, zogen sie sich ihre schmutzige Kleidung aus und wuschen sich in dem Marmorbecken.

Zuerst reinigte Holly Alessandros Wunde. Der Schnitt hatte endlich aufgehört zu bluten, und mit ein wenig magischer Hilfe schloss er sich. Dann war Holly an der Reihe. Der Ghulbiss war dank ihrer Magie verheilt, aber sie wollte die Spuren des ekligen Sabbers loswerden.

Alessandro drückte sie an sich. Seine seifenglitschigen Muskeln schmiegten sich hart an ihre empfindlichen Brüste. Heiß und hungrig küsste er sie auf den Mund, so dass sie die seltsam exotische Seife schmeckte. Nun waren sie richtig Mann und Frau, ohne Markierungen, sondern durch das älteste Band der Natur miteinander verknüpft.

Seifenschaum versickerte im Boden, als sie sich unter dem kühlen Wasserfall abspülten. Holly fing Alessandros Lippe mit ihren Zähnen ein und zog sanft, worauf ein zufriedenes Knurren in seiner Brust vibrierte, das wiederum Hollys Haut zum Kribbeln brachte. Sie erbebte, halb vor Kälte, halb vor Erregung, und sorgte dafür, dass Alessandro ein tiefes vertrautes Lachen ausstieß. Bei diesem Laut schmolz Holly innerlich.

Alessandro trocknete ihr das Gesicht mit einem der weichsten weißen Handtücher ab, die sie finden konnten, bevor er sich über ihre Arme und ihren Rücken weiter hinunterarbeitete. Die erogensten Zonen sparte er sich für den Schluss auf. Es war ein besitzergreifendes Ritual, mit dem er sich ausgehend von ihren Zehen jeden Millimeter ihres Körpers zu eigen machte. Holly schloss die Augen und fühlte das Handtuch wie eine Zunge auf ihrer Haut.

Anschließend legte er sie auf einen alten samtbezogenen Sessel nahe dem Feuer, dessen Stoff sich an ihrem klammen Körper rieb. Alessandros Haar hing ihm in dunklen nassen Locken über die Brust, auf der die Tropfen in kleinen Rinnsalen hinabglitten. Holly lief das Wasser im Mund zusammen. Als Alessandro sich vorbeugte und ihre Schulter küsste, war er ganz warm. Trotzdem bekam Holly eine Gänsehaut, die sie jedoch ihrem Verlangen verdankte, das wie wahnsinnig in ihr tobte.

Alessandros Zungenspitze strich über die empfindliche Innenseite ihres Arms, bis seine Zähne über ihrer Ellbogenbeuge verharrten. Als er zu Holly aufsah, blitzte in seinen Augen das gelbe Flackern des Jägers auf, der über seine Beute geneigt war.

Ein Kälteschauer überkam Holly, der ihr den Atem raubte. »Ich dachte, auf diese Weise reize ich dich nicht mehr.«

Er küsste sie sanft, wobei seine Zähne lediglich ihre Haut eindrückten. »Ich bin, was ich bin. Ich werde dir nie wieder deinen Willen rauben, und ich muss dein Blut nicht trinken, aber das heißt nicht, dass ich dich nie wieder kosten möchte. Mein Gift kann dich nicht mehr süchtig machen, doch es ist jederzeit verfügbar, um dir Vergnügen zu bereiten.«

Nun lag sein Mund abermals auf ihrem, tauchte seine Zunge in sie ein. Die zarte Fenchelnote weckte eine Vielzahl erotischer Assoziationen. Prompt ließ Holly ihre Hände über seine schmalen Hüften wandern, wo seine Muskeln sich anspannten und sie fühlte, wie er hart wurde.

Er erholte sich recht gut.

Hollys Energie regte sich, summte ihm entgegen, was beide zusätzlich erregte. Hollys Haut begann, vor Verlangen zu brennen, als wäre sie ihr plötzlich zu klein geworden.

Sie wechselten zum Himmelbett und schlüpften unter die Decken, die nach altem Lavendel dufteten. Dankbar für die Wärme, schmiegte Holly sich an Alessandro und ließ ihn ihre Kurven und Vertiefungen genüsslich erkunden. Sie war feucht vor Lust, sehnte sich nach mehr.

»Ich habe Hunderte von Jahren darauf gewartet, eine Frau so in den Armen zu halten«, verriet Alessandro ihr. »Ich sehnte mich danach, den Akt um seiner selbst willen zu erleben, ohne immerfort um Selbstbeherrschung zu ringen. Wie sehr wünschte ich mir, endlich wieder mit einer Frau zu schlafen und dabei nichts als Vergnügen im Sinn zu haben!«

»Meinst du, du weißt noch, wie das geht?«, scherzte sie, als sie ihn an ihrem Schenkel fühlte.

»Ich bin alt, aber nicht senil«, konterte er streng, aber mit einem sinnlichen Lächeln.

Seine Finger strichen über ihren Bauch, spielten mit ihrem Nabel, erforschten, neckten und streichelten sie. Er malte einen Kreis um ihre Brustspitze, so zart, dass es eher einer Andeutung als einer Berührung gleichkam. Ihre Brüste spannten sich an, wurden schwer und heiß. Sobald seine Lippen sich um eine der geschwollenen Spitzen schlossen, durchfuhr ein Hitzestrahl ihren Bauch.

Oh, ja, er weiß es noch!, dachte sie, während er sich der anderen Brust widmete. Sein Mund war dort beschäftigt, seine Finger weiter unten, wo sie die Blütenblätter ihres Geschlechts öffneten und sie feucht und bereit vorfanden. Leider schien er es kein bisschen eilig zu haben. Sehr langsam steigerte er den Druck seiner Berührungen, streichelte sie intensiver, reizte sie. Holly rekelte sich ihm entgegen, forderte ihn stumm auf, denn auf einmal fehlten ihr die Worte für irgendetwas.

Gleichzeitig streckte sie eine Hand aus und fand, was sie suchte. Sie strich mit ihren Fingernägeln über seine empfindlichsten Stellen, auf dass die Andeutung von Schmerz seine unübersehbare Wonne würzte. Die Art, wie er nach Atem rang, verriet ihr alles, was sie wissen musste. Der Laut verstärkte noch den Wunsch, seinen Mund wieder auf ihren Brüsten zu spüren.

Zitternd vor Anstrengung, weil er sich so sehr beherrschte, packte Alessandro schließlich ihre Hände und drückte sie über ihrem Kopf ins Kissen. Die alte Matratze sank ein, als er sich über sie beugte, bereit, sie vollständig einzunehmen.

Hollys eigene Kraft, frei und ungezähmt, streckte sich ihm entgegen und schwang im Gleichgewicht mit seiner. Alessandros Dunkelheit könnte Hollys Licht niemals überwältigen, so wie Holly niemals seine Nacht vertriebe. Keiner von ihnen müsste jemals mehr etwas zurückhalten.

Alessandros Hände ließen Hollys los und wanderten geduldig über ihren Körper, an ihren Hüften entlang und über ihren Venushügel. Dann küsste er sie *dort*. Kaum fühlte sie seine Lippen und seine Zunge an ihrer Scham, spreizte sie die Schenkel einladend weiter.

Schließlich drang er mit einem Stoß in sie ein, dehnte sie, füllte sie aus und hielt inne, weil sich keiner von ihnen bewegen wollte. Nach einer ganzen Weile hob Holly ihm ihren Schoß entgegen, wieder und wieder, fand die richtige Stellung, den richtigen Rhythmus, um ihn so weit wie möglich in sich aufzunehmen – Zentimeter um köstlichen Zentimeter. Das vorübergehende Unbehagen wich einem sinnlichen Hunger.

Mehr! Fester!

Holly wand sich verzückt unter ihm. Ihrer beider Kräfte pulsierten im Einklang mit ihren Körpern, verwoben sich wie Finger. Holly legte ihre Hände auf seinen Po und unterstützte seine und ihre Bewegungen mit zusätzlichem Druck.

Heiße Sehnsucht stieg zwischen ihren Leibern auf, die sich Stoß für Stoß begegneten. Holly rang nach Atem, trieb dem unausweichlichen Höhepunkt entgegen. Sie war benommen vor Lust, konnte es nicht erwarten, ihn immer tiefer in sich zu haben.

Als sie gerade merkte, wie ihr letztes bisschen Verstand sich verabschiedete, hörte Alessandro auf und hielt sie mit eisernem Griff still.

»Nein!«, stöhnte Holly. *Nein, nein, nicht stoppen!*

Alessandro tauchte zwischen ihre Schenkel und leckte sie von dort in einem Zug bis hinauf zu ihrem Hals. Dabei spürte sie das zarte Schaben seiner Zähne auf ihrer überempfindlichen Haut.

»Du bist mein«, sagte er und gab ihr einen langen sinnlichen Kuss. »Ich begehre dich, Holly. Ich liebe dich.«

Dann folgte der letzte, vollkommene Stoß.

Holly implodierte in einem Beben von Wonne, die sie blind und taub machte. Ein Wirbelwind von Empfindungen durchstob sie, der jeden Muskel, jeden Nerv erfasste. Im selben Moment kam Alessandro, heiß und angefüllt von der Macht ihrer Vereinigung. Es war Magie der ältesten, der mächtigsten Art.

Später würden in Hollys Erinnerung Fragmente von Fackelschein, alten Kräutern, der Stille der Burg und Alessandro bleiben. Er lachte aus purer Freude.

»Ich schätze«, sagte er, während er mit ihrem Haar spielte, »dass wir allmählich gehen sollten.«

Holly hob ihren Kopf von Alessandros Brust. Ihre Glieder waren wunderbar ermattet und zufrieden. Er hatte recht: Sie sollten aus der Burg verschwinden. Nur wusste sie nicht, ob sie gehen könnte. In dem warmen Bett zu liegen und in den Pausen zwischen ihren leidenschaftlichen Vereinigungen leise über alles und nichts zu reden, gestaltete sich viel angenehmer.

»Eine Minute noch«, entgegnete sie und spielte mit der dünnen Linie goldenen Haars auf seinem Bauch, die dunkler wurde, je weiter sie sich der Herrlichkeit weiter südlich näherte.

Vor Staunen ging Holly das Herz über. Alessandros Haut war warm, seine Wangen vom Liebesakt gerötet. Ja, er sah lebendig aus! Beinahe. Unglaublich, aber wahr, nährte er sich von reinem Gefühl. *Das also heißt es, erwählt zu sein. Solange wir uns lieben, kann er leben, ohne von anderen zu nehmen.*

Und es bestand keinerlei Gefahr, dass ihnen die Nahrung ausging. Holly konnte sich nur zu gut eine Zukunft voller Leidenschaft vorstellen, in der sie ihn mit ihrer Liebe nährte. Und es wäre eine lange Zukunft. Eine unsterbliche. Diese Art Magie hielt eine Hexe für immer jung. Allein der Gedanke versetzte sie in einen Glücksrausch. *Unsterblichkeit.* Sie besaß nun Macht, mehr als sie sich jemals erträumt hatte. Und darüber musste sie noch eine Menge lernen. Es lag mehr als eine Lebensspanne Arbeit vor ihr.

Selbst in der unmittelbaren Zukunft schien es ziemlich eng zu werden. Nun hatte sie einen Partner, jemanden, der ihren Lebensmittelpunkt bildete. Dann waren da das College und ihre kleine Firma. Überdies wollte sie mit Ashe ins

Reine kommen und sie wieder zu einem Teil ihrer Familie machen. Und sie wollte mehr über die Burg erfahren, einiges mehr – wie zum Beispiel: Wessen Zimmer war das hier eigentlich?

Nicht zu vergessen, dass sie Mac finden mussten. Holly hatte ihre Sinne bereits auf die Suche nach dem Detective geschickt, ihn jedoch nicht aufspüren können. Was ihr Sorge bereitete. Mit ein bisschen Glück spürte sie ihn in Fairview auf. Falls er wieder menschlich war, so wie Geneva es für so kurze Zeit geworden war, brauchte er Hilfe. Niemand konnte folgenlos durchmachen, was er durchgemacht hatte.

Holly schmiegte ihre Wange an Alessandros Brust. Sie konnte sein Herz hören, sachte und langsam, aber regelmäßig. Vampirherzen schlugen hin und wieder unter dem Einfluss starker Emotionen, aber dieses hier klang zufrieden. *Wie interessant, dass diese Magie sein Herz zum Leben erweckt hat!*

Andere Teile von ihm regten sich unter der Decke. Prompt beschleunigte Hollys Herzschlag sich, während kribbelnde Erregung ein Lächeln auf ihr Gesicht zauberte.

Auf einmal erklang ein Pochen außerhalb ihres kleinen warmen Kokons und hämmerte an die Tür. Ehe Holly sich aufgesetzt hatte, war Alessandro schon aus dem Bett, hatte seine Jeans an und sein Schwert gezogen. Sie wechselten einen Blick, nachdem Holly sich ebenfalls bedeckt hatte. Dann nickte er, und sie entfernte die Schutzzauber, mit denen sie die Tür versehen hatte. Alessandro hob sein Schwert.

Die Tür krachte unter der Wucht von Magie auf, die von draußen auf sie geschleudert wurde. Es war Omara, schick gewandet in einen Nadelstreifenhosenanzug und Pumps mit eckigen Absätzen.

»Ich konnte es fühlen«, sagte sie leise. »Ich habe es auf

meiner Zunge geschmeckt wie dunklen Wein. Schon vorher dachte ich mir, du könntest erwählt worden sein, aber diesmal ist es wahr.« Sie blickte von Holly zum Bett und zu Alessandros nacktem Oberkörper. Ihr Gesichtsausdruck war unbeschreiblich: der eines bass erstaunten Kindes. Oder der einer sehr eifersüchtigen Königin. In Omaras Miene spiegelten sich Liebe, Verlust und Berechnung. Gier.

Trotz ihrer neu entdeckten Macht bekam Holly für einen kurzen Moment Angst.

Omara sah Alessandro an. »Als du nicht aus der Burg zurückkamst, musste ich feststellen, dass du mir zu viel bedeutest und ich dich nicht hierlassen konnte. Du warst verwundet.« Die Worte schienen ihr im Hals stecken zu bleiben. »Dein Blutgeruch machte es leicht, dich zu finden.«

Alessandro senkte sein Schwert. »Zu gern würde ich dir glauben, dass du wirklich aus diesem Grund gekommen bist. Realistischer jedoch wäre wohl die Vermutung, dass es sich für eine siegreiche Königin nicht gut macht, wenn sie nach der gewonnenen Schlacht ihren besten Krieger im Stich lässt. Würde das bekannt, wäre es beim nächsten Mal ungleich schwieriger für dich, Hilfe zu rekrutieren.«

Omara wandte den Blick ab. Anscheinend fand sie etwas an dem Gobelin höchst spannend. Ihr Profil war vollkommen – ignorierte man das schwache Beben ihrer Lippen. »Ich bin durchaus zärtlicher Gefühle fähig. Unterschätze mich nicht!«

»Das tue ich nie.«

Bald standen die drei draußen vor der hölzernen Bogentür in der Seitengasse. Nach der feuchtkühlen Burg duftete die Seeluft reiner und besser denn je.

Holly bewunderte die Tür. Sowohl innerhalb als auch außerhalb der Burg schien sie um einige Blocks von Genevas Portal verschoben. Eine unerwartete Wendung, wenngleich keine schlechte. Eine Tür in einer verlassenen Seitengasse ließ sich leichter kontrollieren als eine, die mitten in der Luft über dem Spielfeld hing. *Wie nett vom Universum, diesen Designfehler selbständig zu korrigieren!*

Holly schob den Riegel vor, die freie Hand flach auf dem Eisenbeschlag. Sie konnte die Macht unter der physischen Oberfläche fühlen. Dort befand sich auch Elaines Magie … und Genevas. Sie alle hatten ihre Spuren in der Matrix hinterlassen, die eine Passage zwischen ihrer Welt und der Burg formte.

Omara stand einige Schritte entfernt und beobachtete Holly. Ihr Blick war kritisch und mürrisch zugleich. »Dein permanentes Portal ist eine sehr kluge Lösung, aber es darf auf keinen Fall unbewacht bleiben.«

»Ich weiß«, entgegnete Holly, die es eigentlich nicht scherte, was Omara meinte. Sie strich mit beiden Händen über das kalte Eisen, bis sie das Holz erreichte. Die Magie der Tür erkannte ihre, leckte förmlich an ihr wie ein aufgeregter Welpe. Der Kraftsturm fuhr durch ihren Körper, den einen Arm hinauf und den anderen wieder hinunter in einer Art stummer Begrüßung.

Holly sog sie in sich auf und überlegte, was sie tun sollte. Die Tür eröffnete ihr ein ganzes Reich an Möglichkeiten. Leute, die gerettet werden mussten. Monster, die wahrlich für immer eingesperrt bleiben sollten.

Holly hatte ihnen Zugang zu ihrer Welt verschafft. Wollte sie die Verantwortung dafür übernehmen, wer hier hindurch durfte?

Alessandro stand dicht bei ihr, jederzeit für sie da, falls sie ihn brauchte, schwieg aber. Die Entscheidung lag allein bei ihr.

Holly wandte sich zu Omara um. »Ich werde die Torwächterin sein. Immerhin habe ich das Tor gebaut.«

Die Königin neigte den Kopf zur Seite. »Gut. Es ist, wie es sein soll, aber bedenke, dass die meisten, die du dort findest, nicht heraus dürfen! Dieses Gefängnis wurde aus einem Grund erschaffen, und die Wächter sind neidisch auf ihre Schützlinge. Du kannst nicht allein entscheiden, wer durch diese Tür geht und in unserer Welt wandelt. Nun, da die Burg nur einen Schritt entfernt ist, betreffen ihre Angelegenheiten uns alle, Menschliche und Nichtmenschliche gleichermaßen.«

Holly nickte. Sie fühlte das Gewicht von Omaras Blick auf sich, dann auf Alessandro, dann auf ihnen beiden zusammen. Lichtjahre schienen sie von der gestrengen winzigen Königin zu trennen, die vollkommen allein dastand.

Der Moment endete abrupt, als hätte Omara auf einer nicht greifbaren Ebene nachgegeben.

»Ich möchte dich meines tiefsten Dankes versichern, Holly Carver«, sagte sie. »Du hast dir eine Nacht Ruhe verdient.« Damit machte sie auf den Absätzen kehrt und begann, zur Mündung der Gasse zu gehen. »Bring sie heim, mein Bester! Sei glücklich!«

»Was hast du vor?«, fragte Holly. »Was passiert jetzt, nachdem das Portal geschlossen ist?«

Omara blieb stehen und sah sich amüsiert zu ihr um. »Als Königin darf ich nicht nach Hause in ein weiches Bett. Ich muss ein paar lose Enden verknüpfen und nach eurem vermissten Detective suchen. Ich will sicher sein, wo er steckt, bevor ich mein Haupt zur Ruhe bette.«

Holly öffnete den Mund, doch Omara bedeutete ihr mit

erhobener Hand, nichts zu sagen. »Ich gebe dir mein Wort: Ich rufe dich umgehend an, wenn ich ihn finde. Was dich betrifft, meine junge Hexe, hast du genug getan. Du hast alles gegeben, was du geben konntest. Nun lass andere tätig werden.«

Omara drehte sich wieder um und ging. Ihr langes Haar schwang bei jedem Schritt auf ihrem Rücken. Holly sah, wie sie ihr Handy aufklappte und ihren Wagen herbeibeorderte.

Sie wartete, bis die Königin fort war, dann fragte sie: »Alessandro, was hast du mit dem *Buch der Lügen* gemacht?«

»Ich habe es unter dem Bett versteckt. Wir können später hingehen und es holen.«

»Wieso hast du es nicht mitgenommen?«

Alessandro sah zu dem schmalen Streifen Sternenhimmel über der Gasse hinauf. »Ich halte es für das Beste, wenn die Königin herrscht, aber in vernünftige Grenzen verwiesen wird. Deshalb möchte ich ein oder zwei Trümpfe in der Hand behalten, zumindest bis ich sicher bin, dass sie mir vergeben hat, aus ihrem Dienst ausgeschieden zu sein. Absolute Macht bekommt Omara nicht. Sie hat gelegentlich Probleme, ihre impulsiven Reaktionen zu kontrollieren.«

Holly musste grinsen. »Bist du sicher, dass in dir kein Politiker schlummert?«

Alessandro hielt sie im Arm, und das Gewicht seiner Berührung war ein Versprechen für die Ewigkeit. »Ich mag Frieden, Ordnung und eine gute Regierung. Omara ist diejenige, der erregende Machtspiele Genuss bereiten.«

»Mir tut es leid, dass sie so einsam ist«, räumte Holly ein. »Wäre sie glücklich, könnte sie weit umgänglicher sein.«

Alessandro zuckte mit den Schultern. »Eines Tages wird

sie den richtigen Sparringspartner finden – vielleicht einen großen gut bewaffneten Drachen.«

Holly gähnte. »Mmm«, summte sie und lehnte sich an seine Brust.

»Wir sollten dich nach Hause schaffen«, murmelte Alessandro und küsste sie auf die Wange.

»Wozu die Eile? Die Nacht ist noch jung.«

»Hast du morgen keinen Kurs? Morgen ist Donnerstag.«

»Ach, Göttin, das bedeutet Integralrechnung! Kann ich es nicht stattdessen mit noch einem Dämon aufnehmen?«

DAS TOR

WURDE GEÖFFNET …

Hier finden Sie eine exklusive Leseprobe aus

Vampirdämmerung,

dem zweiten Band von Sharon Ashwoods außergewöhnlicher Serie *Dark Magic*, erhältlich ab Januar 2011.

1. Oktober, 19 Uhr 15
101.5 FM

Guten Abend, werte reißzahnige und pelzige Hörer dort draußen im Radioland. Hier ist Errata, eure Moderatorin von CSUP, dem Sender, der dem ›normal‹ in ›paranormal‹ Paroli bietet. Heute ist der erste Oktober und ein frischer Abend hier auf dem Fairview-Campus. Wie es aussieht, kriegen die Kürbisse heute Nacht noch Frost.

Wir haben unser wie immer dunkles und gefährliches Programm für Sie vorbereitet, doch zunächst eine besondere Warnung. Wie uns mitgeteilt wurde, befindet sich ein gewisser Dämonen-Detektiv wieder in der Stadt. Es heißt, dass er sich schon eine Weile hier aufhält, bisher allerdings unsichtbar blieb, aber meine Informanten haben den einheimischen Spitzbuben letzte Nacht ertappt. Schön, dass Sie von der dunklen Seite zurück sind, Detective, aber passen Sie auf die

Brücken auf, die Sie letztes Jahr hinter sich eingerissen haben. Ich würde sagen, auf denen geht es sich immer noch reichlich wackelig.

Übrigens sollten Sie lieber nicht versuchen, sich mitten ins heiße Nachtleben zu stürzen. Dort dürften Ihre Überlebenschancen geringer sein als die eines Truthahns an Thanksgiving.«

Macs Puls pochte schnell hämmernd in seinen Schläfen. Ihm behagte es nicht, an der Tür in der alten Steinmauer vorbeizugehen, aber er musste, denn der verdammte Vampir war ihm dicht auf den Fersen.

Mac war unfähig, nicht hinzusehen. Die Tür war an die drei Meter hoch, die vertikalen Eichenpfosten durch schwarze Eisenstreben verstärkt. Ein schwerer Riegel sicherte sie von außen. Dieser Eingang wirkte wie aus einer Tolkien-Verfilmung.

Dahinter lag ein Land der Albträume. Mac war dort gewesen. Es handelte sich nicht um die Hölle im eigentlichen Sinne, sondern um einen Ort, der die Burg genannt wurde, ein Gefängnis für Übernatürliche. Ebenso gut könnte es der wahre Feuerschlund sein, denn Mac wäre verdammt, sollte er je wieder dort hineinkommen.

»Macmillan.«

Mac drehte sich ruckartig um. Hinter ihm bog Caravelli mit gezücktem Schwert in die Gasse ein. Verdammt!

»Verzieh dich, Beißerchen.« Mac achtete darauf, seine Stimme zu beherrschen, obwohl seine Wut wie eine Flutwelle anschwoll. Er blieb abwartend stehen, während Caravelli sich ihm mit der verhaltenen Grazie eines Matadors näherte.

»Du bist wohl nicht nur tot, sondern auch taub, was?«,

fragte Mac. Dummerweise brachte er die Worte nur stockend hervor. Der Dämon in ihm kämpfte um die Vorherrschaft. Es würde sich so verdammt gut anfühlen, ihn rauszulassen, so leicht, so frei.

Mac machte ein paar Schritte rückwärts, bis er mit den Schultern an die Mauer stieß. *Ich kann immer noch verschwinden. Ich muss nicht das Ding werden, das ich hasse.*

Der Vampir war nun direkt vor ihm. Caravellis Hand klatschte gegen die Steine und versperrte Mac den Weg. Mac zuckte zurück, doch Caravelli beugte sich zu ihm. Das Vampirgesicht mit den seltsam goldenen Augen war nur Zentimeter von Macs entfernt. »Möchtest du mir die Mühe ersparen, mein Schwert zu reinigen? Gleich hier ist die Burgtür. Geh reich und komm nicht mehr zurück.«

Oh, nein.

Macs Faust rammte in Caravellis Magen, so dass der Vampir quer durch die Gasse flog und mit einem dumpfen Klatschen von Leder und Haut gegen die uralte Mauer schlug. Laut scheppernd fiel das Schwert aus seiner Hand und rollte klimpernd gegen die Wand.

Mac bemerkte das halbe Dutzend Höllenhunde nicht, das aus der Hintertür eines Clubs geschlichen kam.

Zumindest nicht, bis sie ihm den Ausweg aus der Gasse versperrt hatten. Als er zuschlug, trafen seine Fingerknöchel auf die harten Nieten einer Jeansjacke. Er hörte ein *Umpf*, und dann riss ihm jemand die Beine weg.

Er knallte so heftig mit dem Steißbein auf die Pflastersteine, dass ihm der Schmerz bis in den Schädel schoss. Als Nächstes wurde ihm die Spitze eines schweren Arbeitsstiefels in die Niere gerammt. Blind vor Pein wollte Mac sich auf die Knie rollen, doch da trat ihm ein anderer Fuß in den Bauch, und er kippte auf den Rücken. Er hielt sich beide Arme schützend vor sein Gesicht und machte sich auf eine altmodische Tracht Prügel gefasst. Nicht einmal ein Halbdämon konnte allzu viel gegen sechs Höllenhunde und einen angefressenen Vampir ausrichten.

»Stopp!«, befahl Caravelli.

Sie erstarrten mitten im Schwung. Rasch versuchte Mac, wieder auf die Beine zu kommen, aber einer der Hunde drückte ihm lässig einen Fuß gegen die Kehle. Mac fühlte, wie die Steinbrocken in den Gummiprofilen seine Haut zerkratzten.

Mist! Er saß in der Falle.

»Steckt ihn in die Burg. Er ist Genevas Leibeigener.«

Bei dem Namen verkrampfte sich alles in Mac. Er hasste es, immer noch von ihr gebrandmarkt zu sein. Als hätte er einen »Made in Hell«-Sticker auf der Stirn kleben.

Alle Hunde beugten sich auf einmal hinunter, packten Macs Haar, seine Arme und seine Kleidung. Ihre dunklen Schatten blendeten den Neonschein eines Reklameschilds aus, so dass nur noch zotteliges Haar und glühende Augen zu sehen waren.

Metall schabte über Metall, und die Burgtür öffnete sich mit einem dramatischen Ächzen der Eisenangeln. Macs Füße baumelten in der Luft, als die Höllenhunde ihn hochhoben. Er zappelte und wand sich.

»Caravelli, nein! Bitte nicht! Ich habe nichts getan!«

Wie einen Sandsack schleuderten die Höllenhunde ihn über die Schwelle. Mac landete auf dem Bauch und knallte so hart mit dem Kinn auf, dass ihm die Zähne mit einem lauten Klacken zusammenschlugen. Er rutschte bis zu einem Absatz im Boden und rollte hilflos hinunter.

Hinter ihm wurde der Riegel mit einem tiefen, knirschenden Geräusch vorgeschoben. Mac versuchte aufzustehen, stolperte jedoch und sackte kraftlos zu Boden. Der Aufprall auf dem harten Steinboden hatte ihm sämtliche Gliedmaßen betäubt.

»Caravelli! *Zur Hölle mit dir!*«

Er stemmte sich hoch, die Hände flach auf dem körnigen Steinboden. Teils vom Sturz, teils vom dumpfen, flackernden Licht drehte sich alles in seinem Kopf, doch beim zweiten Anlauf gelang es ihm, sich aufzurichten. Wie heißes Öl floss der Schmerz durch seinen Körper, der jetzt erst das ganze Ausmaß des Sturzes registrierte. Mac rang nach Atem, lief zur Tür und donnerte wütend die Faust dagegen.

»Du gehörst in die finsterste Hölle!«

Der Dämon in ihm konnte Caravelli auf der anderen Seite der Tür als lauernde Präsenz spüren. Caravelli, sein Richter und Kerkermeister. Mac verpasste der Tür einen kräftigen Tritt, in den er seine gesammelte Kraft steckte. Die schwere Eiche vibrierte kaum, was Mac als blanken Hohn empfand. Eine Sekunde später fühlte er, dass Caravelli fortging, wie der Schatten eines vorbeiziehenden Gewitters. *Er lässt mich hier!*

Panik stieg in Macs Kehle auf, kalt und faulig wie die Umarmung einer Leiche. *Ich pfähle diesen wandelnden Moskito. Langsam. Mit spitzen Zahnstochern, damit es lange dauert und schmerzhaft ist. Und was ich erst mit seinen buckligen Kötern anstelle!*

Wie in Zeitlupe drehte Mac sich um. Die Burg war genauso, wie er sie Erinnerung hatte. Es gab kein Draußen, nur Meile um Meile dunkler, modriger Korridore, endlos gewunden jenseits von Raum und Zeit. *Und jetzt hänge ich wieder in dem Laden.*

Er machte ein paar Schritte vorwärts und schob die Hände

in die Taschen. Ein eisiges, klammes Unbehagen rieselte über ihn hinweg, so greifbar wie das leise Summen der Burgmagie.

Beim letzten Mal hatte ihn dieses Summen beinahe wahnsinnig gemacht. Es war kaum zu hören, eher wie ein Druck unmittelbar außerhalb des akustischen Bereichs, der seine Neben- und Stirnhöhlen malträtierte und ihm von den Zähnen bis zur Schädeldecke alles weh tun ließ. Das Geräusch veranlasste den Dämon in ihm, sich unruhig zu strecken. Angeblich dämpfte die Burg den Dämonenhunger, doch im Moment war er schwerer zu kontrollieren als sonst.

Er musste etwas tun. Sich bewegen. Sich umsehen. Er begann zu gehen, prägte sich jede der fast identischen Ecken und jeden Gang ein. Die Gummisohlen seiner Laufschuhe waren beinahe lautlos. Einzig das Rascheln seiner Kleidung hallte durch die höhlenartigen Räume. Er schien allein zu sein. Wo waren alle?

Vor einem Jahr, nach der Schlacht, in der Geneva starb und ihre Armee vernichtend geschlagen wurde, war Mac irgendwo in diesem Labyrinth wieder zu sich gekommen. Die Macht des Zaubers, der Geneva tötete, hatte ihn in die Tiefen der Burg katapultiert. Er hätte sterben sollen.

Stattdessen war Mac halb tot zum Ausgang gekrochen wie ein Überlebender eines exzessiven Kneipenbesäufnisses. Nur dass es keinen Ausgang gab. Während seine Wunden heilten, wurde aus seinem Kriechen ein Laufen und schließlich ein Überlebensspiel. Verletzt und wirr, wie er damals war, erinnerte er sich nicht mehr an viel; nur dass seine Wanderung durch den Kerker dem Begriff »miese Gegend« eine gänzlich neue Bedeutung verlieh. Soweit er sich entsann, hatte er ungefähr sechs Monate gebraucht, bis er einen Weg aus der Burg fand. Er war zufällig über ein offenes Portal gestolpert. Verdammtes Glück war das gewesen.

Einmal war er schon entkommen. Er würde es wieder schaffen. Diesmal wusste er immerhin, wo die Tür war. Nun musste er sie bloß noch öffnen. *Und dann eine innige Unterhaltung mit dem Vampir Caravelli führen.*

Er blieb abrupt stehen. Sein Körper reagierte, ehe Mac begriff, warum. Regungslos lauschte er. Seine Ohren strengten sich an, das Geräusch noch einmal zu hören. Hinter ihm. Schwach, aber lauter werdend.

Ein scharrender Schritt. Noch einer. Und noch einer …

New York in den 20er Jahren – sinnlich und aufregend
Eine junge Heldin – mutig und entschlossen
Vampire, Dschinns und andere dunkle Gestalten – geheimnisvoll und fremd

ALAYA JOHNSON

MOONSHINE

STADT DER DUNKELHEIT

Roman

The Golden Twenties ... Illegale Bars florieren, und das Nachtleben in den Jazz-Clubs ist ausgelassen wie nie zuvor. Doch New York hat auch eine dunkle Seite: Kriminalität und Korruption gehören zum Alltag, und die Schwachen werden ausgebeutet – egal, ob es sich dabei um Frauen, Immigranten oder ... Vampire handelt.
Nur die mutige Zephyr Hollis kämpft für die Rechte dieser benachteiligten Gruppen. Das bringt sie allerdings in ziemliche Schwierigkeiten, denn sie bekommt es nicht nur mit einer gefährlichen Gang aus Kinder-Vampiren und einem machtgierigen Drogenboss zu tun, sondern auch mit dem geheimnisvollen Amir ...

Fantasy, wie sie sein muss: originell, aufregend und süchtig machend!

KNAUR TASCHENBUCH VERLAG

Gefährlich, abenteuerlich und romantisch!

LISA HENDRIX

NACHTKRIEGER

BAND 1: UNSTERBLICHE LIEBE
BAND 2: EWIGE BEGIERDE

Vor langer Zeit wurden neun nordische Krieger zu ewigem Leben verflucht und müssen seitdem ein trostloses Dasein, abgeschnitten von jeder Gesellschaft, fristen. Denn mit dem Kommen und Gehen der Nacht verwandelt sich jeder von ihnen in ein Tier, das kaum noch menschliches Bewusstsein kennt. Ihre einzige Hoffnung ist es, die wahre Liebe zu finden, denn nur durch sie kann der Fluch gebrochen werden …

KNAUR TASCHENBUCH VERLAG

DAS DUNKLE VOLK

Die neue Erfolgsserie von

YASMINE GALENORN

DAS DUNKLE VOLK: MONDSCHEIN

Roman

Als die junge Hexe Cicely Waters nach vielen Jahren in ihren Heimatort New Forest zurückkehrt, findet sie seine magischen Bewohner in heller Aufruhr vor: das alte Volk der Blutfeen ist zurückgekehrt, und seine dunkle Königin ist machthungriger als jemals zuvor. Auch Cicelys Jugendliebe, der Feenprinz Grieve, steht unter ihrem Einfluss, und ihr bleibt nur wenig Zeit, um ihn und New Forest zu retten …

DAS DUNKLE VOLK: EISHAUCH

Roman

Cicely Waters hat alle Hände voll zu tun: Nicht nur muss sie ihren Geliebten Grieve von dem Blutfeen-Virus heilen und die böse Winterkönigin Myst aufhalten – auch der uralte Vampir Geoffrey spielt ein gefährliches Spiel, das droht, alle ihre Bemühungen zunichtezumachen …

KNAUR TASCHENBUCH VERLAG